宋太祖

郭建勋 著

郭威夺汉建周,继者柴荣;柴荣一统未竟而逝,赵匡胤代周立宋;
款坤一夕「笑声鸽影」,江山垂手便先第一脉。
「螳螂捕蝉,黄雀在后」,却原来,却是为他人作嫁衣裳!

华文出版社
SINO CULTURE PRESS

图书在版编目（CIP）数据

宋太祖 / 郭建勋著． —— 北京：华文出版社，2021.3
ISBN 978-7-5075-5434-2

Ⅰ．①宋… Ⅱ．①郭… Ⅲ．①长篇历史小说－中国－当代 Ⅳ．①I247.5

中国版本图书馆CIP数据核字（2021）第023407号

宋太祖
SONG TAIZU

作　　者：	郭建勋
策划编辑：	胡　子
责任编辑：	孟志成
出版发行：	华文出版社
地　　址：	北京市西城区广安门外大街305号8区2号楼
邮政编码：	100055
网　　址：	http://www.hwcbs.com.cn
电　　话：	总 编 室 010-58336239　发 行 部 010-58336267 58336230
	责任编辑 010-58336209
经　　销：	新华书店
印　　刷：	北京明恒达印务有限公司
开　　本：	710×1000　1/16
印　　张：	28.75
字　　数：	410千
版　　次：	2021年3月第1版
印　　次：	2021年3月第1次印刷
标准书号：	ISBN 978-7-5075-5434-2
定　　价：	52.00元

版权所有，侵权必究

目 录

第 一 章　锋芒初露降神驹　自古乱世出英雄 / 001

　　于是三人各自割破食指，将鲜血滴于葫芦中，三人的血在酒中融为一体。然后走到潭边并排跪下，按年龄长幼排序，慕容延钊三十四岁，最长，是大哥；韩令坤二十四岁，是二哥；赵匡胤二十岁，自然是三弟。三人齐声盟誓道："苍天在上，今日我三人在此结为异姓兄弟，从今以后有福同享，有难同当。若有违背，天打雷劈，神人共殛！"誓毕，将血酒一饮而尽。

第 二 章　襄阳城潜龙遭忌　龙兴寺高僧传法 / 019

　　赵匡胤豪兴陡起，说声"得罪了！"便使出一招力劈华山。谁知广济大师身形未动，只是举棍微微一带，赵匡胤就觉得自己棍中的力猛然间似乎卸去了大半，心中一急，又连忙使出一招横扫千军，接着是直捣黄龙，一点灵犀……可是都被广济大师轻轻松松一一化解。赵匡胤暗自心折，猛然收棍，倒地便拜："大师棍法精妙，在下自愧不如，还请大师多多指点！"

第 三 章　顺阳山初试身手　相国寺众人投军 / 031

　　众人来到殿中，行过礼，韩令坤一一介绍，郭威满脸笑容地招呼众人坐下，对赵匡胤说："久闻贤侄大名，延钊、令坤也多次在我面前提起你，夸你智勇双全，是人中之杰，今日一见，果然是英气逼人！长江后浪推前浪，将来就看你们这些青年英雄的啦！"

第 四 章　倚香楼仗义救美　伏牛山降虎存君 / 047

　　赵匡胤满脸笑容，忙着招呼前来贺喜的客人。正在宾客喧哗之时，一个国字脸、

1

浓眉大眼的男子,走上来道:"在下郭荣,与妹夫张永德,奉家父之命,前来向赵兄道喜!"从身后随从手中,取过两个装饰精美的礼盒,"一点薄礼,不成敬意,还请赵兄笑纳!"

第 五 章 郭威智取河中府 英雄暗醉温柔乡 / 061

这天傍晚,郭府里一片觥筹交错之声,数百根蜡烛,把整个大厅照得灯火通明。婚礼开始了,新郎新娘拜过天地,依礼见过父母,郭威夫妇坐在大堂上接受新媳妇的跪拜。郭威望着身穿大红礼服的符氏,透过薄薄的红纱盖头,隐约看到她那俏丽的面容和秋波流溢的双眸,心中不由得一阵惆怅。

第 六 章 汉主怀恨诛大臣 郭威乘势夺皇权 / 075

十二月二十日早晨,无数将士鼓噪着蜂拥而至,来到郭威住的澶州节度使衙署,呼喊着要求郭威当皇帝,混乱中有人将一面黄旗披在郭威的身上。顿时,将士们齐呼"万岁",声音如同山呼海啸,震耳欲聋。

第 七 章 倚香楼强赎蛾眉 开宝寺戏占福瑞 / 091

赵匡胤有点淡淡的怅惘,随口说道:"再往上,不就是天子了吗?"接着随意向上一掷,低头一看,这次居然是圣卦!他惊得目瞪口呆。细君连连拍着手道:"太好了,表哥将来要做天子,当皇帝喽!"赵匡胤一把捂住她的嘴,轻声呵斥:"乱说,要杀头的!"

第 八 章 周主被逼除异己 郭荣遂愿掌王权 / 101

郭荣就在这一片欢呼声中,登上了皇位,他就是历史上有名的周世宗。半个月后,阿娇娘娘因病在宫中暴毙,传说是因为悲伤过度所致。新主郭荣亲临哀悼,丧事办得隆重体面。过了不久,阿娇娘娘身边的几名宫女,莫名其妙地相继失踪;那个报信的小太监,不知得了什么病,变得又聋又哑,痴痴呆呆,不到一年,便告别人世,追随他服侍的故主去了。

第 九 章 王延嗣廷激辽主 周世宗亲征北汉 / 115

周主郭荣班师回到京城,论功行赏。高平一役,论功劳首推赵匡胤,破格提拔为殿前都虞候,赐银一万两,御马五匹。封韩令坤为龙捷左厢都虞候,慕容延钊为虎捷左厢都虞候,王审琦为铁骑都虞候,石守信为铁骑左右都校。李良死活不愿为官,赏银一万两,住宅一所,调往赵匡胤幕府,领从五品将军衔。

第 十 章　顺阳山奉命招降　周世宗初整禁军／127

听到郭荣追问,李重进沉思了一会儿,回答道:"水能载舟,亦可覆舟。军队精良勇猛,将领出类拔萃,固然是君主之福,然一旦太甚,很容易形成威逼主上、尾大不掉的局面。臣观赵匡胤,乃非常之人,不可不防也。以臣愚见,不如恢复从前的制度,御林军不再独立,依然隶属永德的禁军。这样一来,就可以牵制他了。"

第 十 一 章　红颜真情蒙错爱　群雄仗义斗顽凶／139

郭荣望着眼前的一帮将领,真是左右为难。高怀德手握重兵,为人虽然骄横,可确实打过不少硬仗;赵匡胤等人随自己出生入死,屡建奇功。双方都是骁勇善战的名将,眼下正是用人之际,万万不可因此而伤了君臣的和气!

第 十 二 章　清流山喜得高士　六合城大败唐军／151

赵普站起身,面露沉思之色,说:"清流山后有一条小道,可直达滁州城西涧,眼下溪水暴涨,皇甫晖必不设防。将军今夜率军潜行,由小径直达西涧,浮水抵城下,出其不意,滁州城自然可破!"

第 十 三 章　恶梦成真丧贤妻　因缘巧合得良将／163

有了郭荣的诏令,赵匡胤与赵普便大张旗鼓,进行御林军的扩编整顿,事情进展极为顺利,仅用了一个多月的时间,殿前诸班不仅人数已满,而且新补的军士大多选自各军精锐,素质极佳,战斗力大大提高,郭荣自是十分满意。

第 十 四 章　周世宗再征南唐　刘仁赡死守寿州／173

显德四年(957)二月,周军第二次誓师南征。郭荣令张永德领禁军由陆路出发,自己与赵匡胤亲率殿前诸班精锐五千人,外加水军三千,督战船经颍水入淮,直捣紫金山。此时,赵匡胤正是新婚燕尔,与细君夫妻恩爱,难舍难分,但君命不可违,只好暂别温柔乡,随君出征。

第 十 五 章　徐铉犯颜逞唇舌　李璟无奈割江北／185

赵普哈哈一笑:"禅代之制,古已有之,三代是也。魏代汉,晋代魏,更何况近世?贤者而有天下,此万民之福,岂非大忠大义乎?"说完,颇有深意地望了望赵匡胤。赵匡胤盯着墙上那幅画,未置一词。

第十六章　将军计夺瓦桥关　世宗误上病龙台／191

晚上,郭荣睡到后半夜,恍惚中,梦见自己和一个身穿红肚兜的少年相搏,浑身的力气怎么也使不出来,结果被那少年压在地上,用嘴吮吸他的脑汁。郭荣觉得自己正在被一点一点地吸空,恐怖至极,不由得大叫一声,猝然惊醒,方知是南柯一梦。

第十七章　万岁殿权臣相斗　陈桥驿黄袍加身／201

正在此时,赵普与慕容延钊推门而入。赵普对赵匡胤拱手道:"点检息怒。所谓天命难违,人心难悖,点检如再推辞,反而不妥。试想点检若不答应,将士失去约束,擅自杀回开封,岂不是一场劫难?况且点检登位之后,只要优待太后、幼主,亦可称无负周室了。周太祖当年取后汉,何曾有如此胸襟?"

第十八章　大道悔今方觉是　痴情儿女遁空门／217

赵匡胤又分别向其他人敬了酒。酒过数巡,赵普感慨地说:"想那周世宗,雄才大略,也称得上一代雄主,却因后嗣孱弱,断了气数,天下终归我大宋所有,实乃天意也。"陶谷接口道:"赵兄不可一概而论。我观郑王宗训,确是庸才,然世宗次子宗让,隆额虎目,颇类世宗,有王者之相,乃我大宋之隐患也。陛下,臣以为不可养虎遗患,宜及早除之!"

第十九章　宋主大屠泽州城　猛将速克扬州府／229

太后见赵匡胤真心认错,神色稍稍缓解:"皇天无私,唯佑有德之君。周失天下,乃屠戮开封的报应。故为娘在你登位伊始,即告诫你要持国以道,否则欲为一匹夫而不可得也。唉,为臣易,为君难,为君之母亦难哪!"

第二十章　徐铉直言对宋主　陶谷出使逞风流／245

太后长长吁了口气,对赵匡胤说:"知错就改,善莫大焉。你登基未及一年,先屠泽州,后迷女色,也不知将来还有何事发生。为娘身体一天不如一天,娘一旦撒手西去,当今天下,还有谁能约束你呢!"

第二十一章　宋主重手整军队　太后临终立储君／253

太后微微摇头说:"非也!周世宗以幼子继承大统,孤儿寡母当政,我赵氏方能得到天下。前车之覆,后车之鉴,为使我大宋享祀万代,你百岁之后,当将帝位传给光义,光义传光美,光美再传汝子德昭。如此,则国无虞矣!"

第二十二章　老臣强谏斩戾将　太祖杯酒释兵权 / 259

赵匡胤眼光闪烁,不敢直视慕容延钊:"昨晚母后托梦,嘱朕废除殿前都点检一职,言朕以此职得天下,不可再设。大哥,你我乃同生死、共患难的兄弟,宋室江山是你我一起打下来的,朕岂能一朝为君,就忘了兄弟的情谊?可母后她……"

第二十三章　赵普为相定国策　慕容力战殒潭州 / 273

赵普向前走了两步,双眼炯炯发亮,斩钉截铁地说:"八个字:防北攻南,先南后北。唯有如此,方能使我大宋立于不败之地,并进而成就统一海内的大业!"

第二十四章　御笔朱圈戏赵普　三千宠爱系宋妃 / 287

赵匡胤哈哈大笑:"昨日朕酒后与你戏言,无须当真。赵爱卿,快将朱圈洗掉,免伤大雅!"赵普固执地说:"君无戏言。陛下赐臣顶此朱圈三日,便是少半日,也属违君之旨!而且既是皇上所赐,乃是微臣的荣幸,何伤大雅!"

第二十五章　太祖挥兵征西川　老将临危定蜀中 / 297

赵匡胤叹了一口气,仰望天空,诚挚地说:"二哥未临其境,哪里知道朕的苦衷!一旦为君,整日待在宫中,披阅奏章,烦闷乏味,这且不说;为了社稷江山,时刻必须小心谨慎,如履薄冰,甚至顾不上亲情义气。所有人都敬你怕你,躲着你,连个能说说心里话的人都没有!人生不过百年,死后不过七尺墓穴,何苦来着?"

第二十六章　受恩宠花蕊入宫　治顽劣皇子结亲 / 323

房中只剩下赵匡胤和花蕊夫人。赵匡胤见她喝了酒,红云上脸,更显得艳若桃花,越看越爱,心痒难禁,走过去挨着她坐下,右手在她的纤腰上摩挲着,轻声说:"朕一见夫人,便觉难以自持,不知可否一亲芳泽?"

第二十七章　议后宫亲家失言　伐北汉太祖亲征 / 337

赵普捋了一下颔下的须髯,从容回答:"太原乃西、北两边之天然屏障,若一举而下,则边患我独当之,此其一也;刘钧近年外结辽人,内罗俊彦,兵员充足,粮草山积,实力不可小觑,此其二也;北汉以逸待劳,我军劳师袭远,所耗军资巨大,必致国库空虚,若遇水旱之灾,激起民变,则祸患无穷,此其三也。唯陛下深思。"

第二十八章　乘饥馑狂僧作乱　应谶言禅林遭难 / 357

卢多逊连忙接口道:"陛下英明。禁佛既可消除祸乱之源,保我大宋太平,亦可令僧人还俗,从事生产,又增添许多劳力。此外,寺庙中大多囤积粮食,若将其用于赈济灾民,亦可缓解粮荒。此乃利国利民之举,臣以为势在必行也!"

第二十九章　施巫蛊香消玉殒　触龙威君臣生隙 / 377

赵匡胤正要发作,一眼瞥见卢多逊那闪烁莫测的眼光,心念一动:卢多逊与赵普素来不和,莫非他是借机诽谤?于是压住心头的火气,尽量平静地问道:"依爱卿之见,若想避免宰相专权之弊,当以何策?"

第 三 十 章　偏安南汉一朝丧　飘摇南唐求苟全 / 387

唐主李煜见大臣到齐了,咳嗽一声,环视一下殿中群臣,说:"诸位爱卿,朕召你们来,乃有一件要事相商。宋军灭掉南汉之后,进逼南唐之心更甚,日前令吴越王钱弘俶转致其意,欲使朕去国号,改'唐国主'为'江南主'。不知诸位对此事有何高见?"

第三十一章　卢多逊暗设圈套　宋太祖罢免赵普 / 397

赵普面对城门,颇为伤感地对赵光义说:"吾观圣上日夜操劳,精神远不如前。还望你勤于政事,多为圣上分忧。唉,只怕今生再也见不到圣上了!惜哉!惜哉!"不禁哽咽唏嘘,老泪纵横。

第三十二章　千寻铁锁沉江底　一片降幡出石头 / 411

李煜与数名大臣及宫女嫔妃,闻知城破,既而听到宋军进城那震耳欲聋的呼喊声,明白大势已去,一个个面无人色,垂涕相向。不久又闻人喊马嘶,不由得战栗难禁,惊惧惶恐,那些嫔妃则花容失色,哭作一团。

第三十三章　定皇储光义遂愿　游故地太祖伤心 / 427

赵匡胤站起身来,独自在殿中徘徊沉吟。大宋江山得之不易,无论如何也不能有半点闪失,如果我先传光义,令他再传德芳,不是两全其美吗?况且,我好生保养,多服补品,也未见得就不能长寿啊!他想来想去,终于作出了决定。

第三十四章 宋妃抱枕频传怨 烛光斧影叹萧墙 / 441

赵匡胤回头一看,只见周世宗郭荣怒目圆睁,手举宝剑杀将过来,不由得魂飞魄散,想要逃跑,却怎么也挪不动脚步,急得浑身冒汗,咬牙挥拳回击过去,道:"你郭家天下亦是篡夺而来,朕取之有何不可?"这一拳用劲甚猛,却打在软绵绵的锦被上。他张眼一看,原来自己躺在御床上,浑身是汗。

第一章

锋芒初露降神驹　自古乱世出英雄

　　于是三人各自割破食指,将鲜血滴于葫芦中,三人的血在酒中融为一体。然后走到潭边并排跪下,按年龄长幼排序,慕容延钊三十四岁,最长,是大哥;韩令坤二十四岁,是二哥;赵匡胤二十岁,自然是三弟。三人齐声盟誓道:"苍天在上,今日我三人在此结为异姓兄弟,从今以后有福同享,有难同当。若有违背,天打雷劈,神人共殛!"誓毕,将血酒一饮而尽。

后晋出帝开运三年（946）八月的一天下午，洛阳城东的旧校场上，一位高鼻深目、虬髯卷发的西域胡人，牵着一匹赤褐色的高头大马，边走边向周围的人吆喝着："诸位，诸位，请看啊，真正的西域宝马！诸位请看……"

洪亮的声音，加上生硬有趣的汉语，立刻吸引了一大群人的注意。那些摆摊的商贩、游逛的闲汉，还有正在购物的市民、官兵、僧人，纷纷围拢过来。

这东校场乃东汉明帝时所修，纵横各一百丈，方正宽阔，是历代朝廷操演阵势、检阅军队的地方。只是到了唐末，天下大乱，战祸频仍，后梁、后唐、后晋各朝，忙于征战篡弑，更兼运衰祚短，无暇来此排阵阅兵，竟使这好端端的一座校场，荒草萋萋，雉飞兔窜，日复一日地凄凉破败。

最近两年来，这附近夹马营、驻马营、辖马营、健马营、客马营、新马营"东城六营"的住户越来越多，而且多是些连年在外征战的将校的家眷。他们的子弟，好勇斗狠，都喜欢骑马射箭，舞刀弄棍。于是，那些外地来洛阳的商贩，在校场一侧设摊，经营刀剑弓弩、马匹马具之类的东西，生意倒也红火，渐渐地竟成为一个并不冷清的圩市。

那个西域胡人不断地大声吆喝着，他身边围观的人也越聚越多，转眼间围得水泄不通。人群中不乏豪杰俊彦之士，也有不少泼皮。大家的目光，自然而然地集中在那匹马身上。

那匹马全身赤褐色，光泽油亮，犹如缎子一般，鬃毛黑而粗长；身高足有六尺五寸，前胸宽阔，臀部滚圆，四条腿修长有力；嘴唇、鼻头和眼圈的毛色略淡，接近于淡红色，显得年轻、剽悍、高贵。显然，这是一匹千里挑一的神驹！

不过，几位老到而又细心的围观者也注意到：这匹马的尾巴只剩下一半，身体左侧还有两道明显的刀伤痕迹。它站在那里，从来就没有安分过,两只前蹄不停地在地上踢、刨,嘴里打着喷嚏,头拼命向上昂着,似乎随时都想挣脱马缰,奋蹄疾奔而去。这么一看,那些懂马的行家立刻就明白了,这可是一匹经历了战场厮杀的烈马,绝对是匹宝马,可是一般人是驾驭不了的。

那牵马的胡人见人们赞不绝口,便趁热打铁,伸手摘下头上的毡帽,一边挥舞,一边扯开嗓子喊道:"诸位都看到了,此乃纯种的西域良马,追风赛电,日行千里。你们仔细察看那毛色、骨骼、气度,哪一样不是上品?诸位别看此马高大壮硕,其实才五个牙,口嫩着呢!不信?你们瞧,你们瞧!"

他一说完,旁边就有人往上靠。那人一看,将毡帽重新戴在头上,腾出左手,掰开马嘴,让人们一一过目。人们一看,立刻发出啧啧称奇之声,而那个胡人的右手,始终紧紧地抓住那马络头,丝毫也不敢松懈。

"常言道,得良马如得良伴。战乱年头能有这样一匹好马,可以说是福气啊!机会难得,过了这个村可就没这个店啦!"

他接着叹了一口气,显得万般无奈的神情说:"我若不是急于回乡,缺少盘缠,又怎么舍得将它出手!"

"你要卖多少银子?"有人问。

"现今时价,身高四尺二寸的儿马,值银四十两,每高一寸增银十两,这是就平常马而言。我这匹马身高近七尺,又是纯种西域马,你说值多少?"

"少啰唆!干脆点!卖多少?"

西域胡人略一思忖,咬咬牙说:"一百两,一口价!少一钱也甭想牵走它。我急着使钱,便宜哪一位了?"

人们又嗡嗡地开始议论,有的说贵,有的说不贵。其实这围观的人中,十之八九是来瞧热闹的,既不谙相马之道,也无购马之意。那些行家虽然心知肚明,这赤褐马价值远不止一百两,若在平时,配上好一点的马鞍、马镫,稍加修饰,至少可卖到五百两,甚至更多;但一来此马来路不明,弄不好鸡飞蛋打,惹来祸端;二来性子太烈,恐怕难以驾驭,反成累赘。因此,谁也不愿上前搭腔。

那位西域胡人见这般情形,正要开口再卖弄一番,人群中突然拥上四五个十六七岁的后生。他们都是"东城六营"的无赖子弟,整日里游手好闲,无事生非。他们平时从未见过这么威武雄健的骏马,按捺不住,便一齐围上来,这个摸摸腿,那个摸摸尾巴,还有一个,用右手食指在那马左侧的刀痕上划来划去,嘴里还一边哼着小曲。

"快走开,走开!"西域胡人大声呵斥,他一听那赤褐马急促粗重喘息,就知道那马发怒了,想使劲攥住手中的马缰。

就在这时,那马向上猛一仰头,顺势往旁边一甩,挣脱马缰,后腿直立,两只前腿腾空而起,头向苍穹,发出一声凄厉的嘶鸣,似乎在宣泄它心中久积的悲愤。

那几个后生被这突起的变故惊呆了,待到回过神来,准备跑开时,赤褐马已在空中扭转身子,四蹄着地,奔着他们疾冲而来。那些手脚灵活的,本能地向旁边一闪,有两个行动稍慢,被撞翻在地,再被马蹄一踏,便在地上翻滚抽搐,呼爹叫娘,显然是断了肋骨。

赤褐马像箭一样,从人群闪开的口子中窜过,撒开四蹄,朝校场空旷的一端飞驰而去。

"快截住它!快截住它!"西域胡人声嘶力竭地喊叫着,急得捶胸顿足。人群中的议论声、咒骂声、呼喊声,交相错杂,沸沸扬扬,淹没了他的声音。

或许是赤褐马刚解脱羁绊,还辨不清方向,或许是有意要向人们挑衅,它跑出一百来步,竟停了下来,在那里慢慢地兜着圈子。

西域胡人拔腿猛跑过去,用手去抓缰绳,谁知道赤褐马头一偏,扬起前蹄,奋力一踢,正踢在那胡人的前胸上,幸亏他躲闪得快,而且本身魁梧粗壮,才未伤筋骨,只是痛得龇牙咧嘴,再也不敢上前。

望着仍然在兜圈子的赤褐马,那胡人又急又怒。万般无奈之下,他脚一顿,拱手对围过来的人群说:"哪位英雄替我收服这匹劣马,在下感激不尽,并心甘情愿将此马让给他,只收白银五十两,绝无反悔!"

听了他的话,人群中有人跃跃欲试,但再一看那凶狠暴戾的赤褐马,便又犹豫、胆怯起来。

这时，人群中走出来一位军将模样的汉子，边走边捋起袖子，露出一双长满黑毛的粗壮胳膊。那人身躯如铁塔般又高又壮，步伐却十分灵活。

只见他不慌不忙地绕着赤褐马跑了几圈，瞅准时机，加快脚步，一把抓住马缰，拼命往后拽。岂料赤褐马力大无比，竟然速度不减，拖着汉子照样兜圈子，那汉子也不肯放手，越发用劲，死命拖住。马缰虽是粗牛皮所制，却也禁不起这般拉拽折腾，转了几圈，"啪"的一声断了。

那汉子猝不及防，四脚朝天跌倒在地，半天爬不起来。

赤褐马放慢脚步，回头看看，也不再兜圈子，不慌不忙地向人群外跑去。

"完了！"不仅那胡人，而且在场的围观者也都这样想。

正在众人绝望之际，突然听得一声暴喝："畜生，休得逞能！"音犹未歇，一位青年已掠过人群，几个箭步追上去，离马尚有数尺，双脚一顿，腾身跃起，在空中一个转身，稳稳地骑在马上。

"好！好……"众人齐声喝彩。

赤褐马猛然间被制住，狂性大发，不住颠跳腾挪，想要将那青年人甩下去。怎奈青年紧抓马鬃，双腿夹住马肚，就像生了根似的，稳如磐石。那赤褐马一看这一招不灵光，便使出惯用的伎俩，后腿站立，前腿腾空，直立而起。可那青年双手抱住马脖子，身子仍然紧贴马背。赤褐马见不但摆脱不了他，脖子反而被勒得一阵剧痛，野性大发，撒开四蹄，风驰电掣般向前飞奔而去。跑了约一箭地，突然停步，臀部猛地耸起。马上的青年经这一顿一耸，身子霎时从马背上弹起来，头下脚上，眼看要被甩下马去。

围观的发出一阵阵尖叫声。情急之中，只见那青年双手揪住马鬃，腰一使劲，双腿猛地向上一蹬，旋即恢复原位，稳稳地又跨坐在马背上。

那青年被惹得性起，气沉丹田，双腿猛地一用力。赤褐马吃不住这暗运的神力，又撒腿狂奔起来。眨眼间跑出了校场。校场前方，是一堵数丈高的土墙，中间未设大门，左右两侧各有一角门可通。左侧角门通向繁华的大街，行人川流不息；右侧角门则通向一片菜圃。

要是这马闯进大街,那就麻烦了!人们正在担心,那青年已毫不犹豫地抓住马鬃,猛力向右边一带,朝右侧角门疾驰而去。

这角门本是为行人进出而设,高不过一人多,如何出得去?赤褐马像箭一般向角门冲去。说时迟,那时快,青年将身体本能地一仰,平平向后躺去。可是情况紧急,动作又快又猛,那青年虽躲过了致命的一撞,整个人却重重地从马背上滑下来,"砰"的一声跌在地上,一动也不动了。

远处观望的人们惊得目瞪口呆。

谁知这时,奇怪的事情发生了。那匹已跑出很远的赤褐马,竟然又掉过头,悠悠地走回到青年的身边,用头不停地在他的胸前拱动着。

人们都在担心那青年人到底怎么样了,哗啦啦围过去。那青年还是一动不动,众人都以为他已经毙命,纷纷惋惜不已。

谁知过了一会儿,那青年竟然动了动,慢慢地站了起来。他睁开眼,看到赤褐马正在自己胸前亲昵地来回拱动着,便伸出右手,在马背上轻轻地滑动着。那赤褐马似乎很愉快地接受这种抚摸,半截尾巴左右摆动,头在青年人肩膀上来回磨蹭,显得亲热而温顺。

那青年纵身跳上马背,双腿一夹,赤褐马也不再倔强,平稳地跑了回去。

夕阳西下,落日的余晖泼洒下来,将校场染成了胭脂色。夕阳中的一人一马,宛如天神一般,显得格外威武雄壮。

青年骑着马,来到那卖马人面前,矫健地跳下马背。人们呼地拥上去,都想一睹这位英雄的风采。

只见他紫色脸膛,两颊丰润,鼻梁挺拔;宽阔的额庭下,两道粗黑的眉毛,外端微微上翘,几乎延伸至太阳穴;眼睛并不大,也不明亮,却有一种洞彻肺腑的穿透力;他身高七尺,肩宽腰细,体格匀称。真是天表神伟,令人一见便知不是寻常之辈。

"哦,原来是夹马营的赵匡胤!"人群中有人嚷道。

"我说嘛,除了他,还有谁能降伏这匹烈马!"

"真是百闻不如一见,这赵匡胤果然是条好汉!"

赵匡胤何许人也?说来确是不寻常。他祖籍涿州,先辈世代为官。

高祖名朓,曾在唐朝做过永清、文安、幽都令;曾祖名珽,历官藩镇,兼任御史中丞;祖父名敬,先后任过营、蓟、涿三州的刺史;父亲名弘殷,从小骁勇,擅长骑射,后唐庄宗时,曾主管禁军。赵弘殷娶定州安喜县杜家庄庄主第四位女儿为妻,不久迁来洛阳夹马营居住。杜氏容貌端庄,心地仁慈,治家颇严。第一胎生了个男孩,取名匡济,不幸夭折;第二胎复生一男,取名匡胤;后又得二女二男,长女夭折,次女即后来的燕国长公主,二男分别名匡义、匡美。

相传赵匡胤出生之时,赤光绕室,异香经夜不散,体有金光,三日不变,人称"香孩儿"。一时之间,众说纷纭。有人说,这香孩儿是救人济世的定光佛转世;也有人说,那后唐明宗李嗣源登上皇位之后,每晚在宫中焚香祈祷,言自己本为胡人,暂承唐统,希望上天早降圣人,平息动乱,统一中原,必定是他的一片诚心感动上苍,才在洛阳诞生了这灵异的香孩儿。

这赵匡胤从小喜欢骑马射箭,练习武艺。长大后,十八般武艺样样精通,尤其擅长棍法。他天生神力,将一根三十六斤的铜棍使得出神入化,只是不喜欢读书。

赵匡胤的母亲杜氏出身书香门第,是大家闺秀,素爱读书,见赵匡胤酷爱武艺,担心他重武轻文,将来难成大器,屡屡劝他多读圣贤之书。赵匡胤却一本正经,振振有辞地回答母亲道:"治世用文,乱世用武,现在天下混乱,兵戈未靖,孔孟之道,无以为用。孩儿愿娴习武事,以待他日驰骋疆场,成就一番事业。"杜氏见他说得坚决,且自有一番道理,也就随他的意思去了。

本来赵匡胤无意买下这匹马,可谁知降伏了这暴戾的赤褐马之后,竟起了爱惜之心,再也舍不得。只碍于随身未带银两,便在附近熟悉的商贩手中借了五十两白银,买下这匹骏马。那西域胡人虽然少得五十两银子,但有言在先,只好悻悻离去。

赵匡胤翻身上马,出了校场,径直向夹马营跑去,顷刻间便来到了家门前。

这是一幢夹马营最普通、最常见的房舍:门外几株浓密的大榆树,进了大门,是一个宽敞的庭院;过了庭院,便是正房。正旁中间有一个厅堂,厅堂右侧是父母的卧室,左侧为赵匡胤小夫妻所居,内侧的两个小房间,分别为妹妹和弟弟的卧室。

赵匡胤牵着马走进院子,喊了一声:"娘,我回来了!"

"哥哥回来啦!"七岁的匡义喊叫着,兴高采烈地跑了出来。他一眼瞥见那赤褐马,不禁发出一声惊喜的尖叫,拔腿跑过去,想摸摸它。

"别过来,它凶得很哩!"赵匡胤伸手挡住匡义,然后将新换的马缰,拴在院中的柳树上。

"哥,让我瞧瞧嘛!"匡义仍不甘心。

"别急,以后熟悉了,不但让你摸,还让你骑呢!"说罢,拉着匡义的手,迈步走进厅堂。

"什么事,这么吵吵闹闹的?"杜氏抱着刚满周岁的匡美,从卧室里踱出来,右手在孩子身上有节奏地轻拍着。这是一位四十出头的中年妇女,中等身材,微胖,因过度操劳,头上已间有白发,脸色略显憔悴,朴素的衣着,掩盖不住雍容的气度和刚毅的神态。

"娘,哥骑回一匹赤褐马。"匡义的嘴总是那么快。

"什么赤褐马,胤儿?"杜氏望着赵匡胤,慈爱的目光中透出几许威严。

赵匡胤虽不喜儒家典籍,却禀性纯孝,而且父亲赵弘殷常年在外征战,他自小由母亲一手抚养教诲,自是对母亲十分敬畏。

听到母亲发问,他赶忙恭敬地回答:"孩儿在东校场遇到一匹罕见的千里神驹,用五十两银子将它买下来了。可真是捡了个便宜呢!"他对降马触门的事,只字未提,怕引起母亲的不安。

"五十两,哪来的银钱?"

"在朋友处借的。"赵匡胤知道,父亲很久未寄钱回来,家里并不宽裕,自己不曾挣回半文铜钱,还要如此花费,母亲肯定不高兴。

他低声回答完,趁机偷偷看了母亲一眼。

母亲的脸色果然显得严肃,赵匡胤心中不由一凛。

杜氏缓缓在椅子上坐下来,挥挥手说:"胤儿,你坐下!娘有话对你讲。"

"娘说吧,我听着呢。"他顺从地坐在另一把椅子上。

"胤儿,你已年满二十,今年又娶了媳妇,已经是个大人了。我不反对你操练弓马武艺,可你整天这样东游西逛,终归不是正事。何况大丈夫当修身齐家治国平天下,你爹在战场上以性命相搏,已有一年多杳无音信,也不知是死是活;娘也日见衰老,你弟弟妹妹年纪尚幼,将来持家的重任,还有你自己的前程,都应当多想一想才是啊!"

"娘,你放心,孩儿决不会辱没祖宗,辜负你老人家的期望!"

"那就好,那就好。"听了儿子的话,杜氏稍感欣慰。

吃过晚饭,赵匡胤向母亲问过安,回到自己的卧室。

妻子绮云递过一杯热气腾腾的香茗,望着他温婉一笑,笑容中蕴涵着无限的爱意。

绮云是贺景思的女儿,与赵匡胤同龄。因为贺景思和赵弘殷同为军校,一起出生入死,交情深厚,赵弘殷知道绮云性情温婉,容貌秀丽,就替赵匡胤下了聘礼,贺景思自然一口应承,生死之交又成了儿女亲家。自从春天绮云嫁过来之后,小两口如胶似漆,十分恩爱。绮云上孝敬婆婆,下照看年幼的小姑、小叔,还帮着婆婆操持家务,全家上下无人不喜欢她。

"相公,发什么呆呀?"绮云见赵匡胤端着茶杯在沉思,用右手食指在他额头上轻轻一点,微笑着问道。

妻子那柔荑般的嫩指、如花的笑靥、似水的柔情,让赵匡胤心神一荡。他放下茶杯,顺势揽过绮云,将她拥在怀里,在她的脸颊上吻了一下。绮云倚在他胸前,抚摸着他的后背,说:"相公,你不要烦闷,婆婆也是为了这个家。你想想,公公这么久没有消息,世道这么乱,你又至今未有正经的营生,她能不着急吗?"

"我知道,全怪我无能。"他闷声答了一句。

"相公,要不你先答应跟我舅舅去做生意,一来可以接济家中用度,二来让婆婆高兴,三来能见见世面。我知道,你不愿意做这等琐事,姑且作为权宜之计罢。"

赵匡胤沉默不语。绮云的娘家舅舅是个大富商,主要在鄂州、朗州(今湖南省常德市)、潭州(今湖南省长沙市)一带经营茶叶、丝绸,获利颇丰。由于战乱迭起,路上不太平,很想找个像赵匡胤这样武艺高强、忠诚可靠的人去做帮手。此事已经提了好多次,无奈他总是以各种理由推辞。原因十分简单,赵匡胤早就想投军从戎、搏杀疆场,只不过亲情难离,时机未到,暂时不能付诸行动罢了。

绮云见他又皱起了眉头,也就不再多言。

第二天,天刚拂晓,赵匡胤早早起了床,饭也没吃,骑着赤褐马出了城,来到洛水边。

洛水岸边一片绿茵萋萋,河面开阔。赵匡胤放开缰绳,听任马儿四处吃草,自己则仰面朝天,在草地上躺了下来。空气是那么湿润清新,身下的青草,传来一阵阵沁人心脾的芬芳,可赵匡胤的心怎么也无法宁静。

昨天晚上思考了很久的问题又浮上脑际:到底是经商还是从军,他必须在这两者中作出抉择,再游荡下去是绝对不行了。显然,经商是一条相对稳定的、合乎常规的人生道路,它将人导向一种富裕安定的幸福生活;而从军则充满了凶险和不可预知的因素,可正是这种不可预知性,给人提供了无限的可能和机遇,它也许将人导向死亡,也许将人导向辉煌的顶峰。

赵匡胤心绪纷乱如麻,站起身来,放眼望去,只见晨雾之中,洛河水汹涌澎湃,滔滔东去,惊涛拍岸,如震如怒,显得十分壮观。他猛吸一口气,胸中的豪情不禁油然而生,"逝者如斯,人生苦短。何不趁着年轻,效命沙场,干一番轰轰烈烈的事业?厕身商贾之间,庸庸碌碌,岂不是在世上枉走一遭?况且当今天下纷攘,生灵涂炭,契丹亦对中原虎视眈眈,这正是大丈夫匡扶社稷、建功立业的好时机,我又焉能舍鸿鹄青云之志,作燕雀蓬蒿之计呢?"

决心一旦定下来,赵匡胤如同卸下了心头的千斤重担,浑身感到说不出的舒坦,他忍不住面向洛河,噘口发出一声长啸,啸声传得很远,在对岸的山谷中回荡。

赤褐马听到啸声,以为是主人在呼唤,飞快地跑了过来。赵匡胤伸手在它的脑袋上拍了拍,赤褐马低下头,咴咴地叫了一声。

这时,太阳缓缓地升起来,驱散了薄薄的雾气,天地间的一切变得那么清晰,那么瑰丽。望着那轮光芒四射、赋予天地万物以蓬勃生机的红日,赵匡胤感觉到一种不可名状的亢奋与冲动,一种要宣泄内心情感、赞美太阳的强烈愿望。一向不喜诗赋的赵匡胤略作沉思,一首七言绝句竟然奔涌而出：

>欲出未出光辣达,
>千山万山如火发。
>须臾走向天上来,
>赶却流星赶却月。

时光流逝,不知不觉寒冬已经来临,这年冬天,连日来要北征契丹的传闻终于得到了证实。洛阳城中不断有朝廷调集的军队粮草开往北方,人喊马嘶,闹得本就十分繁华的西京城沸沸扬扬。

自后晋石敬瑭割燕云十六州给契丹以来,中原地区就不断受到契丹的骚扰和掠夺。听到天雄节度使杜重威受晋出帝之命,率领朝廷所能征调的所有兵马,会同天平节度使李守贞,讨伐契丹,决意恢复幽州(今北京市区),荡平塞北,一举根除北患的消息后,不少"东城六营"的年轻人纷纷慨然从军。

赵匡胤看着他们身着戎装,满脸神气的样子,心里非常羡慕,无奈父亲至今征战未归,消息不通,家中全是妇孺,自己身为长子无法弃之不顾,只好暗自惆怅。

没料到不久有消息传来,杜重威的大军刚抵瀛州(今河北省河间市),便中了契丹的埋伏,损兵折将,锐气大挫,不得已撤过了滹沱河,与契丹军队隔河对峙。杜重威初战新败,心存怯意,不敢主动进攻,又以为有险可恃,戒备不严,结果契丹派兵偷渡滹沱河,切断了晋军的粮道与归路。挨到年底,杜重威见援兵不至,粮草将绝,契丹主耶律德光又许诺他为中原之主,杜重威竟然下令将士解甲投戈,投降契丹。可怜晋军数万兵士,空怀报国效主的一腔热血,不禁仰天号哭,声震原野。

晋军战败投降的消息传到中原,朝野震撼,人心惶惶。洛阳城中那些达官贵人、豪绅富贾纷纷收拾金银细软,准备逃难。赵匡胤听到这一消息时正在城东的小酒店里和几个朋友把酒对饮,气得将手中酒杯往地上一摔,大骂杜重威匹夫误国,朝廷用人不当,恨不得立刻披甲上马,与契丹人决一死战。只可惜自己手中无兵,只能颓然愤慨而已。

赵匡胤满腔激愤地回到家里,只见厅堂里香烟缭绕,母亲杜氏双掌合于胸前,跪在蒲团上,双眼微闭,口中喃喃祈祷着:"阿弥陀佛,佛祖保佑我丈夫在外逢凶化吉,全家大小平安无事,阿弥陀佛……"

赵匡胤连忙悄声站在一边,母亲声音一停,便立刻上前叫了一声:"母亲。"虽然在朋友面前赵匡胤为人性格豪爽狂放,但天性纯孝的他对母亲杜氏却极为尊敬,甚至带着些许的惧怕。

"什么事?"杜氏站起身来,在椅子上坐下。

赵匡胤将在外面听到的情形一一向母亲禀告。杜氏双眉紧蹙,长长叹了口气。

"杜重威这一投降,朝廷再无军队抵挡契丹的南侵。东西二京也难免落入契丹人之手。城里的大户人家都已经准备逃离洛阳了,我们是否也去南方避避风头?"赵匡胤说。

"胤儿,娘和绮云都是妇道人家,你弟弟妹妹年纪尚小,如何经得起折腾?况且北兵凶悍迅捷,一旦得了京城,必将乘势南下,我们又怎么能跑得过他们的骑兵?"

杜氏顿了一下,略作沉思,接着说道:"依娘看,不如暂且留在洛阳,一则毕竟是西京,北兵应当有所顾忌;二则你爹若来寻找,也不致扑空。"

望着母亲自信的眼光,赵匡胤意识到,眼下父亲在外征战,自己便是家中最大的男子汉,一旦遇到大事,只有自己来承担这不可推卸的责任。

时局如人们所预料的那样,刚过了年,契丹主耶律德光便统率大军,进了京城开封,废晋帝为负义侯,流放北地黄龙府。后晋这个短命小王朝自石敬瑭称帝传到晋出帝石重贵,仅仅二世,祚十一年而亡,但它留下的后患却是无穷的。

耶律德光不费吹灰之力占领了开封后,改国号为大辽,改元大同,并告谕天下曰:"从今以后,不休甲兵,不买战马,轻赋省役,共享太平。"话虽如此,但辽国将士,民风剽悍,掠夺成性,根本无法约束。辽军骑兵以牧马为名,四处劫掠,谓之"打草谷"。不但如此,而且还公开抢劫财物,奸淫妇女,无恶不作。

洛阳一带数百里间的百姓几乎被洗劫一空,家家苦不堪言。自古中原多血性男儿,岂能容忍异族入主?各地豪杰纷纷揭竿而起,或暗杀零散的辽兵,或偷袭辽军营垒,或伏击辽国使者,一时之间闹得辽人头痛不已,却也无可奈何。

辽太宗耶律德光虽然秉性凶残暴戾,却笃信佛教,无论军机如何繁忙,每隔两日总要去城外的寺庙烧香拜佛。

这一天,照例是他上香的日子。由于汉人的反抗情绪日益高涨,耶律德光外出时戒备极为森严,八人大轿遮挡得严严实实。大轿两侧,各有四名武艺高强的骑兵侍卫,大轿前后还有数百名精悍的亲兵护驾。

舆驾刚走出城大约一里,突然从驿道左右的树林中冲出十来个黑衣人,直扑中间的黄幔大轿。其中为首的一个大汉,肤色黝黑,满脸络腮胡,额头高挺,双眉浓黑如漆,目光如炬。他手持双刀,几个箭步紧逼大轿,右脚轻轻一点,身子斜纵而起,手中双刀一挥,那些侍卫根本没有料到来人身手如此了得,未及还手,已被砍翻马下,身首异处。

黑脸汉子砍翻最前面的侍卫,双脚刚一落地,便毫不迟疑地右手挥刀,直刺轿内。只听"嗤"的一声,锋利的刀锋已然透过布幔,紧贴着耶律德光的脸颊滑过。变故来得如此突然,耶律德光虽然久经沙场,也不由得心中一阵发凉,背上冷汗直冒。

那黑脸大汉见一击不中,正要再度挥刀,余下的侍卫早已手拿兵器,挡在轿前。可是这么一耽搁,耶律德光那些亲兵也早已蜂拥而至。黑脸大汉见状,连忙喝令其他黑衣人,分两队拦住亲兵,自己则继续与那几位侍卫格斗。只见他分柳拂花,身如鬼魅,手起刀落,又有几个侍卫命丧黄泉,可自己同时也被八个一色轿夫打扮的侍卫高手团团围住,怎么也无法脱身。

再回头一看,耶律德光的大轿已被亲兵抬着跑向远处了,而自己的同伴也只剩下四个,依然在和辽兵缠斗,但已明显处于下风。时机转瞬即逝,黑脸大汉忖度着现下形势,再斗下去,恐怕所有的人都得命丧于此。留得青山在,不怕没柴烧。他打了一声呼哨,纵身跳出圈外,如流星般向树林疾奔而去。

那耶律德光逃回王府,心中又惧又怒,派人四处张贴告示,捉拿凶犯。据说耶律德光后来突然离开开封北归,不久在杀胡林暴死,都和这次所受惊吓有关。只不过正史未载,难以确考了。

辽兵进入洛阳将近两个月,整日里烧杀抢劫不断。昔日繁华热闹的古都,变得冷清萧条,人烟稀少。不久,城里出现了粮荒,幸亏杜氏早有准备,不至于断炊,可家里的存粮也是一天天减少。

赵匡胤也不禁为此发愁,唯一的办法是去城外的大黄庄买些粮食。自己是家中的长子,自然要替母亲分忧,于是跟母亲商量,说自己打算出城去买粮食。

母亲杜氏一听,虽然担心,但全家人要活命,也是没有办法的办法了。杜氏反复叮嘱他路上小心,千万不要招惹辽兵。赵匡胤一一允诺。

赵匡胤牵着赤褐马,顺着冷冷清清的街道出了城门,远远望见城墙上贴着一张告示,不少人在围看,连忙走上前去。

原来是辽国通缉刺客的告示,上面还画着刺客的容貌,如有活捉者赏银五千两,杀死者赏银三千两,报告消息者赏银一千两。得知画上这位黑脸大汉便是刺杀耶律德光的人,赵匡胤又是钦佩又是惋惜,暗想:"这位好汉的行刺,虽未免太鲁莽,但也算得上是惊天动地。如此敢作敢为,方可称得上大丈夫!"

大黄庄在洛阳城东南三十里的玉泉山下,一路上田园荒芜,罕有人迹,满目凄凉。赵匡胤一路策马前行,大约行了十里,突然听到路边树林中隐约传来打斗声,心中一动,赶紧下马,悄悄向树林走去。声音越来越清晰,刀剑撞击声中夹杂着呼喊声、喘息声、呻吟声。赵匡胤回头拍拍赤褐马的脑袋,示意它停下。自己蹑手蹑脚走上前去,躲在一棵大树后窥视。

只见二三十个辽兵,正在围攻一个黑衣人。那黑衣人双手各持一把鬼头刀,步法灵活,身手敏捷。但那些辽兵也相当英勇,且训练有素,在一个军官的指挥下轮番进攻,纠缠不放。赵匡胤仔细打量那黑衣人,不禁大吃一惊:他就是榜文上通缉的刺客!

赵匡胤心中一股豪气油然而生,顺手抄起地上一根胳膊粗的树枝,便要冲过去相助。说时迟,那时快,赵匡胤尚未现身,只听得半空中一声暴喝:"贼人看枪!"随即一道白影,从树上飘然而下。

来人一袭白衣,身材修长,手中拿一杆长枪,进退之间衣袂翻飞,一杆长枪使得出神入化,呼啸生风,直杀得辽兵鬼哭狼嚎,与那黑衣人的粗犷强悍形成鲜明的对比。赵匡胤在一旁忍不住暗自喝彩。

忽然间,一阵急促的马蹄声由远而近,"不好,契丹人的援兵来了!"再拖延下去,两人绝非契丹兵的对手,赶快脱身要紧。赵匡胤见情势危急,顾不得母亲的叮嘱,大吼一声,冲了过去,迎着其中一个武士,兜头就是一棍。那武士慌忙中举刀去挡,可哪抗得住他的天生神力?只听得"咣"的一声,刀掉在地上,而那木棍的威力仍然不减,正砸在那人的天灵盖上。可怜那个武士还没明白怎么回事,就一命呜呼!

赵匡胤得势不饶人,右脚上前一步,将棍子扫向另一个武士,正中胸口。那武士踉跄倒地,七窍流血而死。转瞬之间就打死了两个武士,这时黑衣人又奋力砍死一名武士。其余武士一看架势,再也不敢恋战,一声呼喊,拔腿向林外跑去。

赵匡胤环视一下横七竖八的尸体,对黑衣人、白衣人急急喊道:"两位英雄,契丹援兵已到,此地不可久留!不如先跟我去玉泉山,到那里再细叙!"说完,嘬口长啸一声,赤褐马飞奔而来。其余二人也纵身跃上马背。三人纵马向玉泉山疾驰而去。

玉泉山距树林不过二十里。三人驱马狂奔,不足一顿饭的工夫就到了玉泉山下。半山腰有个白龙潭,方圆半亩,三面古柏参天,潭水清澈,潭水一侧是悬崖,一道清流直泄而下,注入潭中。

三人拴好马,在潭边坐下,各自互道原委。原来那黑衣人姓韩名令坤,是磁州(今河北省磁县)武安人氏,出身将门,从小习武,威猛过人。辽兵侵占中原,占据京城开封,飞扬跋扈,鱼肉百姓,他便发誓要效法荆轲,刺杀辽帝。于是邀集了一群侠义志士,详细策划刺杀计划,无奈行动失败,遭到官兵的大规模搜捕。韩令坤等人在辽兵的不断追杀下,来到洛阳郊外,同伴尽数被杀死,他孤身一人苦战枣树林。若非有人相救,恐怕早已暴尸荒野了。

那白衣人复姓慕容,名延钊,是山西太原人,父亲慕容章是并州(今山西省太原市)刺史。因为不愿儿子长大后再过行伍生涯,立志将他培养成一个知书识礼的儒学之士。因此他自幼熟读各种典籍,平日里吟诗作赋,满口子曰诗云。谁料十六七岁时遇到一位云游道士,说他骨骼清奇,天生是练武的好资质,并愿意收他为徒,传授绝艺。当时战乱迭起,父亲也不再阻拦,于是边习武边读书,十几年下来,不仅练得一身好武艺,而且写得一手好文章。

互相道罢来历,慕容延钊手抚着枪杆,哈哈一笑,说道:"在下前往洛阳探视岳丈岳母,岂料尚未进洛阳城,便遇上了两位兄台,岂非有缘?谚曰:有缘千里来相会。此之谓乎?"赵匡胤、韩令坤一听,想到三人本素不相识,今日却在此时此地相遇相知,确实是机缘巧合,异口同声说:"真是有缘,真是有缘!"

赵匡胤站起身,拱了拱手说:"两位英雄,我们今日能相会于此,既是有缘,何不结为异姓兄弟,将来也好有个照应。不知两位意下如何?"

"好极!好极!"韩令坤乐得一蹦而起,"俺这条命是你们捡回来的,救命之恩,俺韩令坤一辈子也不会忘记,两位若不嫌弃俺粗鲁,那可真是俺的造化了。"韩令坤是个极憨厚爽快的人,对赵匡胤两人拔刀相助,心中早已是不胜感激钦佩了,何况赵匡胤天表神伟,有胆有识,慕容延钊潇洒倜傥,能武能文,都是当世罕见的豪杰之士。能与这样的人结为金兰,自然是求之不得,一百个愿意。

慕容延钊微微颔首道:"两位所言正合吾意。《易》曰:'同声相应,同气相求。'我们三人一见如故,肝胆相照,正该结为异姓兄弟,将来齐心协力,纵横天下,亦不枉此一生!只是在下不才,年龄虚长,恐怕辱没了两位青年英雄。"

"两位千万不要说什么嫌弃、辱没之类的客套话,这样反见外了。我赵匡胤见识虽浅,却也知道两位都是顶天立地的男子汉大丈夫,今日有幸与两位结交,实在是大慰平生。"

慕容延钊微微一笑,从行囊中取出一个酒葫芦,对两人说道:"今日山野之中,我三人姑且以此代杯,歃血为盟。"

于是三人各自割破食指,将鲜血滴于葫芦中,三人的血在酒中融为一体。然后走到潭边并排跪下,按年龄长幼排序,慕容延钊,三十四岁,最长,是大哥;韩令坤二十四岁,是二哥;赵匡胤二十岁,自然是三弟。三人齐声盟誓道:"苍天在上,今日我三人在此结为异姓兄弟,从今以后有福同享,有难同当。若有违背,天打雷劈,神人共殛!"誓毕,将血酒一饮而尽。三人不约而同放声大笑!

刚刚恶斗了一场,三人早已饥肠辘辘。韩令坤脚步虚浮,脸色发白,只是死撑着。慕容延钊见状,从随身行囊里掏出几个红薯,递给韩令坤、赵匡胤,笑着说:"虽无酒肉,红薯亦可充饥。君子不耻恶衣恶食,一箪食,一瓢饮,不改其乐也。"韩令坤、赵匡胤听他满口文绉绉的,忍俊不禁,笑得前仰后合。

吃罢红薯,慕容延钊起身,用空酒葫芦打来潭水,喝了一口,道:"看来洛阳城是进不得了,愚兄准备先回太原,再做计较……"尚未说完,韩令坤抢过话头:"俺在来洛阳的路上,听说河东节度使刘知远已在太原称帝,公开和辽军对抗,天下英雄都归附于他,不如俺们也一起投奔他。凭俺弟兄们的武艺,不愁没有锦绣前程!"

"此事愚兄也有所耳闻!那刘知远称帝,虽未改晋国国号,但心术不正,必有私图;且此人獐头鼠目,实非明主。倒是他手下有一员最信任的大将,名唤郭威,勇武而多谋略,更兼宽厚容人,甚得人心。所谓良禽择木而栖,我辈真要投军,也须投在郭威将军麾下,方是良策。"

瞥见赵匡胤面露沉思之色,慕容延钊走过去拍拍他的肩膀,慢慢说道:"三弟,方今契丹兵入侵,中原纷攘,你我兄弟,正该奋发砥砺,驰骋疆场。愚兄以为,我三人莫若前往太原,效力郭威将军帐下。你看如何？"

赵匡胤抬起头来，面色凝重地说："两位贤兄所言极是。小弟虽驽钝，却也素怀报国之愿、建功之心，本当随两位兄长前往太原。只是小弟有一事未了，恕我不能同行。"

"不知三弟有何事？"两人异口同声问道。

"家父从军在外，已数年未归，杳无音信。前几日听人说，他在襄阳王彦超军中。小弟近期须先赶往襄阳，见过家父，然后再赴太原，与两位兄长会合。来去不过两三个月时间，不知这样可好？"

两人见他去意颇坚，况且探望父亲也是情理之中的事，也就不再多劝，说道："好，三弟，那就一言为定，我们在太原等你。"

"另外还有一件事情要烦劳两位兄长，如果辽兵已经北归的话，请两位设法去洛阳夹马营小弟家中报个信，以免家人挂怀。拜托了。"

"贤弟放心，我们一定尽快通知你的家人。只是你孤身一人南行，定要加倍谨慎。你要速去速回，你我兄弟早日相聚太原。到时我们再为你接风，把盏尽欢。"

夕阳西沉，暮色渐浓，刚刚结为兄弟的三人，各自上马远行……

第二章

襄阳城潜龙遭忌　龙兴寺高僧传法

赵匡胤豪兴陡起,说声"得罪了!"便使出一招力劈华山。谁知广济大师身形未动,只是举棍微微一带,赵匡胤就觉得自己棍中的力猛然间似乎卸去了大半,心中一急,又连忙使出一招横扫千军,接着是直捣黄龙,一点灵犀……可是都被广济大师轻轻松松一一化解。赵匡胤暗自心折,猛然收棍,倒地便拜:"大师棍法精妙,在下自愧不如,还请大师多多指点!"

赵匡胤辞别两位义兄,买得粮食回家,和母亲商量,决定去襄阳寻父。他一路昼伏夜行,尽量避开官道,抵达襄阳城下时,已经是三月底了。襄阳地处荆楚上游,东瞰吴越,西控川陕,南蔽荆衡,北接宛洛,檀溪带其西,岘山亘其南,汉水环萦,樊城对峙,堪称南北之通衢,中原之门户。

赵匡胤牵着马,从城东的阳春门进了城。只见城门内街道宽阔,店铺林立,人来人往,显得十分繁华,简直可与战前的洛阳相媲美。时已黄昏,人困马乏,须找个客店安顿下来。他沿着街道往前走,四下张望,一抬眼看到"悦来客栈"的匾额,便走了进去。

"客官,住店吗?"小伙计早已笑脸迎上。赵匡胤要了一间客房,交代伙计将赤褐马牵到后面的马厩里好生喂养,自己要了一壶酒,自斟自饮起来。心里正盘算着如何打听父亲的消息,忽听邻桌有人说:"陈二哥,你听说了吗?辽兵已经北归啦!"

"这谁不知道?据说辽兵临走之前大屠相州(今河南省安阳市、河北省临漳市一带),城中男子被杀得尽数不留,年轻妇女一概掳去,全城只剩下几百口人呢!那耶律贼真是作孽!"

"俗话说,善有善报,恶有恶报。此话真是半点不虚,前几天辽主耶律德光在杀胡林一命呜呼,真是报应不爽啊!"

听到这里,赵匡胤长吁了一口气,抓起酒壶,昂头将剩下的酒一饮而尽,随即高喊:"小二,拿酒来!"

小二赶紧过来添满酒。刚要离开,赵匡胤一把抓着他的手,将他按在凳子上,道:"在下请你喝酒,能否赏脸?"

"客官,你这是?……"小二一脸惶惑。

这襄阳地区民风剽悍,好斗轻生,动辄刀剑相向,借酒闹事更是家常便饭,所以小二一看赵匡胤的架势,立即惊惧不安起来。

"小二哥,不必担心,在下并无恶意。"赵匡胤见他害怕,便松开手,"请你喝酒不过两个原因,一则为辽兵北撤和耶律贼暴死;二则在下要向你打听一件事。"

"客官所问何事?"

"襄阳防御史王彦超将军的衙署在何处?你是否知道他手下有一位叫赵弘殷的军将?"

"防御史衙署设在城东南魁星楼旁边,离这里不远。至于赵弘殷,请恕小的见识短浅,确是不曾听说。不过,这也容易,客官去防御史衙署一问便知。"

那小二转身刚要走,忽然又转过身来,拍拍脑袋说:"你瞧,我差点忘了。防御史衙署有位姓王的将军,每天都要来小店喝两杯。客官明日问他便可知晓了。"

第二天早上,赵匡胤醒来已是日上三竿了,忽然记起今天要与那位王将军会面,便赶紧穿衣洗漱,走下楼去。

刚走到桌旁坐定,便听到店中伙计在高喊:"王将军,你来啦,快里边请!"

赵匡胤一抬头,一位身着戎装的军将正大步走了进来,大声唤道:"小二,快叫厨房弄几个小菜过来!"这军将约莫二十三四岁年纪,瘦高个子,双臂奇长,鹰钩鼻,黄眼眸,两颊如刀削,眉宇间流露出一股凶悍骄矜之气,一看便知是辽西一带汉人与胡人的混血种。

伙计紧步走过来,弯腰将他引到赵匡胤的桌旁,满脸堆笑地说:"王将军,你这边坐。这位客官想向你打听个人。两位慢聊!"

赵匡胤站起身,双手抱拳做了个礼。

"这位兄台如何称呼?不知欲向在下打听何人?"眼见面前这个年轻人气宇轩昂,那军将的骄矜之气不觉减了几分。

"在下姓赵名匡胤,家父赵弘殷,不知王将军是否听说过,还望告知一二。"

那军将一听,不由得一愣,继而朗声大笑:"哈哈,原来是赵兄!请恕在下眼拙。快请坐,请坐!"接着又转头对店小二吩咐道,"来两壶好酒,菜只管拣好的上,今天我要与赵兄来个一醉方休!"

"王将军……"赵匡胤大惑不解,正要开口询问,却被那个军将打断:"赵兄万不可如此称呼。在下王审琦,只不过是王彦超将军手下的一名校尉,离将军还差得远呢!早就耳闻赵兄大名,一直无缘拜会,今日一见,实在是夙愿得偿啊!"

"王兄过奖,"赵匡胤心中惦念父亲,便问:"请问王兄,家父还在襄阳吗?"

"赵兄恭喜了。令尊赵将军因为作战有功,被朝廷提升为凤翔军都指挥使,前几日已往凤翔赴任去了。赵兄要是早到几日,便可遇到令尊。"

酒菜陆续端了上来,摆了满满一桌子。王审琦将酒杯斟满,端起来道:"赵兄,在下曾居洛阳,对赵兄仰慕已久,今日在此相遇,也算是他乡遇故人。来,干了这杯酒!"说罢,一饮而尽。

"好,王兄果真是痛快人。在下承蒙王兄款待,实在是受之有愧。既然王兄如此说,我就恭敬不如从命了!"

两人一见投缘,便推杯送盏对饮起来。接连几杯酒下肚,赵匡胤想到父亲已经前往凤翔,此番襄阳探父不遇,不知下一步该怎么办,沉思间酒杯不觉停了下来。

酒酣耳热之间,王审琦指着桌上一盘茎青根白的菜蔬道:"赵兄,尝尝此菜。此名藜芦,又称鹿葱,茎似葱白,根似马肠,须加些油盐在锅中微炒,佐以香醋麻油,吃起来香脆可口。这可是襄阳的特产,在其他地方可是无法享受到这等口福的!"

赵匡胤用筷子夹起,尝了一尝,果然清脆爽口,别有一番滋味。两人吃得开心,杯箸齐下,痛快至极。

王审琦边吃边问:"不知道赵兄以后有何打算?"

"在下原本是为了打听父亲的消息。而今打算去太原和新结拜的义兄一起投郭威!"赵匡胤沉思一下回答道。

王审琦一听,把筷子往桌上一放,劝道:"赵兄何必舍近求远呢!目前北方形势极为复杂,刘知远称帝,辽主耶律德光死后,永康王耶律兀欲、赵延寿、杜重威都想做皇帝，前景实在难料。倒不如留在南方，投在王彦超帐下，以观其变；况且你我二人意气相投，正该彼此倚重照应，岂能刚相识便离别呢？"

赵匡胤见他说得颇有道理，便问："不知王彦超何许人也？"

"王将军是大名府临清人，为人温和恭谨，礼贤下士，笃信佛教，曾在凤翔重云山出家为僧，人称三宝将军；且他与令尊有旧，自然会对赵兄多加关照。赵兄不必多虑，三日后我代为引见王将军。"

王彦超的私宅在防御史衙署后面，远离闹市，十分清静。当时正值春天，院子里黄莺婉转，花草繁茂，阳光从雕花窗帘的斜格子里射进来。

王彦超是个三十多岁的矮胖子，穿着随意的家居衣服。因为平时从不焦躁恼怒，加上保养得法，所以面容白净光滑，竟如女子一般。单从外表上看，很难想象这是一位在战场上出生入死二十年的、老谋深算的将军，倒更像是一位慈眉善目的得道高僧。他悠然踱进客厅，在实木椅上坐下。椅子扶手上的丝绸光滑而富有质感，宛如女子的肌肤一般，让他感到一阵惬意。

王彦超忽然想起昨天王审琦对他说，赵弘殷的儿子赵匡胤要来拜见他，希望能在他帐下谋个军职。阳光舒服地洒在他的身上，让他有种说不出的惬意陶然，又带着点舒服的困倦。

迷迷糊糊之中，他恍惚置身于汉水之滨的茫茫荒野。天地昏暗，雷雨大作。突然，从正北方向飞出一条赤龙，摇头摆尾，直逼过来。那龙鳞、龙须、龙爪，犹如赤红的火焰，尤其是那一对龙目，眈眈相视，好像要洞穿他的五脏六腑……他被赤龙逼得无路可走，不禁大叫一声……

王彦超猛然惊醒过来，才知道是南柯一梦。摸一摸心口，还在突突地跳，内衣凉沁沁的，梦中的情景依然历历在目。他是个极相信命数的人，惊魂甫定，便暗自揣摩起梦中所蕴涵的玄机，"我属虎，与龙相克不相生；我居于南，龙从北来，南北势必冲突。我今年三十六岁，是为本命年，有禅师说我今年当谨慎，方可保平安。如此看来，这赤龙乃是我本命年的克星。可是这赤龙究竟所兆何人呢？"

正在胡思乱想之际,管家匆匆来报:"将军,王审琦领了一个年轻人来求见。"他手一挥,示意让他们进来。

"将军,这位就是赵匡胤!"

王彦超张开双目,眼光落到赵匡胤身上,心中猛然咯噔一下。只见赵匡胤赤脸赤须,浓眉斜矗,不怒自威,双目所触,令人局促惶恐,如芒在背。王彦超立刻联想起梦中的赤龙,"莫非赤龙便应在此人身上?适才所梦乃是佛祖对我的即时警示?看来此人万万不可留在身边。"他心中虽然这样想,脸上仍显得十分热情。招呼二人坐下后,唤下人沏茶,摆上点心,便开始寒暄起来。

"匡胤,洛阳家里的人都还好吧?"

"托王将军的福气,家人都还安好。"

"此番来襄阳,让王审琦陪你四处走走,游览游览名山古迹,多住些日子再走也不迟。"

"王将军,"赵匡胤从椅子上站起身来,"不瞒您说,在下此次来襄阳,本为探望家父。现今家父调任凤翔,在下意欲投在将军麾下,效命奔走,冲锋陷阵,赴汤蹈火,亦在所不辞!殷殷此情,还望将军鉴察。"

王彦超叹了口气说道:"阁下将门之子,英彦之才,若能入我帐中,那真是王某的大幸!只是舐犊情深,于情于理,你都应当去凤翔,侍奉在父亲身边。令尊与我是故交,我岂敢留其爱子,令世人齿寒呢?"

赵匡胤、王审琦刚想开口辩解,王彦超摆摆手道:"两位不必多言,请不要陷我于不义!"随即叫管家取来白银二百两,赠给赵匡胤,"王某清贫,无以为赠,绵薄之意,望请收下。此举实出无奈,还望你能体谅我的苦衷!"

事已至此,多说无益,二人出了王府,王审琦便愤愤地说:"哼,这个老狐狸,态度变得这么快,也不知他葫芦里卖的什么药!"

赵匡胤心知王彦超忽然婉拒,必有缘故,故在一旁没有作声。倒是王审琦在一边讪讪道:"赵兄,在下答应为你引荐,没想到王彦超这个老家伙,这么不能容人!不如在下和赵兄一道另投明主算了!"

赵匡胤见他着急,笑笑说:"王兄无须动怒,万事讲究一个缘字,此地不留爷,自有留爷处。明天,我想去那闻名已久的岘山一游。过两日,便往太原去和两位兄弟会合!"王审琦见此,也只好作罢。

第二天一早,赵匡胤随便用了早点,骑着赤褐马,慢悠悠地朝城南走去。出了文昌门,城外是一望无际的原野,绿草如茵,繁华点点,远处起伏的群山,在雾岚中显得缥缈而神秘。

赵匡胤骑着赤褐马,直奔岘山而去。

岘山又名岘首山,在襄阳城南七里,虽不如五岳高峻雄奇,却也是雄踞湖襄,峙临汉水,自有一番秀美灵气。赵匡胤牵着赤褐马,不慌不忙地上山,一路欣赏着景色,自有一番悠游滋味。

此时已是落日苍茫,如血的残阳给天地间的一切镀上了一层悲壮的色彩。层山叠叠,松涛阵阵,清冷的山风吹在脸上,赵匡胤不禁精神大振,豪情顿生:男儿就该像这山风一般,迅猛强烈、满腔豪情、无所羁绊。

岘山山顶有一块著名的"羊祜碑"。据《晋书》记载,西晋大将羊祜镇守襄阳,统率天下兵马时,曾多次与朋友邹湛登临此地。兴尽悲来,对邹湛说道:"自有宇宙,便有此山,由来贤达胜士,登此远望,如我与卿者多矣,皆湮灭无闻,使人悲伤!如百岁后有知,魂魄犹应登此也!"羊祜死后,襄阳百姓在此立碑,望其碑者莫不流泪,所以晋代文人杜预称此碑为"堕泪碑"。自此以后数百年来,"羊祜碑"已和岘山融为一体。登临之人至此,无不生出一种迁逝之感、生命之悲!

赵匡胤站在山顶,手抚被岁月和风雨侵蚀的斑驳的碑身,俯瞰东流的汉水和雄伟的襄阳古城,不禁心情激荡,思如潮涌。

想当年,羊祜在襄阳安抚士庶,垦田积粮,准备一举灭吴,完成统一天下的大业,以名垂青史,可是终因朝廷的牵制而大志未遂!前贤已逝,山河依旧,缅怀古人,想到自己同样至今功名未就,不由得感到一阵深沉的忧虑和惆怅。即便是所有登临此山的人,又有几人能摆脱湮灭无闻的命运呢?

赵匡胤想起远在洛阳勉力支撑的母亲、温柔美丽的妻子、年纪尚幼的弟弟妹妹,这些人注定是他这一辈子无法摆脱的牵挂,只是眼下兵荒马乱,也不知他们怎么样了。想到这里,赵匡胤的心情变得沉重起来。

眼看天色已晚,赵匡胤信马由缰地沿着山路下去。小路两旁是浓密的松树林,松林深处传来涧水淙淙流淌的声响,偶尔一两声清脆的鸟鸣,在寂静的山涧回转,脚下的松针发出轻微的沙沙梭梭声,一切都是那么静谧。

深山藏古刹。没过多久,一座寺庙便出现在赵匡胤的眼前。这是一座早已破败的寺院,只有那早已倾颓的墙垣,青苔丛生的琉璃瓦,在依稀诉说着它曾经的辉煌和世人的冷落。

赵匡胤牵着马,走上前去,看到寺门正上方的庙额上,写着"龙兴寺"三个古朴苍劲的大字,那木制的匾额上蛛网纠结,尘埃遍布,已是破败不堪。正在他暗自感叹的时候,寺内走出一个面貌清癯,须发皆白,身穿黄色僧袍,肩披袈裟的老僧人。他缓缓走上前来,单掌对赵匡胤施礼道:"阿弥陀佛,施主是否姓赵,从洛阳来?"

"正是。"赵匡胤答道,心中一阵疑惑。

"阿弥陀佛。老衲终于等到施主了!"

赵匡胤惊愕不已,便问:"在下从未与大师谋面。大师何出此言?"

"此事说来话长。施主,请随我来。"

赵匡胤跟着老僧进了寺门,将赤褐马拴在廊柱上,然后跟随老僧一路穿过佛祖殿、观音殿,最后来到僧众住的禅院,在一间幽静雅致的禅房坐下。立刻就有一个十四五岁的小沙弥端上两杯茶,恭恭敬敬地放在桌上,悄然退出。

"施主,请用茶。"那老僧端起茶杯,向赵匡胤做了个手势,微微颔首道,"老衲是本寺住持,法名广济。施主疑惑之事,听我慢慢道来。"

原来这龙兴寺建于南朝萧齐永明年间,在荆襄一带很有名。此寺的上任住持灯禅师,早年云游四方,历览天下名山大川,广结善缘。六十岁以后接任住持,便不再出山,专心研究佛经,参悟禅理,教授门徒。唐末大乱,兵连祸结,生灵涂炭,灯禅师反复观测星象,细研谶书,料定天下将有数十年的祸劫。于是,倾尽平生之所学,参研古代各种兵书,潜心研习,撰成《舆地与兵法》一书;又凭他数十年的功底,创立了一套神奇的棍法，号为"浑天棍法六十四式"，以待有缘之人。

八年前的中秋之夜，灯禅师将广济大师唤去，神色淡然道："尘缘有限，终须一别，今晚即是为师的大行西归之期，以后就由你接任本寺住持，弘扬佛法了。此外，为师尚有一桩心事未了，须由你去完成。"

说完，他又指着案头一个锦盒和一根红褐色的齐眉棍说："此盒中装有《舆地与兵法》《浑天棍法六十四式》两册书，凝聚了为师毕生心血；这浑天棍乃以昆仑山赤龙木所制，坚硬无比，无坚不摧。你要好好保管这两件物品，八年后的仲春时节，将有一位姓赵的施主，从洛阳来本寺，他便是此书与此棍的有缘人。到时你将书与棍交给他，并留他在舍中钻研，一百日后方可下山北去。此事关乎佛门盛衰，黎民祸福，万万不可有半点差池。切记，切记！"说完，口占偈语一首：

　　会得祖师真妙诀，
　　无得无物又无说。
　　驱散乌云千万重，
　　一点灵心明皎洁。

念毕，端坐而化。当时龙兴寺上空出现朵朵五色祥云，或如华盖，或如莲叶，持续了整整三天，方始散去。

广济大师说完，离开座椅，从柜子中取出黄绸布包裹的锦盒和浑天棍，递给赵匡胤："施主，这便是先师留给你的书册和浑天棍。"

"天下之大，人海茫茫，怎见得在下就是灯禅师所指的有缘人？大师还是慎重行事为好。"赵匡胤郑重其事地劝道。

"阿弥陀佛，四海之内，除了施主，还有谁能受此重托？善哉，善哉！"

见广济大师执意如此，赵匡胤说了声"愧受"，接过浑天棍和锦盒，对广济大师作了个揖道："大师既道我是有缘之人，在下也就不再客套，姑且收下这份厚礼。只是在下惦念家中老母，又与两位兄台有约在先，恐怕不能留在贵寺仔细研习了！"

广济大师微微一笑道:"灯禅师留下遗言,让你务必在寺中参习一百日,方可下山,想是自有深意!况且一切自有天意,施主不必挂怀,就请安心留在本寺潜心研习吧。"

赵匡胤低头一想,也许这是个奇遇也说不定,便点头答应了。广济大师早已为赵匡胤收拾好一间幽静客房。当天晚上,赵匡胤就在灯下仔细研究那两册书。那浑天棍法理解起来并不困难,主要是以"太极生两仪,两仪生四象,四象生八卦,八卦复衍生六十四卦"的《易》理创成的,倒是《舆地与兵法》,看似平常,其实暗藏玄机,颇让他感到困惑。赵匡胤一直看到很晚,才昏昏睡去。

第二天,天刚蒙蒙亮,赵匡胤就被一阵喝彩声惊醒。睁开惺忪的睡眼,朝窗外一望,只见七八个年轻僧人,正围着一个精壮汉子打拳。看到精彩之处,便发出一阵阵喝彩。那汉子虎背熊腰,气势如虹,一拳一脚都携带着一股雷霆般的威猛,透着一股浓重的杀气。赵匡胤看了,不禁黯然心惊,神情骇然。

赵匡胤从小习武,却从未见过如此威猛的拳法,不由涌起一股争强好胜之心。他取出浑天棍,走了出来,摆个架势,运气于胸,舞将开来。赵匡胤这套棍法是祖传的游龙棍法,一共三十六式,讲究的是以气驭棍,棍随意行,他自小演练,早就烂熟于心。只见他直劈横扫,前挑后搠,进退有度,开阖自如,力刚势猛,虎虎生风。练武的僧人一看,纷纷围过来,一齐喝彩。赵匡胤心里一阵得意,更是将棍子舞得如车轮般飞转。一瞥眼,看到广济大师也正站在人群中观看,嘴角微笑,似乎有轻蔑之意。赵匡胤收式定神,走上前道:"让大师见笑了,晚辈随意舞了一通棍法,还望大师指点一二!"

"施主这套棍法,果然好看,只是临阵对敌,重在实用,招式繁复,反成累赘!且棍随意转,固然潇洒,若无章法,必生破绽。"

赵匡胤心高气傲,心里兀自不服。广济大师一笑,从旁边僧人手里,拿过一根普通木棍,对赵匡胤道:"施主若是不信,不妨放手攻来,看看如何?"

赵匡胤豪兴陡起,说声"得罪了!"便使出一招力劈华山。谁知广济大师身形未动,只是举棍微微一带,赵匡胤就觉得自己棍中的力猛然间似乎卸去了大半,心中一急,又连忙使出一招横扫千军,接着是直捣黄龙、一点灵犀……可是都被广济大师轻轻松松一一化解。赵匡胤暗自心折,猛然收棍,倒地便拜:"大师棍法精妙,在下自愧不如,还请大师多多指点!"

"阿弥陀佛!施主快快请起!施主棍法,已然不俗,只要将浑天棍法六十四式勤加苦练,自是受益不尽!"

赵匡胤这才知道浑天棍法果然精妙非常,从此便在龙兴寺安心住了下来。白天在广济大师的指导下练习棍法,有时抽空向打虎拳的弘忍学几路拳法,或者向那个叫觉慧的小沙弥讨教几招剑术;晚上就在灯下细细研读那本《舆地与兵法》,日子倒也过得极快。

天气一天天热起来,不知不觉赵匡胤已在龙兴寺住了将近三个月。这段日子里,他的功力大大提高,对《舆地和兵法》也有了大致的了解,对广济大师、觉慧等人的感情也越来越深。一百天的期限终于到了,广济大师在大殿为赵匡胤饯行,弘忍和觉慧在一旁侍立。

赵匡胤从内心深处希望广济大师答应让觉慧和自己一起下山。从第一眼看到觉慧起,赵匡胤就觉得和他特别投缘,在龙兴寺的这段日子里,每天都是觉慧来给他送水送饭。那觉慧长得眉清目秀,话虽不多,心思却极为细密,这一点和自己的弟弟匡义很像。

赵匡胤对比自己小十几岁的弟弟匡义,怀着一份很复杂的感情,有时候他觉得自己不只是他的兄长,在感情上更像是父子。匡义打小就是一副少年老成的样子,不愿意和小伙伴们玩耍,却整天窝在家里遍览群书典籍,一副喜怒哀乐不形于色的样子,有时候连赵匡胤也不知道他心里在想些什么。

"老衲以茶代酒为施主饯行。施主当以天下苍生为念,戒杀好生,造福万民。此外,佛门引人为善,普度众生,异日还希望施主慈悲为怀,存之兴之。阿弥陀佛,善哉,善哉!"

赵匡胤听了,有点茫然不解。广济大师的话总是蕴涵着深奥的玄机,叫人摸不着头脑,他也不便深究。他刚想提觉慧的事,却听到广济大师唤了一声:"觉慧,你过来!"

觉慧慢慢走上前道:"师傅,弟子在!"站在那里一脸沮丧。

"你不是很想下山去见见世面,开开眼界吗?为师便成全你,让你去尘世中历经一些磨难。"看到觉慧的脸上露出又惊又喜的表情,广济大师从柜子中拿出一把剑和一个小皮囊,交给他说:"觉慧,你带着这把宝剑和这数十支燕子镖,跟随赵施主下山。天下大定之日,即刻回山,不得眷恋世俗的浮华,你可记住了?"

"师傅,弟子记住了!可何时方是天下大定之日呢?"

"无须多问,到时自然明白!"

赵匡胤不禁喜出望外,连忙插嘴道:"多谢大师。弟子一定好生照看觉慧,请大师放心!"

众人来到寺门口,广济大师对赵匡胤道:"施主,老衲有数言相赠。"

赵匡胤正容答道:"敬听大师教诲。"

广济大师随口念道:"今当往北莫南行,他日黄袍自加身。削夺藩镇重文士,根除北患为子孙。"

赵匡胤心中不解,但知多问无益,于是默默记在心上。

觉慧含泪拜别广济大师,同赵匡胤一起驱马而去。

广济大师手捻佛珠,目送两人渐渐远去,消失在苍茫的暮色中。他长长叹了口气,抬头仰望苍穹,喃喃念道:

　　气宇冲霄大丈夫,
　　寻常沟渎岂能拘。
　　手提七尺浑天棍,
　　直取骊龙颔下珠。

念毕,缓缓走入寺中。空旷的寺门外,只有弘忍一人依然伫立在那里,朝着赵匡胤、觉慧离去的方向,久久凝望着。

第三章

顺阳山初试身手　相国寺众人投军

众人来到殿中,行过礼,韩令坤一一介绍,郭威满脸笑容地招呼众人坐下,对赵匡胤说:"久闻贤侄大名,延钊、令坤也多次在我面前提起你,夸你智勇双全,是人中之杰,今日一见,果然是英气逼人!长江后浪推前浪,将来就看你们这些青年英雄的啦!"

赵匡胤和觉慧离开龙兴寺,下了岘山,直抵襄阳。二人要先去会见王审琦,然后再一同前往太原。

一直住在龙兴寺的觉慧,一进襄阳城,初次见到如此繁华的街道,喧闹的人群,睁着一双大眼睛四处张望,脸上露出孩子般的惊奇。赵匡胤领着觉慧来到悦来客栈,因为是熟客,掌柜的格外热情,很快一切便安排妥当。

赵匡胤见觉慧光着个头,穿一身灰色僧袍,便对他说:"觉慧,你现在下山了,这样穿着太打眼,给你换身衣服吧。"

"一切听从赵施主安排。"

"看你,还叫赵施主!以后就叫我赵大哥吧。对了,觉慧,你进龙兴寺以前的俗名叫什么?"

"我原来姓李,我娘他们都管我叫良儿。后来他们都被乱兵杀死了,师傅救了我,把我带到龙兴寺,教我识字学武,又替我取了觉慧这个法号。"

"好,那我以后就叫你李良吧!走,大哥陪你上街买两件换洗衣服去!"

两人出了阳春门,再到文昌门,一口气将半个襄阳城逛了个遍。回到客栈,洗了澡,李良换上新买的白短褂、黑马裤,头戴一顶黑纱帽,显得精干又英俊。

赵匡胤打趣说:"这下小沙弥变成了美少年啦,可别叫人抢去做女婿啊!"说得李良"刷"地红了脸,腼腆得跟个大姑娘。

第二天上午,两人正在吃饭,王审琦来了。一见赵匡胤,便赶了过来,"赵兄,数月不见,你怎么会在此地?"说到这里,突然发现赵匡胤身边坐着一个齿红唇白的英俊少年,不由眼睛一亮,便问:"这位是……?"

"王兄,请坐!"赵匡胤站起身来,"这位是我结交的兄弟李良。李良,快叫王大哥!"李良见王审琦长相凶恶,眼睛里带着股邪气,心里着实厌恶,无奈碍着赵匡胤的面子,只好极不情愿地叫声"王大哥",然后低头继续吃他的饭菜。

赵匡胤和王审琦简单聊了下自己的经历,便打听这几个月来北方的时局动态,这才知道中原政局发生了很大变化。

辽兵北撤后,耶律兀欲果然当了皇帝。六月,刘知远率郭威等人乘机进入开封,复之以东京,置开封府,改国号为汉。不久,刘知远改名刘暠,即后汉高祖。邺州(今河北省临漳县)留守、天雄节度使杜重威,见辽军已撤,连忙向后汉上表称臣。刘暠想动摇他的根基,调他担任归德节度使。谁知老奸巨猾的杜重威拒不受命,滞留邺州,阴结辽军,公开与后汉对抗。

"眼下后汉、辽、杜重威三足鼎立,尤其是后汉与杜重威之间关系紧张,战争一触即发。王彦超等一批镇外将领,虽大多表示归服后汉,但实际上是拥兵自重,徘徊观望。王彦超这个人,胸无大志,优柔寡断,难有大的作为,在下也想另择明主!"

赵匡胤想到广济大师离别时,叮嘱他务必北去,正好自己本来就想要去太原,和两位兄弟会合,就对王审琦道:"听说郭威将军胸襟开阔,非王彦超之流可比;加上我两位兄弟慕容延钊、韩令坤已经投军在那里,自可为我们引荐。不如我们一起去投奔郭将军,不知王兄意下如何?"

"好!"王审琦将杯中酒一饮而尽,"我即刻回去收拾一下,牵两匹马过来,我们立刻动身。"

赵匡胤、李良、王审琦三个人,一路策马飞奔,几天后就抵达了顺阳镇。此时正是酷暑天气,骄阳似火,天地间就像一个巨大的火炉,喷发出一阵阵热浪。三人连日赶路,早就是浑身汗臭,口干舌燥,就连胯下的马儿也直喘粗气,身上汗津津的。

赵匡胤看到路边有一家小酒店,回头对王、李两人说:"天气太热,不如暂且在此地歇息片刻,吃点饭菜,再继续赶路。"三人下了马,将马交给店小二饮水喂料,然后各自提了一大桶水,就在路边,光着上身擦洗开来。

王审琦呼噜呼噜,整个脑袋都扎进水桶里,老半天才抬起头来,大呼痛快。一回头,瞥见李良也脱了短褂,只穿裤衩,在那里冲凉,健康而光滑的肌肤,在阳光的映照下,闪着青春的光泽,忍不住转过身偷偷地看。

李良正自顾冲凉,忽觉得有点不对劲,回头一瞧,正好迎上王审琦那双眼睛正盯着自己。本来李良就对王审琦没好感,一看他不怀好意地盯着自己,便狠狠地瞪了他一眼,回过身去。王审琦像被黄蜂蜇了似的,倏地转过身子,再也不敢四处乱瞧了。一边的赵匡胤装作未看见,心中却暗暗发笑。

原来,王审琦有个怪毛病,他不喜女色,却有龙阳之好。自从见到李良,他便生了觊觎之心,只是碍于赵匡胤的面子,才勉强压住心中的欲火。这天夜里,他出去小解,回房时经过李良房外,李良正倚在窗前纳凉,端的是俊秀非凡。王审琦按捺不住汹涌如潮的欲望,悄悄溜了进去,猛地从后面将李良一把抱住。

李良情急之下,回头一看,竟是王审琦,又羞又怒,也不说话,身子猛地向下一沉,右肘朝后重重击去,正击在王审琦的肋骨上,痛得他龇牙咧嘴,却又不敢叫出声来。

王审琦自恃臂力奇大,经他抱住,一般人无法挣脱,因此,他这一招屡屡得手。他以为李良也是那种软弱可欺的绣花枕头,可李良一出手,他立刻就后悔了,肋骨处传来一阵阵剧痛,让他明白李良的功夫非同寻常。一惊之下,也顾不得痛,拔腿就跑。

隔壁赵匡胤听到李良房中好像有动静,放心不下,连忙赶过来,却迎面撞见李良满眼泪水,双唇直抖,手里拿着一把利剑,喊着要杀王审琦。赵匡胤连忙上前,一把抱住,好说歹说,才把他按到凳子上坐下。

李良把王审琦如何溜进自己房间,又被自己打跑的事,一五一十说给赵匡胤听。赵匡胤又气又好笑,可也不好发作,只得轻声安慰李良:"王审琦这个家伙,真是混账!不过你放心,吃了这次亏,以后他再也不敢来惹你了。如果他下次还这样,我就宰了他!"

第二天一早起来,三人见面,王审琦自知理亏,脸上讪讪的。赵匡胤明白,行伍出身的人,总是有些坏毛病,见他还有知错之意,再加上这人还算讲义气,将来也许用得着,也就不把事情挑明,总算给他留点面子。不过,李良仍然窝着满肚子的火,见了王审琦便将脸扭过去,死活都不理睬他。

擦洗完,三人找了张桌子,围着坐下,一边喝酒吃菜,一边商量选择哪条路线去开封。这顺阳镇属邓州地界,是襄阳通往开封的必经之地。顺阳镇因为顺阳山而得名。

顺阳山在镇子的北面,山的东边是官道,道路宽而平坦,但要多走很多弯路;山的西边有一条小路,虽然坎坷险峻,却是直路,差不多可以省半天时间。赵匡胤三人年轻力壮,都愿意走西边的小路。

店小二一听说他们要走西道,上来劝道:"客官,不是我有意吓你们,这条道不太平,的确走不得!"赵匡胤、王审琦一听,异口同声地问:"小二,这条路怎么就走不得?"

小二面露难色,四下看了看,压低声音,说:"三位客官有所不知。最近这顺阳山上聚集了一伙强盗,为首的寨主叫王仁。他本是唐州(今河南省泌阳县)人氏,父母早亡,从小学了一身武艺,又好吃懒做,不谋生计,只是仗着一身本领,在乡里横行霸道。后来因为杀了人,逃到洛阳。正赶上辽兵南侵,他在洛阳城外与'打草谷'的辽军发生冲突,一怒之下,杀了十几名辽兵。"

那小二顿了顿,又接着道:"再往后,他逃到这里来,聚集了本地一大群流氓散勇,当起了山大王。辽兵北撤后,他也不回唐州,依然留在山上,过着打家劫舍的强盗生涯。这伙人不但洗劫来往的商贾,甚至连官府的物资也敢抢,有时没路可劫,还去抢夺附近的殷实人家。此人心狠手辣,被抢的人稍有反抗,必定杀得不留一个活口。又因为他使得一手好剑,脸上长满了麻子,当地人都称他为'王剑儿'或'王麻子'。在这一带,只要提起'王剑儿',没有人不心惊胆战的。这王仁的山寨,就在顺阳山西侧,所以知道底细的人,都不敢走西道,唯恐羊入虎口,送了自家性命。我看三位客官相貌堂堂,仪表不凡,所以好意出言提醒。"

店小二一口气说完,连连四下张望。

"如此横行不法,官府岂能熟视无睹?"赵匡胤愤愤地说。

店小二摇了摇头，脸上露出无可奈何的神情："哪还有什么官府！大家都忙着打仗，争着当皇帝，谁还有心思来管我们百姓的事啊！倒是那王剑儿的人马越来越多，势力也越来越大。唉，这也难怪，这年头不去抢别人，就要被别人抢，老百姓都过不下去了，还不如上山投王剑儿呢！"

赵匡胤浓眉直竖，双掌一击，恨恨地说："明知山有虎，偏向虎山行。我倒要看看那王剑儿，是不是真有三头六臂！"

"客官，看得出你们都是习武之人，只是他们人多势众，我看各位还是听我的劝，能避开就避开吧，何苦招惹这帮杀人不眨眼的强盗呢？"

"狗屁！"王审琦拍案而起，"几个小蟊贼也想挡我们兄弟的道？惹得大爷火起，干脆端了他的山寨，让那狗屁王剑儿，也知道马王爷有几只眼！"

见此光景，那店小二知道再劝也没用了，叹了一口气，走开去招呼其他客人了。

三人草草吃过饭，将各自的杂物用包袱裹了背在肩上，手里握着兵器，骑马直奔顺阳山西道。顺阳山并不高大，地形却极其复杂，沟壑纵横，山峦起伏，浓密的灌木与高大的乔木纠结在一起，即使是夏天，也给人一种阴森森的感觉。

三人进了山，沿着并不开阔的山道，小心翼翼地往前走。这样走了约半个时辰，仍然没有什么动静，李良将剑插入鞘中说："我看强盗是不会来了。我们身上又没有金银财宝，他们何必来找我们的麻烦？"话还没说完，就听到路旁的树丛中似乎有响动，赵匡胤勒住马缰，叫声："小心！"李良将剑拔了出来，紧紧握在手中。

四周一片死寂。

突然，一声尖锐的哨声打破了山林的寂静。一群身穿黑衣、扎白头巾的强人"呼"地跳了出来，横在路上。为首的一个，手提双刀，往前走了两步，对赵匡胤等人大声喊道："过路的客人听着，我们是王剑儿的部下，此番前来并不想为难各位，只要留下那匹赤褐马，我们立即让道！"

原来，赵匡胤他们一到顺阳镇，就给王剑儿的探子看到了。探子见那赤褐马高大雄健，威风凛凛，想到王剑儿也喜欢骏马，急忙回去报信。

王剑儿听了自然欢喜,便派了个小头目,率几十名弟兄去抢马。

赵匡胤见这里的地形不宜马战,跳下马来,回答道:"假如我们不遵命,那又如何?"

"不留马,就把命留下!"那小头目恶狠狠地说。

"那你们就来试试,看留下的是谁的命!"王审琦手持双锏,咬牙切齿地嚷道。

"上!"那小头目手一招,五六十名强盗嘴里呼喊着,一窝蜂地围了上来。赵匡胤刚刚学成下山,有意试试浑天棍法,却也不想过多伤人,大喊一声,冲进强盗群里,劈扫挑搠,左右开弓,转眼间,便有十几个强盗丢了兵器,躺在地上呼爹叫娘。

王审琦可就不像赵匡胤那么仁慈了,那双黄眼珠冒着凶光,左手伸出铁锏,架开对方兵刃,右手铁锏狠命砸下,随即腾起一片血光。他杀得性起,如法炮制,接连又有五六个强盗死于锏下。

李良守着马匹,偶尔有几个迂回过来的强盗,就挥剑挡开,充其量在对方的手臂或大腿上轻刺一剑。在龙兴寺过了这么多年,广济大师的话,他牢记在心,虽然下了山,可是不到万不得已,他实在不忍心杀人。

正当李良小心对付那帮强盗时,一个满脸络腮胡须的彪形大汉,偷偷从草丛中跃出,举起朴刀就要砍过去。王审琦一眼瞥见,大吼一声,纵身跳起,在空中将右手铁锏奋力掷去,正打在那大汉的脑袋上,大汉仆地倒下,血溅得满地都是。王审琦拾起铁锏,也不说话,重又杀进群盗当中。

那小头目见赵匡胤神勇非常,王审琦又凶神恶煞、神出鬼没,想要偷袭也无法得手,自己的人又越来越少,心中一慌,转身就跑,剩下的二十来个还能跑动的喽啰,也赶紧随他逃命。一伙人兔子似的跑得飞快,转瞬之间就消失在灌木丛后面。

王审琦杀得性起,还要追赶,被赵匡胤制止了。

三人跃上马背,加快速度,继续前行,"嘚嘚"的马蹄声,在山谷间显得格外清脆。前面是一片开阔地,过了那里不远,便是山口了。赵匡胤的赤褐马跑得快,若不是等王审琦和李良二人,此时只怕早已过了山口。

赵匡胤做了个手势,示意后面的王审琦、李良快跟上。三人快马加鞭,开阔地过了一大半,赵匡胤正暗自庆幸,前面突然传来一阵隆隆的巨响。只见山口两侧的陡峭山崖上,巨石和檑木滚动着呼啸而下,声势骇人。顷刻之间,本来就相当狭窄的道路,就被木石给堵住了。

赵匡胤见势不妙,连忙勒住马头,李良和王审琦也停了下来。三人正在商量如何出山口,后面又响起了喊杀声。赵匡胤知道是王剑儿领寨兵追来了,心一横,拨转马头,迎着来兵冲过去。

双方相隔数丈,在开阔地中央停住。那里黑压压站了一片的人,赵匡胤估计了一下,至少也有四百人,还有十多个人骑着马。中间一人,身材高大,剃着光头,满脸麻子,胯下骑着一匹雄骏的白马,银镫银鞍,煞是威风。显然,他就是那大名鼎鼎的寨主王剑儿。

赵匡胤暗想,强龙不压地头蛇,若数百人一齐拥上,三人便难以脱身;且杀戮太多,也于心不安;只有降伏了王剑儿,叫他自己让出道来,才是上策。主意一定,他驱马向前,高声说道:"王寨主,为何要苦苦相逼?"

王剑儿扯开嗓子吼道:"好小子,你们杀了俺那么多的弟兄,俺王仁会放过你们吗?识相的赶快下马受缚,免得大爷动手!"

"以王寨主这么响亮的名头,莫非要一起上吗?"

"哼,好小子,口气倒是挺硬啊,只要胜过俺手中这口宝剑,你们只管走人!"

"王寨主一言九鼎,可不能后悔啊!"赵匡胤见他上了钩,心中暗暗高兴,拍马就要上前。

谁知王审琦早已赶在他之前,催马向王剑儿猛冲过去。王剑儿见了,右手一招,一位身穿僧袍的胖大和尚纵马抢出,手举禅杖迎住王审琦,乒乒乓乓战成一团。王审琦双铜翻飞,左扫右砍,变化多端,那胖大和尚虽然劲大气壮,但身体不够灵活,难以应付那飘忽不定的铁铜。

眼看胖大和尚就要落败,王剑儿身后那个黑瘦道士一声怪叫,策马舞动双剑前来助阵。这道士不仅剑术精熟,而且十分狡猾,一上来,就全力攻王审琦的下盘。王审琦棋逢对手,抖擞精神,施展浑身解数,勉力敌住这一僧一道。斗了半个多时辰，还是不分胜负。眼看太阳开始偏西，再相持下去于己不利，赵匡胤跃马冲出，喊了一声："王兄暂且下去休息，待在下来会会这两位英雄！"便用浑天棍接住那僧人和道士的招式。

王审琦此时已觉力绌，加之从未见过赵匡胤与强敌交手，也想见识见识他的身手，便将马缰一带，出了圈子，骑在马上观看。

李良见赵匡胤上阵，连忙取出两枚"燕子铛"，握在手中，双眼紧紧盯着对方，伺机而发。如果赵匡胤发生了什么意外，他就不能不大开杀戒了。

赵匡胤本想速战速决，所以一上来，便使出了浑天棍法的精髓。对方二人，立刻感觉到一股强大的压力，场上的形势也发生了变化。赵匡胤棍法圆熟自如，无半点破绽可寻；使出的每一棍，都挟带着雷霆般的气势和威力，而且招招相续，绵绵不断，那僧、道二人被逼得手忙脚乱，拼命支撑。战了五六个回合，赵匡胤瞅准时机，左边挡开攻过来的禅杖，右边"当当"两声，击落了道士的双剑，再顺势向前一搠，那道士闪避不及，当胸着了一棍，倒于马下。

胖和尚情知不妙，双腿一夹，催马就要逃跑。赵匡胤追了过去，大吼一声，泰山压顶一般，棍子直砸在马的腰肋处。可怜那匹健马，顿时被砸得血肉横飞，轰然倒下。那胖大和尚结结实实摔在尘土里，爬也爬不起来。不到一杯茶的工夫，自己的两大高手就遭如此惨败，王剑儿不禁心生害怕，一边的王审琦也暗自叹服，李良则松了一口气，将"燕子铛"放回袋中。

赵匡胤也不理睬地上的一僧一道，双手将浑天棍横握在胸前，径直来到王剑儿面前，神态自若地说："王寨主，请赐招吧！天色不早了，在下还要赶路呢！"

王剑儿的武功，比那一僧一道也高明不了多少，刚才一看赵匡胤的神威，明白若不是对方手下留情，只怕那两人早已成了人家的棍下之鬼！此时哪里还有那种跋扈之心、藐视之意？他稍稍定了定心神，抬起衣袖擦了擦额上的汗珠，定睛一看，赵匡胤那丰颐隆鼻、宽额浓眉，依稀在哪儿见过。心念一动，在马上拱手问道："敢问英雄贵姓大名？"

"行不更名,坐不改姓,在下赵匡胤是也。不知王寨主有何见教?"

王剑儿不由一惊,翻身跳下马背,对赵匡胤连连作揖,嘴里道:"在下有眼不识泰山,多有冒犯,真是罪该万死,还请赵大哥宽恕!"

赵匡胤听王剑儿如此说,心中十分纳闷,也便下了马,向他询问端详,这才知道事情的原委。

原来半年前,韩令坤在开封刺杀辽主耶律德光,紧接着赵匡胤等三人又在洛阳城外大闹枣树林,杀死耶律德光的四名贴身侍卫。辽主震怒,四处张贴榜文,绘出图像,悬重赏捉拿三人,而他们的壮举,也因此传遍中原,令各地豪杰敬仰不已。

当时王仁在洛阳看到告示图像,从旁人议论中得知赵匡胤的名字,因心中倾慕,便记在心上,他后来杀辽兵之举,多少受了赵匡胤他们的激励。没想到落草之后,竟在这顺阳山将心中的大英雄当成了打劫的对象。

说到这里,王仁后悔不迭,拱手道:"在下有眼无珠,几乎酿成大错。听凭赵大哥发落,俺王仁绝无怨言!"说着就要跪下。

赵匡胤连忙挡住,说:"不知者不当罪。王寨主,不必如此!"转身叫过王审琦和李良,对王仁一一介绍,接着说:"我们急于去开封,请王寨主赶快让道吧!"

王仁为难地说:"赵大哥,山口的路已被堵住,清除那些木石也颇费时日。现在天色将黑,是否请赵大哥在山寨中歇息一宿,明早再起程?"

王仁的年纪比赵匡胤大五六岁,却一口一个"赵大哥",赵匡胤见他确是出自至诚,也就随他叫去。此时天色已晚,太阳西沉,赵匡胤心知,除了按王仁的话行事外,再无其他办法,只好点头答应。

王仁见赵匡胤答应,心里那个高兴劲头就甭提了,赶紧吩咐手下的小头目,带着一百来号人,去清除山口的木石,又叫几个人,抬上受伤的胖大和尚和瘦道士,领着赵匡胤他们去山寨。

山寨建在顺阳山西侧的一处陡崖上。走到崖下,夜色已经降临,王仁下令点起早已准备好的火把,沿着小径逶迤上山。过了约莫半个时辰,才登上山崖。赵匡胤回头望去,只见上百个火把蜿蜒如龙,在昏黑的天幕下,显得十分壮观,借着火把微暗的光,再一瞧,那陡崖又高又滑,徒手根本无法攀登。而脚下这唯一可通山寨的小道,也是崎岖狭窄,举步维艰。赵匡胤心想,果真是一夫当关,万夫莫开的天险之地!只要守住这条道,积贮足够的粮食、武器,任你有千军万马,也只能望寨兴叹。

他一转念,又想到那些拥兵自重的藩镇和以抢掠为生的山大王,无一不是据险而恃,自成一体。当今天下,不知还有多少诸如此类的大小山寨,给一方百姓造成无穷的灾难。想到这里,赵匡胤不禁百感交集,喟然怃然。

第二天早上,王仁设宴为赵匡胤三人饯行。桌子上摆满了陈年佳酿、山珍海味。酒到酣处,王仁叫手下端出一只托盘,盘子上放着一个檀香木盒和一把小巧玲珑的短刀。他对赵匡胤拱手行礼,诚挚地说:"赵大哥,在下冒犯虎威,罪不可赦。蒙您大人大量,不仅不怪罪,而且不计前嫌,屈临敝寨。在下感恩戴德,没齿不忘。特备薄礼,还望赵大哥笑纳!"

他揭开盒盖,里面装满了光彩夺目的金银珠宝,其价值恐怕在万金以上。王审琦在旁边看着,不由得瞪大了眼,直咽唾沫。接着,王仁又拿起短刀,将刀从刀鞘中拔了出来。那刀约七寸长,精钢打就,寒光闪烁,锋利无比。

赵匡胤走过去,将盒子盖上,又从王仁手中拿过短刀,插入鞘中,放回托盘,微笑着说:"珠宝、利器皆贵重之物,然君子不夺人之所好。王寨主,你还是收起来吧!你若真把我当朋友,我倒有一言相劝。"

"赵大哥请训示。"

"从今往后,你不要再骚扰附近的村民。这些年来百姓够苦的了,你还忍心雪上加霜?告诉你,多行不义必自毙,恶贯满盈之时,报应自会到来。你好好思量一下吧!"李良在旁边听了,心中暗暗叫好。

"赵大哥教训的是,在下以后再也不敢放肆。"说罢,王仁又拿起短刀说,"我知道赵大哥英雄本色,不愿让那些抢掠来的珠宝玷污了清白之身。这把短刀是俺家传之宝,未沾半点污秽,请赵大哥务必收下,否则便是看不起俺王仁了!"说着便双手捧刀,跪了下去。

赵匡胤见他如此心诚,只好伸手接了过来,递给一旁的李良收好。一把挽起王仁说:"我的话你可要记住,切莫令我失望!"

"大哥的话,小弟自当谨记!"

赵匡胤心中牵挂着家人和两个结义兄弟,片刻也不愿意多耽搁,王仁没办法,只能早早地罢席,让他们三人启程。王仁一直送到山口,才拱手作别:"送君千里,终须一别。赵大哥,将来有用得着在下的地方,只要捎个信来,俺王仁赴汤蹈火,在所不辞!"

赵匡胤一跃上马,对王仁拱拱手说:"后会有期。"说罢,三人便策马一路向北疾驰而去。

话说赵匡胤、李良、王审琦三人披星戴月,日夜兼程,一路风餐露宿,出了邓州,越过许州(今河南省许昌市),只用了七天就到达了开封。

开封是中原重镇,历史悠久的古都。早在战国时期,魏惠王就在此建都,号曰大梁;汉置陈留郡,后魏置梁州,唐代置汴州;后梁、后晋皆定都于此,号为东京,置开封府;辽主耶律德光入据开封时,曾降其为汴州,后汉高祖刘暠一进开封,马上恢复为东京,重置开封府。经过历代的经营扩建,开封城周回数十里,城墙高大坚固,布局规整有序,防御系统严密,成为当时规模最大的政治经济文化中心。

赵匡胤的岳丈家就在开封,对开封自是相当熟悉。他领着王审琦和李良,从城南中门朱雀门进城,一路直奔相国寺旁边的悦来客栈。由于后汉刚刚建立,根基未稳,开封城中驻扎了大量的军队,巡逻的士兵和零散的兵勇在街上随处可见。

赵匡胤拉住一个士兵,向他打听郭威的队伍驻地,才知道郭威已被朝廷命为枢密使,总管军事机务,枢密院暂设在相国寺。

相国寺前身为建国寺,建于北齐,唐代重修,因唐睿宗原封相王,故登基之后,改名为相国寺。其规模宏伟,巍峨壮观,寺中各类房屋多达千余间,中庭廊庑可容纳近万人,堪称天下第一古刹。

赵匡胤匆匆收拾完毕,来到相国寺,只见寺门台阶上站着两排手持长矛的卫士。他刚要过去询问,寺内走出一个年轻的军校,浓眉大眼,虎背熊腰,挎着腰刀,煞是威武。

赵匡胤忙上前迎住,双手抱拳:"这位壮士,在下想向你打听个人,不知可否?"

"尊驾所问何人?"

"请问慕容延钊、韩令坤是否在枢密院当差?"

那军校听到这两个名字,眼睛一亮,盯着赵匡胤看了半晌,忽然开口道:"对,你就是赵兄,赵匡胤!哈哈,你终于来了!"

"壮士何以知道在下的名字?"

"经常听人念叨,岂有不知?赵兄无须细问,请随我来!"

相国寺回廊杂沓,赵匡胤曲曲折折,不知转了多少个弯,终于来到一间朱漆房门前。那位将军一把推开房门,高声喊道:"韩兄,慕容兄,你们看谁来了?"

慕容延钊和韩令坤正在下棋,抬头一看,赵匡胤站在门口,都惊呆了!韩令坤将手中的棋子一扔,大喊一声"三弟",便朝快步走来的赵匡胤迎了上去。

兄弟三人紧紧抱在一起。

好不容易平静下来,三人坐下,彼此将几个月来所发生的事情从头细说了一遍。原来赵匡胤的父亲已从凤翔调来开封,全家也跟着搬到此地。

"刚才那位兄台是——?"赵匡胤忽然问道。

"噢,他叫石守信,我们都叫他石头!那可是个打起仗来不要命的家伙啊!"韩令坤抢着答道。

傍晚,赵匡胤回到开封的新家,与家人别后重逢,自然有说不完的话。

第二天,赵匡胤吃过早饭,向父母问过安,便出了家门,来到悦来客栈找李良。赵匡胤拍了拍李良的肩膀,笑道:"李良,昨天慕容大哥他们可来过?"

"来过!慕容大哥那么飘逸潇洒,令人好生仰慕。"李良赞叹道。

赵匡胤接着又问:"王审琦没有再欺负你吧?"

李良眉头一蹙:"他敢!"赵匡胤见他气还未消,连忙打哈哈道:"那就好。走,我们去相国寺!"

赵匡胤去客栈楼上叫来王审琦,与李良三人来到相国寺。李良见相国寺如此宏伟壮观,不禁感慨万千道:"龙兴寺若有这里一半的规模,我师傅不知会高兴成什么样呢!"

慕容延钊、韩令坤、石守信都在。大家一见面,免不了又是一番介绍寒暄,彼此都很投契。

慕容延钊说:"三弟,当时在洛阳城外,我们约定好,都投郭将军帐下,现在伯父在京城,身为护圣都指挥使,君子见机而制宜,三思而后行。怎么决定,就看你的了。"

"无须再想。小弟早已决定,投郭将军帐下,与各位兄弟一起,携手同心,将来好好干一番事业。只是不知郭将军是否愿意收留?"

赵匡胤因在襄阳为王彦超拒绝过,心中颇存疑虑。

"三弟不必担心!俺们早已向郭将军推荐过你,何况咱们在洛阳城外杀契丹贼的事,他也知道,哪有不收的道理!"

韩令坤听说赵匡胤仍然决定投奔郭威,兴奋之情溢于言表,"他娘的,俺们兄弟三人,再加上石头、王兄和李良兄弟,便是横行天下也不怕了!"

"那何时去见郭将军呢?"赵匡胤问。

韩令坤说:"择日不如撞日。郭将军正在知客殿处理机务,俺这就领你们去见他,如何?"

赵匡胤略作沉思,抬头对李良说:"李良,让你投军当兵,你愿不愿意?"当时天下动荡,僧人、道士从戎的不计其数,早已司空见惯,况且李良遵师命下山,原本就有跟随赵匡胤的想法,也就一口应允。于是,赵匡胤等三人当即跟随韩令坤去见郭威。

郭威在当时是名震天下的大英雄,字文仲,本来是邢州(今河北省邢台市)尧山人,三岁时随父母迁居太原。他身材魁伟,勇猛好斗,年轻时也是沾染了一身无赖习气的主,因为曾经在身上刺了一只青雀,所以人送他一个外号"郭雀儿"。郭威十八岁就效命沙场,投在潞州(今山西省长治市)留守李继韬麾下。虽说投身军中,可是那专爱打抱不平的性子,依旧不改。

有一次,郭威喝醉了酒,来到上党市场。那市场上有个屠户,身高力大,凶暴异常,普通百姓都唯恐避之不及。郭威早就想好好教训一下那家伙,为四围的百姓出口恶气,于是故意让那屠户亲自给他割肉,百般挑剔,稍不如意,就大声叱骂。

那屠户何曾受过这等恶气?勃然大怒,把衣服往两边一扯,对郭威说:"有种你就杀了我!"郭威二话不说,拔出刀来便捅入屠户的肚子里。后来郭威被官府抓住要治罪,但李继韬爱惜他是个将才,找个机会,故意放他逃走了。

再后来,郭威又被河东节度使刘知远罗致帐下,深得信任。后晋出帝开运三年(946),契丹犯帝阙,晋帝北迁,郭威与苏逢吉、杨邠、史弘肇劝刘知远建号称帝。刘知远在太原登位时,百事草创,新朝的内外机要事务多依赖郭威。刘知远进驻开封,建大汉国号,即封郭威为枢密使、检校太保、总领天下兵马。郭威不仅勇力过人,而且通兵法、知权谋,胸怀远大,为天下英雄所敬仰。

韩令坤领着赵匡胤一行,来到郭威处理机务的临时处所知客殿,叫他们在殿外等候,自己先进去通报。一会儿,韩令坤出来,悄悄对赵匡胤说:"郭将军让我领你们进去,看样子他挺高兴的。"

众人来到殿中,行过礼,韩令坤一一介绍,郭威满脸笑容地招呼众人坐下,对赵匡胤说:"久闻贤侄大名,延钊、令坤也多次在我面前提起你,夸你智勇双全,是人中之杰,今日一见,果然是英气逼人!长江后浪推前浪,将来就看你们这些青年英雄的啦!"

赵匡胤见郭威跟父亲差不多年纪,方脸大耳,虎目生威,虽然位极人臣,却和蔼可亲,心中的仰慕不觉又增了几分。站起来,双手抱拳,上前对郭威道:"蒙将军夸奖,在下深感惭愧。久闻将军有胸怀江海、吞吐日月之志,广纳天下贤才,故与两位朋友前来投奔,愿效奔走之劳。"

郭威哈哈一笑,说:"你父亲与我同庚,现任护圣都指挥使,你何不跟随父亲,一来可彼此照应,二来于晋升更为有利?"

赵匡胤朗声回答:"在下虽驽钝,却也耻于托庇父荫,乞食余泽,宁愿凭自己的真本事效力沙场,自取前程!"

"好一个效力沙场,自取前程!"郭威在几案上猛击一掌,倏地站起来,"好小子,有志气!就凭你这句话,我也不会让你走了。你先留在我帐下,与令坤等人同为军校,等将来积有功劳,我再向朝廷保荐。"

王审琦也被录为军校,李良则编入郭威的侍卫亲兵。三人谢过郭威,同韩令坤一道出了知客殿,赶紧把这个好消息告诉慕容延钊、石守信。大家一听,自是高兴万分。

韩令坤在一旁兴高采烈道:"咱们兄弟今晚一定要去倚香楼喝个痛快,一来为兄弟们找到安身立命之所表示庆贺,二来嘛,也算是为三弟,还有李良他们洗尘。大哥,你看如何?"

慕容延钊听了,在旁边淡淡一笑,兀自不作声,韩令坤可就有点急了,连忙转头跟石守信求救。

这"倚香楼"是开封最有名的妓院,石守信、王审琦都是好色之徒,平日里自然经常光顾,如今见韩令坤一提议,纷纷点头。

赵匡胤本不愿去,但见大家都兴致极高,自己不去,恐怕扫了大家的兴,只好答应了。

第四章

倚香楼仗义救美　伏牛山降虎存君

　　赵匡胤满脸笑容,忙着招呼前来贺喜的客人。正在宾客喧哗之时,一个国字脸、浓眉大眼的男子,走上来道:"在下郭荣,与妹夫张永德,奉家父之命,前来向赵兄道喜!"从身后随从手中,取过两个装饰精美的礼盒,"一点薄礼,不成敬意,还请赵兄笑纳!"

当天傍晚,赵匡胤和他的一帮兄弟兴致勃勃来到端池街的倚香楼。端池街是开封有名的花街,妓院林立,酒楼遍布,无数达官贵人、富商巨贾日日在此千金买笑,偎红倚翠。

几个人一进大门,涂脂抹粉的鸨母,一阵风似的迎上来,一口一个客官,比见了亲爹还亲,扭着肥臀,将他们引到二楼的一个大房间坐下。楼上传来悦耳的歌声。

韩令坤翻着菜谱,点好酒菜,大家喝着茶聊了一会儿闲话,酒菜陆续端上来,山珍海味摆满了桌子。紧接着,六个年轻漂亮的姑娘如一团彩云似的飘了进来,分别站在每一位客人旁边,笑闹着直往客人身上贴。韩令坤、王审琦早就习惯了这种场合,可李良刚从龙兴寺出来,哪里见过这样的场面?一张脸通红,显得不知所措。

慕容延钊端着酒杯站起来道:"来,三弟,王兄,李良,喝了这杯酒,算是为各位接风了。"说罢,一饮而尽。众人也都豪气冲天,一饮而尽,只有李良端着酒杯,犹豫着不敢喝,尴尬地看着赵匡胤。

赵匡胤看他窘得满脸通红的样子,忍不住笑着说:"李良,你就喝了吧!入乡随俗,况且只要你心中有佛,何必拘泥于形式呢?"

韩令坤在旁边起哄:"你再不喝,俺可要硬灌啦!"说着就要动手。

李良见赵匡胤如此说,只好硬着头皮喝了半杯。

酒过数巡,众人都已酒意盎然。石守信抱着身边的姑娘,连摸带搂地忙活开了。韩令坤则干脆一张大嘴,在姑娘脸上纵横驰骋,不亦乐乎。李良几杯酒灌下肚,早就晕晕乎乎。

身旁的姑娘见他生得俊秀,忍不住芳心荡漾,时不时故意用高耸的胸脯去碰碰他,要不就将樱唇挨着他的脸颊,在他耳边娇声软语地挑逗。李良何曾见过这种光景?越发拘谨,红着脸,一动不动坐在那里。那姑娘又嗔又气,暗地里伸出纤纤玉手,在他大腿上狠狠拧了一把,痛得李良猛地一惊,只好强忍住痛,不敢吭声。

正当众人喝得不亦乐乎之时,楼上的歌声停了,随即听到楼上"砰"的一声响,听得出是酒壶摔碎的声音,紧接着,脚步声、男人的咒骂声、女人的哭喊声,纷至沓来,乱作一团。

李良早就坐不住了,便趁着机会赶紧起身,出门想看个究竟。他走出房门一看,只见楼上一个彪形大汉,一边骂骂咧咧,一边连踢带踹,对一位纤弱的姑娘大打出手。那姑娘连滚带爬地想向楼下逃跑,那汉子仍然追着痛打。姑娘拼命挣扎,一不小心,从楼梯上滚了下来,正倒在李良的身边。

那姑娘猛地扑过来,一把抱住李良的双腿,哭喊道:"大哥,救救我!"

李良一看,那姑娘不过十三四岁的样子,衣衫不整,钗鬟凌乱,额角摔破了,鲜血直流,仰着一张满是泪水的脸,脸上一双明亮而充满稚气的眼睛,饱含着惊惧与哀求。

李良望着那张清丽的脸、那双眼睛,尤其是嘴角边浅浅的酒窝,下巴左边的一颗小红痣,心里不禁一阵战栗,脑海里浮现出小时候和妹妹一起荡秋千的情景。

正在李良出神的时候,大汉来到那姑娘身后,伸手便要揪她的头发。那小姑娘紧抱李良的腿,凄厉地喊道:"大哥,救我!"这一声呼喊,将李良从发呆的状态中惊醒。他热血奔涌,抢前一步,一掌打开对方的手,将姑娘拦在身后,大喝道:"滚开,别碰她!"

那大汉一看李良身形瘦弱,一副文质彬彬的书生模样,冷笑一声道:"瞧你那细皮嫩肉,也敢跑来逞英雄。干脆跟这婊子一起去陪我们家少爷吧!哈哈……"

李良一听,火冒三丈,也不说话,纵身跳起,左脚猛地踢出,把那家伙踢了个四脚朝天,趴在地上半天起不来。

一帮恶仆见自己人吃了亏,气势汹汹围了过来,指着李良吼道:"哪里来的野小子,竟敢管咱家少爷的事!你知道咱家少爷是谁吗?咱家老爷乃天平节度使,讳名高行周,咱家少爷就是在戚城击退辽军,立下赫赫战功的少年英雄高怀德。识相的赶快滚,别扰了咱家少爷的雅兴!"

李良正在气头上,双眼一瞪道:"我管你是什么节度使,什么英雄。看你们今天谁敢动这姑娘一根汗毛!"

高怀德一看,李良丝毫没有让开的意思,右手一招,六七个喽啰一拥而上,扑向李良。

再说里面赵匡胤等人,见李良迟迟不回,外面又吵得沸沸扬扬,连忙出门,正好看到一帮豪奴在围攻李良,也就不问青红皂白,犹如饿虎扑食,打将过去。那几个豪奴哪是他们的对手?转眼间,横七竖八躺了一地,还有一个,竟被韩令坤扔到楼下去了,也不知是死是活。余下的那几个还想去助阵,被高怀德制止了。他鼻子翕动了几下,阴沉着脸问道:"敢问几位是何方英雄?"

慕容延钊道:"行不更名,坐不改姓,我就是慕容延钊,他是赵匡胤,那位是韩令坤……"高怀德听了,眉头一蹙,心知今天的亏是吃定了,说声:"我们走!"便招呼手下喽啰,离开了倚香楼。

高怀德一走,吓得脸色发白、浑身颤抖的老鸨,才露出头来招呼客人。她一边招呼围观的客人回房,一边对赵匡胤等人说:"多谢各位客官救了绿珠姑娘。那挨千刀的高怀德,仗着家里有权有势,在开封府胡作非为,无人敢惹。说好了咱们绿珠姑娘卖艺不卖身,他偏要霸王硬上弓……"

原来她叫绿珠!

李良回头看着依然瘫在地上的小姑娘,心里有说不尽的怜惜。他弯腰扶起绿珠,上了楼梯,走进绿珠的房间,扶着她坐下,然后取来毛巾,小心翼翼地擦去她额头和眼角的血。觉察到绿珠的眉毛跳动了一下,他轻声问:"疼吗?"手放得更轻。

绿珠长长的睫毛一动,两行泪水顺着秀气稚嫩的脸,又流了下来。

望着那张酷似妹妹的脸,李良心里一阵黯然神伤。如果妹妹尚在人世,也应该有这么大了吧?

李良正在暗自伤神,鸨母一颠一颠地走了进来。李良搬了张凳子,让鸨母坐下,向她询问绿珠的身世。

鸨母告诉他，这姑娘姓陈，潞州人氏，本是大户人家的女儿，琴棋书画无一不通。谁知去年契丹南侵，兵乱中家人离散，她落入人贩子之手，并以五百两白银的价格，卖给了倚香楼。

鸨母的话，又勾起了绿珠对痛苦往事的回忆，她情不自禁地伏在桌子上，放声大哭。李良强忍泪水，走过去，在她肩膀上轻轻地拍了几下，安慰道："绿珠姑娘，别哭了。这样会伤身子的！"

绿珠哭着哭着，突然转过身来，扑通一声，跪在李良面前，双手紧紧抓着他的胳膊，呜咽着哀求道："大哥，我知道你是个好人，你……你带我走吧！做牛做马，我……我也心甘情愿！求求你，带我走好不好？"

那鸨母刚才还为绿珠伤心流泪，唉声叹气，一听说她要走，立马站了起来，"走？往哪走？你真要走，我还巴不得呢，拿银子来啊！五百两，加上这两年的花销，至少有一千两吧！只要有银子，你想去哪儿就去哪儿，我才懒得管呢！没钱，想都别想！哼！"

绿珠听了，呆在一旁，只是哀哀哭泣。李良看着她悲泣的样子，忍不住一阵心痛，可是他哪儿来这么多钱赎她出去呢？即使赎她出去了，自己无家无业，又如何安置她呢？

李良走过去，轻轻扶起绿珠，替她擦去脸上的泪水，柔声道："绿珠，你别着急，大哥会想办法把你赎出去的。以后别总是这么哭了，当心哭坏了身子。"

绿珠睁着一双水汪汪的大眼睛，凝视着李良年轻英俊的脸，听话地点点头，哽咽道："大哥，你说话可要算数啊！你一定要带我出去，我等你来接我呢！"

李良一狠心，快步走出房门。

一帮人走出倚香楼的时候，已是深夜。天空中淡月如钩，疏星斜挂，街道上行人稀少，显得格外空旷。晚风中吹来一阵呜呜咽咽、如泣如诉的箫声，越发令人备感凄凉。李良仰头看着天空，忽然感到一阵异常的忧伤，一种属于尘世的忧伤。他忽然想起下山前，广济大师看自己时的眼神……

却说高怀德带着一帮手下，垂头丧气地离开倚香楼，回到父亲在开

51

封府特意给他建造的府邸,又是摔东西,又是骂人,浑身气不打一处来。这也难怪,自打出生到现在,这二十三年来,他何曾受过这等窝囊气?

父亲高行周在后晋时,就是朝廷倚重的一员大将,曾率兵镇守延州(今陕西省延安市)、滁州,后任洛阳留守。后晋开运初,契丹屡屡犯边,高行周又被任命为北面前军都部署;后汉建立后,对高行周百般优抚,拜为天平节度使,总镇一方,权势显赫。高怀德十五岁就跟着父亲上阵杀敌,也立下了许多战功,尤其是他二十岁时,在戚城遭遇契丹大军,他率领数十名精兵,率先杀进敌阵,夺取对方的将旗,立下奇功。后晋帝亲赐宝带名马,还提升他为牙将,成了当时的风云人物。后汉初,朝廷为了拉拢高行周父子,又封高怀德为忠州(今重庆市忠县)刺史。

高怀德这次来开封,是来接受朝廷封赏的。他本想像以往进京城一样,尽情寻欢作乐,可万万没想到,在倚香楼竟然因为一个小姑娘,引出了一伙天不怕、地不怕的家伙,愣是不买他的账,玩儿似的,就把他一帮手下给打得鼻青脸肿。

平时高怀德去妓院,老鸨都是巴儿巴儿地讨好,谁敢跟他抢中意的姑娘?可是,当时他一看赵匡胤等人的身手,就知道自己出手是自找难看。何况郭威现在权倾天下,连当今天子都对他忌惮三分,若是得罪了他,只怕他们父子将来死无葬身之地,只好暗自晦气地走了。不过倚香楼这笔账,他也牢牢地记在心里。

高怀德经此一事,也无心寻花问柳,在京城盘桓数日,便恨恨地离开,前往忠州赴任去了。他这一走,绿珠的日子,也就好过多了。

天气一天天转凉,重阳节刚过,人们便换上了秋装。这时候,传来了后汉高祖刘暠要亲征邺州的消息。

原来杜重威拒绝朝廷调度,在邺州勾结辽军,意图不轨。刘暠令高行周为招讨使,镇宁军节度使慕容彦超为招讨副使,前往征讨。谁知两人来到邺州城下,因为意见不合,迟迟不肯出兵。刘暠担心大军驻守在外,迟早会引发兵变,便决定御驾亲征。

刘暠临行前将京城的军政大事托付郭威,自己率领大军,浩浩荡荡向郓州进发。刘昫这一走,朝廷政务全由郭威一个人处理。郭威夙兴夜寐,不敢出半点差错。每天送公文的人络绎不绝,他整日待在知客殿里,几乎足不出户。

这天上午,郭威处理完公务,看到外面天高气爽,突然豪兴大发,要去城外伏牛山打猎。他命人准备马匹弓箭,带着赵匡胤、韩令坤等人,兴致勃勃出了城门。

伏牛山在开封城西十三里。此山并不高峻,却连绵起伏,方圆数十里。众人打马上山,满山茅草和灌木,被山风一吹,起伏如波浪。众人久未出城,心中憋闷,被风一吹,不觉精神大振,纷纷策马奔驰。

飞奔的马蹄声打破了山上的寂静,灌木丛里的野兔、野鸡受到惊吓,纷纷四处逃窜。众人弯弓搭箭,瞄准猎物射去,一旦射中,便大呼小叫,又开始寻找下一个猎物。众人里,数郭威和王审琦的箭法最为高明,哪里有点风吹草动,抬手即射,几乎箭无虚发,引得围猎的将士齐声喝彩。

然而,这种射杀野兔野鸡所带来的乐趣和兴奋,很快就消失了,作为军人和猎手,郭威渴望那种搏杀猛兽的刺激与快感。他将马缰一带,朝树林深处跑去。赵匡胤怕出意外,紧随其后。李良也赶紧跟了上去。

前面是一片洼地,灌木丛生,不时有突兀嶙峋的怪石挡住去路。郭威跳下马,手持弓箭,往前一路追寻。忽然,一道黄黑色的影子,在茅草中一闪而过。凭着直觉,郭威知道那是一只小老虎,这也就是说,附近必定有只大虎。

郭威屏住气息,缓缓前进,突然闻到一股强烈的膻腥味,情知不妙,急忙转身,谁知慌忙中,一只脚卡在石头缝隙里,怎么也拔不出来。这时,只听一声怒吼,一只斑斓猛虎朝他直扑过来。郭威心想,此番休矣!

就在郭威准备决死一拼的时候,却听到老虎一声怪叫,睁开眼睛一看,原来李良和赵匡胤已经赶到了。李良见情势危急,扬手发出一枚燕子铛,"嗖"的一声,正中老虎右眼。那白额虎在地上打了几个滚,尾巴一甩,翻身而起,又向郭威扑去。

这母老虎为了救护幼崽,连自己的性命都不顾了,左眼流着血,一声怒吼,锋利的牙齿白森森地露在外面,扬起两只巨大的爪子,就要向郭威扑去。赵匡胤来不及拔出佩刀，大吼一声，张开双臂，一把将白额虎拦腰抱住，用头拼命顶住老虎的下巴，脚下用力一蹬，连人带虎一起滚落在茅草里。

赵匡胤死死勒住老虎的脖子，暗自用力，勒得那老虎不住地在茅草中打滚，试图摆脱他的钳制。赵匡胤丝毫不敢放松，死死地抱住。一人一虎就这样僵持着，翻滚着。李良在一旁干着急，可又不敢发手中的燕子铛，唯恐伤了赵匡胤。

相持一段时间之后，赵匡胤全身都麻了，胳膊上的力气也越来越小，可还是死命地抱住老虎，不敢松手。不久，他感到老虎滚动的频率越来越慢，挣扎的力气也慢慢减弱，心中一喜，使出最后的一点力气，猛力一勒。老虎软绵绵地瘫了下来，一动也不动了。

李良连忙跑过去，用腰刀在老虎身上猛力一砍，见没有动静，对躺在地上的赵匡胤喊道："赵大哥，赵大哥！老虎死了。你没事吧！"

赵匡胤睁开眼睛，瞧了一眼躺在身边的老虎，仰天瘫倒在茅草地上，几乎虚脱过去。

郭威一瘸一拐地走了过来，用手在老虎鼻子上探了探，再看看赵匡胤，连声赞叹道："好小子，你哪来的这么大力气，硬是活生生将这头母大虫给箍死了！"

这时，慕容延钊、韩令坤等人，也循声找来，见了那躺在地上的赵匡胤和死老虎，不知是怎么回事。待李良一一细说，也无不惊叹佩服。

众人把赵匡胤扶起来，发现他背部的衣服，被虎爪抓得稀烂，露出几十道深浅不一的血痕。赵匡胤这才感到疼痛。

郭威走到赵匡胤面前，拍拍他的肩膀，眼中满含赞许和感激的神色，说："匡胤，今天老夫这条命，是你救下的。多谢！"

郭威伏牛山大难不死，回城后全力主持大局。不久，邺州前线传来消息，说是刘暠亲自率领将士攻城，伤亡惨重，仍然无法攻下城池。

郭威心知这一战非同寻常，关系到天下全局。若攻城不克，杜重威得势，必然会进犯东京，各路将领拥兵观望，情势将变得十分复杂。他一方面调集京城附近的军队，加强京城的防卫，一方面四处搜集情报，仔细研究邺州的战局,思量攻城的良策。

赵匡胤见郭威整日苦苦思索,心事重重,估摸着是因为邺州战事,回到家中,便悄悄翻开《舆地与兵法》。他仔细研究了邺州的地形特点,越看越觉得此书奥妙非常。

这天晚上,赵匡胤带着亲兵在殿外当值,郭威眉头紧蹙,走出殿来,一边踱着步子,嘴里兀自念叨着:"攻还是围?……围还是攻?"

"将军是因为邺州战役决定不下吗?"赵匡胤走到郭威身边,轻声问道。

"你如何知道?"郭威微微有些吃惊。

"末将妄自猜测。"

"那你以为邺州之战,是速攻为好,还是围城逼降好呢?"

"邺州是名城古都,中原重镇,城墙坚固,四面空旷,易守难攻,况且杜重威苦心经营日久,甲兵勇猛,士卒同心,更有辽军相助。若想一举攻下,确非易事。依末将看来,不如四面包围,断其粮草,绝其援军,不出两个月,必然自乱。如此一来,杜重威除了投降,再无其他生路。兵不血刃而屈人之师,方为上策。不知将军以为如何?"

郭威听他分析得头头是道,心中暗自感叹,接着又问:"皇上急于夺城,为之奈何?"

"皇上求胜心切,原因有二:一是担心邺州耗时过久,京城有失;二是忧虑各路将士居心叵测,乘机作乱。请将军修书一封,说明京城的部署情况,既可以自避嫌疑,又可以消除皇上后顾之忧。如此一来,皇上自然会考虑围城逼降的建议了。在下斗胆胡说,不当之处,还望将军勿要怪罪。"

郭威没想到赵匡胤不仅勇猛过人,而且卓有见识,倒是一个不可多得的将才,心中不禁暗自惊奇,尤其是"自避嫌疑"之说,连自己都没想到。这赵匡胤年纪轻轻,心思却如此细密。

郭威深知刘崇素来多疑,自己擅自调动兵马之事,还未及禀告,如果有小人从中作梗,那刘崇必定会以为自己有异心,后果将不堪设想!

他连忙回到大殿,反复斟酌推敲,写了一封书信,表明心迹,献上计策,派人火速送往邺州。

刘昺看了郭威的信,如释重负,下令停止攻城,命令高行周、慕容彦超将邺州城四面包围起来。

挨了不到一个月,邺州城中粮草已尽,军心离散,杜重威一看局势今非昔比,惶惶不可终日。刘昺乘机派人送去劝降信,许诺赦免他的罪过,并仍授以检校太师之职。杜重威此时走投无路,只好素服出降,拜谒汉主刘昺。

刘昺在邺州停留了数日,留高行周为邺州留守,兼天平军节度使,自己和杜重威则立刻动身返回开封。郭威率领文武大臣,在城外亲迎銮驾。刘昺对郭威的围城之策,大为赞赏。

自此,郭威对赵匡胤另眼相待,将他视为心腹。

刘昺本属沙陀部落,他担心汉人不服,便以同为刘姓为由,强引汉高祖为远祖,改国号为汉。这次邺州告捷,除去了杜重威这个心腹大患,便又乘机建宗庙,定乐舞,大行祭祀典礼,借此进一步巩固自己的正统地位。

不料,皇太子刘承训在祭祀中受了风寒,且身体素来羸弱,加上数日来奔波劳累,竟然一病不起。尽管御医耗尽心思,多方治疗,仍未见疗效,终于在天福十二年(947)十二月撒手西去,年仅二十六岁。

老年丧子,是人生的一大伤心事。何况刘昺诸子中,只有刘承训最得宠爱,为人孝顺仁厚,明事达理,是他心目中最佳的皇位继承人。因此,刘昺伤心不已,在爱子的灵前一次次地晕厥过去。

在郭威等人百般安慰下,他终于同意将灵柩送回太原安葬,可从此以后,刘昺终日不见一丝笑容,心中常怀忧戚,身体眼看着一天不如一天。

鞭炮声中,又迎来了新的一年,却无法驱除笼罩在后汉皇宫上的阴霾。刘昺病体未愈,为了清除晦气,求得吉祥,诏令将这一年改为乾祐元年(948),大赦天下。然而,人的寿命自有定数,即使身为人君,拥有四海,大限一到,照样无法挽回。到了正月末,刘昺的病越来越严重,他深知自己痊愈无望,急召枢密使郭威、杨邠,宰相苏逢吉,宋州(今河南省商丘市)节度使史弘肇四人火速进宫。

郭威接到诏令,心中猛然一惊,不敢怠慢,当即赶往皇宫。他和其他三位大臣来到刘暠的病榻前,见他面容憔悴,气如游丝,不禁悲从中来。

刘暠强睁开眼,望了望跪在病榻之前的四位顾命大臣以及次子刘承祐,见他们面含忧戚,便拼着全身的力气说:"诸位爱卿不必悲伤,人固有一死,亦何惧哉!唯承训已殁,承祐当依次即位。朕虑他年少,将来国事,全靠诸位爱卿了!"

四人一齐跪下,应道:"臣等必将竭心尽力,辅佐幼主!"

刘暠长叹一声,抓住郭威的手说:"郭爱卿,眼下国基已立,辽人亦不敢南侵,但需谨防杜重……"说到这里,喉咙里一口气上不来,眼睛瞪着,似有无限的不甘。

苏逢吉等人慌得手足无措,刘承祐却要出门,唤后妃、皇子前来送终。郭威一把拉住他,虎目一扫道:"殿下暂时不要着急!"刘承祐被他这么一望,不由得后背发凉,只好停下。

郭威大步走出殿外,令人草拟了一份诏书,命令大内侍卫,带着三百禁卫军,即刻前往杜重威的私宅,捉拿杜重威以及他的三个儿子弘璋、弘琏、弘遂,押往市曹斩首。

一接到杜重威父子已斩的消息,郭威急奔御寝,附在刘暠耳边轻轻地说:"陛下,杜重威父子已在市曹处斩了。"

刘暠喉咙里咕隆了一声,随即双眼一闭,溘然长逝。

当天晚上,郭威与苏逢吉等人商议,并请示刘承祐,为防止引起混乱,决定暂时密不发丧;同时加强京城防卫,提防辽军乘机来犯。待一切安排妥当之后,才于二月中旬在万岁殿内召集文武百官,宣读先帝遗诏:"周王承祐,于灵柩前即位。规章制度,一依旧制。"当天,内外发哀,谥刘暠为高祖,葬于皇陵。

三月,刘承祐正式登上广政殿,会见群臣。这刘承祐年方十七岁,心胸狭隘,志大才疏,他见父皇去世以来,自己虽然贵为天子,却处处受到郭威、杨邠、史弘肇等人的牵制,根本无法发号施令,心中大是不满,可是自己刚刚即位,羽翼未丰,万事还得仰仗这班老臣,不得不将满腹怨恨埋藏在心里，表面上对他们还是毕恭毕敬。

这年五月里，赵匡胤的妻子贺氏生了孩子，母子平安。孩子满月那天，赵府张灯结彩，大摆宴席。赵弘殷身为都指挥使，赵匡胤又是郭威的亲信，故旧自是不少，这一天，赵府宾客盈门，热闹非凡。慕容延钊、韩令坤、石守信等人也都前来帮忙。

赵匡胤满脸笑容，忙着招呼前来贺喜的客人。正在宾客喧哗之时，一个国字脸、浓眉大眼的男子走上来道："在下郭荣，与妹夫张永德，奉家父之命，前来向赵兄道喜！"从身后随从手中，取过两个装饰精美的礼盒，"一点薄礼，不成敬意，还请赵兄笑纳！"

赵匡胤早就听说过誉满京城的"郭家双杰"，没想到两人今天竟一同前来贺喜，连忙拱手作礼，双手接过贺礼道："郭将军大驾光临，如何敢当？两位快里面请！"说完，与韩令坤、石守信陪着两人往客厅里走。

郭荣本姓柴，邢州龙冈人，是郭威夫人的娘家侄子，从小跟着郭夫人长大，跟随郭威左右。当时郭威家道沦落，膝下无子，见柴荣谨慎厚道，惹人怜爱，就将他收为义子，改姓郭。后汉初，郭威向后汉高祖举荐，授左监门卫将军。郭荣虽然出生寒微，却是仪表堂堂，雍容大度，而且弓马娴熟，精通兵法谋略。

张永德是并州阳曲人，与赵匡胤是同庚，精于骑射，据说曾在校场左右各距五十步，设十个箭靶，自己手握十支利箭，策马疾奔，左右开弓，十发十中，在京城一时传为佳话。由于他父亲张颖和郭威是至交，郭威见他武艺超群，便将女儿许配给他，因而成了郭家的女婿。

郭荣比赵匡胤年长六岁，却极有心计。自从刘承祐登基以来，郭威以顾命大臣身份执掌军政大权，君臣矛盾不断扩大。为防不测，他便秘密开始着手积聚力量。一方面，结交外镇将领，连成声势；另一方面，则竭力拉拢京城中的青年才俊，以形成自己的中坚力量。

从某种意义上说，谁能得到这批青年将士的支持，谁就占据了政治上和军事上的主动权，也就拥有了未来的无限可能，郭威心里十分清楚这一点。他之所以派郭荣亲自来赵府贺喜，很明显就是有意拉拢赵匡胤等人。

酒宴上,众人都是武将,喝得豪气干云,闲聊之中也多是些战场厮杀之事。韩令坤满脸通红对郭荣道:"他娘的,俺听说李守贞父子起兵谋反,我们兄弟早就闲得受不了啦,就盼望能痛痛快快,去战场上厮杀一番,强似在这里闷得发慌!"

　　郭荣微微一笑,故作神秘地说:"告诉各位一个消息。朝廷很可能派家父前往统率众军,讨伐叛贼。各位切莫泄露出去!"

第五章

郭威智取河中府　英雄暗醉温柔乡

　　这天傍晚,郭府里一片觥筹交错之声,数百根蜡烛,把整个大厅照得灯火通明。婚礼开始了,新郎新娘拜过天地,依礼见过父母,郭威夫妇坐在大堂上接受新媳妇的跪拜。郭威望着身穿大红礼服的符氏,透过薄薄的红纱盖头,隐约看到她那俏丽的面容和秋波流溢的双眸,心中不由得一阵惆怅。

时近中秋,皓月临空,皇宫大内里,重重叠叠的凤阁楼台,沐浴在如梦如幻的清辉之中,显得肃穆而深邃。

广政殿内,轻烟缭绕,烛影摇曳,汉主刘承祐心神不宁,在大殿中走来走去。他那瘦弱的身躯在宽敞的殿堂中愈显单薄,脸上流露出似乎不堪承受的焦虑与忧思。

自从李守贞等三镇叛乱,刘承祐再也无心和那些嫔妃宫娥寻欢作乐,为确保自己的皇位焦急筹划,以致思虑重重,寝食难安。

这李守贞在后晋时,就是位高权重的大将,素来镇守北疆,颇有威望,当时教坊伶人所唱曲子中,有"天子不须忧北寇,守贞面上管幽州"之语。他与杜重威是生死之交,后晋末,契丹入侵,他俩合兵于邺州共抗辽军。结果在滹沱河为契丹所败,两人投降,百姓恨之入骨。辽兵北撤后,汉主建国,他上表称臣,授以太保之位,移镇河中府,依然是统率重兵、独当一面的节度使。后汉高祖刘暠死,杜重威被诛,他心中不安;加上新主刘承祐年轻智短,四位顾命大臣资历比他浅,他以为有机可乘,便萌生了异心。

李守贞铁着心一门心思起兵造反,还有一个隐秘的原因。原来,河中城有个叫总伦的僧人,知道李守贞的心意,就跑去见他,吹嘘自己的占卜术天下第一,还说什么他命当为人君云云。

李守贞一听大喜,大大赏赐了他一番。这事过了不久,又有一个来自峨眉的道士,自称善听声音,还能依声推断人的贵贱。李守贞便把自己的家人叫出来,让那道士挨个听其声音。

李守贞的次子李崇训,刚娶了兖州刺史符彦卿的女儿为妻。那术士装模作样,听听这个,又听听那个,不言不语,后来听到符氏的声音,说她命中有大富贵,将来必能母仪天下。李守贞本就想谋反,听了道士的话,称帝的野心更为坚定,便加紧修缮城墙,积聚粮草,打造兵器。

正在这时,军校出身的赵思绾在长安发动兵变,占据城池,屠杀守吏,并派人给李守贞送来书信礼物,表示愿意归顺李守贞。李守贞大喜过望,俨然以帝王自居,自称秦王,下诏书封赵思绾为晋昌军节度使、检校太尉。紧接着,凤翔节度使王景崇,因为与朝廷发生矛盾,也派使者和李守贞联合,以图大事。李守贞得此二人相助,以为自己起事上合天意,下顺人心,愈加猖狂起来。

河中、长安、凤翔三镇先后谋反的消息,在朝廷引起了极大震动。汉主刘承祐与大将郭威等紧急商议后,决定派澶州(今河南省濮阳市)节度使郭从义率兵三万,攻打赵思绾;邠州(今陕西省咸阳市西北部)节度使白文珂率兵五万,讨伐李守贞;陕州(今河南省三门峡市)节度使赵晖率兵三万,征讨王景崇。

三路兵马同时西进。郭从义赶到长安城下,与赵思绾一交锋,便损兵折将,转而畏缩不前;白文珂对李守贞本来就有所忌惮,抵达同州(今陕西省大荔县)后,借故逗留不前;赵晖率兵来到咸阳,调集军需,部署兵士,一时之间,也不敢轻易发动进攻。就这样,双方一直僵持到八月,直把广政殿里的刘承祐急得团团转。

这天,刘承祐一大早就将苏逢吉召到宫中,商议对策。

苏逢吉与郭威素有过节,想借此机会将他排挤出京城,所以当刘承祐问他有何应对之策时,便作出一副深思熟虑的样子道:"三镇战局毫无进展,实因前线无得力的统帅,陛下若遣枢密使郭威前往统率诸军,必能荡平三镇,铲除叛逆。"

郭威接到诏令后,心中十分忧虑。李守贞统率禁军多年,不少将领受过他的恩惠,如今要他们倒戈攻打旧主,怎会拼死作战?只好连夜拜访太师冯道,请教良策。

冯道说:"李守贞乃前朝宿将,亲信部下遍布军中。将士之所以听命于他,不过是因为金银珠宝财货而已,郭公此番领兵,若能将官府的金银财宝尽赐将士,并多加抚恤,许诺克城后必有重赏,则将士必能归心,乐于听命,李守贞也就只能束手就擒了!"郭威大喜,谢过冯道,回府加紧筹划。

郭威一面调集兵马粮草，一面研究主攻方向。他认为李守贞为叛乱之首，一旦攻破李守贞，长安、凤翔不费吹灰之力即可攻下。然而刘承祐恨极王崇景，有意让他先攻打凤翔；诸将心畏李守贞，也大多主张先攻长安、凤翔。一时人心惶惶，主意难定。郭威便叫赵匡胤前来商讨策略。

赵匡胤已将《舆地与兵法》一书细细参详过，又结合三镇的地形，对战局进行了深入周密的考虑，见郭威相问，不慌不忙道："擒贼先擒王，当今三镇叛乱，以李守贞为首，若先取河中，其他两镇闻之丧胆，自可一战而克；况且长安、凤翔在河中西面，如舍近攻远，赵思绾与王景崇拼命抗拒我前锋，李守贞趁机袭我后路，岂不是自陷险境？"

郭威拍掌大笑："英雄所见略同，我也正有此意！"

郭威传下羽檄，令白文珂从同州进军，泽潞节度使常恩从潼关进军，自己亲率主力从陕州进军，三路兵马直抵河中。郭威听从冯道之策，将府库金银分予士卒，许以重赏；沿途所经，与将士同甘共苦；小功必赏，微过不责；士卒伤病，必亲自探视，那些禁军个个愿意拼死效力。

李守贞据守河中，自认为城高河深，兵锐粮足，外有长安、凤翔二镇互为依托，万无一失。等到三路兵马集结城下，他登临一望，只见旌旗飘扬，军容壮盛，不禁大惊失色。但事已至此，他也只好硬着头皮，督促手下将士拒守，同时暗自派心腹潜出城外，向辽军求救。

郭威从附近调集了两万民夫，由白文珂督领，在城四周挖掘壕沟，修筑连垒，命众将各率士卒，将城团团围住，偃旗息鼓，闭垒不出；又调遣水军封锁河面，日夜防备。李守贞计无所出，只好冒死突围，但汉军士气高昂，河中军根本无法突出去，李守贞只好又派使者，分头向南唐、西蜀、北辽求救，都被汉军一一捕获。眼见城中积粮越来越少，将士军心渐渐不稳，怨声大起。

李守贞手下有一个叫杨呐的道士，身手不凡，轻功绝佳，却生性凶残，极为好色。杨呐因采花杀人，被官府抓获，李守贞见他武功高强，是个可用之人，便免了他的罪，罗致到自己帐下，还特意将自己的一个美妾送给他。杨呐由此对李守贞死心塌地，发誓报恩。看到城中情况越来越严峻，李守贞一副忧虑不安的样子，他便自告奋勇去南唐搬救兵。李守贞深知别无他法,只好冒险一试。

当晚,杨呐怀揣求救信,和弟弟杨元一道,趁着夜幕的掩护,从城墙缒下,挥剑砍杀了几个巡逻的汉军士卒,突围出去。二人一路快马飞奔,赶往南唐,将李守贞的亲笔信交到南唐国君李璟手中。

李璟接到书信犹豫不决,便召集大臣商议。兵部侍郎魏岑上前奏道:"陛下,臣以为,这是个扩展疆域的绝好机会,请陛下出师以助李守贞,乘机削弱汉朝国力,以解除其对我南唐的威胁!"

李璟本是个无主见之人,一听魏岑的话,便诏令北面行营招讨使李金全领兵三万援救河中。郭威早有防备,得到消息后,把围城的重任交给白文珂,亲自率领四万禁军迎击南唐军队。

两军对峙于沭阳北境,各自列好阵势。李金全本是一位久经沙场的老将,见郭威壁垒森严,将士强悍,心知必败无疑,叹息道:"郭威为帅,李守贞死无葬身之地也!"乘夜拔寨,撤兵而去。

杨呐眼睁睁地看着唐兵撤走,自知劝说也是徒劳,不禁心急如焚,可是自己身受李守贞大恩,岂能弃主自保?反复思量,只有组织一支精锐的小部队,偷袭郭威的帅营,杀了郭威,使汉军群龙无首,才有可能解除河中之围。此举如虎口拔牙,九死一生,但为了报恩,明知是赴汤蹈火,他也在所不辞了。

杨氏兄弟急忙回到家乡涑水,散尽家中所有财产,招纳亡命之徒,又去城外玄元观,请了几位武功高强的师兄弟,总共聚集了三十余人,骑着快马,携着兵器,星夜赶回河中。

他们在接近汉军的地区潜伏起来,白天化装成平民,侦察郭威帅营的地点,了解汉军的布防情况和巡逻路线,晚上袭击零散的汉兵,换上他们的号衣。在一切都了解清楚、装备齐全之后,开始了行动。

这天晚上,郭威召集白文珂、常恩、刘词等将领,商讨攻打河中城的事。白文珂等都主张尽快攻打,因为从去年八月到现在,已经围城整整七个月之久,军心开始出现混乱,长此下去,不但汉主会怪罪,将士们也会产生懈怠之心。郭威却坚持围而不战,继续困住李守贞。

郭威好不容易说服诸将,回到营帐中。他喝了一口茶,想到刘承祐三番五次下诏令他火速攻城。京城里谣言纷纷,说他按兵不动是心存异志,如此等等……忍不住心中一阵烦躁,便叫李良递过自己的狐皮大氅,信步走出营帐。

李良一看,连忙叫赵匡胤一起跟上。

此时天空下起了大雪,西北风卷起团团雪花,漫天飞舞。郭威不自觉地紧了紧大衣。天气如此寒冷,不知将士是否抗得住,他心情一阵沉重。

透过满天飞舞的雪花,看见八个守门的卫士,站得笔直,一声不吭,郭威顿觉异样。正在狐疑,卫兵中突然有人侧身,扬手射出一件暗器。李良是暗器行家,对方一侧身,就觉得大事不好,情急之中,一个箭步挡在郭威身前。急射而来的暗器"嗖"的一声,击中了他的左肩,原来是一把小飞刀!李良忍着疼痛,挥舞宝剑,护在郭威身前,一边高声叫喊:"有刺客,有刺客!"

赵匡胤迟到一步,他喝令李良保护郭威回帐,自己持腰刀断后。

且说杨呐当晚领着那伙亡命之徒,身穿汉军号衣,混到郭威帅营外,神不知鬼不觉,杀了守栅门的八个卫兵,换上他们的斗篷,叫其他人埋伏在雪地上,伺机动手。见郭威出来,正暗自庆幸皇天相助,谁知郭威察觉,接着李良挺身受刀,他精心策划的行动功败垂成。杨呐心中一急,吩咐所有的人一齐拥上,直扑郭威。

赵匡胤眼见情况紧急,迎了上去,手起刀落,将冲在最前面的一个人砍翻在地,随后顺势横劈,将另一个刺客劈成两截,溅得自己满身满脸的血。然而此时他也顾不了那么多,只管挡在前面,左右奔突,拼命砍杀。

俗话说,刀砍一人,棍打一片。赵匡胤仓促之间没带浑天棍,手执腰刀,即使有通天本领,也无法挡住数十人的围攻;而且杨呐本是狡猾之徒,见赵匡胤是个劲敌,便命几个高手缠住他,自己领着其余的人杀向郭威。

此时,郭威已退到营帐附近,但他未带兵器,李良左肩受伤,风雪弥漫之中,又不知道究竟还有多少刺客。面对杨呐凶猛的进攻,李良用右手的剑奋力抵挡。要命的是,对方又有五六个人绕过去,封住了郭威回营帐的退路。郭威在敌方刀剑之下左避右闪,险象环生。

正在郭威绝望之际,慕容延钊、韩令坤、石守信、王审琦都已冲出营帐,三下五除二,将挡住郭威的几个刺客收拾了,然后各挺兵器,接住攻向李良的敌人。李良趁机护着郭威,进了营帐。

赵匡胤见郭威进了大帐,心中一宽,大喝一声,又砍倒一个刺客,嘴里招呼道:"大哥,二哥,别让刺客跑了!"

杨呐还想冒死冲进营帐杀郭威,无奈被慕容延钊、韩令坤等人团团围住。杨元大喊着:"大哥,快走,快走吧!否则一个也活不了!"

杨氏兄弟冒死冲出营栅,奔向围城的墙垒。等守墙的军士反应过来,他们已飞身上了墙头。赵匡胤刚好赶到,急令放箭。杨元稍一迟疑,腿上中了一箭,摔下墙来。杨呐见弟弟危险,返身来救,被慕容延钊一枪刺翻在地。杨呐自知难逃一死,反手一挥,割断脖颈,倒地而亡。可怜那杨元,也被汉军长矛一阵乱戳,捅了几十个窟窿。

郭威经此一难,对赵匡胤等人更加信任器重。他抖擞精神,顶住来自朝廷的压力,继续围城,又坚持了两个月,已是五月中旬。郭从义派专使送来捷报,说赵思绾已经投降伏诛,长安城也被汉军攻下。郭威大喜,立刻召集诸将,令他们尽快造云梯,聚集弓箭,做好攻城准备。

河中城内粮食早已耗尽,百姓饿死者不计其数,李守贞竟然下令将妇女儿童杀掉,以充作军粮,可怜那些无辜的妇孺,竟如牲畜般被宰杀烹食。整个河中城悲啼厉号,直冲九霄;冤魂怨魄,充塞街巷。

郭威下了一道劝降书,许诺"城中不论何人,只要出降,一律免死",命人抄写了许多份,用箭射入城中。城中将士被困已将近一年,本就军心涣散,一接到劝降书,斗志全无,纷纷出城投降,连李守贞的心腹将领王继勋、聂知遇,也率领部下向郭威投降了。

李守贞自知已无退路,只好严防死守,由于城墙高阔,加上城中剩下的兵士都是李守贞的旧部,还有从家乡带来的大约两万子弟兵,自知必死,个个拼死抵挡,一时却也难以攻下。

接连几次攻城受挫,郭威焦虑万分,两颊深陷,双目布满血丝。赵匡胤见主帅如此,献策道:"将军,河中城墙高势险,李守贞殊死顽抗,这样硬攻下去不是长久之策。依末将愚见,不如各路依然保持攻势,同时集中精锐兵力和大部分云梯,以城西为突破口,发起猛攻,迅速攻上城墙。只要一路突破,河中城也就土崩瓦解了。不知将军以为如何?"

郭威一听大喜,拍手称妙,当晚调集五千禁军、一百多架六丈高的云梯,做好了攻城准备。第二天拂晓,各路军队开始攻城,郭威亲自指挥御林军猛扑城西,迅速渡过护城河。城上守军发现后,慌忙射箭,砸石头,滚檑木,拼命阻挡汉军攻城,汉军被打得血肉横飞,惨叫声不绝于耳。

眼看着第一轮攻城就要失利,韩令坤握紧双拳,骂了声:"日娘贼!"拔出腰刀,领着敢死队冲了上去,慕容延钊、赵匡胤、石守信、李良等人一看,拔腿急奔城下,王审琦弯弓搭箭,掩护众人。乱石纷纷,韩令坤打前锋,不知从哪里飞来一支暗箭,正中左肩。他一咬牙,"啪"的一声折断箭柄,反手一扬,一个守城士兵应声坠地。韩令坤虽然受伤,身手兀自矫健,猿猴般接连几个纵跃,跳上墙头。与此同时,慕容延钊、赵匡胤、石守信,也先后纷纷上了城墙,对着守军一阵砍杀,遇者死,挡者亡,守军的气焰被遏制下来。

见先头部队得手,郭威令旗一挥,汉军沿着云梯蜂拥而上,兵分两路,向南北横扫过去。李守贞慌忙指挥残余部众,退回内城自保。

自外城失守,李守贞自知必死无疑,他早就令部下在节度使衙署内堆积了大量柴草,随时准备点火自焚。当他听到内城守将詹志仁开门纳敌,汉军入城的震天呐喊,知道大限已到,亲自点燃柴堆,拔剑杀了自己的结发妻子和四个姬妾。大儿子李崇勋也亲手杀了妻子、儿女,次子李崇训遍寻妻子符氏不着,独赴火海。覆巢之下,焉有完卵?可怜偌大的一个节度使衙署,哭声震天,一片凄惨。

望着火海中妻子、儿女的尸体,李守贞泪水纵横,仰天长叹:"想我纵横天下数十年,一着不慎,身败名裂,反累了家人。我有何面目立于人世?"说罢,纵身跳入熊熊火海。

随后赶来的韩令坤领着一群禁军闯入衙署,看到熊熊大火,知道李守贞已经自杀,命部下赶紧灭火,找出李守贞的尸首,挥刀砍下首级,令人送给郭威,自己继续在衙署内室搜索。

走进室内,只见到处一片狼藉。让韩令坤始料不及的是,大厅的实木椅上,竟然端端正正坐着一位盛装的少妇,她樱桃嘴,柳叶眉,皮肤白皙,眼若秋波,端庄秀丽。韩令坤早听说李守贞美妾成群,心中大喜,叫了声"美人",便要伸手轻薄。谁知手还没挨到嫩脸,就听到那少妇一声呵斥:"狂徒休得无理!郭大帅乃我世叔,你们怎敢犯我!"韩令坤一听"郭大帅"三字,再看她辞色俱厉,当真不敢造次,连忙派人去郭威处报告。

郭威来到大堂,那少妇叫了一声"郭世叔",一头跪在他脚下,放声大哭。郭威将他扶起,一问才知,她便是兖州节度使符彦卿的大女儿,前年嫁给李守贞的儿子李崇训为妻。孰料世事纷纭,转眼之间家亡夫死,幸亏她为人机警,趁混乱躲入内室,才免去一死。

传闻符彦卿的女儿个个天姿国色,郭威以前从未见过符氏,今日一见,果然是绝色美人。如今听到她的哭诉,又见她秀眉紧蹙,梨花带雨,楚楚可怜的模样,郭威顿生怜悯之心,叫人带她去内室休息,任何人不得骚扰。

当晚,郭威的帅府就设在李守贞的衙署。他传令各部肃清残敌,封锁内城,另派石守信带着李守贞的首级,火速赶回开封,向朝廷报信。

终于攻下河中城,心里的大石头放了下来,郭威睡在华贵的雕花大床上,觉得格外舒服,很快进入了梦乡。忽然间,仿佛听到有轻微的敲门声,他从床上坐起来,喝了声:"谁?"门外半天没人应答,却传来啜泣的声音。

郭威连忙下床,打开门一看,门外竟是符氏!

郭威大吃一惊,怕被别人看见,只好将她让进房中,关了门,问道:"深更半夜,你来此做甚?"

符氏抬起头来,说:"大帅,奴家害怕!"便扑在郭威胸前,嘤嘤低泣。

郭威一时不知说什么好,将她扶到床沿坐下,自己有意拉开一段距离。符氏却挨了过来,直往他怀里钻,软软的躯体紧紧贴着他,嘴里说:"奴家害怕,李崇训要杀我!"

那符氏只穿一件贴身的小袄衣,身材玲珑曼妙,充满无尽的风情魅惑,双手搂着郭威的腰,两只挺突温热的乳房,在他的胸前拱动着,撩拨着。

郭威虽年近五十,但毕竟是个精力充沛的热血汉子,更何况在外征战,很久未近女色,面对符氏那俏丽的脸庞、年轻丰满的肉体,他此时再也无法控制自己的欲望,喉咙里发出一种呜咽般的低吼,猛地将符氏按倒在床上。

那张精致的雕花大床,轻轻地战栗着。那种神秘的声响,仿佛是一首千年不变的古老歌谣……

河中、长安二镇已平,只剩下凤翔一座孤城,已是指日可下,汉主刘承祐令郭威班师回朝。乾祐二年(949)八月初十,郭威率大军回到京城开封,整个京城张灯结彩,锣鼓喧天,迎接凯旋将士。

次日,刘承祐亲自登上明德殿,对郭威面加慰问,亲赐御酒,赏以金银玉带,并赐郭威为检校太师兼侍中,恩渥有加;又升擢赵匡胤、韩令坤、慕容延钊、石守信、王审琦等为副将,李良为校尉。

临近年底,北风呼呼地吹了起来,卷起漫天的尘土,天地之间一片混沌。这几天,郭威的心情就像这恶劣的天气一样,阴沉晦涩,就连凤翔已克,王景崇自杀的消息,也不能使他的心情开朗起来。

几天前,高行周亲自来到他府上,委婉地转告他,符彦卿有意将自己守寡在家的大女儿许配给郭荣为妻。按说两人年龄相当,与符家也是门当户对,况且郭荣的妻子已过世一年多,根本没有什么可顾虑的。

不知怎么,只要他一想起河中城那天深夜里,在那张雕花大床上和符氏的一夜风流,郭威就莫名其妙地又激动又沉重。他无法抗拒符氏年轻而热情的肉体,然而正是担心自己沉溺其中,他很快派人将她送回符家。如今要让她做自己的儿媳,总觉有些别扭。

郭威一想到这事,头都大了。那符彦卿是两朝元老,如今贵为节度使,高行周更是位高权重,显赫一时,自己想要干成一番大事,这两个人是万万得罪不得的。如此权衡再三,郭威终于答应了高行周的提亲。一个月后,郭荣和符氏举行了盛大的婚礼。

这天傍晚，郭府里一片觥筹交错之声，数百根蜡烛，把整个大厅照得灯火通明。婚礼开始了，新郎新娘拜过天地，依礼见过父母，郭威夫妇坐在大堂上接受新媳妇的跪拜。郭威望着身穿大红礼服的符氏，透过薄薄的红纱盖头，隐约看到她那俏丽的面容和秋波流溢的双眸，心中不由得一阵惆怅。

乾祐三年（950）初夏，边境传来军报，辽军入寇，横行黄河以北地区，并且大有南下之势。汉主刘承祐紧急召集苏逢吉等亲信大臣，商议对策。

苏逢吉见几个月来，郭威与史弘肇、杨邠来往密切，唯恐对自己不利，就趁机劝刘承祐任命郭威为主帅，镇守北方。刘承祐的近臣郭永明因替自己的亲信求官不得，心怀怨恨，也在一旁鼓动将郭威调出京师。

刘承祐早就厌烦了这种当傀儡皇帝的日子，一听此计甚妙，立刻下了诏书，将高行周调任天平节度使，任命郭威为邺州留守、天雄军节度使，仍兼任枢密使，统领各路兵马，凡黄河以北地区的兵甲钱谷，见了郭威的文书，立即交付，不得有误。同时，还提升郭荣为天雄内都指挥使，协助郭威料理军务，表面上是官位提升，信任有加，实际上是把郭威父子调离京城。

郭家的府邸里，郭威眉头紧锁，在大厅里来回地走着，郭荣则在一旁侍立，一副沉思的模样。接到诏书，父子俩都意识到此事关系重大，稍有差错，说不定就得赔上一家老小的性命，必须慎重考虑。

郭威停下脚步，回头问道："荣儿，调我去邺州，肯定是苏逢吉的主意。你对此事怎么看？"

郭荣见父亲发问，缓缓答道："虽然是苏逢吉的意思，却是皇上的诏书，不去恐怕是不行了，否则就要背上抗旨不遵的罪名。如此一来，正中了苏逢吉的下怀！"

"可一旦我离开京城，苏逢吉整天在皇上面前进谗言，挑拨离间，而杨邠、史弘肇等人又是一帮腐儒，根本不是他的对手。这样下去，对我们可是大大的不利！而且我这一走，恐怕前途莫测了！"郭威满脸忧色。

郭荣望了养父一眼，见他两鬓花白，面色憔悴，心中有些不忍，上前安慰道："父亲不必过于忧虑，其实苏逢吉的主要矛头是对着杨邠、史弘肇二人。他竭力怂恿皇上调你出京,是怕你支持杨邠、史弘肇,对他不利罢了。因此我们去邺州,不仅可避免与他发生冲突,又可远离京城,静观其变;况且,此番镇守邺州,父亲兵权、财权集于一身,只要我们兵权在手,还怕回不了京城吗?孩儿以为,若想成大事,这次说不定真的是天赐良机呢!"

郭威若有所思,不断点头。他走过去,在郭荣肩膀上拍了拍:"荣儿,你说得没错。你肯用脑子,心思又缜密,确实没有辜负我对你的厚望。成大事一定要善于耐心等待,切不可急于求成!"

次日,郭威入朝向刘承祐辞行,诚恳地说:"陛下春秋方盛,当勉力国政,遇事多跟苏逢吉、杨邠、史弘肇等大臣商议,太后跟随先皇多年,老成睿智,对国事颇有见识,陛下应该多方请示。亲贤臣,远小人,明辨是非,洞察忠奸,此国家兴隆之基也,愿陛下留意!至于疆场戎事,臣愿竭诚效忠,请陛下勿忧!"

刘承祐虽然心中不以为然,但碍于面子,也只好敛容称谢道:"朕知道你劳苦功高,对国家社稷一片衷心。朕赐你御马五匹,祝你旗开得胜,早日消除北患,造福百姓!"

郭威此番镇守邺州,深知前途未卜,他本想把家眷一起带走,可是一家老小安居京城久矣,都不愿迁徙,受那舟车劳顿之苦;另一方面,郭威也顾虑到,一旦举家迁徙,难免会引起朝廷的疑心,只好作罢。唯有郭荣,舍不得抛下新婚的妻子,将符氏携往邺州。

刘承祐从军中调拨一万精锐骑兵,作为郭威的直属部队。赵匡胤、韩令坤、慕容延钊、王审琦、李良等人,全部是清一色的甲胄、骏马、雕弓,一个个威武雄壮,英姿勃发。赵匡胤、慕容延钊等人,都希望能与辽人一番血战,一显身手,立下战功,可是谁也不曾想到,一场惊天动地的大事变,正在悄无声息地酝酿之中。

郭威率兵抵达邺州,河朔诸将领前来迎接。他在节度使衙署与诸将士商议了三天,制定了防御辽军的周密计划,督促诸将立刻各自回去部署。辽军听说郭威奉命前来镇守邺州,本已畏惧,又见汉军迅速加强了边境的防卫力量,也不敢轻举妄动。而郭威此时别有所图,也无意主动进攻辽军,整个黄河以北地区,顿时陷入了一种微妙的僵持状态。

几个月来,郭威千方百计地联络各镇将领,对手下的将校大施恩惠,同时抓紧军队的训练,以提高军队的战斗力。一天,他和郭荣在衙署商议禁军训练的事情。郭威道:"荣儿,这一万精兵可是我们的命根子,不但要训练好,让他们能打仗,而且还要千方百计地笼络他们,让他们在必要时为我们拼命!这后一点尤其重要,你明白我的意思吗?"

"孩儿明白父亲的意思。我已经给每个士兵加了一两银子的月饷,将校待遇更优。此外,赵匡胤、韩令坤等人,在禁军中的故旧颇多,我也特别交代他们,尽量多和其中的将校来往,广交朋友。这些人都很能干,而且对我们忠心耿耿,尤其是赵匡胤,智勇兼备,颇得士卒信任,实在是大将之才!"

郭威端起桌子上的茶杯,喝了一口,满意地点点头,道:"赵匡胤等人跟了我这么多年,立下许多功劳,官职却一直不高。我之所以不向朝廷举荐他们,就是希望他们能为我所用,也确实委屈他们了!"

郭威停了停,脸上露出忧虑的神色,继续说道:"邺州城内以及周围的军队,毕竟好掌握,但那些外镇将领就很难控制了。我最担心的,就是澶州节度使李洪义和驻兵镇守澶州的夔州(今重庆市奉节县)节度使王殷,他们二人的军队,合起来有八万之众,若有变故,就难办了!"

"李洪义贪财货,王殷好女色,只要我们不惜钱帛,投其所好,倒也不难拉拢!"郭荣却是胸有成竹。

"这次来邺州,皇上下旨,钱财货物任我调度,这个自是不愁!"郭威站起身来,"荣儿,澶州始终是我的一块心病。我看近日内,你从衙署支取一笔金银,去相州物色几个有姿色的女子,再带上几十坛好酒,以劳军为名,去澶州活动活动。不要计较花了多少钱,只要能让李洪义、王殷高兴就行了!"

"好,我明天就动身!"

"带上石守信和王审琦!"郭威又交代了一句。

郭荣去澶州两天了,郭威担心朝中有什么变故,又派了两个心腹潜回开封,随时报告朝廷的一举一动,直到一切安排得妥妥当当,才松了一口气。

吃过晚饭,郭威信步走到后院。庭院里菊花开得正盛。这个小庭院的四周都是内宅,因为郭威没有带家眷前来,所以许多房子都空着。郭威住在南边的正房,郭荣夫妇则住在北边的正房,另有两个使女住在东厢房。

此时已是夕阳西沉,明月在天,院子里十分幽静。郭威走到菊花丛边,折下一朵,放在鼻子前,细细地感受那份醉人的清香,内心却在期待着什么事情发生。

一个红色的影子在回廊上一闪,郭威心里一阵慌乱,他立刻猜到了来人是谁。理智告诉他,必须立刻离开,可是他的双脚,却像被施了魔法一样,不由自主地朝着火红的人影走去。

郭威迷迷糊糊地跟着那个人影,穿过两道门,来到符氏的卧房里。烛光摇曳,白色的帷帐,让他恍惚迷离。符氏从后面一把抱住了他的腰,郭威猛地惊醒过来,扒开符氏的手,欲往外走。符氏死死地抱住他,嘴里喃喃自语道:"不,别走,别走!"

不知怎的,符氏的声音,有如魔音穿耳一般,使郭威失去了最后一点离开的勇气,却仍兀自徒劳地挣扎着:"你现在已是我的儿媳,我是你的公公!"

"不!"符氏叫了一声,搂住他的脖子,耳语般道:"我不管,我们有情在先,而且他又不是你的亲生儿子。我们是无罪的!"

郭威一把推开她,自言自语道:"不行,不行……绝对不行!"

符氏两颊如火,目光流盼,开始缓缓地一件件脱去身上的衣服。一具充满诱惑的洁白胴体,出现在郭威面前。郭威的目光再也无法挪开,他贪婪地注视着烛光中越发显得曲线毕露的身躯,迅速膨胀的情欲,淹没了理智的堤防。

终于,犹如两极的碰撞,两个滚烫的躯体,倏地抱在了一起,倒在床上。突然间,郭威一抬头,瞥见床侧挂着一件黑色的披风……郭威的脑袋"轰"的一声,猛然意识到,这是儿子和儿媳的床,澎湃的激情立刻冷却了下来。他一把推开符氏,迅速穿上衣服,头也不回地走出了房间。

后面传来符氏那压抑的抽泣声。庭院中的菊花,在黑暗中依然盛开。

第六章

汉主怀恨诛大臣　郭威乘势夺皇权

十二月二十日早晨,无数将士鼓噪着蜂拥而至,来到郭威住的澶州节度使衙署,呼喊着要求郭威当皇帝,混乱中有人将一面黄旗披在郭威的身上。顿时,将士们齐呼"万岁",声音如同山呼海啸,震耳欲聋。

再说汉主刘承祐虽无雄才大略,却自视甚高,自从继承皇位,总觉得受到顾命大臣的牵制,心中颇为忿忿不平。随着登基时间日久,这种情绪越来越强烈。另一方面,宰相苏逢吉对杨邠、史弘肇的独断专行深感不满,便与刘承祐的宠臣郭允明、聂文进等人联成一气。双方发生冲突,以致矛盾越来越大,势同水火。

这天,照例上朝,文武大臣来到广政殿,分班次列于两旁。苏逢吉手持朝笏,出班奏道:"启奏陛下,今有宣徽使一职空缺。现任武德使李业,素掌内宫钱帛,忠厚勤勉,处事干练,臣以为可升补为宣徽使。"

李业是当朝太后的弟弟,也就是皇上的舅舅。此事李业曾向刘承祐亲口提起过,但碍于杨邠等人,刘承祐自己不便开口下诏。现在苏逢吉举荐,刘承祐心里暗暗高兴。

谁知杨邠偏偏不认这个理,苏逢吉刚退下,他就出列说:"启奏陛下,内使迁补,须有次第,这是先皇立下的规矩,况且李业又是外戚,尤其不可超常擢升,紊乱朝纲。"

刘承祐见好端端的事又要被他搅黄,不由得心头火起,强压怒火道:"古人尚且知道'内举不避亲,外举不避仇'的道理,杨爱卿怎能如此迂腐呢!"

史弘肇见了,急趋殿前,道:"陛下息怒,保重龙体要紧。国家大事,臣等自有公论,处理必然合情合理,何劳圣上操劳!"

刘承祐瞪着史弘肇,半天说不出话来,长袖一挥,气冲冲回到了后殿。他越想越窝火,越发要除掉这几个眼中钉,便与李业、聂文进、郭允明等人悄悄密谋。

次日早朝,杨邠、史弘肇与另一位重臣王章刚来到广政殿东侧的走廊上,忽然间殿内涌出数十名甲兵,手持腰刀,将三人围在中间,不问青红皂白,就是一阵乱砍。三个位高权重的朝廷重臣,转眼间便成了刀下之鬼!

前来上朝的大臣,见到这等惨象,一个个心胆俱裂,面如死灰。正在惊惶之际,聂文进出殿宣读圣旨:"杨邠、史弘肇、王章三人,意图谋反,今一并处斩,诛其三族,家产充公。"

刘承祐又诏令四处捕杀三人的党羽亲信,弄得开封府人心惶惶,人人自危。苏逢吉又对刘承祐说:"邺州留守郭威,素与杨、史等人沆瀣一气,狼狈为奸。现今他领兵在外,一旦得知杨、史被诛,必生异心,对陛下不利啊!"

"依卿所见,朕该怎么办?"刘承祐平日最惧郭威,连忙问道。

苏逢吉老谋深算,早就想置郭威于死地,忙应道:"郭威手握重兵,故旧甚多,明令诛杀必定激起事变。陛下不如先传下密诏,令澶州节度使李洪义、夔州节度使王殷,会同王峻、郭崇威、曹威等人,于军中诛杀郭威父子,其余将士一概免罪。如此,就了却陛下的心腹大患了!"

这事不知怎么传到老太后那里,她坚决反对,苦苦劝说道:"郭威乃先帝旧臣,素有功于汉室,岂可随意诛杀?况且郭威统兵多年,深得将士拥护,若要将他除去,绝非易事!只怕诛之不成,反为所制。"

刘承祐已被诛杀杨邠、史弘肇的轻而易举冲昏了头,哪里肯听太后的话?傲气十足道:"国家大事,非母亲所知,孩儿自有主张。"说完拂袖而去。老太后气得浑身发抖,不禁老泪纵横:"小子无知,听信谗言。汉室危矣!"

再说那李洪义、王殷接到刘承祐的密诏,两人大惊失色,面面相觑,不知如何是好。两人深知,这件事情异常棘手。一边是皇上,一边是军事统帅,一旦走错一步,必然落得个诛夷三族的下场。

两人商量了很久,最后决定还是偏向郭威,因为后唐以来的史实告诉他们,兵权才是最重要的。

李、王二人亲自骑着马,携密诏赶往邺州。

郭威早已知道杨邠、史弘肇被诛杀的事情。刘承祐这样做,对他来说意味着什么呢?作为一个久经沙场的将军,郭威嗅到了一丝丝杀戮的血腥气息,这是作为政治动物的人所特有的敏感,而且这种气息,让他从骨子里感到一种嗜血的兴奋。

郭威看到刘承祐的密诏后,脸上并没有露出李洪义和王殷意料中的惊慌,而是异常平静地问:"请问两位将军,现下有何打算?"

李洪义、王殷两人来都来了,还能有什么打算?异口同声道:"唯大帅马首是瞻。"

郭威心里一松,心知下面就看曹威、郭崇威和监军使王峻的了。他招来赵匡胤、韩令坤等部下,率领数百名禁兵,埋伏在衙署四周,交代他们一旦听到命令,立刻杀出。

安排妥当这一切后,郭威招来王峻、郭崇威、曹威等三军将领,对他们说:"在下与各位将士,跟随先帝出生入死,浴血奋战。随从先帝夺取天下,又受先帝遗命,废寝忘食,东征西讨,方保国家无虞。今杨、史诸公无辜受诛,都是因为皇上年少,受苏逢吉等奸佞的蛊惑。现在他们竟怂恿皇上下密诏,诛杀在下和监军使。"他越说越激愤,禁不住潸然泪下,接着道:"如果诸将以为在下罪不可赦,尽管前来取我首级。在下决不愿累及无辜将士!"

诸将听了皆哗然。郭崇威泣涕而前,跪下道:"天子必是被奸臣所惑,末将愿随大帅入朝,共清君侧。大帅万万不可白白受死,枉受恶名!"

郭威涕泪俱下,在众将面前上演这场戏,要的就是这句话,这个效果,但他表面却依然不动声色道:"领兵回朝,这是大逆不道之事。在下受先帝大恩,岂能做出如此举动?诸位还是取我首级,以保全各自身家性命吧。"

曹威听郭威如此说,也连忙跪在他面前,慷慨激昂道:"末将跟随大帅多年,岂能为保全性命而出卖将军!我等愿随大帅,驱兵南向,清除君侧,替大帅讨还公道!"见此情景,所有将士都纷纷跪下,一时之间,群情激愤。

郭威见军心可用,决定挥师进京。他令郭荣留守邺州,郭崇威为先锋,自己和王峻率领主力,向南进发。部队抵达澶州,与李洪义、王殷的军队会合,更是军力大盛,士气昂扬。

郭威并未悄无声息地回京城,而是先令人起草了一封奏疏,派专使

呈送汉主刘承祐,疏曰:

> 臣发迹寒贱,遭遇圣明,既富且贵,实过平生之望,唯思报国,敢有他图!今奉诏命,忽令郭崇等杀臣,即时俟死,而诸军不肯行刑,逼臣赴阙,令臣请罪上前,仍言致有此事,必是陛下左右谮臣耳。今鹫脱至此,天假其便,得伸臣心,三五日当及阙朝陛下。若以臣有欺天之罪,臣岂敢惜死;若实有谮臣者,乞陛下缚送军前,以快三军之意,则臣虽死无恨。今托鹫脱附奏以闻。

信使走后,郭威与众将商议道:"大军南进,必经滑州(今河南省滑县)。滑州城池坚牢,节度使宋延渥又是朝廷驸马,实在是个心腹大患!"

王峻微微沉思道:"宋延渥与大帅是故交,与苏逢吉素来不和,况且我军十几万人马兵临城下,他必定有所顾忌。若有一位智勇干练之士,持大帅亲笔信前往滑州,面见宋延渥,动以旧情,晓以利害,则兵不血刃,城可下也!"

"不知谁可担当此重任?"

"大帅身边就有一位最佳人选,不知大帅是否舍得。"

"你指的是赵匡胤?此人武艺、智谋皆为上乘,确实是人中之杰。只是此番前去滑州,吉凶难测,万一有什么闪失,折我爱将,那就太可惜啦!"

"大帅,我们能否顺利进京,滑州是个关键。事关生死存亡,还望大帅三思!"

郭威沉吟良久,觉得能担此重任者,确实无人比赵匡胤更合适。于是,他招来赵匡胤、李良道:"你们即刻带上我的亲笔信出发,以一日为限,不论是否能说服宋延渥,我军都将于后天抵达滑州城下。是战是和,全看你们的了!你俩对我有救命之恩,平素我视你们如子侄,此番滑州之行关系重大,只能派你俩前去。不管怎样,你们都要平安返回,切勿鲁莽行事!"

赵匡胤、李良见郭威面露惜别之色,答道:"将军放心,我们一定尽力说服宋延渥。实在不行,则在城中做内应。"

赵匡胤、李良换上轻便衣服,暗藏短刀,快马飞奔,第二天便到达滑州城。

两人来到城门前,发现城门紧闭,护城河上的吊桥也未放下,城墙上矛戟林立,戒备森严,一副严阵以待的架势。赵匡胤心一沉,暗想,假若宋延渥死心塌地跟郭威作对,那就很难说服了。李良望着他一脸的严峻,说道:"赵大哥,不管怎样,我们还是先想办法进城才是。"

赵匡胤一想,只要能进城见到宋延渥,事情就还有希望,况且即使说服不了他,也能了解一些城中的地形和情况。主意一定,两人将马拴在树林幽僻处,沿着城墙慢慢寻找可以攀援的地方。

城墙高峻,守卫严备,走了半晌,依然找不到可以进去的地方。正在暗自焦急,忽然听到李良叫道:"赵大哥,你看!"赵匡胤顺着他努嘴的方向一看,不禁眼前一亮。

原来,由于城墙修筑时的粗疏,每隔一段距离,就有砖头凹凸不平形成一道缺口,一直延伸到墙头。以他俩的身手,沿着这道缺口攀援而上,绝非难事。两人大喜,只待等到天色黑下来,便可以趁机攀援进城。

赵匡胤十几岁时曾来过几次滑州,而且,这次出发之前仔细查阅了《舆地与兵法》一书中关于滑州的部分,因而对这里的街道地形非常熟悉。攀墙进城后,他领着李良穿街走巷,来到城西的节度使衙署。

因为不知道宋延渥究竟持何种态度,不敢贸然从大门进入,于是两人翻过高墙,躲过巡夜的士兵,顺着墙根蹑手蹑脚地溜到大厅旁边。大厅里灯火未灭,两人躲在暗处,朝厅内望去,只见宋延渥反背双手,眉头紧蹙,在大厅中走来走去。

赵匡胤向李良耳语几句,两人绕到门口侍卫身后的廊下,李良左臂紧勒士兵的脖子,右手短刀贴在他的脸颊上,低喝道:"不许出声!"赵匡胤则趁此机会,直扑宋延渥,锋利的刀尖直指他咽喉,压低声音道:"宋将军,在下无意加害于你,此处非谈话之地,请至他处详谈。"

宋延渥做梦也没有想到会在自己的衙署里被人劫持,心中实在窝火,但眼下落入他人之手,也只能俯首听命。强压下火气,抬手指了指大厅之后的密室。三人进了密室,赵匡胤收起宝刀拱手道:"宋将军,适才多有冒犯,乃是出于不得已,还请宋将军见谅。在下姓赵,是来替郭威将军送信的。"说着,从怀中掏出密信。

宋延渥脸色陡然一变,双手颤抖着接过信函,就着微弱的烛光,迅速看了一遍,颓然倒在椅子上,一言不发。

赵匡胤看到这种情形,知道他心意已转,顺势开导道:"宋将军,你与郭将军是旧交,当年在太原,你们曾生死与共,情同手足。现在他受奸臣迫害,难道你就不念故旧,忍心兵戈相向吗?况且李洪义、王殷的军队已与邺州大军联合起来,若真的攻打滑州,你自认为能守得住吗?再者,本朝手握重兵者有三人,除郭将军外,高行周、符彦卿均是郭将军的好友亲戚。至于其他外镇将领,亦大多为郭将军的部旧。假如郭将军振臂一呼,众将必定响应,到那时,你宋将军将如何安身呢?"

宋延渥叹了口气道:"朝廷欲诛杀郭将军,我也心存不平,更不想与他为敌。只是,陛下派聂文进来滑州任监军,兵权为他所有,我也是无可奈何啊。"

聂文进是苏逢吉的死党,为人极为奸诈,两人极力想置郭威于死地,所以滑州城守卫极为森严。赵匡胤暗想,宋延渥兵权被夺,只有杀了聂文进,才能控制住滑州城,便道:"宋将军,如果你真有诚意,今晚我们乘其不备,杀掉聂文进,夺回兵权,开门迎接郭将军进城。若你甘心依附奸佞,就将我俩绑了送聂文进。何去何从,请将军选择!"

宋延渥见事已至此,便说:"赵壮士,那聂文进随身带了很多武艺高强的侍卫,要想杀他,恐非易事。宋某的身家性命,可全都在你身上啊!"

赵匡胤道:"宋将军无须为此事担心,我二人会小心行事的。我们去刺杀聂文进,你只要带着亲兵配合即可。"

深夜,聂文进下榻的官邸漆黑一团,伸手不见五指。赵匡胤、李良潜了进去,杀掉巡逻的卫兵,悄悄打开大门。宋延渥领着二百亲兵拥了进来,迅速解决了聂文进手下的大部分侍卫。

再说那聂文进正在睡梦之中,忽然听到外面喧哗声大起,忙从床上坐起来,随身侍卫竟无人应答,待从门缝一望,只见四处都有士兵把守,知道大事不妙,想从后门溜走,却被李良一枚燕子镖射去,正中后心。

聂文进一死,宋延渥忙着收拾残局,心中却也着实松了口气,赵匡胤、李良等都是一夜未眠。第二天一早,赵、李二人便和宋延渥率领滑州城将士,迎接郭威进城。

郭威望着赵匡胤、李良布满血丝的双眼和憔悴不堪的脸色,说:"多谢!二位立了大功,以后再行奖赏。现在快去休息吧!"

宋延渥被迫交出滑州城,已无路可退,而且郭威挥师进京,其意绝不止清君侧,明眼人都心里雪亮,他岂能不知?谁知那郭威一进城,说了几句感谢的客套话,就笑眯眯地向他借府库的钱帛:"宋兄,此番义献滑州城,郭某心存感念。只是将士效命沙场,图的就是金银财宝。若无赏赐,他们岂能全力作战?一旦进不了京城,你我二人岂不死无葬身之地?"

宋延渥人称守财奴,府库中积聚了大量的钱帛,如今要全部拱手送予他人,简直比杀了他还难受。他一听郭威的话,简直是心如刀割,但如果自己不答应,眼前形势确如郭威所说。虽然他爱钱如命,但钱与命相比,还是命更重要。于是,他强忍住内心的不舍,装出豪爽的样子一口应承。

郭威将金银财物尽数分给军中将士,并许诺一旦攻下京城,所有军士放假三天。三军将士一阵欢呼。所谓的放假,其实就是听任将士在城内奸淫掳掠,为所欲为。五代时的士卒,很多是当过强盗、或犯过律条、或游手好闲之徒,生性残暴贪婪,听此承诺,自然兴高采烈。自然,郭威这一许诺,给开封古城带来了一场空前的浩劫。

皇宫大内,刘承祐身着便服,舒服地躺在龙床凤榻上,旁边两个年轻美貌的宫女在轻轻地帮他捶着腿。即将到来的大权独握的快感,让他有些醉意陶然。

"启奏陛下,紧急公文!"门外传来内侍的声音。

"什么公文?"刘承祐慢慢睁开眼睛,在宫女浑圆的屁股上肆意抚摸着。

"是郭威派人送来的奏疏。"

刘承祐立刻停止了动作,说道:"快送进来!"便挥手让宫女退下,自己起身坐在床上。他接过奏疏,看过之后,不禁又惊又惧,那张黑黄的脸不断抽搐着,冷汗不断流下来。呆了半晌,才对内侍喊道:"速召苏逢吉、李业、郭允明到广政殿,有急事商议!"

苏逢吉等人,其实早已知道郭威率兵南下的消息,但因为害怕被刘承祐怪罪,一直隐瞒着。来到广政殿后,也只是默默不语。

刘承祐阴沉着脸,扫视了他们几个一遍,道:"郭威起兵谋反的消息,想必你们早就听说了。当日密诏下得确实过于草率,再说无益。当前最重要的是,如何抵御叛贼,守住京师。"

苏逢吉等人见刘承祐并未怪罪,胆子壮了起来:"陛下不必忧虑,京城有滑州为屏障,郭威一时到不了京城。请陛下火速召集外镇将领赴援京师,同时派右神武将军袁义和邓州节度使刘进统帅禁军,驻扎城外赤岗,迎击叛军。待数日后兵马聚齐,叛军顷刻就会土崩瓦解。"

刘承祐恨极了郭威,咬牙切齿道:"郭威一直与朕作对,实在可恶!苏爱卿,你速令禁军将他全家拿下,无论男女老幼,一个不留,格杀勿论。朕要让他断子绝孙,为背叛皇室者立戒!"

苏逢吉素对郭威嫉恨,一得到刘承祐的命令,立刻带着禁军直奔郭府。那帮禁军如狼似虎,在郭府见到人就砍,逢物就砸,丫鬟、仆人、妇女、孩童,一个都不放过,霎时间整个府邸哭声震天。可怜郭威一家老小三十余口都惨死在禁军刀下,仅一人逃脱,那就是符氏,因为随郭荣去了邺州而逃过劫难。

杀了郭威全家,实际上断绝了与郭威妥协的任何可能。刘承祐的特使迅速奔赴各地,传达皇上的诏令。然而,那些外镇将领并不如刘承祐那么着急,高行周、符彦卿是郭威的好友和亲家,自不必说,便是白文珂、郭从义、赵晖等旧部,也不愿与曾经提拔过自己的郭威为敌。至于其他将领,在局势未明朗之前,是绝对不会轻举妄动的。因为不管谁做皇帝,只要手中拥有兵权,就可以镇守一方,何必冒这个风险呢?

刘承祐心急如焚地等了两天,没有等来救驾的将领,反倒等来了宋延渥杀聂文进、献出滑州城的消息。情急之中,他想到了兖州节度使慕容彦超,便急诏他进京。

慕容彦超本姓刘,是汉高祖刘暠的同胞兄弟,算起来还是刘承祐的叔父。因为从小过继给别人,才改姓慕容。他皮肤黝黑,满脸麻子,性格暴躁,为人凶悍,打起仗来不顾性命,在军中颇有威名。他接到刘承祐的诏令,即刻率领万余部众,赶往开封救驾。

刘承祐终于盼来了一支援军,龙颜大悦,亲自在广政殿接见,还赐名剑宝马,以示嘉勉。那慕容彦超自是感激涕零,誓死效忠。

刘承祐的军队和郭威的军队在开封城外二十里的刘子坡对峙。慕容彦超见郭威的部队兵强马壮,士气高昂,不禁有些发怵。

太后苦劝刘承祐道:"郭威乃我家故旧,若非不得已,决不至于麾兵相逼。你若守住都城,飞诏慰谕,斩苏逢吉、郭允明以谢天下,或许郭威念及旧情,尚能保全君臣名分,否则后果不堪设想!"

刘承祐哪里肯听?在郭允明等一班侍从和御林军的簇拥下,直奔刘子坡大营。适逢两军出营列阵,准备厮杀,刘承祐便舍去车驾,登上营中土坡观看。

只见邺军十余万人马列于旷野之上,军容整肃,杀气腾腾,"郭"字帅旗迎风招展。郭威传下令:"我此番进京,只为清除朝中奸佞之人,不敢与皇上为敌。如汉军未进攻,不得轻动!"

传令刚完毕,汉军阵地一声炮响,鼓角震天。慕容彦超引着数百轻骑,前来掠阵。邺军大将李筠也不甘示弱,舞着狼牙棒出战。慕容彦超手持一柄铜锤,力刚劲猛,战了不到十个回合,李筠招架不住,调转马头,败下阵来。慕容彦超初战告捷,心中得意,在阵前耀武扬威,激怒了大批邺军将士。

慕容延钊见此情景,身跨白马,手提红缨枪,率领三百轻骑,旋风般冲向慕容彦超。慕容彦超见来者脸色白皙,须髯飘飘,犹如一介书生,不禁心生蔑视,驱马迎了上去,右手铜锤奋力砸下。谁知对方出手奇快,铜锤尚在半空,那长枪已倏地来到胸前,慕容彦超被逼得只好收回右锤,同时用左锤荡开长枪。慕容延钊一招得手,迅速展开攻势,左一枪,右一枪,或虚或实,或刚或柔,枪枪不离对方要害。慕容彦超虽然力大,但举着数十斤的铜锤,要抵挡慕容延钊灵活刁钻的枪法,显得力不从心,只能拼命招架。

正在二人斗得天昏地暗之时,郭威下令王审琦、石守信率领帐下最精锐的五百精兵,朝汉兵杀去。慕容彦超心中一急,手上稍微一缓,腿上立刻中了慕容延钊一枪,痛得几乎摔下马来,急忙策马退回营地。再看他那麾下的数百轻骑,死的死,伤的伤,已经所剩无几了。郭威并不乘胜追杀,传令慕容延钊、王审琦、石守信迅速返回阵地,重新布好阵列。

慕容彦超心知败局已定,带着数百轻骑,逃回兖州。汉军将士人心惶惶,斗志全无,刘承祐根本无法左右局面,只得领着苏逢吉、郭允明等策马出营,向京城狂奔。行至玄化门,守门将领刘铢看到刘承祐等人慌乱不堪的样子,坚决不开城门,还下令放箭。

刘承祐君臣数人,又惊又惧,无奈中只得拨马回转,仓皇逃命。

刚找到间民房,打算稍作休息,就听到外面人喊马嘶。刘承祐心中害怕,准备上马逃跑,不料,背后突然一剑刺来,就倒地而亡,年仅二十二岁。那苏逢吉、郭允明一干人等,都被乱兵砍成肉酱。

慕容彦超率军一走,这边朝廷守军也就星流云散,郭威大军未遇任何阻挡,就进入京城。当他来到自己的府第前,看到满门被杀的惨象时,竟然没有流一滴眼泪,倒是听到刘承祐被杀的消息,却伏地放声恸哭,涕泪俱下,道:"皇上蒙难,实微臣之罪也。异日有何面目见高祖于地下!"

邺军将士因为郭威曾许诺在先,早就憋着一股劲,一旦入城,个个如狼似虎,大肆劫掠。

话说李良见城中大乱,惦记着倚香楼绿珠的安危,急忙向那里赶。他在大街上一路疾走,不时看到那些士兵,提着大包小包,从民宅中出来。整个大街上满是妇孺的哭喊声、惨叫声,士兵的喝骂声、淫笑声……

李良克制着心中的怒火,刚走进一个小胡同,看见两个士兵,将一个女人按在地上,正在撕扯着她的衣衫。那女人一边拼命挣扎,一边声嘶力竭地喊着救命。

那两个士兵,淫笑着撕开她的衣服,露出白花花的胸脯。

李良实在看不下去了,走上前去大喝一声:"住手!"

此时,乱兵像脱了缰的野马,狂性大发,哪里还听得进去话?那两个士兵抬起头,用血红的眼睛盯着李良,面露凶光:"将爷,郭大帅发下令来,让兄弟们高兴三天。我们兄弟拼死拼活,为的不就是银子和女人?"

李良忍无可忍,拔出剑来喝道:"快滚!你们要是再不走,可别怪我不客气了!快滚!"

两人见他动了怒,只好灰溜溜地走了。

李良不敢耽搁,将剑入鞘,赶紧往绿珠的住处跑去。刚转过开封府衙署,就听到一阵凄厉的哭喊声。李良加快脚步,抢进倚香楼大门一看,院子里到处是横七竖八的尸体,鲜红的血流了一地。

李良心中猛地一沉,跑上二楼,一脚踹开绿珠房间的门,只见两个乱兵正将绿珠压在床上。绿珠拼命挣扎,衣服被撕扯得不成样子。李良一步向前,一手一个,将两个乱兵摔倒在地。

绿珠爬起来,也顾不得整理撕破的衣服,叫了声:"李大哥!"扑到李良怀里,抱着李良号啕大哭。李良又是心疼,又是后怕。要是自己来晚一点的话,恐怕绿珠免不了惨遭蹂躏。

听着绿珠撕心裂肺的哭声,李良心中一阵绞痛。自己这样做到底对还是错?难道自己舍生忘死的拼杀,就只为换来这种结局?当年年仅五岁的妹妹,还有爹娘,也是这样死在乱兵刀下啊!他想起了广济大师说的话:"大定之日,即刻回山。"可是究竟什么时候才是"大定之日"呢?

他越想越难受,唤来几个亲兵,叫他们看护好楼院,自己匆匆赶往郭威府上。他不知道的是,郭威已遭受灭门之祸。

李良走进郭府大厅,见郭威正坐在椅子上,面色苍白而憔悴。李良也顾不上施礼,冲着郭威激动地质问道:"郭将军,你举兵进京,是为了清除奸臣,安定百姓,可是现在京城里到处是乱兵,他们四处杀人放火,奸淫抢劫,这哪里是义师?分明是乱贼!"李良越说越气愤,也顾不得郭威那气得都变形了的脸,"请将军赶快下令,制止将士抢劫扰民!"

"大胆!"郭威在桌子上重重拍了一下,说:"我与三军将士已经约定,攻进京城放假三日,岂能轻易更改,失信于人!现在违背约定,以后叫本帅如何服众！"

李良亳不示弱："将军，你自己去城里看一看，整个开封府都快成了屠宰场了！老百姓有什么罪，要遭受这样的祸乱？"

郭威嘴唇直抖，正要发火，赵匡胤匆匆走进来，对郭威报告说："将军，军队现在已失去控制。若再不制止，无须十日，只怕京城明天就会变成一座空城。这样一来，不仅授人以话柄，而且还会失去民心。还望将军三思啊！"

赵匡胤做事向来沉稳，郭威听他如此说，心里明白了七八分。正好郭崇威和王殷也前来报告乱兵的情况，建议立即禁止抢掠。

于是，郭威下令，在城中各处张贴告示，严禁抢劫扰民，违令者斩；又派赵匡胤、韩令坤等人，率领亲兵在城中四处巡逻，一旦发现有抢劫扰民的，立即处决。

那些正在兴头上的乱兵，哪里肯轻易罢休？直到亲眼看到数颗人头挂在市集之上，才怏怏归营。

稍作准备，郭威与王峻一起入宫，拜见太后。太后经此巨变，见了郭威，心知已非昔日，只好曲意抚慰，将朝中大事全权托付给他。

郭威首先在文武百官面前痛斥苏逢吉、聂文进、郭允明等人迷惑君主，妄图诛杀忠良，实为此次兵变的罪魁祸首；接着又立刻着手清除余党，派人追捕在逃的李业等人。

接下来一个最敏感、而且最棘手的问题，就是如何择定嗣君。后汉高祖刘暠共有三个儿子，承训、承祐已逝，只有三子承勋在，按理应该立他为帝。但刘承勋卧病多年，连行走都困难，如何能胜任一国之君？

因为郭威大权在握，不知道他心中做何打算，大臣们都不敢多言，唯恐引来杀身之祸。只有王峻与郭威同领邺州，又共同率兵打进京师，因而无所顾忌，道："殿下多病，看来只好迎立徐州节度使刘赟了。"郭威沉吟良久，未置可否，脸色阴沉。

太师冯道早已料到郭威有何意图，见此情形道："徐州节度使乃高祖亲侄，又是养子，还有谁比他更合适立为嗣君的呢？"冯道在朝中一向德高望重，郭威虽然心中不悦，却也无可奈何。

翰林学士范质立刻撰写诰文,由冯道及枢密直学士王度、秘书监赵上交三人同赴徐州,迎接刘赟入朝。

正当后汉王朝为立嗣君的事情闹得沸沸扬扬之时,辽主耶律兀欲,见中原多事,又起了南侵之意,发兵袭击内丘,攻陷饶阳,屠杀当地居民。朝廷接到急报,太后令郭威速率大军北征,政事则委托给窦贞固、王峻,军事委托王殷,授翰林学士范质为枢密副使,参赞军机要务。辽国的侵扰,无疑给了郭威一个绝好的机会。

郭威于十二月朔日从京城出发,两天后抵达滑州。大军刚驻扎下来,便有使者从徐州来,说是奉新君刘赟诏令,前来慰劳诸将。郭威被冯道等人联合排挤,离开京城本就勉强,现在看到刘赟还未登基,就派人前来慰问,实则是监军,心中大为不满。

军中李筠、曹威等一班宿将,也是心怀不满,纷纷议论道:"我等起兵,攻陷京城,致使汉主身亡,已犯了诛夷三族之罪。假如刘氏复立,我们哪还有生路?不如趁大军在外,拥立郭大帅为君,杀回京师,尚可保全性命。"对于这些,郭威当然全部听在耳里,看在眼里,心中暗自高兴,表面上却不动声色。送走刘赟的使者,他立即率军前往澶州。

当晚,郭威派人将赵匡胤召到自己帐中。

"不知将军召末将前来,所为何事?"参拜过后,赵匡胤问道。

郭威说:"匡胤,你一向很有头脑。军中的传言,你必定有所耳闻吧?依你来看,我该如何做才好?"

赵匡胤心中一惊,表面上却丝毫没有表现出来,回答道:"如此大事,末将岂敢妄发言论。"

"帐中无外人,不妨直言。"

"刘赟未登基便遣使劳军,显然是想有所作为。一旦登基,内有冯道等人出谋划策,外有其父刘崇拥兵河东,如果各镇将军见风使舵,倒戈相向的话,那时形势对将军极为不利。俗话说,当断不断,反受其乱。依末将之见,不如……"

"匡胤,"郭威忽然打断了他的话头,"很多事全凭天意,非人力所及。今晚天气不错,不如我们去帐外走走。"

第二天开始,军中各种各样的传言越来越多,越传越玄乎。有的说,郭威熟睡之后,有一条五色小蛇从鼻孔中爬出,在颧鼻间游弋;有的说,大军离开京城之时,一道紫气从东升的旭日边飘来,萦绕着郭威的马首,久久方才散去;还有人说,此次北征是朝廷的阴谋,目的是调开邺军主力,然后要将他们统统消灭掉,此去将士难得生还……

郭威对这些传言,一概置若罔闻,既不制止,也不解释。他明白,现在唯一要做的,只是沉住气,耐心地等待。

整个军营之中,暗潮汹涌,一场风暴就要来临了。

十二月二十日早晨,无数将士鼓噪着蜂拥而至,来到郭威住的澶州节度使衙署,呼喊着要求郭威当皇帝,混乱中有人将一面黄旗披在郭威的身上。顿时,将士们齐呼"万岁",声音如同山呼海啸,震耳欲聋。

郭威知道,自己等待的时刻终于到了。当天,他率领大军,掉头南还,直取京师。

留在京城的王峻、王殷两人,一接到澶州兵变的消息,知道郭威必定南还。两人商量之后,派郭崇威率兵前往宋州,名义上是保护已经到达那里的刘赟,实际上却是挟天子以令诸侯,为郭威顺理成章称帝铺好道路。

郭威率军抵达京城之外,并不直接进城,而是命大军原地驻扎。王峻等人随即带领一帮文武大臣,前来谒见。见到昔日的同僚,如今黑压压跪倒一片,郭威连忙下马相见:"诸位同僚,何以行此大礼?"

"我等特来恭请郭将军回京!"王峻道。

群臣一看王峻发话,也跟着劝郭威进京。

郭威正色道:"太后尚未下诰敕,郭某焉敢擅自胡为?"

王峻一听,心里暗叫一声:"哎,我怎么没想到这出?"便带领群臣回京,逼太后下诰文去了。

太后一介女流,又经历了丧子之痛,知道郭威这一次回京城,后汉江山怕是保不住了。王峻等人又逼得紧,无奈只得颁下诰文。诰文曰:"枢密使兼侍中郭威,以英武之才,兼内外之任,剪除祸乱,弘济艰难,功业昭著,人望冠冕。军民爱戴,朝野推崇,宜总万机,以允群议,可监国。

中外庶事,并由监国处分。"

接到太后的诏书,郭威却仍然驻扎城外原地。于是,文武百官相继上表,劝郭威即帝位,接着又胁迫太后下诰令,正式将汉家天下禅让给了他。

正月初五,郭威拥兵进入京师,在百官的簇拥下,登上崇元殿,正式登基,定国号为"周",改元"广顺"。郭威当了皇帝,实现了他梦寐以求的宏愿。此时,他最忌惮的就是刘赟,登位后做的第一件事,就是以太后的名义废掉刘赟,封他为湘阴公,食邑三千户。刘赟正想进京当皇帝,猛然接到太后的诰命,失望之际,免不了口出怨言,结果被宋州节度使李洪义给毒死了。

刘赟的生父刘崇,时任河东节度使,一开始听到刘承祐身亡,本想发兵南向,讨伐郭威,后来听说立自己的儿子刘赟为帝,高兴地说:"我儿为帝,尚复何求!"立刻改变主意,按兵不动了。听到儿子被废被杀,郭威自立为帝的消息,不禁大怒,声称与周朝势不两立,立即在太原称帝,国号仍为汉,沿用刘承祐的"乾祐"年号,据有并、汾、忻、代、岚、宪、隆、蔚、泌、辽、麟、石十二州,史称北汉。

北汉主刘崇,带着满腔的怨愤,招兵买马,筹措粮草,积极准备南下讨伐郭威。中原大地的格局,从此发生了极大的变化。

历史犹如滔滔东流的河水,以它固有的大度和从容,永无休止地行进。在刀剑与血火、权谋与狡诈、必然与偶然的交织纠结之中,一场惊心动魄的改朝换代的戏剧,在悄无声息中上演,一个新王朝在旧王朝的废墟上建立起来,从而给那些历史的弄潮儿提供了施展身手、挥洒生命的新的背景和机遇。

第七章

倚香楼强赎蛾眉　开宝寺戏占福瑞

赵匡胤有点淡淡的怅惘,随口说道:"再往上,不就是天子了吗?"接着随意向上一掷,低头一看,这次居然是圣卦!他惊得目瞪口呆。细君连连拍着手道:"太好了,表哥将来要做天子,当皇帝喽!"赵匡胤一把捂住她的嘴,轻声呵斥:"乱说,要杀头的!"

周太祖郭威除掉刘赟,去了一块心病,于是大行封赏故旧和有功将士。高行周进位尚书令,仍旧封齐王,符彦卿封为淮阳王,王峻为枢密使兼右神武将军,王殷为邺州留守,其他官员也各有封赏。赵匡胤被任命为东西班行首,负责皇宫的警卫事务,韩令坤封为铁骑散员都虞候,任御林军骑兵首领,慕容延钊升为御林军步兵首领,石守信、王审琦分别为慕容延钊、韩令坤的副手,李良提升为副将,仍和赵匡胤一起担任郭威的侍卫。

郭荣得知王殷为邺州留守,上表请求返回京城,郭威却诏令他不必回京,调授他为澶州节度使兼检校太保,封太原郡侯。郭威这么做,自有他难言的顾虑,郭荣心中虽然不愿意,却也不知其中的另一层奥妙,只好带着妻子符氏前往澶州上任去了。

为了拉拢赵匡胤、韩令坤、李良、石守信等一帮青年将校,郭威特意拿出一批金银财宝赏赐给众人。当他得知绿珠的事后,还特意另外赏赐了李良一千两银子。

李良拿着一千两银子,高兴得跟什么似的,心想,这下终于可以将绿珠从那是非之地赎出来了。这段时间以来,虽然一直跟着赵匡胤东征西讨,可李良的心里,却时刻惦念着绿珠,也不知她如今在倚香楼怎么样了。

李良连休息都顾不上,赶紧去倚香楼。刚走到门口,就听到老鸨在破口大骂:"真是个不识好歹的贱丫头!人家杜公子瞧得起你,愿意赎你出去做偏房,穿的是绫罗绸缎,吃的是山珍海味,还有一大群丫鬟伺候着,有什么不好?你还真当自己是千金小姐啊?"接着听到的是绿珠呜呜的哭声。

李良推开门走了进去。只见绿珠正趴在桌子上哭,旁边一个衣着华丽的贵公子,嬉皮笑脸地伸手摸绿珠的脸。李良一把抓住那人的手,向旁边一甩。那公子哥儿一个趔趄,倒在地上,揉着手直叫唤。

绿珠见是李良,叫了一声:"大哥!"扑到李良怀里放声大哭起来。

"别哭,别哭……"李良一边柔声安抚绿珠,一边直瞪着旁边的老鸨。

"你是谁?敢管我杜某的闲事,你不怕我告官?"那公子哥又羞又气,对着李良骂。

"甭问你大爷我是谁,你赶快给我滚!快滚!要不我打断你的狗腿!"李良恶狠狠地吼道。

老鸨一听可不干了:"你凭什么赶我的客人啊?"

李良一声不吭,将胳膊上的包袱解下来,扔到桌子上,"一千两银子,你数数!从现在起,绿珠不再是你倚香楼的人了。你快把绿珠的卖身契拿出来!"

老鸨一愣,随即回过神来:"唉哟,这点钱就想把我倚香楼的姑娘赎出去啊,想得美!要走成啊,拿五千两银子来!"

"去年不是说好了一千两嘛,你怎么出尔反尔?"

"去年是去年,现在是现在。你搅了我的生意,我还没跟你算呢!"

李良气得嘴唇直哆嗦,当胸揪住老鸨,牙齿咬得格格响,一字一顿地说:"我告诉你,就这一千两,人我一定要带走。你答应就罢了,否则别怪我无情!"

"来人啊,要杀人啦!"

"你以为我不敢啊?今天我一定要带走绿珠,你要是再阻拦,我的那帮兄弟也不会放过你!"

绿珠扑通一声,跪在老鸨面前,"妈妈,我知道你一直都疼我,请你高抬贵手,放我出去吧!妈妈的大恩大德,绿珠永世不忘!如果你执意逼我的话,我就立刻跳下去!"说完,冲到窗边就要往下跳。

李良大惊,冲过去拖住绿珠。那老鸨一看两人的架势,心知绿珠性子烈,闹不好真要出人命,那到手的银子也就飞了,连忙赔笑道:"绿珠,不是妈妈不放你。李大爷一个当兵的,整天打打杀杀,你跟着他,到哪里安身啊?"

绿珠见老鸨松了口,朝她磕了三个响头:"只要能出这倚香楼,再苦我都愿意!"

李良带着绿珠走出倚香楼,这才开始发愁。自己连个家都没有,怎么安置绿珠呢?想来想去,实在没办法,只好去找赵匡胤。

"赵大哥,绿珠搬出来了,可我到哪里去找房子呢?而且我现在身无分文。愁死人了!"

赵匡胤笑着拍拍他的肩膀道:"这有什么好为难的!我这里还有点银子,你先去找间房子,让绿珠安顿下来,其他的事以后再说吧。"

旁边的石守信一拍大腿道:"唉,我怎么给忘了!我刚好有一个远房亲戚,姓丁,就在城西开封府衙署后,只有母女二人相依为命。不如让绿珠姑娘先住到那儿去吧。"

"谢谢石大哥!"李良大喜过望。

"多谢石大哥!"绿珠也忙走上前,对着石守信盈盈下拜。

第二天,石守信带着李良和绿珠,来到丁大婶家里。那丁大婶本就是个热心肠的人,见绿珠长得秀丽清纯,又乖巧可爱,心里别提有多喜欢,一个劲拉着绿珠的手,问个不停。

"娘,你别老是拉着绿珠姐的手不放嘛!你瞧,人家绿珠姐都被你看得不好意思了!"旁边一个小姑娘撅着嘴巴道。

"素云,你瞧你,一个姑娘家,没一点姑娘家的样子,风风火火的。你看人家绿珠……"丁婶又爱又怜地冲着女儿笑骂道。

"妈,我知道啦,你又唠叨个不停了。不理你了,我要和绿珠姐说话去了。"说完对着母亲嫣然一笑,露出一对白晶晶的小虎牙,煞是可爱。

李良见绿珠和丁婶、素云一见投缘,也就放心了。此后只要有时间,就常去送些柴米油盐之类的东西。

一天,李良从街市上经过,忽然看到一把古筝,古香古色。李良虽然不懂音乐,可想到绿珠肯定会喜欢,便掏钱买了下来,送到丁婶家里。

"好漂亮的古筝啊!"绿珠看到桌上的古筝,满脸喜色地叫起来,伸出纤手,在琴弦上轻轻一拨,房间里立刻响起了一串动听的音符。

李良从没看到绿珠笑得这样开心,也一阵高兴:"喜欢吗?"

"嗯,"绿珠抿着嘴,轻轻点头。她望着李良,眼泪却流了下来,"大哥,如果不是你的话,我可能早就死了!只是大哥的恩情,绿珠恐怕无以为报了……"

李良伸手抹去她的眼泪道:"不是说以后不哭了吗?怎么还是这么爱哭,跟个长不大的小姑娘似的。以后不许再哭了,好吗?"

"嗯!"绿珠点点头,走到琴前道:"大哥,我弹首曲子给你听吧!"说着坐下来,调了调琴弦,边弹边唱:

  我所思兮在太山,
  欲往从之梁父艰,
  侧身东望涕沾翰。
  美人赠我金错刀,
  何以报之英琼瑶。
  路远莫致倚逍遥,
  何为怀忧心烦劳。
  ……

绿珠一边弹唱着,一边抬头斜眄李良,一双美目眼波流动,熠熠生辉。琴曲伴着歌声,时而如幽谷中潺潺流淌的溪水,时而如夜幕下秋虫般如泣如诉,时而又似满腔心事的少女,充满柔情蜜意。李良望着绿珠微红的脸颊,轻灵翻飞、修长白嫩的纤指,不禁心神荡漾,如醉如痴。

"大哥,我唱得好听吗?"绿珠红着脸,轻轻问道。

李良霎时回过神来,脸一红,赶紧道:"好听,好听!"一边连忙起身,"天太晚了,我该回去了。"

绿珠倚在门旁,目送李良远去,眼中流露出无限的欣慰。

日子在不知不觉中飞快地过去,再过两天就是李良的生日,赵匡胤老早就想着要帮他好好庆贺一下,让他高兴高兴。这天一早,他去侍卫营找李良,打算中午弟兄几个好好喝一顿。回来的路上,两人顺便买了点酒菜,一路说说笑笑,往丁婶家的院子走去。

两人刚刚穿过院子,绿珠就笑着迎了上来,见到赵匡胤,欠身道了个万福道:"赵大哥,小妹有礼了!"一边转过脸去,有意无意地看了一眼李良。

赵匡胤见绿珠一袭湖绿色长裙,简单素朴中不失雅致,更显得体态婀娜,面若桃花,便笑着打趣道:"这才几个月不见,绿珠就出落得更加水灵啦!李良,你可真是好福气啊,白捡了个这么漂亮的妹子!"

李良只是腼腆地笑。绿珠一听,脸飞红霞,斜看了一眼李良道:"赵大哥,你就别取笑小妹了!"便转身进屋去。

赵匡胤和李良在客厅刚刚坐下,素云端了两杯茶进来,故意板着脸,一本正经地放在两人面前,道:"赵大哥,李寿星,请用茶!"说完,自个儿忍不住咯咯笑了起来,圆圆的脸上,一双大眼睛弯成了月牙,两颗白玉似的小虎牙露出来,显得格外俏皮可爱。

李良装出一副凶狠的样子道:"大胆的小丫头,竟敢在长辈面前胡说八道,还不快跪下认错!"说着起身去抓。素云将身子一扭,一路笑着跑了出去。

"哎呀,"素云只顾往外跑,一头撞在了一个人身上,硬硬的,撞得头生疼,忍不住叫了出来。抬头一看,原来是韩令坤,叫声"韩大哥",脸红着出了门。

"素云这丫头,总是疯疯癫癫的。"韩令坤大踏步走进客厅,对李良道,"寿星倌,恭喜了!"将手中的几个大红包放在桌子上。

"三弟,"韩令坤一屁股坐在椅子上,对赵匡胤说:"大哥、石头和王审琦都不能过来,正忙着操练呢!日他娘,整天练来练去,人都烦死了。唉,以前那种逍遥自在的日子是没啦!"

"韩大哥,你们都是带兵打仗的将军,那么威风,自然要辛苦点啦!"李良打趣道。

"威风?哪比得上你们这些皇上侍卫!谁见了也要让三分,那才叫威风呢!三弟,近来军队操练怎么抓得这么紧?"几个男人只要围在一起,不一会就扯到带兵打仗上去了。

"还不是因为北汉刘崇,为了替儿子报仇,勾结辽军,屡次扰我大周边境！现在他又在调兵遣将,准备大规模入侵。皇上正为这事大伤脑筋,准备亲征呢！照此看来,我们可能随时要出兵作战。"赵匡胤面带沉思道。

素云刚端着菜过来,听说要出兵作战,不由紧张起来。

"绿珠姐,李良哥他们好像又要去打仗呢！"回到厨房,素云赶紧对绿珠通风报信。

"是吗？"绿珠嗯了一声,又一声不响地做饭去了,心里却涌上来一股难言的惆怅。

一年一度的春节到了,开封城里,家家户户剪窗花,放鞭炮,包饺子,吃团圆饭。为了表示与民同乐,周主郭威特意令开封府在相国寺前搭了一座戏台,请来几个戏班子,从初一开始唱大戏,一直要唱到正月十五。

正月初二这一天,艳阳高照,万里无云,是春节期间少见的好天气。赵家客厅里,赵匡胤怀抱着儿子德昭,教他爹娘爷爷奶奶地叫。德昭鼓着胖乎乎的腮帮,含糊不清地吐出几个似是而非的声音。赵匡胤在他脸上刮了一下,失望地说:"德昭这么笨,连爹娘都不会叫,莫非是个呆子？"

"他才一岁多,不会叫有什么奇怪的！"母亲杜氏笑着说,"你两岁的时候才会叫爹娘,要说呆,你比德昭更呆！"

"真的？我有那么不中用吗？"赵匡胤听母亲一说,满脸失望地望着她。

杜氏的脸比以前红润了许多,显出一种雍容高贵的仪态。她从椅子上站起来道:"匡胤,你小时候确实是呆头呆脑的,我还真担心你不成器呢！你们兄弟姐妹几个里,就数匡义最聪明,人见人爱！"

杜氏笑吟吟地看着匡义,目光中充满宠爱和期待。赵匡胤望着母亲看弟弟的眼神,心里没来由的一酸,心想母亲从来不曾这么看过我,看我的时候永远是一副恨铁不成钢的样子。再回头看看弟弟匡义,俊眉朗目,儒雅沉稳,虽然才十几岁,神态里就已有一副大人的样子,也许这就是母亲喜欢他的原因吧。赵匡胤的心里,涌起一股落寞又嫉妒的感觉。

匡义埋头读书,很少和自己说话,每次见到他都是一副谦恭有礼的神情,却隐隐地透着一股倔强的反抗。以前他也会练习武艺,可自从和自己比试过几次以后,就再也不在自己面前习武了,而是更加刻苦用功地读书。

赵匡胤心里瞬息万变地想着。杜氏自然无法发觉其中的奥秘,低头在德昭脸上亲了亲,又对赵匡胤说:"匡义刚出生那年,洛阳惨遭兵祸,你爹不在家,我挑着两只竹筐,一边放着匡义,一边放着杂物、粮食,你跟在后头,去乡下避难。在路上遇到个疯疯癫癫的老和尚,向我合十行礼,说了句'一母双龙',就走了。为娘也不奢望你们能成龙成虎,只要能循礼而行,于国于家有益,我也就心满意足了。"

一家人正在说着,绮云腆着个大肚子蹒跚地走了过来,她已经有五个月的身孕了。赵匡胤赶紧迎了上去,一眼瞥见她身后跟着一个十二三岁的小女孩,问道:"她是谁啊?"

"表哥,你不认识我,可我认识你呢!小时候,你还抱过我呢!"那小女孩牙尖嘴利,连珠炮似的说个不停。

赵匡胤仔细一看,只见她一头自然卷的头发,鼻梁挺拔,眼窝微陷,如两泓明澈的秋水,奶白色的皮肤,颇有点西域美女的风情。

赵匡胤在头脑里拼命地想,突然记起,还是好多年前,赵匡胤在洛阳绮云姨妈家,见过一个女孩儿,小名叫细君,脱口而出道:"哦,你是细君?"

"哈,你终于记起来啦!我还以为表哥当了大将军,就什么都忘了呢!"细君嘴里不肯放过他,眼中带着几分顽皮与狡黠。

"你那时候,还是个拖着鼻涕虫的黄毛丫头呢,一天到晚,脸上总是脏兮兮的。没想到几年不见,竟出落成了个千娇百媚的小美人!"赵匡胤微笑着戏谑道。

绮云上前对杜氏说:"婆婆,姨妈回汾州老家去了,我把细君带回来住几天,也好有个伴!"

杜氏一手抱着德昭,一手拉过细君,眼神里充满怜爱:"细君,要来这儿住,也不叫一声伯母?"

"伯母,细君给您老人家拜年啦,祝您老人家添福添寿!"细君夸张地一鞠躬,腮边挂着调皮的笑。

杜氏弯腰扶起细君:"好甜的一张小嘴,可真是招人疼!孩子,快起来,可使不得!行这么大礼,莫非是要给我们家做媳妇?依我看啊,你和我们家匡义,可真是天生的一对呢!"

细君一听,脸上飞上一片云霞,拉着杜氏的手只是撒娇。

赵匡胤听了,心里忽然一沉。看看细君,再看看匡义,他脸上竟微微有羞腼之色,心里一阵黯然。

赵匡义少年老成,心思埋得极深,他对活泼开朗的细君极有好感,可表面上不动声色,依旧是一副不苟言笑的样子。细君因为杜氏的打趣,心里有点害羞,只是有一句没一句地闲扯着。

跟德昭玩了一会,听到外面锣鼓喧天,细君玩心大起,拉着赵匡胤的手要出去玩。赵匡胤知道她不好对付,说什么也不肯去。细君跑到杜氏面前撒娇:"伯母,你老人家的话,最管用了。你让表哥陪我去玩玩嘛!"

杜氏笑着说:"匡胤,细君刚来开封,外面这么热闹,你就带她到处逛逛吧。记得赶回来吃饭就行!"

母亲开了口,赵匡胤也没办法,只好带着细君上街去。一到街市上,细君就像个小猴子似的,东蹿西跳,专拣人多的地方钻来钻去。一会儿要买拨浪鼓,一会又要去买面具,后来竟要去城北的开宝寺买冰糖葫芦。赵匡胤一个大男人家,还从来没有陪小姑娘买过东西,左哄右骗,说尽了好话,弄得焦头烂额,细君仍嚷着要去买糖葫芦。

两人沿着大街一路往北走。刚走了没多久,细君突然蹲在地上,赵匡胤上前问:"怎么啦,出什么事了?"

细君眉头一皱,道:"表哥,我实在是走不动了!"说完,一双水灵灵的大眼睛直瞪着赵匡胤。赵匡胤知道,这小丫头又在耍滑头,可也只好无可奈何地蹲下来,背着她,继续往前走。

足足走了半个时辰,才到开宝寺。开宝寺前有一个很热闹的集市,各种小东西应有尽有,再加上是正月,更是人山人海,热闹非凡。

赵匡胤给细君买了几串又大又红、晶莹透亮的糖葫芦,刚付完钱,一回头,却不见了细君的影子,连忙四处寻找,可还是不见人影,心里正在着急,忽然听到一声清脆的叫声:"表哥,快来啊,我在这儿呢!"

赵匡胤循声一望,细君正轻盈地往开宝寺跑呢。赵匡胤拔腿就追。

进了大殿,只见殿内雄伟肃穆,香烟缭绕,几个身披袈裟的和尚手敲木鱼,闭目念经,赵匡胤突然感到一种静穆、悠远,心神一阵恍惚。再回头看时,细君跪在身后的蒲团上,手中拿了一副卦在玩。他走过去,弯腰问道:"你在干什么呀!"

"打卦啊!"细君一本正经地说,"表哥你试试看,据说很灵哦!"

一副卦共有两爿,一面是凸出来的,另一面是平的。打卦者将两爿卦平面合上,向上一扔,待卦掉到地上,两爿皆平面着地为阳卦,皆是凸面着地,则为阴卦,一平一凸则为圣卦,暗合阴阳调和的意思。民间大多以圣卦为好卦。

赵匡胤见细君这样说,觉得有趣,就跪下去道:"我以后若能当上牙将,则为圣卦!"说着将卦一扔,是阳卦!赵匡胤笑了笑,又道:"我若能当上太守,则为圣卦!"玩得兴起,他又按着军职品级,依次上升,直到防御使、观察使、节度使,结果不是阳卦,就是阴卦。

赵匡胤有点淡淡的怅惘,随口说道:"再往上,不就是天子了吗?"接着随意向上一掷,低头一看,这次居然是圣卦!他惊得目瞪口呆。细君连连拍着手道:"太好了,表哥将来要做天子,当皇帝喽!"

赵匡胤一把捂住她的嘴,轻声呵斥:"乱说,要杀头的!"

他一放手,细君说:"要我不说也行,可你要背我回去!"

"好吧!不过,你要答应我,以后这个秘密不可以乱说!"

"表哥,你就放心吧!我已经是个大人了,不会乱说的!"

赵匡胤背着细君一阵疯跑。细君那银铃般的笑声便洒满了大街小巷。

第八章

周主被逼除异己　郭荣遂愿掌王权

郭荣就在这一片欢呼声中,登上了皇位,他就是历史上有名的周世宗。半个月后,阿娇娘娘因病在宫中暴毙,传说是因为悲伤过度所致。新主郭荣亲临哀悼,丧事办得隆重体面。过了不久,阿娇娘娘身边的几名宫女,莫名其妙地相继失踪;那个报信的小太监,不知得了什么病,变得又聋又哑,痴痴呆呆,不到一年,便告别人世,追随他服侍的故主去了。

广顺二年(952)初夏的一个傍晚,万岁殿内灯火通明,悠扬婉转的乐曲声荡漾在回廊庭庑之间。夏日的晚风习习地吹着,将歌声送得很远很远。

周太祖郭威头戴冠冕,身穿黄色衮龙袍,坐在宽大的龙椅上。他脸色憔悴,唯有一双虎目,依然炯炯有神,透出令人畏惧的精明与威严。

登基一年多来,他夙兴夜寐,殚精竭虑地治理国家。对内整顿吏治,改革旧法,提倡廉洁简朴;对外则修治武备,处理好与辽国、南唐的关系。而北汉国主刘崇屡屡犯边,慕容彦超在兖州竖起反周大旗,所有这一切耗尽了他的精力,让他感到力不从心。他甚至开始怀疑,当年自己处心积虑谋取天下,甚至不惜以一家老小的性命为代价,是否值得?

郭威靠在椅子上,略带疲倦的目光扫过殿中一队正在轻歌曼舞的宫女,落到了范质、李谷等文臣学士身上。他忽然想起,史弘肇曾将武将比作长枪利剑,而将文臣比作毛锥的事。眼下殿中坐席上,清一色的文臣,没有一名武将,他所有的主要将领都在东征北御,实在是让他深感忧虑。更甚的是,眼下他身边没有一个亲人,唯一的义子郭荣远在澶州。也许是把他调回自己身边的时候了。

正在这时,范质走上前来,对郭威轻轻说道:"陛下,刚刚接到兖州军报,慕容彦超已经被四面包围,数次突围都被击退,败局已定,他插翅难逃了。"

"好!"郭威挥手示意范质退下,精神一振,心情陡然变得开朗起来。他的目光再一次投向了那些体态婀娜、风情万种的舞女身上,其中一个少女,瓜子脸,柳叶眉,眼波流转,像极了符氏。一想到符氏,他不禁又有些精神恍惚起来。河中城那销魂的一晚,让他毕生难忘,回味无穷。符氏就像一个魅力四射的女巫,使他迷恋,让他丧失理智,沉迷不能自拔。

可现在符氏已经是自己的儿媳,郭威想到这儿,心里就不知是什么滋味。在这样一个夜晚,他的脑袋里忽然闪出一个他从没有想过,或者说一直刻意回避的问题:为什么他会让这个妖娆魅惑的女人嫁给自己的义子?这到底出于怎样的一种心理?难道只是想把她留在自己身边,留在自己的视线之内?还是另有其他原因?他实在不明白,自己当初是怎么想的了……

还有,一旦郭荣知道了这件事情,心中难道会没有怨恨?自己年过半百,注定命中无子,将来的帝位,恐怕只能传给义子郭荣了。想到这些恼人的事,郭威不禁感到头也微微作痛起来。

郭威徒然地甩甩头,似乎想甩掉这个难题。他突然想起,自己有几个月未亲近女人了。后宫佳丽如云,而他却丝毫没有这种欲望,难道他真的老了吗?这个突起的念头,让他感到一阵恐慌。不,决不!自己费了千辛万苦才得到的皇位,坐了才一年多,北汉还没有平复,决不能认老服输!

想到这儿,他突然激动起来,体内的热血开始奔涌,昔日的雄风,仿佛又重新回到了他那已衰老的肉体之中。他没有老,他要在女人身上证实这一点!

深夜,宴会散了,郭威回到寝宫。内侍掩上门,悄然退出。薄纱帐轻掩着,但郭威知道,里面有一个酷似符氏的女人,在等待着他的临幸。

郭威并不掀开帐子,而是在檀木椅上坐下。那女人如风摆杨柳般,娉娉袅袅地走过来,盈盈跪倒在地:"奴婢见过陛下!"

"起来吧!"郭威一伸手,将那舞女拉了起来。那舞女顺势坐在他的大腿上。郭威一手搂着她的腰,一手撩开薄如蝉翼的白色丝袍,在她丰腴的大腿上轻轻滑动。那新浴后的身躯细腻娇软,给他极好的手感。

"你叫什么名字?多大了?"

"回陛下,奴婢名叫阿娇,今年十九岁了。"那女子轻启朱唇,笑盈盈答道。

一股幽兰似的香气,混杂着年轻女性肉体的芬芳,扑鼻而来,郭威的身体似乎有了某种反应。他将阿娇从腿上放下,让她面对自己站着,右手伸到她的衣服里,在她丰满的胸前轻轻摩挲着,一路缓缓向下……阿娇的身体开始发热,并随着他手指的动作不断扭动着,呻吟着,但郭威却无法达到极度的亢奋。

郭威抽出手来,一字一顿道:"把衣服一件一件脱掉!"

阿娇犹豫了片刻,酡红着脸,慢慢脱掉原本就可有可无的衣服,一丝不挂地站在郭威面前,如同一颗刚刚剥去壳的鲜荔枝,润泽诱人。

郭威目不转睛地看着眼前光滑的肉体,脑海里浮现出当年在邺州府邸符氏卧室的那一幕。慢慢地,幻觉中鲜花盛开,眼前阿娇玲珑曼妙的躯体,和符氏的身影重叠起来。霎时间,郭威感到一股暖流传遍全身,所有的血液在那一刻都迅速凝聚,剧烈膨胀起来。他低吼一声,扑了过去,把阿娇压倒在地毯上。

粗重的喘息声伴随着神秘的呻吟声,郭威纵横驰骋,奋力拼杀。在他看来,今晚的成功与否,其意义不亚于一场战争的胜败,因为它证明了,自己并没有衰老,而且他作为一个君主,不仅能够征服他的女人,也能够征服世间的一切。

在焦急与期待中,一个月过去了,但兖州依然未能攻克,慕容彦超仍在拼死固守,东征的凯歌没有像预期那样快奏响。其实,让郭威最为忧虑的,还不是慕容彦超。兖州已成强弩之末,不足为患,倒是数十万大军屯在兖州,让他时刻战战兢兢,如履薄冰。

尤其是枢密使王峻,自从周朝创立,居功自傲,越来越飞扬跋扈,一旦他联络诸将,就像自己在邺州、澶州之时那样,因利乘便,倒戈相向,那局面就不可收拾了。本就生性多疑的郭威,越想越不安,唯一的办法,就是亲自前去兖州督军,指挥战事。他不顾范质、李谷等人的劝谏,执意来到兖州,亲督三军攻城。

却说慕容彦超逃回兖州后不久,郭威建立后周,他还曾派使者前来,向朝廷纳贡称臣,表示归顺之意。后来听到后主刘赟暴死,不禁惶恐至极,紧接着郭威又收了他管辖下的两座城邑,心中越发不安起来。正在这个时候,北汉、南唐又先后派使者来和兖州通好,约定共同抗周。想到与其一点点被削弱兵权,任人宰割,还不如反抗到底,于是,慕容彦超招募兵士,积聚粮草,还将泗水引入城中,公开与后周对抗。

侍卫步军都指挥曹威,奉诏命去征讨慕容彦超。他率军抵达兖州后,首先击败了南唐的援军,活捉唐将燕敬权,使兖州陷入孤立境地,随后猛攻兖州城,但兖州城防守极为严密,曹威屡战无功,只好修筑围垒,等待援军。

王峻解晋州之围后,也奉诏来到兖州。周军力量大增,将兖州城围得水泄不通。双方对峙了几个月,城内粮食已尽,守军也已疲惫不堪,慕容彦超到了山穷水尽的地步。但王峻想尽量减少士卒伤亡,迟迟不肯发动总攻。

周太祖郭威来到兖州,王峻、曹威等人率领一干将领前来迎接。郭威了解战况后,第二天,亲自督领三军攻城。周军将士见天子亲临,自然士气高涨。兖州城下旌旗飘扬,鼓声震天,满山遍野的周军抬着云梯,如潮水般涌来,攻上城墙。守军见了这等阵势,惊惶失措,纷纷弃城而逃。

慕容彦超听到周军喊声震天,心知大势已去,仰天长啸,悲愤良久,抱着娇妻,纵身跳进衙署后的井中,顷刻双双溺毙。他的儿子慕容继勋,率领残余的五百士卒向外突围,也被乱箭射死。

兖州平定,郭威龙心大悦,令大军班师回京,途中还特意去孔子的故乡曲阜,亲自拜祭孔圣人,以示对文化的尊重。

一行人来到孔庙,郭威方要跪拜,王峻劝阻道:"孔子乃是陪臣,不当受天子跪拜!"

郭威道:"孔子是百世帝王之师,朕参拜有何不可?"说罢,恭恭敬敬跪在地上,虔诚地参拜一番。之后,又命令部下,把所有祭祀之器留在孔庙里,以示对孔子的敬意。

为了表示对孔子和儒家文化的推崇,郭威的銮驾在群臣的陪同和御林军的护卫下,又前往孔林拜谒孔子的陵墓。拜祭完毕,诏令孔子四十三世孙孔仁玉为曲阜令,颜渊的后裔颜涉为曲阜主簿,并且令二人即刻赴任。

转眼到了秋天,阴雨连绵。从曲阜回来后,郭威身体一直都不好,这使得他心情抑郁,高兴不起来。

这一天,云开日出,天高气爽,郭威心情也陡然好转。郭威坐在几案前,手持酒杯,边饮边欣赏优美动听的音乐和舞姿。自从兖州平定以来,内外无事,朝政清闲,郭威啜了一口酒,微眯着双眼,望着那些进退舒展、长袖飘飞的舞女,手指在几案上和着节奏,轻轻地敲击着。

这时,一个瘦小的内侍悄悄来到郭威身边,低声说道:"启禀陛下,范大人有事求见。"

郭威皱了下眉头,不悦地说:"传他进来!"

范质进来,行过大礼,郭威面无表情地问:"范爱卿有何要事?"

"启禀陛下,高怀德派使者来送信说,其父高行周,已于前日逝于故所,故臣特来告知陛下。"

郭威一听,将酒杯放在桌子上,没出声。过了好一会,才耳语般说道:"知道了。"说完做了个手势,示意范质退下。

高行周骁勇善战,颇有大将之才,后唐、后晋、后周三朝,皆任外镇将领,显赫无比。他与郭威私交甚笃,而且在乾祐事变中,曾给郭威巨大的支持,郭威一直心怀感念。虽说高行周年事已高,身体却一向颇为硬朗,郭威亲征兖州时,高行周还亲自率兵攻打兖州城。如此一个威风八面的将军,怎么不过百日,就撒手人寰了呢?

郭威一仰头,将杯中酒一饮而尽,心中涌起一股无法排遣的悲凉之意。高行周的死,不正预示着自己无法逃脱的命运吗?即使贵为天子,也无法逃脱终归一死的命运。他突然觉得自己很可怜:一生搏命沙场,苦心经营,到头来一家人死尽,香火断绝……自己百年之后,皇位何去何从都还是未知。

想到这里,郭威的脸色又阴沉下来,一言不语回到寝宫去了。

晚上,郭威照例让阿娇侍寝,只有在这个酷似符氏的女人身上,他才能得到片刻的欢娱和慰藉。正当青春年华的阿娇,就像一枚日益饱满成熟的水果,甜美诱人。她自然也怀着自己的打算,只要能赢得郭威的宠爱,她就能由一个卑贱的舞女,摇身一变,飞上枝头做凤凰,因此亦是百般逢迎,倾其所能讨好郭威。

阿娇的努力总算没有白费,郭威第二天正式下诏,册封她为妃子。而从此以后,寻找壮阳的秘方和妙药,就成了郭威贴身内侍的主要使命。

郭威甚至企盼通过自己的辛勤耕耘,能在阿娇这片肥沃的土壤里播下生命的种子。但是再多再好的药物,也无法使灯油将尽的光亮重新炽旺起来,郭威的精力一天不如一天。

阿娇的肚子始终没有动静,这辛辛苦苦打下来的江山,莫非要落入他人之手？郭荣虽是养子,可毕竟从小跟随自己,视如己出,将天下交给他,总强过让王峻之辈夺取的好。况且郭荣在外两年多来,勤于政事,英明果断,确实有治国之才。

主意一定,郭威立刻下诏,召郭荣进京。

郭荣火速赶到京城,他等待这一天已经等得太久了！

父子俩在万岁殿相见。郭荣扑通一声跪在郭威面前:"儿臣在外,时常思念父皇,今天终于在父皇身边,省安问候,以尽孝道,儿臣死亦瞑目了！"

郭威弯腰扶起他:"荣儿,这两年委屈你了,此次返京,将家眷带回了吗？"

"启禀父皇,儿臣此次只是来觐见父皇,几日后即回澶州,怎敢私自将家眷带来,作长居京城之计呢？"

"荣儿,朕想好了,准备调你回京,任开封府尹兼功德使,加封晋王。你速速派人去澶州将家眷迎来,即刻上任。至于将来如何,全看你的了。"

郭荣一听大喜,连忙跪下说:"多谢父皇,儿臣一定尽力而为,不辜负父皇的期望！"

"荣儿,开封是我大周的心脏,关乎我大周的生死存亡。朕将它交给你,责任重大,你还要好自为之啊！"

郭威的话已说到这个份上,郭荣自然明白,心里暗自舒了口气。此次冒险进京,他终于摸清了郭威的想法,而且他准确无误地知道,自己将是大周朝的继承人,余下的就看自己如何把握了。忍辱负重这么多年,等的就是今天！

再说宰相兼枢密使王峻,从河上巡视回来,听到郭荣升为开封府尹,还加封晋王的消息后,恼怒非常,心里那口气怎么也咽不下。

王峻本来和郭威是同僚，乾祐末年的事变，如果没有王峻的支持，郭威不可能如此轻而易举得到天下。他见郭威并无子嗣，心中早有继统之意，如此一来，郭荣就成了他最大的劲敌。因此，他一直视郭荣为眼中钉、肉中刺，多次阻止他入京觐见，谁知郭威竟趁着自己巡视河上的机会，召他入京，还任命他为开封府尹。

王峻回到京城，也不去复命，直接回了私宅，第二天一早就上表辞职，郭威不答应，又请求外调，郭威好言相劝，怎么也不肯答应。王峻见郭威如此忌讳自己，索性连朝也不上，整天在家里听听小曲，莳花弄草，一副怡然自乐的派头。

郭威强压心头的火气，派范质向他传旨，以示慰问，甚至说如果王峻再不上朝，将亲临王府探视，王峻这才勉强出来上朝。谁知，王峻一上朝，竟然跟郭威提出，要罢免范质、李谷二人的宰相之职。

"王爱卿以为，何人可代替二位宰相？"郭威忍住内心的恼怒，问道。

"端明殿学士颜愻、秘书监陈观，学富五车，才高八斗，实为最佳人选！"王峻回答。

郭威心中暗暗冷笑，这两个人都是王峻的心腹，推荐此二人为相，自然是顾及私情，培植党羽罢了，实在太可恶！于是，他敷衍道："罢免宰相，不可仓促。待朕仔细考虑，与诸位大臣商议之后，再作定夺如何？"

王峻却不依不饶："颜愻、陈观实为俊才，只要陛下和臣二人认可，诸臣谁敢复有异议？"郭威此时尚未用早膳，又饿又气，便径自离去。王峻也只好怏怏不乐地走了。

郭威来到后宫，越想越恨，那王峻嚣张到如此地步，这个居功自傲、逼凌君主的心腹大患，决计不能留，一定要尽早除去。他立刻派人招来赵匡胤、李良等人，商议对策。

第二天上朝，王峻还是一副趾高气扬的样子，却不知道即将大难临头。他刚要上前询问宰相换人的事，郭威一声令下，李良带领一班侍卫，突然冲了进来，直奔王峻而去。群臣还没弄清怎么回事，王峻就被捆了起来，押到郭威面前。

郭威对惊惶失措的大臣说："王峻自以为有功，横行无法，朕念他是开国功臣,每每曲意宽容。谁料他不但不思悔过,反而变本加厉,甚至排斥朕之养子郭荣、宰相范质、李谷,结党营私,意欲图谋不轨。如此目无君上,实属罪该万死!"

诸位大臣一听,知道这王峻嚣张跋扈,早晚会是如此下场。事情既然与自己无关,也不上前求情,只是一旁看热闹。只有冯道上前,替王峻说了几句好话。冯道一向德高望重,郭威便顺水推舟,免去王峻死罪,贬为商州司马,勒令即日起离开京城赴任。颜愈、陈观等人与王峻是同党,当然一并遭贬。

王峻保住了性命,心中沮丧怨愤,仓皇离开京城,前往任所。到商州后不久,忧郁成疾,很快就不治而亡了。

却说邺州留守王殷,因为和王峻一同辅佐郭威,立过大功,两人交情向来不错,一看王峻被贬谪,客死他乡,心里亦自不安,可一直找不到机会向郭威表明心迹。适逢郭威大寿,朝廷举行盛大的"永寿节",王殷乘此机会上奏,请求入朝祝寿。

郭威早已怀疑他有异心,此次要求进京,不过是想借机与旧部串联勾结,因此坚决不许他入朝。

那王殷却执意面见周主,擅入京城,而且随身带了大批武士,出入拥卫,显赫异常。郭威疑心更重,与郭荣密谋商议。第二天,郭威在滋德殿召见王殷,当场令侍卫擒获,严厉斥责道:"你身为朝廷重臣,擅离职守,罪在不赦。姑念旧功,免你死罪,革去所有职务,流放登州(今山东省蓬莱市、龙口市一带),终生不得入京师!"

那王殷真是欲哭无泪,欲辩不能,只好含冤而去。谁知刚刚走到半路,就被石守信、李良两人带着郭威的诏书追上,说他诋毁君上,意图谋反,即令就地正法。此时,王殷心灰意冷,料到自己必死无疑,也不争辩解说,冷笑一声,拔剑自刎而死。

石守信、李良在旁边看着,也不由得一阵怅然。

有道是兔死狗烹,鸟尽弓藏。王峻、王殷辅佐郭威创立基业,不到三年,便双双遭难,同赴黄泉,也着实令人扼腕叹息。

周太祖郭威奋其余力,除去王峻、王殷,任命晋王郭荣判内外兵马事,将总制天下兵马的大权交给了他,又调遣符彦卿镇守邺州,控制北疆。

自从登位以来,诸事缠身,加上间或还要在阿娇身上用些力气,郭威的身体越来越衰弱,不时感到头昏耳鸣,胸堵气闷,挨到年底,已卧床不起,全靠汤药调理。

郭荣总掌内外兵权,事务繁多,那些机灵一点的大臣,看到郭威病重,不能临朝,断定继位者非郭荣莫属,纷纷前来请示。开封府衙内,来来往往的官员川流不息,郭荣忙得焦头烂额。

赵匡胤也被调到开封府,任马直军使,主管开封府所辖骑兵,郭荣对他是恩宠有加。宰相范质见郭威病情日益严重,而郭荣又为各种政务所困扰,难得去宫中探望,内心焦急万分,便派人将赵匡胤叫到家中,说有要事相商。

范质一见赵匡胤,颇有忧色道:"皇上病笃,殿下却极少陪侍宫中。我观皇上之病,已难痊愈,一旦有何变动,恐怕难免给他人以可乘之机,对殿下怕是大为不利啊。赵将军常在殿下身边,还望相机规劝,以免造成后患。"

赵匡胤觉得很有道理,趁郭荣小憩的时候,屏退左右,对郭荣说:"殿下为国家储嗣,天下所望。今皇上病重,殿下不入宫侍奉汤药,却日夜忙于处理政务,何以尽孝养之情,慰苍生之望呢?"

郭荣猛然醒悟,拍着自己的额头说:"我确是百密一疏,若非将军提醒,险些铸成大错!"将府中事务交给赵匡胤、韩通、潘美等人,次日一早入宫,侍奉郭威左右,寸步不离。

郭威见他延医用药,悉心侍奉自己,心中既感动,又宽慰,病情似乎略有起色。就这样挨到了新年,也就是广顺四年(954)。不久,改元显德元年,大赦天下,奖掖文武百官,希望借此求得君民同心,上苍福庇,周主早日龙体康复。

这天晚上,郭威心情不错,和阿娇在后殿共用晚膳,他已经很久没有和阿娇一起用饭了。阿娇看郭威兴致不错,百般哄他开心。两人正在用餐,突然阿娇感到一阵恶心袭来,眉头一皱,连忙用手捂住嘴。因为怕扫了郭威的兴致,也不敢声张,只好强行忍住。

用过晚饭,时候尚早,郭威突发奇想,不顾自己大病初愈,也不顾阿娇的劝阻,执意要去看看殿外的月色。阿娇无可奈何,只好扶他坐到靠窗的卧榻上,郭威饶有兴致地看着窗外那月明风清的景色,心情惬意非常。

忽然,一颗明亮的流星,从东北方划过一道亮光,悄然坠落。郭威心忽地一沉,心情骤然黯淡下来,莫非上天在暗示,自己真的将不久于人世?

郭威什么赏月的心情都没了,神色黯然,让阿娇扶着自己,脚步虚浮地回到寝宫。他一刻也没耽搁,招来朝中诸位重臣,他要趁着头脑尚清醒,进行一系列人事安排。宰相范质加尚书左仆射,李谷加右仆射,王溥同平章事,樊爱能为侍卫马军都指挥使,何徽为侍卫步军都指挥使。殿前都指挥使李重进是郭威的外甥,加检校太保,统领御林军,负责整个大内的警卫事宜,并特召其入宫,令他向郭荣参拜,确定了君臣的名分。郭威毕竟经验老到,这一番对于朝廷重臣的安排,为接下来皇位的顺利交接做好了充分的准备。

安排好这一切,郭威一挥手,示意大臣都退下,把郭荣叫到榻前,吩咐道:"荣儿,朕自知命不久矣,你当速治陵墓,不得久留殿内。陵墓务必简朴,不可大兴土木,劳役百姓,不要守陵宫人,也不用石人石兽,只用纸衣为殓、瓦棺为椁即可。陵墓前可立一石碑,刻字云:'大周天子临晏驾,与嗣帝约,缘平生好简朴,只令着瓦棺纸衣葬。'你若有违背,朕在地下也不得安宁!"

郭威见他一脸的迷惑,又说:"昔日朕征讨河中府,见唐朝李氏十八帝王陵园,广费财物人力,机关算尽,还是被尽数挖掘毁弃,都是因为多藏金银财宝的缘故。而汉文帝为人简朴,葬在霸陵原,至今仍然完好无损。朕之陵墓,每年寒食节,可差人祭扫;若无人有暇,遥祭亦可。此外,还可在河间府、魏府各葬一副剑甲,澶州可葬通天冠和绛纱袍,京城葬天平冠和衮龙袍。朕的话,你要切记!千万不可违背!"

郭荣眼里噙着泪水说:"父皇命福齐天,不久自会康复,万勿轻言死生!"

郭威躺在床上,形容枯槁,面色凄然,微微叹了口气:"人生在世,谁复无死?朕所创立的基业,你若能好生维护光大,朕死亦无憾了!范质、王溥,文博冠世;李重进、张永德为国亲,皆可倚重。此外,赵匡胤、韩令坤等一干将校,随朕征战多年,忠心耿耿,可委以宿卫镇边、攻城野战之任。"郭荣连连点头答应。

正在父子俩密谈的时候,一个小太监突然急匆匆地走了进来,一见郭荣也在,顿时愣在那里,神色慌乱。

郭荣心中疑惑,厉声问道:"大胆奴才,何事鬼鬼祟祟?"

小太监扑通跪下,颤着声音回答:"启禀陛下,阿娇娘娘她,她……"

"她怎么了?"郭威刚才一番话说下来,已累得精疲力竭,头靠在枕头上,闭着眼睛休息。听了太监慌张的口气,缓缓从卧榻上坐起。

郭荣连忙向前扶住,一边对那太监说:"阿娇娘娘她到底如何了,你快说!"

"启禀陛下,奴才刚刚得到宫中密报,阿娇娘娘她得了龙胎,所以奴才前来禀告!"

郭荣脸色大变,不过很快就镇定了下来。

郭威一听此话,脸上的表情。说不出是忧是喜,整个脸因为剧烈的颤抖而缩成了一团,"确有……此事?"

"陛下,千真万确!"小太监回答。

"天啊,朕真的要有自己的亲生骨肉了?可……可是为什么不早点赐予……"郭威话还没说完,一口浓痰上来,堵在喉咙里,整个人随即倒在床榻上。

郭荣慌忙上前,轻轻在郭威胸前推拿,嘴里唤着:"父皇,父皇!"

郭威手脚冰凉,大口大口地喘着粗气,嘴里含糊不清地说着什么。

郭荣问:"父皇,你说什么?"将耳朵贴近他的嘴。

"朕终于要有儿子了……"突然,他一把抓过郭荣的手,那双浑浊的眸子直直地瞪着郭荣:"你一定要善待他们母子俩,否则,否则……朕在……地……下必……不……福你!"话还没说完,双手一松,就一动不动了。

郭荣上前轻轻地摇了摇郭威的身体,伸手试了试,已经鼻息全无了。他猛地转身,问前来报信的小太监:"阿娇娘娘怀有身孕一事,是否还有他人知道?"

"奴才一接到密报,就来禀告皇上,再无他人知道此事。"那小太监面无人色,一个劲地跪地磕头。

"好了!"郭荣松了一口气,挥挥手,"记住,此事万万不可泄露!否则,我要你死无葬身之地,明白了吗?"

"奴才不敢,奴才不敢!打死奴才,奴才也不会跟任何人说的!"

那小太监吓得魂飞魄散,只顾跪地求饶。

"下去吧!"郭荣终于挥了挥手。小太监赶紧退出寝宫。

郭荣密不发丧,数日后将灵柩迁到万岁殿,召集文武百官前来,宣读太祖遗制:"晋王荣可于灵柩前即位!"百官一片朝贺。

郭荣就在这一片欢呼声中,登上了皇位,他就是历史上有名的周世宗。

半个月后,阿娇娘娘因病在宫中暴毙,传说是因为悲伤过度所致。新主郭荣亲临哀悼,丧事办得隆重体面。

过了不久,阿娇娘娘身边的几名宫女,莫名其妙地相继失踪;那个报信的小太监,不知得了什么病,变得又聋又哑,痴痴呆呆,不到一年,便告别人世,追随他服侍的故主去了。

第九章

王延嗣廷激辽主　周世宗亲征北汉

周主郭荣班师回到京城，论功行赏。高平一役，论功劳首推赵匡胤，破格提拔为殿前都虞候，赐银一万两，御马五匹。封韩令坤为龙捷左厢都虞候，慕容延钊为虎捷左厢都虞候，王审琦为铁骑都虞候，石守信为铁骑左右都校。李良死活不愿为官，赏银一万两，住宅一所，调往赵匡胤幕府，领从五品将军衔。

广顺元年(951)十二月,北汉国主刘崇率汉、辽联军,大举进犯晋州(今山西省临汾市)。眼看破城在即,却因大雪受阻,既而后周援军赶到,己方死伤过半,只好恨恨北归。从此,北汉元气大伤,无法再对后周发起大规模的军事行动。

刘崇与后周王朝有不共戴天之仇,两年多来,他无日不思报仇雪恨。无奈北汉土瘠民贫,赋税不足以供军队所需,而且郭威深孚众望,周朝兵强马壮,他根本不敢轻举妄动,只能将那满腔的怨愤之气,强压在心中。

当他听到郭威已死,郭荣继位的消息时,不禁喜笑颜开,心想天助我也,报仇的时机终于来临。于是,他在全国范围内调集兵马,招募流亡,召集了马步军五万余人,一面加紧训练,筹措军需,一面派王延嗣为特使,前往燕京向辽国求援兵。

王延嗣是开封人,从小熟读诗书,广涉经史,谈吐不凡,颇有韬略。时任河东节度使的刘崇闻其颇有才略,千方百计将他罗致自己帐下,引为心腹。后来北汉独立,刘崇又拜他为枢密副使,委以重任。王延嗣素怀青云之志,欲借河东之地,一展宏图,所以竭其全力,辅佐刘崇。然而,对于刘崇谄媚辽国,自称侄儿的做法,他却坚决反对。孔孟先圣,以中原为正统的观念,早已深植他心中,怎能以华夏正宗而屈事北狄之邦呢?

当年石敬瑭将燕云十六州献给契丹,甘当儿皇帝,一直为中原百姓所唾骂,确当引以为鉴!可一直以来,刘崇都面临后周的巨大军事压力,要想求得生存,除了借助辽国的力量外,似无其他办法可想。因此,尽管王延嗣数番苦苦劝谏,也无法改变北汉亲和辽国的基本外交策略。

王延嗣勉为其难地接受了刘崇的使命,带着十余名随从和大量的金银珠宝,昼夜兼程,来到燕京幽州府。这辽国以皇都上京为临潢府,辽阳故城为东京辽阳府,幽州为南京幽州府,南京又称燕京,此时辽穆宗耶律璟驻跸燕京别宫,所以王延嗣直奔燕京而来。

燕京经过辽人近二十年的经营扩建，已初具规模，街道繁华，商贾云集，汉、女真、回纥等族的百姓混杂而居，倒也颇具特色。自后晋以来，这里实际上成了辽国向南经略的大本营和指挥中心。

王延嗣在专为外国使节修建的官邸住下，心中却为这次使命发愁。首先，他愁的是辽国君臣的傲慢态度。长期以来，他们一直以太上皇自居，对北汉使者出言不逊，动辄奚落嘲讽，令人无法忍受。其次，他担心辽国不会轻易派援兵，因为，此时辽国的北方不太稳定，南边却有北汉作为一种缓冲力量，顶住后周的压力，如此一来辽主自可高枕无忧。

如何能劝服辽主出兵，确实是个难题，王延嗣想来想去，一个人影在他脑中一闪。王延嗣招来随从，吩咐即刻准备好见面礼，当晚悄悄前往大将杨衮府中。这杨衮与北汉关系一直比较亲密，而且深得辽主的信任，要是通过他对辽主施加影响，事情就好办多了。

第二天一早，耶律璟在宫中召见北汉使者。

王延嗣登上殿阶，穿过宽敞的殿堂，叩首行礼，献上一双白璧、一颗硕大的宝珠和一把精致的佩剑。

辽主耶律璟高踞虎皮铺就的檀木椅上，左右两边依次坐着耶律齐、杨衮等大臣。那耶律璟满脸胡须，右脚架在椅子扶手上，傲慢地瞟了王延嗣一眼，毫无表情地问："皇侄派你来南京，有何要事禀告朕？"

王延嗣强按住内心的不满，呈上刘崇的亲笔信，不卑不亢地说："吾皇特遣臣赴南京，请求大王速派铁骑，与我大汉组成联军，南讨周逆。郭荣新立，百端待举，此乃南下创业之良机。愿大王勿疑虑焉！"

耶律璟草草阅过书函，随手扔在几案上，漫不经心地说："郭威虽殁，余威犹在，郭荣大权在握，又熟谙军阵，倒是个有作为的君主，而且周朝兵多将广，粮草充裕。吾皇侄以区区北汉，守成尚觉艰难，岂有余力南进乎？"

"吾国虽狭小，亦方圆数百里；土地虽贫瘠，然亦不乏军需。吾皇已调集五万余人，皆忠勇之士，又聚集了大量辎重粮草。只要大王愿意出兵辅助，壮我兵威，必可克敌制胜，直捣开封！"

大臣耶律齐站起来，揶揄道："口气不小，无奈军力太弱，王兄还记得晋州大败之事否？况且你北汉与周争斗，关我大辽何事？我大辽为何要冒此风险呢？"

王延嗣浓眉一扬，慷慨激昂地说："耶律兄眼光未免太过短浅！汉、辽疆土相连，不可分割。若无我大汉阻隔，周兵早已挥戈北向，直抵南京。试想大汉为周所吞并，你大辽燕云十六州能保无虞吗？"他叹了一口气，接着说，"唇亡齿寒，如此浅显的道理尚且不懂，怎能成大事！唉，像辽太祖那样的英雄豪杰，如今确是难以寻觅了！"

"大胆！"耶律齐指着王延嗣，气得浑身颤抖。耶律璟强忍住怒火，冲他摆摆手，示意他坐下，不由自主地将右脚从扶手上放下来，正了正身体，收起那副不可一世的傲慢神情。

近年来，有不少北汉使者前来拜谒，大多卑躬屈膝、唯唯诺诺，像王延嗣这般大胆直言、凛然难犯的却是第一次遇到，这不能不使耶律璟另眼相看，由衷佩服。他面色凝重，对王延嗣道："照王先生的意思，朕竟是鼠目寸光，远不及父皇了？"

耶律璟是太祖耶律德光的儿子，自从杀了燕王耶律述轧，被辽国各部拥立为帝，便日夜渴望追及太祖当年的伟业，早就想入主中原，因而才有广顺初年的举动。听到王延嗣对父皇的赞叹，不免又激起了他的勃勃雄心。

王延嗣见激将法起了作用，心中暗喜，从容答道："大王千万不要误会！遥想太祖当年，意气风发，飞渡滹沱，横扫二京，睥睨一世，何其壮哉！大王继其余烈，欲南伐中原，光大先帝伟业，世所共知也！微臣只担心大王听信一面之词，失去良机，如此岂不造成千古遗憾！"

杨衮见火候已到，不失时机地插上一句："大王，王延嗣所言颇有道理。若能一举攻下开封，我大辽便可统一四海，君临天下了！机不可失，时不再来啊！"

于是，辽主耶律璟诏令杨衮率领三万精锐骑兵，立即出发，前往太原，配合刘崇攻打后周。中原的天空，又一次卷起了战争风云，刚刚继位的周主郭荣，面临着一场生死攸关的严峻考验。

潞州节度使李筠，得知刘崇与辽将杨衮合兵南犯的消息，火速派人报知郭荣。郭荣听了虽感意外,却并不惊慌,毕竟他随郭威久经沙场,见多识广,对于继位之初的艰难,早就做好了充分的准备,所以能面临事变而镇定自若。

次日上朝,郭荣在广政殿对文武大臣道:"潞州军报,汉逆刘崇勾结辽军,将大举侵犯我大周疆域。朕打算率军亲征,荡平来寇,扬我国威,诸位爱卿以为如何?"

话音刚落,太师冯道出班奏曰:"启奏陛下,臣以为刘崇自晋州逃遁之后,势弱气夺,国力空虚,绝无迅速复振之理,所谓大举进犯,只不过虚张声势耳。陛下即位初始,先帝陵墓未成,人心易摇,不宜轻举。不如遣将御寇,则可万全!"

范质、李谷、樊爱能等也纷纷出班,劝谏郭荣,不宜亲征。

郭荣见众臣纷纷阻拦,脸色不悦道:"刘崇趁我大丧,闻朕新立,以为天下可取,此际必来,断无疑耳!朕若不亲征,敌人以为朕软弱可欺,倍加狂妄,此无异助其气焰也!昔唐太宗之创业,无不亲征,朕有何惧哉!"

冯道手捋长须,微微一笑:"陛下未必便可学唐太宗。"

郭荣涨红着脸,又气又怒道:"刘崇所部,皆为乌合之众,若遇王师,必如泰山压卵石!"

冯道一听,微微一笑,脸带轻蔑问郭荣:"陛下扪心自问,果能作泰山否?"

郭荣双眼冒火,瞪着这须发皆白的四朝元老,欲言又止,气冲冲地罢朝而去。

回到内殿,郭荣立即吩咐内侍招来张永德、赵匡胤,余怒未消道:"冯道这老家伙,平日里道貌岸然,倚老卖老,现在竟敢口出狂言,当廷羞辱朕躬,实在可恶!朕若不是念他年老功高,给他面子,今日便对他不客气了!"

赵匡胤见他气愤难耐,连忙上前劝说:"陛下无须生气,冯太师年事已高,自然希望守成,不愿陛下冒险,也是一番好意。至于言语偏激,他一贯如此,陛下千万不要计较,以免伤了君臣和气。"

郭荣决心已定,便说:"也罢,姑且不去管他!朕此番亲征,你们两个认为是否妥当?"

赵匡胤答道:"这次刘崇南犯,乃有备而来,显然是想趁陛下新立,而我军将领又内怀观望之心,故调集所有兵马,孤注一掷!此外,辽将杨衮所率骑兵,亦是精锐之师,不可小觑。面对如此强敌,依末将看来,非陛下亲征,无人可当其锐气!"

张永德摸着下巴,慢吞吞地说:"赵兄所言有理。此役关系我大周的生死存亡,败则局面难以收拾,胜则陛下威名远播,辽汉再不敢存小觑或游移之心。臣亦以为,陛下亲征乃明智之举,只是禁军老弱居多,能征战者不过万余人,兵力不足,实在堪忧!"

"朕召两位来,正为此事。不知你们有何良策?"郭荣忧心忡忡。

沉默了一会儿,赵匡胤说:"情势急迫,不妨破例。陛下可诏令京师附近各州,招募山林亡命之徒、勇力之士,即刻送于阙下。只要本人应募,就赦其原罪,一律编入禁军。此皆矫捷勇猛之辈,胜原禁兵之老弱者远矣!此外,陛下还可诏令符彦卿、郭崇威,自磁州赴潞州,诏令向训、史彦超,领兵先往泽州(今山西省晋城市),以为配合。如此则万无一失了。"

数年来,赵匡胤一有空闲,便埋头钻研广济大师所赠的《舆地与兵法》,对天下地形了如指掌,遣兵应敌亦游刃有余,往往在仓促之间,也能应对自如,有章有法地提出对敌方案。

郭荣听了,心中暗想,赵匡胤确是个不可多得的人才,所言方略,大胆细密,几乎无懈可击,便一一采纳,诏令立即实行。

那些落草为寇的群盗和流亡山林的勇士,多是些曾经杀人越货的钦犯,招募令一出,无不欢欣鼓舞,纷纷应募,不到半个月,招募的士卒已达万人。赵匡胤将他们分散编入禁军,加紧训练。

北汉主刘崇听说王延嗣游说成功,辽将杨衮所率援兵勇壮剽悍,大喜过望,便统率汉、辽联军八万余人,浩浩荡荡,直取潞州。

潞州节度使李筠率一万人马,出守太平驿,扼住通往潞州城的必经之道。北汉军先锋将张晖领兵来到太平驿,在周军营前耀武扬威,大声叫阵。李筠大怒,令穆均率三千士卒出寨迎战。

那张晖勇猛异常,使一柄六十斤重的狼牙棒,见穆均出阵,也不搭话,举棒杀过去。穆均舞动大刀拼死抵挡,颇觉吃力,又见张晖额突眼暴,满脸杀气,不觉生了几分怯意。战了不到十个回合,手中一缓,被张晖打得脑浆迸溅,死于马下。

张晖乘势率军冲杀过来,周兵仓皇溃退,李筠一看形势不妙,连忙率大军前来接应,却已损失了千余人马。李筠见敌军骁勇,当晚放弃了太平驿,退回潞州城固守,等待援兵,同时派出数批信使,分几路前往开封,呈报周世宗郭荣,请求救援。

显德元年(954)三月十二日,周世宗郭荣不顾许多大臣的劝阻,毅然率领大军北征刘崇。大军出发不久,得到军报,说刘崇已解除对滁州的包围,正向泽州进犯,郭荣立即传令日夜兼程,迎击北汉军。

三月十八日,大军抵达泽州,在城东北郊举行盛大的阅兵仪式。郭荣身着戎装,骑着战马,在御林军的护卫下检阅部队。周军将士一见君主亲自督战,士气昂扬,"万岁"声此起彼伏,在原野上久久回响。

三月十九日,周军前锋与刘崇军相遇,双方交战,北汉军败退。郭荣敦促诸军乘胜追击,并遣使督促河阳节度使刘词速来增援。

次日下午,两军主力在高平县南部的巴公原相遇,双方摆开阵势,准备决一死战。郭荣令侍卫马步军都虞候李重进、滑州节度使白重赞率领左军,居阵之西边;侍卫马军都指挥使樊爱能、侍卫步军都指挥使何徽统率右军,居阵之东边;宣徽使向训、郑州防御使彦超统领精锐部队为中军,居主阵;殿前都指挥使张永德和赵匡胤统领御林军护驾。一切已经准备就绪,只有刘词的援军迟迟未到,郭荣又急又气。

却说刘崇知周军因刘词未及时赶到,马步军仅三万余人,不由起了轻视之意,便与众将商议:"朕观周师兵微将寡,行伍不整,辽兵最好不用,以我大汉五万余众,足可克敌!如此一来,不仅可以取胜,更可使辽人心服。此乃用兵之机也!"

张晖等将领一致赞同,唯独王延嗣竭力反对:"周军人数虽少,但周主临阵，士气高昂，且阵中多剽悍骁勇之士，不可小觑，陛下切不可掉以轻心！为稳妥计，还是与辽军共进为宜。"

刘崇哪里肯听，派人前去对杨衮说："周军劳师远袭，我军以逸待劳，不烦足下余刃，还请勒兵，登高观之。"杨衮正乐得兵不血刃，作壁上观，欣然同意。

王延嗣见刘崇坚持己见，张晖诸将骄横轻敌，不禁怅然，仰头叹息："北汉败亡，其天意耶？抑人事耶？"

刘崇一副胜券在握的派头，还特意在军中设帐，备好了丝竹美酒，只等击败周军犒劳三军。周世宗郭荣却十分紧张，时刻关注战场的状况，和手下大将商量对敌策略，准备着亲自冲锋陷阵。

时近正午，太阳火辣辣地照射着大地，天空中飘浮着朵朵白云，白云下是一望无际、黄绿相间的原野。在这片古老的原野上，十余万身披铠甲的将士，凝神屏息，在等待着军令，随时准备进行殊死的拼杀。

突然，在临战前令人压抑的寂静中，一阵东北风迅猛而起，双方旗帜飘扬，发出哗哗的响声；扑面而来的劲风，裹起满天的灰尘，吹得周军将士睁不开眼睛。刘崇哈哈大笑，叫了一声："天助我也！"随即下令进攻。

刹那间，北汉军阵内鼓声震天，呐喊声、马嘶声，在北风与尘埃中，显得格外骇人心魄。张晖率领汉兵，像一股突起的狂飙，乘着风势，向周营右军冲去。周将樊爱能、何徽连忙擂鼓应战，两军短兵相接，展开激烈的厮杀。

张晖本就十分骁勇，心中正自狂傲，视周军如草芥一般，气势如虹，而樊爱能因为援兵未到，心中早存几分怯意。双方交战不久，周军骑兵就开始溃退，紧接着步兵开始混乱起来。樊爱能、何徽二人见势不妙，赶紧勒转马头，逃命去了。来不及逃跑的士卒见主将离阵，纷纷跪地求饶。

周军右路一旦溃散，北汉军气势更盛，大军如狂潮一般，冲入周之中军和左军。眼见周军就要全军覆没，骑在马上观战的周世宗郭荣心急如焚，双腿猛力一夹身下战马，向敌阵冲去。

赵匡胤大呼一声："主辱臣亡，弟兄们上啊！"胯下的赤褐马听到喊叫，兴奋不已，仰首长嘶一声，展开四蹄，飞一般窜了上去，很快超过了郭荣。赵匡胤回头喊道:"陛下,快回阵中去!"举起浑天棍杀入敌阵。

韩令坤、慕容延钊、李良、石守信、王审琦等人一看,知道关键的时刻到了,也呼喊着,率领御林军数百人冲杀过来。众兄弟个个武艺高强,出手凶狠。赵匡胤的棍犹如一张网,一扫便倒下一大片;韩令坤的一对鬼头刀就像切西瓜似的,刀锋闪过,人头滚地;慕容延钊的长枪似灵蛇吐信,或刺或挑,枪枪见血;更有李良的双剑、石守信的朴刀、王审琦的铁锏,直如蛟龙闹海,虎入羊群。那数百名御林军健卒,也奋不顾身,跟着冲杀。气焰嚣张的北汉军突遇如此猛烈的冲击,顿时抛下上千具尸首,向后退却。

张晖舞着狼牙棒,打死几名逃兵,驱赶着后退的士兵继续冲锋。他见赵匡胤英勇善战,深知只有杀了赵匡胤,才能遏制住周军的攻势。他便悄悄取出弓箭,一箭射去,正中赵匡胤左臂,顿时血流如注。赵匡胤一咬牙,将箭矢"啪"的一声折断,双目圆睁,大喝一声,杀开一条血路,只身单骑,直取张晖。李良一见,急忙跟上去策应。

赵匡胤的马快,转瞬间到了张晖面前,宛如神兵天降。张晖心头一惊,慌忙应战。两人二话没说,挺枪便战到一处,战了十几个回合,不分胜负。李良暗中对准张晖马头,"嗖"地发出一枚"燕子铛",正中马眼,那马吃痛,登时狂性大发,猛地将张晖掀翻在地。赵匡胤赶上去,奋力一击,将他的脑袋砸得粉碎。

张晖一死,汉军大乱,周军乘机稳住阵脚,重新占据了主动权。正在这时,天公作美,风向陡变,东南风一阵紧似一阵,郭荣抓住时机,下令全军出击,他亲自擂响战鼓,周军士气大振,争先恐后,呐喊着冲杀过去,人和马踏起的尘土在头顶上翻滚着,更增添了骇人的气势。

刘崇在大帐中闻得张晖阵亡,又眼见汉军满山遍野,如潮水般溃退,此时辽将杨衮又不敢增援,心知败局已定,急忙下令撤军。一直过了巴公涧,才收束败军,依涧列营。略一清点,只剩一万余人。刘崇又悔又气又怕,胸口一阵闷痛,吐出几口鲜血,王延嗣赶紧找来御医,为他治疗。

周军大获全胜,赵匡胤等人追到涧边,才勒马返回。

郭荣在张永德等人的护卫下,立在一处土岗眺望,远远见赵匡胤一行飞驰而来,身后所带的御林军已经所剩无几了,而赵匡胤等人也无不伤痕累累,血迹斑斑,尤其是赵匡胤,几乎成了一个血人。

赵匡胤刚跳下马,还没有站稳,那赤褐马扑通一声倒在地上,口吐白沫。赵匡胤顾不上自己的伤,急忙俯身去看。赤褐马睁着灰色的大眼睛,恋恋不舍地望着眼前跟了八年的主人,挣扎着喘息了几声,头向下一耷拉,闭上了眼睛。

它毕竟已经老了,这场激烈的厮杀耗尽了它全部的精力。赵匡胤几乎不相信自己的眼睛,一旦意识到这是真的,不禁伏在尚有余温的马身上号啕大哭。那哭声突兀而起,在空旷莽苍的原野中,显得格外凄厉和悲凉,在场诸人也无不下泪。

天色将暮,依然刮着东南风。周军、汉军隔着巴公涧扎营,都已无力再继续厮杀。正在此时,河阳节度使刘词率领万余精兵赶到,郭荣急令发起新的进攻。

刘词增援来迟,怕郭荣怪罪,正想在新主面前将功赎罪,便身先士卒,率领这支生力军,越过巴公涧,齐声呐喊,杀入敌阵。北汉军饥饿疲劳,根本无力应战。刘崇见士兵死伤殆尽,局面无法控制,心知大势已去,只好与王延嗣带着数百亲兵直往太原逃遁。

刘词领军追了数十里,见刘崇已经跑远,方才回军。只见巴公原上尸横遍野,血流成渠,北汉军丢弃的辎重器械,更是不可胜数。

当天晚上,郭荣在帅帐中召见诸将,下令将在初战中降敌的樊爱能、何徽的部下一个不留,全部杀掉,又将北汉降兵数千人,编成"效顺营",发往淮南,以防御南唐。

第二天,周主郭荣抵达潞州城,李筠亲自出城迎接。郭荣刚在节度使衙署坐下,忽报樊爱能、何徽前来请罪。原来两人逃出战场后,在路上遇到刘词的援军,不但不思戴罪立功,反而力劝他退军。幸亏刘词自有主意,周军才能取得最后的胜利。

郭荣听说樊爱能、何徽竟敢回来见他,心头火起,喝令左右侍卫:"来人啊,速将这两个临阵脱逃的败军之将,给我绑了,听候发落!"拂袖而去。

樊爱能、何徽二人毕竟是先帝旧臣,而且屡建战功,郭荣有心免两人一死,可转念再一想,长期以来,诸将骄横难制,常怀游移之心,此二人不诛,何以整肃军纪?不由得辗转踌躇,难以决断。

适逢张永德入内当值,郭荣面色凝重地问道:"樊爱能和何徽临阵脱逃,太让朕失望了!张爱卿,依你看朕该如何处置?"

张永德道:"樊爱能、何徽畏敌如虎,弃军脱逃,罪不可赦!陛下欲削平四海,建万世之功,不申军法,虽有雄师百万,亦有何用?"

郭荣默默点头,于是出帐升座,吩咐将樊爱能、何徽押上来。二人知道临阵脱逃,大罪难免,膝行而前,向郭荣叩头求饶。郭荣厉声叱道:"你们二人,皆是我朝宿将,久经沙场,这次临阵脱逃,非不能用兵,实欲将朕出卖给刘崇。不杀你们,让朕如何服众!"喝令侍卫将二人拖出,斩首示众。

周主郭荣班师回到京城,论功行赏。高平一役,论功劳首推赵匡胤,破格提拔为殿前都虞候,赐银一万两,御马五匹。封韩令坤为龙捷左厢都虞候,慕容延钊为虎捷左厢都虞候,王审琦为铁骑都虞候,石守信为铁骑左右都校。李良死活不愿为官,赏银一万两,住宅一所,调往赵匡胤幕府,领从五品将军衔。

历来史家,都盛赞郭荣痛斩二将之举,其原因在于自后梁以来,王朝更迭频繁,朝廷为了取得军队的支持,不得不对将领采取纵容拉拢的政策,结果造成诸将骄恣、离心难制的局面。郭荣高平之役杀樊爱能、何徽之后,诸将震恐,君主的权威加强了,自唐末以来长期存在的强将凌君的积弊得到初步扭转,这对后来的宋朝具有重要的启示意义。而随着官职的升迁,赵匡胤等人逐渐掌握了兵权,在后来的政治军事舞台上扮演着越来越重要的角色。

第十章

顺阳山奉命招降　周世宗初整禁军

听到郭荣追问,李重进沉思了一会儿,回答道:"水能载舟,亦可覆舟。军队精良勇猛,将领出类拔萃,固然是君主之福,然一旦太甚,很容易形成威逼主上、尾大不掉的局面。臣观赵匡胤,乃非常之人,不可不防也。以臣愚见,不如恢复从前的制度,御林军不再独立,依然隶属永德的禁军。这样一来,就可以牵制他了。"

郭荣得胜回朝，正值新郑县周太祖的陵墓竣工，号为嵩陵。他拜谒嵩陵时，好端端的晴天，骤然间狂风骤起，飞沙走石，郭荣心中忽然一阵胆寒，想起郭威临死前的一番话，连忙伏地叩头，心中默默祈祷："父皇息怒，我就是你的亲生儿子，我一定年年祭拜，让父皇永享供奉！"连连说了数遍，风才慢慢止息。

回到宫中，知道太师冯道因为监修皇陵，劳累成疾，病死家中。郭荣追忆往事，心中一阵怅然，派内侍送去奠礼，以示哀悼。

过了不久，符氏生下一个儿子，白胖可爱。郭荣大喜，正式册封符氏为皇后，进国丈符彦卿为太傅，改封魏王。没想到当年那个术士的一句话，竟然变成了现实，只是李守贞若泉下有知，不知作何感想？

这一天，郭荣坐在内殿，随手拿起桌上一本兵书《尉缭子》，当读到"百万之众不用命，不如万人之斗也；万人之斗不用命，不如百人之奋也"时，心有所动，不禁拍案叫绝。

他放下书本，在殿中来回踱步，脑海里浮现出高平之战那惊心动魄的一幕，愈觉书中所言有理，便差人把正在当值的赵匡胤叫来，让他看书中加了朱笔的那一句，故意问道："匡胤，你觉得此话怎讲？"

"兵贵在精不在多，军队若能战而又勇敢，则无往而不胜。"赵匡胤回答。

"正是如此！朕观现在的禁兵，老弱病残，强弱混杂，一旦上阵，怯懦者必畏死，刚强者也会随之气馁，故多败亡。高平之战，右军之所以溃败，正因此耳。若非你我君臣披坚执锐，冲锋陷阵，只怕这大好河山，早就落入北汉之手了！"

"陛下，以臣愚见，目前的兵制非改革不可！一百个农人所纳的赋税，才能养得起一个士兵，可是朝廷花费了这么多钱财，却养了一群羸弱不堪的无用之卒！臣深为陛下担忧！"

郭荣皱着眉头说:"改革兵制,朕早有此意,依你看该如何着手?"

这个问题,赵匡胤已经想过很多次了。见郭荣如此问他,略一沉思,道:"第一,对朝廷直属的禁军进行筛选,老弱病残者一律淘汰;第二,令外镇将领挑选一批精锐士卒,并招募各地勇士,补充禁军。此外,臣还希望,将御林军扩大到五千人左右,选择一些武艺高强的勇士充任,再经过特殊的训练,使之既可以充当大内侍卫,又可以作为上阵杀敌的精锐部队。不知陛下以为如何?"

"太好了!"郭荣击掌称善,站起来说:"好！挑选禁军的事,交给张永德负责,你就主持御林军的扩大和训练。"

然而事情并不像他想的那样顺利,各镇将领为了保存自己军队的实力,对于选送精锐兵卒的事情,百般推诿敷衍,加之刚刚征讨北汉,民间也没有多少兵卒可以招募。这样一来,赵匡胤就只能在十分有限的范围内挑选,但他又不愿意降低要求,费了九牛二虎之力,御林军的人数还是不足千人。

李良见赵匡胤为此事每天来回奔波,心里也暗自焦急。有一天,他忽然想起了顺阳山的王仁,对赵匡胤道:"赵大哥,据说顺阳山王仁的势力越来越大,其中必有许多精壮人马。若能说服王仁,挑选一两千精兵带回,既可以扩充兵源,又可以为地方消除一大害,这样不是更好?"

"果然是个好主意!"赵匡胤马上进宫见郭荣,郭荣当即表示同意,还特意从府库中拨出大批金银财物,作为招募的用度。

次日就要随赵匡胤赴顺阳了,李良心里挂念绿珠,在街市上买了一些柴米油盐、针线女红,命两个亲兵挑着,去看望她。当年他将绿珠从倚香楼赎出来,确实是把她当亲妹妹一样疼爱,可随着交往的增多,不知从什么时候起,这种感情却慢慢起了变化。

望着绿珠那完全成熟的少女的身体和娇艳如花的面容,闻着她身上散发出来的那股醉人的奇异芳香,体会着她平日细心的照顾和柔情,李良心中常常荡起一阵阵情感的涟漪,而且越来越频繁,越来越强烈。他拼命地压抑,不让这种感情奔泻出来。这种压抑来自他心灵深处的禁忌,那便是他僧人的经历和对广济大师的承诺。他警告自己:我是一个僧人,我现在喝酒、吃荤、杀人,已触犯了佛门戒律,决不能再犯色戒!我是一个僧人,迟早要回龙兴寺,我不能害了绿珠!就这样,李良在炽热的情爱和冰冷的戒律之间,苦苦地煎熬了好几年。

上个月初,李良因内心痛苦,酒喝得半醉时,把心中所想告知赵匡胤。赵匡胤劝他说:"当年广济大师让你随我下山,实际就是准你还俗。既然已经还俗,佛门戒律皆可不顾。至于'天下大定之日,即刻回山'的话,只不过是广济大师的一句戏言,无须当真。绿珠姑娘那么喜欢你,你可不能辜负她呵!"

赵匡胤的一番话,给李良以极大的宽解,他长期以来沉重的心,也变得轻松起来。绿珠敏锐地觉察到了这种变化,她从李良舒展的眉头和炽热的注视中,读懂了他内心奔涌的激情。她企盼这种激情尽快倾泻而出,她愿意为它所淹没,哪怕为此而万劫不复!

李良一路想着心事,不知不觉来到了绿珠的家。绿珠见他来了,炒了几碟拿手的好菜,斟上香醇的糯米酒,让他慢慢享用。

他坐在桌旁,品尝着绿珠为他精心准备的美酒佳肴,沉浸在温馨的家庭生活氛围之中。绿珠将最后一碟菜放在李良面前,笑吟吟地说:"大哥,这是你最喜欢的鲜笋。你尝尝,看味道如何。"

李良尝了一口,连声赞叹:"不错,不错!绿珠,你的厨艺越来越精了。"见绿珠在桌旁望着他,便说,"别傻站着,来,你也坐下喝一杯!"说着,起身替她解围裙。一不小心,右手触着她那丰满的胸乳,心中不由一荡。绿珠的脸,也倏地红了。

天黑了,绿珠不愿扫他的兴,便点亮油灯,坐在李良旁边,喝了一小口酒。两人有一搭没一搭地聊着天,心里都怀着莫名的期待。几杯酒下去,李良已微有醉意,非要绿珠干杯不可。

万般无奈之下,绿珠硬着头皮喝了一杯。她酒量本来很小,一杯酒喝下去,顿觉脸上发烫,头也昏昏沉沉的,便说要回房休息。李良见她脚步踉跄,连忙放下酒杯,搀扶她向卧室走去。

此时已是深夜,丁婶和素云早已入睡。在寂静与黑暗中,两人开始是依偎着走,不知怎么,走到房门前,却变成了搂抱。进了房门,两人的嘴唇很自然地吻在了一起，他们只是凭着自己的本能，任滚烫的嘴唇在彼此的额上、眼睛上、脸颊上胡乱亲吻，表达着不成章法的爱抚和渴望。

怀里的绿珠柔软的娇躯，散发着阵阵幽香。李良血脉贲张，再也无法控制内心的激情，他像发了疯似的撕去绿珠的衣服。绿珠仰面躺床上，雪白的肌肤发出象牙一般柔和的光泽，玉峰顶端两点鲜红，犹如花蕾绽放，两条修长白皙的腿向上延伸，与平坦柔软的小腹相接，形成一道神秘复杂的曲线，白与黑两色相映，融汇成一种惊心动魄的魅力。

看到自己心爱女人的身体曼妙妖娆地横陈在面前，李良不禁目眩神迷，热血奔涌。他像一头矫健的猎豹，扑向眼前那具美丽的躯体。绿珠也扭动着身子，向上迎合着。

两人初临此境，免不了手忙脚乱，左冲右突。一番忙乱之后，眼看就要入港，身下的绿珠娇喘吁吁，波动如潮。可就在这时，广济大师那张清瘦严峻的脸，突然出现在李良脑海中。李良顿时如遭雷击般，身体僵硬，沸腾的血液即刻冷却下来。他痛苦地呻吟一声，仰天瘫倒在绿珠身边。

一旁的绿珠，看到李良一脸痛苦的表情，轻轻地侧过身转向他，温柔地抚摸着他宽厚的胸膛，柔声安慰道："没关系的，过一会就好了！"李良将绿珠紧紧抱在怀里，左手在她光洁的躯体上来回摩挲。慢慢地，幻觉消失了，青春的力量开始复苏，雄性的生命又变得昂扬勃发。他翻身而上，发起了另一轮猛烈的冲击，可是一切都无济于事，在最关键的时刻，广济大师那张清瘦威严的脸又出现了！

李良哀嚎一声，颓然倒在绿珠身上。那张年轻而英俊的脸痛苦地扭曲着，两行清泪悄然流下，淌过绿珠娇艳美丽的脸，沾湿了散发着幽香的大红床褥。

李良觉得无法面对绿珠，趁着扩招禁军的差事，逃难似的，仓皇离开了开封，和赵匡胤带着一队亲兵以及朝廷特拨的大量财物，一路往邓州、顺阳而去。

一年一度的端午节来到了。开封的端午虽不如南方那样龙舟竞渡，盛大隆重，可每年的这个时候，汴河上却也是画舫游船，文人仕女，往来如云,热闹非凡。

精美的龙舟之上,达官贵人、富商巨贾携带着美妾俊童、歌妓妙姬,或诗侣文友,张乐设宴,尽情观赏两岸的秀丽风光。来来往往的彩船激起一道道水波,伴随着琵琶、琴瑟、笛子清雅悠扬的歌声,引得两岸观船的百姓沸沸扬扬。

素云看到李良走后,绿珠整天闷闷不乐,窝在家里,就死拖硬拽,拉着绿珠去汴河边上看龙舟。汴河两岸游人如潮,素云拉着绿珠的手,专往人多热闹的地方钻,两人在人群里钻来钻去,挤出了一身的汗。毕竟是小女孩,一玩起来,什么不开心的事都抛到一边去了。

"哎呀,不行了,不行了!素云,我实在跑不动啦!"绿珠一边摆手,一边朝素云喊,"这里人太多,我们去那边柳树下,找个地方歇息一下,好不好?"

这些日子以来,素云第一次看到绿珠笑得这么开心,何况自己也热得不行了,便牵着绿珠的手,朝大柳树下走去。可两眼还是不停地东望望、西瞅瞅,一刻不肯停下来。

这时,一条大船顺流而下,素云朝绿珠喊道:"绿珠姐,快看啊,好大好漂亮的龙舟噢!"

绿珠顺着她指的方向望去,那条龙舟果然气派非凡,它足有十丈长、两丈多宽,船首的龙头高达八尺,船舱有两层,雕楹镂窗,彩旗飘飘。

这艘大船顺流而下,在离绿珠二人驻足处约三丈远的地方,一位国字脸、目光灼灼有神的男子,在两名小厮的陪同下,从船舱中信步走上甲板。那男子大约三十几岁,头戴一顶青色细纱帽,身穿黄色锦缎长袍,显得身形峻拔,气宇不凡。

素云还在兴奋地唧唧喳喳说个不停,绿珠一凝眸,却发现那男子一双炯炯发亮的眼睛,直直地盯着自己。她禁不住脸上一红,心里一阵狂跳,拉着素云转身就走。

可只是这一眼,从此改变了绿珠的一生!她做梦都不会想到,船上那个威风凛凛的男人,就是当朝圣上周世宗郭荣。

郭荣无意中一瞥,看到岸边杨柳树下,那一袭紫衣、笑靥如花的女子时,只觉得那张娇美清纯的脸是如此光彩夺目,仿佛阳光下绽开的花朵一样,那么吸引人,使他再也无法移开目光。

郭荣很快就弄清了绿珠的来历身份。第二天,内侍带着聘礼,来到绿珠家。天子之聘,谁敢不从?她虽然心里一万个不愿意,可还是被宫里的大轿强行抬往了皇宫。

她的眼神空洞而迷茫。当那顶厚厚的红色轿帘终于落下的一刹那,她就清醒地意识到,她已彻底断绝了与过去的一切联系。以后的她,将要在这个完全陌生的世界里,过一种完全不同的生活。

当天晚上,在皇宫那间豪华幽深的寝宫里,在那张宽大舒适的龙床上,兰汤中沐浴过的绿珠,一丝不挂,如同一只等待宰杀的羔羊。

耳边响起了脚步声,绿珠闭上眼睛,一颗晶莹的泪珠,滑过那张年轻而美丽的脸庞。

对于郭荣来说,这具新鲜的胴体,比符氏更完美,更具诱惑力。当他看到绿珠腮边的眼泪时,只是稍稍迟疑了一下,就开始从容不迫地欣赏着,直到他觉得时机成熟的时候,才扑向眼前的猎物。

一阵云雨过后,郭荣终于沉沉睡去,绿珠悄悄睁开了双眼。当她看到躺在身边的君王,就是那天在汴河上凝望自己的男子时,内心竟然感到一丝丝庆幸。

绿珠疲惫地阖上眼睛,两行清泪缓缓流下。她真的认命了,人确是强不过命的!

再说李良和赵匡胤等人,一路风尘仆仆赶路,数日后来到顺阳地界。赵匡胤骑马走在最前面,李良押着几辆马拉的大车,紧随其后。眼看就要到达山口的开阔地,突然从山崖上窜出一队人马,拦在路中间,大声喊道:"留下车马,饶你们不死!"

赵匡胤觉得有趣,这王剑儿还真不简单,八年前抢我的马,现在又要抢我的财物。他催马向前故意道:"这是朝廷的车马,你们也敢拦截吗?你们就不怕官府来围剿?"

话还没说完,一个不知死活的小头目,一边挥舞着手里的鬼头刀,一边哈哈大笑道:"不瞒你说,俺们兄弟要的,正是朝廷送上门的财物!"其他小盗贼一听,也跟着起哄。

赵匡胤皱了皱眉头,神色一敛,厉声喝道:"休得无礼!快去通告你们家寨主王剑儿,就说赵匡胤今日带着金银前来,叫他亲自来取!"

"什么,你就是赵匡胤?无凭无据的,我们怎么会相信你!"小头目嚷嚷着。

赵匡胤从身后拿出当年王剑儿送他的宝刀,说:"见了这把宝刀,你们总该相信了吧!"

那头目慌忙下马,跪在地上:"小人有眼无珠,冒犯赵大爷,真是该死。小的立刻去通报寨主!"

王仁听说赵匡胤来了,立即赶来,迎接赵匡胤上山。赵匡胤见山上新设了不少险隘关卡,堆积着大量石块、檑木,并新建了许多木结构的房屋,回头笑着对王剑儿说:"王寨主,你这山寨可是今非昔比啊!"

"赵大哥见笑了!这年头兵荒马乱的,老百姓活不下去,只能落草为寇。俺这山寨的兄弟已有五千多人,朝廷虽然也清剿过几次,都是损兵折将,无功而返,后来干脆不管了。哈哈,他们忙着南征北战,俺也乐得自在逍遥……哎,赵大哥,你此番前来,有何事指教?莫非赵大哥是来围剿我们的?"

赵匡胤微微一笑:"别紧张,我们待会再谈不迟!"

到了大厅,赵匡胤一脸正色说:"不瞒你说,我这次是奉朝廷之命,前来招纳御林军的。王寨主,占山为王,毕竟不是长久之计。这些年来,朝廷多事才无暇清剿,一旦局势稳定下来,必然会派遣大军前来围剿,到时只怕山势再险峻,也无法挡住大军攻寨。何不趁早金盆洗手,随我同归朝廷,去战场上拼杀,博取功名,那才是大丈夫的本色!"

王仁用手摩挲着光头,老半天没出声,过了很久,才回答道:"赵大哥,俺不是没想过退路,可俺自从占山为王以来,杀人无数,还抢劫了朝廷不少财物,朝廷能放过俺吗?俺是个粗人,却也知道伴君如伴虎的道理,说不定啥时候不高兴了,杀了你全家也说不定。哪比得上俺现在这样逍遥快活?"

"王寨主,你放心,皇上已经下令,在江湖上招募的将士,一律既往不咎。至于官场险恶,自然有道理,但落草为寇的危险岂不是更大?说实话,如果皇上派我领着两万兵马前来围剿,恐怕你王寨主就不会像现在这样逍遥快活了吧。"赵匡胤似笑非笑地说。

王仁听他话里藏针,低头不语,半天才说:"好吧,一切就听赵兄的吩咐!"

当天,赵匡胤挑选了两千来名精锐的士卒,其他人每人发二十两银子,遣散各自回家去。然后令人一把大火,将整个山寨烧了。

王仁默默地看着熊熊大火,心里有一种说不出的滋味,他隐隐约约地感觉到,自己的命运,从此变得更加难以预测了。

回到开封,赵匡胤将顺阳山招募来的兵卒两千多人与御林军原来的军士相合,共有四千余人,编成捧日、天武、金枪、铁骑、控鹤五班,号为"殿前诸班"。为了笼络王仁等人,还特别任命他们为班头。

为了增强御林军的战斗力,他还在"殿前诸班"中实行联保制度。五人为一伍,十人为一什,五十人为一属,百人为一间,伍什中有违法犯禁者,若知而不告,全体一律处罚,告之则免;作战时,伍什中有人临阵脱逃者,全体一律处斩。伍、什、属、间、班的建立,使这支队伍形成了严密的编制系统,牵一发而动全身,完全改变了后梁以来军队纪律涣散的局面。

接着赵匡胤又进行一整套的军事训练,主要包括体能、格斗、兵器、阵法四个方面。经过几个月的强化训练和严格管理,御林军的面貌焕然一新,尤其是顺阳山来的那帮军士,一改过去散漫放荡的作风,开始懂得遵守军纪,训练也格外卖力。

训练了三个月,郭荣急于想看看这支新编御林军究竟怎么样。

九月重阳节,秋高气爽,风和日丽,正是沙场点兵的好季节。京城开封的东校场上,旌旗飘扬,鼓声震天。新建的阅兵台中央,坐着周主郭荣,他的身边,有丞相范质、李谷、殿前都指挥使李重进、张永德等大臣,数百名侍卫,在阅兵台周围严密警戒。

郭荣一直对新扩的御林军寄予厚望,特意亲临校场,检阅这支由赵匡胤一手扩建、训练的军队。

　　首先检阅的是队列行进,赵匡胤站在台前,挥旗指挥。四千余名将士分成五个方阵,在雄壮的战鼓声中,英姿勃勃地走过来。最先走来的是捧日班,捧日班方阵由赤色的班旗引导,赤旗后面是班头荆罕儒和两名斜披绶带的值勤官,八百多名军士,肩扛一式的方天画戟,迈着威武的步伐,走过阅兵台前。从台上看去,整个方阵队列整齐,步伐一致,甚至连扛戟的角度和抬腿的高度也完全一样。

　　接下来是由黑旗引导、肩扛长戈的天武班,黄旗引导、肩扛长矛的金枪班,白旗引导、肩扛朴刀的铁骑班,绿旗引导、左手持盾、右手持短刀的控鹤班。

　　诸班方阵队列严整,步调划一。台上郭荣及群臣正在啧啧称赞,赵匡胤令旗一挥,五个方阵迅速汇集成一个更大的方阵,军士们迈着同样矫健整齐的步伐,行进到阅兵台前,停了下来,刷地转身,面向阅兵台,举起手中的兵器齐声高呼:"万岁,万岁,万万岁!"

　　四千多张晒得黑黝黝的年轻的脸庞,显示出一种朝气蓬勃的雄性力量;指向空中的兵器,在阳光下闪烁着钢铁的冷峻光芒;持续不断的呼喊声激越昂扬,犹如山呼海啸,巨大的声浪直冲云霄,传向四面八方。

　　郭荣没想到,在不到一年的时间里,新扩的御林军竟能达到如此训练有素的程度,兴奋不已,满脸笑容地站起来,频频向台下将士挥手致意。李重进、张永德身为大将,领兵多年,阅阵无数,却从未见过这样整齐雄壮的精锐之师,心里也不禁暗自佩服赵匡胤的治军能力。

　　队列行进之后,郭荣又检阅了部队格斗、阵法、兵器、骑术等方面的演练。诸班军士本来就是经过严格挑选的,一个个武艺高强,身手不凡,平时严格的训练早已让他们憋足了劲,现在有机会在主将赵匡胤和皇上面前显示,自然尽力施展,使各种演练精彩纷呈,高潮迭起。郭荣对部队的素质和纪律十分满意,整个检阅过程始终兴致盎然,赞不绝口,直到夕阳西斜,才兴犹未尽地离开校场。

　　李重进、张永德护送郭荣回到皇宫,郭荣留他俩在内殿用膳。两人都是郭荣的亲戚,关系素来密切,也未客气推辞。用膳时,三人的话题依然离不开赵匡胤主持的新扩御林军。

郭荣喝了一口鸡汤,抬头问张永德:"赵匡胤的御林军,现在可成了真正的虎贲之师。你手下的那批禁军训练得怎样了?"

"禀奏陛下,微臣驽钝,不如赵将军精明能干。眼下全城禁军经过挑选,约有三万余众,老弱者已全部裁汰,战斗力大为提高,只是严格的训练尚未全面展开,自然无法与御林军相比。"张永德起身回答,脸上似乎有羞愧之色。

"爱卿不必慌张,快坐下!"郭荣向他摆摆手,"你不必自责。禁军中武艺高超的军士皆选入了御林军,御林军的军饷是禁军的两倍,而且他们人数较少,训练较易,岂能同等要求?朕心中明白,你已经尽力了。"

李重进放下玉箸,慢条斯理地说:"久闻赵匡胤智勇双全,是当世罕见的大将之才,今日观兵,方知确非浪得虚名。四千御林军,士卒精悍,弓马娴熟,更兼上下一心,步调一致。以此攻战,何人能敌?以此攻城,何城不克?如此精兵,足可与楚霸王之江东子弟、周亚夫之细柳铁骑相媲美,实在是数百年来所未见,确是可喜可贺!"李重进说完,顿了顿,似乎要说什么,犹豫了一下,又沉默下来。郭荣看他一副欲言又止的样子,微微一笑道:"爱卿,有什么话,不妨直说!"

李重进放下酒杯,面色凝重地说:"然臣亦有忧虑焉。"

"爱卿有何忧虑?"郭荣有点惊讶地问。

听到郭荣追问,李重进沉思了一会儿,回答道:"水能载舟,亦可覆舟。军队精良勇猛,将领出类拔萃,固然是君主之福,然一旦太甚,很容易形成威逼主上、尾大不掉的局面。臣观赵匡胤,乃非常之人,不可不防也。以臣愚见,不如恢复从前的制度,御林军不再独立,依然隶属永德的禁军。这样一来,就可以牵制他了。"

郭荣听了,不以为然地说:"改革朱梁以来兵制旧弊,扩建御林军,是朕与赵匡胤共同商量拟定的,并非他的蓄意所为。兵不精良,将不杰出,如何克敌制胜?赵匡胤确是非常之人,却也是忠诚之士。近十年来,他跟随先皇和朕出生入死,屡建奇功,一片丹心可昭日月,朕视之如兄弟。古人云:用人不疑,疑人不用。何况是赵匡胤这样的忠勇赤心之士?

爱卿万勿疑虑,担此杞人之忧!"

"陛下所言极是。赵将军数次救过先皇的命;而且高平之战曾拼死护驾,扭转败局。他的一班兄弟韩令坤、慕容延钊等人,都是朝廷干将。李兄无须多虑,此话切不可与外人言及!"张永德恳切地说。

李重进苦笑道:"但愿是我杞人忧天。不过,臣还是建议陛下,暂且不要扩大御林军的规模,改革兵制亦以禁军为主,如此则较稳妥也。"

郭荣若有所思,却也未置可否。

第十一章

红颜真情蒙错爱　群雄仗义斗顽凶

　　郭荣望着眼前的一帮将领,真是左右为难。高怀德手握重兵,为人虽然骄横,可确实打过不少硬仗;赵匡胤等人随自己出生入死,屡建奇功。双方都是骁勇善战的名将,眼下正是用人之际,万万不可因此而伤了君臣的和气!

几天之后,周主郭荣在内殿设宴,范质、李谷、李重进、张永德、赵匡胤、韩令坤、慕容延钊、李良,一共八个人赴宴。待众人坐定后,郭荣站起来,满面春风地说:"朕今日设便宴,召各位爱卿来,主要是通报一个好消息:我大周西征军,自大散关至秦州(今甘肃省天水市),连下八城,势如破竹,西蜀军已成惊弓之鸟。此外,匡胤训练御林军卓有成效,朕亦想借此机会以示嘉奖。"

郭荣是个有雄心大志的君主,一心想早日平定天下。他见北境安宁,便遣王景为招讨使,试探性地攻打西蜀。谁料西蜀国主孟昶流连声色,未及防御,竟让周军攻了一个措手不及。众人听郭荣一说,纷纷举杯祝贺。

郭荣做了个手势,一队舞女娉婷走出,翩翩起舞。君臣边观舞,边饮酒,其乐融融。

李重进端着酒杯,走到赵匡胤面前,说:"赵将军治军有方,年轻有为,前程未可限量,老朽敬你一杯!"

赵匡胤慌忙站起来,毕恭毕敬地回答:"李将军过奖,赵某愧不敢当。御林军之所以能略有起色,全靠皇上和张将军的调度、支持,赵某只不过尽些微薄之力而已。在治军方面,还要请李将军多多指教。"

李重进矜持地微笑道:"好说,好说。赵将军确是谦谦君子,难怪皇上和张永德如此信任你!"

赵匡胤早听说李重进心思细密,颇有心计,不知他所言有何深意,宴会之上,也不便深究,便一笑了之。

酒酣耳热之际,郭荣酡红着脸,兴致颇佳地说:"诸位爱卿,朕自登基以来,从未像今日这样畅快过。朕有一爱妃,琴艺绝佳,朕即唤她出来,略弹数曲,以助诸位雅兴,如何?"

范质一听,急忙阻止:"陛下,皇妃乃万金之躯,怎可随意现于人前?

万万不可!"

"读书人就是迂腐!在座者,皆为朕之密友,何必拘谨!"郭荣转身,令内侍唤她速来内殿。

过了片刻,一位身着紫色衣裙,戴着一层薄薄面纱的丽人走进殿中,向郭荣行了大礼。郭荣吩咐内侍设置好几案、凳子、琴,然后挥手示意那帮舞女退下。

赵匡胤一眼就认出,眼前这位皇妃就是绿珠,心中暗觉不妙,偷偷瞥了一眼李良。

果然李良脸色都变了,端着酒杯的手直发抖。其实郭荣刚才那么一说,李良便预感到是绿珠,暗自提醒自己,千万不要失态。看到了一年不见的绿珠,仍然不由自主地一阵战栗。他仰头喝了一大口酒,竭力让自己镇定下来。

绿珠将琴放在几案上,优雅地坐下调琴,随即飞出一串悠扬的音符。李良的心又是一阵突跳。绿珠首先弹唱的是一曲汉武帝的《秋风辞》,歌声婉转,如黄鹂轻啼林间,琴声悠扬,似涧水流溅,众人听得如痴如醉,齐声喝彩。

绿珠奉郭荣诏令出来弹唱,并不知听者是何人。等到一曲弹毕,偶一抬头,透过薄薄的面纱,无意一瞥,竟看到了她日夜思念的李良!她的心猛地一揪,一股又酸楚、又苦涩的感觉横溢胸中,眼泪几乎要夺眶而出。

她咬了一下嘴唇,略一思忖,便弹起了那首《四愁歌》:

> 我所思兮在太山,
> 欲往从之梁父艰,
> 侧身东望涕沾翰。
> 美人赠我金错刀,
> 何以报之英琼瑶。
> 路远莫致倚逍遥,
> 何为怀忧心烦劳?

琴声如泣如诉,李良的耳边响起几年前绿珠那柔情似水的轻语:"大哥,这首张衡的《四愁歌》,我只弹唱给你一个人听!"接着,眼前又幻化出绿珠那顾盼生辉的眼波、如花的笑靥、洁白的胴体。

李良全身一阵痉挛似的颤抖,为了不让外人看出自己的失态,他只好拼命压抑着自己,仰着头,大口大口地喝酒。可是没有用,他满脑子都是绿珠的一颦一笑。最后,他只好痛苦地捂住双耳,闭上眼睛,低下头,听任情感的波涛在内心深处汹涌冲撞。

李良只顾喝酒,他的意识完全麻木了。他根本不知道绿珠是何时离开的,也不知道自己是怎么出了皇宫的,只记得在皇宫外,赵匡胤搀扶着他问:"你喝多了,要不要送你回去?"他没回答,推开赵匡胤,踉踉跄跄地走了。

夜幕已经降临,白天俗世的喧嚣,已经归于寂静,街道两旁鳞次栉比的房屋,在昏暗天空的映衬下,如同一片黑沉沉的鬼域。

李良顺着街道,本能地拖着脚步,鬼使神差地来到了开封府衙署后面——他和绿珠从前的家。李良伸手推开大门,穿过院子,径直走进绿珠过去的卧室,打火点亮蜡烛。

房子里的家具还是一如往昔,只是几案上的琴和弹琴的人已离去,以往那股淡淡的幽香,也为空气里浓重的霉味所代替。

李良环视房内,那窗户上绿珠贴的双鸟窗花,早就被剪去,只留下空白而已。他忽然觉得人生亦是如此,美好的东西终归要失去,剩下的只有残缺和空虚。

他头晕目眩,倒在大红的床褥上,像受伤的野兽一般嚎叫了一声,就昏昏地睡了过去。也不知过了多久,他感觉到有人用热毛巾擦他的脸,一股熟悉的淡香扑面而来。他微睁双目,醉眼蒙眬之中,身着紫色衣裙的绿珠,正脸色微赧地倾身面向自己,不错,她是绿珠!

李良唇干舌燥,火一般灼热的激情弥漫全身,他喊了一声"绿珠",猛地翻身抱住她,滚烫的双唇在她脸上不停地亲吻。内心的欲望,在烈酒的作用下越来越炽热,身体膨胀得几乎要爆炸。李良什么都顾不得了,粗暴地将她掀翻在床褥上,疯狂地撕去她和自己身上所有的衣服,腾身而上,以一种无坚不摧的力量,猛烈地挺进着。

在彻底失去理智的非正常状态下,广济大师的阴影不复存在,勃发的生命伟力一往无前,他迅速地占领了那处他曾经难以攻克的堡垒,然后喘息着不断攻击,直到最后完成,才又躺下昏睡过去。

睡了片刻,李良似乎听到身边有嘤嘤的哭泣声。他挣扎着坐起来,揉了揉眼睛,就着微弱的烛光,定睛一看,不禁大吃一惊:躺在他身边的不是绿珠,而是素云!

这一看,他的酒立刻醒了一大半,汗水从额上直往下流。他张口结舌地问:"素云,怎么……会……这样?我对你……做了些……什么?"望着赤身裸体的素云和被褥上那一块醒目的鲜红,李良又是内疚又是自责,用手拼命地抽打自己的头和脸,那声音在深夜听来是那么清脆响亮。

素云停止了抽泣,披上衣服,挨近李良,温柔地擦去他脸上的泪水,说:"李大哥,别这样,是我自己愿意的!"

原来,当她看到绿珠房中的烛光,发现醉倒的李良时,便打来热水替他擦洗,既而遭到李良暴风骤雨般的进攻,她原本是可以走开的,然而她没有。看到自己爱恋已久的男人承受着如此巨大的痛苦,素云心如刀绞,那一刻她脑子里只有一个念头,只要能减轻他的隐痛,哪怕是作为绿珠的替身,也心甘情愿。于是她默默地承受着,听任李良所为。

"李大哥,我知道自己远不如绿珠姐,可我也像她一样敬重你、喜欢你。若大哥不嫌弃,我愿意一辈子伺候你;若大哥不喜欢我,也没有关系。今晚的事不怪你,请大哥千万不要记在心上。"素云见李良眼光呆滞,脸色苍白,柔声细语地宽慰他。

李良似乎什么都没有听到,他的脑子犹如一团乱麻:绿珠在的时候为什么自己不行?她进皇宫后为什么自己又行了?为什么偏偏是素云,使自己成了真正的男人?为什么要对素云做出这等事来?……为什么?究竟是为什么?为什么师傅要让自己下山,来承受这尘世间的苦难与煎熬?这些问题在他脑子里盘旋着,纠缠着,撕咬着,他怎么也理不出头绪。

李良匆匆忙忙地穿上衣服,撇下哀哀哭泣的素云,逃命似的跑了出去,一头扎进浓浓的夜色中。

接连数月,李良既不去当值,也不去协助赵匡胤训练军队,每天泡在酒店里,无日不饮酒,饮酒必醉,清醒的时候少,沉醉的时候多。因为只有在神智不清的情况下,他才能够忘记人间的烦恼,得到暂时的安宁和解脱。

赵匡胤见他如此颓废消沉,且双颊浮肿,步履虚飘,往日的风采荡然无存,又急又恨,三番五次劝说,毫无效果,甚至动手揍他,仍然无济于事。韩令坤、慕容延钊等一班朋友看在眼里,急在心上,也无计可施。

转眼中秋已过,天气转凉。这天下午,李良照例在都亭驿附近的一家酒店喝酒。喝到九成醉,又吩咐掌柜的将酒葫芦灌满,出了店门,一边不时将葫芦口凑在嘴边喝上一口,一边歪歪斜斜地横过大街。

俗话说:冤家路窄,真是半点不虚。路上竟然遇到了高怀德!

高怀德此时任果州(今四川省南充市北)团练使,中秋前奉周主之诏返京,筹划进攻淮南,事后一直逗留开封。当天,他在朋友家饮酒作乐,直到黄昏才回自己的私宅。平时高怀德就傲慢成性,如今乘着七分醉意,领着十几个随从,在大街上由北向南疾驰,街上的行人纷纷闪避。

一帮人一路狂奔,来到都亭驿街口,却见大街正中,一个军官模样的汉子兀然站立,手举葫芦,醉醺醺地自顾喝酒,众人喝令他让道,亦是不理睬。

本来高怀德等人从旁绕过,亦无不可,但他素来骄横,又喝了几杯酒,越发张狂,非要那汉子让道不可,便令一个随从下马,去看个究竟。那随从走近一看,认得是李良,心中害怕,忙跑回去告知高怀德。

高怀德仗着酒力,恶狠狠地说:"他孤身一人,有何可怕?我正愁没机会报从前受辱之仇,他却自动送上门来了。给我上!"

一帮人下了马,小心翼翼接近李良。李良根本没有发觉,照旧仰头狂饮。高怀德的随从一拥而上,拳打脚踢。李良突遇袭击,又喝得烂醉如泥,哪里还有半点力道,只落得个任人宰割的份儿了。这帮人见李良没有了以往的武功,胆子也大了起来,毫无顾忌地围住他,手脚并施,不留半点情面。不一会,李良便头破血流,皮开肉绽,昏死过去。街上的行人见此情景,慌忙躲避。

丧心病狂的高怀德,还觉不解恨,拔出一把雪亮的匕首,在李良的左脸划了一道两寸长的口子,狞笑着说:"小子,今日毁了你这张俊脸,教你知道大爷的厉害!"

再说韩令坤和石守信两人,见李良迟迟未归,心里着急,便在这一带的酒馆寻找,正好看到高怀德一帮人围着李良发疯般地踢打,李良满脸满身是血,躺在地上,嘴里还嘟哝着:"我的酒,我的酒,还我的酒……"

二人一看李良的样子,眼睛都红了,大吼一声,杀将过去。高怀德等人见势不妙,上马便跑,其中一个动作稍慢,被韩令坤砍断马腿,跌倒在地。韩令坤正要举刀结果他的性命,石守信一把拉住他说:"留下活口!"

韩令坤骂了一声:"日娘贼,暂且留下你这条狗命!"一刀割下那人的耳朵,痛得那随从哇哇直叫。

两人走到李良身边,俯身一看,只见李良满脸血污,遍体鳞伤,尤其是脸上划开的那条刀口,皮肉外翻,鲜血直流,惨不忍睹。

此时天色渐黑,两人强压心中悲愤,将李良抬回军营,当晚请来郎中治疗,脸上施了麻药,并缝合包扎好。直到半夜,李良才醒了过来,而他醒过来的第一件事,就是要酒喝。

韩令坤冲他吼道:"你这小子,还喝,早晚把你这条小命给喝没了!"石守信从旁百般安慰,好容易让李良重新躺下。看他睡着了,两个人这才悄悄走了出来。

韩令坤思前想后,实在咽不下这口恶气。天还没亮,就叫人把慕容延钊、王审琦找了过来。两人过来,见李良面目全非,一身是伤,连忙问怎么回事。韩令坤黑着脸道:"都是高怀德那厮干的好事!他把李良打成这样,分明是不把我们兄弟放在眼里!此仇不报,枉我们兄弟结拜一场。俺韩令坤豁出命来,也要出这口气。是好兄弟的立马跟我走!"

王审琦早就气昏了头,韩令坤一声吆喝,他跟着就要往外冲。慕容延钊素来沉稳,一看两人的架势,连忙上前劝道:"慢着,你们先听大哥一句话。这高怀德是高行周的儿子,而且现在同在军中效命,如果我们鲁莽前去,免不了一场恶斗,到时皇上的面子上,可就过不去了。不如我们先去禀告皇上,请他定夺如何?"

王审琦、韩令坤正在火头上,哪里肯听?当即带着自己的亲兵,共约两百人,赶往高怀德的府邸,将它团团围住。

慕容延钊知道劝不住了,怕他们闹出什么大事,也带着几个亲兵,和石守信随后赶去。

韩令坤把大门敲得震天响,高声喊道:"高怀德,你这个畜生,快给我出来,否则我就一把火烧了你的房子!"

高怀德从睡梦中惊醒,听到外面喊声震天,知道大事不妙,让家人、随从用巨木顶住大门,并守住院墙,任凭韩令坤、王审琦如何喊叫,就是不开门。

高宅和开封府衙署仅一墙之隔,这边人喊马嘶,早就惊动了开封府尹王全斌。王全斌也是太原人,性格豪爽,和高怀德、韩令坤都有交情,一看到双方一副火并的架势,赶紧派人去报告郭荣,自己则带着几个亲兵赶来调解。

韩令坤、石守信等人哪里肯听劝解?一声令下,就要攻进去。王全斌急得不行,指挥部下拼命拦住。韩令坤一步上前,双眼通红道:"王将军,你再不让开的话,别怪俺韩令坤不讲情面!"

王全斌坚决不让步。双方剑拔弩张,一触即发。

正在这时,只听后面一声:"皇上驾到!"郭荣带着赵匡胤等人赶到了。众人见皇上驾临,连忙跪地参拜。

却说郭荣接到通报,知道此事非同小可,马上通知正在当值的赵匡胤,一起来到高府。他传令解散所有军士,令高怀德开了门,君臣数人走进客厅。

郭荣在正中的檀木椅上坐下,虎目扫过众人,问道:"你们为了何事,竟然要闹到兵戈相向?在京城擅自用兵,可是灭族的大罪,难道你们不知道?"

韩令坤走上前去,将事情的原委陈说一遍,愤激地说:"李良为朝廷拼杀这么多年,立下赫赫战功,竟被高怀德这厮打成这样,脸都被毁了!陛下若不惩治高怀德,俺韩令坤便是治了死罪也不服!"说完,跪在郭荣面前,石守信、慕容延钊、王审琦也跟着跪倒在地。

赵匡胤昨晚在大内当值,不知此事详情,听了韩令坤的叙说,悲愤难当,大声说道:"启奏陛下,高怀德一贯横行不法,仗势欺人,此番又毒打朝廷良将,实属罪不可赦!愿陛下明察公断,使我们兄弟心服!"

郭荣本想看在高行周的面子上,从轻发落高怀德,可眼下一帮爱将如此愤怒,自己也不能不表态了,眉头一皱,厉声喝道:"高怀德,事已至此,你还有何话可说?"

高怀德没想事情闹到这个地步,见皇上动了真怒,扑通跪地:"臣知罪,请陛下处罚,但毁李良的脸,是部下所为,臣并不知情!"说罢,垂头不再说话。

郭荣望着眼前的一帮将领,真是左右为难。高怀德手握重兵,为人虽然骄横,可确实打过不少硬仗;赵匡胤等人随自己出生入死,屡建奇功。双方都是骁勇善战的名将,眼下正是用人之际,万万不可因此而伤了君臣的和气!

他思忖良久,方才说道:"诸位爱卿,都起来吧!高怀德,你纵容部下殴打朕的爱将,本当严惩,但念你昔日战功卓著,从轻处罚,重打五十军棍,以示惩罚。你速将那行凶的部下交到开封府,斩首示众。高怀德,朕的判决,你服不服气?"高怀德连连称服。

郭荣回到宫中,令御医前去替李良治伤,又遣心腹向高怀德说明不得已的原因。韩、赵等人见郭荣处罚了高怀德,心里的闷气也就消了。只是那高怀德挨了五十军棍,又将两名随从送去开封府做替罪羊,既气且恨,万分懊丧地回到果州。

双方的怨恨从此更深了。

赵匡胤见李良满身伤痕,容貌被毁,心里内疚,觉得自己没有照顾好他,辜负了广济大师当年的嘱托。眼下李良孤零零一个人,也没人照顾,就把他接到自己家里,悉心照料。

不到一个月,李良的伤就好得差不多了,只是脸上留下了一道触目惊心的、暗红色的伤疤。他从此再不喝酒,也很少开口说话,每天在院子里练拳脚,好像什么事情都没发生一样。

李良独自去了素云那里一趟,发现已经人去楼空。跟邻居一打听,说是去南方投奔亲戚去了。

李良变得更加郁郁寡欢,似乎忽然间老了十岁,时常盯着某个地方,久久地看着,目光缥缈悠远,偶尔闪烁出令人生畏的寒光。赵匡胤见他这样,心里无奈,却也没有办法。

时值年底,天气越来越冷,绮云自从七月里生下一个女儿,坐月子时,不小心着凉,便落下了病根,身体时好时坏,郎中倒是请了不少,可就是不能根治。拖了几个月,终于卧床不起,丰润的脸庞日见消瘦,双腿浮肿,头上的青丝大把大把地脱落。赵匡胤见温柔美丽的妻子病情严重,不免忧心忡忡,幸亏有细君在一旁细心照料,才稍感宽慰。

过了新年,也就是显德三年(956)正月,周主郭荣决定暂缓西蜀战事,集中兵力攻打南唐,并御驾亲征,近日便要出发。赵匡胤得到消息,左右为难,眼下绮云的身体,他实在是放心不下。他满怀心事地回到家里,推开门,细君正在煎药,屋子里弥漫着一股草药的味道。

细君抬头看到赵匡胤,眨着那双微微凹陷、秋水般明亮的眼睛,对他说:"表哥,你也舍得回来啦?绮云姐刚才还念叨你呢!"

细君十七岁了,出落得比小时候更加漂亮,浑身散发着青春的气息,特别是她那罕见的奶白色皮肤,细腻润泽,衬着清秀细致的五官,显得聪慧高雅。

细君倒了一碗药,端起药碗,朝绮云走去。赵匡胤说:"让我来吧!"伸手去接,一不小心,碗里滚烫的药汁溅了出来,洒在赵匡胤的手背上。细君连忙把药碗放下,抓住赵匡胤的手,一边用手绢轻轻擦拭,一边关切地问:"表哥,痛不痛?你没事吧!"

赵匡胤心头突然荡起一种奇异的感觉,赶紧抽回自己的手:"不要紧,我粗皮糙肉的,不怕烫!"细君见他神色慌乱,下意识地缩回了手。

赵匡胤端起药碗,走到床边,尝了尝,一勺勺地喂绮云喝下去。绮云脸色蜡黄,眼窝深陷,瘦得只剩下皮包骨头了。

绮云喝了两口,摇了摇头,有气无力地问道:"相公,你怎么此时才回来?"

"皇上准备亲征淮南,召集群臣商议。"赵匡胤故作轻松地说。又舀了一勺药汁,送到她的嘴边。

绮云眼中闪过一抹悲伤绝望的神色,轻轻推开勺子,接着问:"如此说来,相公又要出征了?"赵匡胤点点头。

"何时出发?"

"就在近日。来,你还是先吃药吧!"

绮云的肩膀不自觉地抽搐了一下,长长地叹了一口气:"相公,看来为妻的病是难以好转了。你在战场上拼杀,万万不可分心,要好好保重身体,千万不要逞强好勇……万一我死了,你也不要伤心。细君善良贤惠,有她照顾你,我就放心了!"接着是一阵剧烈的咳嗽。

"绮云,看你都在说什么!"赵匡胤将她抱在怀里,轻声安慰道,"没事的,别胡思乱想了,等我出征回来,你肯定已经好了!"说着,眼泪夺眶而出,连忙偷偷转过头去。

过了许久,绮云才昏昏睡去。赵匡胤替她盖好被子,悄悄掩上门,走了出去。

母亲杜氏正在客厅里纳鞋底。她虽然年近五十,但身体依然硬朗,精力旺盛,而且一贯俭朴,尽管丈夫、儿子皆为朝廷命官,还是常常做些针线活儿。赵匡胤走过去,轻轻对她说:"娘,过几天,孩儿就要跟随圣上出征淮南,可绮云有病在身,我实在放心不下!"

赵匡胤快三十岁的人了,在外面威风八面,可一到母亲面前,却自然而然地生出怯意。在他心目中,母亲永远是神圣的,不可违抗的。每逢大事,他必定会跟母亲商量。

杜氏听了他的话,放下手中的针线活,一脸严肃地说:"皇命不可违!既然食君之禄,就要报君之恩。男子汉大丈夫,岂能因为儿女私情而废了君臣大义!你放心去吧,家里有娘顶着呢!"

母亲的话,固然没错,出征淮南无法推托,可他又实在牵挂卧病的爱妻。他只能在心里祈祷,愿上苍垂顾,保佑绮云渡过危难,早日康复。

第十二章

清流山喜得高士　六合城大败唐军

赵普站起身,面露沉思之色,说:"清流山后有一条小道,可直达滁州城西涧,眼下溪水暴涨,皇甫晖必不设防。将军今夜率军潜行,由小径直达西涧,浮水抵城下,出其不意,滁州城自然可破!"

北汉主刘崇因高平之败,心中悔恨,忧愤成疾,于乾祐七年(954)冬天吐血而亡。其子刘承钧被辽国册封为新汉主,称之为儿皇帝。刘承钧易名为刘钧,为了求得辽国军事上的支持,竟也心甘情愿步石敬瑭的后尘,做了这个屈辱的儿皇帝。

刘钧报仇心切,刚刚继位,便向辽国乞师,进攻潞州,被李筠击败。第二年春天,他又屡屡派兵,骚扰深州、冀州。郭荣遣曹州(今山东省曹县)节度使韩通率兵清剿,大破汉辽联军,并疏通深、翼二州交界处的葫芦河,沿河筑起土墙,使北汉军队无法逾越,这样,北境才稍稍得以安宁。

周主郭荣雄才大略,早就对风光秀丽、物产丰饶的江南起了吞并之心。趁着现在北汉无事,他便决定暂时停止对西蜀的军事行动,而将矛头直指南唐。

郭荣委任宰相李谷为淮南道前军行营都部署,许州节度使王彦超为副,统率韩令坤、慕容延钊等十二员大将,率领八万精锐人马,向南唐进发。

此时,南唐主李璟,却正在自己的后宫御花园里,与宠臣冯延巳一边品尝佳酿,一边作曲填词,数十名娉婷婀娜的宫女,正随着美妙的音乐翩翩起舞。

虽然已是晚秋时节,江南依然芳草青青,绿水淙淙,正如晚唐风流才子杜牧所言:"青山隐隐水迢迢,秋尽江南草未凋。二十四桥明月夜,玉人何处教吹箫。"

李璟神清气爽地斜躺在软椅上,神色雍容雅致,左手持杯,右手击节,兴致勃勃地对冯延巳道:"冯爱卿,风景如此,你我君臣二人,何不即兴填词一首,也不辜负了这大好秋光!"

李璟令内侍取来纸笔,略加思索,一挥而就,递给冯延巳。原来是一首《摊破浣溪沙》:

菡萏香销翠叶残,西风愁起绿波间。还与韶光共憔悴,不堪看。
细雨梦回鸡塞远,小楼吹彻玉笙寒。多少泪珠何限恨,倚阑干。

冯延巳连声称赞:"好词,好词!"

李璟微微一笑道:"我记得冯爱卿有一首《谒金门》流传甚广,里面有一句'风乍起,吹皱一池春水',那是神来之笔啊!只是这吹皱一池春水,干卿何事?"

冯延巳轻步上前,微微躬身,道:"未若陛下'小楼吹彻玉笙寒'。"说罢,君臣二人哈哈大笑。冯延巳是李璟少年时代在庐山草堂读书时的伙伴,此人精通音律,善于填词作曲,深得李璟宠爱。李璟即位称帝,冯延巳自然也就是宰相了。

"启奏陛下,寿州(今山东省凤台县)节度使刘仁赡求见。"正在这时,内侍悄然走上来,轻声禀报。

"什么事啊?"李璟有点恼怒,皱了皱眉头。

"刘将军说,有紧急军情禀报陛下。"

"传他进来。"李璟极不耐烦地冲乐师、歌女挥一挥手,示意他们退下。

一位身材魁梧、浓眉大眼的将军走进殿中,行过大礼,朗声说:"陛下,臣接到十万火急军报,周主郭荣遣李谷率领八万大军犯我边境。军情紧急,请陛下速定良策。"

"什么,周兵犯境?"李璟一听,大惊失色,刚才填词作曲的雅致,早就唬到九霄云外去了,脑门子上全是汗。他回想起不久前,冯延巳说天下无事,奏请撤去北防军队"把浅兵",他当即奏准。因此,此时他简直不相信这消息是真的。

刘仁赡见李璟六神无主、面如死灰的样子,心中不忍,上前说道:"陛下无须过虑!我大唐府库丰盈,粮草山积,带甲之士不下五十万,更兼有皇甫晖、姚凤等大将忠心报国。区区八万北寇,何足为患?"

"刘将军可有退敌良策?"李璟急忙问。

"臣以为寿州乃西境门户,京都屏障,不可稍有差池。当今要务,莫若遣微臣返回寿州,坚守城池,如此可保无虞。只是粮草军饷……"

"粮草军饷,刘将军不必担心。你速返寿州,朕另增调一万兵马,助你坚守寿州城!"李璟虽然一向疏于军国大事,但也深知寿州城的重要。他走近刘仁赡,抓住他的双手,恳切地说:"刘爱卿,我大唐的江山社稷,可就全托付给你啦!"

刘仁赡深为感动,大声说道:"陛下放心,只要微臣在,就有寿州城在!但愿陛下今后不再听信谗言,让佞臣误国!"说完瞟了冯延巳一眼,大步朝殿外走去。

这刘仁赡乃彭城人,熟读兵书,治军严拐,骁勇善战,将士乐为所用。他领兵二十余年,在军队中有很高的威望,但因与冯延巳不合,被调往寿州。半个月前,他亲自来京城催粮草军饷,屡遭刁难,事情毫无进展。正在此时,得知周兵犯境,他心急如焚,直闯后殿,面见李璟,于是有了上述那一幕。

显德三年(956)正月,郭荣下诏亲征淮南,令李重进率军三万为先锋,自己与赵匡胤、张永德则统领御林军和禁军,挥师进军南唐。在正阳击败李彦贞,大军直抵寿州,在淝水北岸扎下大营,命军队将城团团围住,日夜不停地攻打。

刘仁赡回到寿州后,已将城墙修整加固,并大量贮藏粮食和武器,早就做好准备。只要周军接近城墙,便命令城头守军发箭投石,鸣炮扬灰。周军人数虽众,士气虽高,面对寿州坚固的城防,无从下手,只好暂且围而不攻。

郭荣见攻城受阻,一时之间无法攻破,心中正暗自焦急,忽然又有军报,说南唐水军统领何延锡率领水军前来增援寿州。郭荣大惊,涂山水军与寿州军互为犄角,如此一来,己方可能会两面受敌。他令赵匡胤带领一万兵马,想方设法破灭南唐水军。

赵匡胤领命,当晚率兵潜行,黎明时分来到涂山,埋伏在山侧。自己和李良登上高处,察看敌情。远远望去,涂山下一座大营,山边水域开阔,停泊着百余艘战舰,煞是威武整齐。赵匡胤心知只能智取,不可强攻,略微一思忖,心生一计。他命令部将埋伏在岸边芦苇之中,派李良带领三百老弱骑兵,前往何延锡大营诱敌。

何延锡正在营帐中悠闲地看书,突然有士兵来报:"将军,周军来犯了!"他慌忙丢下书本,披挂上阵。走出营帐才发现,不过是几百个老弱骑兵,不由得一愣,随即冲杀过去。那帮周军并不恋战,掉头就跑。何延锡纵马追了一程,突然一声炮响,岸边的芦苇丛中杀出无数周军。何延锡明白自己上当了,立刻策马逃奔,被赵匡胤一棍打下马去。

赵匡胤杀了何延锡,夺取南唐战舰五十余艘,解了大军的后顾之忧。于是,郭荣集中兵力攻打寿州城。无奈刘仁赡拼命防守,周军依然劳而无功。

转眼到了二月,南唐主李璟见寿州久困,设法调集了五万兵马,令大将姚凤率领,镇守滁州,以相机支援寿州。

郭荣接到情报,担心南唐两州军队汇合,不禁忧心忡忡。赵匡胤主动请战说:"陛下,臣愿领两万人马,拿下滁州城!"郭荣拨给他两万骑兵,并让金枪、铁骑、控鹤三班御林军精锐随他同去,又谆谆告诫道:"匡胤,此去以客犯主,以少敌众,尤其是滁州城西的清流关,地势险要,是攻打滁州城的必经之道,唐军必有重兵把守,万万不可掉以轻心!"赵匡胤一一应允。

赵匡胤与石守信率领将士星夜前进,次日来到清流关。但见两山对峙,山上古木参天,怪石嶙峋,两山之间只有一条约五尺来宽的窄道。

赵匡胤令部众停止前进,自己带李良与金枪班二百余人,深入关内察看地形。小心翼翼地走了约一里地,忽然听到一声炮响,山上喊声震天,旌旗遍布,滚石、檑木呼啸而下,赵匡胤急令退兵。可是,已经太迟了,离谷口还有半里的样子,杀出两彪军马,左为皇甫晖,右为姚凤,两人都是南唐骁将,麾兵掩杀,矢如雨下,周军将士伤亡惨重,纷纷落马。李良大腿上连中两箭,血流如注,仍然拼死挡在赵匡胤前面。

赵匡胤见李良受伤,情势危急,大喝一声:"兄弟们,跟我冲出去!"双腿在马肚子上用力一夹,战马长嘶一声,撒腿狂奔。李良、王仁及金枪班的将士紧随其后,拼死往外冲,可是唐兵在皇甫晖的率领下,一批一批轮番杀过来,怎么也冲不出去。

眼看部下伤亡大半,赵匡胤焦急万分。忽然,听到一阵喊声,唐军开始后退,原来是石守信率兵赶来接应。皇甫晖、姚凤见周兵援军到来,率领部众撤回滁州城,严令扼守隘道。

再说赵匡胤在清流关遭到伏击,受到重创,李良也受了伤,要不是石守信前来接应,恐怕早已全军覆没了。眼下唯一的通道被唐军重兵把守,赵匡胤知道,目前最重要的就是找到另外一条通道,迂回包抄,方可扭转败局。

第二天一早,赵匡胤带着几个亲兵,去山下打探情况。没过多久,来到一个偏僻的小村落,几十户人家稀稀落落地散布在山畔水滨,炊烟袅袅升起,与山岚融成一片,汇入高远的云天。

赵匡胤向村民询问是否有路可通滁州城,村民也讲不清,却说村里有个叫"赵学究"的读书人,见多识广,可以去问问他。

赵匡胤等人按照村民的指点,来到村西头的一幢瓦房前。院门未关,推开篱笆门,走进去,只见院里收拾得干干净净;院墙旁一架藤萝,葛蔓披拂,虬枝错结,别有一番韵味。

"谁呀?"听到院子里有人,主人推门而出。赵匡胤一看,台阶上站着一个三十四五岁的中年男子,头戴方巾,身穿长袍,脚下一双青色布鞋,脸色白净,目光深沉睿智,颔下一缕长髯,虽然衣着简朴,却透出一股高雅的书卷气。

荒山僻野之中,忽然看到这样一个儒雅的人物,赵匡胤不禁心中暗暗称奇,上前施礼道:"在下赵匡胤,敢问先生大名?"

"在下赵普。诸位请到寒舍一叙。"

一进门,赵匡胤就看到厅堂的正墙上,挂着一副对联,上联是:"书中皆净土",下联是"门外即青山",字体古朴有力,颇有魏晋古风。厅中央摆着一张深红色的八仙桌,桌上一方砚台,数枝毛笔,几本书。

主客坐定,赵普的夫人魏氏端上茶来。赵匡胤见那魏氏虽身着粗布衣裙,但容貌端庄,举止有度,因而更加肯定赵普是隐居的高人,忍不住开口询问。

原来,赵普字则平,本为幽州人氏,后唐时随父母迁到洛阳,娶豪族魏氏之女为妻。他从小熟读经史子集,旁涉地舆兵法,颇怀经纬天下、安邦定国之志。谁料时局动荡,胸中才略无法施展,父母兄弟皆死于战乱,自己三十岁时又得了一场大病,几乎撒手人寰。病愈之后,将那功名俗业看得日益淡薄,便携魏氏和两个儿子来到这里隐居,打算在此安度余生。这一住又是将近四年,不料南北交战,竟在这江南僻壤又闻乡音。

众人听了,皆感叹不已。赵匡胤把攻关失利、军队受阻的情况和盘托出,并诚恳地说:"清流关地势险峻,唐兵防守严密,在下束手无策,还望先生赐教!"

赵普手捋须髯,缓缓问道:"将军兵力与唐军相比如何?"

"彼五万,我两万,非其比也。"赵匡胤回答。

"两军胜败如何?"赵普又问。

"彼方胜,我方败。"

"如此,若唐军扼守清流关,继而出师断尔归路,再乘胜夹击,则将军危矣!幸亏皇甫晖一生谨慎,担心滁州有失,回军守城,否则将军必败无疑。"

"先生以为如何是好?"赵匡胤赶紧追问。

赵普站起身,面露沉思之色,说:"清流山后有一条小道,可直达滁州城西涧,眼下溪水暴涨,皇甫晖必不设防。将军今夜率军潜行,由小径直达西涧,浮水抵城下,出其不意,滁州城自然可破!"

赵匡胤大喜,双手作揖:"多谢先生点拨!"

赵匡胤回到营地,依计而行,果然一举攻克滁州城,活捉皇甫晖和姚凤,接着又派石守信领兵一万,从山后袭取清流关,守住通往寿州、滁州的要道。

赵匡胤占领滁州城,切断寿州后援,使之成为一座孤城。于是加强警戒,日夜巡逻,不敢稍有闪失。此时已是阳春三月,城外草长莺飞,一片大好春光,心想,江南风光如此秀美,难怪赵普要隐居在此荒村之中。

赵匡胤对赵普献计破滁州,心中既钦佩,又感激,若能得到他相助,那真是天从人愿了。可怎样才能让他出山相助呢?赵匡胤冥思苦想了好久,脑子里忽然闪过一个绝妙的主意。

这天吃过早饭,赵普在读唐人李鼎祚的《周易集解》。正看得入神,忽然,门外冲进来几个彪形大汉,二话不说,抬起他和夫人魏氏还有两个儿子,塞进三顶轿子里,抬腿就跑。

赵普慌了手脚,大声责问:"众位英雄,我一介书生,与你们无仇无怨,为何要如此相待?"几个大汉也不答话,只管抬着轿子飞跑。赵普一看这架势,索性心一横,闭上眼睛假寐。

等他睁开眼,向外一瞧,发现已到滁州城。此时,他已隐约猜到绑架者是谁了。轿子在街巷中转了几个弯,在一坐院落前停下来。一个大汉掀开轿帘,客气地说:"赵先生,请下轿!"

赵普刚一下轿,赵匡胤满脸赔笑迎上来:"先生、夫人受惊了,在下多有得罪,还望包涵!"

"赵将军盛情相邀,何罪之有?"赵普没好气地回答。

赵匡胤哈哈一笑:"先生乃世外高人,若以世俗之礼相邀,恐怕不肯赏脸,只好出此下策。快屋里请,请!"

赵普扶着妻子魏氏坐下,又招呼两个孩子坐在身边,道:"不知赵将军邀草民来此,有何见教?"

赵匡胤拱手道:"岂敢,岂敢!在下武力相邀,既是为了感谢先生巧取滁州之妙策,亦想借机请先生出山,助我一臂之力。先生乃博学之士,经国之才,隐居山野,于国家社稷何益?"

赵普沉默片刻道:"吾一介草民,屡经丧乱,体弱多病,唯求平安。人生如朝露,转瞬就是百年,功名富贵,如过眼云烟,将军何以定要强人所难,夺人之志呢?"

"先生所言差矣!方今天下纷攘,生灵涂炭,我辈正该奋起,辅佐明主,安定百姓,这才是孔圣人所谓的大义。子房效命于博浪,卧龙振起于隆中,宏图得展,终成大业。先生正当壮年,何不出山,一展平生所学?待异日功成名就,再返山林江渚之上,亦不为迟啊!"

赵匡胤一番话说得慷慨激昂,见赵普心有所动,心中暗喜,话题一转,笑了笑说:"想必先生、夫人还未用饭,在下特备薄酒,一来为二位洗尘,二来向二位赔罪。"待宾客宴罢,已是黄昏。

赵匡胤正和赵普闲聊,忽有守城士兵进来报告,说城外有一支周军,请求入城休息。

赵匡胤起身,对赵普说:"先生旅途困乏,还请先回房间休息,在下去去便来!"随即登上城墙,大声问道:"来者何人?我乃殿前都虞候赵匡胤!"

"匡胤,是为父!皇上命我从扬州返回正阳,途径滁州,已经天黑。你速开城门,让将士进去休息!"

赵匡胤听说是父亲赵弘殷,心里一阵为难。按军律规定,夜间禁止开城门,违者重罚;可是父亲至此,却闭门不纳,实在不合情理。赵匡胤沉思了半晌,对父亲喊道:"父亲,请恕我不孝,城门不能开启。请父亲今晚暂宿城外,孩儿明早再来迎候!"

赵弘殷是通情达理之人,也不多说,便露宿城外。第二天清早,赵匡胤亲自迎接父亲进城。那赵弘殷长年在外征战,身体本已亏损,再加上昨晚宿于城外,又染上了风寒。赵匡胤见父亲病得不轻,心中暗自愧疚,连忙请医生诊治。

偏偏在这个时候,扬州战事吃紧,周主郭荣令他火速率兵赶往六合,增援扬州,由石守信接替他驻守滁州。

赵匡胤挂念父亲的病情,可君命在身,不得不走,一时之间,左右为难。赵普见此情景,便道:"君命不可违,将军只管前去,草民愿代将军照顾赵老将军!"

"此事何敢烦劳先生?"赵匡胤大为感动。

"你我一见投缘,而且你我皆姓赵,本是同宗,照顾赵老将军,也是分内之事。将军放心去吧!"

赵匡胤大喜过望,跪地拜谢道:"蒙先生高义,在下愧受,此后当以手足视之,誓不相负!"

人之相交,本就在一个"缘"字。两人相识于清流山野,又因为赵弘殷的病而成为莫逆之交。此后,在赵普的帮助下,赵匡胤一步一步登上霸业的巅峰。

赵匡胤将滁州公务交给石守信和赵普,率领大军直奔六合。周军已攻下扬州,由韩令坤把守。谁料唐主李璟在国内召集了六万精兵,命其弟齐王李景达为元帅,急向江北推进,很快便攻下泰州,接着准备一举收复扬州。

韩令坤见唐军将至,担心寡不敌众,火速向滁州求救。然而,过了几天,援军迟迟未到,韩令坤不由起了弃城的念头。

赵匡胤率军抵达六合,听到韩令坤准备弃城西逃的消息,心里大急。扬州是江北重镇,决不可失,况且单是这弃城之罪,韩令坤这颗脑袋也怕是保不住了。

赵匡胤派李良、王仁带领金枪、铁骑、控鹤三班精锐,赶去增援扬州,给韩令坤带口信,让他万万不可弃城,同时派兵守住扬州要道,下令道:"如果扬州兵溃退,一律格杀勿论!"

六合离扬州不过百里,李良知道此事关系重大,策马加鞭,当日便赶到了扬州,见韩令坤还在坚守,这才松了一口气。

韩令坤见援军到来,又被李良一激,豪气复生,决计同唐兵决一死战。恰在此时,南唐先锋陆孟俊从泰州杀来,韩令坤急于立功,便一马当先,杀出城去。

那陆孟俊此前轻易夺回泰州,又听说韩令坤有弃城逃跑之意,以为扬州唾手可得,何曾想到对方会主动进攻?眼见周军喊声如潮,霎时间便冲到了阵前,见人便杀,逢马便砍,将唐军阵营冲得七零八落。

陆孟俊正在拼命压阵,突见一位黑脸虬髯的将军策马冲来,忙举刀迎战。谁知对方来势凶猛,转眼到了跟前,右手刀一横,将他的刀击落,再用刀背一拍,陆孟俊应声落马。周兵一拥而上,将他绑了。

韩令坤大获全胜,将陆孟俊押回扬州城,准备派人送往郭荣的营帐,不料新纳的小妾杨氏一见陆孟俊,恨得咬牙切齿,跪在地上,悲泣着,请求韩令坤为她报仇。

这杨氏原来是潭州人,当年陆孟俊攻打潭州,将杨家两百余口全部杀光,只有杨氏因为美貌,被楚王马希崇纳为小妾。后来马希崇投降南唐,家眷留在扬州,被韩令坤强纳为妾。

韩令坤此时对杨氏颇为宠爱,自然言听计从,于是将陆孟俊挖心掏肝,活祭杨氏家人。

李景达知陆孟俊兵败被杀,不敢再犯扬州,而倾其全部兵力,转攻六合。六合守军不足一万,幸好扬州大捷,士气高涨,赵匡胤令士兵加强城防,又暗地里派信使潜往扬州、滁州,约定三日后与唐军决战。命韩令坤届时攻敌后路,命石守信领兵埋伏江口,见南唐军后退,迅即杀出,不得有误。

三日后,赵匡胤让全体将士饱餐一顿,出城直扑南唐军,韩令坤也如约从唐军后面进攻。

李景达猝不及防,帅旗被李良一箭射倒,自己也几乎成了王仁的刀下之鬼。他心中一慌,顾不上指挥军队,掉转马头,往江口逃去。唐兵见帅旗已倒,主将惊逃,哪里还有斗志?数万大军霎时溃散,乱哄哄四处奔逃。赵匡胤、韩令坤兵合一处,一鼓作气追杀唐军,唐军大败,死者不计其数。

李景达在一班亲兵的保护下,马不停蹄逃到江口,正暗自庆幸,猛听到一声暴喝:"石守信在此,李景达快快受降!"

石守信以逸待劳,领兵追杀过去。那侥幸逃出来的唐军又累又饿,如何抵挡如狼似虎的周军?眨眼间尸横遍野,血流成河,只剩下两千来人,尾随李景达,一路朝上游逃窜。

赵匡胤、韩令坤率领大军赶到,围住残部又是一阵砍杀,南唐好不容易集结起来的六万精锐,就这样被消灭了。李景达不知在哪里找到一条小船,总算侥幸保住了小命。

南唐经此大败,国力大伤,唯有那寿州城在刘仁赡的坚守下,依然如铁桶一般,难以攻下。

郭荣数月来亲自指挥攻城,心力交瘁,乃将淮南军务交给李重进,自己回驾开封,同时令赵匡胤等人随驾返京,另遣将领驻守滁州、扬州。

第十三章

恶梦成真丧贤妻　因缘巧合得良将

有了郭荣的诏令，赵匡胤与赵普便大张旗鼓，进行御林军的扩编整顿，事情进展极为顺利，仅用了一个多月的时间，殿前诸班不仅人数已满，而且新补的军士大多选自各军精锐，素质极佳，战斗力大大提高，郭荣自是十分满意。

赵匡胤奉命护驾返京，一路上为郭荣的安全操心不少。数日后来到宋州，离开封只有一天的路程了。

赵匡胤心中一宽，布置好皇上的警卫之后，回到自己房中，疲惫已极，倒在床上和衣而睡。

睡意蒙胧中，突然，房门"吱呀"一声开了，恍惚中妻子绮云身着盛装，款款走了进来，对他道个万福说："相公，贱妾错承恩爱，与你夫妻十年，无奈情长缘浅，如今要离你而去。一男二女，望相公好生相待；细君贤淑，实君之良配。相公乃天下苍生所系，切切珍重！"说完转身就走。

赵匡胤急了，伸手去抓，口中喊道："绮云，你别走！"双手扑了个空。赵匡胤猛然醒过来，再往身上一摸，早已浑身是汗。看看窗外，唯见月光如水，繁星似萤，原来是南柯一梦！赵匡胤隐隐有种不祥的预感，再也睡不着，一直挨到天亮。

次日进了开封城，赵匡胤顾不上与前来迎接的文武官员寒暄，带了几名随从，急匆匆地直奔家中。

正是六月大暑天，赵匡胤顶着烈日，催马急驰，心里不停地念叨着："绮云，你千万不能出事。我回来了！"来到家门口，忐忑不安地推开大门。

当他看到管家老张身上的丧服时，脑袋里"嗡"的响了一声，心如铅坠，双腿发软，几乎站立不稳。老张见他脸色发白，身体摇晃，急忙上前扶住他，带着哭腔说道："大少爷，少夫人她……她……"

梦境果然变成了现实吗？绮云难道真的就这样走了吗？不，决不会的！赵匡胤擦了一把汗，推开老张，急步穿过庭院，走进正房。母亲杜氏、匡义、匡美、妹妹、细君和自己的三个儿女全在房中，全都是一身白得刺眼的丧服。

见他进来，全家人都怔住了。

赵匡胤注视着母亲,眼光里满是惊惧、狐疑与询问。杜氏望着他,过了许久,方才点了点头。赵匡胤心中不禁一阵剧烈地抽搐,在母亲点头的一刹那,他终于承认了这个无法否认的事实。

"绮云,你为何不等等我,让我见上你最后一面?"赵匡胤拼命压抑住内心的悲痛,泪水却不由自主地往下流。他狠狠地在那满是泪水与征尘的脸上抹了一把,道:"娘,我想去看看她。"

杜氏掏出手绢,轻轻地擦了擦双眼,说道:"胤儿,绮云过世已有七日。天气太热,不能久停,已于四日前收敛下葬。几个月来,绮云重病缠身,痛苦不堪,如今西去,也未尝不是一种解脱。你先休息一下,去她坟头烧炷香吧!"

"不,我现在就去!"

"好吧。细君,你带几个家人,陪他去一趟吧!"杜氏叹了一口气,转头对细君说。

绮云葬在城外西郊的一座山冈上,那里松柏葱郁,青草萋萋,倒也安静。赵匡胤亲手摆好祭品,点燃一把线香,面对那堆起的新坟,恭恭敬敬地鞠了三个躬,心中默默说道:"绮云,我看你来了。为夫君命在身,连你弥留之际也未能守在身边,实在有负于你啊……"

赵匡胤将线香插在坟头的黄土中,伫立坟前,望着那缕缕青烟,脑海里浮现出绮云新婚时的娇美羞涩,别后重逢的激情洋溢,还有生下德昭时的慵倦幸福、病后的瘦弱感伤……绮云的善解人意、温顺体贴,她的音容笑貌,桩桩往事,纷至沓来……

赵匡胤悲伤难禁,在坟冢旁边坐下来,右臂整个搭在新坟上,仿佛在搂抱着绮云的躯体。他保持着这种姿势,一言不发,直到一把线香烧完。

细君在旁边心酸地看着他。见线香熄了,走过去,又点燃一把插在坟头,转过头,柔声对赵匡胤说:"表哥,天色不早了,咱们回去吧。下次再来看绮云姐。"

细君云鬓零乱,美丽的脸庞憔悴不堪。这段日子以来,为了照顾绮云和一帮孩子,还有料理绮云的后事,忙得心力交瘁。

赵匡胤缓缓转过头,看了一眼细君,说:"你们都先走吧,我还想在这里再待会儿。"

细君没说什么,吩咐几个家人先回去,自己仍然站在离坟冢不远的那棵柏树下,默默地望着赵匡胤那如雕塑一般的身影。

线香又燃了两把,夜幕开始降临,树木、坟冢,还有人,皆融入沉沉夜色之中。赵匡胤用手在坟堆上深情地拍了拍,站起身来,转身离去。

细君默默地跟在他身后,慢慢走着。在他们的身后,是无边的黑暗与寂静。那是绮云,也是每一个人的必然归宿。

由于长期的奔波劳累,再加上悲伤过度,赵匡胤当晚病倒了。他发着高烧,嘴唇和舌头上全是燎泡,整个晚上不停地说着胡话:"绮云,你别走!""二哥,扬州城不能丢啊!"

母亲杜氏急得直掉眼泪。细君守在床边,一会儿摸摸他的额头,一会儿给他喂上一口水,不断地更换冷敷的毛巾,一夜没能合眼。直到天将破晓的时候,见赵匡胤的高烧慢慢地退了,她才搬张椅子,在床边坐下,不知不觉趴在床沿上,迷迷糊糊睡着了。

天亮了,晨曦从窗格中斜射进来,柔柔地洒在细君的身上。赵匡胤醒来,一睁开眼,看到趴在床边熟睡的细君,那张秀美而略显苍白的脸,在阳光的映衬下显得无比生动。

赵匡胤凝视着细君,胸中忽然涌起一股似水的柔情,情不自禁地伸出右手,将她额前垂下的一绺黑发轻轻地拢上去,并顺势握住她那白嫩的手。睡梦中的细君,脸突然红了,柔嫩秀气的小手轻轻颤抖了一下,但并未抽回,而是任凭赵匡胤款款地握着。

房间里一片安详静谧,两人默默无语,就这样握着彼此的手,一切尽在不言之中。也不知过了多久,门外传来母亲杜氏的脚步声,两人的手才"唰"地松开,相视一笑。

杜氏见赵匡胤的病情有了明显好转,不由长长地吁了一口气。

"匡胤,你昨晚的样子,真是吓死人!全身烫得像火炭,还一个劲地说胡话。菩萨保佑,你总算退烧了!多亏了细君,又是喂水,又是擦洗,照顾了你一夜……"说完,用手在赵匡胤的额头上抚摸了一下。

为了让细君更方便照顾赵匡胤,杜氏叫细君搬到他隔壁的房中住下，两房之间仅有一扇小门相通，这样细君可以随时过来送茶端药。

在细君的悉心照料下，赵匡胤很快恢复了健康，唇舌上的燎泡也都褪了，黑瘦的脸重又变得红润丰满起来。

赵匡胤生病期间，周主郭荣曾多次派人来赵府慰问，还诏令宫中御医把脉问诊，关怀备至。这一天，赵匡胤开始上朝，行礼之后，郭荣仔细询问了他的病情，说道："朕亲征淮南，历数诸将，功劳无出爱卿之右。朕当重赏，以为诸臣立像。"

赵匡胤叩首道："此陛下指挥有方，诸将同心协力所致。臣蒙皇恩，愿肝脑涂地以为报效，实不敢邀功也。"

"有功则赏，有过则罚，此国家大典，爱卿无须过谦。"郭荣站起来，郑重地当廷宣诏，令赵匡胤为定国军节度使，兼殿前都指挥使。一身而兼殿前统领和重镇节度使，这在当时是极为罕见的，而郭荣对赵匡胤的信任和器重，也就可想而知了。

殿中诸臣对此任命虽感意外，却也没有什么异议，只有高怀德、李筠、韩通等人，或心中不满，或忧虑赵匡胤权重难制。但君无戏言，定局已成，也无法反对。

赵匡胤拜谢之后，又说："臣尚有两件事须奏明陛下，望陛下明察。"

"爱卿只管道来。"

"今有幽州赵普，饱学之士，俊彦之才，堪当重任，可否任其为定国军节度推官，此其一也；日前淮南之役，殿前诸班御林军，浴血奋战，功勋卓著，却也伤亡惨重，金枪班所余无几，恳请陛下批准，对其加以补充，并将每班人数扩为一千人，此其二也。"

郭荣摸着下巴，沉吟未决，高怀德出列反对道："陛下，臣以为不可。赵普一介草民，破格提拔，于吏法不合；殿前诸班或可照旧制补全，但无须扩充。其兵员足以担当皇宫宿卫，对外征伐，自有禁军和各镇军队。"

赵匡胤微微一笑，反驳道："高将军此言差矣。赵普不仅是博学之士，而且在滁城一役中献上奇策，立下大功。傅说举于板筑之间，太公起于渭水之滨，只要有利于国，破格提拔有何不可？殿前诸班为圣上所创，又随圣上征南唐，护御驾，下滁城，援扬州，守六合，战绩辉煌，有目共睹。

眼下寿州未下,淮南未平,更有北汉凶顽,扰我边境。将来圣上南征北战,护驾攻战,不可无此精锐之师也!"

高怀德还想争辩,郭荣挥了挥手说:"无须再争!赵爱卿之言有理,朕准其奏。赵普任定国军节度推官,襄赞军务;殿前诸班每班扩充至一千人,其兵源既可招募,亦可在各军中挑选,诸将要大力支持,不得推诿敷衍!"

自从郭荣在高平痛斩大将樊爱能、何徽,尔后又整顿禁军,加强对军队的控制,诸军将领再也不敢存骄矜轻慢之心。此时见郭荣说得斩钉截铁,无可移易,心中虽有些不悦,也唯有凛遵而已。

有了郭荣的诏令,赵匡胤与赵普便大张旗鼓进行御林军的扩编整顿,事情进展极为顺利,仅用了一个多月的时间,殿前诸班不仅人数已满,而且新补的军士大多选自各军精锐,素质极佳,战斗力大大提高,郭荣自是十分满意。

赵匡胤为了禁军的事,整天在外面忙碌奔波着,李良便从中协助他。这天下午,李良从校场回家,路过开封府衙时,只见衙署前挤满了人,闹哄哄的。

李良也不知发生了什么事,便忍着人群中那股难闻的汗臭味,挤了进去。只见衙门前的旗杆上绑着一个赤着上身的年轻人,他走过去仔细打量。那人与自己年龄差不多,方脸大眼,眉宇间流露出剽悍之气;尤其让他惊讶不已的是,那人的左脸上,也有一道伤疤,只不过因时日已久,不那么明显罢了。李良不由对这人有了几分好感,便拉住旁边一位熟悉的军官,打听是怎么回事。

原来此人叫张琼,晋出帝开运三年(946),契丹入侵,天下大乱,群盗蜂起,张琼全族一百余口被大盗孙道英杀害。张琼当时才十几岁,侥幸一个人逃了出去。为报血海深仇,他四处投师学艺,因为报仇心切,刚学有所成,便下山去找孙道英。两人一交手,便满身是伤,脸上也被划了一刀,只得落荒而逃。从此便专心习武,来往于燕、蓟之间,结交江湖豪杰,练得一身好武艺,尤精射技,每发必中,人称"小由基"。

可是等他功夫学成,却再也找不到仇人了。原来那孙道英明知道不是他的对手,早已隐姓埋名,远走他乡。张琼就在父母坟前发誓,即使走遍天涯海角,也要找到杀死全家的仇人。他四处苦苦寻找,一直找了三年,才终于打听到,原来孙道英已避居开封。张琼立刻来到京城,潜入孙道英的住宅,杀了他全家,然后将孙道英带到郊外,设置父母灵位,摆上酒菜,把孙道英绑在前面,一边哭,一边用鞭子狠狠抽打,割其肉、挖其心以祭。报完仇后,张琼立刻来开封府衙署自首,唯求速死。

那军官一边讲,一边感叹道:"这张琼确实是条汉子,如果他仅杀孙道英一个人的话,也就不至于治死罪了。实在可惜!"

李良本对他有好感,听了那军官的话,忍不住向张琼望去,正巧张琼也抬起头来,四目相对,张琼向他微微一笑,那微笑带着一种饱经沧桑、洞察人生的沉静与豁达,与他的年龄极不相称。李良心中一阵莫名的冲动,拔腿向衙署内走去。

李良来到衙署大堂,府尹王全斌知他是赵匡胤的亲信,不敢怠慢,连忙起身离座,问道:"李将军来此有何贵干?"

李良拱手作礼说:"不敢。请问王将军,门外的张琼将治何罪?"

王全斌回答道:"张琼纯孝,杀人乃为报仇,确有苦衷,但他杀了孙家八口,按大周律条,当凌迟处死。"

"莫非就无法可想了?如此大忠大孝之人,杀了未免可惜,王将军能忍心吗?"

王全斌是个老谋深算的人,略一思忖道:"张琼乃义士,又是主动自首,老夫亦怀不忍之心,然国家法典,焉可废弃?不过当下用人之际,淮南战事,正急需此等人才,若赵将军认为此人可用,或可破例也。"说完,向李良使了个别有含义的眼神。

李良心领神会,大喜过望道:"王将军,请你驱散衙署外的百姓,将张琼带进来,我这就去请赵大哥!"他故意将"赵大哥"三个字说得很重。

赵匡胤听了李良的一番话,亦对张琼心怀同情,况且如能将他救下,必能让他甘心效力,何乐而不为呢?于是,他带上几个亲兵,与李良一起急赴开封府衙。刚进大门,王全斌领着一班官员急忙迎了上来。赵匡胤跳下马,将缰绳递给旁边的亲兵,吩咐把张琼带上来。

五花大绑的张琼被推到赵匡胤面前。王全斌大声喝道："张琼,见了赵将军,还不快快跪下!"

听说眼前这位赤脸大耳的汉子,就是当今权倾朝野、大名鼎鼎的赵匡胤,张琼心中一惊,但他本江湖中人,一身傲气,且抱必死之心,虽因犯法而被囚于官府,却不愿下拜权贵。听了王全斌的话,不仅不跪,反而昂头向上,一声不吭。

王全斌正要斥骂,赵匡胤向他做了个制止的手势。他见此人身姿挺拔,威风凛凛,更有一副铮铮傲骨,心中已有几分喜欢。他令李良替张琼解去绳索,说:"张琼,听说你十八般武艺无所不精,我现在给你一个机会,若果真如此,则免你杀人之罪,准你戴罪投军。你可要好生把握!"

赵匡胤命人在墙下设了一个箭靶,叫张琼站在距箭靶六十步以外的地方,交给他一张弓、三支箭。只见张琼活动了一下手脚,将箭横咬口中,左手持弓,右手拉弦,猛一用力,那弓"啪"的一声,从中断裂。旁观者不禁张大了嘴,赵匡胤也微微点了点头。

王全斌吩咐军士张了一张大黄强弓,张琼接过去,在手里掂了掂,又拉了拉弦,便站了个弓步,右手将一支箭扣在弦上,瞄准靶心,随即发力。那箭矢带着轻微的啸声,快如闪电,直奔靶心,锋利的箭镞穿过木质的靶,只剩下三寸箭羽留在外面。

众人尚未来得及喝彩,张琼将余下的两支箭同时扣在弦上,身子微侧,改为右手持弓,左手拉弦,那两支箭同时射出,挟着破空之力,一一钉在第一支箭的左右两侧,把那淡黄色的箭羽紧紧地夹住。

衙署内所有的人都惊呆了,过了一会儿才清醒过来,叫好声响成一片。

赵匡胤心中暗自赞叹,不过脸上却没有流露出来。接着,他又让张琼演练刀法、棍法和剑法,也无不技巧娴熟,气势骇人。当张琼奉命表演拳法,打出一套威力无比的虎拳时,那熟悉的招式,令赵匡胤和李良大吃一惊。赵匡胤离开座椅,走过去大声问道:"张琼,你这虎拳是从何处学来的?"

张琼正在兴头上,听赵匡胤这么一问,收了招式,一言不发,面对赵匡胤站着。赵匡胤又问了一遍,见他仍不答话,惹得性起,厉声喝道:"张琼,休得狂妄!你敢不敢与我交手比试?"说着脱了外衣,走近张琼。

按常理说,与当朝名将过招,一般人都没有这个胆量,更何况是个在押的犯人?可张琼就是不信这个邪。他久闻赵匡胤武艺超群,心想你棍法虽然厉害,拳法未必能占便宜,输了不丢面子,赢了充其量是杀头。反正是个死!心一横,便亮开了架势。

张琼万万没想到,赵匡胤使的竟是同一套拳法,而且力道与熟悉程度还在自己之上。只见他时拳时爪,威猛凌厉,舒展自如。两人斗到三十余回合,张琼已觉难以招架,又支撑了二十来招,气力不济,手忙脚乱,眼看就要落败,赵匡胤却倏地收住了攻势,然后转身穿好衣服,重新在椅子上坐下,招手叫张琼过去,对他说:"你年纪轻轻,功夫能练到如此地步,也实属不易。你是否愿意当我的亲兵?"

张琼对赵匡胤的武功由衷佩服,便点了点头。李良高兴地走过来,用胳膊肘碰碰他的腰:"还不快谢赵将军!"

张琼望了李良一眼,倒地向赵匡胤跪下,叩了三个头,一字一顿地说:"谢将军不杀、收留之恩!"

赵匡胤哈哈一笑,弯腰扶起他:"不必如此多礼,不过你那犟脾气,倒正合我的心意!"

"你那套虎拳是何人传授?"赵匡胤不经意似的问道。

"为了报仇,三年前,我去了襄阳,听说岘山龙兴寺的弘忍师父精通虎拳,便跑去求师。弘忍师父本来不传俗人武功,我在寺中挑水砍柴,软磨硬泡了几个月,才破例授了我这套虎拳。因为我要寻找仇人,不久就离开了襄阳。"

赵匡胤与李良自从那年告别龙兴寺,就再也未听到有关广济大师的消息,现在知道张琼曾去过那里,自然百般询问。当得知广济大师身体欠安,实际上已由弘忍管理寺务,而因香火冷清,寺中资财不足,甚至僧众连衣食亦感困窘时,两人的心情变得沉重起来。

过了几天,两人筹集了一万两白银和一批珍贵药材,专门派人送往龙兴寺。李良的一颗心,不由自主地飞向了千里之外的岘山。他怀念从前那些温馨宁静的岁月,牵系着广济大师、弘忍和其他师兄弟。

尘世的苦乐悲欢,在他心头刻下了无数印记,李良心中的那块明镜,逐渐抖去俗世的尘垢。重返佛门净土的念头,变得日益清晰强烈起来。

第十四章

周世宗再征南唐　刘仁赡死守寿州

显德四年(957)二月,周军第二次誓师南征。郭荣令张永德领禁军由陆路出发,自己与赵匡胤亲率殿前诸班精锐五千人,外加水军三千,督战船经颍水入淮,直捣紫金山。此时,赵匡胤正是新婚燕尔,与细君夫妻恩爱,难舍难分,但君命不可违,只好暂别温柔乡,随君出征。

周主郭荣是个心思周全的人。早在征伐淮南之前,他就考虑过训练水军的事,并将其付诸实施。

那是显德二年(955)的春夏之交,郭荣和皇后符氏在京城西郊的金明池泛舟。金明池当时面积约十亩,却水清似镜,加上池畔杨柳成行,绿草如茵,郭荣即位后,将其作为皇家池苑,修筑亭台水榭,建造彩舫游船,时或来此休息散心。

那日,他与符氏登上彩舫,船驶至池中心,只见微波荡漾,轻风入怀,不觉有飘然欲仙之感,随口叹道:"金明池风光绝佳,可惜气度局促,终乏恢弘之象也!"

旁边的符氏接口说:"陛下身为天子,无事不能,既嫌水面太狭,何不加以开凿,引来汴河水?如此既可扩大水域,又可训练水军。"

符氏的话,无意中给了他很大的启发。不久,郭荣任命王审琦为总管,负责开凿扩建工程;同时从江南招来能工巧匠,建造大小战船,只可惜开始南征时,工程仍未结束,战船也未造好。

等到郭荣从寿州归来,他对水军的重要性有了更深刻的认识。此时金明池的扩建已经完成,水域周围二十余里,南有临水殿,北有仙桥,一条宽约五丈的运河直通汴水,可容战船往来;而一年来工匠们日夜劳作,百艘战船已经泊在河岸池中。郭荣视察之后大喜,诏令对王审琦等人予以嘉奖,并拨给他三千军士,命王环为副手,组建了后周的第一支水军。

王环本江南人氏,生长于水乡,深谙行舟水战之道。有了他的帮助,王审琦训练水军如鱼得水,很快就上了轨道。半年不到,这支水军就成了驭舟自如、熟悉水阵的精锐之师。

郭荣听说水军已具规模,龙心大悦,传下诏令,定于十一月中旬,圣驾御临金明池,检阅水军。王审琦、王环等人有意取悦皇上,自然加紧准备。

这一天,天公作美,天空万里无云。郭荣在赵匡胤、张永德、韩令坤等人的簇拥下,来到金明池。王审琦恭迎圣驾,将一班君臣引至临水殿前坐下。赵匡胤见王审琦满面春风,那刀削般的两颊泛着亮光,身边的两名亲兵粉雕玉琢,清秀可人,便打趣道:"王兄,士别三日,刮目相看。现在你由陆地跑到水上,翻江倒海,杀蛟擒龙。将来淮南战事,就全靠王兄的水师了。"

"区区三千水军,岂能与殿前诸班虎贲之师相比?在下不懂水战,滥竽充数而已;水军调度,全赖王环。南征战罢,我愿回旧营,届时还望赵兄成全。"王审琦由衷地说。

韩令坤走过来,在王审琦肩上重重地拍了一掌,调侃道:"王兄,你真舍得离开水军?马步军中哪有如此俊美的贴身亲兵?大哥,三弟,我没说错罢?"

慕容延钊习惯性地摸了摸下巴,慢条斯理地说:"二弟无须操心。携亲兵回旧营,则鱼与熊掌兼而得之,岂不两全其美哉!"三人一齐大笑起来。王审琦也无所谓,随他们去说。李良则面无表情地站在一边。

郭荣听到说笑声,吩咐众人坐下道:"你们兄弟戎马倥偬,难得相聚,今日总算是重逢了。"

"陛下,石守信还在守滁州城,也不知现在情况如何?"赵匡胤说。大家顿时沉默无语,气氛显得有些凝重。

检阅开始了,随着王环手中红、黄两面小旗的挥舞,一百余艘战船,分五队驶入池中。霎时战鼓喧天,旌旗飘扬,万楫齐举,玉珠飞溅。舰群在王环的调度下穿梭往来,进退自如,组合成各式各样的队列和阵势。整个湖面上,船只游弋,激起重重波浪,拍击着池壁,发出巨大的响声,与池中演练的庞大舰群以及士兵的呐喊声、战鼓声汇合在一起,景象极为壮观。

郭荣、赵匡胤等人看得心潮激荡,大声叫好,郭荣兴奋地说:"谁敢言北人不习水战?我大周有了此等水上雄师,寿州可下,江南可平矣!"君臣兴致勃勃地观看,直到天色黄昏,才意犹未尽地离开。

护送郭荣回宫后,赵匡胤、韩令坤等一班兄弟同往倚香楼,约定要一醉方休。倚香楼依旧朱门雕栏,流光溢彩,前来寻欢作乐的人依然如过江之鲫,川流不息。无论战乱还是太平年代,酒肉和女色对男人们来说,永远有着不可抗拒的魅力。

倚香楼的新楼主是位妖娆美艳的少妇。她一眼就看出,来者都是些不同寻常的客人,赶紧将他们迎进最豪华的房间,端上最好的酒菜,挑选最漂亮的姑娘作陪。

久别重逢,大家兴致盎然,边饮酒,边叙旧,杯箸齐举,觥筹交错,气氛颇为热烈。韩令坤端起酒杯,一饮而尽,抹了抹嘴唇说:"好酒!他娘的,这倚香楼的酒还是那么香醇!大哥,那次在这里与高怀德打架,是哪一年,你还记得吗?"

"怎能不记得?那年,三弟、王兄和李良从襄阳来,我们在此相聚。哎,弹指间已经过了十一年。在座各位,固然仍旧意气风发,而兄弟我却垂垂老矣!"慕容延钊感慨地说。

"大哥,岂可轻易言老!你才四十五岁,差廉颇、李广远矣!"赵匡胤见慕容延钊伤感,连忙插了一句。

王审琦喝得满脸通红,鹰钩鼻子油光直冒,边啃鸡腿边说:"人这一辈子,他娘的就那么回事!不过,我们这帮人,这么多年来效命沙场,从一介军校,升到现在的领兵大将,也算是风光无限了。"说罢,端起酒杯,仰头喝了下去,"尤其是赵兄,领禁军而兼节度,位高权重,实在是少年英俊!说实话,不是兄弟我吹牛,当年在襄阳初次相见,我就知赵兄绝非凡人!"

"岂敢,岂敢,王兄言重了!"赵匡胤摇着手说。

慕容延钊端起酒杯,抿了一口,微笑着望了望赵匡胤,说:"三弟天庭饱满,方脸大耳,隆鼻虎目,确是富贵之相,将来前程不可限量!"

韩令坤道:"三弟已位极人臣,还要上升,那不是成了皇帝?"

"二哥,别胡说!"赵匡胤心中一震,急忙制止他。

韩令坤意识到失言,伸了一下舌头。慕容延钊与王审琦对视了一眼,沉默不语,似乎在想着什么。

整个筵席上,只有李良自始至终没说一句话。十一年前,他在这里认识了绿珠,尔后经历了几多悲欢、几多沧桑。如今,绿珠已经贵为皇妃,深居大内,而自己也不再是那个不谙世事的翩翩少年了!人生真有如一杯无法推辞的苦酒啊!

喝到很晚,一帮人才离开倚香楼。赵匡胤回到家里,进了卧室,想着韩令坤无意中说出的话,思绪纷乱,怎么也睡不着。

酒喝多了,心情一烦躁,觉得有些口渴,他便点上油灯,在房里到处找水喝,却连一口水也找不到。他轻轻地敲了敲细君的门,压低声音唤道:"细君,细君,你房中有茶水吗?"

细君应了一声,趿着绣花鞋给他开了门,递过一杯茶,微嗔道:"你怎么才回来?都快三更了!"

赵匡胤喝完茶水,怔怔地望着细君。

因为起得匆忙,细君只穿着贴身的内衣,胸脯挺凸,鬓发微乱,脸颊白里透红,身上散发出着温热芬芳的气息。细君察觉到他异样的神态,柔声问道:"你老瞧着我干吗?"说着用手轻轻一推。

赵匡胤今晚多喝了几杯,此时见了细君那曲线玲珑的俏丽模样,只觉得体内的火气直往上冲,呼吸也变得粗重起来。他猛地抓住细君的手,顺势一带,将她搂在怀里。细君伸出双手抱住他的腰,身子不由自主地贴过去,双眼紧闭着,头向后仰。赵匡胤伸嘴一凑,吻住细君那两片颤抖的红唇,久久地,久久地不愿放开⋯⋯

一个月以后,赵匡胤与细君举行了隆重的婚礼。赵府规模太小,已住了十多年,他本想另建一处府第,但母亲杜氏生性恋旧,又不喜铺张,坚持仍住老宅。于是,赵匡胤在他与绮云生活了十年的卧室里,娶了他的第二个新娘。

新婚之夜,一番缱绻之后,细君安静地躺在赵匡胤身边,抚摸着他结实的肩膀,问道:"表哥,你可还记得那年从开宝寺背我回家的事?"

"怎么会不记得?你那时何其刁蛮,竟敢要挟我!"赵匡胤转过身来,面对细君,双手捧着她娇美红润的脸,说,"细君,你说实话,开宝寺卜卦的秘密,你是否泄露过?"

"苍天在上,我守口如瓶,对绮云姐也未提过半句!"细君认真地说,

"不过,我一直相信。你呢?"

"傻丫头,你要记住,相信也罢,不相信也罢,总之,这是个秘密,不能随便跟人讲!"赵匡胤在她的脸上亲昵地拍拍。

"我知道!但总有一天,这个秘密,天下人都会知道的!"细君脸上充满了憧憬,两只美丽的大眼睛,一眨也不眨地望着他。

赵匡胤不再说话,心头荡起一阵阵幸福的涟漪。屋外飘起了雪花,听得见雪花触地时那种瑟瑟的响声。新的一年很快就要到来了。

周主郭荣自回开封,除了处理政事,便日日与符氏、绿珠盘桓。符氏的妖娆,绿珠的温婉,各有千秋,令郭荣宠爱迷恋不已,而其他的后宫佳丽,也就几乎无暇顾及了。

过了春节,便是元宵。元宵之夜,宫中张灯结彩,舞龙唱戏,自有一番热闹景象。郭荣携符、陈两后妃,遍赏彩灯,回到内殿。刚刚端起宫女新泡的香茗,便有内侍禀告,说李重进遣特使求见。

郭荣毕竟不同于李璟,听说寿州前线来人,立即令两后妃及其他人回避,召见来使。来使呈上李重进的亲笔信,郭荣急忙拆开,细阅之后,不禁大惊失色,那寻欢作乐之心,霎时消散无遗。

原来信中说,自去年十二月以来,南唐大将朱元统兵渡江,勇不可当,接连克复舒、和、蕲、滁、扬等州,并溯淮河而上,会同边镐、许文缜诸军,占据紫金山,建了十余座营寨,各寨互相联络,彼此支援。又南筑甬道,绵亘数十里,直达寿州,将粮食辎重运送城内。目前寿州难克,淮南战事已陷僵局,是否撤兵,请皇上速定良策。

郭荣看完信,气得脸上肌肉直抽搐,倏地站起来,将信撕得粉碎,往地上一丢,虎着脸大声喊道:"岂有此理!夺我城池,还要朕撤军。莫非我大周耗费巨亿,无功而返不成?真是岂有此理!你速回寿州,告知李重进,抓紧整顿军队,做好攻打寿州的准备,朕不久再度亲征淮南。若复言撤军,朕定严惩不贷!"

那信使吓得浑身发抖,面如死灰,急急出了内殿,回寿州复命去了。

郭荣忧虑淮南战事,第二天派韩令坤、慕容延钊各率两万人马,火速增援寿州。与此同时，又调集军队粮草，做好亲征的准备。开封城顿时如开锅的沸水，整日里人喊马嘶，尘土飞扬。

显德四年(957)二月，周军第二次誓师南征。郭荣令张永德领禁军由陆路出发，自己与赵匡胤亲率殿前诸班精锐五千人，外加水军三千，督战船经颍水入淮，直捣紫金山。此时，赵匡胤正是新婚燕尔，与细君夫妻恩爱，难舍难分，但君命不可违，只好暂别温柔乡，随君出征。

周主亲征的消息传到南唐军营，朱元等人不胜惊骇，飞快报告唐主李璟，请求派兵增援。李璟焦头烂额，已无良将可遣，左挑右选，无奈之下，只得又令败将李景达率领好不容易拼凑起来的五万人马，前往紫金山。

过了几天，周军水师从淮河抵达寿州城下。朱元登上山顶眺望，只见数百艘大小战船逶迤而来，旌旗蔽空，舳舻横江，井然有序，不禁大感意外："古来南人使船，北人乘马，天经地义。谁料周军水师竟如此雄壮严整，真是费解，看来此役难有胜算矣！"

这时，两艘大船一前一后驶过，前一艘大船正中，坐着一位衮衣龙袍的首领，天庭宽阔，两颊饱满，料知是周主郭荣。朱元心中正在赞叹，却见后面船上，一位身着戎装的大将迎风站立，赤脸竖眉，威风凛凛，那气度风神竟还似超出郭荣几分，而他左右的两名青年将领，腰悬宝剑，英气逼人，亦是超凡脱俗。

朱元暗自钦佩，便问身边的将校："他是何人？"

将校回答："那人就是赵匡胤，站在他左边的叫李良，右边的人不知是谁。"

朱元沉默半晌，黯然道："我闻赵匡胤智勇双全，屡败我军，今日见他仪表风采，果然名不虚传！"怅然良久，回到营寨，将郭荣、赵匡胤等人与南唐君臣一一对比，觉得相差不啻天壤，而且边镐、许文縝嫉贤妒才，与自己貌合神离。思前想后，终于决定弃南唐归周。

当天晚上，他便派心腹携密信前往周营，暗通款曲，约周军于次日五更攻打紫金山连珠寨，表示愿做内应。此时，张永德的陆路大军亦已抵达，三路兵马汇合，郭荣与诸将正在商量破寨事宜，接到朱元的信，莫不欢喜异常。于是连夜部署，志在必得。

第二天拂晓，周军集中兵力，突然间向紫金山展开了猛烈攻击。赵匡胤亲率殿前诸班担任先锋，以极快的速度扑向边镐的大寨。边镐等人一边仓皇应敌，一边派人急告朱元。谁知朱元不仅不来救援，反而领兵横击南唐军。边镐、许文稹两面受敌，惊慌失措，三十六计走为上计，竟卸甲改装，丢下部众，从紫金山潜逃回金陵去了。不到一天，周军攻克紫金山十余座"连珠寨"，歼灭、俘虏南唐军三万余人。

李景达率援军乘船赶到紫金山下，得知边镐、许文稹失利的消息，起初还想冒死收复紫金山，可一看到山上那面绣着"赵"字的大旗，再也不敢登陆，下令船队返回南岸。王审琦见有机可乘，与王环指挥水军追杀过去。李景达又损失了不少战船。

攻占紫金山、击退李景达后，郭荣令大军把寿州城包围起来。寿州城被围十七个月，依然屹立如山，郭荣发誓要攻取它。

三月，正是江南多雨的季节。漫天的雨丝将一切都罗致其间。远处的群山、房屋、田地，在这霏霏淫雨的笼罩下，显得迷蒙而淡雅，仿佛是一首令人伤感惆怅的唐人七绝。

寿州城内的节度使府中，刘仁赡独自站在大堂上，一动不动，凝望着窗外暮色中的春雨。他已经站了一个时辰。十七个月来，他以一种超人的毅力和决心，率领全城军民，击退了周军的无数次进攻，同时也顶住了来自内部投降派的压力。

当刘仁赡接到朱元降周、紫金山失守的战报时，他急得呕血不止。他心里明白，南唐君主怯懦，朝中无人，外援又绝，寿州城危在旦夕。眼下城中粮食将尽，箭矢不多，军心不稳，监军周廷构等人，早就存着投降的心思，而且周军十万雄师兵临城下，重重围困。大厦将倾，独木难支啊！未来的战事，与其说是守城，毋宁说是为荣誉而战。即使死，也要死得壮烈，让冯延巳等鼠辈汗颜！

"相公！"一声轻唤，打断了刘仁赡的沉思，夫人李氏端着一杯热茶，送到他手里。见丈夫这几天为战事发愁，而自己一个妇道人家，也帮不上什么忙，心里暗自焦急。

刘仁赡刚要接过茶水,突然觉得一阵天旋地转,两眼发黑,眼看就要倒下。李氏心中一慌,手中的青花细瓷茶杯失手掉在地上,一声脆响,摔得粉碎。她连忙上前一步,扶住丈夫,搀他在椅子上坐下,"相公,你这是怎么啦?"

"不碍事,只是站久了而已。"刘仁赡轻描淡写地说。

望着丈夫布满血丝的双眼,苍白消瘦的面容,只剩下一副骨架的身子,再想到他为了守城,殚精竭虑,日夜操劳,每天吃的和士兵一样,只是两块巴掌大的面馍,李氏不禁一阵心酸,眼泪直往下掉。

刘仁赡见妻子流泪,正想宽慰几句,门外传来一阵喧闹声。他抬头一看,监军使周廷构带着一群军士,簇拥着他的小儿子刘崇谏走了进来。

"发生了什么事?"刘仁赡见儿子浑身湿透,众人面色凝重肃然,就知道事情非同寻常。

沉默片刻,周廷构对一个胖胖的军吏使了个眼色,那军吏走到刘仁赡跟前,单腿跪下道:"禀告将军,方才小子与弟兄们在淮水沿岸巡逻,发现一条小船向对岸驶去,截住一看,原来是少将军。我们只好将他带来,听凭将军处置。"

刘仁赡听了,一股血气直冲脑门,几乎昏厥过去。他深吸一口气,努力使自己镇定下来,厉声喝道:"崇谏,你说,刚才他所言可是实情?"

刘崇谏瞟了父亲一眼,一副豁出去的样子道:"是又怎么样?现在城中矢尽粮绝,军心浮动,败局已定。不如投降周朝,还可以保住全家的性命。父亲,朝廷待我们寡恩薄义,你何苦为那个混蛋皇帝如此卖命?"

"大胆逆贼,一派胡言!我刘仁赡生为唐臣,死是唐鬼,决不会背君叛国,辱没祖宗,让后人唾骂!来人啊,将叛贼推出去斩首,以儆效尤!"

"不,相公,你不能这样!他可是你最疼爱的儿子啊!"李氏大声哭喊,跪在刘仁赡面前,苦苦哀求着。

周廷构将刘崇谏送来刘府,本想给他出个难题,并借机劝说他放弃守城,根本没想到,他竟会处死自己的儿子。见此光景,也连忙上前相劝。

刘仁赡摇晃着身躯站起来,推开周廷构,绕过李氏,大声说道:"临阵投敌,国法不容;速斩叛贼,不得迟疑。否则我要亲自动手了!"

刘崇谏自知难逃一死,跪在地上,磕了三个响头:"父亲,娘,孩儿不孝,只好来世再报答你们的养育之恩了!"说完,起身向门外走去。几名亲兵含泪提刀,紧随其后。

这时,雷声大作,一道强烈的闪电划过夜空,照在刘仁赡那张惨白的脸上。他眼中的泪水缓缓溢出,流进那浓密的胡须之中。

刘仁赡痛斩爱子的消息立刻传遍了大街小巷。寿州军民无不感泣奋发,决心同仇敌忾,誓与寿州共存亡。城外的周军将士闻知,也都感慨不已,有些将领甚至萌生了归意。但周主郭荣攻城志坚,亲自督战,攻城势头日益猛烈。

又坚守了十几天,刘仁赡早已心力交瘁,痛失爱子,又染上了风寒,终于卧倒病榻,整日高烧不止,神志不清。周廷构见他病情仍未好转,周军攻势又越来越猛烈,便与都指挥使张全约商议道:"主帅病重,无法理事,城中兵疲粮竭,敌军人数众多。与其城陷,让无辜百姓惨遭屠戮,还不如相机投降,尚可瓦全!"

张全约早就有此心,满口赞成。

于是,两人写了降表,第二天,用担架抬着不省人事的刘仁赡,打开城门,迎接郭荣入城。郭荣见刘仁赡病重,令人将他送回城中,延请名医诊治。次日清晨,刘仁赡从昏迷中醒来,得知周廷构已弃城投降,双目圆睁,连呼三声"无耻叛贼",悲愤死去,终年五十八岁。夫人李氏见此,二话未说,一头撞死在丈夫身边。

郭荣得闻此事,唏嘘再三,亲笔御书"尽忠所事,抗节无亏;前代名臣,几人堪比"赠之,并下令厚葬。不久,又改寿州降军为"忠义军",以表彰刘仁赡的高尚气节。

寿州已下,周军士气大振。郭荣本想乘胜进军,无奈江南已经入夏,酷热难当,将士多不适应,只好令大军在寿州一带休整待命。

唐主李璟得此喘息的机会,在全国范围内募得兵丁五万,再加上李景达原来的部众,稍加训练,由李景达率领,开赴濠州(今安徽省凤阳县),在濠河十八里滩南岸扎下大营,试图遏制周军的攻势。

周军休整了三个月,将士们纷纷摩拳擦掌,主动请战。郭荣见军心可用,决定挥师南下,进取濠州,任命赵匡胤为先锋,领兵三万,并殿前诸班的金枪、铁骑、控鹤三班精锐,先行出发,自己亲督大军随后而来。

赵匡胤率军抵达十八里滩,只见濠河水流湍急。浑浊的河水,犹如一匹脱缰的野马,咆哮着奔涌而前,从上游冲下来的树木杂物在激流中沉浮。隔着将近十丈宽的河面,对面数十座营垒,森然罗列,旌旗遍野,水面上停泊着数百艘战舰。

赵匡胤跳下马,望了望波涛翻滚的河面,拾起岸边一截碗口粗的木头,奋力扔进水里,那木头在水面上闪了两闪,眨眼就不见了。

对岸的南唐兵自恃濠河天险,站在河边大声鼓噪。一艘大船的船头上,聚集着十几名南唐兵,为首一个身材魁梧的精壮汉子扯着嗓子喊道:"北方胖子,快过来啊,大爷等着你个有种的!"边说边做了个极下流的动作,惹得南唐兵哈哈大笑。

赵匡胤阴沉着脸,叫过张琼,吩咐了几句。张琼从马背上取过大弓,拈一支箭,扣在弦上,一箭射去,那汉子应声而倒。船上的唐兵一看,立刻缩回船舱,再也不敢出来叫嚷了。

赵匡胤传令将士就地歇息,点火做饭,整装待命,然后走进大帐,和赵普商量:"河宽水急,敌军把守甚严,你看如何是好?"

赵普似乎早有对策,从容答道:"将军无须着急,寿州大营中有骆驼军千人,速派人禀告皇上,将其调来,渡河破敌,无足虑矣!"

赵匡胤闻言,沉吟道:"调骆驼军固然是良策,但是一去一回,要数天时间。不如乘敌不备,即刻骑马渡河,摧毁敌营。然后夺取敌船,直取泗州(今江苏省泗洪县)。这样的话,反而事半功倍!"

"濠河湍急,南唐军三倍于我,此计虽妙,但是太过冒险,将军还是慎重为好!"赵普心存疑虑。

"你放心!李景达是我手下败将,南唐军虽众,皆为乌合。我部多为马军,且骁勇善战。只要过了濠河,大局就定了!"赵匡胤显得胸有成竹。

吃过晚饭,赵匡胤令赵普率步兵留在北岸,自己带领两万多精锐骑兵,左臂扎白色汗巾为记,驱马跃入河中,拼命朝对岸游去。霎时间,整个濠河万马竞渡,浪花飞溅,不断有人马被无情的河水冲走。周军将士明白已无退路,只有拼命渡河。

防守的南唐军虽有所警惕,但事出突然,待发现时,周军已过了中流。密集的箭雨射死了不少周兵,却仍然阻挡不住那汹涌而来的周军。赵匡胤、李良、张琼率先登上南岸,冲杀过去。紧随其后的金枪、控鹤、铁骑三班精兵则在王仁的带领下,一路呐喊着,突入南唐军的兵营。

镇守十八里滩的军队,本是临时拼凑,初经战事,加上夜黑浪高,也弄不清周军到底有多少人马,个个惊慌失措,乱作一团。李景达想控制住局势,却无从下手,急得在大营中直跳。眼见周军横冲直撞,南唐军溃不成军,无奈之下,只得在数十名亲兵的护卫下,独自逃命去了。

到天亮时,十八里滩几十座南唐营寨,被周军全部占领,满山遍野,都是南唐兵的尸首和丢弃的盔甲辎重。赵匡胤传令过河的将士,立即登上南唐军遗留的战船,其他人马由陆路进发,火速奔袭泗州。

正午时分,周军水陆两路人马,同时抵达泗州城下。南唐守军听闻李景达兵败,正在心惊胆战,看到周军来势凶猛,哪还敢冒死抵抗?只好打开城门投降。

赵匡胤率军进入泗州城,严禁将士烧杀掳掠。

泗州一定,郭荣立刻率大军移师濠州,数日克之。

第十五章

徐铉犯颜逞唇舌　李璟无奈割江北

赵普哈哈一笑:"禅代之制,古已有之,三代是也。魏代汉,晋代魏,更何况近世?贤者而有天下,此万民之福,岂非大忠大义乎?"说完,颇有深意地望了望赵匡胤。赵匡胤盯着墙上那幅画,未置一词。

郭荣诏令赵匡胤等人驻守泗州,严密防守。

这日下午,赵匡胤和赵普、李良检查完城防,返回府中。赵普见墙上挂着一幅"刘玄德白帝托孤"的画像,沉吟良久道:"蜀主托孤之前,曾将天下让与诸葛,虽虚情假意,但若诸葛果有废阿斗自立之心,蜀汉何致亡于晋?实在是可悲可叹!"

张琼接口道:"先生此言差矣!孔明若代蜀汉自立,其忠何在,其义何在?岂不是留下千载骂名?"

赵普哈哈一笑:"禅代之制,古已有之,三代是也。魏代汉,晋代魏,更何况近世?贤者而有天下,此万民之福,岂非大忠大义乎?"说完,颇有深意地望了望赵匡胤。赵匡胤盯着墙上那幅画,未置一词。

正在这时,一个亲兵匆匆走了进来,附在赵匡胤耳边说了几句话。赵匡胤脸色大变,略作沉思,果断地说:"传他进来!"

赵普问是何事,赵匡胤说:"南唐主遣密使,送来信函一封,并白金三千两。"

赵普劝阻道:"此乃离间计也。皇上闻知,必生疑惑。君臣离心,对南唐大为有利。切不可贪图这点黄白之物。"

"南唐主一片盛情,却之不恭,为何不受?"赵匡胤见赵普一脸焦急,笑了笑说。

正说话间,亲兵领着一个文士模样的人从门外走了进来。随后跟着三个挑箱子的壮汉。

那文士身形纤弱,打扮儒雅,一双眼睛黑白分明,闪着机敏睿智的光芒。他走近赵匡胤,施礼道:"想来这位是赵将军了。在下徐铉,奉大唐天子之命,特来泗州,赠与将军白金三千两,还望笑纳。另有吾主一封亲笔信,要交与赵将军。请将军过目。"

赵匡胤既不接信,也不让坐,淡淡道:"我与唐主非亲非故,且两国正在交战,他为何要送我如此厚礼?"

"两国交战,并不妨碍私人间的来往,故当年孔明与鲁肃,虽处敌国而交情甚笃,此乃惺惺相惜也。吾主知将军神勇非凡,是当世豪杰,有心结交。将军不必多虑!"

赵匡胤仰天大笑:"好一个有心结交,只怕是另有所图吧!"他走了几步,倏地转过身,指着徐铉厉声道,"回去告诉唐主,送来的礼物我收下了,只是异日疆场厮杀,我赵匡胤决不会手下留情!"

徐铉不动声色地看着赵匡胤,一字一顿地说:"在下远途跋涉而来,赵将军既不让座,又不上茶,反而厉声相向,岂不是有违待客之道?你我各为其主,尽心为之,将军何必咄咄逼人!世人皆言赵将军志向高远,胸襟开阔,却原来只是徒有虚名罢了!"说完,面露鄙夷之色,拂袖欲走。

"你给我站住!"赵匡胤双眉直竖,大喊道。

"莫非赵将军要取徐某项上人头?汝为刀俎,我为鱼肉。唯君处之!"徐铉回过头来,依旧是一副不卑不亢的神态。

"你,你……"赵匡胤气得嘴唇直哆嗦,不知说什么好,一甩手,撇下客人自顾走了。

赵普见此光景,连忙出来打圆场。招呼徐铉入座,吩咐下人端上香茗、点心,又设宴款待,直到一行人离开泗州。

徐铉虽然面折赵匡胤,但赵匡胤根本不为金银所动,此番出使,无功而返,心里也十分沮丧。又见周军士气高昂,进止有度,不禁为南唐国运深感担忧。

原来,李景达见赵匡胤连克三城,勇不可当,便向李璟献上离间计,想让后周君臣心生间隙。李璟也是病急乱投医,还真的命徐铉携带信函礼物,前来泗州。徐铉乃扬州金陵人氏,文名冠江南,还精通朴学、金石,为人耿直,任朝廷知制诰。他本来不屑为此屈辱卑劣之事,但君主有令,只好勉强成行。

当天晚上,赵匡胤怒气未消地对赵普道:"那徐铉真是太可恶了,当时我真想杀了他!"

赵普连连摆手:"万万不可!徐铉是江南第一才子,名满天下,岂可轻易杀之？将军乃天下百姓所望，以后当节制性情，善待文士，以免伤了士大夫之心。打天下固然要靠武将，治理天下却少不了文士啊！"

赵匡胤沉默了一会，说："先生所言有理。当时我确是气愤！过后一想，那徐铉耿直傲慢，毕竟难得。想不到南唐如此积弱，竟然还有刘仁赡、皇甫晖、徐铉这样的良臣！"

"眼下，这些白金当如何处置？"赵匡胤问。

"南唐派人来行贿赂，不过是要离间君臣之间的感情。依我看，不如立刻派人将白金，还有唐主的书信，一并送往濠州。再附上信函一封，说明事情原委，这样方可消除皇上的疑虑。"

"就照你说的办吧！"

果然，郭荣收到后，见装白金的六个朱漆木箱皆未启封，唐主的信函亦原封未动，表面上虽然不说什么，但心里对赵匡胤更加信任。

此后几个月，周军攻势更盛，相继攻下天长、扬州、泰州、海州，江北的大部分土地，已落入周军手中。郭荣又征发民夫，开凿水上通道，率领数百艘战船驶入长江，准备攻打金陵。

自从寿州城破，南唐主李璟便惶惶不可终日，得知周军动静，更是惊慌失措，派人向郭荣献上大量金银宝物，并修书一封，请求罢兵修好。

郭荣此时正雄心勃勃，意欲一举夺取江南之地，阅过求和信后，对使者道："回去转告汝主，若确有诚意，赶快献上江南江北全部土地，否则我大军渡江南下，直捣金陵，到那时丧师亡国，悔之晚矣！"

南唐君臣见周主态度强硬，议和不成，无不忧心忡忡。

又到了阳春三月，杨柳新绿，百花盛开，暖日融融，古都金陵春色盎然，如诗如画。然而，南唐主李璟已没有了赏花游春、填词作曲的雅兴，周军的凌厉攻势让他寝食难安。或战或降，他必须尽快抉择。

这天上朝，文武大臣一个个垂头丧气地来到殿中。战败的耻辱，亡国的危机，如挥之不去的巨大阴影，笼罩在南唐君臣心头。

御座上的李璟脸色阴郁，望着殿中罗列而立的文武大臣，说："诸位爱卿，前线的军报，想必各位有所耳闻。周军将于近日大举进犯金陵，究竟是战是和,还请各位爱卿商量个对策!"

殿中一片沉默,没有一个人出来说话。

"诸位倒是说话啊!平日里高谈阔论,人人都似乎韬略满腹,怎么到了关乎国家生死存亡之际,却缄默不语呢?"李璟心急如焚,几乎要从御座上跳下来。

又过了一会儿,冯延巳手持笏板,出班奏道:"启禀陛下,江北大半已经沦陷,敌方水陆大军,又集结在长江北岸。周主亲自督战,士气旺盛,而我大唐国力空虚,兵员匮乏,百姓也多有怨言。臣以为战则国亡,唯有求和一途。还望陛下明鉴。"

"冯丞相,你也太懦弱了吧!莫非我大唐自烈祖以来苦心经营的大好河山,就如此拱手让人不成?我军虽败,可是倾全国之力,还有二十余万兵马,岂可轻易言败求和!"李景达愤愤地反驳道。

"齐王之忠勇固然可嘉,却不能不量力而行。若不是六合、紫金山、十八里滩三战皆败,我大唐还不至于到今天这般境地!"冯延巳语带嘲讽。

李景达脸一阵红,一阵白,指着冯延巳大骂道:"冯延巳,你这个奸佞小人,你未曾立下寸功,徒凭口舌!你……"

李璟"唰"地从座位上站起来,厉声斥道:"住嘴!事已至此,你们还在这儿互相指责,有何益处?"

"徐爱卿,你有什么想法?"李璟转向徐铉。

徐铉见唐主询问,理了理衣襟,缓缓出班奏道:"敌强我弱,此乃实情。周主率领十万之众逼我金陵,更有赵匡胤、韩令坤等骁将拼死辅翼,确实不可轻敌。然长江天险,并非濠泗可比,周军若渡江进攻,水军尚显单薄。郭荣驻军江北数月,却始终按兵不动,正为此也。"

"那徐爱卿以为如何是好?"李璟仿佛抓住救命稻草一般。

"以臣之见,对策有二:一是招募乡勇,训练新军,以长江天险为屏障,全力抗击周军,此乃上策;一则将江北已陷之地,割让周朝,郭荣其意正在此,一旦得地,必定退兵,此乃下策。如何取舍,请陛下定夺!"

李璟心想,如果出兵对抗,一旦打不过周军,岂不是连江南一隅也保不住了吗？况且即使采用上策，江北各州依然收不回来，还不如献出江北之地，以换取眼下的安宁，不管怎样，总比亡国好啊！

第二天，李璟派大臣陈觉为特使，前往江北求和，表示愿意将江北之地，尽数献给郭荣。

于是，江北十六州，尽数划入后周版图。

郭荣见唐主软弱可欺，索性要他自去帝号，以后按藩国礼制，称为"国主"，并使用周朝的年号和历法，李璟也一一遵从。

从此以后，南唐日益削弱，逐渐失去了与后周对抗的实力。

第十六章

将军计夺瓦桥关　世宗误上病龙台

晚上,郭荣睡到后半夜,恍惚中,梦见自己和一个身穿红肚兜的少年相搏,浑身的力气怎么也使不出来,结果被那少年压在地上,用嘴吮吸他的脑汁。郭荣觉得自己正在被一点一点地吸空,恐怖至极,不由得大叫一声,猝然惊醒,方知是南柯一梦。

周世宗显德五年(958),赵弘殷因劳累过度,旧病复发,虽经太医多方治疗,终因回天乏术,溘然长逝。周主闻此噩耗,亲往赵府致哀,厚赐奠仪。又追赠赵弘殷太尉、武清节度使官衔,并封杜氏为南阳郡太夫人。如此恩宠,在当世可谓无以复加了。

赵匡胤居丧在家将近一年,这段日子里,他不问政事,每天读读兵书,逗逗孩子,和细君朝夕相伴,日子倒也过得悠闲。匡义已经二十岁了,在开封府任供奉官都知,见哥哥走进来,连忙叫声"哥!"放下手中的书卷站起来。

赵匡胤拿起桌上的书一看,原来是《李太白集》。他望着脸色白净,颇有儒雅之气的弟弟,眉头微微一皱,道:"匡义,我们赵家世代为武将,你怎么总爱看这些浮华无用之物?"

"孔子云:文质彬彬,然后君子。文武兼备,岂不更好?况且,诗词文赋,并非浮华无用之物,亦关乎治民施政的大局,故魏文帝曰:盖文章,经国之大业,不朽之盛事。"赵匡义理直气壮地答道。

"好一个夫子门徒,满口之乎者也!"赵匡胤一听,心中有气,可知道劝说也是无用,再说父母亲都赞同匡义勤习文章,父亲征淮南的时候,还特意搜罗古书,给他带回的书籍多达几十箱。

正在这时,管家说潘美求见。赵匡胤快步走向客厅,不知道他突然到访,所为何事。

潘美是大名府人,字仲询,为人机智,风流倜傥,比赵匡胤年长两岁。当年郭荣任开封府尹时,他和赵匡胤同为幕僚,后来赵匡胤出典禁军,潘美却一直跟随郭荣,帮他处理文书,深得郭荣信任。职务虽不高,朝中大臣都敬他三分。

"潘兄前来所为何事?"

"回禀太尉,皇上令卑职前来,请太尉进宫,有要事相商。"

"潘兄,不知皇上为何召我进宫?"

"北汉主刘钧,与辽人联成一气,屡次骚扰我大周边境,皇上深以为患。今日召太尉进宫,必定与此事有关。"

赵匡胤与潘美一起出去,在院子里突然问道:"皇上最近身体如何?"

"皇上身体一向很硬朗,但近半年以来,似不如前,屡染小恙,不过尚无大碍。"潘美见赵匡胤如此问,有点意外,却也没说什么。

两人来到大殿,李重进、张永德已在殿中。郭荣对众人道:"想必北汉犯边之事,诸位有所耳闻。朕早就想平定北汉,只因淮南战事未平,无暇顾及。现在南患已息,国家强盛,军队休整了将近一年。朕以为北征的时机基本成熟,不知诸位有何意见?"

张永德道:"北汉扰边,皆是小规模行动,不足为患,可增派援军,加强北防。臣以为江南刚定,百姓思安,大举北征为时过早!"

李重进嘿嘿一笑道:"永德未免过于谨慎。北汉割据,与我大周分庭抗礼,至今已有十余年,实为心腹之患。眼下国家新得江北十六州,国力雄厚,兵强马壮,正当一举荡平北汉,完成先帝的遗愿!"

郭荣见赵匡胤低头不语,问道:"赵爱卿意下如何?"

"两位所言,都有道理,臣窃以为尚未及根本也!北汉国势日弱,其所倚仗者,辽人之增援也!欲肃清北境,必须釜底抽薪,先伐辽国。况且辽人长期占据我燕云十六州,若能挟平淮南之威,北伐幽云,收复失地,则陛下之功业,可彪炳史册矣!"

郭荣赞赏地点点头:"还是赵爱卿想得周全,甚得我心。事不宜迟,马上着手准备,调集人马,一个月后,朕要亲征辽国!赵爱卿,你丧期将满,北征重任,要与朕一起分担才是!"

显德六年(959)四月,郭荣率兵北伐。各军在沧州集结,令赵匡胤为水军都部署,殿前都虞候韩通为陆军都部署,水陆并进,征讨辽国。郭荣亲乘龙舟,随后开进。赵匡胤、王审琦率领数百艘战船,顺流急进,几天便到达了宁州(今甘肃省宁县)。

辽人从石敬瑭手中所得州县,久未经战事,骤然听到周军攻打的消息,将士望风而逃。宁州的老百姓本就心向中原,见了周师,一个个欢呼雀跃,争相犒师,如过节一般。

船队直接前往攻打宁州城。宁州刺史王洪,手下不到两千人马,老弱病残就占了十之六七,见周军水陆俱进,来势凶猛,心知无法抵抗,便打开城门投降了。

赵匡胤派兵驻守宁州城,令王洪为向导,攻打孟津关。王洪立功心切,对赵匡胤道:"孟津关的守将张廷辉,是末将的妹丈。若太尉不疑,末将愿单骑前往,说服他开关出降。"

赵匡胤大喜:"王将军若能立此大功,兵不血刃而取孟津关,则是我大周之福,百姓之福!"

却说张廷辉得知周军大举进攻,赶紧派人报告辽穆宗耶律璟,同时在关外加深壕沟,设置屏障,准备死守,却忽然接到通报,说是宁州刺史王洪单骑而来,连忙吩咐士兵打开城门。

"周军入侵,你不在宁州防守,跑来此地做甚?莫非有什么变故吗?"

王洪压低声音道:"这里不是说话的地方,到府上再详谈!"

两人来到张廷辉府中。王洪将周军如何强大、自己如何无奈投降的情形,细叙一番,劝张廷辉道:"敌强我弱,无谓抵抗,徒遭杀戮罢了。即使不为自己考虑,也要替家人和关内的百姓着想啊!"

张廷辉还在狐疑,一个士兵匆匆跑来报告:"将军,大事不好了,周军水师已兵临城下了!"张廷辉登上城墙一看,周军战船林立,旌旗招展,吓得脸色都白了。王洪又乘机劝导:"关内不足一万人马,如何与周军相抗?况且你我皆为汉人,今日周师至此,我辈正好回归中原,岂非义举!"张廷辉早已斗志全无,于是开关投降。

此时,韩通的陆路大军尚未到达。按事先约定,两路兵马应该在此会合,再攻打瓦桥关。王审琦建议道:"瓦桥关守将听说孟津关不战而降,必定加强防备,不如趁消息尚未扩散,火速进击,攻其不备!"

赵匡胤于是下令全军将士,立刻起锚出发。瓦桥关地势险峻,是通往幽州的必经之路。守将姚内斌骁勇善战,而且关内多精兵良将,远非宁州、孟津关可比，赵匡胤率军登陆，令将士在关外严阵以待。

姚内斌是莫州（今河北省任丘市）人，身长七尺，武艺超群，得知周军已达关外，登上城墙观察。他见周军多是步军，觉得有机可乘，率领八千骑兵，气势汹汹杀了出来。

赵匡胤见敌将来势凶猛，急令弓箭手放箭。密集的箭雨，遏止了敌人的进攻，双方形成了对阵的局势。

突然，敌营中冲出一员骑着白马、身穿白袍的小将，手持大刀，威风凛凛，大声喊道："周贼休得猖狂，谁敢出来与我一战？"

赵匡胤听他口出狂言，提起浑天棍，就要上马迎战。赵普拦住道："太尉身为大军主帅，岂可随意出战，逞那匹夫之勇？"

张琼上前请战："太尉，让卑职来对付他吧！"不等赵匡胤发话，如闪电般冲向敌阵。李良担心他有失，策马跟了上去。

那白袍小将名叫姚彪，是姚内斌的公子，练得一手家传的好刀法。姚彪年轻气盛，自视甚高，两军对阵的机会，他当然不会放过。

他正在阵前耀武扬威，忽见周军阵营中冲出一员大将，手提大刀，策马而来，转瞬间便到了眼前，也不答话，挥刀便砍。姚彪举刀一挡，震得双臂发麻，大刀几乎脱手，不禁暗自心惊。两人各持大刀，你来我往，战了七八十个回合。姚彪刀法虽精，毕竟年纪尚幼，怎抵得住张琼的神力？穷于应付之间，被张琼瞅准机会，策马斜抄，猿臂轻舒，一把将他提了过去，横按在马背上。

姚内斌见爱子被敌将活捉，心急如焚，纵马提刀，追了过来。李良见了，舞动双剑，催马迎上去。姚内斌号称"燕南第一刀"，此刻救子心切，便施展出浑身解数，恨不得一刀杀了李良，招数狠辣凌厉。李良见他拼命，丝毫不敢懈怠，沉着应战。

眼见张琼活捉姚彪，回到周军阵中，姚内斌一腔怒火全撒在李良身上，刀锋挟着呼呼的风声，不离李良要害之处。李良知他刀法纯熟，劲道威猛，不敢硬拼，仗着自己身形轻巧，剑法灵活，避实就虚，与他周旋。

两人战到三百余合，犹自不分胜负。姚内斌知道遇上了劲敌，料难取胜，又担心周军乘机夺关，便奋力隔开李良的双剑，马一带，跳出圈子，抱拳对李良道："阁下好剑法,老夫异日再向你讨教!"率领部下撤回瓦桥关。

此次出征,殿前诸班皆随御驾。赵匡胤手中没有了这帮精锐,犹如失掉左右臂膀,心中忌惮,也不敢轻易攻城,只是命令将士逼近关隘,扎营待命。

安排妥当之后,赵匡胤亲率数十轻骑,携着姚彪,来到瓦桥关前,对城头守军喊道："我是周军主将赵匡胤,有话与姚将军说,请速通报!"

一会儿,姚内斌匆匆来到城头,见赵匡胤携着姚彪,横刀立马,心头一震,问道："赵将军欲言何事?"

赵匡胤说："姚将军,此番我大周天子御驾亲征,意在收复幽云失地!王师所到之处,守军披靡,百姓欢欣。将军据此关隘,岂可抗我百万雄师?不如见机投顺,尚不失富贵。否则玉石俱焚,悔之晚矣!还望将军三思!"

姚内斌细细思量,周世宗收复幽云心意已决,关卡怕是守不住了,何况如今儿子还在他手上,沉默良久,朝赵匡胤喊道："赵将军,容我好好考虑,明日再作答复!"

赵匡胤也不逼迫,令人放了姚彪,道："令郎完璧奉还,还望将军能早图良规,万勿迟疑!"

第二天,韩通的大军在攻克莫州、瀛州之后,顺利抵达瓦桥关。郭荣在李重进、张永德所率禁军的护卫下,也来到了关前。三路兵马会合一处,旌旗林立,人喊马嘶,瓦桥关前顿时沸腾起来。

姚内斌见此情景,明白再战无益,便开了城门,向周军投降。赵匡胤引他拜见郭荣。郭荣知他骁勇善战,乃百般抚慰,当即授为汝州刺史。姚内斌叩首谢恩,引大军进入瓦桥关。

郭荣在瓦桥关设盛筵,大会群臣,与诸臣商议进取幽州,张永德道："王师北伐,仅四十余日,连克宁、莫、瀛三州和益津、瓦桥两关,此全赖陛下之神威也。但辽主耶律明闻失燕南各州,必调集重兵防守幽州,我军劳师袭远,房有备而待,还望陛下深思熟虑,切勿轻进!"

郭荣此时正欲一展宏图,创万世基业,听了张永德一席话,不禁心头火起:"你三番五次阻朕北进,是何道理?朕意已决,三日后大军出发,直抵幽州,不捣辽都,决不回师!"诸将见皇上态度坚决,唯有遵命而已。

宴罢,回到临时驻扎之处,郭荣想起张永德的话,甚感烦躁,便跨上马背,带着几个贴身侍卫出城散心。初夏时候,燕南的原野上遍地青绿,生气勃勃。郭荣纵马驰骋,越过平旷的草地,登上一座平缓的小山丘,举目四望,周围景物尽收眼底,清风徐来,不禁心旷神怡。

不远处,一个老农在割草。郭荣叫侍卫将他唤来,问道:"此地何名?"

那老农垂手答道:"历代相传,谓之病龙台。"

郭荣半晌没吭声,默默下了山丘,回到城内。

晚上,郭荣睡到后半夜,恍惚中,梦见自己和一个身穿红肚兜的少年相搏,浑身的力气怎么也使不出来,结果被那少年压在地上,用嘴吮吸他的脑汁。郭荣觉得自己正在被一点一点地吸空,恐怖至极,不由得大叫一声,猝然惊醒,方知是南柯一梦。

早上醒来,郭荣觉得头晕目眩,精神萎靡,只得卧床休息。过了几天,郭荣的病仍然没有痊愈,数十万大军驻扎在瓦桥关,诸将都暗自担忧,但郭荣无论如何都不肯退兵。因此,谁也不敢贸然相劝。

这天晚上,李重进、张永德来到赵匡胤帐中。赵匡胤见两人前来,料知是为了大军滞留瓦桥关一事,表面上却不动声色,把二人让进帐中。

果然不出他所料,张永德开口说:"赵将军,皇上身体有恙,如今数十万大军滞留在瓦桥关,实在是令人担忧!唯一的办法,就是劝皇上早日班师回朝。只是皇上执意北伐,赵将军的劝告,他或许肯听。"

赵匡胤默默不语。本来他是力主进攻幽州的,但没料到郭荣突然病重,根本无法继续北征。再加上李重进、张永德等一班重臣都主张班师,自己如果一味坚持,反而会招致猜忌。

第二天一早,赵匡胤拜见郭荣。郭荣正躺在病榻上,几日之间,形容大变,骤然间似乎老了二十岁。赵匡胤心头一凛,上前劝道:"陛下龙体欠安,幽州路途遥远,不如先回京城。若大军长期驻扎此地,引发事变,反为不美。不知陛下以为如何？"

本来群臣苦劝之下，郭荣已有回军之心，现在见赵匡胤也如此劝他，脸色凄然，无可奈何地说："赵将军，就依你，明日启驾回京城！"

"大军回京，燕南之地不可又落入辽人之手。臣以为，陛下当留一员大将，率领五万兵马，在此镇守瓦桥关，总领燕南各州各关事务。"赵匡胤试探着说。

"此言正合朕意，只是不知谁可担当此重任？"

"韩令坤乃忠勇之士，可任燕南留守！"

"一切就依你说的办吧。朕累了，你出去吧！"郭荣无力地一摆手，示意赵匡胤退下。

次日，郭荣率领大军班师回朝。大军出发之前，赵普独自一人悄悄来到韩令坤帐中，屏退亲兵，问道："韩将军，你明白太尉要你留在燕南的深意吗？"

"是何深意？"韩令坤一脸迷惑。

"据我观察，皇上的病非同小可，而天下大局也难以预测。万一京城有何变故，韩将军领兵北疆，则可随机应变。故太尉之意，是要韩将军立足燕南，密切注意朝廷动向，切勿轻举妄动。至于其他的事情，太尉自有安排。"

"你的意思是说……"韩令坤睁大了眼睛，恍然大悟，"那好，俺便在这里按兵不动，等待三弟的吩咐！"

"正是如此。韩将军，此事万万不可为外人道也！"赵普郑重地叮咛。说完，看了看四周，悄悄地溜了出去。

大军途经澶州，郭荣暂住城中。

这天晚上，郭荣精神略有起色，便从随身携带的皮囊中取出文书披阅。他年轻时，曾在一位异僧手里得到一只鼍皮囊，呈青灰色，柔韧结实，他极为爱惜，一直带在身边。登基以后，他就用此皮囊装机要文件，平时仅潘美等几个心腹大臣和贴身侍卫有机会接触。

郭荣把手伸进皮囊里，似乎碰到了一个硬硬的东西，掏出来一看，是一根长条形的红木，长约两尺，宽约两寸，坚硬润泽，古朴典雅。郭荣心里暗自奇怪，拿在手里，仔细地端详，突然发现木条一面的中央，隐约有五个凹进去的阴文，字很小，又是古篆，他认真看了好一会儿，才认出是"点检做天子"！

郭荣心头不由一震。殿前都点检一职，是郭荣不久前特意设置的，主要是指挥殿前诸班御林军和京城禁军，负责皇宫大内的警卫和皇帝外出时的安全。此职务极为重要，地位也在殿前都指挥使之上，唯其如此，他才会选择自己的妹夫张永德担任。

这红木上的五个阴文，使他想起后唐时代，唐废帝李从珂被其妹夫石敬瑭夺取皇位的故事，再由此联想到张永德数次反对自己北征，他越想越感到心惊肉跳，一夜未能成寐。

回到京城仅仅几天，郭荣便册封长子宗训为梁王，次子宗让为燕国公，命范质、王溥两相参知枢密院事，又拜赵匡胤为殿前都点检、检校太尉兼宋州节度使，韩通为检校太傅兼忠武军节度使。文武大臣见皇上无端夺了张永德都点检一职，均不明就里，顿时议论纷纷。

郭荣的病情时好时坏，不知不觉到了六月。这一天，绿珠来到万岁殿后的寝宫探视，郭荣一摆手，示意身边的宫女退下，让绿珠坐在自己的卧榻前，握着她的手说："弹指之间，爱妃入宫已经六年。那年端午节，朕在龙舟上，初识爱妃。那时爱妃一身紫色衣裳，真是天姿国色。不知爱妃是否还记得当日的情形？"

"臣妾自然记得！"

"唉，天有不测风云。朕正当壮年，却忽染此恶疾……爱妃伴朕六年，又为朕生下爱子宗让。若朕此病不愈，你们孤儿寡母如何是好？"

"陛下只不过是偶染小恙，乃是鞍马劳顿所致，依太医的嘱咐，定时服药，好生调理，不久自可痊愈。"绿珠柔声安慰道。

郭荣脸色蜡黄，虎目也失去了往日的神采，黯然道："爱妃有所不知。朕少时得到一异僧所赠鼍皮囊，此后便福至心灵，举措无不合宜，事事顺心，遂得天下。前日梦中，那异僧前来索取，朕不许，他竟然强行夺去。囊去人去，此乃天意也！"

绿珠强忍住泪水，劝解道："陛下春秋鼎盛，福寿正长，梦中之事，不足为凭。皮囊仍在,陛下何必耿耿于怀!"

郭荣微微摇了摇头,不再言语。

当晚,郭荣趁着神智稍微清醒,令范质、王溥、赵匡胤、李重进、韩通等人入宫受命,立梁王为太子。一切交代完毕,这位神武过人、南征北伐的君主极不甘心地合上了双眼。

随着皇宫大内一片举哀之声,争夺皇权的政治角逐悄然拉开了帷幕。中国历史上一个重大转折,正在酝酿之中。

第十七章

万岁殿权臣相斗　陈桥驿黄袍加身

正在此时,赵普与慕容延钊推门而入。赵普对赵匡胤拱手道:"点检息怒。所谓天命难违,人心难悖,点检如再推辞,反而不妥。试想点检若不答应,将士失去约束,擅自杀回开封,岂不是一场劫难?况且点检登位之后,只要优待太后、幼主,亦可称无负周室了。周太祖当年取后汉,何曾有如此胸襟?"

显德六年（959）七月初四，是周世宗郭荣驾崩后，文武大臣第一次上朝。身居要职的官员们，陆续齐集于万岁殿。

也许是因为天气过于炎热，也许是因为新皇上迟迟没有到来，殿中的大臣们似乎有些躁动不安，不时有人来回走动，气氛显得沉重而压抑。

"皇上驾到——"随着内侍一声尖声尖气的吆喝，年仅七岁的新主郭宗训（史称周恭帝），在李重进和张永德的搀扶下，来到殿中，登上御座。文武大臣见新皇就位，一起跪下，行三叩九拜之礼。

宗训身穿宽大的黄色衮龙袍，头戴皇冠，一脸稚气，面对黑压压跪在地上的众多朝臣，不知如何是好。他惶惑地望了一眼身边的姑父张永德，张永德急忙走上前去，附在他耳边说了一句，他才如梦初醒似的、用那清脆的童声说道："平身！"如此凝重的话语，出自一个七龄幼童之口，听上去非常滑稽。

大臣们站了起来。李重进对殿中官员说："先皇晏驾，新主登基。但皇上年幼，必须有一位德高望重的大臣协助，代理朝政，仿周公故事，此当前之急务也。不知诸位有何高见？"

新任殿前都虞候、义成军节度使石守信出班奏道："殿前都点检、宋州节度使赵匡胤，跟随太祖、世宗二位先皇十几年，出生入死，百战百胜，深得先皇器重。臣以为为相主政，非他莫属！"

话音刚落，韩通立即表示反对："幼主嗣位，内外未服，百端待举，摄政者当在有威望的皇亲中挑选。检校太保李重进，皇上至亲，更兼领兵多年，名震天下。臣以为由他担此重任，方可震慑四边，总领群臣。"

潞州节度使李筠附议道："辅国者当选年长德厚者为宜。李太保是我朝宿将，德高望重，实乃最佳人选也！"

慕容延钊此时新任殿前副都点检，见此情景，走出班列说："方今形势，南有唐、吴越、西蜀、南汉诸国并立，北有契丹、北汉相逼。辅助幼主，光大先皇伟业,须有智勇兼备之人,而无须计较年龄资望,故甘罗、周瑜皆以少年而任重职也。臣谓都点检赵匡胤,战功卓著,才略过人,堪当此任!"

潘美、王审琦等人,也纷纷表示赞同。韩通心中一急,脱口喊道:"谁不知道你们依仗先皇偏爱,沆瀣一气,张扬跋扈!"

此言一出,群臣惊惧,万岁殿中顿时一片死寂。结党向来是最为朝廷所忌讳的,而韩通却在这样的场合,当着满朝君臣的面,将这个罪名加在赵匡胤等人头上,群臣焉得不惊?

恭帝宗训望着面面相觑的大臣,不知发生了何事,害怕得几乎要哭出声来。

赵匡胤慢慢走到殿中,先对恭帝行了大礼,温和地说:"陛下不必惊慌。"然后转过身来,直视韩通,"依韩将军所言,我们兄弟数人,是在先皇纵容下结党跋扈。先皇若泉下有知,想必也会不瞑目吧?我们兄弟同心协力,效命沙场,莫非便是韩将军所说的'沆瀣一气,张扬跋扈'?"

他又侧过身子,面向群臣道:"我赵某十余年来蒙先皇提拔,方有今日,常思肝脑涂地,以求报效。且赵某资历尚浅,功勋不著,难当摄政重任,亦从未有此想法。殷殷此情,苍天可鉴!"

张永德本忠厚之人,见群臣相争,心中焦灼,唯恐矛盾加剧,便极力劝解道:"太保、点检皆忠勇之士,乃朝廷股肱之臣,此人所共知也。然依历朝惯例,辅君之臣皆为宰相。愚意以为,莫若暂以宰相范质襄助幼主,处理朝中政事,亦不称摄政。不知诸位认为可行否?"

殿中大臣一听,纷纷赞同,立刻形成决议,于是老实恭谨的范质被推举到这一极为重要的位置上。李重进虽未能如愿,但由于韩通、李筠等人的廷争,毕竟阻止了赵匡胤对更大权力的染指,心中虽然不满,也只好作罢。

日子一天天过去,眼看将近年底,开封城又处于风雪笼罩之中。虽然天气寒冷,大街上却依然有很多乞丐,还有堆雪人、打雪仗,四处玩耍的孩童。

韩通坐在轿子里,由家丁抬着,经过开封府前的大街,忽然听到耳边传来一阵清脆的童音:"开口张弓左右边,子子孙孙万万年……噢噢……开口张弓左右边,子子孙孙万万年……"

韩通听了颇觉不解,再凝神一想,这"开口张弓"不就是"弘"字吗?难道指的是赵匡胤的父亲、已故太尉赵弘殷?这句童谣,莫非是说赵弘殷的子孙将得到天下?这些童谣到底是怎么回事?

韩通满腹狐疑,又想起最近京城中各种各样的传言,满大街的乞丐,都在疯传"点检做天子"之类的话,还有人乘机附会,说什么赵匡胤本是定光佛转世,是来拯救天下苍生的。总之,传得沸沸扬扬。

本来韩通还将信将疑,如今亲耳听到这些传言,又联想到最近慕容延钊、石守信、潘美等人经常在赵普家里聚会,行踪诡秘。这一切都令他焦虑不安。可是没有确凿的证据,碍于赵匡胤兵权在手,又不敢贸然行动。

他想来想去,觉得首先必须抓到赵匡胤他们谋反的证据才行。于是,他不惜重金,买通了赵普府中一个名叫阿三的家人,叫他有什么消息,及时通报。

再过两天就是小年。这天,韩通正在指挥家人整理院子,阿三急匆匆跑了进来,轻声对他说:"韩将军,赵普派李良和张琼前往燕南瓦桥关,送信给韩令坤。小人赶紧来报告,一刻也没耽搁。"阿三那双绿豆般的小眼睛望着韩通,脸上现出谄媚的笑容。

"你说的可是实情?"韩通惊得张大嘴,手中的茶杯"啪"地掉在地上。韩令坤手握重兵,若是与赵匡胤联手,后果不堪设想!

"小人亲眼所见,亲耳所闻!"

"他们何时动身?"

"就在今晚。李良和张琼都是江湖人打扮,小人打听得清清楚楚。"

"好,你走吧!"韩通见阿三还待在那里,这才想起未给赏钱,吩咐管家给他二百两银子。阿三谢过韩通,捧着银子乐呵呵走了。

今晚动身,这真是十万火急!该怎么办呢?韩通一时之间难以决断。他思索了一会儿,决定先与李重进、张永德商量一下。

韩通急忙赶到皇宫,将李良、张琼二人奉命给韩令坤送信的事一五一十告诉李重进、张永德。二人一听,也感到大事不妙。

毕竟还是李重进老谋深算,略一沉思说:"我看不如这样:韩将军亲自率领五百禁兵,今晚在京城北郊通往燕南的必经之道,设下埋伏,擒获李良和张琼。只要拿到那封密信,铁证如山,赵匡胤就无法抵赖了!"韩通早就有这个意思,当即出去部署准备。

韩通一走,李重进捻着胡须,冷笑道:"赵匡胤一贯谨慎,这次可是百密一疏。一旦我有了证据,定教他死无葬身之地!永德,你可不要替他求情啊!"

"若他真欲谋反,我岂会为叛贼开脱?"张永德嘴里如此说,心里却早已犯开了嘀咕:我与赵匡胤素来亲如手足,焉能见死不救,坐视他落入圈套?况且李重进为人阴险狡诈,与我一直貌合神离,若他得势,朝中哪有我的位置?而且赵匡胤智勇双全,将士归心,亲信遍布军中,手下能人无数,这天下迟早是他的。我何不乘此机会,给自己留一条后路呢?

主意一定,他便寻思着,怎样才能将这个消息尽快通知赵匡胤他们。眼看天色将晚,他心里焦急,面上却装得跟没事人似的,和李重进亲亲热热地寒暄着。看看天色将晚,张永德心中着急,便借故小解,出了房门。

说来也巧,刚下台阶,拐进廊下,迎面碰上了正在宫中当值的王仁。他见四周无人,急忙把王仁拉到一个僻静之处,简单说明事情始末,对王仁说:"你快去赵普家,叫李良、张琼他们改走他道。快去,千万不要耽搁!"

王仁知此事非同小可,拔腿就走,心急火燎地赶往赵普家。一进大门,看到李良和张琼一副江湖浪人打扮,头戴箬笠,身披斗篷,正要往外走。他一把拉住二人,气喘吁吁地说:"二位不要走,情况有变!"赵普见他神色紧张的样子,心知有异,叫李良、张琼两人回到房里。

听了王仁的介绍,赵普不禁倒吸一口凉气:"好险哪!若不是张永德好心相告,那真是大祸临头了!"赶紧叫李良和张琼改变装束,从城东绕道而行。

第二天清晨,有人在汴河发现了阿三的尸首。不过,一个下人的死,实在微不足道,更何况醉汉失足溺死河中,在京城早已司空见惯。唯有韩通,因昨晚扑空,接着又得到阿三被杀的消息之后,陷入了更深的忧虑之中。

　　李重进、韩通的如意算盘落空了,这样一来,尽管他们明知赵匡胤心存异图,但缺乏证据,也只能干着急。同时,春节即将来临,文武大臣皆无心理政,他俩只好暂且将此事搁在一边,打算春节之后再认真处理。

　　谁料大年三十,皇宫里的团圆饭还没吃完,却接到韩令坤派人送来的紧急军报,说北汉主刘钧与辽人组成联军,向燕南大举进攻,情况万分危急,请朝廷速派大军增援。

　　其实,辽主耶律璟此时正沉湎于酒色,根本就没有南下入侵的念头。据史书记载,当燕南各州失守时,他曾对左右说:"燕南本中国地,今乃还中国,有何可惜!"至于北汉主刘钧,与周室抗衡屡遭败绩,唯求自保,根本无暇滋事。这边境急报,显然是赵普等人的精心安排,目的是为赵匡胤出京提供机会。

　　幼主宗训是个七岁的小孩,只知在宫里玩耍嬉戏,倒是太后符氏,因为生于宿将世家,又长年跟随郭荣征战,也还算粗明军务。她接到军报后,立即招来范质、张永德两人商议。

　　范质本是个书呆子,何曾细想其中的奥秘?便说:"太后无须忧虑。殿前都点检赵匡胤,忠勇绝伦,战无不胜,可令他为主帅,慕容延钊为副,调集各路兵马,即刻进军,北寇必望风披靡矣!"

　　张永德虽知军报一事大有蹊跷,却也故意不加点破,表示赞同。

　　太后符氏准奏,于是诏令赵匡胤为北征统帅,调集诸军,准备出师。等到韩通得知消息,跑来想要劝阻,却木已成舟。

　　临行之前,赵匡胤对母亲杜氏说:"娘,孩儿此番北去,非同寻常,后果难以预测。匡义随军前往,匡美尚不懂事,家中事务全靠母亲安排。李重进、韩通等人,对儿素怀猜忌之心,京城若有风吹草动,全家可去开宝寺暂行躲避。娘,为儿是箭在弦上,不得不发,只是让你老人家担惊受怕,实在于心不忍。孩儿不孝,还望娘能体察儿的苦衷!"他跪在母亲面前,涕泪纵横,泣不成声。

　　杜氏却出奇地镇定,她双手将赵匡胤扶起来,一字一顿地说:"胤儿,大丈夫心怀高远,处事果决。欲成大事,岂能优柔寡断,做儿女脂粉之态?你尽管放心前去,家中之事,为娘自有办法。"

赵匡胤与妻子作别:"细君,没办法,又要离开你了。你现在已有身孕,自己要好好保重身体,等我回来!"

细君已怀孕数月,听到赵匡胤语调中颇含伤感,宽慰道:"相公何出此言?当年开宝寺所卜之卦,贱妾至今未忘。你不是说'吉人自有天相'吗?"她拼命忍住几乎要夺眶而出的泪水,略显苍白的脸上,却流露出无限的依恋和牵挂。

赵匡胤辞别母亲和妻子,率领大军离京出发,范质、张永德、石守信等留京大臣,一直送到城外。赵普把石守信叫到自己房间里,单独谈了很久,也不知说了些什么。

大军行进的速度很慢,一点儿也不像赶往边境增援的样子。刚来到京城东北三十里的陈桥驿,天色已近黄昏,赵匡胤传令各军在此宿营,翌日再进。

陈桥驿是朝廷沿官道所建的一个驿站,主要是为来往的使者提供食宿。陈桥驿有几幢官府的平房和数十户居民,以及百余名戍守的军吏。赵匡胤的帅营,就设在那几幢平房之中,其他各军在野外搭起帐篷。

一间狭窄的房子里,赵普正与一位个子矮小、面目黧黑的文士悄言密谈。赵普脸色十分憔悴,眼中布满血丝,但精神极为亢奋,目光中透出一种精明老练和从容自信。

跟赵普密谈的这位文士名叫陶谷,是汾州新平人,虽比赵普年长十几岁,两人却甚为相知。陶谷不但博闻强记,通经史,善辞章,而且精于天文、历法,后晋出帝开运年间,辽主北归,他曾对人说:"西南五星连珠,汉地当有王者出,辽主必不得归国。"后来果然刘知远称帝,建国后汉,耶律德光确实也暴死于杀胡林。闻知者莫不称奇,其言更加为世人所看重。赵普知他是个难得的人才,将他荐入赵匡胤幕府。

两人正在密谈,亲兵忽然领了两个人进来,皆是平民打扮,脸上污秽不堪。赵普心生奇怪,走上前仔细看了来人几眼,不由得激动地喊了起来:"李良,张琼!"拉住二人的手,连声说,"辛苦了,辛苦了!我一听说韩将军派人送来紧急军报,就知道你俩已安全抵达。韩将军那边情况如何?"

李良答道:"他已做好一切准备,随时听候调遣。"

赵普在桌子上击了一掌,说:"好,万事俱备,只欠东风了!你们速去洗浴更衣,守在点检身边,不要离开他半步!"待他俩走后,赵普对陶谷点点头说,"陶兄去吧,你可以一显身手了!"

这时已是落日西坠,西边的天空一片血红。正月的落日似乎格外绚烂,而广袤的原野,给它提供了一种含蕴丰富的背景,使其尤显磅礴壮观。

在一座巨大的营帐前,王审琦、张令铎、张光翰、罗彦环、赵彦徽等将领都在饶有兴致地观看这动人心魄的瑰丽夕景。不知什么时候,陶谷一袭白衣,来到诸将中间。他表情严肃,双眼微眯,久久地凝视那轮即将沉入大地的落日。

武信军节度使张令铎见他看得那么专注,忍不住问道:"陶先生,这落日莫非有什么玄机吗?"

"天机不可泄露。"陶谷依然保持凝望的姿势,一副高深莫测的样子。

王审琦走过来说:"陶先生,你是高人,能据天象推人事,不妨就此略加解说,让我们也长长见识,如何?"

陶谷微微颔首,不慌不忙地说:"也罢。诸位请看,那红日之下,紧靠地平线之处,不是有一轮红日吗?此谓重日也,只有在正月晴朗之日才会出现。双日同在,互相摩荡,彼此消长,强弱将分……诸位再看,那下面之日,光线渐淡,终于沉没,唯余一日,依然灿烂夺目,四周复有紫云环绕,灵光映衬。嗟乎新日,何其盛哉!天下苍生,何其幸哉!"

王审琦、张令铎都是一介武夫,哪里懂什么天文气象?听陶谷这么神乎其神地一说,二人赶紧盯着落日,还感觉真有那么回事。

张令铎又问:"陶先生,什么新日、旧日、上面的太阳、下面的太阳。此天象预兆何事?跟天下苍生又有什么关系?你就跟我们直说了吧,何必绕这么大的圈子?我们这帮粗人又听不懂。"

陶谷笑笑说:"新年新月,生生不已,故曰新日。至于所兆之事,则陶某不敢明言也。"

"不过是戏言罢了,说出来又有什么关系?"张令铎的好奇心越来越强烈,催得更急。诸将也围过来,七嘴八舌地劝他说个明白。

陶谷无可奈何地叹了一口气:"唉,你们总想探根究底,可我还要保住这颗脑袋呢!诸位,陶某今日所言,万万不可泄与外人,否则会惹来杀身之祸。切记切记!"

众人一一点头允诺,陶谷压低声音神秘地说:"旧日沉沦,新日丽天,此预兆改朝换代,新主将出;新日绚烂异常,又有紫云、祥光为辅,此兆示新主德泽深厚,广得人心。岂不是天下苍生之大幸吗?"

"那么,这新主又是谁呢?"诸将完全被陶谷的如簧巧说吸引住了。

"《易》曰'飞龙在天,利见大人',新主即将出现。只是人君乃天帝之子,为昊天所定,陶某一介俗士,如何能知?不过上天似乎对此已有垂示,不知诸位注意到没有?"

"上天有什么示意啊?"大家更加迫不及待了。

"此不便明说,诸位只管在日前京城所传之谶言中推寻细究了。"陶谷说完,眨了眨眼睛,撇下众人,背着双手,迈着方步悠悠离去。

诸将谁也没说话,彼此心照不宣。呆了半晌,王审琦说:"各位将军,天色已晚,我们不妨去帐中仔细商议一番。"

来到营帐中,亲兵点上蜡烛,大家随意坐下。依然无人开口,飘忽闪动的烛光,照着一张张神情严峻的面孔,使房中平添了几分紧张凝重的气氛。

还是张令铎打破了这令人窒息的沉默:"据陶先生所言,即将登位的新君,便是点检赵匡胤,我在京城也听到了不少传言,看来这真是天意。不知各位对此有何打算?"

王审琦接口道:"这还用说吗?点检当然就是新君了,此乃天定,非人力所能改变。况且那幼主、寡妇无知,将政事一概交给他人,我们兄弟披坚执锐,出生入死,他们有谁体恤了?当前大军驻于郊野,实千载难逢的良机。要我说,各位不如顺天应人,拥立点检做天子,这样我们还能立个头功,哪朝哪代的将军,还不是一样的做?"

赵彦徽嗫嚅道:"此事……恐须从长计议。一旦事败,那可是……诛灭三族的大罪啊!而且,也不知点检本人是否愿意。"

王审琦"腾"地站起来,眼露凶光,阴阴地说:"放屁,什么从长计议!所谓机不可失,时不再来,拥立点检,便在此时。谁若三心二意,徘徊观望,我王审琦即刻宰了他!"

张令铎连忙附和:"王将军所言有理,当断不断,反受其乱。点检之弟赵匡义就在军中,不如邀他来此商量,由他通报点检,则大事可成也!"

这个主意不错,大家一致同意,便派人去大营邀请赵匡义,告知诸将心志。

赵匡义一身戎装,隆鼻虎目,显得英武儒雅,神采非凡,思索片刻,说:"此事非同小可,诸位不妨请赵普前来,再行定夺。此人雄才大略,满腹经纶,有他决断安排,则可万无一失。"

赵普来到营帐,听了诸将的话语,心中暗喜,故作郑重道:"嗣主年幼,周室气数已尽。点检威望素著,内外归心,诸位诚心拥戴,确系英明之举。然而点检乃大忠大义之人,久蒙先帝恩德,必然拒绝诸位之请。以赵某愚见,唯有兵谏,造成既成事实,逼他应允,方可成事也!"

赵普这一番话,真可谓滴水不漏,既隐瞒了赵匡胤篡夺皇位的野心,又让军中将领心服口服。于是,大家连夜分头去做准备,一切都按计划有条不紊地进行。

拂晓时分,主帅赵匡胤的下榻之处,李良、张琼和十几名亲兵在房外警戒。尽管通宵未眠,他们仍然睁大双眼,注意着周围的动静。

突然,远处转来一阵喧哗。李良和张琼心中一惊,急忙令亲兵守住栅栏,拔出剑来,严阵以待。接着,只见成千上万名将士,洪流般朝这边涌来,脚步声、呼喊声、兵器的撞击声响成一片。

李良不知道这么多士兵前来到底要做什么,情急之下,扯开嗓子大喊:"站住,站住!再往前者格杀勿论!"领头的数位将领也转过身去,喝令士兵站在原地,不得喧闹。

李良正在拼命护卫,忽然看到赵匡义、王审琦、张令铎等将领随后走来。张琼向李良使了个眼色,领着诸将走进赵匡胤的大帐。

赵普悄悄将李良叫到一边,面色凝重道:"李良,事不宜迟,你立即启程回京,带着我的秘信,去见石守信!"

帐内的赵匡胤,早已被外面的吵闹声惊醒,也许他压根就没有睡。一见诸将进来,满脸怒容,气冲冲地质问:"深更半夜,你们为何聚众喧嚣?"

赵匡义走上前去,把众将的意思转告他,劝道:"天意所定,众望所归,兄长还是顺天应人,做万民之主吧!"

赵匡胤浓眉一皱,大声说道:"我们父子兄弟,皆受先帝大恩,岂能妄自尊大,做此不仁不义之事?万万不可,万万不可!"

张令铎上前劝道:"周室式微,已成定局,点检今日不取,则他人明日取之。若天下落入奸恶之手,岂不是荼毒苍生?末将等皆愿追随点检,回师京城,拥护点检登位安民。即使赴汤蹈火,亦在所不辞!"

赵匡胤挥手斥道:"一派胡言!你们这不是要陷我于不义吗?"

正在此时,赵普与慕容延钊推门而入。赵普对赵匡胤拱手道:"点检息怒。所谓天命难违,人心难悖,点检如再推辞,反而不妥。试想点检若不答应,将士失去约束,擅自杀回开封,岂不是一场劫难?况且点检登位之后,只要优待太后、幼主,亦可称无负周室了。周太祖当年取后汉,何曾有如此胸襟?"

赵匡胤似有所动,在房子里徘徊良久,问慕容延钊:"大哥,此事可为否?"

"别无选择!"慕容延钊只回答了四个字。

赵匡胤走到窗前,只见外面到处是士兵,群情亢奋,有人在拼命叫喊——

"奉点检为天子!"

"杀回京城去!"

赵匡胤一动不动地站在那里,帐篷里寂然无声。

过了许久,赵匡胤方才转过身。帐内十几位将领,除慕容延钊以外,齐刷刷跪地恳求道:"请点检早作决断!"

赵匡胤故意长长地叹了一口气，显出一副被逼无奈的样子，对诸将说："罢了，罢了，你们起来吧！不过，我有三条禁令，将士必须遵守，否则我宁死不从！"

"即使一百条也无妨！"诸将纷纷表态。

赵匡胤面对诸将，神情严肃地说："既然如此，各位可要听清楚：太后主上，我当北面事之，尔等不得冒犯，此其一也；朝廷旧臣，与我比肩，尔等不得欺凌，此其二也；朝廷府库，京城百姓，尔等不得侵扰，此其三也。将士如从我命，日后必有重赏；若有违反，自当严惩不贷！"

众将闻之，无不允诺。张令铎将早已准备好的黄袍披在赵匡胤身上，簇拥他出了房门，数万将士齐声高呼："万岁，万岁，万万岁！"震耳欲聋的欢呼声在陈桥驿清晨的原野上久久地回荡。赵匡胤裹着黄袍，向将士们重申三条禁令，然后率军返回京城，而令潘美为使者，先赴朝廷通报。

却说周廷得到此报，正值早朝，满朝文武大臣突闻巨变，无不惊慌失措，胆战心惊。幼主宗训见大臣惊惶，吓得哇哇大哭。太后符氏虽稍镇定，但面对如此局势，心知无力回天，也忍不住落下泪来。

韩通对此早有预料，此时见太后、幼主哭泣，心如刀割，大怒道："赵匡胤叛贼，我与你势不两立！"双脚一顿，出殿召集禁兵，试图领军控制住城门，阻止叛军入城。可禁军由石守信掌握，而且殿前诸班，是赵匡胤一手训练而成，全是铁杆的"赵家军"，岂会听命于他？

韩通四处碰壁，急得捶胸顿足，悲愤已极，不禁仰天叹道："我韩通世蒙国恩，无力匡救社稷，唯有一死以报先帝！"他回到府上，将所有亲兵、家丁召集起来，带着他们向城北冲去。

刚出门不远，正巧碰上王仁与空明、清风领着金枪、铁骑、控鹤三班御林军，遵照石守信的命令去城外迎接赵匡胤。王仁见到韩通，大声道："韩将军，快去迎接新天子！"

韩通看到王仁趾高气扬的嘴脸，不由怒火中烧，厉声斥道："闭嘴，何来新天子！只不过是背主弃义的叛贼罢了。尔等贪图富贵，助纣为虐，难逃神灵之殛也！"

王仁本是强盗,生性残忍,且知韩通是赵匡胤的夙敌,一听此言,心头火起,拔出剑来,直刺韩通。韩通早将生死置之度外,也就迎上前去,奋力拼杀。可他哪是王仁的对手?不到五个回合,就已浑身是血,满身是伤。王仁将韩通的腰刀斫于地上,用剑尖指着他的咽喉威胁道:"韩将军,大家都是旧相识,只要你肯回心转意,我便放你一条生路!"

韩通依然大骂不止:"呸,只有你们这些无耻的强盗,才会背主求荣。我韩通身受先皇大恩,决不会跟你们同流合污。我韩通誓死不做二臣,要杀便杀!"

王仁气极,利剑一挥,将韩通的头砍了下来。奇怪的是,那颗人头在地上骨碌碌滚了几滚,停下来,竟还是一副两眼圆睁、悲愤难抑的神态。

韩通一死,那百余亲兵、家丁皆作鸟兽散。王仁意犹未尽,索性带人闯进韩通家中,将他的妻妾、儿女悉数杀掉。

石守信事先接到李良的口信,早就做好周密安排,赵匡胤率领大军进城时,未遇丝毫抵抗。进得城来,又碰上王仁所率领的三班御林军,两军合在一处。过了明德门,赵匡胤传令各部立即归营,严禁骚扰百姓,自己则退居都点检衙署,令王仁率殿前三班担任警卫。

一会儿,王审琦、张令铎等人拥着范质、王溥诸大臣来到署中。赵匡胤一见范质,连忙起身,呜咽流涕道:"我受先帝厚恩,却被将士胁迫,违负天地。今至于此,为之奈何!"

范质还没来得及开口说话,王仁拔出利剑,厉声喝道:"我辈无主,今日须得天子!"

范质、王溥吓得面无人色,只得降阶下拜。

赵匡胤呵斥王仁道:"不得无礼,退下!"快步走过来,双手扶起范质、王溥,温和地说:"二位无须惊慌。我已与三军约定,太后、幼主及各位大臣,一律不得侵扰。"两人这才稍稍安心。

第二天,范质、王溥等文武百官齐集朝门,左右分立,赵普、慕容延钊、石守信、王审琦、李良诸人簇拥着赵匡胤,穿过由百官组成的班列,登上崇元殿。赵匡胤身穿衮龙袍,脚蹬朝靴,头戴通天冠,方脸丰颐,竖眉虎目,从容就座。百官依次来到殿中,殿内一时鸦雀无声。接着,赵普将

陶谷拟就的诰书交给范质,范质代周主宗训宣读道:

> 天生烝民,树之司牧。二帝推公而禅位,三王乘时而革命,其极一也。予末小子,遭家不造,人心已去,国命有归。咨尔归德军节度使、殿前都点检赵匡胤,禀上圣之姿,有神武之略。佐我高祖,格于皇天;逮事世宗,功存纳麓;东征西怨,厥绩懋焉。天地鬼神,享于有德,讴谣狱讼,归于至仁;应天顺民,法尧禅舜;如释重负,予其作宾。呜呼钦哉,祗畏天命!

读毕,范质又向赵匡胤呈上国玺。文武百官匍匐地上,三叩九拜。在浑厚悠扬的钟声中,"万岁,万岁,万万岁"的呼喊声,响彻殿庑,震撼着神州大地。

群臣商议国号,赵普一向自恃博通古今,首先出列奏道:"吾皇代周,上顺天,下顺地,中顺人,事事皆顺,宜定为'顺'也。"此言一出,有人赞成,有人反对,特别是那班喜欢卖弄的文臣,纷纷引经据典,陈述己见,以致意见纷纭,难以决定。

赵匡胤高踞御座之上,浓眉微蹙,朗声道:"何必弄得如此复杂!朕曾为归德军节度使,治所在宋州,如今代周便以'宋'为国号如何?"群臣一听,无不拍手称好。

于是,赵匡胤定国号为"宋",改显德七年为建隆元年(960)。

宋主赵匡胤传下诏令,取消周主宗训尊号,改封郑王;尊符氏为周太后。令王仁始料不及的是,赵匡胤特意追赠韩通为中书令,且以厚礼收葬。韩通对赵匡胤恨之入骨,又因抗拒宋兵而亡,若他泉下有知,是否会接受赵匡胤的礼遇呢?

赵匡胤又大封佐命元勋。封慕容延钊为殿前都点检;弟弟赵匡义为殿前都虞候,改名光义,以避讳。范质、王溥仍为宰相,赵普为枢密使,陶谷为翰林学士,韩令坤为天平军节度使,石守信为归德军节度使,王审琦为泰宁军节度使,张令铎为镇安军节度使,赵彦徽为武信军节度使,张琼为殿前副都虞候兼捧日班班头。唯有王仁,因杀韩通及其全家,仍领旧职,不得提拔,王仁虽然心里极为不满,可是今非昔比,也不敢生事,只得忍气吞声。

赵匡胤本来想授李良为殿前副都指挥使之职,李良坚辞不就,淡淡说道:"功名富贵,皆是过眼烟云,我本无意于此。陛下若行恩宠,不如赐给龙兴寺一笔银款,作为扩建之资,一来示陛下皇恩浩荡,二来也成全我的夙愿。"赵匡胤忆起往事,感慨万端,于是从府库中特拨白银五万两,差人押往襄阳。

在赵普的周密安排和诸军将领的支持下,赵匡胤轻而易举,从后周那孤儿寡母手中夺得天下,开创了宋朝三百余年的基业。从此,这位雄才大略的宋代开国皇帝,内固皇权,外拓疆域,在中国历史上写下了辉煌灿烂的一页。

第十八章

大道悔今方觉是　痴情儿女遁空门

赵匡胤又分别向其他人敬了酒。酒过数巡,赵普感慨地说:"想那周世宗,雄才大略,也称得上一代雄主,却因后嗣孱弱,断了气数,天下终归我大宋所有,实乃天意也。"陶谷接口道:"赵兄不可一概而论。我观郑王宗训,确是庸才,然世宗次子宗让,隆额虎目,颇类世宗,有王者之相,乃我大宋之隐患也。陛下,臣以为不可养虎遗患,宜及早除之!"

赵匡胤得了天下,坐了龙廷,自然要将周世宗的后妃、儿女悉数逐出宫去。于是,在开封城东找了一座宽敞豪华的庄园,限令符氏等数十人尽快搬迁,不得延误。符氏知此事终不可免,只要能保宗训、宗让二子平安,为世宗留得一线血脉,其余也就不必计较了。

为了更稳妥,心思细密的符氏又上奏赵匡胤,请求恢复世宗及其二子的本来姓氏。赵匡胤觉得这样一来,多少可以冲淡自己篡周的罪孽,立即下诏,复世宗、宗训、宗让为"柴"姓。真可谓世事难料,也不知那周太祖郭威在九泉之下是否安心。

后周家眷被迫离宫那天,符氏带着郭荣的数十名妃嫔,还有子嗣,在石守信所率侍卫的严密监视下,悲悲戚戚地鱼贯而出。每个人的脸上都流露出深深的忧惧和恐慌,那种凄惨的情景,连石守信见了,也不由得心酸。

忽然,从嫔妃中,走出一位身着紫色衣裙的丽人,跪在石守信面前,抽泣着说:"石头大哥,我……我要见赵大哥,不……要见皇上!"

石守信低头一看,竟然是绿珠!连忙将她搀扶起来,问道:"你见皇上有什么事吗?"

"贱妾……有重要的事情面禀皇上。"绿珠用宽大的衣袖擦去眼泪,对石守信说:"石头大哥,请看在故人的情分上,领我去见皇上一面吧!"

石守信见她脸色苍白,鬓发凌乱,怜惜之情油然而起,说道:"好罢,我带你去见他。"两人刚走了几步,一个四五岁的男孩,哭喊着冲了过来,拽着绿珠的衣服说:"娘,你要去哪儿啊?"

绿珠蹲下身子,将他搂在怀里,使劲地亲着他的脸蛋,泪流满面地说:"宗让,好孩子,你先跟着大娘,娘亲马上就回来!"说着说着,忍不住放声痛哭。

宗让还是一个小孩子,什么事情都不懂,可是看到大娘和母亲愁云惨淡的样子,也知道事情不妙,死命地拽着绿珠,不肯松手。

正在这时,符氏快步走来,从绿珠手里把宗让硬拉了回去,鼻子里哼了一声,恨恨地道:"宗让,跟大娘回去,你娘不要你啦!"宗让拼命挣扎,嘴里喊着:"不,我要我娘,我要跟娘在一起!"符氏不管三七二十一,抱起宗让就往宫外走。

绿珠眼睁睁看着符氏抱走宗让,猛地站起身,就要追过去,可是走了两步,却又硬生生收住脚,含泪一咬嘴唇,转身跟石守信走了。

两人来到万岁殿外,石守信转头对绿珠道:"你先在这里等着,我进去通报一声!"

庄严肃穆的万岁殿,是绿珠最熟悉的地方,而现在已物是人非了。此时赵匡胤一身龙袍,端坐在周世宗曾经坐了多年的御座上。方脸阔耳的他,神采奕奕,威严无比,与这里的一切是那么协调,仿佛他天生就是这豪华宫殿的主人似的。

人情如纸张张薄,世事如棋局局新,一点都不错,绿珠心里涌上一阵悲凉。如果当年没有遇到李良,就不会被周世宗看到,更不会来到这深宫大内……

正当绿珠思如潮涌的时候,石守信出来道:"皇上在里面,你跟我来!"

绿珠见了赵匡胤,缓缓走上前去,跪在地上:"陛下,贱妾……"心中一阵悲伤,哽咽着再也说不下去了。

赵匡胤离开龙椅,走到绿珠面前,弯腰将她扶起:"绿珠,快起来。你我都是故人,有何为难之处,尽管说出。朕一定为你做主!"

绿珠强忍住悲痛道:"陛下,贱妾从十三岁开始,不知经历了几多磨难。如今终于大梦初醒,看破红尘,愿在城外觅得一处草庵,从此皈依佛门。绿珠绝非一时冲动,望陛下成全!"

"这如何使得?"赵匡胤一怔,"如果朕没有记错的话,你才二十七岁,岂能将大好年华付与那青灯佛影?不可,万万不可!"

绿珠心意已定,神情决绝,道:"尘世留给人的,只是无穷的苦难,唯有佛门可慰我残生。妾意已决,若陛下不恩准的话,贱妾唯有一死,以求解脱！"说完就要朝廊柱上撞。

"绿珠，万万不可如此鲁莽，朕答应你便是！"赵匡胤连忙上前拦住，"假如你一定要出家，朕也不愿多加阻拦，只是希望你能够去见一个人……"

赵匡胤话还没说完，绿珠立刻跪下拜谢："谢陛下成全！"

赵匡胤叹口气，冲石守信道："石头，你带她去吧！"

绿珠跟着石守信，来到万岁殿旁的一间小房内，里面一位身着戎装的人，正背着门，一动不动地站着。当他转过身来，看到绿珠时，整个人就像遭到雷击一样，泥塑似的呆在那里，嘴唇微微颤抖着，脸上的肌肉不断抽搐。

绿珠早就猜到这是李良，可是她没有想到，李良会发生这么大的变化。

原来那张年轻英俊的脸，现在已是满面胡须、一脸沧桑，尤其是左脸颊上那道明显的疤痕，几乎无法让人相信，他原来竟是一个唇红齿白的英俊少年！

岁月无情，它残酷地吞噬着珍贵的青春年华，在丰润的容颜上刻下风雨剥蚀的痕迹，可它能中断思念的延伸吗？分别已经整整七年，绿珠本以为再也没有机会看到李良了，此时意外相逢，心中不由一阵剧烈地抽搐，眼睛里却不再有泪水。她本以为自己会扑到李良怀里大哭一场，可是她什么都没有做，只是站在那里，叫了声"大哥"，便再也说不出话来。

两个人就这样默默地，你看着我，我看着你，一句话都不说。

石守信走到李良身边，附在他耳旁轻声说了几句，就匆匆走了出去。李良脸色陡地一变，开口说道："绿珠，这辈子能有你这么个妹妹，是大哥的福气，可是这么多年来，大哥没有好好照顾你，让你吃了那么多苦，实在是有负于你！听说你要出家？你年纪轻轻的，怎么会有这种念头呢？"

"大哥，你不用再劝我了。尘世犹如苦海，无边无涯，佛门是度我超越苦海的救命之舟。这些年来，我想明白了很多道理，也读了一些佛经，如果我早些皈依佛门,那可以免去多少苦难啊!"绿珠的情绪逐渐平静下来,眼睛里流露出一种梦幻般的神色。

"不,绿珠,你听我说……"李良还想劝说,绿珠打断了他,"大哥,再劝无益。我已跟皇上说过,不进佛门就进鬼门。小妹的决心是不会动摇的!"停了一会儿,她又说,"大哥,小妹尘缘已了,无所牵挂,唯有大哥的大恩大德,只能来世再报答了。小妹自会在佛祖面前,为你诚心祈求,保佑你一生平安。此外,小妹还有一件事,要托付大哥。小儿宗让年纪尚幼,我担心皇上不会放过他。如果有什么事,还请大哥多加关照。小妹在此谢过了!"

"不可能!赵大哥不是那样的人,你放心吧!"李良的目光有些呆滞。刚才绿珠说的一番话,给了他极大的震动。"苦海无边,回头是岸。"这句平常的话里,确实蕴涵着丰富的人生体验和深奥的玄机,广济大师慈祥的面貌又浮现在他的面前。绿珠尚能挥剑斩尘缘,自己本是佛门中人,为什么反不能参透这浮世的虚幻,而要继续深陷其中,不能自拔呢?

几天以后,绿珠在开封城西离金明池不远的明月庵出家,做了一名普通的尼姑。

再说赵匡胤初登皇位,忠于周室的一班旧臣,本来就心怀不满,李重进、李筠、高怀德等人,更是多方联络,似有所图,他对此深感忧虑。在赵普、陶谷的一再游说之下,为了拉拢高怀德,安定怀观望之心的旧将,赵匡胤经过反复的思考斟酌,决定将新寡的妹妹、燕国长公主许配给他,并授予殿前副都点检一职。

李良听说此事,赶去宫中质问,赵匡胤神情尴尬,承认确有其事,并说明自己的苦衷,希望他体谅。

李良指着脸上的伤疤说:"陛下现在考虑的是军国大事,自然不会计较过去的恩怨,可我辈草民,无法忘记过去的一切。只要这道伤疤还在,高怀德就是我的仇人。时机一到,我必报此仇!"说完抬脚就走,赵匡胤只是无可奈何地摇了摇头。

高怀德当了驸马,一大批周室旧臣,见与赵匡胤素有尖锐矛盾的人都能得到信任亲近,果然都消去了猜疑忧惧之心,不再与李重进、李筠往来。一场潜在的危机轻易地消除了。

这步棋确实很巧妙。不过,李良心中的愤懑,却始终无法平息。

高怀德与燕国长公主的婚礼非常隆重,但李良、慕容延钊、石守信、王审琦都未参加,这令赵匡胤隐隐不安。于是,他特意在偏殿设了一个小型宴会,请了一些在京的故旧参加,欲借机抚慰一下李良等人。

君臣边饮酒边叙旧,倒也融洽。赵匡胤见李良一言不发,只是低头喝酒,知他仍在生气,端起一杯酒来到他面前:"李良,你的气还没消?——你要是原谅赵大哥,就喝了这杯酒!"

李良只好站起来,嗫嚅道:"陛下……"

赵匡胤打断他:"不!现在没有陛下,只有赵大哥。李良,我们是兄弟啊!"

李良心头一热,只好接过酒杯,一饮而尽。

赵匡胤又分别向其他人敬了酒。酒过数巡,赵普感慨地说:"想那周世宗,雄才大略,也称得上一代雄主,却因后嗣孱弱,断了气数,天下终归我大宋所有,实乃天意也。"

陶谷接口道:"赵兄不可一概而论。我观郑王宗训,确是庸才,然世宗次子宗让,隆额虎目,颇类世宗,有王者之相,乃我大宋之隐患也。陛下,臣以为不可养虎遗患,宜及早除之!"

李良猛地站起来,气冲冲地说:"陶先生一派胡言!宗让只不过是个五岁的孩子,孤苦伶仃,怎么就成了大宋的隐患?亏你还是个读书人,连黄毛稚子也不放过,真不知是何居心!"

赵匡胤想起,宗让是绿珠之子,心中不忍,况且一介孺子,能兴起多大风浪?便摇摇头说:"陶先生过虑了。"陶谷还想争辩,赵匡胤摆手制止他,赵普也在旁边朝他使了个眼色,他才闭口不言了。

宴会结束,李良回到自己的住处时,已经是深夜了。

这是赵匡胤赏赐给他的一座府邸,雕梁画栋,飞檐碧瓦,回廊曲折,台榭林立,大小房间数十,亲兵家仆近百,即使朝中显贵、外镇将领,也不过如此。李良的地位确实比较特殊。他虽未任职,但与皇上关系非同寻常,且功勋卓著,无人比肩。因此,满朝文武大臣无不惧他几分,就连陶谷被他当众辱骂,也只好自认晦气,而不敢稍加反驳。

李良走进大厅,立刻有丫鬟送上茶来。他想起刚才陶谷的一番话,心里不禁有些后怕,若皇上听信陶谷的话,派人杀了宗让,自己怎么跟绿珠交代?一想到这些,不由暗自发起呆来。

突然,一道黄色的身影闪过廊柱,立刻又不见了。李良一把抓起桌上的剑,冲了出去,大喝一声:"是谁?快出来?"

"阿弥陀佛。"一位身披黄色袈裟的僧人飘然而至,双手合十,微微颔首,"多年不见,施主难道认不出贫僧了?"

"你是何人?如何进得府中?"李良依然不敢松懈。

"贫僧法号弘忍,师弟别来无恙否?"那僧人微微抬头,看着李良。

"弘忍?弘忍师兄!真的是你吗?"李良浑身一阵战栗,仔细打量眼前的僧人:五短身材,浓眉大眼,嘴唇左下角有一颗黑痣。不错,正是师兄弘忍!

李良猛地扑过去,叫了一声:"师兄!"便紧紧地抱住弘忍,眼泪刷刷地流了下来。自从离开龙兴寺,已经整整十五年了!十五年来,自己虽然身在尘世,内心深处,却无时无刻不挂念着师父,还有众多的师兄弟。

弘忍毕竟是出家之人,这么多年来参悟修行,早就将生离死别看得淡了,轻轻推开李良:"师弟,可还记得师父的话吗?"

李良一怔:"师兄,师父他老人家可好?"

弘忍双手合十:"阿弥陀佛,师父他老人家已于今年正月初一圆寂了。"

李良一听,犹如五雷轰顶。自从八岁那年,被广济大师救上山去,领进寺里,教他习字练武,将他培养成人,那真是师恩如海啊!可当年自己心浮气躁,执意随赵匡胤下山,离开了他老人家,未能尽半点孝心,如今连见他一面的机会都没有了!

李良用手捶着自己的脑袋,趴在桌子上号啕大哭。

弘忍在一边静静地看着他哭,双手合十,嘴里默念着,直到李良哭得差不多了,才走上前去说:"师弟,无须太过悲伤。生亦何欢,死亦何苦!况且师父乃无疾坐化,已然修成正果,成佛去了西方净土。像师父这般得道高僧,岂是生死所能拘限的呢?"

见李良稍微平静,弘忍又说:"师弟,当年你下山时,师父曾嘱咐,天下大定之日,即刻回山。如今大宋建国,天下已然大定,师弟为何迟迟不肯归山,莫非贪恋这世俗的繁华不成?这是师父圆寂之时留给你的信,你好好看看吧!"

李良接过信来,打开一看,果然是广济大师的手迹:

觉慧吾徒:

  十五年前为师送汝下山,曾有天下大定之日,即归本寺之约。吾观天象,推测此期不远矣。汝两度捐金,赞助功德,足见礼佛之心未曾衰减,诚为幸事。为师尘缘已尽,即将归西,望你速返岘山,继任住持,弘我佛法,普度众生。为师预测数年后,禅林将蒙劫难,唯汝或可解也。勉之,勉之!来时空索索,去也赤条条。更要问端的,天台有石桥。

广济手书

读完信,他好久没有说话,不明白师父信中所说的"禅林劫难",到底是什么意思;而且自己资质低下,如何能当住持重任?他抬头对弘忍说:"师兄,自从下山以来,我所受的苦难折磨,远远超过了所谓的荣华富贵,对于俗世,我早无依恋。只是这十五年来,我饮酒食荤,杀人无数,触犯戒律之处太多,如何能胜任这住持之职?"

"师弟无须自责。当年师父让你下山,自有他的道理。若你能解得佛门劫难,便是无限功德,又何必计较那区区小过?师弟,既然你对世俗已无眷恋,我们明日便启程回寺,你看如何?寺中数百僧众,都等着你回去主持寺中事务呢!"

李良双眉紧锁,在大厅中来来回回走了很久,仍然没有开口。弘忍说:"师弟,你还有什么不能割舍?莫非你定要抛弃那佛门净土,在这鬼窟里讨活计吗？

李良未理睬他，沉思了一会儿，坚定地道："师兄，我尚有一事未了。明日你先回寺，等我办完事，立刻赶回岘山。决不食言！"弘忍心知无法改变他的决定，只好依从。

早朝之后，赵匡胤慢慢向书房走去。几乎每隔一天，他都要去那里读读书，有时也会处理一些政务。在赵光义、赵普等人的影响下，他越来越喜欢读书，大凡历代史书、诸子、方志，甚至以前他斥为浮华之辞的儒家经典和文人集子，也常常看得津津有味。

这几天一直未看到李良，他心里总觉不安，但李良并无明确的职责，数日不来宫中乃常有的事，也就不再多想。

赵匡胤进了书房，在一张巨大的檀木书桌前坐下，伸手取了那本尚未读完的《史记》，猛然看到书的旁边摆着一块红色丝绳系着的绿色玉佩。他心中一惊，拿过来仔细端详。这块玉佩是赵家祖传之物，昔日随周世宗讨伐淮南前夕，他亲手挂在李良颈上。李良为何要退还给我，难道……

赵匡胤不禁紧张起来，宽阔的额头上沁出细细的汗珠。他再向书桌上搜寻，发现一张白纸，打开一看，上面写着二十四个大字：

　　俗名李良，实乃觉慧。天下大定，师命难违。物归原主，君其善为。

赵匡胤忆起当年广济大师叮嘱李良的话，不禁喟然长叹。他知道李良这一去，恐怕是再也不会回来了，于是对着那张纸，发了一阵呆，心乱如麻，与李良相处的日子，在脑海中一一浮现。他再也无心看书，起身朝书房外走去。

刚走出书房，迎面碰到一个小太监，说驸马高怀德求见。赵匡胤心情正烦，随口问道："他有何事？"

"回禀陛下，高怀德打算带着燕国公主，回真定老家，拜祭亡父高行周，请陛下恩准。"

"朕心情不好,不愿见任何人!你告诉他,想去便去,关朕何事?"赵匡胤黑着脸,冷冷答道。说完,转身又进了书房。

时近清明,天气晴朗,碧空如洗,微风拂面。高怀德骑着一匹雪白的骏马,身后是一辆六匹马拉的车子,再后面是一大帮护卫。米黄色的车盖,红绒的车幔,显得气派非凡。

高怀德这次以驸马都尉的身份,携着当今皇妹回乡扫墓,自然倍感风光。只是昨日进宫,皇上未予接见,不知是何原因,未免使人忐忑不安。他正在胡思乱想,忽见一匹黑马从岗上疾冲下来,转眼到了车前。马上的蒙面人一身劲装,手持利剑,动作奇快,只见他忽左忽右,剑光起处,卫士倒下一片,或伤胳膊或伤腿,一个个疼得直打滚。

高怀德正在暗自惊讶,那蒙面人马头一带,挥剑朝他直冲过来。高怀德虽然身高力大,久经沙场,在对方轻灵狠辣的剑法面前,也不由得手忙脚乱,心惊胆战。勉强支撑片刻,手中的腰刀,被蒙面人挑落在地,那锋利的剑尖带着一股寒气,紧紧地抵在他的脖子上。

高怀德心里叹道:"此番休矣!"脸上却显得十分镇定,双目直视那蒙面人道:"在下驸马都尉高怀德,车中乃是当朝天子的妹妹燕国长公主。你若杀了在下,便是诛灭三族的大罪,还请壮士三思!"

"少废话,杀的就是你高怀德!"蒙面人恨恨地说,手中的利剑顺势往前一送,高怀德感到脖子上一阵剧痛,鲜血汩汩流出。

他强忍着疼痛,问道:"壮士究竟和我有何深仇大恨,为何一定要置高某于死地?"

蒙面人眼中射出一股令人不寒而栗的光芒,牙齿咬得格格直响:"好,今天我让你死个明白!"一把扯掉面罩,喝道,"睁大你的狗眼,看看我是谁!"

高怀德见是李良,知道难逃一死,把头一偏:"要杀便杀,高某无话可说了!"

正在这时,燕国长公主已从车上下来,也顾不得盛装丽服和皇妹的身份,一头跪在地上:"李兄弟,看在小妹的分上,请饶他一命吧!"

燕国长公主未出嫁以前,在开封府的旧宅里常见到李良,一直称呼他为"李兄弟",她嫁给前夫米德福时,李良还去喝过喜酒。

李良见长公主一副悲痛欲绝的样子,心中也觉不忍,犹豫了一会儿,指着高怀德道:"你给我听着,今天看在长公主的面上,姑且饶你一命。我只在你脸上划一剑,以消我心头之恨!"举起那柄削铁如泥的利剑,就要向高怀德脸上划去。

这时,他的耳边忽然响起弘忍那略带沙哑、却颇具穿透力的声音:"满口牙是骨,耳朵两片皮。冤仇本非仇,皆因念心起。阿弥陀佛!"

李良听此偈语,顿觉浑身颤抖,双目呆滞。恍惚中似见师父驾着祥云,端坐莲花,在云端对自己微笑。随即又如春风拂过心田,四肢无不舒坦;又似乎身处琉璃宝月之间,神清气爽,如同一尘不染的明镜。霎时间,李良感觉自己身心脱空,尘渣顿失,那俗世的恩怨,顷刻间归于无形,满含仇恨的目光,也变得柔和起来。

李良本来就心存慧根,只因入世太深,被世俗的欲念迷住了本性,如今由弘忍的偈语激发,瞬间顿悟,障翳全消,恢复了固有的灵性,重皈佛门,终于在后来成为名震天下的一代高僧。

李良将宝剑入鞘,跳下马,走到弘忍面前,双手合十,道:"师兄,浮云蔽日,清月满天。阿弥陀佛,善哉善哉!"两人同时爆发出一阵爽朗的大笑,然后并肩离去。

数日之后,在京城去襄阳的路上,人们看到两位僧人策马向南飞驰。其中那位脸颊上有一道伤疤的僧人,还带着一个五岁左右的小男孩。那男孩隆鼻虎目,见识广的人都说像极了周世宗柴荣。

第十九章

宋主大屠泽州城　猛将速克扬州府

太后见赵匡胤真心认错,神色稍稍缓解:"皇天无私,唯佑有德之君。周失天下,乃屠戮开封的报应。故为娘在你登位伊始,即告诫你要持国以道,否则欲为一匹夫而不可得也。唉,为臣易,为君难,为君之母亦难哪!"

建隆元年(960)五月的一天,文武百官前来上朝,赵匡胤高踞广政殿,微笑着接受群臣的朝拜。叩拜完毕,大臣们像往常一样,刚要按班列品级,去寻找各自的座位,却发现那些精美鼓状座凳已消失得无影无踪,不觉暗自纳闷。

原来,晚唐五代,百官上朝都备有座凳,君臣皆坐而议事,此后形成定制。赵匡胤登上皇位之后,觉得如此制度乱了尊卑,有失君主的威严,心里极为不满,但又不知如何改变,而又不招群臣非议。

一次无意中跟王皇后说起此事,王皇后随口道:"将殿中的座凳撤掉,他们又坐往何处?"赵匡胤一想,果然是个好法子,于是依此而行。

赵匡胤见大臣们在殿中面面相觑,笑道:"诸位爱卿不必奇怪,座凳乃朕下令撤去。百官上朝,坐而议事,有违礼制,且无形中拖延了议事时间,影响效率,实乃旧弊,应当革除。诸位爱卿以为如何?"说着特意瞄了赵普、陶谷一眼,顿了顿,又接着说道,"今后上朝,诸臣一律站立,有事上奏,无事退朝,不得拖沓敷衍,徒耗时间!"

群臣听了,无人敢有异议,纷纷称其英明。正在赵匡胤暗自陶醉的时候,宰相范质出班奏道:"陛下,近日闻报,潞州节度使李筠,与北汉来往频繁,异心渐显,不可不防也。"

石守信接着说:"宰相所言不错。李筠乃周室重臣,为人执拗,又据有潞州,兵强马壮,一旦作乱,局面难以收拾。陛下,臣以为不如趁其羽翼未丰,兴兵伐之!"

赵匡胤连连挥手道:"不可!李筠目前并未公开反叛,岂能轻率出兵而令将领寒心?为君者当以诚心待人,不得妄用武力,否则何以服天下人?"又扭头对范质说,"范爱卿,明日你启程前往潞州,代朕慰问李筠,并加封他为中书令。希望他能明白朕的苦心。"

范质领命,带着宋主赵匡胤的亲笔诏册、大批御赐的物品,浩浩荡荡来到滁州。李筠明白范质前来的用意,对儿子李守节说:"赵匡胤想笼络人心,我偏不接受他的诏册,看他能奈我何?"

李守节一听,跪倒在地,劝道:"父亲向来对周主忠心耿耿,天人可表。孩儿只是担心,如果父亲执意不肯接受朝廷的诏册,就是公然和朝廷相抗!如此一来,宋主必定兴师来伐,导致祸患。孩儿以为,父亲还是暂且忍耐,积蓄力量,以图大事。请父亲三思!"

李筠一想,儿子的话确实有理,也就暂时改变了主意。

李筠在府中设宴招待范质。酒过数巡,李筠乘着酒兴,语带嘲讽地对范质道:"范大人昔日为相于周室,而今又为相于新朝,真可谓官运亨通啊!来,我敬范大人一杯。不知范大人是否还记得周太祖和世宗的恩宠呢?"

范质既羞且骇,满脸通红地说:"李兄……切莫妄言。当今皇上神武盖世,德泽广大,受禅而得天下,乃顺天应人也。君子见机而行,李兄万勿拘泥固执!"

李筠哈哈一笑,将杯中酒一饮而尽:"《诗》曰:'尸鸠在桑,其子七兮。淑人君子,其仪一兮。'君子当专一诚信,岂可朝秦暮楚,自毁德行?李某虽一介莽夫,却也不敢忘故主之恩——来人哪,给我悬挂太祖画像!"

亲兵听命,将周太祖郭威的画像悬挂在大厅正中的墙上。望着方脸大耳、威风凛凛的周太祖,忆及当年两人并肩作战、情同父子的往事,李筠不禁悲从中来,脚步踉跄地走到画像前,跪在地上,泣不成声。在场的将士见了,也无不黯然神伤。

范质见此情景,既不好阻止,又不便退席,正自左右为难,李筠双眼红肿,朝自己走了过来,不由分说,拉住他的手往画像前推,嘴里直说:"范大人,见了故主,焉得不拜?"

范质惶恐不已,欲加拒绝,又撑不住李筠的强力,只好敷衍行了个礼。谁知那李筠唬着个脸,非要他磕头不可,幸亏旁边的李守节出面调解,劝住李筠,这才把尴尬万分的范质解救出来。

范质害怕再次受辱,罢席之后,便动身返京。李守节亲自送他出了潞州城,拜伏于地说:"范大人,家父性情粗犷,饮酒过量,致失常度。今日之事,请范大人不要记在心上,万望不要禀告皇上。我李氏一门,全靠范大人垂怜!"言至动情之处,忍不住呜咽失声。

范质回到京城,唯恐祸及己身,哪里还顾得上李守节的求情?只管把李筠的言行一一告知赵匡胤。

赵匡胤听了,双眉微蹙,半晌无语,缓缓道:"李筠不忘故主,乃是人之常情。朕与他共事多年,知他性情,不必计较。"

却说李筠乘着酒兴,哭周祖,戏范质,尔后又开怀畅饮,醉成一摊烂泥,至于宴会何时散,范质何时离开,他一概不知。直到第二天中午,他才醒来,喝了一杯浓茶,胡乱吃过早点,来到议事厅。

刚刚坐下,就见亲兵领进来一个陌生人。这人就是北汉主刘钧派来的特使王延嗣。李筠见来使修眉朗目,气度儒雅,不由生出几分敬意,连忙让座,并询问他来此何事。

王延嗣从贴身的口袋里取出一枚蜡丸,递给李筠:"此乃吾主的亲笔信,请将军过目。"李筠击破蜡丸,展开密信,仔细读了一遍,对王延嗣道:"汉主约我起兵抗宋。此事关乎我李氏之生死存亡,还须从长计议。"

王延嗣来潞州之前,已将李筠的为人、想法摸了个清清楚楚,见李筠故作含糊,不慌不忙地说:"李将军乃周室宿将,与赵匡胤一贯不和,而又手握重兵,屯驻北境。以赵匡胤这等精明强悍之君,焉能容你?况且李将军乃大忠大义的英雄,声名传遍四海,想必不会让赵匡胤轻取周鼎,安稳地享有天下!"

李筠本性刚烈,听得此言,抗宋之心又坚定了几分。然而此事毕竟不同寻常,不可轻易允诺,于是强压住愤激之情说:"王先生所言甚是,然宋室甫立,无暇北顾,短期内尚不至于兵戈相加。"

王延嗣笑道:"听说李将军昨日悬挂周祖遗像,戏辱范质,豪气干云,颇令在下钦佩。只怕赵匡胤一旦得知,猜疑之心必定更甚。李将军不可不防啊!"

李筠心中一怔,也觉得昨日之举太过分,沉吟良久,试探着说:"赵匡胤兵多将广,更兼习阵善战,堪称劲敌;我若起兵,恐难与之相抗。不知汉主能以多少兵力助我?"

王延嗣毫不犹豫地回答:"只要李将军竖起义旗,我大汉一定倾全力支援,绝不少于精兵五万。将军大可放心!"

李筠心想,若得北汉增援,形势将大为改观;且自己与宋室已势同水火,与其束手待毙,不如铤而走险,或许还有一线生机;即使兵败身亡,也算是尽了周臣的本分,不至于在黄泉下愧对周太祖和世宗。于是,他答应联合起兵抗宋,并嘱咐王延嗣回去禀告汉主刘钧,务必及时派来援兵,以便同心协力,攻打开封。王延嗣满口应承。

王延嗣走后,李筠将此事告知儿子李守节。李守节责怪父亲不该轻率联合北汉,说:"潞州一隅,不足以抗宋;而北汉援兵,亦不过是画上之饼,难以充饥。还望父亲慎重,万勿轻发!"

李筠拍着桌子,恼怒地吼道:"孺子何知!那赵匡胤勾结韩令坤,诈称北敌犯境。率军出京后,又与慕容延钊、石守信等人串通一气,发动兵变,欺骗幼寡,篡夺周室天下。如此大逆不道之人,人人得而诛之,何况我蒙周室厚恩,应当伸张正义,为周室讨个公道。万一天不助我,大事不成,留得千古美名,我死亦足矣!"

李守节知父亲心意已决,再劝无益,建议道:"即令起兵,亦应计划周全。以儿愚见,不如将北汉主书信送往京城,剖明心迹。宋主见我忠心,消了疑忌,我则可赢得时间做准备。不知父亲以为如何?"

李筠说:"此计甚好。你明日赴京,除呈送书信外,另有两件重要事情须留意:一则打探宋廷动静,及时通报;二则联络故旧将领,以为内应。此去责任重大,风险重重,千万要小心谨慎!"

第二天,李守节告别父亲,带领十余名随从,前往京城。李筠只有这么一个独子,若非不得已,决不会让他去冒险,因而亲自送至郊野,千叮咛,万嘱咐,直到爱子的身影完全从视野中消失,才怅怅回去。

李守节抵达京城,将北汉主的密信亲手面呈赵匡胤,并说明父亲拒绝北汉、忠于朝廷的立场。赵匡胤阅信后大加褒奖:"你们父子忠心耿耿,朕深感欣慰。朕封你为皇城使,在京中任职。你看如何?"李守节无法拒绝,只好俯伏谢恩。赵匡胤又遣使去潞州,对李筠表示赞赏和慰问。

李守节刚退出,赵普说:"陛下,莫非你真相信李筠吗?"

赵匡胤笑道:"你也未免太小看朕了。朕将李守节留在京师,就是要李筠有所顾忌,希望他悬崖勒马。"

李守节留居京城,见赵匡胤颇能服众,外镇将领奉表归诚,并无异志;再看朝廷禁军,操练巡逻,纪律严明,尤其是殿前诸班,皆为忠勇强健的虎贲之士,令人望而生畏。他深知与朝廷相抗,毫无胜算,赶紧写了一封言辞恳切的信函,力劝父亲放弃抗宋之心,派人火速送回潞州。

谁知李筠接到信函,不仅不为所动,反而以宋主羁留儿子为由,将朝廷派去的使者强行扣押起来,声称李守节不归,决不释放使者。赵匡胤闻知此情,招来李守节道:"你父亲受人挑拨,扣留使者,与朝廷为敌,本当拘你在京抵罪,现放你回去,以示朕的一片诚心。望你转告李将军,谨守臣子之节,万勿听信谗言,自食恶果!"李守节见赵匡胤语虽诚恳,却暗含杀机,与前番口气大不相同,不由得心头凛然。

回到潞州,李守节将赵匡胤所言详细转告父亲,说:"当今圣上乃一代英主,心胸阔大,不计前嫌,愚儿故能平安归来。父亲唯有释放朝廷使者,并向圣上谢罪,或可免除灭门之祸也!"

李筠不听,更把儿子的归来看成是朝廷软弱的表现,于是命令幕府草定檄文,历数赵匡胤不忠不义的罪状,布告天下,又把宋主任命的监军周光逊抓起来,连同使者一起,押送北汉,以乞援师。

有一位名叫丘仲卿的隐士,满腹经纶,听说李筠起兵,前来献策道:"公兴义师,扬公道,固豪杰之士也。然以孤军举事,其势甚危,虽倚北汉之援,亦恐不得其力。宋室甲兵精锐,难与争锋,不如西下太行,直抵怀、孟,塞虎牢,据洛邑,东向而争天下,计之上也。"

李筠颇不以为然,自负地说:"我乃宿将,与世宗义同兄弟,禁卫皆旧人,闻吾之来,必倒戈归我;北汉与我有约,若得精兵五万为援,则军力大增;何况我还有儋圭枪、拨汗马。天下岂足忧哉!"

那儋圭是李筠的爱将,擅长枪法,有万夫不当之勇;拨汗马,指的是李筠的骏马,得自西域,日行八百里。丘仲卿见李筠固执难劝,出得门来,喟然叹道:"嗟乎,竖子不足与谋!不用心智,徒凭血气,焉得不败哉!"

李筠一旦公开与朝廷决裂,立刻遣儋圭率兵往取泽州。此时泽州刺史张福,尚不知潞州已叛,见儋圭到来,亲自迎接,未及开口,被儋圭一枪刺个透心凉,糊里糊涂丢了性命。儋圭麾兵入城,占据泽州,将城中五千余士兵收编帐下。李筠得到捷报,心中大喜。

次日,北汉援兵抵达潞州城下,李筠率兵去郊外迎接,见来兵不过五千余众,大失所望,愤然对领军的宣徽使卢赞说:"汉主和王延嗣,皆许诺以五万精兵为援,何以来者仅十分之一?难道汉主自食其言不成!"

"将军或许听错了。我主所言实为五千也!"卢赞回答。

李筠悲愤至极,仰天呼道:"汉主欺我,汉主欺我!"顿觉气血翻涌,眼冒金花,连咳几声,张嘴喷出一口浓血。左右亲兵大惊失色,连忙将他搀扶上车,回到府中。

赵匡胤闻报,勃然大怒道:"朕给李筠数次机会,他却如此执迷不悟,真是自寻死路!"诏令石守信为统帅、高怀德为副,率领禁军五万精锐之师,即日北征;又令慕容延钊与王审琦,领兵三万出东道宋军分两路讨伐李筠。

宋军与叛军相遇于长平。两军对阵,李筠全副披挂,手执狼牙棒,胯下拨汗马,高声喊道:"高将军,世宗对你不薄,你为何甘心附逆?不如与我联手,杀进开封,诛除赵贼,犹可保你忠义之节也!"

高怀德听他独点自己之名,担心引起宋主猜忌,怒喝道:"叛贼一派胡言,看我取你狗命!"抡起双刀杀了过去。李筠也不示弱,催马上前,用狼牙棒接住对方兵器。两人战了多时,不分胜负。石守信求胜心切,拍马便去助阵,李筠手下骁将儋圭见了,大吼一声,挺枪直奔石守信。

四人分成两对厮杀,双方阵中金鼓齐鸣,声震原野。李筠与高怀德旗鼓相当,互相占不了什么便宜,可那儋圭豹身猿臂,枪法炉火纯青,石守信奋力抵挡,渐渐处于下风。儋圭见石守信刀法已乱,奋起神威,倏起一枪刺去,正扎在石守信的大腿上。石守信一阵剧痛,调转马头往回跑。儋圭右手一招,麾兵直扑宋军。

宋军眼看就要落败。正在这危急关头,叛军的左侧爆发出惊天动地的喊杀声,一位须髯飘飘的将军,骑着白马,手舞红缨枪,率领数万铁骑杀进敌阵。原来是慕容延钊的东路军赶到了。只见他一马当先,左边是王审琦,右边是王全斌,催马冲杀,如入无人之境。敌方阵势大乱,已经出击的前军,也不得退回。

儋圭见功亏一篑,恼羞成怒,圆瞪双眼,挥枪冲向慕容延钊。试想,慕容延钊以一杆红缨枪,纵横天下数十年,战无不胜,那儋圭臂力再强,枪法再精,又如何是他的对手?战了不到十个回合,手忙脚乱,破绽百出,一个不留神,手中的铁枪被慕容延钊挑至半空,呼啸着倒插而下,入地七寸,砰然有声。

儋圭心知遇上了克星,不敢恋战,回马便朝泽州逃跑。李筠见大事不妙,也随之而去。宋军将士乘胜追杀,一直追到泽州城外,方才收军扎营。

长平一役,宋军大获全胜,斩首万余级,俘虏敌军近两万,缴获各种辎重不计其数。可以说,李筠的主力受到重创,失败已成定局。

慕容延钊、石守信两军会合,他们指挥将士立起木栅,把泽州城包围起来,同时派使者迅速回京告捷。赵匡胤得知此消息,不禁豪情顿起,也顾不上赵普的反复劝阻,下诏亲征,带领殿前诸班虎贲之师,浩浩荡荡奔往泽州前线。

宋主亲临军中,三军将士情绪亢奋,而泽州守将闻之,莫不胆寒,暗思退路。当天晚上,李筠的部将范守图、王全德、王廷鲁三人夜縋出城,向宋军投降。城中越发惶恐不安。

李筠的爱妾刘氏,年方二十,蕙质兰心,玉貌绛唇,跟随他同来泽州,见城破就在旦夕之间,问道:"将军,城中健马还有多少?"

李筠答道:"不下千匹。夫人安得问此?"

刘氏说:"孤城危蹙,破在俄顷,将军若得健马数百,与心腹将校突围,守住潞州,再向北汉、南唐求援,犹有一线生机。"说罢怃然。

儋圭也劝说道:"将军,城中精卒尚有万余,夫人所言有理。末将愿舍却性命,保护将军突出重围!"

李筠双眼血红，两颊消瘦，嘴唇颤抖着说："我起兵数日，即遭败亡，此乃天数，非人力所能改变也。即使退保潞州，亦无补于事，徒使潞州父老蒙受荼毒，其心何忍哉！儋将军武艺绝伦，倘能偕夫人突出城去，则李某感激不尽矣！"言毕双膝跪下，涕泪长流。

儋圭心头一震，也跪在李筠面前，哽咽着说："将军于末将有再造之恩，既然将军心意已决，末将愿追随将军左右，生死与共！"两人相拥而泣。刘氏见此，也不由得珠泪纵横。

过了几天，赵匡胤诏令发起总攻。宋军八万余名将士争先恐后，奋勇登上城墙。守城部将马全义见大势已去，打开城门投降。宋军如滚滚洪流，涌进泽州城，呐喊声响成一片。

李筠满脸悲愤，站在早已准备好的柴堆前，耳闻那如震如怒的呐喊声，心知大限临近，令亲兵点燃干柴。火苗腾起，转瞬间融成一片炽红。

刘氏哭喊着扑过来，抱住李筠："相公，你执意一死，贱妾何以偷生？要死我们一起死！"

李筠用手抚摸着她姣好的脸颊，流泪道："夫人，万万不可！你已有身孕，那是我的骨血啊！若上苍垂怜，生得男儿，将来或可报此血海深仇也。你快逃命去吧！"刘氏回顾再三，号泣而去。

李筠整衣敛容，仰望苍穹，凝神片刻，纵身跳进熊熊大火，霎时化为灰烬。烈焰腾上半空，青烟纠结不散，仿佛是悲怨凝就的幽魂。

儋圭目睹李筠赴火而死，也不再作苟活之计，率领余下的数百亲兵，迎着宋军冲杀过去。先行入城的宋军猛然遭到这支哀兵的攻击，一时之间竟也抵挡不住，被冲得七零八落。儋圭怀着必死之心，舞动长枪左挑右搠，转眼便有数十名宋兵死在他枪下。他全身是血，依然龇牙咧嘴地厮杀，哪里人多他就杀向哪里。

这时，慕容延钊、石守信护卫着赵匡胤赶了过来。见此情景，赵匡胤眉头一皱，喝令王仁，带领金枪班士兵猛扑过去，一阵砍杀之后，那数百亲兵全被杀死，残缺不全的尸首堆满了街头。儋圭也终因精疲力竭，被王仁等人生擒。

儋圭五花大绑，被带到赵匡胤跟前。赵匡胤见他浑身是伤，几乎成了一个血人,却仍然高昂头颅,横眉怒目,一副宁死不屈的样子,不由得起了惜才之心,说:"儋将军乃英雄豪杰,若能弃暗投明,归顺大宋,朕不仅饶你不死,而且加你官爵,保你终身富贵!"

儋圭愤然答道:"你敢负周,吾不背主。要杀便杀,无须多言!死不负主,得其所哉!"

赵匡胤气得浑身发抖。王仁举起铁锤,对着儋圭的头一阵猛击。儋圭倒地而亡,脑袋被打成一团血浆,惨不忍睹。

赵匡胤余怒未消,咬牙切齿下令道:"传令三军,凡城中李筠余部,一概格杀勿论!"

宋军得此圣旨,涌入大街小巷,开始了血腥的洗劫。可怜泽州近万名剩余的将士已失去抵抗能力,几乎无一幸免;更有那些杀红了眼的宋兵,连无辜的百姓也不放过,因而有数万平民也成了乱兵的刀下之鬼。街巷中到处是狼藉不堪的尸首,护城河的水染成了红色。

这场惨绝人寰的大屠杀持续了整整两天,那种可怕的情景在泽州百姓的心中留下了极为深刻的印象,以至几十年后提起,仍然心有余悸。

第二天,赵匡胤率领大军进逼潞州。李守节面对气势汹汹的宋军,心知无法抵御,只好出城迎降,匍匐乞死。赵匡胤极恨李筠,本来想杀了李守节,屠戮潞州城,以泄心头之恨,但见李守节主动投降,加上慕容延钊的规劝,这才赦免其死罪,授予团练副使之职。李守节千恩万谢,将府库金银全部献给赵匡胤,唯恐不能得其欢心。

赵匡胤在潞州大宴诸将,留高怀德镇守潞州,启驾回京。待宋军主力离开之后,李守节才有暇为父亲罹难而悲伤。他又派人四处查访刘氏的下落,终于在泽州城外的一座破庙中找到。后来刘氏果然生了一个男儿,因李守节终身无子,刘氏所生之子,乃李筠唯一血脉传人。民间纷纷传说,是李筠的一片孤忠,感动了上苍,昊天有意垂顾,方使李筠保此传嗣,不致绝后。

赵匡胤回到京城的次日,太后派人传他火速前往慈宁宫。赵匡胤虽是一国之君,但他生性纯孝,对母亲极为敬畏,听说母亲唤他,急忙问是何事。那前来传唤的宫女亦不知情,只说太后似乎不太高兴。赵匡胤心中一沉,忐忑不安地来到慈宁宫。

杜太后端坐殿中,表情严肃,银白的头发梳得整整齐齐,一丝不乱,脖子上挂着一串精美的佛珠。赵匡胤望着母亲严峻的面容,越发惶恐,连忙跪下说:"母亲唤儿前来,不知有何吩咐?"

太后手捻佛珠,轻声说:"起来吧!"见赵匡胤满脸疑惧地坐在旁边,缓缓问道:"胤儿,你知道夏桀、商纣亡国丧家的原因吗?"

赵匡胤觉得有些唐突,但还是很认真地回答:"回母后的话,乃因其暴虐无道也。"

太后脸色一变,厉声喝道:"既然明白,那你在泽州为何滥杀无辜?"

赵匡胤眉头一跳,张口结舌,说不出话来,心想一定是赵普饶舌,这么快就告诉了太后。他深知辩解无益,那只会让母亲更加生气,便站了起来,低首敛容道:"母后,为儿确实不该如此。"

"岂止不该,简直是罪过!"太后的语气愈加愤激,"数万生灵,惨遭涂炭,岂是仁君所为?若如此残暴,天下寒心,大宋江山能坐几天?"因为过于激动,她的脸色变得苍白,泪水也不知不觉流了下来。

赵匡胤急了,跪在她面前:"母后息怒,为儿罪该万死!"

太后见赵匡胤真心认错,神色稍稍缓解:"皇天无私,唯佑有德之君。周失天下,乃屠戮开封的报应。故为娘在你登位伊始,即告诫你要持国以道,否则欲为一匹夫而不可得也。唉,为臣易,为君难,为君之母亦难呐!"

赵匡胤连连磕头:"谨记母后教训。为儿不孝,让母后担忧,还望母后原宥。"

太后叹了一口气,让赵匡胤起来,说:"胤儿,为了大宋江山、赵氏安危,你须依娘两件事:一则在开宝寺做一场七七四十九天的大法事,以超度泽州死难者的亡灵;二则你当着娘的面发誓,从今往后,再不滥杀无辜,或诛戮已降之人!"

赵匡胤唯唯受教,一一凛遵,立过誓后,才离开慈宁宫。

出了慈宁宫,赵匡胤立即召赵普于简贤殿见驾。赵普不知何事,匆匆赶来。赵匡胤一看到他,怒气冲冲地说道:"好你个赵则平,竟敢在母后面前告朕的御状。你居心何在？"

赵普一愣，随即平静地说："原来如此，我以为是何紧急军情呢！"

赵匡胤大声说："果然是你！你就不怕朕将你革职、流放，甚至下狱处死吗？"

赵普并不惊慌："君要臣死，臣不得不死，陛下自然有生杀予夺之权。然臣本一介草民，渔樵江渚之上，因感陛下知遇之恩、宣祖与太后亲善之意，故不揣鄙陋，重蹈尘世，为陛下效犬马之劳，早已将生死置之度外。今陛下逞一时之愤，诛戮泽州数万生灵，天下震怒，人怀疑惧之心。长此以往，国家危矣。臣焉能坐视不理？陛下若以臣有罪，从而治之，则臣虽九死亦无憾也！"

赵匡胤双眼圆睁，走到赵普面前，指着他说："你……你……你为何不直接与我说，却要告知母后，既惹她生气，又令朕受斥？"赵普的话无法反驳，赵匡胤内心受到很大震动，外表虽凶，语气却平缓下来。

"陛下平心而论，倘微臣面谏，陛下能接受吗？"赵普意味深长地反问。

赵匡胤略一思忖，顾左右而言他："曹孟德挟天子以令诸侯，你这是挟太后以令天子。赵爱卿，你可比曹孟德更胜一筹啊！"

赵普见赵匡胤神色趋于平和，不失时机劝道："当今天下，陛下唯听命于太后。太后安康永寿，固社稷之福也；若太后千秋万岁之后，陛下一意孤行，诸臣无人敢谏，后果不堪设想啊！"

赵匡胤沉思了一会儿，说道："赵爱卿不要旁敲侧击，朕亦不是那等专横之君。今后大臣进谏，朕定会认真听取，择善而从之。至于滥杀之事，断然不会再次发生！"

赵普大喜道："陛下知错能改，圣明仁慈，实乃群臣之幸、万民之福也！"

赵匡胤望着赵普鬓边的白发，忆起他为创立大宋所付出的大量心血，心中一热，动情地说："则平兄，朕有你这等忠直之臣，甚感欣慰。若不是当年在清流山逼你出来，岂不让朕遗恨终生！"

赵普听他称自己为"则平兄"，慌忙跪下道："礼者，国之纲纪也。君臣有别,陛下万万不可如此称呼!"

"现在只有你我二人,兄弟相称有何不可!你们读书人就是迂腐拘谨。快快起来!"

赵普站起来,仍然固执道:"虽无外人,亦不可欺心。陛下与慕容延钊、韩令坤曾义结金兰,私下以兄弟称之,乃陛下不忘本,义之所出也。至如他人,则于礼有违。"

赵匡胤见他那一本正经的样子,心里暗自好笑,索性由他去。

自平李筠三个月以来,内外无事。赵匡胤见群臣悦服,政局稳定,北方又有韩令坤率重兵把守,边境安宁,正想乘此机会,进一步整顿加强禁军,石守信却呈上了李重进欲与南唐勾结、兴兵反宋的密信。

原来,李重进以淮南节度使身份镇守扬州,一直与宋朝保持距离,李筠兵败赴火而死,他心中亦不自安。八月中旬,赵匡胤诏封他为中书令,但同时调任他为平卢节度使。李重进思前想后,觉得自己是周室至亲,从前与赵匡胤关系恶劣,赵匡胤决不会轻易放过他,一旦离开扬州,失掉兵权,唯有死路一条,于是决定拼死相抗。

李重进一方面抓紧修缮城池,招募乡勇流亡,积聚粮草,一方面派人持密信,前往南唐求救,希望双方联手,共取开封,并许诺事成后,将江北十六州故地全部归还南唐。南唐主李璟知当今宋朝实力强于后周,以江南如此弱势,攻打开封,无异于以卵击石,倒不如偏守一隅,尚可求得苟安。为了取悦宋室,李璟不仅断然拒绝出兵,而且将密信连同扬州来使,一并送往开封。

赵匡胤阅过密信,拍案而起:"李重进匹夫,朕不计前嫌,容你领兵镇守一方,你不知感恩,反而欲行叛乱,真是岂有此理!朕要亲自讨伐这狼子野心的家伙!"

赵普劝阻道:"扬州兵弱,实力远逊李筠,且南唐附我,愿以兵相助。区区李重进,遣一大将讨之即可,不劳陛下亲征也。"赵匡胤思之有理,便令王审琦为主将,率禁军五万南征李重进,并在临行前特意告诫他,不可伤及无辜。

李重进预计自己以江北土地为饵,南唐定会答应出兵,谁料事与愿违,援兵未得到,抗宋之心却暴露无遗,极感沮丧。然而箭在弦上,不得不发,当得知朝廷已派兵南讨时,也只好硬着头皮,加紧部署,以做困兽之斗。他令侄儿李云领兵一万,驻守扬州城北三十里的枫坪寨,扼住宋军南进的必经之道,自己亲自督将士死守扬州城。

　　王审琦初任三军主帅,格外卖力,率军一路急进,很快来到了枫坪寨,指挥部队猛攻。那李云年纪尚轻,何曾见过这等场面?拼死守了三天,山寨失守,士卒一半死伤,一半投降,只有数十人侥幸逃回扬州城,李云本人也被活捉。

　　李重进得知兵败的消息,脸色陡变。他匆匆登上城墙,举目望去,只见宋军逶迤而来,旌旗林立,鼓角震天,不但人马甚众,而且气势颇盛,心里暗暗叫苦。他把牙齿咬得格格响,心一横,命令将士把早已准备好的檑木、石块搬进墙头,防备宋军攻城。

　　依五代惯例,攻城多以高垒包围、断其外援为主要方法,因而攻克一座城池,往往需要耗费相当久的时间,甚至长达数年。但一来事出仓促,李重进尚未加固城墙,扬州的城防并不十分完备;二来王审琦立功心切,不愿打旷日持久的包围战。因此,王审琦既不建垒,也不立栅,一到城下,便令将士造云梯,于三日后,会同前来增援的南唐军队,开始攻城。

　　由于李重进已无路可退,拼命督战,攻城的宋军遭到了顽强的抵抗。无数的檑木、石块呼啸而下,砸得宋军血肉横飞;箭矢犹如飞蝗密雨,令宋兵防不胜防。战斗十分惨烈,宋军十余次进攻均被击退,城墙下尸体堆积如山。

　　王审琦冒着矢石,在城下指挥,左肩被飞石削去了一大片肉,鲜血染红了半边身子,仍然挥舞铁锏,声嘶力竭地督促将士攻城。

　　到了黄昏时候,城内的箭矢、檑木、石块都已用完,守军的战斗力骤然减弱,王审琦乘机发起又一轮猛攻,终于登上城墙,守军纷纷溃散。李重进山穷水尽,挥剑自刎。

　　主将一死,城内的将士无心再战,全部投降。王审琦本是凶暴之人,宋军攻城死伤无数,他本人也为飞石所伤,心中极是恼怒,若依其本性,只怕会大屠扬州。多亏赵匡胤临行前的一番叮嘱,他才咽下这口恶气,进城之后,收编降兵,安定百姓,除了将李重进一家杀个精光外,确未殃及无辜之人。

王审琦此番征伐扬州,从出兵到克城,前后仅十日,堪称速战之最。赵匡胤龙心大悦,封王审琦为武成军节度使,加中书令。

宋主赵匡胤依仗其精兵良将,毫不留情地北平泽、潞,南伐扬州,诛除对朝廷怀有敌意的李筠、李重进,消弭了威胁宋室政权的两大隐患,并慑服各镇将领,使他们不敢稍有异心。赵匡胤的这些措施,在维护政权的稳定方面,取得了重大的胜利。

宋人所撰史书,多称李筠、李重进为叛臣,其实并非如此简单。宋之叛逆,岂非周之忠臣?故元人脱脱等人所撰《宋史》,专立《周三臣传》,载韩通、李筠、李重进三人事迹,以彰其气节。

第二十章

徐铉直言对宋主　陶谷出使逞风流

　　太后长长吁了口气,对赵匡胤说:"知错就改,善莫大焉。你登基未及一年,先屠泽州,后迷女色,也不知将来还有何事发生。为娘身体一天不如一天,娘一旦撒手西去,当今天下,还有谁能约束你呢!"

南唐主李璟得知李重进战败的消息，不由心中一阵后怕，又有一丝庆幸。如果当时耳根子稍软一点，答应李重进出兵的话，只怕现在这江南一隅，也就保不住了。庆幸之余，赶紧派徐铉为使者，带着贵重的礼物和自己的亲笔书信，前往开封，以示庆贺。

赵匡胤在崇元殿接见南唐使者徐铉，范质、赵普、陶谷作陪。徐铉来到殿中，行过叩拜之礼，道："臣徐铉奉唐主之令，前来向陛下致贺。祝陛下荡平叛贼，安定天下，永福万民！并献上白璧一双，明珠一颗。请陛下笑纳。"

赵匡胤令范质接过礼物，道："唐主揭露李重进叛乱阴谋，又遣兵助大宋平定扬州，其心可鉴，其功可嘉。徐学士远道而来，鞍马劳顿，朕特在偏殿设宴，既为卿洗尘，亦以叙故人之情也。"

筵席上，徐铉言语不多，脸色蜡黄，一副心事重重的样子。赵匡胤心里很欣赏他的才气和人品，又想故意为难他一下，便略带调侃地说："当年在泗州，徐学士大义凛然，铁骨铮铮，令朕好生佩服。为何今日却如此恭谨？"

"彼时陛下潜龙在渊，乃以臣礼相待；今日陛下飞龙在天，微臣焉敢再示傲慢？此其一也；我南唐目前国势日衰，偏居江南一隅；大宋国力方盛，如日中天。微臣前来以示亲和，愿陛下广施恩泽，存我江南一隅，自当恭谨待之，此其二也；在泗州时，陛下年轻气盛，语多伤人，今陛下持重稳健，使臣如沐春风，此其三也。"徐铉正襟危坐，不慌不忙答道。

"哦，这么说，若朕不以礼相待的话，莫非徐学士也要像在泗州一样，出言不逊，顶撞于朕吗？"赵匡胤脸色一变，紧紧逼问。

范质、赵普等人听了，都紧张地注视着徐铉，唯恐他言语不妥，惹赵匡胤生气。

徐铉将酒杯放在桌上，缓缓站起，对赵匡胤一揖道："回禀陛下，微臣生性如此,不敢虚言。倘若陛下视臣如草芥,则臣只能视陛下为寇仇,决不会甘心受辱,虽蒙斧钺汤镬,亦在所不惜!"

赵匡胤一愣,继而哈哈大笑:"徐学士果然是名士风范!诸位爱卿,来,喝酒,喝酒!"

赵普手持酒杯,来到徐铉面前:"徐兄乃江南名士,天下文豪。以此大才,屈居南唐弱邦,韬略无所可用,实在可惜!我大宋正是用人之际,当今圣上求才若渴,徐兄何不与我辈共同辅佐圣上,则必能大展宏图,遂平生之志也。"

"赵兄好意,徐某感激不尽。屈子云'鸟飞反故乡兮,狐死必首丘'。徐某虽不及先贤,却也不敢轻去父母之邦。南唐虽然积弱,亦唯有尽力匡救之,岂能弃之不顾?"

赵普见其语气黯然中透着几许悲壮。不忍再劝下去,黯然归座。

宴罢,送走徐铉,赵匡胤感慨地对赵普等人说:"南唐有此直臣贤士,却仍国势萎顿,实唐主之罪也!"

为了表示对李璟的安抚,赵匡胤令陶谷为特使,南下金陵。此时宋室强大,南唐地位近于藩国,以朝廷特使身份前往金陵,必定备受尊崇,风光无限;而且江南胜地,自古繁华,名山大川,江山秀丽,佳丽如云。乘出使之便,而尽游览之兴,岂不快哉!陶谷得了这个美差,乐滋滋地备好行装,即日启程。

从开封出发,经宋州、徐州,不过短短十天,就到了南唐地界。正是十月初,江南大地,丝毫没有初冬的萧索之气,青山绿水,蓝天白云,清风徐来,温润如玉,宛如阳春三月。陶谷兴致盎然,一路饱览江南山水。

陶谷一行来到金陵郊外,早就有兵部尚书韩熙载、翰林学士徐铉等大臣恭迎。韩熙载本北海人,后唐明宗时,父亲被杀,只身逃奔江南。他擅长书法,工于诗赋,冯延巳病死后,即被李璟倚为臂膀,深受信任。李璟知陶谷是赵匡胤的心腹,不敢怠慢,乃令韩熙载亲率大臣迎于郊外,以示隆重之意。

韩熙载还特意为陶谷准备了一顶华丽的大轿,无奈陶谷执意不乘,说:"韩兄不必客气,陶某久闻金陵乃六朝古都,人物繁华,今日得此机缘,岂能放过!"韩熙载见陶谷有如此雅兴,只好作罢。

金陵城街道纵横曲折,民舍鳞次栉比,路面全由石板铺成,马蹄踏上去响声格外清晰。由于时代久远,有些繁华地段的石板光滑如镜,甚至被磨成了凹形,令人生出许多对历史的遐想。

陶谷骑着马,沿着街道慢慢走,不时停下来观看。那街道上来往的行人,男子多文雅清俊,女人则水灵妩媚。他注意到,金陵女子与北方女子相比,别有一番乖巧可人的韵味,尤其是眼睛灵动娇媚,犹如皓月下的秋水,巧笑倩兮,美目盼兮;再者,就是腰肢特别细,走起路来娉娉袅袅,婀娜多姿。

陶谷随韩熙载进了南唐皇宫,拜谒唐主,呈上宋主赵匡胤的亲笔御书,转达了宋主的嘉勉问候。李璟也对宋主的优宠表示感谢。无非都是一些客套和外交辞令,无毋赘述。

拜见完毕,韩熙载领陶谷来到下榻的馆舍。这里濒临长江,环境幽雅。进得门来,只见客厅与卧室铺着红地毯,一色的檀木家具,装饰极为豪华。陶谷在客厅的太师椅上坐下,问道:"韩兄,不知唐主是否立了太子?"

"太子已立,他便是我主的第六位皇子李重光(即李煜)。太子今年二十四岁,英俊倜傥,文采冠世,精通音律,尤善填词……"韩熙载眉飞色舞,赞赏之情溢于言表。

陶谷听了,心中暗想,又是一个文弱无用的书生,南唐不足为患矣!便将话题一转:"韩兄,金陵乃烟柳繁华之地,今日一见,果然佳丽如云。听说韩兄府中美妾成群,韩兄可真是艳福不浅啊。哈哈……"

"陶兄不要取笑。在下亦闻陶兄颇有怜香惜玉的雅趣,常在花丛中流连,莫非有意领略江南粉黛吗?"韩熙载富甲一方,权倾江南,家中歌妓多达百人,其沉溺女色之事,天下无人不知。而且,他知道陶谷亦好此道,故谈起女色,脸上毫无羞赧之意。

第二天一早,韩府的管家送来一位名叫荷香的丽人,说是给陶先生服洒扫铺席之劳。这荷香年方二九,妩媚妖娆,乖巧可人。陶谷虽然是此中老手,却从没有见过这等妩媚惑人的女子,早就心旌摇荡,难以自持。好不容易挨到天黑,迫不及待地将她拥入帷帐,欲成好事。谁料宽衣解带之后,才知荷香刚来了月事,好梦难圆,只得摸摸索索,聊解燃眉之急。

陶谷大为扫兴,次日起床,叫人把荷香送回韩府,还捎了一封信给韩熙载。韩熙载拆开一看,总共只有两句话:"巫山之丽质初来,霞飞鸟道;洛浦之妖姬自至,月满鸿沟。"他反复揣摩,百思不得其解,只好派人去将翰林学士徐铉请来。

徐铉接过信,一看那两句话,忍不住哈哈大笑起来。韩熙载见一向不苟言笑的徐铉,笑得如此厉害,心里更加纳闷。

"徐兄,这究竟是什么意思,为何如此发笑?"

"韩兄,陶谷那厮说的是女人的月事。他在怨你所送家妓,扫了他的兴致呢!"徐铉竭力忍住笑道。

韩熙载将信将疑,把荷香唤来一问,果然如此。他从徐铉手中拿过信笺,重新读了一遍,也忍俊不禁:"霞飞鸟道,月满鸿沟。这个老狐狸,也亏他想得出来!"

"陶谷文思敏捷,为人极其刁钻狡猾,连宋主都说他是一双鬼眼。这次他来金陵,还不知道打的什么鬼主意呢!韩兄,此公心机极多,以不得罪为宜。他几天后就要离开金陵,那'霞飞''月满'之憾,你还得设法弥补才好啊!"

"多亏徐兄提醒。陶谷那里,我自会让他满意。"

韩熙载立刻派人将府中一个叫红莲的歌妓送到陶谷的馆舍。那红莲姿色妖娆,比荷香更胜几分,尤其是弹得一手好琵琶,令人倾倒。陶谷当晚夙愿得偿,极尽缱绻。那红莲浑身柔若无骨,两人颠鸾倒凤,陶谷更是如痴如醉。可惜长夜恨短,彩云易散,转眼就要别离,心中好生惆怅,于是填了一首《春光好》,让红莲弹唱:

好因缘,恶因缘,奈何天,只得邮亭一夜眠,别神仙。
琵琶拨尽相思调,知音少,待得鸾胶续断弦,是何年?

后来,这支名为《春光好》的曲子在金陵的教坊妓院风行一时。陶谷的风流韵事,也随之流传开来。

陶谷回到开封,将此番出使的情况以及对南唐君主的看法一一禀告赵匡胤。赵匡胤听了他的介绍和分析,便决定暂时撇下南唐,集中全部兵力和财力,对付北汉和西蜀。

没想到的是,陶谷的江南之行,竟然使南唐又苟延残喘了十余年。历史的偶然性和戏剧性,真是让人啼笑皆非。

赵匡胤暂时放弃了对南唐的军事行动,却对陶谷带回来的四名江南美女产生了浓厚的兴趣。其实,他并不是个贪图女色的人,可他毕竟是一国之君,而且才三十六岁,血气方刚,面对如此千娇百媚的美人,不由得怦然心动。于是将其带入后宫,只是瞒着太后和王皇后两人。

当晚,赵匡胤挑了一名少女前来侍寝。当他将那柔滑细腻的身躯搂在怀中的时候,突然感到一种前所未有的生理上的快感。更重要的是,他实实在在地体会到了作为君主的权威和惬意。

假如他没有当皇帝,以他的本性,也许会和自己的妻子相濡以沫,度过一生。然而现在他是君临万民的天子,拥有天下的一切,包括山川与土地、男人与女人……至高无上的权力,使"皇上"这一称谓有了特殊的内涵,似乎没有三宫六院和成群的妻妾,便不足以显示皇上的尊严。

此刻,他拥着那江南女子的身体,惊讶于那肤色的细腻洁白,它几乎没有纹理,如凝脂,如象牙,如软玉温香,在他那双惯于舞刀弄枪的大手的抚摸下,流动着乐曲一般美妙的节奏和韵律,这是他在绮云和细君身上所无法体会到的。

赵匡胤尝到了甜头,从这以后,便仗着他年轻强壮的身体,日日与那几个江南女子盘桓,乐此不疲。

转眼将近年底,这天,赵匡胤又来到后宫,正和那几个女子尽情作乐,忽然听到门外的小太监急急喊道:"太后驾到!"他脸色"唰"地白了,连忙吩咐几个女子,赶快躲避。但已经来不及了,太后在皇后细君的陪同下,径直走进房中。

太后也不吭声,在凳子上坐下,脸色极为难看。赵匡胤情知不妙,赶紧跪下道:"儿皇不知母亲驾临,还望母亲恕罪!"那几个女子,也赶紧跟着跪下,身子筛糠似的抖动。

太后望着地上那两个衣衫不整、酥胸半露的女子,嘴唇微颤,铁青着脸道:"大白天在宫中狎妓,成何体统!——来人哪!给我把这几个小妖精拖出去,凌迟处死!"

那两个少女一听,连连在地上叩头,哭着说:"太后饶命,奴婢知罪了!太后饶命啊!"

赵匡胤心中恻然,上前求情道:"母后,你老人家息怒。千错万错,都为儿的错,请娘网开一面,放过她们吧。为儿保证,以后再也不敢放肆了!"

太后瞪了赵匡胤一眼:"你也知道这是错,是放肆?你乃当今皇上,犯了错也不能惩治,唯有处死这几个小妖精,或可使你悬崖勒马——你们为何还不动手!"

那些侍卫都清楚太后厉害,说一不二,只好遵命。

眼看那两个如花似玉的少女就要殒命,细君跪下道:"母后息怒。这几个女子虽然迷惑君主,罪在不赦,可救人一命,胜造七级浮屠。望母后慈悲为怀,免其一死!"

赵匡胤满怀歉意地看了细君一眼。细君心中一酸,偏过头去。

太后沉思片刻,说:"好罢,看在皇后的分上,饶你们一命!来人啊,把这几个小妖精带出去,每人重打五十大板,发配西北军中,充当官婢,终身不得返回京城!"

几个少女谢过太后,哭哭啼啼地被侍卫带走了。

太后屏退众人,尽量用平和的语气说:"胤儿,你或许认为母亲过于苛严,可你知道为娘的苦心吗?"

赵匡胤看着美妾被当众押走,觉得自己这个皇帝当得太窝囊,闷声答道:"自古以来,哪个帝王没有嫔妃侍妾?儿臣一贯听从母后训示,谨言慎行。这次南唐献来美女,偶尔亲昵,似不为过!"

"胤儿,你实在糊涂!为娘并不反对你充实后宫,但现在国家根基未稳,北方失地尚未收复,南有列国虎视眈眈,哪里容得你依红偎翠?况且,即使以后形势稳定,亦须挑选那些贤淑端庄、知书达理的女子,切不可唯色是求,乱了宫中的纲纪!"

"儿臣虽然有些放肆,但并未因此荒废政事!"赵匡胤心里不服,嗫嚅着说。

太后眉头一皱,提高声音道:"岂有此理!胤儿,你扪心自问,这一个多月来,你除了照例临朝,还做了些什么?你以为南唐进献美女是一片好心吗?他们是希望你沉迷声色,消磨意志,以削弱大宋对他们的威胁罢了!我从前说你尚未更事,你还不服。现在身为帝王,依然如此,如何令娘不担忧!"

赵匡胤张口结舌,说不出话来。他不得不承认,这一个多月,许多公文未能批阅,整顿禁军的计划亦未制定,北汉的动态半点不了解,外镇将领的情况心中无数。长此以往,后果不堪设想!他擦了擦额上的冷汗,偷偷瞧了母亲一眼,那张熟悉的脸上布满了皱纹。岁月无情啊,她真的老了,然而,她还要为自己、为国家操心。在对母亲的教训心悦诚服的同时,赵匡胤心头还涌上一种巨大的负疚感,他诚挚地轻声说:"娘,儿臣知错了。"

太后长长吁了口气:"知错就改,善莫大焉。你登基未及一年,先屠泽州,后迷女色,也不知将来还有何事发生。为娘身体一天不如一天,娘一旦撒手西去,当今天下,还有谁能约束你呢!"

太后顿了顿,接着说:"胤儿,则平贤侄忠心耿耿,老练持重,可以相国;细君生性善良贤惠,知书达理,可以助你主持后宫。凡内外大事,当多跟他们商量。又忠言逆耳,良药苦口,诸臣进谏,当择善而从。为臣易,为君难啊!"说完,发出一阵剧烈的咳嗽。

赵匡胤和细君不约而同地起身,在太后的背上轻轻地捶拍。两人相视,默然无语。

第二十一章

宋主重手整军队　太后临终立储君

太后微微摇头说:"非也!周世宗以幼子继承大统,孤儿寡母当政,我赵氏方能得到天下。前车之覆,后车之鉴,为使我大宋享祀万代,你百岁之后,当将帝位传给光义,光义传光美,光美再传汝子德昭。如此,则国无虞矣!"

新年一过,赵匡胤开始处理那些积累下来的公文。在众多的奏折中,潘美关于改革兵制,加强禁军的建议,引起了他的重视。

潘美认为,要想提高对外作战、对内宿卫的能力,就必须有一支由朝廷直接控制的强大禁军。为了达到这一目的,可建立"拣选淘汰"的制度,即从各州选拔精壮士卒,升入禁军,将禁军中的老弱淘汰,遣回各州,仍旧给予俸禄。其实这一做法,早在周世宗时就采用过,只不过多为临时性的权宜之计,而没有形成固定的制度而已。

自从平定李筠、李重进之后,赵匡胤考虑最多的,一是南征北伐,统一天下,二是如何削弱诸将兵权,杜绝兵变的可能。依潘美的计划,既可削弱诸将兵权,又可加强朝廷之力,可谓一举两得。

赵匡胤兴奋起来,手持奏折,在殿中来回踱步。这个计划一旦施行,对朝廷百利而无一害,问题在于各镇将领是否接受。如果因此引发诸将的不满,联兵抗命,反而会弄巧成拙。

为稳妥起见,赵匡胤把赵普、慕容延钊、石守信、潘美等人召进宫来商议。赵普说:"目前朝廷的禁军实力已然不弱,而且外有韩令坤、王审琦等心腹将领为支撑,诸将决计不敢抗命。依臣看来,此计应当尽快实行!"

"以你看来,该如何实施呢?"

赵普思索了一会道:"外镇将军中,以符彦卿兵权最大,陛下只要能派人说服符彦卿,请他带头支持朝廷,其他外镇诸将,断然不敢拒绝!"

赵匡胤想,这符彦卿,历晋汉周三朝,累为外镇大将,他的几个女儿皆长得天姿国色,一个嫁给周世宗柴荣,一个嫁给自己的弟弟赵光义,尊荣无比。只要能啃下这块骨头,兵制改革就可以大刀阔斧地进行了。赵匡胤左思右想,决定让弟弟光义以探亲之名去探探虚实。

正是阳春三月的时节,赵光义带着妻子符氏来到天雄节度使符彦卿所在的永济。翁婿相见甚欢,赵光义趁谈话融洽之机,将朝廷之意和盘托出。

符彦卿为人极其精明圆滑。他深知赵匡胤扩大禁军,乘机削弱藩镇势力的决心已定,赵光义此番前来,只是探他的口风而已,不管他同意与否,选兵制度实施是一定的!与其徒劳相抗,还不如顺其心意,尚能保住现有的地位。因此,赵光义一说,他马上表示同意。

赵匡胤听了光义的报告,大喜过望。他原以为符彦卿作为周氏的姻亲和旧将,不会积极与朝廷配合,至少也要费一番周折,没想到事情会如此顺利。

赵匡胤立即签署了拣选淘汰禁军的敕令,火速发往各镇。诏令除边境地区外,其余部队都要做好挑选兵员的准备。同时,又派石守信在京城禁军中,挑出一千多名精壮士兵,作为选兵的"兵样",分送各地,强调各镇将领必须按兵样选送,切不可敷衍了事,或降格以求。

四月,各镇将领得到朝廷敕令,起初尚自徘徊观望,后来知道符彦卿带头选兵,这才开始行动。五月,符彦卿选送的三千名禁军新兵抵达京城。接着,安远军节度使武行德、护国军节度使郭从义,也陆续将精心挑选的劲兵送往开封。

从四月份开始,赵匡胤就以一种紧张的心情密切注意诸将的态度。现在见各镇选兵,源源不断地送来京城,进展得非常顺利,心中十分高兴,久蹙的眉头舒展开来,脸上堆满了笑容。

六月初,各路的选兵基本到齐,累计六万余人,加上原有的禁军,总共达到十二万人众。朝廷直接掌握如此众多精锐的部队,这在晚唐五代是从未有过的事。这意味着朝廷不但有足够的力量剿灭任何形式的外镇兵变,也可以不借助外镇的军队,单独征讨南方诸国和北汉。

这一天,赵匡胤和赵普、慕容延钊等人在讲武殿研究禁军编制、训练、军饷等一系列迫切的问题。赵匡胤没穿龙袍,而是身着便服,精明干练,显得格外兴奋。正在这时,宫中一个内侍匆匆来到殿中,对赵匡胤道:"陛下,不好了,太后病重!"

赵匡胤脸色大变,厉声喝道:"大胆奴才,太后病重,为何不早告诉朕?"

内侍跪在地上,战战兢兢回答:"启禀陛下,太后前天晚上开始发病,她知道陛下忙于政事,不准宫中人告知陛下。皇后娘娘见太后病情加重,才让奴才前来禀告。"

赵匡胤也顾不得骂那小太监,也顾不得满殿的大臣,急急忙忙赶往慈宁宫。到了慈宁宫,见细君和儿子德昭正坐在床前侍奉。太后杜氏双目紧闭,气息奄奄,躺在宽大的檀木床上。

赵匡胤蹑手蹑脚地走到床前,将细君拉到一边,轻声询问母亲的病情。细君压低声音说:"这几天,母后老觉得气闷胸堵,前天晚上剧烈咳嗽不止,招来太医诊治,说是长年劳累,体内寒热不调所致。服了几剂药,稍有好转。谁料今日又突然复发,我心里害怕,就派内侍前去禀告你。刚才给她喂了一点银耳羹,呼吸均匀了些,现已睡去。母后若病情加重,我……我真不知该怎么办!"说着,不禁低泣起来。

赵匡胤右手扶住细君的肩膀,左手拭去她脸颊的泪水,说:"你别急,母后一生信佛,佛祖会保佑她的!"

正说着,太后又开始咳嗽。细君赶紧走过去,用手轻轻在她胸口推拿。赵匡胤站在床前,望着母亲那干瘪如核桃一般的脸、深陷的眼窝和稀疏枯涩的白发,回想起母亲为了维持家庭、抚育儿女,含辛茹苦的一生,心里一阵酸楚,眼泪几乎夺眶而出。

一会儿,太后缓过神来,睁开眼睛道:"胤儿,怎么你也……来了?"

"娘……儿臣不知道母后生病了……"赵匡胤的话语里充满了歉疚。

太后喘息着说:"娘知道你最近一直在忙着整顿禁军,那是国家大事,你……去吧,这里有……细君在……"

"不,我一定要留在母后身边……那些事已经商议好了。"

太后叹了口气,疲惫地合上眼睛。

赵匡胤伸手抹了把眼泪,轻轻走到房外,将几个御医招来,脸色阴沉道:"太后的病情到底如何?能否治好?你们倒是说啊!"

几个御医你看我,我看你,谁也不愿意开口。

一位胖胖的御医犹豫地说:"陛下,实不相瞒,太后的病乃起于积劳体衰,非药物所能及也。即使华佗再世,亦无法可想。臣等无能,请陛下治罪!"

御医们一齐跪在地上。

赵匡胤半晌无语,骂声:"一帮庸医!"拂袖走进内室。

他凝视母亲,心中默默祈祷:"朕平生不信佛教,今日为母后之病,祈愿于佛祖。若能保佑母后康复,朕定修建寺庙百座,并在开宝寺做一场三百六十五天的大法事。"

佛祖似乎并未因为赵匡胤的虔诚与许诺而格外垂顾,太后的病依然时好时坏。他白天黑夜守在太后床边,须臾未曾离开,整整熬了三天。太后见赵匡胤满脸倦意,两眼布满血丝,多次要他去休息,他执意不肯。

这天下午,太后感觉好了些,喝了几口红米粥,靠在床头,对赵匡胤吩咐道:"去把光义和赵普召进宫来,我有话要说!"

两人来后,太后问道:"匡胤,你登基已一年有余,可曾想过何以能得天下?"

赵匡胤答道:"皆是天命所归,祖宗庇佑,将士拥戴之故。"

太后微微摇头说:"非也!周世宗以幼子继承大统,孤儿寡母当政,我赵氏方能得到天下。前车之覆,后车之鉴,为使我大宋享祀万代,你百岁之后,当将帝位传给光义,光义传光美,光美再传汝子德昭。如此,则国无虞矣!"

赵匡胤觉得难以接受,默不作声。赵光义内心自然高兴,但因过于突兀,表情似乎有点慌乱。太后见他面有难色,提高了声音说:"胤儿,莫非你不愿意?"说完,忍不住又咳了几声。

赵匡胤见母亲生气,而且心想自己年纪尚轻,传位之事实在太过遥远,便轻语道:"一切听从母后安排。"

"那就好!"太后又转头对赵普道:"则平贤侄,今日之言,烦你用笔记下来,日后好作凭据。"

赵普心中作难,抬头看了看赵匡胤,见他点了头,只得取过一方白绢,记下太后遗命,立下誓书,又署上日期和自己的姓名,让太后过目。

太后仔细看过,令人将绢书收藏于金匮之中,好生保管。

也许是太后病中智短,也许是她太偏爱赵光义了,总之,她的这一遗命,给宋室皇位的承袭带来了很大的麻烦。后来赵光义即位,千方百计迫害弟弟光美和侄子德昭,几乎酿成同室操戈的惨剧。而且,赵光义最终也没有将皇位传给弟弟光美,而是传给了自己的儿子,太后的遗命终归未能遵从。当然,反过来说,如果没有杜太后这一遗命,就没有了赵光义(宋太宗)二十余年的太平天子,也没有了宋代文化事业的一度辉煌。

交代完毕,太后又爆发出一阵剧烈的咳嗽,双眼翻白,接着不省人事。赵匡胤令人速召太医,细君急得直抹眼泪。

赵匡胤默然来到寝宫外,再一次祈求佛祖保佑:"母后笃信佛祖几十年,佛祖定要保佑她老人家逢凶化吉,转危为安。若佛祖无情,丧朕母后,朕将效法唐武宗,禁毁佛教,以示惩处!"此时的赵匡胤,悲伤难抑,几乎丧失了理智。

然而,无论是太医的良药,还是赵匡胤的祈求威胁,都不能挽救太后的生命。次日凌晨,太后崩于慈宁宫,终年六十岁。

第二十二章

老臣强谏斩戾将　太祖杯酒释兵权

赵匡胤眼光闪烁,不敢直视慕容延钊:"昨晚母后托梦,嘱朕废除殿前都点检一职,言朕以此职得天下,不可再设。大哥,你我乃同生死、共患难的兄弟,宋室江山是你我一起打下来的,朕岂能一朝为君,就忘了兄弟的情谊?可母后她……"

太后过世,赵匡胤悲伤过度,几乎大病一场。调养数日,稍有起色,但仍然精神抑郁,既不上朝,也不理政,整整三个月未出宫门半步。幸亏范质、赵普、慕容延钊、石守信等文武大臣各司其职,将内外事务处理得井井有条,才没有出什么乱子。

十月,太后葬于宣祖皇帝陵墓旁,谥为昭宪皇后。赵匡胤在双亲墓前大放悲声,尽恸而归,回到京城后还是打不起精神,经光义和赵普反复劝说,才勉强打理朝政。

却说王仁自从下了顺阳山,随赵匡胤来到京城,一直任殿前金枪班班头。赵匡胤身登皇位后,故旧亲信都得到提拔,唯独他因为一怒之下,杀了韩通全家老小,引起公愤,不便提拔,故仍任旧职。赵匡胤私下许诺,过一段时间,再另行重用。

王仁喜滋滋地信以为真。不久,赵光义调任开封府尹,殿前都虞候一职空缺,他认为此职非己莫属,不料,赵匡胤却将这一职位授予张琼,只是将王仁调为京城巡检而已。

王仁心中失望,由失望而生怨恨。上任之后,终日与空明、清风等昔日顺阳山的兄弟们酗酒赌钱,嫖妓狎童,甚至向大户人家和店主勒索钱物,搅得京城一片恐慌。

朝中大臣虽然有所耳闻,但知道他是宋主旧部,而且时值太后新丧,赵匡胤沉浸于悲痛之中,根本无暇管理此事。王仁一时得以飞扬跋扈,竟如强盗一般。

禁军中赵匡胤的旧部也仗着往日的功劳,嚣张跋扈,无视军纪,骚扰平民,京城里奸淫妇女、抢劫店铺的事情时有发生。

一天深夜,王仁、空明等十来人从倚香楼喝花酒出来,一个个面红耳赤,酒气熏天,走路摇摇晃晃。空明打了个响亮的饱嗝,醉醺醺地对王仁说:"大哥,这些年在朝廷当兵,受尽了鸟气,哪里比得上顺阳山那逍遥快活的日子！这样下去,也不过是给人卖命,还不如使法子弄些金银,回去做我们的山大王来得痛快！"其他人也七嘴八舌地附和。

王仁脸上油汗直冒,用衣袖擦了一下,边走边说:"兄弟,如今可不比从前。皇上英武,哪容得你立寨为寇！若能天天如今日一般逍遥快活,倒也不逊于当山大王。不过,哪来那么多银钱,供你我弟兄享用？"

"这还不容易！大哥身为京城巡检,向那些富商要几两银子,谁敢不从？"空明大大咧咧地说。

"那般零敲碎打,未免麻烦,总归要找一条更大的财路才好。"

这时,众人已走到大相国寺附近,空明停下脚步,似笑非笑地对王仁道:"大哥,这里便有大财路,看你有没有胆量了！"见王仁一脸迷惑,空明指着胡同尽头那盏写着"王"字的大灯笼说:"宰相王溥的府第,就在这胡同里！据说王溥这个老狐狸,敛财无数,大哥何不向他借点儿银子用用？"说完笑了一声,继续向前走。

走了几步,却发现王仁依然呆在那里,空明转身道:"大哥,走吧！我不过说着玩儿罢了。那王溥乃当朝宰相,谁敢去惹他？"

"屁话！王溥一介书生,又能成得何事？打天下还不是要靠我们！"王仁酒气直往上冲,瞪着发红的两眼叫道:"走,跟我进去坐坐,看他能奈我何！"

一行人走进胡同,王府大门前十分安静。王仁走上台阶,抓起门上的铁环使劲地敲打。王府的家丁以为是朝廷有事,连忙开门。王仁一伙,不管三七二十一,一齐拥了进去。家丁大惊失色,大声喊道:"这里是宰相府,你……你们要干什么？"急忙上前阻止。王仁眼都不抬,劈手一巴掌,家丁扑通一声跌倒在地,手里的灯笼在地上滚了几滚,熄灭了。

王溥听到动静,急忙穿衣起床,带几个家丁过来察看,正好碰到王仁一伙往里面走。王溥暗自皱眉,拱手作礼道:"不知王将军深夜光临寒舍,有何见教？"

王仁一时语塞,敷衍道:"末将等人夜巡,路经贵府,又饥又渴,来讨杯茶喝。不知宰相可否赏脸啊？"

王溥素闻王仁凶悍,又见他满口酒气,唯恐他闹事,只得带他们到客厅,令人好生伺候着。空明见端茶的一个丫环模样标致,心痒难耐,仗着酒劲,在她的屁股上捏了一把。那丫环痛得尖叫一声,跑出去再也不敢进去。

王溥气得脸色发白,厉声质问道:"王将军,你身为巡检,不去维护京城治安,反而夜入相府,寻衅滋事,难道不怕圣上怪罪吗?"

"哈哈,宰相大人,你尽管去吧!圣上是我大哥,能把我怎么样?"

"王将军,那你今晚究竟意欲何为?"

王仁抬起油乎乎的手,在油光发亮的头上摸了摸:"明人不说暗话,兄弟我最近手头有些紧,想来贵府借五千两银子,以解燃眉之急。你我同姓王,三百年前是一家,互相接济原本是分内之事。哈哈!"

王溥心中冒火,拍着桌子高声呵斥:"大胆!朗朗乾坤,堂堂相府,岂容你在这里撒野!"

王仁倏地站立起来,抽出腰刀,用力一劈,只见刀光闪处,那张朱漆梨木八仙桌被削去一角。王仁满脸杀气,面露凶光,恶狠狠地说:"今天你借也得借,不借也得借,否则老子将你这王府上下,杀个天翻地覆!"

空明等人也纷纷拔出兵器,围了过来。王溥见势不妙,只好咽一口气,乖乖地献上五千两银子。王仁笑嘻嘻地接过银子,大摇大摆地走了出去,留下王溥一家人又怒又怕,自叹倒霉。

第二天一早,王溥坐着轿子急急进宫,向赵匡胤禀明此事。

赵匡胤一听,龙颜大怒,急召王仁进宫,责令他将银子悉数归还王溥,并亲自去宰相府,向宰相谢罪。王仁心中虽然一万个不情愿,见赵匡胤动了真怒,也不敢违背旨意,只好向王溥认错。然而江山易改,禀性难移,事情一过,他照样喝酒赌博,胡作非为,并没有因此而有半点收敛。

十月底的一天,王仁在城东的一家酒店喝酒出来,醉意陶然间,忽然看到一个雍容美丽的少妇,前往开宝寺上香。那少妇体态丰满,明眸皓齿,一举一动透出无穷的韵致。王仁如猫儿闻到了腥味,双眼发亮,紧紧地盯着她那窈窕的身段,唾沫直往肚里咽。

他暗暗守候在寺外,直到那少妇烧完香,登上八人大轿,他便一路悄悄尾随而去。

跟着那轿子出了东门,走了约两里地,来到一座树林掩映的豪华庄园。王仁眼睁睁地看着大轿进了庄园,心中好生惆怅,向附近的住户打听,才知道这是前朝君王周世宗的后妃、儿女所居之处,人唤"柴家庄"。

王仁恍然大悟,推想那上香的少妇,一定是周世宗的皇后符氏。早听说符氏国色天香,有闭月羞花之貌,今日一见,果然名不虚传。若能与此丽人、昔日国母尽一夕之欢,牡丹花下死,做鬼也风流啊!

俗话说,色胆大如天。王仁一生不知玩过多少女人,却没有见过像符氏这般妖娆多姿的,如今情迷意乱,如走火入魔一般,也不考虑后果,便起了劫色之心。

王仁回到巡检府,挨到天黑,换了一身黑色的紧身衣裤,裹着黑色头巾,只留一双眼睛露出来,趁着夜色,飞快地出了东门,疾奔柴家庄。

柴家庄尽管有高大的围墙,又有数十名庄丁防守,在惯盗王仁眼中却形同虚设。他如一道黑色的闪电,纵身上了墙头,跳入庄内,施展夜行的功夫,四处逡巡观察。

王仁窜过几排房舍,走到一幢建筑华美的平房前,便悄无声息地溜到窗下,用手指沾着唾沫,轻轻捅破窗纸,眼睛凑过去一看——只见房内烛光下,符氏身着小衣,胸前的红肚兜,将那张瓜子脸映衬得格外娇媚;一双嫩藕似的手臂露在外面,发出象牙一般的光泽。王仁淫心突跳,却也不敢轻易下手,深吸了一口气,隐在廊柱的阴影里。

过了一会儿,房中的灯熄了。他压住心中的欲火,静静地等待,直到估摸着房里人睡着了,才悄悄贴近房门,掏出匕首,熟练地拨开门闩,迅速溜了进去,反身闩上房门,便迫不及待地朝床上扑去。

王仁是个采花高手。他掀开帷帐,立刻将一块手绢塞到符氏嘴中,以防她叫喊。符氏猛然间被他塞住嘴巴,又惊又怕,哪里还喊得出来?王仁一招得手,色胆大振,一把扯去符氏的肚兜和内衣。可怜符氏也是一代皇后,却只能眼睁睁地被他轻薄。

王仁将符氏全身摸了个遍,那滑腻的肌肤令他热血奔涌,欲火如焚,他心急火燎地开始脱自己的裤子。一不小心,符氏挣脱了一只手,飞快地扯出口中的手绢,拼命高喊:"来人啊,有强盗!"王仁一怔,知道今晚好事难成,连忙系上裤带,骂了一声"臭婊子",撒腿向外跑去。

符氏的喊叫声惊动了巡夜的庄丁,众人提着灯笼,从四面八方赶了过来。王仁刚出房门不远,迎面碰上三名庄丁,他担心被人认出,回头就要跑。情急之中,头上的黑头巾被一根斜逸的树枝挂了下来。王仁又急又怒,也顾不上拾头巾,手脚并施,将冲过来的几名庄丁击倒在地,几个纵跳,消失在黑暗之中。

符氏受了这番羞辱,又气又恨,可想不出何人这么大胆,敢来柴家庄撒野。要告官,都没有个证据。次日一早,就向巡夜的庄丁仔细打听询问。

庄丁中有的人是从宫中跟来的旧仆,认识王仁,而且王仁的脑袋比一般人大得多,光头麻脸,特征十分明显,一口咬定昨晚的强徒就是他;又有人呈上一条黑头巾,那是殿前诸班统一发放军用品,可为物证。

符氏是个心思细密的女人,听了众人的话,考虑了一会儿,吩咐此事暂不得外传,当天写了三封信函,令人火速分头送交宋主赵匡胤、父亲符彦卿和妹夫赵光义。

赵匡胤看了信函,气得两眼直冒火星:这王仁太不像话了,刚刚勒索完宰相,紧接着又企图强暴周后,若不惩治,如何向周室旧臣交代?

正在踌躇间,赵光义怒气冲冲地来到宫内,愤然道:"陛下,王仁夜入柴家庄,欲对周后图谋不轨。不杀不足以谢天下!"说着,将一条标着记号的黑头巾递给赵匡胤。

赵匡胤皱着眉头想了想,恐怕符彦卿也早就知道了,决定先把王仁抓起来,弄清实情再说,便令殿前都虞候张琼速领三百军士,随赵光义往巡检府逮捕王仁,审理事宜由开封府全权负责。

王仁在柴家庄失手,担心赵匡胤怪罪,本来想要逃跑,可是转念一想,或许不致被人认出,再说自己好歹也曾有大功于宋室,无论如何,皇上都会顾念旧情,网开一面的。于是依然回到巡检府,仿佛没事人一样。等到赵光义、张琼率兵来到他的府里,才知道大事不妙,悔之晚矣,只好束手就擒。

赵光义将王仁带往开封府衙署,摆出人证物证,大刑一施,王仁当堂招认了私闯柴家庄、侮辱周后的事。

赵光义将他下在大牢中,立即进宫面见赵匡胤。

赵匡胤听说王仁已经招认,不觉左右为难。此事若发生在其他人身上,自当杀无赦,可王仁是从顺阳山带出来的人,多年来跟着自己南征北战,出生入死。清流关一役,若非他和李良拼死相护,自己性命能否保全,实难预料;而且陈桥兵变,他诛韩通、逼范质,虽然过于残暴,对宋室倒也是一片忠心。

赵匡胤沉思良久,说:"光义,王仁确实罪大恶极,但他有恩于朕,有功于朝廷,杀之则令将士心寒,以降职或贬出京城为宜。你觉得如何?"

赵光义斩钉截铁地说:"陛下,王仁肆意妄为,竟欲强暴周后,实属罪不可赦,不杀不足以平人心;况且眼下京城驻军纪律松弛,百姓不堪其扰,若不断然整治,只恐局面难以收拾!"

两人意见相左,赵匡胤召范质、王溥、慕容延钊进宫商议。

范质、王溥对王仁恨之入骨,只因平日有所忌惮,不敢多言,此时见有机可乘,岂能放过?于是将王仁不循职守、横行无忌的种种劣迹,一一揭出,力主严惩。赵普、慕容延钊等人,因长年与王仁同处军中,感情甚笃,皆尽力为之开脱死罪。

正在双方各执一端,争得面红耳赤的时候,内侍禀报,符彦卿求见。赵匡胤、赵普听了,都不由得脸色一变。符彦卿位高权重,轻易不出永济,此番进京,必为女儿受辱一事。他若坚持处死,王仁焉得有救?

符彦卿满头银发,一身戎装,来到殿中,跪拜叩首道:"臣符彦卿,恭祝陛下万岁、万岁、万万岁!王仁不法一事,想必陛下已经知情。小女无端受辱,老夫深感痛心。若陛下顾念旧情,不杀王仁,则老夫唯有死于陛下面前!"

赵匡胤连忙安抚道:"有事慢慢商量,老将军快请起来。"

"陛下不杀恶贼,老夫决不起来!"

范质、王溥也一齐跪下,敦请赵匡胤痛下决心。

赵匡胤见二人帮着符彦卿胁迫自己,心中不快,狠狠地瞪了他们一眼。他站起来,望着跪在殿前的符彦卿,不知怎么办才好。

这时,赵光义走上前去,轻声说道:"陛下请仔细考虑,国法与王仁之间,究竟孰轻孰重?况且杀了王仁,亦可给那些恃宠横行的旧部一个警告,未尝不是一件好事啊!"

赵匡胤紧抿双唇,铁青着脸,在御座前走来走去,众人的眼光,也紧紧地追随着他。殿中一片死寂。过了好一阵,赵匡胤终于停了下来,右手一挥,大声喊道:"罢了,罢了。你们硬要陷朕于不义,就杀了他吧!"说罢,轰然跌坐在御座上。

王仁本来还抱着一丝侥幸,希望能保住一条命,一听赵匡胤真的要杀他,几乎不敢相信,在监牢里大吵大闹,嚷嚷着要面见皇上。赵匡胤不忍见他,只是令人送去一桌丰盛的酒菜,算是临终钱行。

临死之前,王仁在大牢中自斟自酌,喝得酩酊大醉,对狱卒说:"我本强盗,人一个,命一条,死不足惜!烦你转告皇上赵大哥,就说我王仁悔不该不听空明、清风的劝告,轻易地离开了顺阳山!"

王仁被杀之事,在禁军中产生了极大的震动,从前那些居功跋扈的将士心中忌惮,有所收敛,京城的治安也好了许多。

空明、清风满怀怨恨,埋葬了王仁的尸首,突然带着三百多名顺阳山的老弟兄不辞而别,去向不明。

连日来,赵匡胤一直闷闷不乐。这天吃过晚饭,正在书房中翻阅兵书,无意中,又看到了李良留下的那块绿色玉佩,往事历历浮上心头。他心事重重地走出书房,在外面的走廊上呆呆地站了片刻,令人招来张琼道:"张琼,你速备好马车,朕要出宫一行。"

张琼吃了一惊:"陛下初登君位,人心未安,现在天色将晚,陛下乘舆出宫,倘有不测,末将如何担当得起?"

赵匡胤眉头一皱道:"你怎么也变得如此啰唆起来了?生死有命,富贵在天;况且朕微服出行,谁人知晓?朕心中憋闷,欲出去散散心,你快去准备吧!"

"陛下打算去哪里?"

"去赵普家!"

赵普的府邸在朱雀门东边的街上。赵匡胤身披大氅,坐在车内,听着车外呼呼的风声,思绪纷繁如一团乱麻。他喝令侍卫催马急行,清脆急促的马蹄声,踏破了夜晚的寂静。

车舆出了朱雀门,车速慢了下来,然后向左一拐,驶进一条幽静的街道,又走了二十余丈,缓缓停住。张琼打开车门,赵匡胤大步跨出,径直登上赵府的台阶,侍卫们迅速围在他的四周。张琼举手叩门通报。

赵普此时正在与陶谷闲聊,听说皇上微服来访,慌忙出去,将赵匡胤迎至客厅,叩首行礼,又喊出妻子魏氏和儿子承宗、承煦拜见皇上。

赵匡胤见魏氏下拜,连忙挥手道:"嫂子不必多礼!"魏氏坚持要拜,他只好欠身受之。

赵匡胤四处环视,这客厅虽不大,但家具都是贵重的紫色檀木,透出古朴高雅之气;地上铺着华贵的羊毛地毯,显然来自西域。再看来往忙碌的丫环,竟然也一个个身着鲜艳的锦缎。他不由想,赵普这老狐狸,装得满袖清风,倒还真会享受。

赵匡胤正要调侃几句,赵普问道:"陛下夜晚亲临敝舍,莫非有要事?"

"非也。朕偶尔见到李良临走所遗之物,不禁黯然神伤,又思及王仁被戮,空明、清风离去,故旧云散,心中郁闷,便出宫随便走走。若非来此,又怎会知道一向清廉的赵则平,竟然有如此高雅华丽的客厅呢?"

"陛下见笑了。穷间俗物,只恐污了陛下之眼!"赵普一阵心慌,连忙转移话题:"臣以为李良本性淳厚,心存慧根,确系佛门中人,其脱离尘俗,未尝不是一件好事!至于王仁,其咎皆由自取,实在怨不得他人。陛下万勿思虑太多,为小事所牵。"

陶谷插嘴道:"区区一个王仁,存之不足喜,失之不足忧,何劳陛下思虑?倒是眼下有一件关乎社稷兴亡的大事,陛下不可不慎重对待啊!"

"学士所言何事,如此重要?"赵匡胤问道。

陶谷欲言又止,侧身望了望赵普:"臣未便言,还是则平兄说吧。"

赵匡胤转向赵普,见他忧虑重重的样子,催他道:"爱卿何必故作高深?只管道来,无须顾虑!"

赵普脸色凝重，缓缓说道："此事非同小可，稍有不慎便是一场大灾难，还望陛下切莫将我二人所言，道与外人！"

"你也未免太轻看朕了！"

赵普说："陛下，从唐末以来，数十年间，八姓十二君，篡窃相继，战乱不休，圣上以为是何原因？"

"皆因大将手握兵权，藩镇拥兵自强也。然现在朝廷禁军强大，各镇节度使兵势日渐削弱，已非昔日可比，尚复何忧？"

赵普稍稍迟疑，又说："臣以为可忧者，正在禁军也！目前禁军已多达十二万余人，且皆精锐。以此兵力，足可睥睨天下。陛下虽圣明，广得人心，却也不可高枕无忧。那典兵诸将中，万一有不臣之心，乘间窃发，祸起萧墙，则社稷危矣！"

赵匡胤不以为然："禁军诸将，都是朕的故旧亲信，想必不会有此野心。你也太过虑了！"

"臣亦并非疑其不忠，然遍观诸人，皆无统驭之才。若出征在外，将士胁令生变，吾恐其身不由己，祸乱即生。故为陛下计，还是慎重为好。"

赵匡胤默然颔首，若有所思。君臣聊得兴起，赵匡胤至深夜方才起驾回宫。

赵匡胤回到宫中，反复思量赵普、陶谷的话，辗转反侧，难以成寐。此二人的话，绝不是危言耸听。禁军控制在他人手中，终归是个隐患。可禁军里都是自己的兄弟故旧，创立宋室的功臣，怎样才能去之而又不引起群愤？

他躺在床上左思右想，好不容易才入睡。迷迷糊糊之中，仿佛听到宫外人声鼎沸，喧嚣不已，他心中一惊：不好，是禁军兵变！刚要起身，又见王仁手持利剑，红着眼，直奔过来，逼他交出皇位。赵匡胤大怒，举起浑天棍奋力劈去，却忽然被人用兵器挡住，定睛一看，竟然是李良！他连声喊道："李良，李良！"伸手去抓李良的胳膊，一把抓在又硬又冷的床板上，猛然醒了过来。

细细思量刚才的梦境，他无心再睡，披衣靠在床头，呆呆地一直坐到天明。

几天以后,赵匡胤在御书房单独召见慕容延钊,向他询问禁军整编和训练方面的情况。慕容延钊非常详细地一一介绍,兴奋地说:"陛下,这十余万禁兵皆为精壮,乃唐末以来所未曾有。若将此制度坚持下去,并适当加大各镇选兵的配额,数年之内,禁军可达二十万。如此,则陛下统一天下的宏愿可成矣!"

赵匡胤望着慕容延钊那张略显苍老的脸和斑白的头发,感慨地说:"大哥,当年我们兄弟三人,在洛阳大闹枣树林,结义白龙潭,后来又投身军伍,效命沙场,那种痛快淋漓的日子,实在令人留恋啊!"

"陛下现在君临天下,治理万民,将来还要统一南北,建立万世不朽之业,岂不是更好吗?"慕容延钊隐隐感到赵匡胤似乎有什么话说不出口。

"大哥有所不知。母后生前曾告诫朕说:'为臣易,为君难。'为君者须小心谨慎,万事要考虑周全,稍有疏忽,就可能招致国亡家破的祸患,故有时便连兄弟情谊也无法顾及,哪里比得上为臣的洒脱自在呢?"

慕容延钊更加惊诧:"陛下莫非有何为难之处?只要能替陛下分忧,微臣定当效力。陛下不妨明言。"

赵匡胤眼光闪烁,不敢直视慕容延钊:"昨晚母后托梦,嘱朕废除殿前都点检一职,言朕以此职得天下,不可再设。大哥,你我乃同生死、共患难的兄弟,宋室江山是你我一起打下来的,朕岂能一朝为君,就忘了兄弟的情谊?可母后她……"

慕容延钊是极为聪明的人,赵匡胤一说,他心中雪亮,接口道:"陛下万勿忧虑,臣这就辞去殿前都点检的职务。"

"那怎么行呢?这令朕如何安心!"

慕容延钊离开座位,跪在赵匡胤面前,诚挚地说:"陛下,臣统领禁军十余万,军务繁忙,常感力不从心;且年岁渐老,精力日衰,早欲提出辞呈,只因整编训练事急,不敢懈怠,乃拖至今日。陛下请放心,日后若有差遣,臣依然会尽力,决不会袖手旁观!"

赵匡胤慌忙双手将他扶起,激动地叫了一声:"大哥!"再也说不出话来。慕容延钊的坦诚、忠心和善解人意,使他感受到一种心心相印的兄弟之情,在这种坦荡无私的真情面前,他甚至生出一丝愧疚和自卑。

次日上朝,慕容延钊递上辞呈,赵匡胤立即准允,调任慕容延钊为山南东道节度使,进封太师、中书令。殿前都点检一职,从此不再设置。

再过几天就是春节,赵匡胤在讲武殿设宴,专门宴请禁军诸将。石守信、王审琦、高怀德、张令铎、赵彦徽等将领都兴高采烈地来到讲武殿。殿中布置一新,桌上摆满了美酒佳肴、点心鲜果,还安排了歌舞音乐,看得出皇上为今天的宴会,颇费了一番苦心。

酒至半酣,赵匡胤撤去歌舞,屏退闲杂人员,端起玉杯,朗声对众将说:"诸位爱卿,朕之有今日,全靠各位鼎力相助。春节在即,故特请各位前来一聚,畅叙友情。来,干了这一杯,祝各位来年康乐吉祥!"

众人肃立,一齐举杯:"祝愿陛下圣体安康!"

赵匡胤一挥手,示意众人坐下:"各位不必拘谨!朕虽然贵为天子,却时常怀念从前那种逍遥自在的生活。自受禅以来,将近两年,何曾有一夕安枕?今日与各位开怀畅饮,一醉方休!"

石守信站起来道:"陛下,现在李筠、李重进已经平定,南唐慑服,北境安宁,陛下还有何忧虑?"

赵匡胤微笑道:"朕与各位都是故交,不妨直言。这皇帝的宝座,要保住它可真不容易呢!唐末至今,几十年间,政权更迭。先是朱全忠得了唐王朝的江山,建立后梁。传到儿子朱友贞手里,就被李存勖夺去,建立后唐。后来李存勖的皇位,又被养子李嗣源篡夺。李嗣源死后,传给儿子李从厚,可只四个月,就被养子李从珂夺去,最后石敬瑭夺得王位,建立后晋。后晋传到石重贵手里,不久当了契丹的俘虏。刘知远拥兵占领中原自立,建立后汉,又被郭威夺取,建立后周。一代一代,父子兄弟,亲信爱将,反目成仇,同室操戈,不都是为了这宝座吗?"

石守信诧异道:"陛下何出此言?方今天下已定,谁还敢生异心?"

赵匡胤的脸色陡然严峻起来,锐利的目光扫过众将,神色肃然道:"各位爱卿当然不会起异心,但麾下的将士贪图富贵,暗中怂恿,一旦兴起兵变,将黄袍加到诸位身上,即使你本无此心,到时恐怕也骑虎难下了!"

殿中诸将听了皇上这番话,无不暗自心惊,先前的酒兴荡然无存,慌忙离开座位,忐忑不安地俯伏地上,将头磕得砰砰直响,说:"臣等愚不及此,还望陛下哀怜,指明一条生路。"

"诸位爱卿,快快请起!"赵匡胤的脸色渐趋缓和,"人生犹如白驹过隙,忽然而已。古诗有云:'生年不满百,常怀千岁忧。昼短苦夜长,何不秉烛游。'人生在世,无非图个快活安逸,各位疆场搏杀,辛苦了大半辈子,不如释去手中的兵权,出为节度使,广置良田,多积金银,白日弋钓山渚,夜夕怀抱美姬,优哉游哉,以终天年!如此,则上下相安,君臣无忌,岂不是上上之策吗?"

诸将中张令铎、赵彦徽素惮赵匡胤的神威,早有离京之意;石守信、王审琦、高怀德等人,虽然和赵匡胤的关系非同寻常,未曾有离开禁军的准备,但皇上之命谁敢不从?况且连慕容延钊已经外放为节度使,遑论他人?于是,众将纷纷上前,拜谢皇恩,只是殿中再没有起初的那种气氛了。

第二天,诸将呈上奏章,请求罢典兵之职。赵匡胤命石守信为忠正节度使,高怀德为归德节度使,张令铎为武信节度使,赵彦徽为镇宁节度使,又各自赏赐白银万两,御马五匹。众将先后向赵匡胤辞行,离京赴任去了。

赵匡胤经过周密的安排,杯酒释兵权,一举将禁军的指挥权收归朝廷,由自己一手掌控,从而杜绝了禁军哗变的危机,消除了自五代以来兵权外落,边将造反的可能。可以说,这一措施对于赵氏王朝的巩固,具有关键性的意义。

然而管理禁军,事务繁多而琐碎,几个月下来,赵匡胤不堪其烦,想任命一位德高望重的人代自己管理,他首先想到的,是在禁军挑选中出了大力的符彦卿。可赵普坚决反对,说:"符彦卿位极人臣,岂可让他再掌禁军?与其如此,还不如让慕容将军留任!"

赵匡胤暗想,符彦卿是光义的岳父,而且年事已高,断然不会有谋反之心,便执意下诏,调符彦卿来京赴任。诏令一下,不到两个时辰,赵普匆匆来到宫中。

赵匡胤见他便问:"爱卿是为了符彦卿一事而来吗?"

赵普答道:"正是!"从怀中掏出诏令,双手递给赵匡胤。

赵匡胤一看,竟然是自己的诏书,惊怒交加:"你……你竟敢私自拦下朕的诏令!"

赵普从容答道:"凡是臣认为不妥的诏令,臣皆留之,请陛下重新考虑,深思利害,以免后悔!"

赵匡胤叹了一口气说:"你怀疑符彦卿,究竟是何原因?朕素来待他甚为优厚,他岂能负朕?"

赵普倔强地反问道:"陛下何以能负周室?"

赵匡胤被戳到痛处,哑然无语,只好收回成命,转而任命赵光义襄助禁军事务。

却说自从赵匡胤登基以来,张永德虽为有功之臣,但毕竟与周室是至亲,处于一种极为尴尬的地位,心中颇不自安。此时,听得赵匡胤废黜诸将,心中愈发恐惧,反复思量之后,向赵匡胤提出辞去殿前都指挥使一职。从此回到家乡,过了几年寂寞但也算是平安的日子,一直到因病而逝,也算是得其所终了。

韩令坤当时领兵驻守北边,得知慕容延钊、石守信等人被解除兵权,未置一词,只是酒喝得更多了,话也更少了。赵匡胤几次召他来京相聚,他都借故推托,赵匡胤丝毫也不怀疑他的忠诚,但心常耿耿,却也无可奈何。

第二十三章

赵普为相定国策　慕容力战殒潭州

赵普向前走了两步,双眼炯炯发亮,斩钉截铁地说:"八个字:防北攻南,先南后北。唯有如此,方能使我大宋立于不败之地,并进而成就统一海内的大业!"

残冬一过,春天来临。接连几场春雨,洗去了冬日积下的尘埃,天地间显得格外明净清爽。清明过后,赵匡胤雅兴大发,带着朝中一帮大臣,前往京西的金明池春游。

此时正是汴河水涨的季节,金明池的水漫过了堤岸,水面更为浩淼开阔。君臣数十人分乘十余艘豪华的游船,泛舟碧波荡漾的池水之间,谈笑声、喧闹声,顷刻打破了林间水畔的宁静。一群群白鹭受到惊吓,引颈鸣叫,竞相飞向高空,在蓝天白云间盘旋翱翔。

宰相王溥、范质和翰林学士陶谷同乘一舟,三人倚在船头,兴致勃勃地观赏眼前的美景。范质指着池南临水殿一带的绿树碧瓦,啧啧赞道:"此乃金明池精华所萃聚,来日致仕,若能在临水殿旁的树林深处,建一草庵,安度余生,岂不乐哉!"

王溥也情不自禁地附和赞同。

陶谷收回远眺的目光,侧身望着范质、王溥悠悠然道:"山水隐逸之乐,人皆向往。当年范蠡功成身退,逍遥江海之上,故能免祸善终;文种不识时务,难舍富贵,终为勾践所害。进退祸福,皆在一念之间,思之令人扼腕。不知两位愿学范蠡,抑或文种乎?"

王溥捋了捋胡须,哈哈一笑:"恐怕两人皆难学也。我辈凡夫俗子,焉能与古圣贤相提并论?"

还是范质稍有心机,似觉陶谷话中寓有深意,怔得一怔,说道:"陶学士这话深藏玄机,还望细说一二。"

陶谷双眸在眼眶中转了几圈,面无表情地说:"在下随口言之,哪有什么玄机?其实急流勇退,保得身家平安,乃无上明智之举,古今皆然。尤其是若有把柄为人所乘,更当速谋退路,否则大祸降临,则悔之晚矣!"

范质听了,心中一惊,王溥也意识到陶谷所言,必有所指,两人面面相觑,神色极不自然。原来,从去年下半年开始,皇城扩建,范质利用工程总管的职权,私吞数万两银子的款项;今年春节过后,唐主李璟派人来开封,暗地里给范质、王溥、赵普三人各送了一份厚礼,除赵普外,二人贪于财利,一一笑纳。他们虽然得了金银,但毕竟违反了大宋律条,特别是私受南唐金帛,弄不好落个通敌谋反的罪名,那可是诛夷三族的大罪!

更可怕的是,范质、王溥与赵普一贯貌合神离,近来冲突益剧,而赵普与皇上亲如兄弟,且心思细密,熟谙权诈,在京城广布眼线,更兼有赵光义、陶谷、张琼等人为其辅助。万一赵普知其底细,奏明皇上,那就不堪设想了!

范、王二人越想越怕,再也无心赏游山水,满脸堆笑,邀陶谷进船舱细谈。陶谷知道旁敲侧击已见成效,暗暗高兴。三人进舱中谈了片刻,陶谷干脆将话挑明:"其实,二位宰相的事,早已有人报告赵枢密使,只不过他为人仁厚,又念及共事的情分,不忍心眼睁睁看诸位陷入危难,故一直未奏明皇上。枢密使乃皇上患难之交,其关系不亚于慕容与韩将军;且自从二位宰相逼皇上痛斩王仁,皇上对二位已心存芥蒂。若枢密使将事揭出,再稍作渲染,则两位危矣!"

"那可如何是好?还望陶学士指教!"范质、王溥面临危境,也顾不上宰相的身份,朝陶谷连连作揖。

陶谷脸露沉思之状,在舱中走了几步,说:"以在下之见,欲求万全,唯有向皇上提出辞呈,并举枢密使为相。如此,则既可遂皇上之心,又可顺枢密使之意,从此诸位脱离俗务,优游山水,可得高枕而乐矣!"

范质、王溥听了,心中恨道:"赵普匹夫,你好歹毒!欲借机逼我们退位,便与陶谷设了这个圈套,让我们钻!"心中虽这样想,脸上却不敢表露出来。确实没有别的办法可想,即使明知是圈套,也只好往里面钻了。

几天以后,范质、王溥二人正式向宋主提交了辞呈,并一致推举赵普为宰相。赵匡胤早有起用赵普、罢免两相的打算,也就顺水推舟,说了几句挽留嘉勉的客套话,批准了二人的辞呈。

赵匡胤又与赵光义等人商议,认为多相制度,容易造成相互推诿、各不负责的弊病,不利于政令的施行,因而赵匡胤只任赵普一人为相,总领朝政。从此,赵普独居相位,真正成了一人之下、万人之上的大臣,而曾经显赫一时的范质、王溥,则彻底地退出了政治舞台。

赵匡胤罢两相,用赵普,革除积弊,整顿财政,可谓如鱼得水,朝政大为改观;与此同时,他又和赵光义一起,进一步加强禁军的建设,削弱藩镇将领的军事力量。不到半年,朝廷府库充盈,政局稳定,禁军人数扩大到十六万。

收复北方失地,是赵匡胤少年时候的一个梦想,而要驱除契丹,收复燕云十六州,首先必须荡平北汉。登位两年多来,他一刻也未忘记这一夙愿,只是稳定内政的迫切性,使他暂时无暇顾及而已。现在政权稳固,军力强盛,讨伐北汉的条件已经具备,他的眼光自然由内而外,投向了北国那片让他梦魂萦绕的土地。

赵匡胤招来赵普、赵光义、陶谷、潘美等人,向他们谈了亲征北汉的打算,激动地说:"北汉割据十余年,不仅威胁我大宋,更是收复燕云十六州的最大障碍。以我大宋兵力,足以除此心腹大患,为平辽奠定基础。不知诸位有何看法?"

潘美最善揣摩迎合,赵匡胤话音刚落,便接口说:"陛下雄才伟略,眼光远大,亲率精锐禁军,北伐汉逆,上合天意,下顺民心,必能克乱制胜,扬我国威!"

赵光义年少气盛,也极力赞成出兵北伐。

赵匡胤颔首微笑,见赵普缄默不语,似有所思,问道:"则平爱卿,你意下如何?"

赵普从椅子上缓缓站起,躬身说道:"启奏陛下,微臣尚未考虑成熟,故不敢妄言。"

赵匡胤大手一挥:"你何必故弄玄虚?尽管将心中所想说出!"

赵普略作思忖,开口说道:"当今天下,大宋居中,北有北汉、辽国,南有南唐、南平、楚、吴越、南汉、西蜀诸国,陛下平心而论,若大宋出兵,取北方易还是南方易?"

"辽乃虎狼之国,地域广大,将士剽悍;南方民性孱弱,且各国割据孤立,可分而击之。当然取南方较为容易。"赵匡胤回答。

赵普又问："陛下再想一想，就我大宋眼下的实力而言，攻取北汉固然绰绰有余，但对付辽国，能有几成胜算？"

赵匡胤沉思了一会儿，说："就目前的国力而论，恐怕还无法与辽国抗衡，但是……"

"陛下请不要说'但是'，"赵普打断赵匡胤的话，接着说，"我们若攻下北汉，必然面临辽国强大的军事压力，甚至引发持久之战，耗费国力而无一所获。若南方诸国乘势北犯，就会造成两面受敌、疲于应付的局面。故现在攻打北汉，实非明智之举也！"

"那你意下如何？"赵匡胤身子前倾，急切地问。

赵普向前走了两步，双眼炯炯发亮，斩钉截铁地说："八个字：防北攻南，先南后北。唯有如此，方能使我大宋立于不败之地，并进而成就统一海内的大业！"

"依你所言，莫非就听任北汉猖獗，让那幽云之地，长期陷于契丹之手不成？"赵匡胤愤愤地说。

赵普正要进一步说明，一直未曾开口的陶谷抢先说："陛下，宰相并非说不攻打北汉，收复失地，而是说先取南方诸国，既扩大疆域，充实力量，消除后顾之忧，然后再转而全力北伐，岂不是万无一失？"接着，又侧身问赵普，"宰相可是此意？"

赵普笑道："知我者，陶兄也！"

从感情上说，赵匡胤恨不得即刻领兵亲征，尽快击败北汉，收复幽云失地，但他毕竟不是一名普通将领，而是一国之君，他必须站在君主的立场上，理智地分析全局，做出有利于国家的正确决策。反复思考之后，他不能不承认，赵普的意见是对的。虽然有些不甘心，他最终还是放弃了自己的主张，接受了赵普"防北攻南，先南后北"的八字方针。后来的事实也证明，正是这一方针，使宋朝广开疆土，一步步繁荣昌盛起来。

赵匡胤是雷厉风行的人，一旦确定了对北方采取防守的策略，便进行了一系列的军事部署：令赵赞守延州、董遵海守环州（今甘肃省环县）、姚内斌守庆州（今甘肃省庆阳市）、王彦升守原州（今甘肃省镇原县），以防西夏；令李汉超守关南、马仁禹守瀛州、韩令坤守常山、贺惟忠守易州(今河北省易县),以备辽人;令李谦溥守隰州(今山西省隰县)、武具琪守晋州(今山西省临汾市)、郭进守西山、李继勋守昭义(今山西省长治市),以拒北汉。十二员戍边大将的家属,一律留在京师,扶养甚厚;同时,允许镇边将领通过贸易筹措军饷,有权独自处理军政事务;每当诸将回京,赵匡胤必亲自接见,赐宴赏物,以示恩宠。因此,镇边将领都竭尽全力,忠于职守。北境戍守的稳固,有力地支持了朝廷向南方扩张。

正当赵匡胤急于向南寻找一个突破口的时候,意料之外的契机出现了。建隆三年(962)十二月,楚王周保权、南平王高继冲先后向宋朝告急,请求派大军讨伐叛将张文表,以解两国危难。

唐末大乱之时,杨行密击败孙儒,孙儒的部将马殷率军转入荆湖。后梁建立,封马殷为楚王,马殷死后,诸子为了争王位互相残杀,南唐趁机出兵灭了楚国。不久,楚之旧将周行逢起兵,赶走南唐军,控制了潭、朗、衡、永数州,恢复了楚国。

宋太祖初定中原,无暇南顾,封周行逢为朗州(今湖南省常德市)大都督,仍袭楚王,多次遣使慰问。周行逢在这个狭小的独立王国里发号施令,自行其政,倒也其乐融融。谁料好景不长,建隆三年,周行逢偶染小恙,病情加重,到十一月,已是卧床不起。他知痊愈无望,大限将临,便召集部将叮嘱道:"朕子保权,年仅十一岁,全赖各位辅佐保护。朕之部将,其凶狠难驭者,朕已诛之殆尽,唯衡州刺史张文表,素凶悍,不愿居于人下。朕死后,他必为乱,望诸公善佐吾儿,无失土宇。实不得已,当举族归宋,勿令陷于虎口。切记切记!"

周行逢死后,其子周保权继位。张文表闻之,果然不胜其忿,怒气冲冲地说:"我与行逢俱起微贱,同立功名,今日他殁,何以不将王位授我?我安能北面事行逢小儿!"随即兴兵,杀气腾腾直扑潭州,夺其城,诛杀潭州刺史廖简。又放出风去,扬言周保权若不以王位相让,将大举进攻朗州,尽诛周氏。

楚王周保权一介孺子,闻得此讯,吓得眼泪直流,手下部将,也大多畏惧张文表,不敢出战。无奈之下,只好遣使速往开封,向宋朝乞师求援。

再说唐末朱温建立后梁政权,派大将高季兴任荆南节度使,高季兴到荆州后,又向外扩张,占据了归、峡二州。后唐初年,高季兴受封南平王。季兴传其子从海,从海传其子保融,保融传其弟保勖,保勖又传其侄继冲,世代镇守江陵。南平仅有荆、归、峡三州,在南方诸国中力量最弱,其地与潭州毗邻。高继冲听说张文表作乱,担心乱军侵入南平,引来祸患,所以也遣使向宋朝告急,以求保护。

赵匡胤闻报,大喜过望,急召慕容延钊、王审琦入京,任命他俩为荆南路行营都部署、行营都监,率领禁军五万、各州地方军十万,火速讨伐叛将张文表。

临行前,赵匡胤在讲武殿为两位将军送行。席间,慕容延钊向赵匡胤请示征战方略,赵匡胤从容说道:"江陵南接潭州,东连建康,西迫巴蜀,北近开封,实乃要冲之处。大哥此番前去,可借讨伐张文表之名,途经其境,乘势将其收归朝廷;待南平事成之后,再挥师南下,直捣潭州、朗州,既平张文表,亦取周保权。这样一来,南平与楚皆为我大宋所有矣!"

慕容延钊击案称妙:"陛下英明,好一个假虞灭虢之计!末将此去,心中有数了。"

赵匡胤离了御座,手持酒杯,走近慕容延钊:"大哥,此番南征,乃大宋向南经略的首役,其成败直接影响到将来的战略部署,事关重大,故朕特请大哥挂帅,非大哥不能当此重任也。来,干了这杯酒,祝大哥建立奇功,早日凯旋!"

君臣举杯,一饮而尽。赵匡胤见慕容延钊脸色不好,关切地问:"大哥,你的胸口还痛吗?南方潮湿多雨,一定要注意保养,一般事务,让王审琦代劳即可。"又诏令两名宫中太医,携带珍贵药材,随军服侍,特意交代说:"慕容将军若有意外,唯你们俩是问!"

慕容延钊见赵匡胤考虑得如此周到,感激地说:"多谢陛下关心。我慕容延钊只要一息尚存,就一定拿下南平、楚国,决不辜负陛下的厚望!"

慕容延钊、王审琦率大军向南进发,十余日后抵达襄阳。慕容延钊按照赵匡胤的策略,首先派人前往江陵,向高继冲借道,自己则督军继续前进,在荆门驻扎。

南平王召集群臣,商议宋军借道之事。部将孙光宪进言道:"宋军乃应我之请而来,若不应允,于理不合;且宋主神武过人,宋朝国势强大,南平弹丸之地,决难与之争锋,不如答应借道,勿忤宋主之意,或许于我有利焉。"

高继冲踌躇未决,又征求叔父高保寅的意见。高保寅思考良久,并无万全之策,便说:"宋军远来,是为客人,我们备牛酒,借犒师之名,往观动静,再作打算罢。"

高继冲亦觉有理,与高保寅携肥牛百头,美酒百瓮,前往荆门犒师。

叔侄俩来到荆门,见宋军营寨相连,逶迤数里,宋军将士个个年轻力壮,威风凛凛,不禁心生怯意。慕容延钊与王审琦等一批大将,将他们俩迎进大营,设宴款待,好言慰勉。高继冲觉得慕容延钊态度温和,并无他意,心中一宽,便开怀畅饮,当晚在宋军大营歇息。

却说慕容延钊稳住高继冲,趁他酒兴正酣,暗地里令王审琦带领五万禁军,火速进驻江陵。返回营中后,继续陪高家叔侄喝酒。

第二天早上,高继冲回到江陵一看,城内到处都是宋军,所有要害之处全部被其占领;孙光宪等部将也忙着协助宋军布防。高继冲又惊又惧,这才知道中了慕容延钊的圈套,但以南平的军力,无法与宋军抗衡,他思前想后,唯有屈服方可保全,于是强压住心头的怨恨,迎接慕容延钊进城,交出南平全境的地图版籍,将三州十六县尽数献给宋廷。

赵匡胤得到军报,龙心大悦,遣潘美为特使,前往江陵,厚赐故南平王高继冲,并授予他为马步军都指挥使,任荆南节度使,仍领故地。南平自高季兴割据始,传四世五主,凡四十余年,至此纳土归宋。高继冲后来调任武宁节度使,至开宝六年(973)病殁。

慕容延钊依赵匡胤之计,轻易取了南平,接着在江陵休整部队,筹集军需,准备攻打潭州。半个月以后,一切就绪,十五万宋军浩浩荡荡向潭州进发,讨伐张文表。

再说这叛将张文表,乃湘中人氏,性情极为火爆倔强,从不服输,人称"雷公"。自从占了潭州,他就一直在筹划进攻朗州,后来听说宋朝出兵,南平归服,这才紧张起来。他将衡州(今湖南省衡阳市)之兵悉数调来潭州,约六万人马,欲与宋军决一死战,扬言道:"自古楚军善战,宋人若敢来犯,必令其葬身楚国,无一北还!"

慕容延钊率军经岳州(今湖南省岳阳市)、汨罗南下,在距潭州四十里的平津渡扎下营寨。此时正是春季,绵绵细雨下个不停,天气又湿又闷,让人连呼吸都感到困难。宋军将士,因不适应南方的水土和恶劣的天气,不断有人病倒,而且情况还在进一步恶化。慕容延钊担心战斗力受到影响,将病号和体弱的士兵约五万人,全部送回江陵。然而,余下的十万将士,仍然面临危机,假如天气再不晴,只怕未及交锋,就已经溃不成军了!

深夜,慕容延钊怎么也睡不着,胸口好像堵着一块石头,憋得人直发慌。他从临时搭起的睡榻上爬起来,披上衣服,走到大帐边,掀开帐帘,仰望黑沉沉的天幕,耳闻淅淅沥沥的雨声,想起赵匡胤的郑重托付,不由得一阵焦躁。他双目微闭,心中默默祈祷:"上苍请垂顾我大宋,但愿明日雨止天晴,保我大军进展顺利!"连祷数遍,复上睡榻,一夜未眠,到凌晨才迷迷糊糊地睡去。

次日清早,王审琦匆匆跑进大帐,惊喜地高声喊道:"天晴了!慕容兄,快起来看,天晴啦!"

慕容延钊翻身起床,也顾不上穿衣服,疾步冲出帐外,举头一看,果然雨停了,一轮红日升在天边,空中一碧如洗。

慕容延钊激动地喃喃自语:"苍天垂顾,苍天垂顾!"突然感到一阵眩晕,站立不稳,不由自主地踉跄了两步。王审琦抢上去扶住他,见他脸色苍白,双眼血红,憔悴不堪,焦急地问:"慕容兄,你怎么啦?"便搀着他进营帐休息。

这一段时间,慕容延钊作为大军主帅,事必躬亲,日夜操劳,唯恐有什么疏漏,误了朝廷的大事。他本来就有胸疾,几个月的操心劳力,再加上水土不服,无异于雪上加霜,身子更加虚弱。慕容延钊在营帐中坐了一会儿,方才缓过神来,对王审琦说:"王兄,天气突然转晴,此乃天助我大宋也。赶快集合部队,攻取潭州!"

王审琦忧虑地说:"慕容兄,你这样的身体,怎能进兵?"

慕容延钊猛地站起来,沙哑着嗓子说:"攻打潭州,以速战为宜,否则无功而返,有何脸面见皇上?"言罢,便要出帐去集结部队。王审琦连忙拦住他,自己出帐张罗去了。

当日,宋军抵达潭州城下,慕容延钊派人向张文表下战书。本来,张文表完全可以紧闭城门,拖垮宋军,但一来他生性好斗,自视甚高,二来忧虑朗州的周保权乘机进军,造成腹背受敌的局面,所以决定应战,试图一举击溃宋军,以便下一步集中力量对付朗州。

张文表心高气傲,视十万宋军如无物,见宋军来到城下,即令打开城门,率领五万楚军向城外杀去。

这张文表本无赖出身,不懂阵法战术,只管领着将士向前冲。楚兵头裹着黄色头巾,嘴里呀呀喊叫,不顾死活朝前涌,如同咆哮激荡的海潮,眨眼到了宋军阵前,一窝蜂扑过去,见人便杀,逢马即砍,凶悍异常。宋军将士虽多经战阵,但从未见过这般撒野似的战法,一时之间,竟抵挡不住,死伤上千人,纷纷向后退却。

慕容延钊见势不妙,急令王审琦率精锐禁军顶上去,遏制楚军的攻势。然而,楚军得势不饶人,呐喊着掩杀过来,前面的人倒下了,后面的士兵熟视无睹,依然疯了似的冲杀,宋军仍明显处于劣势。

慕容延钊身跨白马,须髯飘飘,长枪横在胸前,布满血丝的双眼注视着战况的发展。他的身边,环列着数百名强悍的亲兵。他一言不发地看了半个时辰,脸色越来越严峻。突然,他咬了一下嘴唇,两只丹凤眼射出骇人的光芒,接着大喝一声:"让开!"双腿狠命一夹,胯下那匹雪白的骏马撒开四蹄,向楚军疾驰而去。骏马跑得如此之快,以至正在纠缠相斗的双方士兵有些来不及躲闪,被冲翻在地。铁蹄践踏之处,腾起一片血光,惨叫声不绝于耳。

这时,满脸络腮胡须的张文表正挥舞双刀,龇牙咧嘴地呼喊着,催促楚兵向前冲。猛一抬头,发现一匹白马有如闪电,飞奔而来,马上的将军,提着一杆红缨枪,银盔黑髯,宛如天神。他心头一凛,下意识地扬起双刀,正要抵挡,说时迟,那时快,他的双手刚刚举起,白骏马已到了跟前,只见长枪飙出,张文表手腕一麻,双刀脱手,"当当"掉到地上。张文表尚未回过神来,那长枪挟着万钧之力,直奔心窝,只听得"飕"的一声,锋利的枪头穿透后背。张文表狂号一声,倒地而亡。可怜如此强悍的张文表,未及交手,转瞬间就惨死在慕容延钊枪下。

张文表一死,凶蛮的楚军发出阵阵惊呼,攻势顿缓。王审琦乘机率领禁军反扑,楚军开始溃退。慕容延钊右手举起长枪,大声喊道:"弟兄们,张文表已死,攻进潭州去,跟我冲啊!"便一马当先,杀入敌群。宋军士气大振,喊杀声震天动地;楚兵斗志全失,拼命向城内逃跑。宋军一路追杀,冲入城中。

眼见楚兵死伤无数,潭州城已成宋军囊中之物,慕容延钊心中一宽,这才感到胸口绞痛,犹如刀割。他勒住坐骑,手捂前胸,咬紧牙关,试图挺过去。然而,他的身子太虚弱,刚才的恶斗又耗尽了体力。慕容延钊只觉得虚汗直冒,紧接着,两眼一黑,摇晃着从马上掉了下来,便什么也不知道了。

等到慕容延钊醒来,已是三天之后。他一睁眼,发现自己躺在床上,翻身欲起,但身体根本不听使唤,四肢瘫软。他还想挣扎,床边的两位御医连忙制止道:"将军已昏迷三日,粒米未进,万勿躁动!"

这时,王审琦匆匆走进来,见慕容延钊已经清醒,扑过来喊了一声:"慕容兄……"哽咽着再也说不下去,鹰钩鼻翼一起一伏地歙动着,那张马脸露出罕见的温情。

慕容延钊直直地盯着王审琦,嗫嚅道:"王兄,战况……如……何?"

王审琦将慕容延钊扶起,让他靠在床头:"大哥一枪刺死张文表,大军一鼓作气,攻克了潭州城,城中守敌全部投降。大军随即进军朗州,楚王周保权心知无力抗拒,遣使送来降表,诚心归服,将楚国全境十四个州、六十六个县,悉数献上。大哥,你现在什么都不用担心,好好保重身体要紧!"

慕容延钊听罢,长长地吁了一口气,双眼一阖,轻轻说道:"辛苦王兄了,总算没有辜负皇上的厚望!"

楚国既平,赵匡胤传令嘉奖,命宋军立即班师回朝。慕容延钊身体稍有起色,便卧床料理军务,令大将李处耘率州兵五万,镇守朗州、潭州,自己与王审琦领大军北还。王审琦弄来一辆有厢马车,铺好床褥,将慕容延钊安置其上,一路悉心照料,无微不至。

建隆四年(963)五月初五,大军抵达颍昌,慕容延钊歇息于当地官员特意为他准备的官邸内。晚餐,喝了一小碗黑米粥,躺在床上睡了一个时辰,觉得精神不错。入夜,王审琦与值班的太医将他扶起,喂他服了汤药,坐在床前陪他闲聊。

慕容延钊说:"王兄,今天是端阳节,可惜未能泛舟汴河。烦你扶我去庭院中坐坐吧。"

王审琦见他脸色不错,叫人在外面的院子里设了一张太师椅,椅子上铺一床柔软的丝绒被,扶他坐在上面,自己站在旁边。

慕容延钊望了望王审琦,说:"王兄,这一个多月来,你既主持军务,又要照顾在下,真是难为你了。"

王审琦说:"只要慕容兄能早日康复,小弟做什么也愿意!"

慕容延钊仰起头,凝视那弯形似蛾眉的新月,感叹道:"人生代代无穷已,江月年年只相似。月色依旧,人非昔时。当年与王兄相识于开封,你我兄弟正是意气风发之时,弹指间十八年过去,今日竟已老病俱至,思之怃然!"

"俗话说,人到五十五,好比出山虎。慕容兄才五十一岁,岂能轻易言老?返京后好生服药调理,根除胸疾,慕容兄你还是硬朗朗的一条好汉!"

"王兄的心意我自然明白!在下有一种预感,此关难过矣!其实,人生如梦,终有醒时。十八年来,我等兄弟纵横天下,并未虚度此生。所憾者,恐难再见皇上一面,而众位兄弟,更是无缘聚首言欢了。"慕容延钊颇为伤感。

王审琦正要张口劝解,突然眼前一亮。只见正北方向,一颗硕大的流星划过夜幕,留下一道璀璨耀眼的光亮,斜斜地坠向地面,随即光道消失,一切又归于黑暗,仿佛什么也不曾发生。两人心头均是一怔,谁也没有开口说话。

片刻,慕容延钊耳语般地说:"一切都过去了,该回去了。"

王审琦默默地将他扶回房中。

第二天,慕容延钊的病情急剧恶化,胸口的剧痛煎熬着他。他时而清醒,时而昏迷,嘴唇上布满燎泡。见此情景,王审琦令大军暂缓出发,派人火速回京,禀告赵匡胤。

赵匡胤得知慕容延钊病倒潭州的消息,心中一直放心不下,后来听说有所好转,才稍感宽慰。此时,他正在大殿之上,和赵普、陶谷等人议事,忽然一个内侍匆匆跑来报告:"启禀陛下,刚刚接到王将军的通报,说是慕容将军病情危急!"

赵匡胤心急如焚,立即吩咐张琼做好准备,要亲赴颍昌。

陶谷认为,皇上此举于国家礼制不合,欲行劝阻。赵普说:"君臣数年,陶兄还不了解皇上的性情?皇上与慕容将军乃生死之交,即使太后在世,也无法阻止他亲往颍昌。你何必多此一举?"

颍昌距开封约二百里,赵匡胤嫌车舆太慢,和张琼等二十余名侍卫改骑快马,沿途驿站换马,吃喝全在马上。就这样,马不停蹄地奔驰了一整天,终于在次日中午赶到了颍昌。

赵匡胤一行风尘仆仆进了城门,早有许多官员列队恭候。赵匡胤翻身下马,将马和马鞭交给张琼,叫人领路,径直往慕容延钊的房间走去。他边走边挥手抹去脸上的汗珠,心里念道:"大哥,你千万要挺住啊!只要能保得你平安,朕宁愿舍弃南平和楚国!"

赵匡胤忐忑不安地走到卧室外面,王审琦双眼通红迎了出来,正要行礼,赵匡胤一把拉住他,轻声问:"大哥怎样了?"

"从昨晚开始,他一直昏迷不醒,发高烧,说胡话,药也灌不进去。看来……"

赵匡胤使个眼色,打断了王审琦的话,蹑手蹑脚地走近床头。

躺在床上的慕容延钊,脸色蜡黄,瘦得皮包骨头。赵匡胤怎么也不敢相信,这就是他那位风度翩翩,叱咤风云,使敌人闻风丧胆的大哥!赵匡胤强忍住内心的悲痛,轻轻在床沿坐下,俯身凝视慕容延钊,脑海中闪过当年大闹枣树林、结义白龙潭、勇战慕容彦超、浴血高平、大败儋圭等往事，泪水不禁夺眶而出，顺着脸颊流下来，滴落在慕容延钊的额头上。

慕容延钊似乎知道赵匡胤来到了身边，缓缓睁开双眼，望着赵匡胤，眼中分明闪出一道惊喜的光芒，嘴唇嚅动着。

赵匡胤紧紧抓住他的双手，将耳朵附在他嘴边，听到他断断续续地说："三弟，你……终于……来了。你……你要……善待……过去的……老兄弟，也不要……为难……两位……太医。"说完，两眼定定地看着赵匡胤，脸上露出笑意，随即头歪向一边，一动不动了，脸色显得安宁柔和，仿佛睡过去一般。

赵匡胤愣了片刻，叫了一声："大哥！"伏在慕容延钊身上，发出一阵压抑的低泣。站在旁边的王审琦，竟像孩子般放声大哭起来。守候在门外的宋军将士，知道主帅已逝，无不悲泣失声。

骤起的哭声，惊动了栖息在官邸屋顶上的一群颧鸟，它们拍打着翅膀，聒噪着飞向苍茫的天宇，慢慢地变成一个个小黑点，最后消失在深邃渺远的空间。

第二十四章

御笔朱圈戏赵普　三千宠爱系宋妃

赵匡胤哈哈大笑:"昨日朕酒后与你戏言,无须当真。赵爱卿,快将朱圈洗掉,免伤大雅!"赵普固执地说:"君无戏言。陛下赐臣顶此朱圈三日,便是少半日,也属违君之旨!而且既是皇上所赐,乃是微臣的荣幸,何伤大雅!"

慕容延钊病殁,赵匡胤悲伤不已。回到京城后,选用最好的楠木棺椁装殓,停柩大相国寺。又召集僧尼千名,举办一场六六三十六日的大法事,超度亡魂。赵匡胤要用最隆重的葬礼,作为与慕容延钊最后的诀别。

大相国寺的知客殿前,搭起了一座巨大的灵堂。宽阔的广场上,一千多个僧尼端坐蒲团,左掌竖起,右手敲木鱼,低首念着经文。诵经声与木鱼的敲击声,融汇成一种肃穆而厚重的和音,仿佛是发自大地深处的叹息与呻吟;上百只炉鼎燃起的香烟,袅袅升起,一束束,一缕缕,在半空中缭绕缠结,随即被微风吹往四面八方。

法事持续了十日。这一天下午,三匹快马从城南飞驰而来,骑马者是三位僧人,领头的那位身着黄色僧衣,三十余岁,浓眉俊目,左脸颊有一道暗红色的伤疤。一来到相国寺,黄衣僧人跳下马背,令两名侍从在外面等候,便急急登上台阶,进了寺门。

他穿过围观的人群,迈步走进灵堂,来到灵柩前,点燃一把线香,肃立灵前,轻声念道:"阿弥陀佛。慕容大哥,贫僧……看你来了!"脸上的肌肉不断抽搐着,两行清亮的泪水缓缓流下。

那僧人在慕容延钊的灵前,默默地伫立,足有半个时辰,直到手中的线香燃完,才转身离去。

那僧人出了灵堂,无意间瞥见广场右侧诵经的尼姑中,闪过一张熟悉的面孔。他的心一阵狂跳,仔细一辨认,果然是绿珠!不由得放慢了脚步。也许是冥冥中有所感应,绿珠此时也抬起了头,一眼瞅见了身穿僧衣的李良。

四目相对,犹如突遭雷击,两人的身体,同时剧烈地颤抖起来。那僧人默念"阿弥陀佛",镇定心神,赶紧收回目光,大步朝寺外走去。

刚出寺门,迎面遇见一位身着戎装的将军,后面跟着一大群挑着祭品的亲兵。他一低头,想绕开他们,却听到有人喊:"李良,李良!"

抬头一看,原来是韩令坤。黄衣僧人一愣,缓缓走过去,合掌施礼:"贫僧觉慧,见过韩将军。"

韩令坤风尘仆仆,黝黑的脸上满含悲伤,嘶哑着嗓门说:"李良兄弟,没想到大哥……"便哽咽着说不下去了。觉慧心里又是一阵辛酸。

沉默了一会儿,韩令坤抓住觉慧的双手道:"不管你是李良还是觉慧,总归是俺韩令坤的好兄弟。俺听到大哥的凶讯后,专程从常山赶来吊唁。俺先去祭拜大哥,明日再找上石头和王审琦,咱们兄弟好好聚聚!"

"不了,韩将军。贫僧即刻启程回襄阳,敝寺还有许多事务必须料理。就此别过。"说完,就要离开。

韩令坤抢前一步拦住他:"难道你连圣上也不见上一面吗?听说你返寺后,他可是伤心透了!"

觉慧微微合十道:"既入佛门,便离俗世。见有何益?不见亦有何伤?韩将军,请多保重,后会有期。"接过随从僧人递过来的马缰,翩然上马,双腿一夹,绝尘而去。

第二天,赵匡胤在讲武殿召见韩令坤。赵匡胤对慕容延钊的病殁追悔莫及:"彼时朕若知大哥的胸疾如此严重,决不会让他领兵南征,他也就不会过早谢世了。唉!"

"陛下不必过于自责。生死有命,富贵在天。未来之事,谁也无法预料。陛下有此情意,大哥若泉下有知,亦可瞑目了!"

"二哥,边地苦寒,实难久居,朕欲调你回京,掌管禁军。这样一来,二哥可与家人团聚,我们兄弟也能经常见面了。你看如何?"

自从赵匡胤削夺诸将兵权,两人的关系日渐疏远,赵匡胤心里常感不安;他见韩令坤皮肤粗糙,须发蓬乱,比从前苍老了许多,同时又想到慕容延钊临终"善待老兄弟"的叮嘱,心有所感,便再次劝韩令坤留在京城。

"多谢陛下关爱!常山虽避远,却颇多自由,比在京城动辄招人非议,胜过万倍。俺韩令坤一生行事,不图别的,就图个痛快。只要心里痛快,再苦再难又何足道哉!"说到这里,韩令坤停顿了一下,转而问道:"陛下,李良昨天来京城祭拜大哥,你知道吗?"

"你说什么?他真来过京城?他为什么不来看看朕?"赵匡胤情不自禁地从御座上站了起来,连连发问。

"他说寺中事务繁多,必须赶回去。"

"哪有这样的事!他分明是不愿意来!"赵匡胤一脸的惆怅。

韩令坤走后,赵匡胤仍然心神不定,在讲武殿独自徘徊。慕容延钊的死,李良的避而不见,让他忽然觉得,自己真的成了孤家寡人。他感觉到一种心灵的重压,一种无法排遣的孤寂。

八月十五,是一年一度的中秋佳节。按照惯例,每到这天,皇上都要邀请京城的亲信大臣在偏殿进行晚宴,宴后君臣一同前往迎春苑赏月。凡是参加的大臣,都将其视为无上荣幸的事。

受到邀请的大臣,陆续集中于偏殿,等待赵匡胤的到来。赵普坐在宰相的位置上,满脸笑容,温和的目光掠过众臣。突然,他的笑容凝固了,眉头皱了起来,心里直犯嘀咕:"怎么卢多逊也来了,他凭什么享受这份荣耀?"

这卢多逊三十八岁,怀州(今河南省沁阳市)人氏,出身于儒商世家,周世宗显德初年进士,几经升迁,现任右拾遗、集贤殿修撰。此人身材修长,风度翩翩,而且博闻强识,熟悉历朝掌故,也称得上是个俊彦。然而另一方面,卢多逊为人颇富心机,惯于炫耀才学,取悦君上,所以赵普一直不愿与他结交,对他多有提防。以卢多逊现在的职位,本来是不配享此殊荣的,但皇上为什么邀请他呢?

赵普正在暗自揣测,皇上来了。赵匡胤头戴通天冠,身穿衮龙袍,脚着朝天靴,在一帮内侍宫女的簇拥下,登上御座,双手一伸,道:"众位爱卿平身!"

"谢皇上!"众臣叩谢后站起身来,重新坐在各自的座位上。

赵匡胤满脸和悦之色道:"今天是中秋佳节,朕与诸位爱卿,相聚于此,开怀畅饮,以示庆祝。大家尽管随意,不必拘于礼节!"

殿中的气氛顿时活跃起来。大家敬过皇上,便开始互相敬酒,把盏欢笑。饮到酣处,赵匡胤对众臣道:"朕于八月初颁下诏令,决定改建隆四年为乾德元年,大赦天下。不知各位意下如何?"

改元乾德,是赵匡胤亲自提出,经过赵普等人讨论才决定的,众臣自然称美。

赵普站起来,面向群臣说:"乾德年号,意蕴深厚,亘古未有。陛下文韬武略,即使汉武帝、唐太宗亦不可及也!"大殿中又响起一片颂扬之声。

赵匡胤虎目含笑,将酒杯端起,抿了一口,突然瞥见坐在角落里的卢多逊,随口问道:"卢爱卿,你熟知掌故,以为如何?"

卢多逊听到皇上点自己的名字,慌忙站起来,端立垂首道:"微臣不敢乱言!"

"不必顾虑,尽管说来!"

卢多逊犹豫片刻,说:"乾德二字,确是意蕴深厚,典雅大气,但古代蜀国曾以之为年号,并非亘古未有也!臣不敢欺瞒皇上,故以实相对,昧死以闻!"

赵匡胤半信半疑,下令史官去藏书阁查证。一会儿,史官急急回报:"启禀陛下,古蜀国确实有'乾德'年号!"

赵匡胤脸色一沉,双眉倒立,直直地瞪着赵普,语带嘲讽道:"则平爱卿,你不是说亘古未有吗?这如何解释?"

"微臣一时疏忽,没有仔细核对史书。微臣该死,微臣该死!"

赵匡胤平时老是听赵普引经据典、喋喋不休的告诫,难得有个机会治治他,顺势拿起案上的一支朱笔,在赵普的额头上,画了一个圆圈,愤愤地说:"无须狡辩,你哪里比得上卢多逊!朕就罚你顶此朱圈三日,以示惩戒!"

赵普当众受辱,对卢多逊的成见更深,以致后来发展到水火不容的地步。

第二天上朝,赵匡胤见赵普额头上的朱圈还在,又是好气,又是好笑,故意问道:"赵爱卿何以额头上有此朱圈?"

赵普没好气地回答:"乃皇上所赐也!"

赵匡胤哈哈大笑:"昨日朕酒后与你戏言,无须当真。赵爱卿,快将朱圈洗掉,免伤大雅!"

赵普固执地说:"君无戏言。陛下赐臣顶此朱圈三日,便是少半日,也属违君之旨!而且既是皇上所赐,乃是微臣的荣幸,何伤大雅!"

赵匡胤知道他的牛脾气上来了,摇头一笑,也不再管他。

那个朱圈,果真在赵普的额头上留了三天。

退朝后,赵匡胤将此事当作笑话,讲给细君听,意在博她一笑。谁知细君听后,脸孔一板道:"赵普是开国元勋、朝廷宰相,与陛下有兄弟之谊,陛下应当尊重他,岂能如此轻侮戏弄?"

赵匡胤心中不悦,沉着脸道:"细君,你以前那么活泼可爱,从来不会板着脸教训朕,怎么现在性情如此古板,比母后生前更甚几分?朕为了国事日夜操劳,回到后宫,还要听你的教训,哪里还有片刻的轻松?"说完,闷闷不乐地脱了衣服,一声不吭地躺下。

细君坐在椅子上,咬着嘴唇,也不理睬他,僵持了一会儿,细君斜视赵匡胤,见他依然仰天躺在那里,便缓缓去掉裙钗,轻轻躺在赵匡胤身边。赵匡胤夸张地打了一个翻身,侧了过去,背朝着她;细君亦如法炮制,而且侧身的声音更大。

赵匡胤在一边装睡,耳朵里却时刻听着细君的动静,希望她有某种暗示,然而过了好久,还不见细君有什么动静。心里正焦急,一股熟悉的香气悠悠地飘了过来,刺激着他的嗅觉,让他心旌摇荡,难以自持。他猛地转过身子,将细君搂在怀里,细君假意抗拒挣扎了几下,力量却越来越弱,最后温柔地蜷伏在他宽阔的胸膛上。

赵匡胤迫不及待地脱去她的小衣。细君的胴体略显丰腴,但依然腰肢纤细,腹部平坦,奶白色的皮肤温润细腻,在若明若暗、摇曳飘荡的烛光中,传递出无尽的诱惑。赵匡胤不禁意乱情迷,忍不住伏下身去,在那具完美无瑕的躯体上频频亲吻……

不知过了多久,一切风平浪静之后,细君双手抱着赵匡胤的脖子,贴着他的耳朵低语:"你年过四十,何以仍有如此蛮力?"

"朕乃习武之人,自然健壮。朕还盼你多生几个儿子呢!"

细君眼中流露出一丝忧虑。与赵匡胤成亲之后,她共生过三个孩子,都是死婴,而最近两年,根本没有怀孕的迹象,这几乎成了她的一块心病。她一边轻抚赵匡胤结实的肩背,一边不无伤感地说:"看来,为妻是无法为陛下生儿育女了。身为皇后,却不能为你留下一男半女,实在有负陛下的错爱!"细君越说越黯然神伤。

　　赵匡胤在她脸上亲了一下,安慰道:"何必自寻烦恼!且不说你还年轻,来日方长,即使你真不能生育了,也无须伤心,朕现有一儿二女,不愁无后!"

　　细君想了想说:"陛下,为长远计,还是再选几名妃子,充实后宫,一来可以照顾陛下,二来兴许可以怀上龙胎,为宋室多添人丁。"

　　"细君,你说的可是真话吗?"

　　赵匡胤早有此意,卢多逊也多次上奏,认为后宫空虚,不合古制,只因担心细君反对,才一直搁置。没想到她会主动提出,不禁有些意外。

　　"陛下不是早就想广纳嫔妃了吗?如今可遂你的意了!"细君觉察到他的兴奋,心里涩涩的,强忍着说,"若不是为了皇家的后嗣,才不会让你遂心呢!陛下不要高兴得太早,果要选妃子,也要依我约法三章!"

　　"哪三条?"

　　"第一,人数不宜太多,就以五人为限;第二,只能在京城附近各州官宦人家、书香门第中挑选,决不能选那江南的妖姬媚女,以免祸乱后宫……"

　　"第三呢?"

　　"这第三吗……是约束陛下的。"细君一伸纤手,在他那又大又厚的耳朵上捏了一下,"不准你过于沉溺女色,每隔五日,方可去妃嫔宫中留宿一晚,若有违反,我便行使皇后之权,将妃嫔尽数逐出宫去,教你白欢喜一场!"

　　"此虽过于苛刻,但还是依皇后娘娘的旨意办吧!"赵匡胤半开玩笑地说,"其他时间,朕便与你朝夕相伴,如何?"

　　次日,赵匡胤按皇后的意思,颁下选妃的诏令,顿时在京畿一带引起极大反响。那些大户人家,凡是有待字闺中的女儿,又自思有点地位的人,无不蠢蠢欲动,千方百计地想要攀龙附凤。

赵匡胤指定卢多逊负责选妃之事。卢多逊也不负君望,尽心尽力地操持。经过两个月、十来次的筛选,卢多逊在数百名入选的佳丽中挑选出十名,供皇上和皇后最后过目。

十个少女都是千里挑一,个个体态窈窕,貌若天仙,春兰秋菊,各擅胜场。赵匡胤挑花了眼,舍不得去掉任何一个,还是细君做主,拣那些长相端庄和善的,挑出来五个,她们是宋妃、杨妃、谢妃、袁妃和苗妃,其中又以宋妃最为突出。

宋妃名叫宋丽华,是左卫上将军宋延渥的长女,高挑个子,鹅蛋脸。论相貌,她并不是五妃中最出色的,但身段眉眼之间,自有一种别致的风韵和味道。更兼下棋踢毽,诗词书画,无一不精,性情又温婉,心灵手巧。因此,几个月下来,她就获得了皇上和皇后的喜爱,从五妃中脱颖而出,受封为贵妃,独住瑶津宫。

这一天,赵匡胤忙完正事,回到后宫,想起自己好几天没见宋妃了,便信步往瑶津宫走去。

来到宫门前,两个小宫女正在踢毽子,见了皇上,慌忙跪下请安,然后领他走进宫去,直奔宋贵妃的居室。

宋贵妃听到"皇上驾到"的通报,来不及梳洗打扮,急匆匆地出来迎候,微启朱唇道:"臣妾不知皇上来此,故未及准备,衣着不整,请皇上宽恕!"

赵匡胤注目细看,宋贵妃长发披肩,修颈微露,脸颊白里透红,反而增添了一种清新自然的妩媚。

赵匡胤微微含笑,戏谑道:"爱妃真是清水出芙蓉,比那盛装时,不知胜出多少!"

宋贵妃的居室布置得十分典雅,透出一股浓浓的书卷气。墙上挂着几幅名人的山水画和书法作品,靠墙有一张宽大的书案,上面放着一个精致的笔架和一只外形古朴的砚台。书案对面是一张雕花大床,洁白的床褥,杏黄的锦被,米色的床帷,显得淡雅温馨。墙的另一边,设有一个巨大的箱式梳妆台,一面铮亮的椭圆形铜镜,镶嵌在黑漆的梨木立板上。

整个房间一尘不染,散发出一股淡淡的、沁人心脾的馨香。

赵匡胤在繁忙之余,总是喜欢到这里,让绷紧的神经得到松弛。久而久之,也就成为一种习惯,王皇后从前所定的"约法三章",自然没有了束缚力。

赵匡胤四处看了看,发现书案上有一张尚未画完的头像,拿起来一瞧,知道画的是自己,却故意问道:"爱妃所画是何方神圣?"

宋贵妃掩口笑道:"非天界神仙,乃人间帝王也。不知臣妾画得像不像?"

赵匡胤连声说:"像,像!爱妃乃丹青高手,焉得不像?不过爱妃尽管吩咐宫中画师绘就即可,何必亲自动手?"

宋贵妃将那画像拿过来,端详着说:"自己画的毕竟不同。以后我每年都要给皇上画一幅,一直画到六十岁、七十岁……"说着,向赵匡胤飞了个眼波,转身走到梳妆台前。

赵匡胤心中涌起一股温情,跟了过去,从后面搂住她那柔软的腰肢,随即低下头去,轻轻地吻她的耳际。铜镜里映出两张脸,挨擦着、厮磨着,不久便相对重叠起来……

当晚,赵匡胤宿在瑶津宫。在尔后的半个月里,除了上朝会见朝臣,其他时间,几乎全在这里度过。并不宽敞豪华的瑶津宫,似乎有着不可抗拒的魔力,令他流连而不忍离去。

细君接连十几天未见皇上,心中纳闷,叫身边的宫女去打听,才知道他这半个月来一直宿在瑶津宫。想到赵匡胤对宋贵妃的宠爱,细细一思量,便趁着赵匡胤上朝的空隙,来到瑶津宫。

宋贵妃忐忑不安地将皇后迎进房中坐下,唤宫女献上茶,恭敬地站在皇后面前。沉默了一会儿,见皇后不开口,宋贵妃怯生生地问道:"不知皇后来此,有何吩咐?"

细君看了宋贵妃一眼,冷冷地说:"我还算是皇后吗?你才是真正的皇后呢!皇上不是日日夜夜都泡在瑶津宫吗?"

"臣妾知道这样不好,也曾数次劝皇上回延福宫,可皇上不听,坚持留在这里。臣妾着实为难啊!"宋贵妃轻声道。

"你有什么为难？皇上守在瑶津宫，不正遂了你的心意吗？"细君无意中一瞥，见自己亲手为赵匡胤缝制的内衣，正折得整整齐齐地摆在床上，不禁火气直往上冲，口气也随之尖刻起来："你这狐媚子，仗着年轻漂亮，迷惑君上，扰乱宫中制度。长此以往，掏空了皇上的身子，荒废了国家的朝政，我大宋江山，岂非要毁在你的手上？你快给我跪下！"

宋贵妃不敢顶嘴，跪在地上嘤嘤低泣。

过了好一阵，赵匡胤退朝回来，见了这阵势，心知大事不妙，便赔着小心，对细君说："皇后千万不要生气，都是朕的错。朕违犯了约定，听凭皇后发落！"

细君一言不发。赵匡胤望了望跪在地上的宋贵妃，心中不忍，将她扶起说："细君，这一向住在瑶津宫，是朕自己的主意，与她无涉。你不要为难她！"

细君本想就此罢手，可赵匡胤的举动又刺激了她，她板着脸孔大声说："皇上这么痛惜她，何不干脆将她立为皇后？还要我这黄脸婆干什么？早知如此，当初我就不该让你选这个妖媚的女人进宫！"接着，又对宋贵妃喝道，"跪下！"

宋贵妃不敢违拗，只好又跪了下去。

赵匡胤见细君不给他留一点面子，气得浑身颤抖，心一横，指着细君道："你简直是蛮不讲理！朕身为天子，想选妃便选妃，想住在哪里便住在哪里，莫非朕连这点权力都没有了吗？宋爱妃，你快起来，看她能拿你如何？"

与赵匡胤成亲这么多年，细君何曾受过如此叱骂？她几乎不敢相信这是事实，脸色霎时变得像纸一样白，眼泪夺眶而出，随即头一低，呜咽着跑了出去。

赵匡胤心头一震，正想拔腿去追，宋贵妃从后面一把抱住他，软绵绵的身子偎在他怀里，他的腿就再也迈不动了。

第二十五章

太祖挥兵征西川　老将临危定蜀中

赵匡胤叹了一口气,仰望天空,诚挚地说:"二哥未临其境,哪里知道朕的苦衷!一旦为君,整日待在宫中,披阅奏章,烦闷乏味,这且不说;为了社稷江山,时刻必须小心谨慎,如履薄冰,甚至顾不上亲情义气。所有人都敬你怕你,躲着你,连个能说说心里话的人都没有!人生不过百年,死后不过七尺墓穴,何苦来着?"

这一段时间,赵匡胤无暇他顾,他的精力主要放在西征后蜀的准备上。首先,他诏准赵普的推荐,派得力大将张晖任凤州防御使,命他搜集后蜀的各种情报,了解后蜀境内险要地势。其次,他责成赵普全权负责改革赋税制度,增大对各州郡征收赋税的力度,既充实中央财政,又削弱了各镇节度使的经济实力,为西征奠定坚实的物质基础。此外,他还与赵光义、张琼、王全斌等人一起,对现有的十六万禁军进行整顿,更换了一批年龄老化的将校,战斗力大为提高。

赵匡胤为西征所做的准备和调整,持续了整整一年。至乾德二年(964)九月,一切基本就绪,所缺少的,只是一个出兵的堂皇理由罢了。

就在宋朝君臣全力准备西征的时候,远在西南的蜀主孟昶,却依然在流连声色,朝夕欢娱。

说起孟昶的后蜀,要追溯到唐代末年。当时,大将王建在成都割据立国,是为前蜀。后唐时,朝廷出兵征讨,前蜀灭亡。但后唐派去的将领孟知祥见巴蜀乃天府之地,又与中原相距遥远,不由起了占蜀为王的野心,于是,他渐渐摆脱了后唐朝廷的控制,潜称蜀帝,是为后蜀。孟知祥称帝不久,因病而亡,其子孟昶继位,年方十六岁。

本来朝廷若那时讨伐,自可一举克复蜀境,但那时中原纷乱,自顾不暇,哪里有余力西图?因此,后蜀得以延续,并以十余年的时间,向外扩张,占有四十六州、二百四十多个县,进而窥伺关中地区。

孟昶自继位以来,已有三十一年。前面十几年,他尚能虚心纳谏,勤于政事,但自从重用王昭远等奸佞小人,加上蜀中长期安定,壮志逐渐消磨,他在成都广建宫苑台榭,四处搜集奇珍异宝,后宫佳丽如云,歌舞通宵达旦。

宋朝代周而兴,令西蜀眼光敏锐的大臣倍感压力。宰相李昊曾上书孟昶,建议派使节前往开封,与宋室通好。孟昶觉得有理,便与枢密使王昭远商量。那王昭远是成都人,本为侍从,后因孟昶的喜爱,平步青云,成了执掌军政大权的枢密使。王昭远一贯以方略自许,颇为狂妄,坚决反对向宋朝纳贡称藩。

孟昶对王昭远从来言听计从,于是不用李昊之策,将国事全部委托给王昭远,自己仍旧日日笙箫,夜夜歌舞,过着那倚红偎翠、醉生梦死的生活。

孟昶有一个妃子,叫花蕊夫人,不但长得美艳绝伦,而且精通诗词歌赋,深得孟昶的宠爱。花蕊夫人本姓费,母亲是成都一代名妓,后从良嫁给一位姓费的商人。花蕊夫人从小就长得美貌无双,聪慧乖巧,因为身份卑微,费氏立志要将女儿培养成一个才貌双全的女人,将来攀上一门好亲事。皇天不负苦心人,十七岁那年,果然被孟昶选进宫里,并且凭着她的美貌、技艺和才情迷得孟昶神魂颠倒,恨不得朝夕陪在她身边,什么国事朝政、六宫粉黛,早已弃之脑后。

十月的成都,风和日丽,气候宜人,红色的芙蓉花开得缤纷绚烂。蜀主的后花园里,孟昶披一身宽松的衣服,躺在椅子上。身边环绕着四五个宫女,有的捶背,有的捏腿。

不远处的一棵榕树下,花蕊夫人正在吹箫,一袭绛色衣裙,双眉如黛,眼波顾盼生辉,纤纤玉指,指法娴熟,一阵阵悠扬悦耳的箫声从玄色的竹箫中飞出。

孟昶正听得入神,王昭远在一名内侍的陪同下,走进御花园。他站在旁边静候,直到一曲终了,才走过去,向孟昶和花蕊夫人请安行礼。

"有什么事情吗?"孟昶兴致正浓。

"陛下,我大蜀兵多将广,当然不惧宋兵,但若得外援,则形势更为有利。臣近日反复思考,窃以为可遣使者前往太原,和北汉结成同盟,相约起兵,对宋朝实行南北夹击。不知陛下以为然否?"

孟昶此时雅兴正浓,哪里顾得上其他?随口敷衍道:"一切由爱卿定夺。"接着向花蕊夫人招招手,示意她继续吹奏。

王昭远回到家中,写了一封密信,用蜡封好,令部将赵彦韬秘密送往太原。

赵彦韬与数名随从打扮成商人模样,十余天后来到凤州地界。他本是北方人,常思故土,又看到驻扎在凤州的宋军阵容整齐,纪律严明,城墙防卫极为牢固,不禁起了背蜀投宋的心思。于是,他找到凤州防御使张晖,说明自己的身份,将封着密信的蜡丸献出。张晖知此事十分重要,即刻派出一队骑兵,护送蜡丸前往京城,并对赵彦韬大加慰勉。

赵匡胤接到蜡丸,读了密信,哈哈大笑,对身边的赵普、赵光义说:"天助我也。后蜀试图勾结北汉,对抗我大宋,这下朕西征有名了!"

赵匡胤深知,后蜀地广物饶,已割据数十年,实力远非南平、荆楚等小国可比;尤其是蜀地偏远,民风剽悍,素称难治。倘若选将不当,引起民变,或者入蜀以后,自行其是,如同孟知祥一样,起了称王一方的野心,岂不是造成无穷的后患?

担此重任,以慕容延钊最合适,可惜他已病殁;韩令坤、石守信虽不如慕容延钊心思缜密,但毕竟是故人,忠实可靠,无奈两人都执意推脱;王审琦和张琼虽忠心不二,却缺乏调度千军万马的才能。

赵匡胤为选择西征军主帅,反复推敲比较,而出师已势在必行,刻不容缓。万般无奈之下,只好退而求其次,任命忠武军节度使王全斌为西川行营都部署,率领禁军五万,地方军五万,由凤州进军,又派都指挥使曹彬领禁军五万,从归州(今湖北省秭归县)入蜀。

临行之前,赵匡胤在讲武殿宴飨诸将,叮嘱王全斌、曹彬等人说:"此番征讨西川,责任重大,一路上攻城破府所得的财物,尽可赏赐给将士,唯不可滥杀无辜。若有违背,朕必严惩不贷!后蜀久不习兵,必难敌我大宋雄师。平蜀之后,主力速速回京,切不可长期滞留!"

实际上,赵匡胤并不担心此役能否取胜,他最担心的是取胜后军队滞留不归,甚至在蜀中独立。他的意思,诸将也很清楚,自然一一应允。

次日,大军誓师西征。十五万人马怀着必胜的信心,浩浩荡荡地出了开封,向西挺进。

乾德二年(964)十一月,赵匡胤遣大军西征。蜀主孟昶得到军报,大为惊慌,急召群臣商议对策。蜀地数十年不闻战事,文武大臣过惯了平静安乐的生活,填词作赋、斗鸡狎妓的本事远胜于排兵布阵、攻城野战的谋略。此时事变突发,国临危亡,君臣一个个面面相觑,手足无措,不知如何应付。

唯有王昭远分析敌我形势,罗列山川地理,引经据典,侃侃而谈,颇有一种洞察全局、胸怀韬略的大将风度。于是,孟昶任命王昭远为都统,赵崇韬为都监,韩保正为招讨使,李进为招讨副使,领兵十万,以拒宋师。

太后李氏听到这个消息,苦苦劝告道:"吾观历代统兵之将,皆积有战功、士卒畏服之人。昭远乃给事左右之辈,未经战阵,徒凭口舌,岂能任三军主将?"孟昶心中其实也没有底,但满朝文武无一将才,他能有什么办法呢?

宰相李昊代表蜀主,在成都郊外为王昭远饯行。酒席间,王昭远谈笑风生,豪气干云,视宋军如草芥。席罢,王昭远登上车舆,李昊拱手作别道:"将军此去,关乎我大蜀生死存亡。祝将军旗开得胜,早日凯旋!"

王昭远哈哈大笑道:"宰相放心,我此去不仅要击败宋军,凭这十万雄师,便是进取中原也易如反掌啊!"说完,翩然上车而去。一路上手持铁如意,从容指挥军事,自比诸葛亮。李昊听说后感叹道:"昭远无实战经验,又如此骄恣轻率,吾恐其丧师辱国,误我大蜀也!"

王全斌率宋军由凤州(今陕西省凤县)西进,所向披靡,连克万仞、燕子二寨,夺取兴州(今陕西省略阳县)城,又乘胜前进。后蜀守军闻风丧胆,纷纷溃退。

王昭远接到军报,大怒道:"王全斌真可谓不知死活!"急令韩保正、李进率三万兵马,前往阻击宋军。

韩保正、李进二人领兵行至三泉寨,迎面遇上宋军先锋将史延德的先头部队。史延德是涿州人,曾任殿前诸班班头,使一杆四十斤重的铁枪,臂力极大,脾气火爆,打起仗来不要命,故赵匡胤特意调他任先锋之职。

史延德见大队蜀军,也不搭话,催马挺枪冲去。李进年轻气盛,生怕韩保正抢了头功,舞起方天画戟迎了上来。枪戟相交,不及五个回合,史延德大喝一声,将李进刺于马下。

韩保正又气又怒,红着眼抡刀杀出。史延德跟着赵匡胤经历了无数战阵,何曾把蜀将放在眼里?一声冷笑,举着滴血的铁枪杀将过去。两人你来我往,战了十几个回合,韩保正气喘吁吁,越斗越怕,拼命格开对方铁枪,回马便跑。史延德双腿一夹,胯下的战马如飞一般赶了上去。眼看两马将近,史延德左手提着铁枪,右手轻舒,将韩保正活生生提离马背,掷在地上,令人用绳索捆缚,押回主营。主将一死一擒,蜀军大乱。史延德驱兵猛扑过去,刀枪并施,杀得蜀军鬼哭狼嚎,溃不成军。

王昭远得到败讯,方知宋军并非如自己所预料的那样不堪一击,慌忙约束部队,收集韩保正、李进的残兵,重新列好阵势,以待宋军。

史延德初战告捷,并未莽撞进军,一直等到大军到来,才麾兵继续前进。行至罗川,远远望去,蜀军依江列营,江面的浮桥尚未焚毁。史延德见有机可乘,迅即挑选三千健卒,组成敢死队,与崔彦进、张万友一起,率先冲上浮桥,高声呼道:"活捉王昭远,冲啊!"

宋军将士齐声呐喊,向对岸涌去。蜀兵急来阻拦,被史延德等人左冲右突,杀了个人仰马翻,宋军很快夺取了浮桥。

王昭远目睹宋军如此骁勇,急令退兵,回守漫天寨。慌乱之中,那只从不离手的铁如意,也不知丢到哪里去了。

几天以后,王全斌率大军猛攻漫天寨。宋军士气极盛,攻势如潮,蜀军守了一天,全线溃退,王昭远只好弃寨西奔,渡过桔柏江,焚毁桥梁,退守剑门。

宋军在三泉寨、罗川、漫天寨三战全胜,歼敌四万余人,这一消息很快由驿道传至京城。赵匡胤得此喜讯时,正与宋贵妃在迎春苑赏雪。西征军出发仅一个月,就取得了如此重大的战绩,这超出了他的预想。然而,赵匡胤知道,攻克剑门才是最艰难、最关键的战役——只要拿下剑门,成都失去了最后的屏障,蜀中便指日可下了。

这时,雪越下越大,一片片铺天盖地飘洒下来,整个迎春苑,成了一个银装素裹的冰雪世界。赵匡胤望着屋檐垂下的冰凌,沉思了一会儿,对左右的人说:"朕身着裘衣,头戴貂帽,尚觉寒冷。想那西征将士,顶霜冒雪,行军作战,何以堪之!"随即解下裘衣、貂帽,令内侍张总管火速送往前线,并叮嘱道:"代朕谕告全军将士,不可遍及,乃聊表心意也。"

数十名经过挑选的骑兵,跟随总管,专程护送皇上钦赐的寒衣,日夜兼程,赶往剑门。

剑门山又名梁山,共有七十二峰,峭壁从中断开,两崖相嵌,形似剑门,地势极为险峻。其中在大剑山与小剑山之间,唯有一条狭窄难行的栈道可通。相传此栈道乃诸葛亮所修筑,"连山绝险,飞阁通衢",故谓之剑阁。李太白《蜀道难》所言"剑阁峥嵘而崔嵬,一夫当关,万夫莫开"者,即指此也。

王昭远连遭败绩、损兵折将之后,深知能倚仗的,只有这易守难攻的剑门了。于是,他令部下守住各处要塞,沿桔柏江布置重兵,设立木栅;又派人回成都,请求蜀主增派援兵,准备死守。

王全斌见剑门险峻,急切之间无法攻破,便在江东安营扎寨,并派出数批斥候,打听东路军曹彬的进展情况,侦查渡江的路线。

两天以后,有细作回来报告,说曹彬所率领东路军,经过苦战,攻破夔州以后,势如破竹,连克万、施、天、忠四州,正向西北进兵。

王全斌听了又喜又忧,喜的是东路军进展顺利,分担了蜀军阻击的压力,解除了自己的旁顾之忧;忧的是自己的军队为江水和剑门所遏,若曹彬先入成都,建立大功,自己的脸面往哪儿放?

王全斌身披大氅,伫立江边高坡上,俯视脚下湍急的江水,半响没有移动身躯。一阵西北风吹来,他不由得打了个寒噤,随手摸摸结了冰碴的胡须,紧了紧大氅,转身朝大营走去。数十名亲兵紧随其后。

走进营帐,一身戎装、英姿勃勃的史延德迎了上来,高兴地说:"王将军,抓了一名蜀兵。他说有地方可以渡江,并绕过剑门!"

王全斌急忙入帐,仔细询问。那被俘的蜀兵说:"从这里沿岸溯江而上,翻越三座山峰,有一条小路称为来苏,那里水浅,可涉水渡江。渡江后,出剑门南二十里至青强镇,便与官道相合。若行此路,则剑门不足恃也!"

王全斌令人将蜀兵带出去,好生款待,独自在帐中细细地思考。突然间,一阵急促的马蹄声自东而来,他眉头一皱,何人如此大胆,敢在军中纵马驰骋？急令亲兵出帐查看。

不一会儿，马蹄声停了，亲兵引着一位宫中装束的男子进了营帐。王全斌认得他是皇宫的内侍总管，连忙让座，问道："张总管，皇上派你来此，有何要紧的敕令吗？"

张总管擦拭了一下额上的汗水，嘴里呼着白气说："皇上见京城大雪，惦记西征将士苦寒，脱下自己的裘衣、貂帽，令我火速交王将军。我们在路上日夜不停，跑了六天，才赶到这里。"说完，从背袋中取出一个黄色包袱，双手捧给王全斌。

王全斌激动万分，整了整衣襟，接过包袱，动情地说："张总管，请你转告皇上，我王全斌蒙皇上厚恩，虽死不足以报万一。我西征军全体将士，必能跨越剑门，克复蜀中。请皇上放心！"

当天晚上，王全斌召集全体将校，将皇上千里赠寒衣以及对全体将士的问候一一转达。顿时，诸将感奋，士气高涨。王全斌乘机令史延德、崔彦进率领禁军三万，以投降的蜀兵为向导，经来苏渡江，直抵青强镇，控制住官道，然后立即回师攻打剑门。

很快，史延德出其不意，夺取青强镇，蜀军一片惊慌。王昭远担心宋军回师，令偏将守住剑门，自己亲自率领主力，前往汉源坡，想遏止史延德的攻势。

王全斌得知王昭远离开，立即砍木为筏，指挥宋军渡过桔柏江，猛攻剑门。剑门守军已成惊弓之鸟，在强大的攻势面前，根本无力抵抗，作鸟兽散。王全斌轻取剑门，好不欢喜，派军守住要害之处，随即挥兵杀往汉源坡。

史延德从青强镇杀回，王全斌自剑门杀过去，两路人马形成夹击之势，将汉源坡的蜀军团团围住。王昭远躲到一间民房里，听到外面宋军喊声震天，吓得魂不附体，绝望之下，倒在胡床上，痛哭失声，直哭得双目红肿，形似烂桃，成都出师时的那份潇洒自信，早就荡然无存了。

赵崇韬见主将如此窝囊，只好硬着头皮披挂上阵，指挥作战。刚到阵前，迎面一支冷箭射来，正中面门，他痛呼一声，翻下马来，被马蹄一踏，顷刻间成了一团烂泥。被围的蜀兵无路可逃，四处乱窜，凶蛮的宋军杀红了眼,一阵乱砍乱杀,转眼间死了大半。剩下的士兵一看走投无路,纷纷丢下武器投降。

王全斌生性残暴嗜杀,他不顾士兵投降,只管驱兵屠戮。刀枪起处,惨叫声不绝于耳,人头纷纷滚落,不到一顿饭工夫,蜀军残部杀戮殆尽。方圆十里,举目可见残缺不全的尸首;血腥和死亡的气息,在密林和沟渠间凝结纠缠,经久不散。

王全斌还不肯罢手,又派人去村子里搜索,终于在一家农户的米仓里找到了蓬头垢面的王昭远,立刻捆起来,派人押赴开封,向朝廷报功。

那孟昶接到王昭远关于宋军骁勇、请求援军的军报后,再也无心和花蕊夫人盘桓厮混了,急忙拿出府库的金银,招募勇士,集合成都原来的军队,共得五万人马,令太子孟玄哲统领,李廷圭、张惠安为副,前往剑门增援。

孟玄哲细皮嫩肉,手无缚鸡之力,根本不懂军事,李、张二人也都是纨绔子弟,不知军备为何物。离开成都时,那位风流倜傥的太子,还携着数名美姬、几十个伶人和乐工,晨夕嬉戏取乐,好似去踏春游玩一般。

孟玄哲率军来到绵州(今四川省绵阳市),闻剑门已失,吓得魂飞魄散,掉头就跑,将庐舍、仓库尽数烧毁,说是坚壁清野,以困宋军。

眼看着宋军一天天逼近成都,孟昶忧心如焚,寝食不安,仓皇中将百官召集到大殿之内,询问应对之策。众臣虽急,却无良策,皆缄默不语。

白发苍苍的老将军石斌出班奏道:"宋兵远来,势不能久。请陛下聚兵,筑高墙固守,以劳其师。不知陛下以为如何?"

孟昶叹道:"朕父子以锦衣玉食养士四十年,及大敌当前,却无一人为朕东向发一矢,今若固垒拒敌,复有何人为朕效命?"说到伤心处,泪如雨下。满朝文武大臣见此,也都唏嘘不已。

一直主张向宋朝称臣的宰相李昊,乘机进言道:"宋军攻破剑门,长驱直入,离成都已不足两日行程,若起兵相抗,只恐使生灵涂炭。不如纳土归降,尚能保全也。"

孟昶深思良久,说:"罢了,罢了!事已至此,别无出路,爱卿就速速替朕起草降表吧!"

李昊曾是前蜀旧臣,当前蜀投降之时,也是他起草的降表,因而写起来轻车熟路,甚是利索。孟昶过目之后,便派李昊送往宋军驻扎的魏城。

王全斌接到降书,表面上高兴,心中却隐隐不快。那王全斌不仅残暴,而且贪财。他久闻成都富饶,孟昶宫中金银珠宝不计其数,所以早就希望能杀进城去,大发横财。再说那宋军将士浴血奋战,无非是为了钱财,若无所得,怎么约束他们?如今孟昶一降,根据大宋律条,必须封存所有府库,也不能抢掠平民。眼睁睁看着成都的钱财全归朝廷所有,自己及全军将士一无所得,你说他焉得不恼?然而不快归不快,王全斌还是面带笑容地嘉勉李昊,并于第三日率大军进入成都城。

孟昶偕文武大臣在城外跪迎,献上传国玉玺和地图版籍。从此,后蜀四十六州,全部归入大宋版图。后蜀历二世而亡。从宋军离京出发,到孟昶投降,总共不到七十天。

且说李昊那日陪着王全斌等人封府库、验文件,忙了一整天,深夜方回家中睡下。次日早晨起来,刚要出门,发现自家朱漆大门上,赫然写着六个大字:世修降表李家。

他怔怔凝视良久,脸一阵红,一阵白,最后面如死灰,苍老的脸上浮现出一抹凄惨。思及自己几十年来庸庸碌碌,无所作为,老来还遭人奚落唾骂,有何脸面再活在世上?一时万念俱灰,后退几步,一头撞去,碰死在那六个大字下面。

过了几天,曹彬率东路军亦抵成都,两军会师,军势更为壮盛。孟昶为了亲近宋军,举办盛筵以慰劳宋军将士。宋军将士喝得烂醉,免不了骚扰市民,寻衅滋事,幸亏曹彬出面干涉,才避免事态的进一步扩大。

曹彬是个厚道而又细心的人,他见十余万军队驻在成都,担心激发事变,劝王全斌携蜀主孟昶及蜀军降卒尽早班师。王全斌不但不听,反而住进后蜀宫中,与崔彦进等人昼夜纵酒,不恤军务,纵容部下四处抢掠财物,强奸妇女,蜀人恨之入骨。曹彬毫无办法,只好将自己所率东路军撤到城外,严加管束,以尽量减少与蜀民的摩擦。同时,他又写了一封密信,令人火速送往京师。

赵匡胤于乾德三年(965)二月接到蜀主投降、克复成都的消息,龙心大悦,颁下敕令,对王全斌等一干将士予以嘉奖,并在宫中举行宴会,与群臣庆贺胜利。赵匡胤考虑到蜀中的善后事宜不可大意,便派吕余庆前去担任成都知府,主管蜀地政事;同时命令王全斌,速将孟昶及其家眷、官属送回开封。此外,因投降的蜀兵数量太多,叫王全斌对其尽快进行整编,调回京城,以免后患。

这天晚上,赵匡胤在勤政殿起草完发往成都的公文,伸臂打了一个呵欠,突然想起因处理蜀中事务,好几天没见宋贵妃了,连忙唤内侍提着灯笼引路,前往瑶津宫。

宋贵妃的温柔和善解人意,深得赵匡胤的欢心,他乐意在宋贵妃身边度过持政之外的闲暇,他感觉到自己的生命也因此而变得年轻起来。不知不觉中,赵匡胤已经离不开她了。

前面就是瑶津宫,当赵匡胤看到宫内透出的光亮,想到宋贵妃那浅浅的笑靥时,心中竟漾起一种醉意。他抬脚刚要跨进去,两个宫女打着灯笼,急匆匆追上来,跪伏地上,带着哭腔说:"皇上,不好了,皇后娘娘的病加重了!"

赵匡胤心头一震,望了望瑶津宫的大门,猛地转身,疾步朝延福宫走去。几盏灯笼在内侍与宫女的手中来回晃荡,仿佛是赵匡胤那飘忽不定的心。

几个月以前,赵匡胤一时冲动,在瑶津宫斥责细君。细君哪里受得了这个气?接连几天不吃不喝,躺在床上生闷气。

赵匡胤虽然心里恼她,但也深知细君的脾性,只好向她认错,又令宋贵妃叩头赔罪,细君才勉强开始吃饭。但此后就很少开口说话,终日不见笑容,身子日见消瘦,红润丰满的脸颊,变得苍白而枯涩。更让赵匡胤心神不安的是,细君自此以后,心性大变,整日里吃斋念佛,把延福宫布置得像个寺庙,有时一个人坐在太后杜氏的遗像前喃喃低语,一坐就是好几个时辰,也不知她念些什么。

赵匡胤越发不安,退朝后时常去看望她,并有意在延福宫留宿,想借此解除她心里的积怨,可每次都被她赶走,说是吃斋之人,不能亵渎佛祖。不久,细君终于病倒了。

赵匡胤既内疚又着急,可是只要走到她的床前,细君便侧过身去,连看都不看他一眼。昔日的恩爱夫妻,如今竟无只言片语。

赵匡胤愧疚不安地走进细君的卧室,首先看到的是儿子德昭。德昭今年十七岁了,个头比自己还高,除了眼睛像母亲绮云、身材尚显单薄外,五官、脸型,甚至说话的声音,无不酷肖赵匡胤。

德昭几岁就死了娘,是细君一手扶养成人的,因此两人感情极深。他一直称细君为"娘",视她如亲生母亲一般,细君卧病之后,他便早晚在床头侍奉汤药,晨夕陪伴。

赵匡胤正想跟他打个招呼,谁知德昭不但不行礼问安,反而给了他一个白眼,将头猛地偏了过去。赵匡胤极为尴尬,但此时不便发作,强忍了忍,走到床前。细君仰卧床上,盖着那床他十分熟悉的黄色锦被,脸色苍白,两颊的颧骨显得格外突出,眼角拖着长长的鱼尾纹。这就是当年那个年轻俊俏的细君吗?十几天不见,她怎么就如此衰老了呢?赵匡胤震惊之余,心如刀绞,情不自禁地坐在床沿,抓住她那只瘦骨嶙峋的左手,轻轻地抚摸着,抚摸着……

突然,细君的喉结动了一下,紧接着爆发出一阵剧烈的咳嗽。她佝偻着身子,双腿乱踢,两手乱抓,好像有什么东西堵在喉咙里,咳嗽的声音嘶哑而又沉闷。

赵匡胤用右手扶着她的头,左手在她的胸前反复按摩,嘴里不由自主地低语:"细君你怎么啦,你怎么啦?"

细君的喉结又急剧地动了几下,猛地喷出一大口鲜血,将赵匡胤宽大的衣袖染红了一大片。德昭扑了过来,跪在地上,扶着床沿,红着双眼喊道:"娘,娘!"

赵匡胤望着那一片醒目的殷红,不禁潸然泪下。

旁边的太医走上来,附在赵匡胤耳边轻声说:"陛下,皇后娘娘得的是痨病,恐有传染,陛下还是回避为好。"

赵匡胤回头狠狠地瞪了他一眼,说:"你走开!"太医不知所措地退了回去。

细君扭动的身躯逐渐平静,呼吸也慢慢稳定了一些。过了好久,长长的睫毛微微一动,睁开了那双忧郁却仍旧美丽的眼睛。

赵匡胤连忙将沾有血迹的衣袖遮掩住,轻唤了一声:"细君!"

细君的眼光落在眼前这张熟悉的脸上,像个孩子般仔细地打量着。那两道竖眉、宽阔的前额、厚实的鼻子……朝夕相处了近十年的夫君,如今却生分了,而且恐怕就要永别了!她心中一疼,秀眉微蹙。当她看到赵匡胤脸上的两行泪水时,目光显出了久违的温情,脸部也因此而生动起来。

细君呻吟般叹了口气,望着赵匡胤,轻轻地说:"表哥,你要是不当皇帝,那多好啊!"说完闭上了眼睛,清亮的泪水滑过眼角,顺着鱼尾纹流过耳际,慢慢地滴落在枕头上。

赵匡胤一怔,随即想道:是啊,假如不当这个皇帝,也许就能与细君和和美美地厮守终生,就不会有那么多的波折了!他直直地盯着细君那苍白憔悴的面容,脑海里不停地闪过模糊的往事,不由在心里忏悔:"细君,朕对不起你,朕心中有愧啊!"

正在伤心欲绝之时,一个内侍蹑手蹑脚地走进来,悄悄对他说:"陛下,张琼将军有急事在外求见!"

赵匡胤不胜其烦,又不好在房内发火,来到门外,气冲冲地说:"张琼,有什么事,明天再说。你走吧!"说罢,转身欲进房去。

张琼看他神情有异,急忙拦住,递给他一封插有羽毛的信:"陛下,这是曹彬送来的急信,切切不可延误!"

赵匡胤打开信,在微弱的灯笼光下急速浏览一遍,脸色陡地严峻起来。细君的房里隐隐传过来柔和的灯光,赵匡胤回头看了一眼,说不清是痛苦还是绝望,猛然掉头离去,径直来到勤政殿,当晚拟就诏书,令王全斌火速押蜀军降卒回京,蜀中军事交由曹彬负责。

然而已经晚了!就在这时,蜀中的形势急转直下,发生了巨大的变化。原来,王全斌接到吕余庆带去的诏令后,当即派人护送孟昶一行前往京城,三月初又调发蜀军降卒三万人,前往开封。

这些蜀军降卒本来就心怀不满,加上王全斌又苛扣了朝廷发给他们的置装费,怨愤更深。三月中旬,行至绵州,终于酿成兵变。愤怒的蜀兵杀掉监管他们的两千宋兵,组织起来,攻略城池,召集流亡,人众迅速增至十余万。他们自号"兴国军",一致推举原文州(今甘肃省文县)刺史全师雄为帅,号"兴蜀大王",西川的百姓争相响应。

一时之间,在辽阔的川蜀大地上,战争的风云重又卷起,血腥的杀戮已不可避免地再一次降临。

就在蜀中发生巨变的同时,皇后王氏细君病殁。赵匡胤伤心欲绝,悲痛、内疚与自责,交织成一张无形的大网,令他无法摆脱。此后一个多月的时间里,他神思恍惚,喜怒无常,头脑中经常出现细君的面容和与她相关的种种情景,以致每每在睡梦中惊醒,独坐到天亮。

他明显地消瘦了,脸色黄中带黑,头上出现了白发。当细君的灵柩安置在绮云陵墓的左侧,终于为厚土所覆盖的时候,他仿佛看到绮云与细君,在冥府携手并立,向他投出谴责和哀怨的目光。

平心而论,赵匡胤虽然宠爱宋贵妃,却也深爱细君。如果说宋贵妃激活了他生命的潜力,使他能精力充沛地面向未来,那么细君则以醇厚持久的亲情,维系着他的过去。而过去与未来作为人生的一个部分,都是不可缺少的。他怎么也没有想到,细君竟然会如此偏执,一定要用生命来维护过去的尊严!

无论赵匡胤怎样因细君的逝去而伤心悲痛,作为君主,他首要的事情,永远是社稷存亡、国家安危,而不是其他。蜀中的形势日益严峻,已到了难以收拾的地步,纷至沓来的消息,逼着他从悲痛中挣扎出来,去面对蜀中的严重危机。

蜀军叛乱,王全斌派遣部将崔彦进、高彦辉征讨,被全师雄击败,高彦辉战死。叛军乘胜前进,断阁道,建营寨,声言将攻成都。王全斌、曹彬极为紧张,赶紧退守成都。当时成都尚有蜀军降卒二万七千人,王全斌担心这些降卒乘机叛乱,与众将秘密商议后,在一个晚上将降卒诱至郊外,全数活埋。数万生灵,就这样命归黄泉。

驻在成都的宋军约十三万,而且将士骁勇,装备精良;全师雄属下的"兴国军"虽号称三十万,但大多是乌合之众,因而也不敢贸然进攻。

双方对峙了两个多月,赵匡胤焦急难耐,又派三万禁军前往增援。按理说,宋军的力量加强了,完全可以对蜀军采取攻势,可王全斌依旧固守成都,始终不愿主动出击。

原来,王全斌自收到赵匡胤令他回京的诏书,便起了疑惧之心,有意拖延战事。谣传王全斌与全师雄订有秘密协定,王全斌将在蜀中称王。蜀中的形势变得更加扑朔迷离,难以预测。

还差一个月就要过年了。西北风卷起漫天的尘埃,将开封城的天空搅得一片浑浊。皇宫内的讲武殿中,赵匡胤与赵普、赵光义、陶谷在议事。君臣表情十分严肃,气氛郁闷而凝重。

赵匡胤皱着眉头,瓮声瓮气地说:"朕接连下了三道诏令,叫王全斌赶快进军,平息叛乱,他却无动于衷。就这么不明不白地拖着,不知他究竟想要怎样!"

陶谷眨了眨眼睛说:"蜀主孟昶已至京城,全师雄区区一介莽夫,成不了大事,故蜀军不足虑也。倒是王全斌手握重兵,长驻成都,若真与全师雄暗通款曲,欲做第二个孟知祥,却实在堪忧!"

赵匡胤那两道竖眉猛地跳了一下,他所担心的正是这一点。假如王全斌称王蜀中,不仅朝廷搭进去十几万军队,而且树了一个比孟昶更为有力的强敌,岂不是偷鸡不成反蚀了一把米?他心中不由一阵烦躁,对众臣道:"不知诸位爱卿有何良策?"

赵光义狠狠答道:"王全斌那厮实在可恶!臣愿领京中禁军进剿成都,既杀背主之臣,亦平蜀中之乱!"

赵匡胤听了,觉得光义未免太过幼稚。现在京城禁军不到五万,如果全部发往西蜀,万一北汉乘虚而入,谁来迎敌?况且传言王全斌欲王蜀中,并未证实,一旦出兵征讨,乃是逼他与朝廷决裂,到那时天下大乱,真是一塌糊涂了!他心中这样想,却依然不动声色,眼睛望着赵普。

赵普的目光与赵匡胤对视了一下,微笑着说:"王全斌乃无谋之人,何须兴师动众?只要有一个威望压倒王全斌的人,前往成都,合曹彬、吕余庆、史延德诸人之力,夺回军权,则祸患可消,蜀中可平矣!"

"何人可担此任?"赵匡胤眼睛一亮。

"韩令坤！除陛下以外，普天之下，只有他可令王全斌畏惮！"

"废话！朕本想任他为西征统帅，他就是不答应，否则何至如此？朕哪里请得动他！"赵匡胤神色黯然。

"韩将军乃陛下八拜之交，最重义气，只要陛下动之以情，便是赴汤蹈火，他也绝不会推辞！"

"可他焉得来京？"赵匡胤疑虑地问。

赵普想了想说："若明说要他入蜀，他自然不会来，但如果陛下趁着年底腊祭的机会，邀他返京祭奠慕容将军，他必定前来。至于能否说服他，就要看陛下的诚意了。"说完，意味深长地瞟了他一眼。

赵匡胤别无选择，立即差人前往常山，给韩令坤送去他的亲笔信。

慕容延钊的陵墓，建在开封城西南郊的伏牛山下，巨大的白色花岗岩砌成的半球形墓顶，高达两丈，墓前立着一块高大的石碑，碑上刻着"太原慕容延钊将军之墓"几个大字。墓台周围是高大的柏树和青松，因为已是隆冬时候，愈发显得萧瑟幽深。

赵匡胤和韩令坤在一群大臣和侍卫的簇拥下，来到石碑前。墓前已经摆好了三牲祭品和各种点心鲜果，左右两侧的石香炉内燃起了线香，缕缕烟雾弥漫在空气里，冲淡了冬天的寒意。

两人并排立在石碑前，恭恭敬敬地鞠了三个躬。赵匡胤正要往下跪，礼部的官员连忙上来劝止："陛下，以上拜下，有违君臣之礼！"

赵匡胤挥手叫他退下，说："朕今日不用君臣之礼，而是兄弟之礼。慕容将军是朕的结拜大哥，小弟祭拜他，理所当然！"说完，与韩令坤一齐跪下，认认真真地磕了三个响头。

祭拜完毕，两人登上墓台，默默地沿着围栏走了一圈。韩令坤抚摸着光滑冰冷的墓石，对赵匡胤道："陛下，你政务繁忙，还是快点回宫去吧！俺还想在这里多陪陪大哥。从今往后，恐怕是再难来了！"

"好，今天咱们兄弟就在这里好好陪陪大哥，什么朝廷大事也不去管它！"

赵匡胤走下墓台，吩咐随从人员去柏树林外等候，又端了三杯酒回来，一杯递给韩令坤，将另一杯缓缓地倒在墓石上，说："二哥，你还记得吗？当年我们在洛阳城外白龙潭结义时,连喝酒的杯子都没有,只好用大哥的酒葫芦。"

"当然记得,当时俺又累又饿,吃了大哥几个地瓜。嘿嘿,那可真是香甜可口!"韩令坤背靠墓石,眯着眼睛,沉浸在对往事的回忆之中,"那时大哥可真是风流倜傥,一表人才,令人好生仰慕……唉,都过去了,还提这些作甚?"

赵匡胤端起酒杯,走到韩令坤面前,一饮而尽,说:"二哥,倘若不是后来因缘巧合,让朕得了天下,咱们兄弟三人尽可率性而为,逍遥卒岁,岂不快哉!"

韩令坤淡淡地说:"陛下乃一国之君,掌握生杀予夺之权,还有什么不称心的?"

赵匡胤叹了一口气,仰望天空,诚挚地说:"二哥未临其境,哪里知道朕的苦衷!一旦为君,整日待在宫中,披阅奏章,烦闷乏味,这且不说;为了社稷江山,时刻必须小心谨慎,如履薄冰,甚至顾不上亲情义气。所有人都敬你怕你,躲着你,连个能说说心里话的人都没有!人生不过百年,死后不过七尺墓穴,何苦来着?"

他停顿了一会儿,接着说:"然而事已至此,有进无退。况且天下纷乱已久,北方失地尚未收复,总得有人出来收拾残局,完成统一大业啊!你我兄弟二十年,肝胆相照,生死与共,本当一如既往,光大已创的事业!可如今,大哥已逝,李良重归佛门,石头隐居洛阳,你又坚持留在北方,便是细君,亦弃我而去。思之实在令朕伤心。莫非朕做了皇帝,就注定成为孤家寡人不成?"赵匡胤越说越激动,脸上显出愤愤不平之色。

自从赵匡胤削夺大将兵权,韩令坤就一直对他抱有成见。倒不是一定要保住手中的权力,以他的资历、地位以及与赵匡胤的关系,满朝文武谁也不敢小觑他,他只是觉得赵匡胤太不顾兄弟情义,未免感到寒心。因此,他有意自疏,尽量不去京城,即使赵匡胤三番五次召他回京,他也一概婉拒。两人见面的机会越来越少,隔阂也就越来越深。

听了赵匡胤的一番话,心中细细思量,确实也有道理。如果自己处在他的位置,又能如何呢?皇帝总得有人做,自家兄弟坐江山,总比别人坐好。而且身为君主,也确实有他的难处。

韩令坤站起身来,沿着围栏又走了几步,说:"陛下无须多虑!李良本是佛门中人,回去是迟早的事。至于俺和石头,那都是怕你为难……"

"有何为难?大宋江山本来就是我们兄弟一同创建的,你们现在这个样子,才让我为难呢!"赵匡胤打断他的话,挥着右手大声说,"若非你推辞西征军统帅之任,何至于让王全斌率军入蜀,弄到今天无法收拾的地步,令朕寝食难安,焦头烂额!"

"这岂能怪俺?"韩令坤一脸无辜。

"自然要怪你!如今蜀军叛乱,王全斌按兵不动,心怀叵测,一切全因你而起,不怪你怪谁?这个难题……你必须马上给我解决!"赵匡胤犹如一头发怒的狮子,大声吼着。声音惊动了守候在外面的随从,不时有人从柏树林向这边窥探。

韩令坤见赵匡胤大吼大叫,全没了平日那种皇上的气派和矜持,不仅不生气,反而感到几分亲切,仿佛又回到了当年兄弟几个意气风发、效命沙场的岁月。他脸色平静地问:"俺韩令坤多年驻守边地,从不过问朝政,能有什么本事为陛下解此难题?"

"你立即赶往成都,夺回军权,平息叛乱!"

"让俺入蜀掌握兵权,陛下难道不怕俺韩令坤乘机自立,占蜀为王?"

"只要二哥愿意,朕立即起草诏书,封二哥为蜀王,如何?"

韩令坤闻得此言,心头一热,以往的积怨如冰雪融化,涣然消释,说:"好,俺答应。不过陛下要明白,俺去蜀中,并非为皇上,而是为了兄弟!"

他沉思了一会儿,接着说:"此外,陛下还要答应俺两件事:第一,王审琦、张琼必须和俺一同前去;第二,平蜀之后,俺便解甲归田,不再任职。不知陛下能否依从?"

"行,一切由二哥自主!二哥,兄弟情谊,山高水长。请在大哥陵前受小弟一拜!"

韩令坤大惊失色,抢前一步扶住,不让他跪下去。两双大手紧紧地握在一起,两人的眼睛里,都有亮晶晶的泪光在闪动。

过了春节,韩令坤、王审琦和张琼率领殿前诸班中最精锐的"金枪班"一千名骑兵,从京城出发,向西南疾驰。这时,正是一年中最寒冷的季节,他们在寒风雨雪中一路急赶。

过了凤州进入蜀地后,天气稍暖,但春雨连绵,道路泥泞,行程艰难,幸亏叛乱的蜀军大多聚集在成都附近,他们才较为顺利地过了兴元(今陕西省汉中市)、利州(今四川省广元市)、阆州(今四川省阆中市),于二月初到达梓州(今四川省三台县)城外。

梓州城西,就是成都的郊外,曹彬的四万大军就驻扎在那里。按照韩令坤的计划,首先和曹彬会合,然后以此为依托,设法除去王全斌,控制成都城。然而梓州城内城外到处都是蜀兵,要想过去绝非易事。

韩令坤令部下在密林深处驻扎,派几名聪明机敏的士兵扮成当地山民的模样,先与曹彬联络,约好夜里从梓州城西,突过蜀军的防线,叫曹彬届时前来接应。

韩令坤知道情势紧迫,不宜拖延,即使联系不上曹彬,他也决定晚上行动。只要自己能进入成都,即使牺牲"金枪班"全体将士,也在所不惜!

夜色慢慢地吞噬了大地上的一切。韩令坤带领将士趁着黑夜来到城西驿道附近,出其不意地杀掉防守路口的几十名蜀兵,将木栅栏移开,然后传令全体将士上马,朝成都方向飞驰。

韩令坤率部跑了不到五里,就遇到了前来接应的曹彬的部队。两军相合,欢声雷动。追来的蜀军见此声势,也不敢贸然靠近。

曹彬在驻地周家湾迎接韩令坤。他比韩令坤小五岁,曾经在他手下当校尉,见到韩令坤,自然格外亲切恭敬。

韩令坤刚一坐定,就问道:"曹将军,军中盛传王将军与全师雄暗中往来,打算在蜀称王,是否确有其事?"

"回禀将军,其实以我军目前的实力,要剿平叛军绝非难事。王全斌按兵不动,主要是对朝廷有所疑忌,担心平蜀后于己不利,故拥兵自重。然而他又对末将和吕余庆有所顾忌,所以一直不敢行动,正处于观望犹豫之中。至于他是否和全师雄有过秘密接触,末将未能确知,不敢妄言。无论如何,西征军的主力,都是韩将军的旧部,韩将军亲临成都,一切自可迎刃而解!"曹彬恭恭敬敬地回答。

"曹将军,快去弄些酒菜来,俺们几个都饿坏了。我们边吃边谈!"韩令坤好像回到家里,大声吩咐道。

"末将得知韩、王两位将军要来,早已准备了泸州产的好酒。"曹彬满脸堆笑,吩咐亲兵端上热气腾腾的菜肴,还有几大坛美酒。韩令坤等人的到来,使他心头的重担卸去了一大半,黑红的脸上,露出了难得一见的笑容。

"好酒,真是好酒!"韩令坤将碗中的酒一饮而尽,又接连吃了几块大肥肉,舞动着筷子,边嚼边对曹彬说:"来,你也坐下。这次皇上派俺来,代王全斌统帅西征军。你们说,怎样才能令他就范?"

王审琦大大咧咧地说:"明日进城去,把圣旨向他一宣读,令他交出兵符,不就行了吗?莫非他还敢抗命不成!"

曹彬连忙接口说:"万万不可轻率进城!现在王全斌已非昔日可比,万一他恼羞成怒,狠下杀手,那就追悔莫及了!依我看,不如末将请他来周家湾议事,趁他不知韩将军已到成都,未加防范,见机而行,则可万无一失。"

张琼也说:"如此甚妥。明日即派人去见王全斌,只说梓州蜀军有进攻意向,请他来商议防卫事宜,他必然不起疑心。不过,还要请曹将军马上封锁消息,切莫将韩将军到来的消息泄露出去。"

三人都看着韩令坤,等待他做最后的决定。

房内的烛光闪烁不定,照着韩令坤那张黝黑严峻的脸,那一蓬浓密的胡须在烛光下形成一团模糊的阴影。韩令坤凝神想了想,将手中的竹筷"啪"地猛击在桌上:"行,就这么办!明日俺与王兄、曹将军对付王全斌,张琼则化装进城,去见你的老部下史延德和张万友,控制住城内的禁军,以免发生事变。"

第二天,一切按计划行事。王全斌接到曹彬相约的信函,丝毫没有怀疑,便骑着马,领着几十名亲兵,直奔周家湾。他正想着乘机拉拢曹彬,借以巩固自己在蜀中的地位。这一年多来,他在成都发号施令,作威作福,日夜在蜀宫与孟昶的宫女淫乐,过的是帝王一般的生活,实在让他留恋不已;另一方面,由于赵匡胤曾经下令让曹彬取代自己,心中疑惧,所以朝廷几次下诏,让他剿灭蜀军,他都抗命不从。他知道,只要西蜀一日未平,兵权仍在手中,朝廷就对他无可奈何。然而,赵匡胤的神武、京中精锐的禁军,还有曹彬四万人马的牵制,使他心怀畏惮,始终也不敢与朝廷决裂。如果能得到曹彬的支持,那形势就完全不同了。

王全斌一路胡思乱想,进了村子,来到曹彬下榻的那栋青砖房前。突然,坐下的白马猛然停住,屁股向上一撅,死活不再往前走,嘴里呼哧呼哧地直喘气。王全斌差点被掀翻在地,顺势一跃,跳下马来,狠狠地在马屁股上抽了一鞭子,骂道:"畜生,吓我一跳!"

"王将军光临寒舍,未及远迎,还请包涵!"曹彬听到王全斌的声音,一脸笑容地迎了出来。

"曹兄无须客气。都是自家兄弟,哪里有这么多的讲究!"

两人边说边向屋里走。穿过院子,跨进堂屋的门槛,王全斌一眼看到坐在八仙桌后面的韩令坤和王审琦,惊得双目圆睁,心里怦怦直跳,张着嘴,半晌没回过神来。

韩令坤黑着一张脸,两眼直直地望着他,平静地说:"怎么,王将军入蜀一年多,就不认识俺韩令坤了?"

王全斌毕竟是个老江湖,转瞬之间恢复了常态,脸上堆满了笑,拱手道:"在下不知韩、王二位将军至此,有失礼数,还望见谅!曹兄,你为何不早通知我?"

"韩将军奉皇上的命令,来成都统率大军,想请王将军前来商议,唯恐不给面子,只好出此下策。未知王将军能否包涵?"曹彬带着调侃的口气说。

王全斌一听,冷汗直冒,再看看三人的脸色,心知大事不妙,眼珠骨碌碌转了几圈,拔腿欲向门外冲。谁知他刚起此念,王审琦倏地纵起,横铜拦在门前,双眼露出骇人的凶光。

王全斌自知难以逃脱，转过身来，按着剑把，咬牙切齿地对曹彬说："曹彬匹夫，我不曾亏待你，你为何要设圈套害我？我……我宰了你！"拔出佩剑，恶狠狠地刺向曹彬。

剑刚使出一半，猛听得韩令坤大声喝道："住手！"

王全斌虽凶残成性，但平生最怕韩令坤，听了这一声暴喝，身子一颤，不由自主收住了剑势。他环顾四周，见房外到处是手持刀枪的将校，心知在劫难逃，含恨瞪了曹彬一眼，咬了咬牙，倒过剑来，朝自己的胸口使劲捅去，顿时血流如注。他嘴里发出咿咿呀呀的叫声，同时将剑左右搅动，然后倒在地上，扑腾了几下，再也不动了。

韩令坤让人割下王全斌的首级，用木匣装好，火速送回京城，自己和王审琦、曹彬率军进入成都，与张琼、史延德会合，正式接管了西征军。

韩令坤诛王全斌，夺兵权，并张贴文告，宣布王全斌的罪状，同时严令宋军不得随意出营，骚扰百姓，违令者斩。韩令坤成名甚早，而王审琦、张琼等人，又都是统领禁军的宿将，威望极高。因此，号令一出，上下肃然，十几万宋军无不遵守。

当时，"兴国军"统帅全师雄，率众十万，驻扎在新繁。韩令坤和众将商议，一致认为，只要击败了全师雄，叛军群龙无首，叛乱自然可以平息。

三月，韩令坤令曹彬守成都，自己和王审琦、张琼统领禁军十万，直扑新繁。宋军将士一来新得主将，士气高昂；二来入蜀日久，人心思归。于是个个奋勇争先，向新繁城发起一轮又一轮猛烈的进攻。

新繁的城墙，远不如北方的那么坚固，守城的"兴国军"徒有血气，但缺乏必要的训练，面对气势汹汹的宋军十万雄师，不免气馁胆怯，好歹坚持了两天，终于全线溃退，丢下近四万具尸体，退至灌口。

韩令坤乘胜追击，率军将灌口团团包围起来。蜀军在退往灌口的途中，不断有人逃跑，此时剩下不到三万人马，而且都成了惊弓之鸟，根本无法与宋军相抗。

全师雄的部将吕翰、谢行本见必败无疑，也顾不得什么恩情义气，杀了全师雄，率领残部向韩令坤投降。

全师雄一死,蜀中四十六州的各路叛军张皇失措,声势顿衰。

韩令坤又令吕余庆以成都知府的名义,发出公告,限令叛乱蜀军于十日内投降归顺,既往不咎,否则,杀无赦。公告一出,各地叛乱的蜀军纷纷归降。不到一个月,蜀中叛乱即告平息。

韩令坤见大局已定,心中宽慰,便从妓院招来两位姿色上乘的妓女,在孟昶的旧宫中寻欢作乐。

这天傍晚,韩令坤正在内室和两位蜀地佳人把盏戏谑,一个亲兵进来报告说:"韩将军,门外有一个叫方广的人求见。"

"让他走,俺谁也不见!"韩令坤挥手道。

那亲兵转身离去。刚走了两步,猛听到韩令坤喊他:"站住!你刚才说,是谁求见?"

"方广,是个五十多岁的矮胖子。"

韩令坤面色一沉,道:"你带他进来!"说罢,挥挥手,示意两个妓女去后堂暂且回避。

这方广是绵州人氏,视家财万贯如粪土,平生专爱结交英雄豪杰,又爱扶危济困。他还精通兵法谋略,喜好谈论天下大事,自比苏秦、鲁仲连一类人物。他曾先后在南唐、后蜀任职,因为无法施展才华,隐居成都青城山,自号"青城居士",被称为蜀中第一名士,在蜀中固然是妇孺皆知,即使中原士林,也几乎无人不晓。

韩令坤暗自纳闷,这么一个亦官亦隐的名士,此来何意呢?

正在猜测,一个矮胖子走了进来。他知道此人就是方广,趋前相迎。不料方广二话不说,扑通跪在地上,郑重其事地叩起头来。

韩令坤不明原因,连忙上前搀扶:"先生乃蜀中名士,俺韩令坤一介武夫,岂能当此大礼? 快快请起!"

方广站起身,一对三角眼端详着韩令坤,嘴里喃喃自语道:"黑脸凸额,浓眉虬髯,果真是黑龙转世,贵不可言也!"言罢又要俯首行礼。

韩令坤不知他是何用意,拦住他道:"俺是个粗人,还请先生明示!"

"难道韩将军未闻蜀中之民谚乎? '长夜逝,天地明;白龙殁,黑龙兴。'此谚所谓者,将军也。蜀中父老得遇明主,可喜可贺!"

"先生是说，俺韩令坤可为蜀中的新主吗？"

"正是！"方广眼睛一亮，凑近韩令坤，压低声音，神秘地说："西蜀远离中原，民风剽悍，素来难治，故孟氏能据险割据达数十年，王全斌亦生独占西川之意。然孟氏孱弱，任用佞臣；王全斌暴虐，胸无韬略。两人皆非王者之才，乃致颓败。将军神勇非凡，天资卓绝，三军拥戴，蜀人悦服，更兼应乎民谚，合乎天意。若以所辖十三万精锐之师，再收编全师雄残部，以二十余万兵马，扼住东、北之关隘，励精图治，则霸业可成，天下可图也！"

"若俺成了霸业，你方广便是开国元勋、朝廷宰相，是吗？"韩令坤嘿嘿一笑，"可惜你这是一场春梦。你知道当今圣上与俺是什么关系吗？"

方广面上显出嘲讽的神色："为取天下，亲兄弟尚且兵戈相向，何况是一时兴起，结拜而成？当年汉高祖与项羽约为兄弟，最终除之于乌江，方得天下；韩信心怀旧恩，不听蒯通之计，终至身死汉宫，徒唤奈何。所谓'狡兔死，走狗烹；飞鸟尽，良弓藏'，将军可要三思啊！"

韩令坤越听越生气，不由得在桌上猛击一掌，喝道："大胆狂徒，一派胡言！俺兄弟三人义结金兰，情深义重，岂容鼠辈亵渎！来人啊，将他左耳割下，逐出宫去！"

方广吓得魂飞魄散，连忙跪下求饶。韩令坤铁青着脸，令亲兵速速动手。两名强悍的亲兵拽住方广，刀光闪处，一只血淋淋的耳朵掉在地上。方广惨叫一声，捂着满是鲜血的左脸狼狈而去。身后传来韩令坤痛快淋漓的大笑声。

乾德四年（966）六月初八，开封城西郊锣鼓喧天，彩旗如林，宋主赵匡胤亲率文武大臣，出城迎接西征凯旋的韩令坤及全体将士。当威武雄壮的大军以及"韩"字帅旗缓缓走近的时候，围观的老百姓都沸腾了，欢呼声、礼炮声响彻云霄。

韩令坤一身戎装，骑在马背上，抱拳致意。他一眼看到杏黄色华盖下的赵匡胤，连忙跳下马背，急步而前。赵匡胤也下了御辇，大步迎了上去。

赵匡胤面带舒心的微笑。一年多来,西蜀战事如一块巨石压在他的心头,现在西蜀之乱已平,他从心底里感谢韩令坤。若不是韩令坤的果决与忠心,蜀中的事变岂能处理得如此顺利,大宋江山怎会有今天这样的局面?

当天晚上,赵匡胤在讲武殿举行盛大隆重的庆功宴会。他亲自给韩令坤、王审琦、张琼等有功将领祝酒,文武官员也纷纷敬酒祝贺。

韩令坤本来就是海量,生性爽直,心中一高兴,便来者不拒,接连喝了十几杯。正喝得兴起,赵普端着酒杯,来到他的面前说:"韩将军,在下也敬你一杯。祝你凯旋而归!"

韩令坤将杯中的酒一饮而尽,哈哈一笑说:"要不是赵兄的推荐,俺韩某哪有今日如此的风光啊?哈哈!"

赵普环顾四周,见殿中众人正在互相敬酒,喧闹不已,便将韩令坤拉到殿角,神色郑重地说:"韩将军,在下有一事相询。"

"不知赵兄所问何事?"

"韩将军此番诛全斌,定西蜀,立下赫赫战功,实乃我大宋开国以来第一功臣也。不知将军今后有何打算,欲返边地,抑或留在京城?"

韩令坤此时正喝得兴起,根本未及考虑今后的事情,猝然听了赵普的询问,不知从何说起,随口道:"听任皇上安排吧。"

赵普望了望韩令坤那黑红油亮的脸,平静地说:"皇上有意恢复殿前都点检一职,由你来担任,将天下兵马全部交给你统领。不知韩将军意下如何?"

韩令坤心头一震,反问赵普:"赵兄向来高瞻远瞩,你以为俺韩某应该如何处置?"

赵普沉吟片刻,答道:"一切由韩将军自己做主。只是唐末以来,战乱纷纭,皆因兵权而起。故皇上以都点检之职登上皇位后,仅命慕容将军短时任过此职,尔后遂不复设置。皇上和将军有兄弟之谊,故欲以此职相授,实乃出于至诚。将军对皇上一片忠心,必能恪尽职守,勤力王室,而不至于君臣离心,兄弟反目也!"

韩令坤此时清醒了许多,他反复玩味赵普的话,笑道:"赵兄不必绕圈子,有话不妨直说。俺韩令坤一生自在惯了,入蜀前俺就和皇上有约在先,平蜀后,立即解甲归田,在京城闲居,逍遥余生。赵兄不必多虑!"

赵普依然不动声色:"一切由韩将军自己定夺!"

第二天,赵匡胤单独在书房召见韩令坤,开门见山道:"二哥,眼下我大宋疆土日广,兵员日多,急需一位深孚众望的宿将来总领军事。纵观诸将,只有二哥是最合适的人选。朕将重设都点检一职,请二哥担任。望二哥万万不要推辞!"

韩令坤早有思想准备,不容置疑地回答说:"俺与陛下早有约定,君无戏言,无须再劝。若陛下苦苦相逼,俺便携全家迁往边地,从此不再返回京城!"

赵匡胤没想到他的态度会如此坚定,一时不知说什么好。韩令坤看他沉默不语,接着道:"陛下,殿前都点检一职,关乎天下兵权,千万不可再设,以免造成无穷的后患。此外,赵普、王审琦、张琼等人,皆是跟随陛下多年的忠臣,望陛下亲之信之。"

赵匡胤明白韩令坤的良苦用心,感动得不知如何表达,只是怔怔地望着他,不再劝说。

于是,赵匡胤下诏,封韩令坤为齐王,检校太师兼中书令,赐银十万两、御马十匹、庄园一处、美女十名,其他各种赏赐不计其数。

从此,韩令坤不再任职上朝,在城东郊外的一座豪华庄园里,整日倚红偎翠,饮酒作乐,过着自由自在的日子。

第二十六章

受恩宠花蕊入宫　治顽劣皇子结亲

房中只剩下赵匡胤和花蕊夫人。赵匡胤见她喝了酒,红云上脸,更显得艳若桃花,越看越爱,心痒难禁,走过去挨着她坐下,右手在她的纤腰上摩挲着,轻声说:"朕一见夫人,便觉难以自持,不知可否一亲芳泽?"

西蜀已平,除北汉以外,只剩下南唐、吴越、南汉三国苟延残喘,但也无法构成对宋朝的威胁。赵匡胤见赵普"守北攻南"的战略目标初步实现,天下大半已入大宋版图,精神大振,便欲乘胜兴兵,攻打北汉。

赵普、陶谷等人很清楚,以宋朝现在的实力,要想平定北汉,绝非易事,而且自五代以来,到大宋建国,连年征战,早已国库空虚,民不聊生。两人以用兵过勤、有损民力为由,竭力相劝,赵匡胤才不得不暂缓此议。

这天清晨,赵匡胤在瑶津宫用过早膳,信步来到御花园。此时正是中秋时节,天空一碧如洗,云淡风轻。御花园里各色菊花开得绚烂妖娆,清爽的微风拂过面颊,令人心旷神怡。

赵匡胤仰头深深地吸了一口气,吩咐身边的一名侍卫,去宫中取浑天棍,自己率领诸位大臣,兴致勃勃地赶往玉津园。

玉津园里有一个小型的广场,呈正方形,纵横各一百五十步,是大内侍卫练武的场所,各种兵器、箭靶应有尽有。赵匡胤平时常来此舞棍射箭,舒展拳脚,只因近来西蜀乱起,政务繁忙,所以无暇光顾了。

赵匡胤进了练武场,换上一身宽松的白色练功服,腰间扎一条五寸宽的黑色腰带,显得精干而飘逸。他先伸腿弯腰,做了一番准备活动,然后打了一套虎拳,待到全身发热,微微出了点汗,才取过侍卫手中的浑天棍,一招一式地舞弄开来。

只见他下盘沉稳,双臂有力,纵跳腾挪,开合自如。手中的浑天棍或扫或挑,或劈或搠,犹如惊鸿游龙,显出神奇莫测的变化。这套浑天棍法起式稍静,越到后面威力越大,至结束时的那几招,更是如惊雷骤起,声势骇人。六十四式使完,赵匡胤收棍敛势,围观的侍卫齐声喝彩。

赵匡胤笑了笑,缓步走出场外,他对自己的身体状况十分满意。他虽然年过四十,肚子稍微有点发福,但因为多年军旅生活的锻炼,再加上登位以来坚持习武,故仍如年轻时一般身手矫健,精力充沛。

赵匡胤回到瑶津宫,宋贵妃伺候他沐浴更衣,两人正在对弈,忽有内侍进来禀报,说故后蜀主孟昶于今日在京城病故。赵匡胤不禁大吃一惊。

原来西蜀平定后,孟昶作为亡国之君,接到宋主赵匡胤的诏令,带着自己的母亲李氏,还有后宫的几个妃嫔子女,一路凄凄惨惨来到开封,待罪阙下。对于这个风流倜傥、才情颇高的亡国之君,赵匡胤并没有怎么为难他,倒是颇为优待,封他为中书令,授秦国公,另外还赐庄园一座,让其居住京城,安度余生。

谁料孟昶虽居开封,却常思故国,一直郁郁不乐,以致渐成痼疾,终于病殁。赵匡胤知孟昶为人懦弱敦厚,失国而又病亡,实堪哀怜,便下诏追封孟昶为秦王,赠白银万两、布帛千匹以厚葬,并为之罢朝五日,表示哀悼之意。

孟昶的遗属对皇上的宽厚仁爱深为感动。丧事办完后,孟昶的母亲李氏领着孟昶妻妾入宫拜谢,花蕊夫人亦在其列。

赵匡胤早就听说,孟昶有一个妖娆美丽、才情俱佳的妃子,叫花蕊夫人,只是一直无缘得见。花蕊夫人一出现在大殿之上,整个大殿仿佛骤然间灿烂起来。

她款款走来,一身孝服,铅华弗御,反而更显清雅脱俗,明艳照人。所有的大臣都呆呆地看着,尤其是陶谷,整个人都痴了。

"罪臣之妃,叩谢陛下!"声音宛若黄莺出谷,清雅婉转。

花蕊夫人走到御座前,轻敛裙裾,盈盈下拜,裹在丧服中的玲珑身躯,恰似迎风杨柳,婀娜轻盈。秀美的脖颈细腻白嫩,发出诱人的光泽。

赵匡胤闻到一股如兰似麝的异香,扑鼻而入,不禁心神一荡。他定了定心神,说:"起来吧!"

"谢陛下!"花蕊夫人站起身来。

赵匡胤不曾想到,天下竟然有如此艳丽的尤物,一双眼睛,紧紧地盯着花蕊夫人。花蕊夫人亦有所察觉,忍不住双颊泛红,脸露羞涩,斜眄了赵匡胤一眼。这秋波一转,似有无边的魔力,直扰得神武超凡的宋天子心猿意马,几乎神魂出窍。

直到孟昶的遗属一行出宫,赵匡胤还没回过神来,脑袋里全是花蕊夫人的一颦一笑……这个女人真是天生的尤物,一定要得到她!赵匡胤苦苦思索着,想要找个两全其美的法子,不知不觉来到了瑶津宫。

宋贵妃见皇上驾临,连忙出来迎接:"臣妾恭迎皇上!"

"爱妃不必多礼,平身!"赵匡胤微微弯腰,搀起宋贵妃。

宋贵妃一向乖巧可人,今天再一看,平日里如花似玉的美人,和花蕊夫人一比,顶多也就是中人之姿罢了。

这么一比较,赵匡胤就越发想得到花蕊夫人,下起棋来,也就显得心不在焉。

"皇上,皇上!"恍惚间,他似乎听到耳边传来一声娇声软语的呼唤。也不知怎么,嘴里竟然脱口而出,喊了一声:"花蕊夫人!"

"皇上,你怎么了?是臣妾啊!"是宋贵妃的声音。

赵匡胤猛地回过神来,脸上露出一丝尴尬的笑。宋贵妃听了赵匡胤的话,再看看他的神情,就猜到了十之八九。她心里不由涌出一股醋意。

宋贵妃很清楚,眼前这个身为皇上的男人,永远不可能为她所独占。她所能做的,就是尽量去满足他的需要,获取他的欢心。王皇后就是因为不愿接受这种规则,才伤心欲绝,最终病重而亡。

宋贵妃脸上带着恰到好处的微笑,对赵匡胤说:"皇上,臣妾有一事相求,不知陛下可否答应?"

"爱妃有何事,尽管说来!"

"臣妾听说那西蜀降主孟昶,前日病故,皇上已传旨大殓。臣妾还听说,孟昶有一个妃子,名叫花蕊夫人,精通音律,还会填词。臣妾每日闲居宫中,想找个人做伴,顺便学点音律,不知陛下以为如何?"说完,别有深意地看了赵匡胤一眼。

"既然爱妃有此雅意,那就让花蕊夫人进宫陪你吧!"赵匡胤一看宋贵妃的眼神,岂能不明白?

第二天一早,宋贵妃就以抚慰孟昶妻室,以及跟花蕊夫人学音律为由,召花蕊夫人进宫。花蕊夫人来到瑶津宫,拜过宋贵妃,也不过说些感谢的话罢了。

眼看将近中午，宋贵妃在内室设便宴款待她，花蕊夫人也不好推辞，只好跟随宋贵妃走进内室，却一眼看见赵匡胤也坐在桌旁。

花蕊夫人一看赵匡胤盯着自己的那双眼睛，霎时间全都明白了。说什么抚慰，说什么音律……她心里一阵愤懑，一阵辛酸……

她从没有想过，也不相信孟昶会因为自己而亡国，而现在所有人都把亡国的罪名加在她身上。玩弄她的男人们说她是红颜祸水，她的身体被打上了不祥的烙印。每个男人都把她当作尤物任意赏玩，却从来没有人真正爱过她……

吃惊、伤心之余，花蕊夫人敛首下拜："臣妾费氏见过皇上。愿皇上龙体康泰，万寿无疆！"那声音有如珠落玉盘，莺啼春林，悦耳动听。

赵匡胤说了声："夫人平身。"起身相扶，趁势握住她的双手，只觉得柔嫩如荑，浑若无骨，便将她扶到桌边坐下。

"素闻花蕊夫人善填词，妙善丹青，今日不妨填上一曲，以助酒兴，如何？"宋贵妃在一旁说。

"雕虫小技，恐污了陛下和贵妃尊目！如若陛下不嫌弃，贱妾就献丑了。"

花蕊夫人走到桌案前，拿起纸笔一挥而就。赵匡胤一看，并不是什么词曲，而是一首诗：

君王城上竖降旗，妾在深宫那得知？
十四万人齐卸甲，更无一个是男儿。

这本是花蕊夫人国破被掳时，所写的一首自明心志的诗。赵匡胤看了，感觉有点尴尬。

旁边的宋贵妃连忙打圆场道："皇上还是先用膳吧！"

三人就座，酒过三巡，宋贵妃见火候已到，起身说："皇上，臣妾不胜酒力，先行告退！"说完，将门轻轻掩上，转身离开。

房中只剩下赵匡胤和花蕊夫人。赵匡胤见她喝了酒，红云上脸，更显得艳若桃花，越看越爱，心痒难禁，走过去挨着她坐下，右手在她的纤腰上摩挲着,轻声说:"朕一见夫人,便觉难以自持,不知可否一亲芳泽?"

花蕊夫人羞涩地低下头,好似极不情愿地扭了扭腰肢,娇声道:"贵妃房中,皇上岂可如此?"

赵匡胤早就按捺不住,干脆挑明:"贵妃早知朕意,夫人自可放心,尽管'如此'好了!"说完抱起花蕊夫人,走入帷帐。赵匡胤夙愿得偿,自然倾其全力,大张挞伐,只弄得花蕊夫人娇喘吁吁,欲罢不能。

须臾,云消雨歇,花蕊夫人鬓鬟零乱,双颊酡红,斜倚着赵匡胤说:"贱妾乃残花败柳,何劳皇上错爱?愿得一草庵,了此残生足矣!"说罢泪如雨下。

"夫人天姿国色,何出此言?"赵匡胤伸手擦去她脸上的泪水,"你以为朕会舍得让你走吗?朕留你在宫中,过些时候,再册封你为贵妃。这样,你就可以常伴朕侧了。如此可好?"

花蕊夫人大喜,裸身跪在床上,谢道:"贱妾得蒙皇上垂顾,愿终生伺候皇上,以报皇恩!"言罢磕头不止,那白玉般丰满温润的双乳,上下颤动着。赵匡胤心旌摇荡,一把将她拥入怀中……

花蕊夫人施展全身解数,将五花八门的闺中招式,尽行使出,一门心思取悦迷惑赵匡胤。

赵匡胤虽然娶过绮云、细君,眼下后宫中也有许多妃嫔,可她们都是出身名门的淑女,何曾见过这些新奇的床上功夫?此番初识花蕊夫人,领略到床笫间如许味道,顿觉其乐无穷,于是,夜夜与花蕊夫人盘桓,竟使后宫粉黛,无缘得见君王了。

转眼到了冬季,赵匡胤果然履行诺言,封花蕊夫人为贵妃。朝中有些大臣以为不妥,但皇上宠爱,料想劝说无益,也就装聋作哑,听之任之。

再说赵匡胤接连两个月恋着新宠,未免在心中对宋贵妃生出些愧意。这天晚上,便留宿在瑶津宫。宋贵妃喜出望外,曲意逢迎,让他体味到一种与花蕊夫人迥然不同的韵味。

第二天用过早膳,宋贵妃见赵匡胤心情不错,乘机建议道:"皇上,不如让臣妾陪你去御花园走走,如何?"赵匡胤本有负荆之意,自然一口应承。

宋贵妃替赵匡胤戴好纱帽,披上大氅,扶他来到御花园。园里百花早已经凋谢,但成行的松柏、冬青依然碧绿葱郁,别有一番景象。

两个人沿着小径随意走着,后面跟着几名侍卫、宫女。突然,不远处的柏树后,隐隐约约传来女人的哭泣声,众人都觉得很奇怪。赵匡胤挥挥手,示意随从停下脚步,自己快步绕过去,想瞧个究竟。

没想到这么一瞧,把他惊得差点背过气去:他的儿子德昭,正搂着一名宫女,欲强行非礼!

赵匡胤虎目圆瞪,大喝一声:"畜生,还不住手!"

德昭转头一看,父皇就站在自己背后,吓得魂飞魄散,匆忙系好裤子,回身便跑。赵匡胤又吼道:"你给我回来!"

德昭不敢再跑,慢吞吞地走过来,跪在赵匡胤面前。那宫女衣衫不整,在旁边发抖,簌簌泪下。赵匡胤一挥手,示意她离开,那宫女如蒙大赦一般,掩面而去。

德昭是绮云的儿子,又是长子,赵匡胤对他寄予厚望,还专门为他设了教授诗书的老师和传授武艺的师傅,希望他长大后能文能武。岂料他贪玩任性惯了,在书房里淘气捣蛋,也不愿好好习武。因为是皇子,打不得,说不得,老师、师傅头痛不已,却也无可奈何。只是赵匡胤万万没想到,他竟会浮浪到如此地步!

赵匡胤望着外表酷肖自己的儿子,心中一阵疼痛,又是失望,又是气愤,指着跪在地上的他训斥道:"你身为皇子,不认真学文习武,却做出这等荒唐下贱的事来,成何体统?"

德昭抬头瞟了父亲一眼,瓮声瓮气地答道:"整日待在宫中,学文习武,也无处施展,学它做甚!"

"胡说!只要学得真本领,何愁无处施展?你生在帝王之家,将来要靠你支撑社稷江山,叫朕如何放心?朕如你这般年纪时,早已文韬武略兼备,名震一方了!"

"儿臣虽为皇子,却既无名分,又无行动自由。宫墙之内,弹丸之地,岂能如父皇一般有所作为?"德昭依然不服气。

"你……你还敢顶撞朕!"赵匡胤气得浑身发抖,抡起巴掌就要扇过去。宋贵妃见状,连忙上前拦住赵匡胤:"皇上,德昭年纪还小,不懂事,慢慢调教,自会走上正途的。"接着,她又转过身说,"德昭,快起来,给父皇认个错,赶紧回去好好读书!"说罢,冲德昭使个眼色,示意他快走。

谁知德昭根本不领她的情。自从细君去世,德昭就恨死了宋贵妃。在他看来,假如不是她迷住父皇,惹细君娘生气,细君娘就不会那么伤心绝望,这么早地离他而去。他有时真恨不得杀了宋贵妃。

见宋贵妃为自己开脱,他心中骂道:"假仁假义的狐狸精!"抬头瞪了她一眼,爬起来对赵匡胤说:"儿臣糊涂,有负父皇厚望。今后再也不敢了!"言罢扬长而去。

赵匡胤仰首望天,那张国字脸在冬日下显得无奈而疲惫,喟然长叹:"出了这等冤孽,真是皇家之不幸啊!"

赵匡胤无心再散步,默默转身回去。一路想着这些年来,绮云死得早,德昭天性顽劣,加上从小祖母的娇惯,自己也不便多管。后来母亲、细君相继去世,自己则忙于政务,根本没有多余的精力来管教他。谁料数年过去,他竟变成了这等不成器的模样。

宋贵妃见赵匡胤眉头紧锁,闷闷不乐,知道他还在为刚才的事生气,开口劝道:"皇上,德昭也有他的苦衷。依历朝惯例,皇子十八岁或立为太子,或授予官职,可他无一名分。这么一个大男人,独身居于宫中,焉能不做出荒唐事来?"

停了一会儿,她又说:"皇上,不如让德昭成亲,兴许能使他收心呢!"

赵匡胤听了,眼睛一亮:"对,此法甚佳,倒不妨一试!"

皇上要为德昭选妃的消息,迅速传遍了京城,那些官宦人家,纷纷打起了结亲的主意。尽管有传言说,太后遗命,叫皇上将来传位于其弟赵光义,但皇上这边却一直没有什么表示。现在德昭已长大成人,又是皇上的独子,若能嫁给他,不是明摆着要当未来的皇后娘娘吗?退一步说,即使德昭做不成皇帝,也是现成的皇亲国戚啊!

正因为此事非同寻常,直接关系到家族的兴衰荣辱,那些闺中有待嫁之女的大臣,或打探内情,或暗中托人,纷纷在这门亲事上动脑筋。其中心情最为迫切、用心最为良苦的,便是集贤殿学士卢多逊。

卢多逊的府邸在开封城西北的封丘门边,从外表上看,一点儿也不豪华,甚至看上去颇为寒酸。其实,卢家世代习儒亦兼经商,早已积聚了巨额的金银,但卢多逊为人城府颇深,当然深谙财不外露的道理。

长子卢端,见朝中大臣多数华居广舍,竞相奢靡,对父亲的做法颇为不满。卢多逊告诫他说:"金银久贮亦不得腐烂,何苦露财斗富,招致朝廷疑忌、同僚侧目呢?"

卢多逊有个独生女儿,名叫卢萍,年方十六岁,相貌平平,不过身材婀娜,凹凸有致,颇有些风韵。因为有了这个女儿,近来卢多逊颇费了一番苦心。

这天下朝后,回到家里,卢多逊便与妻子袁氏商量道:"皇上要选皇子妃,我家萍儿如能选上,那可是卢家无上的荣耀啊!"

袁氏一听睁大了眼睛:"你说萍儿?别做这个大梦了!卢家又不是什么簪缨世族,萍儿也不是什么天姿国色,哪里轮得到她!"

卢多逊眨了眨那双狡黠的眼睛,不慌不忙地说:"那也不尽然。皇上急于办成此事,故选择的范围,只限定在京城五品以上的大臣之家……"

"即使如此,那也不下三千之众!"袁氏打断他的话。

"你别急啊!这三千大臣之中,或本无女儿,或年纪不相配,余下的不过三百。若再除去相貌甚差者、不识书理者,数量也就很有限了。据我的了解分析,也只有那陶谷、潘美两家女儿在萍儿之上。"

"皇子妃只要一个,萍儿排在第三,那也没有希望啊!"

卢多逊笑了笑,胸有成竹地说:"事在人为,只不过要多花些金银。你可不要心疼啊!娘子想想,只要萍儿进宫,金银珠宝还会少了你的吗?"

袁氏也是贪财之人,见丈夫说得头头是道,也连连点点头道:"只是不要花冤枉钱才好。相公,你打算怎么办呢?"

"求张公公和花蕊夫人帮忙。"卢多逊回答。

那张公公乃大内总管,与卢多逊是老乡,同为怀州人氏,很小就净身入宫为宦官,历后晋、后汉、后周,接着又是宋朝,也不知伺候过多少皇室成员。谁也不知道他确切的年龄,看上去约五十岁。

张公公凭着几十年练就的察言观色、谨慎圆滑的本领,处理宫中各类事务老成干练,终于获得了赵匡胤的赏识,当上了大内总管。虽说这个职务仅为五品,级别不高,名声也无法与朝官相比,却十分重要。大凡皇宫内的物质供应、膳食安排、嫔妃起居等大小内务,除警卫之外,一概为其管辖范围。

由于赵匡胤深知宦官、外戚的祸害,明令禁止宦官涉及任何政务,但政务之外的其他方面,却不得不依靠这些内侍。最重要的是,这次为德昭选妃的事,皇上就是委托他协助操办。卢多逊心眼特别多,他知道张公公在选妃中有着很重要的作用,尤其是只有通过他,才能搭上花蕊夫人的关系,并最终影响皇上的抉择。因此,他就以同乡叙旧为名,盛情邀请张公公到自己府中做客。

当时的宦官地位颇低,素来为朝官所不齿。张公公接到卢多逊的邀请,顿觉脸面生光,高高兴兴来到卢府。

卢多逊夫妇俩热情相陪。喝了几杯酒,聊了些怀州地方上的趣闻之后,卢多逊站起身,举杯道:"张公公,你整日在皇上身边操劳,真是劳苦功高。方便的话,还请多多美言几句才是!"

"哪里,哪里!伺候皇上是老奴的分内事!"

"不瞒你说,这次请你来,卢某有一事相求,还请公公多多帮忙!"卢多逊委婉地说出想让女儿参加选妃的事。

张公公一听,连连摆手说:"皇子妃由皇上亲自定夺,老奴如何帮得上忙?实在是爱莫能助,爱莫能助啊!"

卢多逊不慌不忙地给张公公斟满酒,说:"在下自然知道此事由皇上定夺,也并非要公公承诺什么,只需公公有机会时,在皇上面前说几句好话,并将我的意思转达给费贵妃,这就帮了大忙了!"

他见张公公一副为难的样子,一招手,吩咐仆人端上一个盘子,里面放着三百两黄金、一个精致的檀木匣。他微微一笑,对张公公说:"这些黄金,算是给公公的一点薄礼,不成敬意,还望笑纳;这匣中的两颗夜明珠,乃我家祖传之物,价值连城,请转交给费贵妃,就说是我卢多逊孝敬她的。"说完揭开匣盖,只见两颗麻雀蛋大小、晶莹圆润的宝珠,嵌在红色丝绒当中,熠熠生辉。张公公不由得瞪大了双眼:这等宝珠,即使在皇宫中,也算是稀罕物呢!

像张公公这样的人,毁了身体去当宦官,既失去了传宗接代的能力,又无执掌政事的可能,无非就是图几个钱财,过一生舒坦的日子罢了。如今黄灿灿的金子摆在面前,哪有不动心的道理?何况同是怀州人,说不定将来还要卢学士关照呢!于是,他搓了搓那双白皙绵软的手,细声细气地说:"既然卢大人如此看重老奴,那我就试试看罢。不过,有话说在前面,若事未办成,卢大人可别怨老奴啊!"

"那是自然,那是自然!"卢多逊忙不迭地答道。

天黑了,卢多逊将张公公送至门口,回到客厅中。袁氏忧心忡忡地说:"相公,只怕咱们这些黄金珠宝是白送了!"

"舍不得孩子套不住狼。夫人,你就放心吧!"卢多逊望着窗外,一副胜券在握的神态。

春节过后就是元宵节。元宵节那天,赵匡胤在宫中为儿子德昭举办了盛大的婚礼。自然,那位头戴霞帔、身穿大红礼服的新娘,便是卢家的小姐卢萍。虽说金银钱财是身外之物,可它偏偏有如此魔力,使很多难以办到的事成为现实。

按照皇子纳妃之礼,赵匡胤给卢家送去聘礼白银一万两、肥羊五十只、美酒五十坛、绸缎八十匹、香茗一百斤,以及衣服首饰等物品一应俱全,不计其数。当宫中内侍将聘礼送来的时候,袁氏不禁笑逐颜开,暗暗在心里佩服丈夫的谋略。

新娘坐着镀金银妆的花轿,前面有四名宫女打着方团掌扇、十名宫女手擎引障花、另十名宫女高举大红灯笼作为引导,左右各有八名俊俏童子作为陪护,后面则是由数十人组成的乐队。迎亲的队伍一路吹吹打打,风风光光,从封丘门横过马行街,经景龙门往南,由拱宸门入宫,引得无数的市民驻足观看,纷纷感叹道:"皇子娶媳妇就是不一样,这回咱也算是开了眼界了!"

花轿一到,便有女官将新娘引去休息,随即酒宴开始。广政殿中,朝廷命官、皇亲国戚欢聚一堂。赵匡胤手持金杯,从御座上站起,满脸含笑地说:"今日乃皇子德昭大喜之日,诸位爱卿,请!"说罢,举杯一饮而尽。殿中顿时热闹起来。

卢多逊因其特殊的身份,居于首席。人们纷纷向他敬酒。他端着酒杯,矜持地应酬着,尽量不使自己的喜悦露于形色之间。

同桌的赵普强压住内心的厌恶,举杯道:"卢兄喜得良婿,可喜可贺。赵某敬你一杯!"

卢多逊知赵普一直瞧不起自己,若非今日女儿嫁入皇家,他岂会主动敬酒?卢多逊虽暗自得意,但还是恭恭敬敬地说:"宰相如此客气,在下如何敢当?同喜,同喜。"

这时,坐在次席的陶谷,端着酒杯走了过来,冲卢多逊作了个揖:"卢兄,恭喜!轻轻易易便成为了皇上的亲家,确是好手段,陶某自愧不如。今后卢兄平步青云,还请多关照!"

卢多逊对陶谷真是又恨又怕,他那张不饶人的利嘴让人无法招架。况且是开国元勋,他资历深;而此番他的女儿进宫未遂,亦必气愤难平。因此,卢多逊格外小心地赔着笑脸:"陶大人,千万不要取笑我啊!"

"取笑?陶某岂敢取笑堂堂皇戚?"陶谷眼一眨,"不过,即使成为皇戚,卢兄许诺的那匹五花马,还是要兑现的。卢兄不至于变卦吧?"

原来,卢多逊有一匹日行数百里的良马,因毛为杂色,号称"五花马"。陶谷爱马,而又性贪,便向卢多逊索要。卢多逊舍不得此马,多次推诿,陶谷却苦苦相逼,令人头痛不已。没想到他竟在此时又提了出来。

卢多逊见陶谷有意为难,狠了狠心道:"只要陶大人喜欢,在下自当奉送!"

陶谷哈哈一笑,拍了拍卢多逊的肩膀:"哈哈,痛快!我想,这次卢兄为攀皇亲,恐怕所费远不止区区一匹马吧。哈哈!"

卢多逊的脸涨得通红,可是又不能发作,心中恨恨不已地想,这老匹夫哪天落到我卢多逊手里,定要你好看!

黄昏过后,婚礼开始了。新郎、新娘在礼部官员的引导下,依次拜了天地、父母,夫妻对拜,然后被簇拥进布置一新的洞房。

第二十七章

议后宫亲家失言　伐北汉太祖亲征

赵普捋了一下颌下的须髯,从容回答:"太原乃西、北两边之天然屏障,若一举而下,则边患我独当之,此其一也;刘钧近年外结辽人,内罗俊彦,兵员充足,粮草山积,实力不可小觑,此其二也;北汉以逸待劳,我军劳师袭远,所耗军资巨大,必致国库空虚,若遇水旱之灾,激起民变,则祸患无穷,此其三也。唯陛下深思。"

婚礼完毕,宾客散了之后,已是深夜。赵匡胤身披裘皮大氅,站在瑶津宫的走廊上,倾听着淅淅沥沥的春雨,凝望着四处悬挂的彩灯,默默想道:德昭娶了亲,若母亲、绮云、细君泉下有知,亦当为之欣慰。但愿德昭从此收心,走上正途才好!

过了几日,赵匡胤在延和殿单独召见卢多逊,以示对这位亲家的恩宠。卢多逊作为集贤殿学士,很少有这样单独面圣的机会,兴奋而又惶恐地应召而来。

行过大礼,赵匡胤示意他在御座旁的椅子上坐下,说:"爱卿家风严谨,教女有方。如今令爱嫁入宫中,与朕成了儿女亲家,不知爱卿有何要求?"

卢多逊急忙起身,低眉敛首道:"不敢。小女相貌平常,诗书粗通,蒙皇上不弃,陪侍皇子左右,实在是她的福气。臣感皇恩尚且不及,岂敢他求?"

赵匡胤含笑挥手,叫他入座:"朕看中的正是她那忠厚之相和世代习儒的家世。美色致人乱性,不足贵也;知书故而明理,弥足珍也。令爱将来相夫教子,主持内务,必能成德昭的贤助。"

"皇上过奖了,与费贵妃和宋贵妃相比,小女差之远矣!"卢多逊不放过任何一个奉承的机会。

"唉。"赵匡胤叹了一口气道:"皇后去世已有两年,蜀中乱起,朕一直无暇顾及立后之事,以致后宫无主,带来极大不便。看来此事当尽快确定才好。"

"皇上圣明,立后之事,确是宜速不宜迟。臣以为费、宋两位贵妃,皆仁慈贤惠,可母仪天下。"

"不知爱卿以为立谁为佳?"赵匡胤有意问他。

卢多逊有些犹豫,沉吟再三,回答说:"臣生性驽钝,未敢妄评优劣。

不过依臣的观察,似乎皇上对费贵妃更为喜爱。不知皇上……"

赵匡胤的笑容突然收敛了,脸色变得严肃起来:"喜爱归喜爱,立后归立后,这是两回事。宋贵妃出身名门,温顺端丽,知书达理,有大家风范;费贵妃虽然艳丽可爱,但毕竟是孟昶之妻、娼妓之女,岂可立为国母?这不是让朕惹天下人耻笑吗?爱卿乃朝廷重臣,处事决不能以君主好恶为据,而当以社稷利害为重啊!"

卢多逊张口结舌,惊出了一身冷汗。正在尴尬之时,张公公进来禀告说:"陛下,孟昶府中的贵重物品已运至殿外,不知如何处置,请陛下明示。"

原来,孟昶之母李氏已于年前病故。那几个妻妾,或回成都,或嫁他人,转眼星流云散。于是,朝廷将孟昶所住庄园收回,余下的一些贵重物品,其中包括从蜀中带来的宝物,也就被军士们搬到宫中来了。

赵匡胤与卢多逊走出殿门,只见庑廊上堆放了不少精致华美的器物,大多是些镜台、箱柜之类的东西,做工极精细,镀金描银,甚至装饰着珍贵的宝石。

这时,一个内侍指着紧挨殿墙摆放的一件形状奇特的碧绿色器具问道:"张公公,那是什么?"

张公公说:"小兄弟,说出来吓你一跳。那就是孟昶用来小便的溺器,是由一整块七色翡翠玉石雕刻而成,据说价值高达十万两黄金呢!"

赵匡胤听了,吩咐将那溺器搬过来。张公公连忙照办,小心翼翼地放在赵匡胤面前,说:"皇上,这溺器既贵重又雅致,正好留在宫中使用。"

赵匡胤眉头一皱:"就连小便之物,亦用七色翡翠雕成,不知他吃饭用什么宝器!奢靡至此,焉得不亡!"随即命身旁的侍卫,用铁锤将其砸碎。

转瞬之间,宝物便化为粉末。卢多逊、张公公在旁边看得眼睛都直了,却也不敢出来阻拦。

赵匡胤对张公公说:"先将这些东西收进库房,以后再做处理。"转身正要进殿,瞥见一面直径约两尺的铜镜,古朴玲珑,煞是可人,便随手取来把玩。不料在铜镜的背面,发现镌有"乾德四年铸"五个古字,忙招手叫卢多逊看,感慨地说:"卢爱卿,当年你说'乾德'是古蜀国年号,还有人不以为然,看来治国还须用读书人啊!"

卢多逊听了暗暗高兴。

回到大殿中,赵匡胤说:"卢爱卿,你博学多才,堪当重任。很快就要开科取士了,朕命你和陶谷担任今年的知贡举,共同负责科举事宜。卢爱卿,科举关乎我大宋命脉、社稷兴衰,你可要好自为之!"

卢多逊大喜,连忙跪下道:"皇上放心,微臣一定竭尽全力,不负皇上厚望!"他心里说的是:好运终于来临了!

宋初科举大体沿用前朝制度,到大比之年,秋季进行乡试,取中的举子,于次年春季汇集礼部,参加朝廷主持的统一会试。因此,"槐花黄,举子忙",每当春暖花开的时节,各地的举子赶赴京城,托关系、找门路、熟悉环境,准备考试,将前途命运寄托在这三年一度的会试之中。

卢多逊与陶谷共同担任今年的知贡举,但各有心思。卢多逊新被宠任,举手投足处处当心,如履薄冰,而陶谷则倚仗着赵普等人的庇护,大权独揽,根本不把卢多逊放在眼里,借此机会收受贿赂,中饱私囊。

纸里从来包不住火。张榜之后,登榜者共二十八人。才质庸常者名在榜中,学识蕴藉者则多名落孙山。落榜举子中不少人也是"上了供"的,怎能不无名火起。你一言我一语,如同火种投进了干柴堆,立即燃起了熊熊烈火。

礼部门前,人头攒动,吼声如雷。愤怒的举子黑压压一片,群情汹汹,都喊着陶谷的名字。

赵匡胤闻报,龙颜大怒。

卢多逊见他气得眼都红了,心里一乐,连忙上前,假意阻止道:"皇上,陶谷是否受贿,并无实据,若贸然治罪,难以服人。臣以为,不如将中第者招来宫中,由皇上亲自面试,如不合格,再行追究。不知如此可行否?"

赵匡胤当即准允,诏令二十八名新科中第者,于次日前来讲武殿面试。

"中榜"的考生在殿试中连连露馅,在赵匡胤的逼问下,纷纷交待了行贿陶谷的事。

赵匡胤扫视了大殿中那些几乎吓瘫了的举子,缓缓抬起头,盯着陶谷道:"陶大人,你还有何话可说?"

陶谷扑通跪下道:"微臣罪该万死,罪该万死!"

赵匡胤喝道:"来人啊,将罪犯陶谷押入刑部大牢!"几名侍卫应声入殿,就像拎小鸡一般,将陶谷拖了出去。

卢多逊脸上掠过一丝不易察觉的微笑。一侧身,瞥见赵普那冰冷的目光,正直直地射向自己,忍不住打了个寒噤。

赵匡胤对殿中举子严厉地说:"科举乃国家大事,决不能任人亵渎!凡行贿者,削去一切功名,遣回原籍,终身不准再入考场。为示公平,此榜废除,五日之后,凡上次考至终场的举子,重新入场考试,以卢多逊、王明为主考官。中榜之人,再来讲武殿面试。从今往后,礼部会试一依此例!"

从此,在会试以后再加一场殿试,成为宋朝的定制。

赵匡胤收捕陶谷、重开礼部会试的消息,迅速传遍了京城,考生们欢欣鼓舞,奔走相告,盛赞皇上英明。

三月二十三,将近两千名考生再次走进贡院。经过卢多逊等人的反复审核评定,选出一百九十人参加殿试。

殿试依然在讲武殿进行,只不过方式由口试改为笔试。这一天,赵匡胤亲临大殿,命殿中侍御史李莹为主考,具体主持。

这次殿试,共录取进士二十六人、五经四人、开元礼七人、三礼三十八人、三传二十六人、三史三人、学究十八人、明法五人,总计达一百二十七人。

当时,南平、楚、西蜀等地相继收复,宋朝的版图日益扩大,对地方官员的要求也有所增加。赵匡胤以军职得天下,攻城野战的军事人才并不缺乏,但通晓经史法律的中下级文臣却严重不足。因此他决定扩大会试录取名额,以这种方式来充实州、县两级官吏,并逐步改善文臣偏少的官员结构。更为重要的是,通过这种方式,可以广纳人才,获得读书人的拥护,使政权在深层的意义上得到坚实的支撑。

赵匡胤亲自审阅了数份答卷,觉得很满意,再加上昨晚得知宋贵妃怀孕的消息,心中十分高兴,特赐其余三十六人同进士出身,由吏部择优录用。

当李莹宣布及第者名单及皇上的诏令以后,殿中的士子一齐俯伏地上,三呼万岁,谢主隆恩。自古以来,读书人最高的目标就是效命君主,经邦治国,如今夙愿得偿,能不感激涕零吗?

赵匡胤赐钱二十万,在皇宫举行庆祝宴会,并令及第的一百二十七名士子披红挂彩,在开封城巡游三日,引得全城百姓夹道观望,钦羡不已。那种风光气派,就连当年慕容延钊、韩令坤征战凯旋,也无法相比。

武陵贫士王嗣宗,落魄客栈,因殿试表现突出,又品貌俊秀,后来被赵匡胤招为驸马,显赫一时。坊间伶人将此事编成传奇,在大江南北广为流传,尤为青年学子津津乐道。

赵匡胤见此番会试,虽经一波三折,但最终士子欢欣,结局圆满,对卢多逊的才干大加赞赏,于是任命他为翰林学士,接替陶谷的职务。

赵普是陶谷的密友,眼见他羁押刑部大牢,心急如焚,又不便在上朝时为他开脱,就找了个机会,约张琼一起去见赵匡胤。张琼时任殿前都指挥使,深得皇上器重,与陶谷亦是相交多年的故人。

赵匡胤正在瑶津宫陪宋贵妃下棋,一听说他们俩求见,满脸苦笑对宋贵妃道:"赵普老儿必定是来替陶谷求情的。"

赵普、张琼二人见了赵匡胤,急忙下拜。赵匡胤挥手制止道:"不必拘礼。两位爱卿有何要事?"

两人听了赵匡胤单刀直入的问话,极不自然地互相望了望。

赵普硬着头皮说:"其实无须说明,臣等的来意,陛下亦十分清楚。翰林学士陶谷,在主持会试时贪赃枉法,不知陛下欲治以何罪?愿闻其详。"

"根据大宋律法,在主持科考中受贿徇私,当处以极刑。赵爱卿身为宰相,难道不知道吗?"

"臣等自然了解。只是陶谷乃开国元勋、当朝名臣,多年来恪守职责,对皇上忠心耿耿。还望陛下念其旧功,从轻发落。"

"你与陶谷关系密切,当然要为他开脱!陶谷为人刻薄狡诈,贪财好色。我大宋立国以来,他一心敛财纳妾,声色犬马,更兼目无国法,仗势妄为,何曾有过尺寸之功?"赵匡胤越说越愤激,"朕念他乃老臣,多次姑息,不想他竟变本加厉,以主考之职收受贿赂。若非举子闹事,卢多逊处理得当,让那些无赖小人登第得官,岂不是断了我大宋的命脉?这等大奸大恶之人,如何能赦!"

赵普见赵匡胤动了真怒,不敢再言,暗暗向张琼使了个眼色。

张琼也有些畏惧,壮着胆子道:"皇上,陶学士确实罪在不赦,但他年已六十五岁,在世之日不多。何不从轻处罚,让他聊度残年,以示皇上宽容仁慈之心呢?"

"二位爱卿不必多言。朕意已决!"赵匡胤说罢起身离去,将两人撇在客房中。

赵普与张琼默默出宫。赵普长叹一口气道:"看来陶兄难逃厄运矣。我与陶兄相知十余年,莫非就这样任他受死不成?"

四下寂静无声,两人神情黯然地走着,突然张琼停下脚步道:"有了!只要宰相能说动韩将军出面,陶学士必有救也!"

赵普一愣,双手猛地一拍道:"我怎么没想到他?"

自从征蜀返京,韩令坤就一直蛰居城东,自得其乐。他本来不愿管这等闲事,但一来碍于赵普的面子,二来与陶谷也算是故交,只好答应试试。

韩令坤来到皇宫,赵匡胤大喜过望,连忙出门亲迎,陪他在便殿闲谈。韩令坤说话从来不拐弯抹角,开门见山道:"俺向来有话直说。俺这次来,是请陛下手下留情,免陶谷一死!"

赵匡胤一听,心知必定是赵普搬的救兵,心里有点恼,可又不能轻易驳回韩令坤的面子。沉默了好一会,面露难色道:"陶谷受贿之事,天下尽知。若免其罪,如何服众?"

"陛下,有罪固然要罚,否则治国无据,但陶学士非同常人,当年在陈桥驿，若不是他出谋划策，说动众人拥戴陛下，恐怕结局难以预料。以昔日立国之大功，抵今日受贿之大罪，亦无不可。老臣故交，知陛下不忘旧情，更会感铭皇恩，效命朝廷。更何况陶学士之罪并非不罚，只不过量刑稍轻而已！俺想什么说什么，还望陛下不要怪罪。"

赵匡胤沉默良久道："也罢。依二哥所言，饶他一条老命！二哥，朕观你脸色苍白了许多，最近过得如何？"

韩令坤淡然笑道："托陛下的福，眼下是饱食终日，无所用心。打打杀杀几十年，也该享几天清福了。"

二人又聊了一会儿，韩令坤起身告辞。赵匡胤挽留不住，送他至皇宫大门前，嘱咐他保重身体，以后多来宫中走走，韩令坤满口答应。赵匡胤知他是敷衍自己，望着他的马车远去，心中涌起一种难言的惆怅。

半个月后，赵匡胤传下诏令，免去陶谷翰林学士的职务，发还原籍。陶谷捡了一条性命，回到家乡汾州新平，于三年后无疾而终，享年六十八岁。

自从赵匡胤夺得天下，建立宋朝，并采纳赵普的建议，确定了"守北攻南"的基本方针，北汉确实对宋朝构成了威胁，这一直令赵匡胤耿耿于怀，只是苦于国力兵力的限制，无法出兵平定而已。

早在建隆二年(961)，赵匡胤曾托人转告北汉主刘钧："君家与周有世仇，不屈而相抗，固其宜也。今我大宋与尔并无仇隙，何为困此太原一方人也？若君有志于中原，宜下太行，以决胜负。"

刘钧亦有自知之明，回复赵匡胤道："河东土地兵甲，不足以当中原，然我北汉并非叛宋者，区区守此太原，盖惧汉氏不血食也！"赵匡胤此时正欲南图，根本无暇北顾，便又让使者告知说："为我语刘钧，开尔一条生路！"

宋、汉就这样对峙了数年。

后汉主刘钧不仅膂力过人，而且颇有心机。他一方面对辽国称臣，竭力奉承讨好辽国，同时在有限的疆域内，奖励耕战，组织兵员，网罗人才，还时不时地在辽国的纵容下向西夏扩张。

刘钧十分清醒,一旦宋朝吞并南方诸国,必然转而对付北汉,他只有在此之前做好各方面的准备,才能保证北汉的稳固。为了达到这一目的,刘钧不惜重金,四处搜罗谋臣武将,任命蓟州人赵文度为丞相,抱腹山道士郭无为任吏部侍郎,以太原人杨业为建雄军节度使。

赵文度精通经史律令,博闻强记,尤擅长诗词,堪称北汉第一才子;郭无为满腹经纶,能言善辩,通晓天下舆地形势,喜论霸王之道;杨业从小倜傥豪侠,精于骑射,智勇双全,号为"无敌将军",更令人叫绝的是,他的七个儿子延朗、延玉、延浦、延训、延瑰、延贵、延彬,一个个身手矫健,武艺绝伦,都跟随父亲效命军中。

王延嗣作为老臣,依然担任枢密使,但远不如以前那么受器重,这使他感到非常失落,以致逐渐产生了怨恨之心。

大宋乾德五年(967)十月,辽国兵马大元帅挞烈丧偶,专程来到太原,欲求一美貌女子为妻。王延嗣的独生女儿王芳年方十六岁,容貌秀丽,誉满太原。刘钧为了讨得辽人的欢心,强令王延嗣将女儿嫁给挞烈。王延嗣多年来对辽人恨之入骨,怎会让如花似玉的女儿去做契丹人的玩物呢?

王延嗣的夫人钱氏,原籍也在开封,是个深明大义的女人,平时常劝丈夫不要忘记自己的祖先宗庙。当她得知刘钧强逼女儿外嫁一事,悲愤难禁,对丈夫说:"刘钧简直是利令智昏!自己甘做契丹人的儿皇帝也就罢了,如今还要将芳儿往火坑里推。他眼中哪还有你这个枢密使啊!相公,与其在此忍辱含垢,还不如回归中原、投奔宋朝。否则,芳儿可就是死路一条了!"

王延嗣心中早有南归之意,听了妻子的话,其意更坚。可是,怎样才能不引起刘钧的注意,顺利地潜回开封呢?王延嗣经过反复思考,终于想出一个万无一失的方案。

王延嗣首先向刘钧表示,同意将女儿嫁给挞烈,以免他产生提防之心;接着又大张旗鼓地置办嫁妆。一时间,北汉君臣和城中的居民,都知道王枢密使的小姐将嫁往辽国的事。

转眼到了十二月,离挞烈来迎娶的日子只有十多天了。王延嗣和妻子、女儿,在七八名亲兵的护卫下,前往开阳镇选购衣物。

开阳镇在北汉与宋朝晋州的交界处,是两方民间交易的地点。大量产自江南、中原地区的华美丝绸、布料和其他物品,经过数道商贩之手运到这里,以惊人的高价,销售给北汉的富绅达官。因此,王延嗣携家人来此为女儿出嫁购置衣物,是十分平常的事,丝毫不会引起刘钧的怀疑。殊不知王延嗣早已收买了当地边境守军的一个头目,做好了南归的一切准备。

到了傍晚,当夜色刚刚降临,繁星初现的时候,王延嗣一行三顶轿子、十几个人,由几名守军士兵引导,迅速越过边境地区,奔向属于宋朝管辖的晋州地界。

王延嗣面朝南方,凝望着那灰色天幕下绵延起伏的山脉的轮廓,不禁两眼湿润,心潮澎湃。回家了,该回家了!自己少小离家,在太原生活了二十多年,忍辱负重,真是不堪回首啊!

乾德五年(967)年底,宋贵妃生下一子,取名德芳。小德芳天庭饱满,白胖可爱。赵匡胤四十二岁得了这样一个胖小子,欣喜之情可想而知。德芳满月那天,赵匡胤诏令改元"开宝",大赦天下,又正式册封宋贵妃为皇后。所谓"母以子贵",宋贵妃因此而确立了她在后宫的至尊地位。

恰好在宋朝改元之日,王延嗣抵达京城,去谒见宋主。

王延嗣乃北汉重臣,如今弃汉归宋,赵匡胤自是极为高兴,亲自在讲武殿接见。

王延嗣来到殿中,行过叩首礼,抬头一看,见赵匡胤隆鼻丰颐,相貌堂堂,心中好生叹服。他从怀中掏出一卷黄色丝绢,双手捧着说:"陛下,此乃臣耗费多日绘制的北汉地形图,或许有可用之处,请陛下笑纳。"

殿前内侍接了过去,呈给赵匡胤。赵匡胤打开一看,是一幅绘制得极为精致详尽的绢图,北汉全境的山川地形、交通关隘、兵员配置等情况,都标绘得清清楚楚,一目了然。

赵匡胤大喜。广济大师从前所赐《舆地与兵法》,虽也绘有北汉地形,但仅具轮廓,而且几十年过去,情况有了很大变化;另一方面,朝廷派往北汉的探子,又往往缺乏绘制精密地图的才能。因此长期以来,他想得到一幅详尽的北汉全图,始终未能如愿。而获得这样一幅地图,显然是对北汉采取军事行动的必要前提。

赵匡胤爱不释手地抚摸着那幅绢图,满脸含笑地对王延嗣说:"王先生情系桑梓,弃暗投明,又给朕带来了如此丰厚的礼物,朕好生感激。不知先生是否愿意在朝廷任职?"

"臣既绝汉回归,愿竭忠尽智。只恐才疏学浅,不堪驱使耳。"

"王先生不必过谦。朕未登基时,便闻先生大名。能绘出如此精密的地图,天下复有几人?王先生若不嫌弃,朕任你为集贤殿学士。不知可否?"赵匡胤见王延嗣儒雅稳重,确是谦谦君子,不知不觉生出几分敬意。

王延嗣之所以潜回开封,主要是出于对北汉亲辽的不满,以及摆脱女儿外嫁的厄运,当然也有宦途上的考虑。他连忙跪伏地上:"微臣不才,多谢陛下器重。臣虽驽钝,愿尽力焉。"

当天下午,赵匡胤独自埋头案前,仔细地研究那幅地图。由于全神贯注,一直看到黄昏,直到张总管忍不住提醒他,才发现已经过去了两个时辰。他站起身,活动了一下手脚,信步走出大殿。

不知从什么时候开始,天空又下起了雪,飘飘洒洒地在殿外飞舞,皇宫大内的凤阁楼台,都笼罩在银白之中。

春天的雪,晶莹而滋润,一片片轻盈地滑翔,如同漫天嬉戏的精灵。赵匡胤站在台阶下,伸手接住几片飘进殿庑的雪花,凉沁沁的,转瞬间在手掌中化成几点细小的水痕。他伫立殿外,一动不动地凝视前方,似乎要让目光穿透雪网、高墙和重山,看到那片让他久久萦怀的土地。

赵匡胤从小就立志收复燕云十六州,后来无论是投军为将,还是登基为君,此志从未忘怀。只是因为各方面的限制,始终没能如愿,这几乎成了他最大的一块心病。如今天从人愿,王延嗣南归,带来了北汉全图和各种必要的信息。以大宋目前的强大军力,加上王延嗣的帮助,一举克复北汉绝无问题!

赵匡胤心潮激荡,倏地转身,令内侍立刻通告赵光义进宫。

晚上,大雪依然纷纷扬扬地飘着,赵匡胤与赵光义共乘一辆车舆,来到赵普家中。赵普夫妇见圣上亲自来访,马上出门恭迎。

三人在厅堂中坐下。魏氏命人将一个铮亮精致的青铜火炉置于堂中,温热的气息迅即弥漫开来,驱散了室内的冷气,显得春意融融。魏氏又亲自煮茶,将热气腾腾的香茗端到各自座前的几案上。

赵普端起茶杯,轻轻地吹了吹,靠在唇边抿了一口,问道:"夜久寒甚,陛下何以冒雪出宫?"

赵匡胤微微笑道:"朕夜不能寐。一榻以外,皆他人也,何以入睡?故来见卿。"

"陛下连克南平、楚、后蜀诸国,犹以天下为小吗?南征北伐,今其时也。愿闻陛下之意。"

"朕欲取太原,未知可否?"

赵普略一迟疑,说:"非臣所能知也。"

赵匡胤见他反应冷淡,慷慨说道:"几年来,我大宋收复南方三国,威震天下,南唐、吴越、南汉已成强弩之末。目前,大宋后顾之忧已消,精锐禁军多达三十余万;更兼王延嗣南归,北汉地形、军情,尽在朕的掌握中。此时不取太原,更待何时?"

赵普将了一下颔下的须髯,从容回答:"太原乃西、北两边之天然屏障,若一举而下,则边患我独当之,此其一也;刘钧近年外结辽人,内罗俊彦,兵员充足,粮草山积,实力不可小觑,此其二也;北汉以逸待劳,我军劳师袭远,所耗军资巨大,必致国库空虚,若遇水旱之灾,激起民变,则祸患无穷,此其三也。唯陛下深思。"

赵匡胤脸色一变,愤然道:"爱卿总是长他人威风,灭自己志气!朕不信他弹丸之地,能与我大宋抗衡!"

赵光义这时担任开封府府尹,经过多年的磨炼,显得持重成熟了许多,他也开口劝道:"宰相所言确实有理!臣闻北汉与辽人签订了盟约,故大宋之对手,不仅是北汉一隅而已,而且刘钧手下之赵文度、郭无为、杨业诸人,皆一时英彦,非易与之辈也。"

赵匡胤猛地站起,在厅堂中急速地来回走动,嘴里说:"难道就让刘钧长期占据太原,犹如刀悬颈项,令朕不得安卧吗?"

赵普仍是一副慢条斯理的样子:"陛下放心,北汉固守一隅,并无多大作为,时机一到,即可一举荡平。无须忧虑也!"

赵匡胤长叹一声,默然无语地回到几案旁边坐下。

第二天,赵匡胤又特意招来王延嗣,向他仔细询问北汉君臣的情况,问道:"王先生,若我大宋挥兵讨伐北汉,可有把握?"

王延嗣略一思索道:"臣认为,辽汉联盟,是荡平北汉的最大障碍。此外,大将杨业父子,是大宋军事上最强劲的敌手。依臣看来,陛下还是不要急于进攻北汉,待统一南方后再做计较。"看到王延嗣也如此认为,赵匡胤心中虽然遗憾,可是也无话可说了。

七月,北汉主刘钧因病暴死,养子刘继恩继位。赵匡胤得到消息,收复北汉的雄心重新萌发,而且极为坚定,无论赵普怎么劝说,他都不听。赵普喟然叹道:"欲速则不达,陛下不听臣言,急于北伐,只恐徒致劳军耗资,反遗祸患矣!"

赵匡胤心意已决,火速调集兵马,令昭义军节度使李继勋为河东行营都部署,率领八万禁军攻打北汉;令大将卢怀忠等人领兵驻扎潞州,作为辅翼。

李继勋是大名元城人,曾与赵匡胤同为郭威帐下的校尉,后来一直任职军中。宋朝立国,赵匡胤命他驻守汉、宋边境,立下赫赫战功。李继勋身如铁塔,力大无比,一顿可食十斤肉、三壶酒,虽年近六十,仍然硬朗矫健,令北汉将士十分畏惧。

九月,李继勋率军越过边境,立营扎寨。正在此时,北汉发生内乱,刘继恩被人所杀,其弟刘继元接任帝位。李继勋闻讯大喜,即刻拔寨进军,向北挺进。

刘继元得知宋军大举北进,仓促之间,不知如何应敌,幸得赵文度、郭无为、杨业从容调度,一面遣使向辽国请求援兵,一面令大将马峰领兵五万,前往迎敌,方得稍安。

两军在团柏谷相遇,各列阵势。宋军先锋将何继筠年轻气盛,舞动双枪出阵叫战,北汉军偏将江文挺刀而上,催马应战。两人刀枪相交,拼死搏杀,一时间难分难解。

李继勋久经战阵,经验老到。他见对方人少,且阵势不整,便趁其不备,突然指挥大军猛冲过去。马峰猝不及防,部队约束不住,只得随军稍退。何继筠见机,奋其神威,将江文挑落马下。北汉兵一时丧胆,宋军士气大振,争先恐后一阵掩杀,北汉军全线崩溃,作鸟兽散。

这一仗,宋军大获全胜,杀敌八千,缴获马匹五百,夺取汾河桥,迫近太原城。李继勋当晚大犒将士,次日引军渡过汾河,直捣太原。

距太原五十里,在太行山的崇山峻岭之间,有一片宽广平坦的原野,人称"望城原",是古来兵家必争之地。在这片原野的土地深处,不知掩埋了多少征人的尸骨,不知聚集了多少战死的冤魂。这里的草木异常茂盛葱郁,人们都说,那是年轻的躯体与血液滋润而成,甚至割草的时候,也能闻到那股血腥味儿。

李继勋率军来到望城原,接到探子报告,说北汉军已在原中严阵以待,主将乃是北汉"无敌将军"杨业。李继勋早就预料到,在此必有一场恶战,但一听杨业出战,仍不免一阵心跳。

李继勋指挥部队缓缓前进,看到对方的军队时,他下令结成阵势,将八千名弓箭手调到阵前,以防敌军突击。待一切布置完毕,又传令宋军保持队形,小心翼翼靠近汉军,在相距三十丈的地方停了下来。

李继勋举目望去,只见北汉军人数并不多,但军容严整。军队前列中央一面"杨"字大旗下,杨业骑着一匹赤兔马,须髯飘飘,威风凛凛,周围是一群英姿勃勃的青年将领,他的七个儿子也在其中。

李继勋正在眺望,忽闻对面一声炮响,一位身着白袍的少年,骑着白马,手提一杆红缨枪,掠至阵前,高声喊道:"我乃杨延彬,人称杨七郎。有不怕死的宋将,速速上来纳命!"

杨七郎出言不逊,惹恼了宋军先锋何继筠、何继篁兄弟。两人一个使枪,一个抡双斧,催马冲了过去。那杨七郎年仅十五岁,性格暴烈,见敌将出阵,策马相迎。双方交战,杨七郎手中的那杆铁枪上下翻飞,前后照应,攻势极为凌厉。不到五个回合,只听得一声暴喝,何继篁胸前中了一枪。何继筠心知自己不是对手,虚晃一招,勒马欲逃,谁知对方马快,追将上来,铁枪一搠,枪尖穿胸而过,何继筠落马气绝。

这边两员宋将刚刚落马,杨业已麾兵冲杀过来。李继勋急令弓箭手放箭,稳住阵势,勿让敌军靠近。然后挥动令旗,将后军变为前军,有条不紊地退出了望城原。

杨业见冲击受阻,而宋军队形未乱,撤退有章有法,也不敢过分相逼,只是将宋军挤出望城原,设立营寨,扼住通向原内几处关隘要道。

李继勋凭着丰富的临战经验,在不利的情况下成功退却,将军队的损失减少到了最低程度,但他一想到杨七郎的骁勇、两员爱将的阵亡,就不禁胆寒心怯。

双方相持了几天,辽国兵马大元帅挞烈增援北汉。李继勋担心受到两面夹攻,只好撤兵南归。

北汉和辽军会合,见宋军已经退却,心有不甘,便侵入晋州、绛州(今山西省新绛县),杀人放火,大肆抢掠。边境一带的宋朝居民,顿时陷入一场可怕的浩劫之中。

李继勋退兵、辽汉联军大掠的消息传到开封,赵匡胤感到意外而又震惊。当天晚上,他在御书房徘徊良久,想了很多。莫非自己北伐的决定错了吗?难道北汉真的无法收复了吗?假如就此罢兵,我大宋的威名岂不荡然无存?不,决不!我赵匡胤自投军以来,数十年间战无不胜,何况现在朝廷兵多将广,粮秣充足,只要我御驾亲征,并增强兵力,没有不胜之理!

第二天上朝,赵匡胤并未征求群臣的意见,便宣布了这一决定。当时,由于宋朝经济军事实力的增强、疆域的不断开拓,大臣中普遍滋生了一种乐观情绪和自豪心理,对就此罢兵的结局,他们大多难以接受。因此,殿中多数大臣对皇上的决定表示支持;而那些有不同看法的人,知道皇上的脾气,也不敢开口发表意见。

唯有宰相赵普,态度激烈,坚决反对。他说:"臣以为当今天下有三,我大宋其一,辽与北汉其一,南方三国其一。辽与北汉缔约结交,与大宋力量相当;而南方三国各自为政,力量分散,正好各个击破。先取南方,则我得天下之二,然后北伐,则胜券在握也。今攻强而弃弱,窃为陛下所不取也！臣观天象,今年将有大旱,应早防备。若大军北伐,导致府库乏竭,届时何以济民？若民不得济,国何以安？故急于北伐,有百害而无一利也！"

赵匡胤此时所有的心思,都集中在尽快击败北汉上,赵普的话,他根本听不进去,反而面带嘲讽地说:"爱卿三番五次阻止朕向北用兵,似有畏敌之嫌。多年来我大宋风调雨顺,哪来的大旱？朕意已决,无须多言！"

赵普无奈,只好摇头叹息。

开宝二年(969)二月,赵匡胤下诏亲征,以赵光义为东京留守。

这一天,在京城北郊,赵匡胤身着戎装,骑着一匹高大健壮的赤色骏马,在数十员大将的陪同下,检阅即将北征的禁军。

宋军将士队列整齐,肃立于郊野之中,在苍茫天宇的映衬下,显出一种特殊的雄浑与壮观。西北风吹动无数的旗帜,发出哗哗的响声,引发此起彼伏的战马嘶鸣。赵匡胤注视着这空前强大的军队,心中充满了自豪和信心。

随着一声炮响,大军出发了,士兵、战马、刀枪和战车组成的洪流,挟着一股摧枯拉朽的气势,坚定地向北方汹涌而去。

三月初,宋军前锋抵达团柏谷。北汉守将马峰面对数量远远超过己方而又士气正盛的宋军,计无所出,惶惶不可终日。

杨业明白,以团柏谷三万人马,根本不可能与宋军抗衡,与其被宋军消灭,还不如将其撤回,保存力量,以求最后的决战。他将这个想法告知汉主。汉主刘继元在军事上素来仰仗杨业,便接受了他的建议,命马峰放弃团柏谷,撤回太原。

宋军未损一兵一将,占领了团柏谷。赵匡胤留下五万人马驻守,领兵继续前进,又相继攻克祁家口、天峰谷和飞石岭等关隘,于四月中旬顺利夺取晋南关,扫清了通向望城原的最后一道险隘。赵匡胤遣使向北汉主送去战书,预定于三日后,在望城原决战。

太原城内,北汉主刘继元在宫中议事厅召集群臣会议,商讨应战与否。刘继元年仅二十四岁,年轻气盛,主张破釜沉舟,与宋军决一死战。

赵文度、郭无为处事稳重，反对出战，建议集中力量，固守城池，使敌军疲惫以后，再乘隙出击。

双方相持不下，刘继元只好把求救的目光，投向一直未发一言的杨业，问道："杨将军，你意下如何？"

杨业手握斜挂在腰间的剑鞘，浓眉一扬，朗声答道："陛下，太原城中现有八万人马，再加上挞烈将军的三万骑兵，不妨与宋军一战，免得挫了我军的锐气；即便战斗不利，再退回守城亦不为迟！只是此番赵匡胤亲征，必定有备而来，我军切不可轻敌！"

满脸胡须、双目凶光毕露的挞烈猛地站起来，大声嚷道："赵匡胤有甚可怕？三日后只管应战，让他尝尝我辽军铁骑的厉害！"

刘继元见赵文度、郭无为不再吱声，便说："就这样，三日后在望城原与宋军决战，由杨将军统一指挥。诸位将军分头准备吧。"

三日之后，宋军与汉辽联军在望城原摆开阵势，双方共二十几万人马，刀戈相向，虎视眈眈，准备进行殊死搏杀。

青草萋萋的古战场，又一次腾起了凛凛杀气。

宋军阵前，宋主赵匡胤手提浑天棍，跨着战马，王审琦、张琼、李继勋、曹彬、张光翰等十六员大将分列左右。北汉军阵前，汉主刘继元骑着一匹青鬃马，手执双鞭，杨业、挞烈、耶律材、张知镇、石峰等十六员大将陪侍两边。

在一片战前的岑寂中，赵匡胤轻带马缰，向前走了几步，朗声喊道："朕乃大宋天子赵匡胤，请北汉主刘继元答话。双方将士不得偷放冷箭！"

刘继元亦策马出列，扬声道："寡人即北汉皇帝，汝有何话说，尽管道来！"

赵匡胤虎目直视刘继元，说："汝父子窃据太原，称孤道寡，并数番扰我大宋边境，杀掠百姓。今朕前来削平祸乱，讨伐不祥。汝若上识天时，下明人事，及早开城纳降，束手归命，犹可保富贵，否则定叫你死无葬身之地！"

刘继元嘿嘿一笑道："寡人乃汉高祖之后，称孤道寡，谁敢以为非？

汝欺人孤儿寡母,篡夺天下,人神共殛,尚敢口出狂言,真可谓人面兽心,不知廉耻也!"

北汉将士一阵哈哈大笑。

赵匡胤登位以来,最忌讳别人提及篡位之事,刘继元竟然在两军阵前揭出,焉得不恼?那四方脸顿时涨得通红,咬牙切齿道:"谁为朕擒下此贼?"

李继勋、张琼应声拍马,跃出军阵,一个舞大刀,一个执双鞭,直扑敌阵。那边厢,则驰出挞烈和杨业的第三子杨延浦,各挺兵器接着。四个人捉对厮杀,足足斗了半个时辰,依然未分胜负。

赵匡胤看得心烦,大喝一声:"待朕拿下这两个贼子!"举棍冲了上去。王审琦刚要阻拦,已经来不及了。

杨业见赵匡胤出战,心想若能擒住他,胜斩百员大将,便双腿一夹,胯下那匹赤兔马展开四蹄,如闪电一般,转瞬之间就到了赵匡胤面前,也不搭话,一条乌黑的铁枪直刺过来。赵匡胤伸棍一挡,只听得"当"的一声,震得双臂发麻,不由暗道:"这人好大力气!"便凝定心神,暗运神力,使出浑天棍法,改守为攻。那浑天棍挟着呼呼的风声,犹如遮天蔽日的巨网,罩向杨业。杨业心中一惊:人称赵匡胤神勇盖世,棍法天下无双,果然并非浪得虚名。连忙收起那小觑之心,打起精神,施展杨家枪法,与赵匡胤周旋。

赵匡胤的棍法与杨业的枪法,都是天下独一无二的绝学,再加上两人皆天生神力,棋逢对手,都将各自的绝学发挥得淋漓尽致。

这一场争斗真是势均力敌,棍枪相交,铿锵之声不绝于耳。双方将士屏息观望,甚至忘记了击鼓和呐喊,连酣斗已久的李继勋等四员战将,也收起了手中的兵器,各退数丈,凝神观看这场旷世罕见的角逐。

双方战了三百回合,兀自力道不减,声势骇人。那挞烈是个狡诈歹毒之人,他见杨业并未占上风,心生毒念,偷偷取出弓箭,朝赵匡胤射去。赵匡胤正全神贯注与杨业拼杀,根本不敢有丝毫分心,哪会注意到挞烈的动静?倒是心细如丝的张琼,担心皇上的安危,一直关注着战场上的动静。他一见挞烈张弓,暗道:"不好!"纵马上前欲挡住那支利箭,可惜迟了一步,那支箭已在他赶到之前,射入了赵匡胤的右胸。

赵匡胤感到一阵剧痛,右手顿时使不上劲,头脑里"嗡"的一响:此生休矣!

本来杨业见此突变,可乘机结果赵匡胤的性命,但他是个血性汉子,况且经过这场恶斗,对这个平生未遇的敌手,莫名其妙地滋生了一种惺惺相惜之情,手中缓得一缓,张琼和王审琦已双双掠出,共同敌住杨业。

赵匡胤用手捂住胳膊,低头一看,鲜血染红了铠甲。他气愤至极,竖眉一抖,破口骂道:"好贼子,竟敢暗算于朕!"右手"啪"地折断胸前的箭杆,双腿猛地发力,策马扑向挞烈。

那挞烈见暗招得手,心中正在得意,毫无防备之心,待赵匡胤驰到面前,试图举起手中的狼牙棒抵挡时,已经晚了。赵匡胤的浑天棍有如泰山压顶,以千钧之力劈了下来,将挞烈那颗硕大的头颅砸得粉碎,红的白的溅了满地。

挞烈的坐骑受到惊吓,狂嘶一声,驮着那具无头的尸首飞窜而去。见此情景,北汉将士无不惊得目瞪口呆。

赵匡胤杀了挞烈,迅速返回本阵,令旗一挥,号角响起,宋军以排山倒海之势冲向敌阵。已经回到阵中的杨业,也忙下令北汉军迎将上去。两道狂潮倏地撞在一起,迸发出铁和血的狂潮巨浪。双方的将士拼命地呼喊着、鼓噪着,将手中的兵器刺进虽是敌人却为同类的躯体。

在这里,已没有了是非与理智,剩下的只有仇恨与嗜血。在金铁交鸣中,伴随着粗重的喘息、痛苦的呻吟和野兽般的狂嚎。

残酷的杀戮一直持续到黄昏,北汉军终于抵挡不住训练有素的宋军的猛烈攻击,不得不退回太原城。一眼望去,望城原外,宽广碧绿的草地上,已是狼藉不堪。夕阳下的旷野一片血红,受伤的战马负痛狂奔悲鸣,群鸦聒噪,仿佛在为双方阵亡的六万多年轻的生命唱着凄凉的挽歌。

幸亏有黄金锁子甲的保护,赵匡胤右胸的箭伤并不严重,只是箭头入肉约有一寸来深。随军太医将箭头小心翼翼地取出,然后清洗伤口,敷上特效金创药,用细软的白绢包扎起来,疼痛减轻了许多。

第二天,赵匡胤指挥大军越过望城原,在太原城外建立了几十座营寨,并将留驻团柏谷的五万兵马调来,以增强围城的兵力。然而,太原拥有天下最完备、高峻的城墙,墙面光滑平直,高达八丈,根本无法攀援;墙外的护城河又宽又深,假如宋军渡河,城上北汉兵射箭掷石,就会造成重大伤亡。赵匡胤与众将反复商议,实在找不到攻城的有效办法。太原城中军民多达几十万,总会有粮草乏绝的一天。因此,最后一致决定,采取长期围困的方法,修筑围垒,截断外援。

这一招果然见效。宋军包围太原两个多月,城中便出现了粮荒,不时有北汉兵出逃,向宋军投降。赵匡胤的信心大增。

到六月底,接连下了几场大雨。雨后的天气又热又湿,因为水土不服,宋军将士中有不少人患了痢疾,而且瘟疫迅速在军中蔓延开来,每天都有大批的人死去,军心开始浮动。

这一天,赵匡胤正在大帐中与李继勋等人商量如何控制痢疾的事,忽有探子进来报告,说辽穆宗得知挞烈的死讯,震怒不已,调集了十万大军,亲任统帅,誓为挞烈报仇,并解太原之围。辽军的先头部队已出燕京,正向太原进发。

赵匡胤听后,不由大吃一惊。眼下的太原已到山穷水尽的地步,只要再坚持两个月,必可一举攻破,了却自己多年的夙愿。可眼下军中恶疾横行,人心思归,且辽军援兵多达十万,估计半月之内就会到达。倘若辽军从外进攻,杨业又率兵杀出城来,我军岂不是要以疲病之师,而受两面夹击吗?可若就此罢兵,让北汉重得生机,不仅贻害无穷,而且也正应了赵普"劳民伤财,无功而返"的预言。

赵匡胤实在不甘心就此退兵。李继勋见他犹豫不决,劝说道:"陛下,以末将愚见,唯有撤兵方为上策。否则,待辽兵赶到,我军腹背受敌,后果不堪设想啊!"

赵匡胤脸色铁青,双眉紧锁,一言不发地低着头。李继勋也不敢上前再劝。最后,赵匡胤猛地抬起头来,极不情愿地对帐中诸将说:"班师回朝!"

宋军于七月初解围而去,并顺便将城外的一万多户居民迁往境内。由于撤军匆忙,宋军遗弃了大量的军资,全为北汉所得。计有米粟三十万担、茶数万斤、绢数万匹,其他辎重不计其数。

第二十八章

乘饥馑狂僧作乱　应谶言禅林遭难

卢多逊连忙接口道:"陛下英明。禁佛既可消除祸乱之源,保我大宋太平,亦可令僧人还俗,从事生产,又增添许多劳力。此外,寺庙中大多囤积粮食,若将其用于赈济灾民,亦可缓解粮荒。此乃利国利民之举,臣以为势在必行也!"

赵匡胤在万般无奈之下,率领大军南归。

上朝之前,赵匡胤心里一直惴惴不安,担心赵普在百官面前奚落自己,来到殿中一看,却不见赵普的影子。

一问才知道,几个月来,赵普因为在京城忙着筹集粮草,运往太原前线,同时还要协助光义处理政务,累得呕血,已经病倒好几日了。赵匡胤心中一震,当即宣布罢朝,令张琼准备好车驾,亲自前往赵府探望。

宰相府的大门紧紧地关着。张琼敲了许久,才听到有人在里面粗声粗气地答道:"宰相有令,任何人都不见!"

"是皇上前来探望宰相!"张琼连忙大声通报。

门内一阵急促的脚步声渐渐远去,显然是去请示赵普了。没过多久,又是一阵杂沓而来的脚步声。大门打开了,赵普的夫人魏氏,儿子承宗、承煦跪倒在门旁,道:"臣等恭迎圣驾!"

赵匡胤弯腰扶起魏氏:"朕与宰相情同手足,嫂子何必如此多礼!"

来到赵普的卧室外,赵匡胤摆摆手,示意其他人在外面等候,自己整理了一下衣冠,推门走了进去。

赵普躺在床上,见赵匡胤进来,挣扎着要起身行礼。赵匡胤急忙走过去,制止他道:"爱卿只管躺着,不要起身!"

两人四目相对,竟一时无语。

过了好一阵子,赵匡胤才开口说:"朕未听从爱卿的劝诫,无功而返。朕实在是后悔啊!"

赵普脸色苍白,两颊的颧骨高高突起,额头上布满了深浅不一的皱纹。他眼睛眨了眨,有气无力地说:"陛下能安然无恙,便是国家社稷之大幸。臣所虑者,自四月以来,全国大旱,今年必定是荒年。然太原之役,朝廷所积贮的粮食消耗殆尽。管子云'仓廪实而知礼节',饥馑之民,最为难治啊!"

"爱卿以为,如何方能渡过此难关?"赵匡胤焦急地问道。

赵普眯着双眼,缓缓答道:"窃以为当前有两件事急需处理。一则,令各州府以地方钱款,向当地豪绅大户收购粮食,做好赈灾准备;二则,免除天下赋税,并禁止地主向佃户强行索租。此外,各州厢兵须严阵以待,提防动乱的发生。至于其余的,就非老臣能力所及了……"

赵匡胤看他一脸疲惫,连说话都显得十分吃力,连忙起身道:"爱卿好好休息。朕马上吩咐太医,来为你把脉开药,朕先行回宫了!"

赵普咳嗽一声,又叮嘱道:"陛下,臣此番患病,恐怕一时难以痊愈。朝政大事,还望多与光义、吕余庆、薛居正等人商量。王延嗣忠厚持重,亦可多加询问。遇事当三思而行,万万不可冲动!"赵匡胤心中虽不以为然,但知道他也是出于一番忠心,便一一应承下来。

百年未遇的大旱依然在持续。开封、洛阳一带连续两百天没下过一滴雨,黄河出现了断流,汴河有些地方露出了河床,甚至连南方各州也遭遇了罕见的旱情。赵匡胤本不信鬼神之事,但经不住大臣们的怂恿,在京城主持了祭神祈雨的仪式。不过,神灵似乎并不领情,连一滴雨也不愿赐予如此敬他的苍生。

秋收时节到了。除了水滨地区之外,农民的收成几乎不及去年的两成,洛阳一带,则基本上颗粒无收。农民吃光了粮食,只好挖野菜、剥树皮、掘观音土充饥。等到连这些都找不到时,为了生存,不得不铤而走险,抢大户、砸米店、聚众滋事,落草为寇。

各地时有饥民闹事,由饥馑引发的社会冲突越来越激烈。朝廷虽事先有所防范,也采取了一系列的赈灾措施,但终归是杯水车薪,无法从根本上消缓灾情。

出了洛阳城,往东走约四十里,是一片长满茅草灌木的山冈,当地人称为黑龙冈。黑龙冈的旁边,有一座雄伟的大刹,叫崇德寺。这崇德寺可不是那等随便修建在荒山野岭、村外路旁的小庙宇,而是历史悠久、远近闻名的大道场。

相传唐玄宗从西蜀回京,见江山、美人皆离己而去,便绝了那尘世之念,拿出一大笔金银,在这里修建了崇德寺,准备日后来此吃斋念佛,终其一生。只不过佛缘未合,阴差阳错,最终还是老死于长安。

尽管唐玄宗始终未踏进崇德寺半步,人们也不知道他为什么要在这黑龙冈旁边建寺,但由于此寺格外宏伟,且经营得法,香火日益旺盛,不仅方圆百里的普通乡民奉若神明,就连洛阳、开封城中的达官贵人,也常来此顶礼膜拜。因此,崇德寺每年收入的香火、功德钱十分可观,再加上土地、当铺、作坊等大量庙产,它的富裕,在天下寺庙中也是很少见的。

崇德寺的现任住持智海大师,本是个落魄的读书人,因屡试不第,才出家为僧。此人颇具野心,而又聪明绝顶,擅长经营产业,尤善于收买人心。他入寺不到十年,便出任住持,接着又培植、招纳了一批亲信,充任寺内各级职事,将那寺中一千余名僧众管理得服服帖帖。

曾跟随王仁多年的空明和尚,便是智海手下的干将之一。那年赵匡胤痛诛王仁,他一怒之下,率领三百多弟兄离开京城,投奔在智海门下,担任寺中武僧的头目,深得智海器重。

智海大师已五十三岁,若就此管理僧众,坐禅诵经,倒也不失为一代高僧。可偏有个南方来的云游和尚,见了他的相貌,啧啧称奇,说他是黑龙转世,他的造化不在佛门,而在俗世,并预言他一旦时机到来,风云际会,定能高飞九天。

智海久入佛门,但功名之心并未泯灭,对年轻时的科场失意不甘心。听了云游和尚的话,不由有些神往。于是更加注意时局动态,刻意收买人心,购置刀剑兵器,加紧训练武僧。特别是大旱以来,赤地千里,民不聊生,他乘机施放米粥,免费治病赠药,方圆百里的乡民感激不尽,视他为救苦救难的菩萨。

中秋已过,树叶开始凋零,崇德寺大大小小的殿顶屋脊上,覆盖了一层青黄色的落叶。在观音殿后面一间精致的禅房里,智海披着袈裟,手捻佛珠,端坐在蒲团上,眼睛半启半闭,保养得极好的脸,如同处女一般白皙。他并不是在诚心坐禅,而是在等待手下人的消息。他听说定居洛阳的石守信派人来这一带收租,与乡民发生了冲突,赶紧叫人前往打听。直觉告诉他,这件事大有文章可做。

过了不久,门开了,空明、空性、空见依次走进禅房。三人都是他的亲信,也是他成就大事的主要帮手。

"情况如何?"智海问道,依然保持原来的姿势。

年轻的空性急于表功,趋前一步说:"大师,正如你老人家所预料,冲突越来越激烈。今天上午,石守信的管家,在大各庄打死了三名佃户。附近各庄的乡民群情愤慨,大有闹事的架势。"

智海的眉毛猛地一跳,张开双眼:"乡民方面有无行动?"

"暂时还没有,主要是缺乏敢作敢为的领头人。但眼下人心如干柴,一点即着。"空性说。

智海又闭上了眼睛,似在思索。

空明双目一瞪,大声道:"大师,我看不如派些僧人,乔装成乡民,混在人群中,煽动乡民的情绪,乘机动手,杀了石守信的手下,然后遍告四方,拉起几万人马,占山为王。如此岂不快哉!"

智海沉默片刻,抬起头望着众人,阴鸷的目光闪了闪,嘿嘿笑道:"好,就按空明所言行事。我佛慈悲,普度众生乃出家人的本分!"

那石守信自从被削夺兵权,挂了个天平节度使的闲职,心中郁郁不乐,干脆离开京城,迁居洛阳。既然不用带兵打仗,就将心思全用在聚敛财物上。迁来洛阳不到八年,他巧取豪夺,大肆兼并土地,洛阳附近百里,几乎有一半土地转到了他的名下。

今年大旱,朝廷虽颁布了严禁强行收租的法令,但石守信倚仗他与皇上的特殊关系,我行我素,照旧派他的管家石雄领着几十名家丁去各地收租,自然遭到了乡民的抵触。那石雄是石守信的亲侄儿,一贯张扬跋扈,气愤之下,拔刀杀了几个佃户,由此惹动众怒,并为智海所利用,引发出一场惊天动地的大事变。

第二天,数千名愤怒的乡民涌进石雄的住所,不问青红皂白,逢人便打,将石雄和几十名家丁活活打死。智海派去的许多僧人混在人群中,四处煽风点火,散布流言,说己巳年(开宝二年即公元969年)是灾乱之年,只有黑龙出世,才能消灾祛邪,根除旱情,保得平安。到后来越传越邪乎,说宋朝天子是赤龙转世,崇德寺智海大师是黑龙转世,天下大旱,正应着赤龙将亡,黑龙将兴,智海大师才是泽被万民的真命天子。

流言是煽动大众情绪的催化剂,在失去理智的乡民面前尤其如此。于是,无数狂热的乡民,从四面八方涌向崇德寺,俯首叩拜,请求智海大师顺从民意,出来拯救苍生。

智海见火候已到,从乡民中挑选了四万人,发给武器、粮食和护身符,组成黑龙军,自称黑龙大将军,正式树起了反宋大旗。

消息传到京城,赵匡胤并未在意,他认为只不过是一群愚昧的乡民、几个臭和尚的胡闹而已,便派人告知驻在汝州的高怀德,叫他带领厢兵,去黑龙冈一带,驱散起事的乡民,将为首的和尚绳之以法。

赵匡胤此时所关注的,除了粮食还是粮食。安定民心需要粮食,三十万禁军需要军粮,明年的春耕需要种粮。到现在他才深切地体会到,粮食对于国家的重要性,由此也领会了赵普当初坚决反对北伐的良苦用心。

赵匡胤心事重重地换上龙袍皇冠,来到广政殿。文武大臣已按品级肃立殿中。群臣行礼之后,赵匡胤简单地介绍了目前的旱情,说:"天下大旱,百姓缺粮,朕为之寝食不安,不知诸位有何高见?"

殿中大臣面面相觑,无人说话。

见此情景,赵匡胤觉得一股无名火直往上蹿,虎着脸道:"为何不说话?常言道,食君之禄,为君分忧。尔等身为朝廷重臣,怎不为朕排忧解难?"

话音刚落,集贤殿学士王延嗣出班奏道:"陛下,据臣所知,今年旱情,南方较轻,而蜀中仍然风调雨顺,五谷丰登。陛下可遣使入蜀,征集粮粟运至中原,以解燃眉之急。辽国、北汉今年亦无旱情,可令边境百姓以民间贸易的方式,用布帛换取粮食和肉类。此外,中原之豪绅大户、官宦人家,多囤积了大量粮食,或可强令交纳一定数额,由朝廷统一调配。微臣驽钝,所言未必妥当,请陛下圣裁。"

赵匡胤听了颇觉有理,当即诏准,令群臣讨论如何实施。商议的结果是:曹彬、吕余庆速往蜀中征粮;开放西北边境贸易;所有富商大贾、拥有千亩以上的地主、四品以上的官员,一律缴纳粮粟一百石。

且说高怀德在赵匡胤收兵权时,外放为归德节度使,后来又因妻子燕国公主病殁,于三年前调往汝州。汝州是个小地方,土地贫瘠,没有什么油水。高怀德颇感失意,终日借酒浇愁,精神萎靡,几乎不去校场习武,武艺也荒疏了许多。

高怀德接到赵匡胤的敕令,匆匆忙忙集合汝州城中所有的厢兵,共约六千人,皆是禁军中淘汰下来的老弱士兵,朝黑龙冈进发。由于朝廷实行挑选禁兵的制度已有多年,各州的厢兵均是如此。尽管手下是这样一支部队,高怀德觉得对付那些闹事的乡民,还是绰绰有余的。

汝州离黑龙冈并不远,仅有一天多的路程,中途要经过银盆岭,那里正好是全部路程的一半。高怀德率军来到这儿,见士兵们皆露出疲惫之色,只好下令休息,在岭下生火做饭。

士兵们刚刚散开,还未及坐下,突然听到一阵雷鸣般的呼喊声。紧接着,数万名头缠青巾的乡民,手里举着刀枪、棍棒、锄头、扁担等五花八门的武器,像潮水一样从岭上冲下来。在狂热的乡民面前,那些惊慌失措的老弱厢兵,根本不堪一击,死的死,伤的伤,很快就崩溃了。

高怀德拼着全身的力气,杀了几个围上来的乡民,腾身跳上坐骑,正要逃跑,忽见一个胖大和尚,将手中的禅杖奋力掷出,那马的后腿应声而断,把高怀德甩在地上。十几名乡民一拥而上,用绳子捆住高怀德,押到那胖和尚面前。

高怀德冷眼一瞧,认得是多年不见的空明,心中不由得一动。这时,空明也认出了高怀德,赶紧让乡民松绑,满脸含笑说:"高将军,真是有缘。洒家知道高将军和那赵官儿一直不和,不如就此跟朝廷决绝,加入黑龙军,将来杀到开封去,夺了赵官儿的龙位,岂不快哉!"

高怀德轻蔑地说:"我高家世代为朝廷大将,岂能与鼠辈为伍,辱没家门?要杀便杀,何必多言!"

"哎,高将军,你受了赵官儿二十年的窝囊气,难道还嫌不够?你高家乃世族大姓,却落到今日这般田地,实在堪怜。那赵官儿心狠手辣,从不眷念旧情,说不定何时不如意,像杀了我王大哥一样,砍了你的脑袋。你何苦替他卖命呢?"

高怀德一阵心酸。他并不怕死,只是觉得,若死在这些乡民手中,实在太冤,赵匡胤也绝不会领情。自己在战场上厮杀了几十年,到头来受尽冷落,落魄汝州,朝廷究竟给了我什么?高怀德越想越气恼,越想越怨恨赵匡胤,咬了咬牙说:"行!大不了是个死,我倒要给他出点难题看看!"

空明咧着大嘴,连连说道:"好,好!这才是英雄本色!"

智海的黑龙军在银盆岭初战告捷,又招降了朝廷大将高怀德,一时名声大震,前来投军吃粮的乡民络绎不绝,队伍迅速扩大到近十万人。

高怀德一心想向赵匡胤报以颜色,便建议智海攻打洛阳,说只要拿下此城,以其为依托,进而天下可图。

智海此时得意忘形,以为江山易主就在眼前,也未细加思索,当即表示同意,并委派高怀德负责指挥攻城,由空明协助。于是,黑龙军的主力一窝蜂拥向洛阳,将洛阳城团团包围起来。

洛阳守将袁彦,见黑龙军人多,而他手下不过一万余老弱厢兵,只好闭城固守,并派人向朝廷紧急求援。

洛阳乃宋之西京、赵匡胤的故乡,城中如石守信之类的权贵亦不少;而且,洛阳一旦失陷,就会直接威胁京城的安全,使本来就不太稳定的政局更加动荡。因此,当赵匡胤得知高怀德兵败投降,洛阳危急的消息时,内心的焦急可想而知。他马上召见王审琦和张琼,令他们俩率八万禁军,速往洛阳,平定黑龙军起事,并特别交代,决不能放过高怀德。

朝廷出兵的消息,很快传到洛阳,袁彦和守军信心大增,再加上洛阳城防坚固,黑龙军又缺乏攻城的经验,因而双方形成僵持的局面。

那高怀德毕竟是行伍出身,他心中雪亮,假若继续攻城,待朝廷援兵一到,黑龙军必败无疑。如果及早放弃攻城,集中全部人马,利用乡民的愚昧和狂热,与宋军一拼,或许还有一线生机;而即使失败,也可以让朝廷心惊肉跳,出胸中的一口闷气。

主意一定,他将自己的计划告知智海。智海听了很不高兴:当初主张攻打洛阳的是你,现在提出放弃的也是你,这不是瞎折腾吗?但眼下情况确实很严重,继续攻城,一时半刻无法攻破;而撤回黑龙冈,朝廷禁军一到,依然逃脱不了被剿灭的命运。想来想去,他只得听从高怀德的建议,做鱼死网破的最后一拼。

智海下令停止攻城,与高怀德、空明率领黑龙军,向东进发,迎击朝廷派来的援兵。

两军在郑州南边四十里的郊野相遇。王审琦正要指挥部队列成阵势,那些裹着青布的黑龙军,举着各式各样的武器,嘴里发出咿咿呀呀的怪叫声,迈着惯于奔跑的两腿,杂乱无章地朝前涌。一个个双眼呆滞,面对如蝗的箭雨,没有丝毫畏缩与恐惧,前面的人倒下了,后面的人照样喊叫着,毫不犹豫地大踏步前进。因为智海大师告诉他们,倒下的弟兄并未死去,而是被佛祖召到了西方极乐世界,那里没有饥饿与贫困、不平与邪恶,只有享用不尽的食物和遍地盛开的鲜花。

王审琦身经百战,但从未见过如此疯狂而又奇异的场面,转瞬之间,黑龙军突入阵中,奋不顾身地杀向禁军。尽管禁军大多武艺高强,面对这样不怕死的对手和胡搅蛮缠的战法,却也不免惊慌失措。

智海和高怀德见有机可乘,驱赶着失去理智的黑龙军,继续冲杀。禁军抵挡不住,开始溃退。王审琦见势不妙,挥锏打死几名溃退的士兵,大声喊道:"弟兄们,顶住!后退只有死路一条!"

训练有素的禁军逐渐稳住了阵脚。可是,成群而上的黑龙军,简直像疯了一般,杀掉一批,又涌上一批,双方缠斗在一起。王审琦望着这些中了邪的亡命之徒,焦急万分,那双黄眼珠滴溜溜转了几圈,突然想到:肯定是智海给他们施了什么法术,否则怎会如此疯狂?——假如除掉智海,也许能使他们恢复本性呢!

心念一动,他在马上四处观望,只见在约两百步远的一个小山冈上,站着一个身披袈裟的和尚,身边簇拥着一群人。王审琦猜想那就是智海,急忙叫过张琼,低声嘱咐了几句。

张琼点点头,转身挑选了几十名剽悍的骑兵,一声令下,猛然冲向那座山冈。蜂拥而来的黑龙军猝不及防,被冲得七零八落,无形中让开了一条通道。

智海正在山冈上观战,见一彪骑兵向自己飞驰过来,刚要派人拦截,张琼眼疾手快,在马上弯弓搭箭,飕地射出。智海来不及躲避,应箭而倒。可怜他那"黑龙大将军"的滋味还没尝几天,就很快去了西天佛国。

张琼见智海倒地而亡,急令手下骑兵掉转马头,边跑边齐声高呼:"智海已死,尔等速降!智海已死,尔等速降!"其他宋军也跟着呐喊起来。一时之间,朝廷禁军士气大振,而刚才还气焰万丈的黑龙军,顷刻间仿佛失去了主心骨,开始慌乱起来,那股疯狂劲儿陡然衰减下去。

王审琦知道时机已到,令旗一挥,号角响起,数万禁军转守为攻,冲向已呈颓势的黑龙军。尽管高怀德、空明等人声嘶力竭地咒骂督战,也无法遏止溃退的狂潮。四处逃窜的黑龙军很快失去了抵抗能力,只有挨打的分儿。

高怀德目睹眼前的一切,心知大势已去,马缰一带,便向郑州方向逃跑。刚跑了一箭地,空明从左侧纵马而来。高怀德停马,欲与空明搭话。不料,空明瞪了他一眼,突然将禅杖横击过来,高怀德未加提防,结结实实地挨了一禅杖,痛号一声,倒于马下。空明下了马背,一边用禅杖狠击高怀德的尸体,一边骂道:"丧门星!若不是你提出攻打洛阳,何至于此!"直到那具血肉模糊的尸体被截成几段,才翻身上马,自顾逃命去了。

开封的皇宫内,赵匡胤正在讲武殿与卢多逊、王延嗣、李莹商议筹粮与戡乱之事。因为心中牵挂洛阳战局,一直忧心忡忡,脸色显得十分憔悴,全没了出师北伐时的那种勃勃生气。短短几个月的时间,他几乎老了十岁。

天色渐暗,赵匡胤吩咐点上蜡烛,柔和的烛光立即照亮了大殿。正在这时,内侍进殿报告:"皇上,王将军的特使紧急求见!"

"速传他进来!"赵匡胤眼睛一亮,迫不及待地说。

浑身是汗的特使向赵匡胤禀告了与黑龙军作战的详情,说:"王审琦、张琼二位将军,唯恐陛下担忧,故命末将火速回京。一路上跑死了好几匹马呢!"

特使下去之后,赵匡胤长吁了一口气道:"唉,洛阳之围虽解,谁知以后又出什么乱子呢?最近两个月,大大小小的乡民起事不下二十起。粮荒不解除,国无宁日啊!"

"陛下,臣数日前听说,荆州湖南的麓山寺也聚众闹事,好不容易才平息下去。看来这寺庙是祸害之源啊!"卢多逊颇为感慨地说。

赵匡胤本来就对佛教没有什么好感。母亲杜氏一生笃信佛教,病重时他求佛祖保佑,却照样病殁。细君也信佛,到头来,年纪轻轻就病死了。为此,他心中一直恨恨不已。如今听卢多逊一说,不禁又勾起了他对佛门的不满。现在全国的寺庙不下五万,僧尼多达数十万,他们不事生产,却要消耗大量的粮食;修寺庙,铸铜像,又要耗费无数的木料、金属;况且,那些僧人乘此粮荒,往往妖言惑众,制造动乱,威胁朝廷安全。真是有百害而无一利!何不就此限制佛教,以绝后患?

他望了望殿中的几位大臣,开口说道:"诸位爱卿,佛教之道,本为妄言,未若儒学之经纶世务,维系人心。大旱以来,佛门僧众屡屡滋事,以致天下汹汹,实乃社稷之患也。朕欲加以限禁,不知诸位意下如何?"

卢多逊连忙接口道:"陛下英明。禁佛既可消除祸乱之源,保我大宋太平,亦可令僧人还俗,从事生产,又增添许多劳力。此外,寺庙中大多囤积粮食,若将其用于赈济灾民,亦可缓解粮荒。此乃利国利民之举,臣以为势在必行也!"

李莹是个没主见的人,一贯唯皇上之命是从,自然不反对。倒是王延嗣觉得禁佛之举颇为不妥,道:"陛下,佛教乃天下第一大教,信徒甚多,影响甚巨,稍有不慎,则招致更大的祸乱。臣以为,陛下还是仔细斟酌,再作决定不迟。"

"王兄不必顾虑。那唐武宗不也曾灭佛吗?"卢多逊说。

"非也!朕不是灭佛,而是禁佛,如相国寺、龙兴寺、少林寺等名刹仍可保留。朕之禁佛,主要是取缔一般寺庙,限制僧尼数量,禁止寺院借传教惑众。至于具体的措施,由卢爱卿主持制定一个方案,经大臣商议后,再行颁布。"赵匡胤不容置疑地说。

王延嗣本想再加劝谏,但念及自己刚刚投奔宋朝,不便多言,只得缄默不语了。

一年将尽,再过几天便是立春。一阵凛冽的北风刮过之后,飘起了丝丝细雨,紧接着开始下雪,而且越下越大,整个中原大地,很快变成了银装素裹的冰雪世界。

正当饱受干旱之苦的人们为这甘霖般的雨雪欣喜若狂的时候,襄阳岘山龙兴寺巍峨的大殿里,几位身披袈裟的僧人却面露愁容,端坐在蒲团上。四周环列的罗汉塑像,生动逼真,神态各异,琉璃嵌成的眼珠熠熠发光,仿佛在注视着殿中那几位高僧。

原来,开封方广寺的住持法融大师得知皇上准备禁佛,心急如焚,却计无所出,便暗地里去宰相府,向赵普讨教挽救之策。

赵普与法融原是好友,并且也担心因为禁佛引发新的矛盾,就对他说:"能救此难者,天下唯有一人耳。"

"请问何人?"

"觉慧!只有火速告知他,想方设法劝阻皇上,方可消除这场佛门的大劫难,否则就无力回天了!"

法融明白此事关系到佛教的生死存亡,即刻动身南行,并令手下僧人,前往嵩山少林寺、天台灵耀寺、南岳云峰寺,分别约了空、道鉴、海印三位住持,赶赴岘山,共商护法保教大计。

觉慧经师兄弘忍的启发而顿悟,此后决然斩断尘缘,回到龙兴寺,潜心佛经与武学。十多年来,他不但将龙兴寺管理得井井有条,使其规模扩大了一倍,而且常常云游四方,弘扬佛法,广结善缘,声名传遍佛界。

觉慧刚刚南游归寺,法融等人便先后赶到。听了法融的陈述,也不免大吃一惊。昔时唐武宗灭佛,关闭、毁坏的寺院数以万计,四十余万僧尼被迫还俗,其中许多被杀害,以致佛门历经百年也难以恢复,那真是一场空前的浩劫!

虽说皇上言此番禁佛,不同于唐武宗的灭佛,可谁又能保证地方官吏不会节外生枝、变本加厉?退一步说,即使如此,天下只剩下十几座大寺、数千名僧人,又何以担当说经传法、超度众生的重任?

觉慧表情凝重地请四位法师来到寺中主殿,共同商议对策。

突额暴眼、满脸杀气的道鉴大师刚一坐定,就忿忿地说:"无须多议。依老衲之见,不如挑选数名高手,潜入宫中,除去赵官儿那个暴君,便万事大吉,否则将祸患无穷!"

朝廷将要禁佛的消息传开后,一些地方闻风而动,开始对寺院施行限制和掠夺。道鉴主持的天台灵耀寺,前不久刚刚被勒令遣散新出家的五十多个僧人,又被强征了四千石粮粟,所以道鉴气恼异常,恨得咬牙切齿。

法融大师是位慈眉善目的忠厚长者,与朝廷关系素来不错。他手捻佛珠,神情肃然道:"我佛慈悲,不可妄开杀戒!况且当今皇上勤政爱民,也算得上是贤明之君。老衲以为,觉慧大师与皇上交情甚深,若能亲往京城,面见皇上,陈述禁佛之弊,定能有所改观。不知各位大师以为然否?"

"赵官儿倚仗他手中的兵权,以阴谋手段篡取天下,视忠节恩义于不顾。如此见利忘义的小人,岂会念及昔日的情谊?"道鉴出家前是故周主郭威的部将,提起赵匡胤,气就不打一处来。

海印大师雪白的眉毛微微一动,睁开一直闭着的双眼说:"阿弥陀佛。进宫行刺不可取也。且不说此举有违佛教宗旨,便是那皇宫戒备森严,高手如云,又岂能容你随意进出?"

"不瞒诸位,老衲早已绘就大内详图,且有宫中侍卫充当内应,更兼老衲手下四大弟子,皆能飞檐走壁,身手超群。任它皇宫天罗地网,我视之亦如坦途!"道鉴身子一侧,直视觉慧,继续说:"觉慧大师,老衲欲除赵官儿已非一日,若得大师相助,便可万无一失。不知大师肯否为拯救佛门而出手?"

觉慧曾多年在皇宫充任侍卫,且十年来武功精进,已臻炉火纯青的境界,就连自视甚高的道鉴,也知非其对手,所以只要他肯出手,进宫行刺必能成功,道鉴亦是因此而来。

众人的目光,都投射在觉慧那张棱角分明的脸上。也许是由于心境清明,了无尘念,再加上天天习武的缘故,十年的光阴,似乎并未在这张脸上留下多少岁月的痕迹,甚至连脸颊上的伤痕,也还是那么醒目,宛如刚刚弥合一般,闪着暗红的光泽。而那深沉的目光,以及眼角细细的鱼尾纹,则分明透出一种对世事的洞彻。

觉慧见道鉴逼他表态,微露笑容,不愠不恼地说:"道鉴大师欲进宫行刺已非一日,显然非因朝廷禁佛而起,盖为昔日俗世之恩怨也。贫僧见识浅陋,以为刺杀皇上,只会使事情更加恶化,决不可行!"

其他几位高僧,也纷纷表示赞同。道鉴恼羞成怒,蓦地站起身,愤然冲出殿去。余下的四人知他性烈,也未加劝阻。

众僧在殿中坐了一会儿,法融叹了一口气道:"阿弥陀佛,由他去吧!觉慧大师,看来要想皇上回心转意,非劳你大驾不可,赵宰相亦有此意。不知大师以为如何?"

觉慧低头沉思片刻,答道:"也罢!贫僧明天动身,前往京城权且一试。不过,皇上素来倔强,能否说服他,贫僧心中也无数。好在禁佛的诏令尚未颁下,否则木已成舟,那就无法可想了!"

入夜,觉慧独自在方丈室坐禅,可总是无法达到平时那种灵净的禅境。从内心来讲,他实在不愿意再次见到赵匡胤,更不愿意重新面对已经决绝的俗世的一切。但佛门面临如此可怕的厄难,他焉能袖手旁观?

觉慧双眼微睁,墙上广济大师那张熟悉的画像映入眼帘。突然,他心念一动:当年师傅的遗嘱中有"数年后禅林将蒙厄难,唯汝或可解也"的预言,莫非他老人家那时让我随皇上下山,几经磨难,便是为了今日?对,一定是这样!

多年苦思不解的疑团涣然冰释,觉慧不由得感慨万分。一旦想通了,就下定决心,要不遗余力地去消弭这场佛界的浩劫。不然的话,怎么对得起广济大师当年的一番良苦用心,又怎么对得起自己在俗世间那十五年的青春年华?

觉慧正在慨叹沉吟,房门"砰"的一声被推开了。一位身材颀长、眉目清秀的小沙弥大步走进禅房,对觉慧大声说道:"师傅,不好了!今天下午,道鉴大师带着他的四大弟子不辞而别。听说他们是要赶往京城,与另一拨人会合,准备进宫行刺赵官儿。师傅,怎么办?"

觉慧脸色一变,站起身来,果断地说:"法照,你速去备好三匹骏马,并通知弘忍师伯,我们立即启程,前往开封!"

夜色已经很深,觉慧、弘忍、法照三人皆换上普通百姓的衣服,扎着头巾,携着兵器,策马朝开封飞驰。

觉慧三人日夜兼程,恨不得立刻赶到京城,阻止道鉴等人。三人到达京城时,已是十二月二十八的晚上,离过年只有两天的时间了。

此时已是深夜时分,皇宫一带几乎没有人影。若是白天,觉慧完全可以由正门入宫,可眼下城门紧闭,按照律条,夜晚是严禁开皇城门的,但如果等到天明,假如道鉴抢在今晚动手,岂不是大事不妙?觉慧在城墙下走了几个来回,抬头望望城墙,对旁边的弘忍和法照说:"上墙,进宫!"

弘忍迟疑道:"觉慧,深夜擅自入宫,又带着武器,倘若道鉴并未在今晚动手,我等反而有行刺皇上之嫌,到那时如何说得清?你可要三思而后行啊!"

"师兄,箭在弦上,不得不发,只能如此了。快上吧!"

弘忍知他心意已决,也不多说。三人施展壁虎功,贴着光滑的城墙,眨眼间上了墙头,纵身跃下,悄无声息地向后宫跑去。

觉慧凭着对地形的熟悉,带着二人穿过乾元门,轻车熟路地来到后宫。但皇上的妃子有数十人,他今晚幸临何处呢?觉慧为难地停下脚步,招呼弘忍、法照,三人藏在暗处,然后屏息倾听四周的动静。他相信只要到了这里,道鉴等人一旦有所行动,无论如何是瞒不过他的。

冬季午夜的寒风呼呼作响,不时有枯枝被风吹断,坠落在琉璃瓦上,发出清脆的响声。觉慧闭目敛神,仔细地捕捉着每一个细微的动静。突然,广圣宫南边传来一阵杂沓的脚步声。道鉴果然要动手了,而且就在延福宫。三人拔腿就朝延福宫跑去。

这天晚上,赵匡胤在御书房处理完一些紧急公务,来到延福宫时,德芳已经熟睡多时。他见时候已晚,身子有些困倦,稍稍洗漱,便与皇后相拥而卧,不久即进入了梦乡。

他何曾想到,道鉴领着他的四大弟子,还有刚刚投奔灵耀寺的空明和尚,在两个早就以重金买通的大内侍卫的协助下,此时已进了皇宫,只等午夜一到,便要取他的性命。

延福宫外并未布置侍卫,只有大厅内站了四个带刀的侍卫和两个内侍。

本来,按照道鉴的计划,只要他们八个人一齐杀进寝宫,赵匡胤纵有天大本事,也难逃一死。可偏偏有个侍卫尿急,匆匆出来,迎面看到几个黑衣人,一边拔刀,一边大喊:"有刺客,有刺客!"

张琼正好当值,听到喊声,带着七八名侍卫飞奔过来。

道鉴见形迹败露,懊恼之余,挥刀将那喊叫的侍卫劈成两段,双眼圆睁道:"快,杀进去!"

余下的三名侍卫知情况紧急,对那两个内侍说:"快,快去叫醒皇上!"横刀挡在大厅中央。他们虽然武功不弱,而且忠勇尽职,可怎能敌过几大高手的凶狠招数?凭着一腔热血应付了一会儿,就都身首分离,横尸地上。道鉴对着地上的尸体踢了两脚,叫空明与两个内应守住宫门,自己提着滴血的宝刀,与四大弟子一起冲向寝宫。

寝宫内的赵匡胤已被内侍唤醒。他匆忙穿上衣服,从墙上抽出宝剑,就要冲出去。宋皇后见状,从后面一把抱住他,苦苦哀求他不要出去。赵匡胤想,即使自己不出去,刺客也会杀进来,那反而会殃及皇后和德芳。他狠了狠心,对皇后说:"你照看好德芳!"猛然挣脱身子,扬起手中的宝剑,杀向扑面而来的道鉴等人。

与此同时,张琼赶到,与空明等三人在宫门前展开了殊死的厮杀。

赵匡胤对自己的武功向来充满自信,可实际上,自从登基以后,因为不再像以前那样经常练习,而年龄的增长,也导致了筋骨的僵化和劲道的衰减,再加上这段时间以来,北伐失利,长期干旱,乡民作乱,弄得他焦头烂额。他的武艺,实际上已大不如前。因此,与刺客一交手,他就感到了明显的压力,虽然奋力抵挡,还是穷于应付,险象环生。

张琼心念皇上的安危,见赵匡胤手忙脚乱,情势危急,奋起神威,大喝一声,杀死两个内应,接着一刀劈下空明的左臂,几个箭步冲过去,与赵匡胤会合一处,这才暂时解除了险情。

道鉴本以为,几招之内即可取赵匡胤的性命,不料张琼拼死杀出,实在懊丧,随即催弟子加紧进攻。五把雪亮的宝刀织成一张严密的网,将赵匡胤和张琼罩在中间,令他们喘不过气来。

张琼拼着全身的力气,尽量用身体护住赵匡胤,奋力抵挡对方的狠招。片刻之间,他受伤已有七八处,浑身是血,但仍然挥刀苦苦支撑。

眼见两人的抵抗越来越弱,很快就要丧生刀下。正在这千钧一发之际,只见一条黑影掠进大厅,身形奇快,闪电般在众人中穿过,紧接着听见"当当"数声,道鉴和四大弟子的刀,全部掉在了地上。

厅中双方的人都惊呆了。

待惊魂甫定,却见一位身穿黑色夜行衣的僧人,手持利剑,气定神闲地站在那里。

道鉴眼尖,认出来人是觉慧,心知难逃一死,举起右手,朝自己的天灵盖击去。觉慧眼疾手快,倏地发出一颗佛珠,正中道鉴的手腕。

道鉴顿觉右手一阵酸麻,再无半点力道,不由神情黯然道:"罢了,老衲技不如人,落到今天这个下场,实在是咎由自取!"

"道鉴大师不必介怀,生即是死,死即是生,大师何必拘泥于形迹?何况你我皆佛门弟子,均为护教弘法,只不过同致而殊途罢了。"觉慧刚说完,弘忍、法照也赶到了。两人一左一右,站在他的身边。

赵匡胤目睹觉慧出手,须臾之间便制住刺客,解除了自己面临的险境,心中好生感激。他将剑丢在地上,走近觉慧。两人相视良久,不知从何说起,只觉得有一种温热酸涩的感觉充溢胸间。

十年了,他俩一个在北,一个在南,一个在朝廷为君,一个在寺庙为僧,有着完全不同的生活与追求。然而,那段长达十五年的兄弟之情,岂能为离别和时光所消磨?

赵匡胤大步跨过去,抓住觉慧的双手说:"李良,朕终于又见到你了!"

觉慧脸颊上的伤疤急剧地跳动着,因激动而红晕的脸色,很快恢复了常态。他抽回双手,竖起单掌,施礼道:"贫僧觉慧见过皇上。"

赵匡胤眉头一皱,显得有些尴尬。

停了一会儿,觉慧又说:"皇上,道鉴大师等人,因为护佛心切,一时冲动,冒犯皇上。望皇上慈悲为怀,饶了他们的性命吧!"

这时,大批侍卫冲了进来,将延福宫围了个水泄不通。赵匡胤横眉扫了一眼道鉴,肃然道:"死罪可免,活罪难饶!先将这些人押下去!"

赵匡胤目送侍卫们将刺客押出去,转过身来,迎面看到法照,不禁脸色陡变,指着他问:"你……你是何人?"

觉慧急忙上前,道:"他是小徒法照!"

赵匡胤喃喃低语:"太像了,实在是太像了!"

是啊,法照那张棱角分明的脸,明亮有神的眼睛,简直就是故周主郭荣的翻版,这怎能不叫他触目惊心呢?而赵匡胤也万万不会想到,他面前的法照,正是十年前觉慧带走的宗让——绿珠和郭荣的亲生儿子!

第二天,赵匡胤偕觉慧来到御书房,觉慧把事情的原委一一告知。赵匡胤听说觉慧等人从襄阳一路赶来,为了自己的安危,冒险夜闯皇宫,十分感动,嘴里却故意说:"你不辞而别,一去十年,兄弟之情早已置之脑后。朕之生死,何须牵挂?"

"救人一命,胜造七级浮屠。何况制止杀戮,亦是佛门弟子的本分。"

"如此说来,朕在你眼里,不过是一介普通生灵而已。莫非其中就没有半点特殊之处吗?"

觉慧默然,半晌无语。他捻了捻胸前的佛珠,尽量用平静的语气说:"往者往矣,阿弥陀佛。朝野盛传皇上要禁佛,不知确否?"

"确有其事。"赵匡胤答道。

"佛教劝人向善,摈弃邪念,利国利民。皇上何以如此深恶痛绝?"

"僧尼不事生产,徒耗财物,且常以传教为名,蛊惑人心,甚至聚众公开反叛朝廷,这些你都看到了。朕若不加限禁,国家焉得安宁?"

"皇上此言差矣!天下僧尼数十万,如智海一般的造反者又有几人?朝中大臣也不乏叛乱者,依理类推,难道便要禁臣?"

"你……"赵匡胤被他问得张口结舌。

觉慧见赵匡胤理屈,趋机劝道:"更有甚者,大旱之后,继以粮荒,民心本就不稳,一旦禁佛,必定激起僧众的反抗,只怕到那时,真的是国无宁日了!道鉴等人铤而走险,虽因旧日恩怨而起,然禁佛乃其契机也。贫僧以为,禁佛决不可行,还望皇上三思!"

赵匡胤眉头紧锁,习惯性地在书房中来回踱步,心中想道:李良所言确非危言耸听,那寺院里多有武功深不可测的高人,若逼之过甚,惹得他们如道鉴一样拼命,令你防不胜防,岂不糟糕!他一忆及道鉴及其四大弟子那精湛凌厉的刀法,就不禁一阵后怕。

这时,觉慧又说:"皇上,当年你离开龙兴寺的时候,广济大师曾告诫过你,佛门和政教并不冲突,望你兴之存之。不知你是否还记得?"

赵匡胤心头一震,依稀想起,当年广济大师确曾劝诫过。自己当时落难襄阳,多亏广济大师赠以兵书和浑天棍法,才能大展宏图,开创基业;昨晚又是觉慧及时出手,使自己免遭暗算。如此说来,佛门也有恩于朕啊!

他沉默良久,对觉慧说:"好,朕可以答应你,不再禁佛,但是你也要答应朕两件事!"

"皇上所言,贫僧自然应允!"

"好,痛快!第一,各地寺庙僧尼,明年春天要协助朝廷赈灾,帮助百姓度过灾荒;这第二件事嘛,朕要你留在朝廷,协助朕统领禁军!"

觉慧脸色一变,说:"皇上,贫僧乃方外之人,尘缘已了。还望皇上万勿勉强,以成贫僧之志!"

"李良,朝廷眼下正是用人之际,你一身武艺,理当奋击疆场,扬名后世,否则岂不可惜?"

"浮生若寄,苦海无边。功名富贵,皆为过眼云烟,只不过世人,被欲望所障,沉溺其中,不可自拔而已。一旦除去障翳,看破世情,方觉渣滓顿失,心地清明。那份宁静欣悦,岂是世俗的功名所能比拟?这也正是我佛普度众生的无量功德,贫僧怎会弃之而重入世俗?"

赵匡胤还是不肯死心,说:"朕不夺你之志,你也可以在相国寺出家做住持,这样咱们兄弟也可经常见面!"

觉慧微微一笑,道:"僧俗一也,南北同也。心中有佛,何论远近?皇上,你还是让贫僧回襄阳吧!"

赵匡胤知他心意已决,再劝也是无益,心中怅然不已,却也无可奈何。

"皇上多多保重,贫僧即刻返回襄阳!"

"老之将至,再保重也是枉然!"赵匡胤伤感地说:"朕当年曾向广济大师许诺,要重游岘山。日后稍有闲暇,朕自当履行诺言。"

"皇上果有此意?"

"绝不食言!"

"那好,贫僧在寺中等候!"李良刚要转身,赵匡胤突然叫住他,"李良,绿珠出家,就在开封城外的明月庵。你是否要见她一面?"

"阿弥陀佛!青灯古寺,各得其所,何必再去扰乱她的清修!"觉慧说毕,出了宫门,接过法照递过来的马缰,翩然上马,一路南去。

赵匡胤摇了摇头,望着觉慧一行远去,才郁郁寡欢地回到宫中。

第二十九章

施巫蛊香消玉殒　触龙威君臣生隙

赵匡胤正要发作,一眼瞥见卢多逊那闪烁莫测的眼光,心念一动:卢多逊与赵普素来不和,莫非他是借机诽谤?于是压住心头的火气,尽量平静地问道:"依爱卿之见,若想避免宰相专权之弊,当以何策?"

接连几场春雨，各地的春播顺利完成。粮荒的危机刚刚解除，赵匡胤的心情还没轻松几天，新的烦恼又来了。

最近半个月，皇后和德芳不知犯了什么病，隔不了两三天就头痛、胸口痛，像针扎一般，痛得在地上直打滚，呼天抢地，惨不忍睹。尤其令人奇怪的是，每次发作前，都没有半点征兆，发作后亦无任何不适，能吃能睡，真是说发便发，说止便止，猝然而至，倏然而去。宫中御医虽然见多识广，却也查不出病因，只好开些通筋活络、滋阴补阳的药品，权为敷衍罢了。

这天下午，赵匡胤正在延福宫陪着皇后弈棋，一个小宫女牵着德芳的手在旁边玩耍。突然，宋皇后"哎哟"一声，双手猛地按住太阳穴，脸色发白，浑身抽搐，抓头捶胸，口中呼号不绝，似有无数钢针在穿刺她的身体。

赵匡胤心中一惊，那怪病又发作了！他连忙过去抱住她："爱妃，你怎么啦？你……"

"哎哟，我实在受不了啦！让我去死吧！"宋皇后全身是汗，披头散发，拼命扭动身子，试图挣脱他的手，恨不得拿头去撞墙壁。

赵匡胤使劲抱紧她，宽解道："皇后不可如此，忍受片刻就会好的！"

这里正在手忙脚乱，那边小德芳又哭喊起来："父皇，好疼啊，好疼啊！"那稚嫩而凄厉的叫声，有如利剑，刺在赵匡胤的心窝上。那可是他最喜欢的爱子啊！赵匡胤左手揽着宋皇后，右手抱着德芳，看着两人痛不欲生的惨状，不禁潸然泪下："朕贵为天子，却无法解除你们母子的痛苦，更复何言！"

过了好一阵，仿佛雷雨骤歇般，皇后、德芳同时恢复了正常。赵匡胤松了口气，屁股还没坐到凳子上，就看到花蕊夫人款款进了延福宫。见了赵匡胤，纤腰一欠，微启朱唇道："贱妾给皇上、皇后请安。"

当她看到宋皇后鬓发散乱、脸色苍白憔悴的样子时,那张美丽精致的脸上,竟然浮上一抹不易觉察的微笑,很狰狞、很恶毒,转瞬即逝,谁都没有在意。

"哟,皇后娘娘的病又犯了?娘娘乃万金之躯,可要抓紧诊治哟。贱妾倒是有个治头痛的偏方,待会儿给娘娘送过来。试试总是好的哟!"

宋皇后只是乏力地笑了笑,没有作声。

花蕊夫人眼波一闪,转向赵匡胤:"皇上,贱妾今日亲手做了冰糖莲子羹,欲请皇上品尝。几个月来皇上日夜操劳,也该补补身子了。瞧着皇上那么劳累,贱妾真是忧虑万分!"

赵匡胤见她说话间,眼眶都红了,心里既感动又内疚。近一年来,自己的心思全花在朝政上,稍有闲暇,也多在延福宫与皇后、德芳相伴,况且由于精力不济,对床笫欢娱没什么兴趣,因而从未去过瑶津宫,确是冷落了她。

赵匡胤抱着刚刚睡去的德芳,对花蕊夫人道:"德芳母子发病,朕好生担忧。过些时日,再去品尝你的手艺吧!"

花蕊夫人扬起秀眉,哀怨地瞟了赵匡胤一眼,又宽慰了皇后几句,就告辞走了。

赵匡胤听说卢多逊颇谙医道,次日退朝后,将他传至偏殿,把皇后、德芳的症状详细述说一番,问道:"卢爱卿,你是否知道皇后和德芳所犯何病?"

卢多逊沉思良久,说:"确实奇怪。连御医都查不出病因,臣自然不敢妄言。不过,民间素有中邪之说。莫非此即邪气侵身?"

"什么中邪?堂堂皇宫大内,哪来的邪气?朕从来不信那一套!"

"陛下,所谓'宁可信其有,不可信其无',只要有利于查清病因,不妨一试。臣闻西南苗瑶之民,常以巫蛊之术害人,故医者、巫者不分也。"

赵匡胤听他提到"西南""巫蛊",不由得心念一动:花蕊夫人来自西蜀,难道……但随即又否定了这种猜测,花蕊夫人如何会懂得此等妖术?

阳春三月,时和气清,群芳争艳,百草滋生,御花园里姹紫嫣红开遍。可是在花蕊夫人费贵妃的眼中,那满园花卉和成双成对的粉蝶,反而令她生出无尽的凄恻。她本因百无聊赖,才来园子里走走,谁料见了这等美景,反而倍增愁绪,便怏怏地回到瑶津宫。

三月的阳光本有点湿热,花蕊夫人顶着大日头,走了这么远的路,恁是冰肌玉骨,也觉得浑身绵软无力,极不舒服。她吩咐宫女搬出澡盆,加满热水,再放些兰香,准备洗浴。

宫女弄好沐浴之物,掩上房门,轻轻退出。

花蕊夫人缓缓脱去身上的衣裳,站在热气腾腾的澡盆里。对面巨大的梳妆镜里,立刻显出一具曲线玲珑的完美躯体:双腿修长,小腹平滑,乳峰高耸,披散的黑发犹如瀑布,将美丽的脸庞衬托得分外白嫩娇艳。

花蕊夫人对着镜子,痴痴地凝视了许久,轻轻叹了一口气,慢慢滑坐下去,整个身体浸泡在温热的兰汤之中。轻柔的水,若有若无地抚慰着她浑身每一处肌肤,一股酥软的感觉,霎时流向全身,令她心跳加速,陡然生出无穷的欲望。那是来自生命深处的本能渴求,长期压抑的生命能量,需要某种形式的释放。

花蕊夫人将头靠在盆沿,阖上双眼,也不知道过了多久,她缓缓睁开双眼,长长的睫毛下,泪水不由自主地流出眼眶……

花蕊夫人心中充满了绝望。她过分迷信自己的肉体,她以为可以用它来迷住赵匡胤,然后再实施自己的复仇计划,可是现在,所有的事情都已经不在她的掌控之中了。

她刚进宫时,赵匡胤对她宠爱有加,还封她为贵妃,可自从宋贵妃生下德芳,册封皇后,一切全变了。赵匡胤的一颗心,整个儿放在他们母子身上。这一年来,赵匡胤竟从未涉足瑶津宫半步,她只好在孤单寂寞中,打发一个个难挨的白昼与长夜。

她满腔的妒意和怨恨,都转移到了宋皇后和德芳的头上。如果没有皇后和德芳,她怎会落到如此光景呢?

花蕊夫人越想越恨,腾地从澡盆中站起,匆匆擦了擦身子,披上长袍,从梳妆台的抽屉里,拿出两个泥塑的人像。右手捏着一根又粗又长的钢针,一面拼命地往塑像的头上、胸前一阵狠扎,一面咬牙切齿地骂道:"扎死你,扎死你!你这个婊子,你这个兔崽子!赵匡胤,我要让你亲眼看到自己最在乎的人,求生不得,求死不能!哈哈……"因为极度的愤怒,她那张娇美的脸扭曲了,显得狰狞可怖。

原来,花蕊夫人在成都时,曾向巫师讨教过一种巫术。只要用泥塑成某人的形象,将针扎在塑像的哪个部位,某人的哪个部位就会疼痛万分,如同真的用针扎进去一样。

她恨极了皇后和德芳,却又奈何不得,只好用这种巫术来解恨,让他们母子痛不欲生。足足扎了半个时辰,直到她觉得累了,才停止这种残酷的报复,把泥塑扔进抽屉,自己爬到床上,沉沉睡去。

一个小宫女进房收拾澡盆和换洗的衣物,无意中看到梳妆台的抽屉里露出两个稀奇古怪的泥塑,一时好奇,便揣在怀里,心想玩一玩再悄悄放回去,反正贵妃娘娘也不会知道。

那小宫女拿着两个精致的塑像,在草地上玩耍。一个年龄稍大的宫女走过来,见她玩得开心,猛地抢了过去。拿过来一看,觉得有点像皇后和皇子德芳;再仔细一瞧,塑像的头上、胸口处,还留着无数的针孔。

这宫女聪明而又细心,她马上联想到皇后、皇子所得的怪病,便拉着小宫女的手,急急忙忙往延福宫跑去。

这时,皇后、德芳发作刚刚结束,赵匡胤正愁眉苦脸地和面无血色的皇后相对而坐。

"奴婢有要事禀告皇上!"

"大胆,什么人敢擅闯延福宫!"赵匡胤正在心烦,抬头一看,是花蕊夫人宫里的两个小宫女,心里一阵诧异,以为那花蕊夫人又出了什么事。

"奴婢整理衣物,偶然在贵妃的抽屉里发现了两个小泥人,上面扎满了针孔,奴婢觉得很奇怪,又听说最近皇后身体有恙,奴婢不敢隐瞒,所以才来禀告皇上,望皇上恕罪!"说着递上了那两个小泥塑。

赵匡胤半信半疑,接过小泥人,仔细一看,依稀就是皇后和德芳的样子。他又联想到卢多逊的话,心里明白了十之八九,脸色铁青,对身旁的女官道:"传朕旨意,速让费氏前来延福宫见驾!"

花蕊夫人被女官从睡梦中唤醒,以为皇上又想起了自己,匆忙化了点淡妆,兴高采烈地跟着女官来到延福宫。

她一脚跨进房门,抬头望见赵匡胤那满脸的怒意,手里正拿着两个塑像,自己宫中的两个宫女也站在房中,脑袋嗡地一响,灿烂的笑容顿时凝固了。

"费贵妃,你真是蛇蝎心肠!皇后、德芳与你有何深仇大恨,你竟然用这种毒辣卑劣的手段折磨他们?"

赵匡胤走到花蕊夫人面前,指着她的鼻子问。因为极度愤怒,他伸出去的手不断地颤抖着。

花蕊夫人知道事已败露,辩解无益,反倒镇定下来。她抬起一双美目,直直地迎着赵匡胤的目光,挺胸答道:"对,所有事情都是我做的!哈哈……我恨皇后,恨德芳,也恨你!我要报仇,在你们这些男人眼里,我永远只是一个婊子,还不如一条狗呢!我就是要扎死他们,让你失去最爱的人,让你痛苦终生!我恨你,我恨你——"

她歇斯底里地高喊着,声音悲愤而凄厉,胸脯剧烈地起伏。

赵匡胤两眼冒火,气急败坏地喝道:"来人啊!把这个贱妇拖出去,砍掉双手双脚,打入死牢!"

"不必了!"花蕊夫人双眼圆瞪,满怀怨毒地盯着赵匡胤,"我到阴曹地府也不会放过你!"使劲朝墙上撞去,顿时殒命。鲜血和脑浆四处迸溅,将墙壁染红了一大片。

春节过后,赵普的病情逐渐好转,可以下床在厅中走动了。又调养了一段时间,身体基本痊愈,脸色也慢慢红润起来。在他生病期间,赵匡胤经常派太医前来诊治开药,自己亦偶来探视,希望他早日康复,因为朝廷需要处理的事情实在太多。

这天傍晚,赵普习惯性地步出大厅,在自家的后园散步。这个园长不到六十步,宽仅四十步,显得十分局促,与赵普宰相的身份极不相符。夫人魏氏多次提出扩园,但园外是皇宫的菜圃,赵普思前想后,以为不便,也就将扩园的事搁置下来了。

园中栽了几株桃树,树上可见许多暗红色的花蕾,再经几阵春风,便该吐苞扬蕊、尽情绽放了。赵普信步走到树下,闻了闻那似有似无的幽香,却怎么也无法消释心中的烦躁。

几个月来,朝中颇不平静,旱情、暴乱、禁佛、粮荒,接踵而至;更令人担忧的是,卢多逊越来越受到皇上的器重,并屡次在皇上面前言己之短,幸亏自己与皇上关系甚深,否则后果不堪设想!

正在低头沉吟之际,管家来到园中,告知有客人求见。赵普回到客厅,见厅中站着两个头戴毡帽、身穿裘衣的魁梧汉子,一看就知道绝非中原人士。心里正自纳闷,那两人连连作揖,说他们是西州回鹘(今新疆维吾尔自治区吐鲁番市东南)的使者,前来与大宋通好。

赵普招呼他们坐下,问道:"两位既是国使,应当直接面见吾皇,以申邦交友好之意,何以私至敝舍?此于法不合也!"

"我等在异域即闻宰相大名,久怀瞻仰之意。此番出使贵国,除通好外,另有隐情,故先行拜访宰相。还望宰相见谅。"那个长着一脸胡须的使者文绉绉地说。

"有何隐情?"西州回鹘是西北的一个部落,与辽国毗邻。赵普猜测,所谓隐情,必与辽国有关。

赵普猜得果然不错。原来,辽穆宗为人残暴,嗜酒好杀,晚年尤甚,弄得民不聊生,结果在怀州打猎时遭到暗杀。他的第二个儿子耶律贤继承皇位,就是历史上的辽景宗。辽景宗即位后,为了稳定政局,制定了"内行宽政,外息干戈"的策略,于是委托西州回鹘使者,向大宋婉致双方和平相处的意旨。两位使者知道赵普深为宋主所倚重,握有朝政实权,所以先来宰相府申述其意,希望赵普从中斡旋,以成两国之好。

赵普一贯主张向南用兵,而对辽国、北汉采取守势。听了来使的介绍,内心窃喜,却不动声色道:"宋辽修好,乃天下苍生之福也,两位尽管将辽主之意禀告吾皇。吾皇圣明,自会慎重考虑。"

来使见赵普支持辽宋讲和,不觉大喜,立即告辞。临行时,指着靠墙一口很不起眼的大木箱说:"敝国地处僻远,无以为敬。些微薄礼,还望宰相笑纳。"

"两国通使,何须如此!"赵普眉头一皱,表现出明显的不悦。他走过去,打开箱盖一看,全是些木耳、香菇之类的土产,挥了挥手道:"下不为例!"

送走来使之后,魏氏收拾客厅,发现那木箱十分沉重,觉得奇怪,翻开上面那些土产,发现底下全是码得整整齐齐的黄金!

赵普不由脸色大变,连连说:"上当了,上当了!这可如何是好?——夫人,我看还是速速上交朝廷吧!"

魏氏想了想说:"相公,现在交上去,只怕更惹人疑惑,到那时众说纷纭,百口莫辩,反而不妥。不如暂且不予声张,过一段时间再说吧!"

赵普一时也没有妥善的办法,只好应允。

再说赵普因病不能料理政事,因为儿女亲家这层关系,加上陶谷科举舞弊一案,卢多逊获得了赵匡胤的信任。有很多朝廷机密大事,赵匡胤也会征询他的意见。卢多逊心里暗自高兴。

这天退朝后,赵匡胤特意将他留下。两人闲聊了些家事,赵匡胤随口问道:"赵普力主朝廷接受辽人议和,卢爱卿以为如何?"

"臣以为与辽修好,可暂免北患,于我朝大有利焉。这本是好事,然而……"卢多逊欲言之止,似有所顾忌。

"爱卿无须忌讳,只管畅所欲言!"

卢多逊犹豫再三,说道:"臣近日得闻传言,说西州回鹘使者面圣之前,先拜谒了宰相,说什么'外邦皆知我朝政事,全由宰相决断,便是皇上亦无法改变',诸如此类。此外,微臣还听说,宰相赵普收了回鹘使者所赠的一箱珠宝黄金,据说价值连城哪!"

"确有其事?"赵匡胤惊得张大了嘴。

"臣只是风闻而已,并无确凿证据。但宰相自傲,一贯独断专行,无人敢逆其意,异邦无知,看重宰相而忽视皇上,也并非无此可能。"卢多逊恨死了赵普,如今被他抓住了把柄,故意在皇上面前大肆挑拨。

赵匡胤心里的火直往上蹿,这赵普平时屡屡犯颜直谏,体谅到他如此做,是出于一片忠心,也就不加追究。但他私自收受外邦重金,损害君主威严,绝不能置若罔闻!

赵匡胤正要发作,一眼瞥见卢多逊那闪烁莫测的眼光,心念一动:卢多逊与赵普素来不和,莫非他是借机诽谤?于是压住心头的火气,尽量平静地问道:"依爱卿之见,若想避免宰相专权之弊,当以何策?"

卢多逊似乎胸有成竹:"陛下,说来十分简单。只需恢复以前的多相制度,分宰相之权,则皇权自重矣!"

赵匡胤觉得有理,但仍不动声色:"爱卿,此事重大,不可不慎,容朕仔细考虑再作决定。爱卿千万不要外传!"

"陛下放心,臣明白,臣明白!"卢多逊见赵匡胤有所触动,暗暗高兴。

过了几日,赵普病愈上朝。赵匡胤十分欣慰,在御书房单独召见。赵普行过大礼,抬头望去,只见赵匡胤两鬓斑白,眼圈发暗,两颊肌肉松弛,短短数月之间,衰老竟至如此!心中一酸,愧疚地说:"臣身为宰相,于国家多事之秋,未能替陛下分忧,甚感惭愧……"

"爱卿不必内疚。诸多事变,皆因朕不听爱卿劝告而起,所谓咎由自取也。爱卿病情如何?"

"谢陛下垂顾,已无大碍,不久即可处理政事了。陛下,春播在即,不知种粮如何解决?"

"赖曹彬、吕余庆二卿之力,蜀中粮食已于数日前抵京,再加上各地寺院鼎力济民,又天降甘雨,野菜滋生。因此京城所聚饥民已陆续返乡,种粮亦已分发各州郡。这次粮荒总算是渡过了!"赵匡胤长长地吁了一口气,似乎卸下了千斤重担。

"那就好,"赵普话题一转,"陛下,风闻辽主托人致意,愿与我大宋罢兵修好。陛下之意如何?"

"赵爱卿真是消息灵通,足不出户,对朝廷之事却了如指掌。你以为呢?"赵匡胤颇含深意地瞟了他一眼。

赵普手捻胡须,缓缓说道:"臣以为辽主新立,唯恐根基不稳,求和必出于诚心。我大宋正可利用这段时间,向南经略。未知陛下以为然否?"

"朕料定你定会赞成议和,果不其然!辽人占我中原土地,又支持北汉与大宋相抗,实在欺人太甚。若与之媾和,任其猖獗,只恐将来祸及子孙,后患无穷啊!赵爱卿,你素来知道,朕一心收复失地,一旦订立和约,岂不令朕汗颜?"

"陛下此言差矣!与辽议和乃权宜之计。只要统一了南方,国力增强,便可兴师北伐,收复失地。到那时一举荡平北汉、辽国,彻底根绝北患,陛下夙愿得偿,并建万世伟业,岂不快哉!"

赵匡胤强压着心里的怒火,默不作声。

赵普接着说:"陛下静心思之,三五年内,我大宋具有击败辽国的实力吗?若无此实力,何不就势应允求和之议,专力南向?陛下,行事万勿冲动,前车之覆,后车之鉴啊!"

"朕行事冲动,只有你赵则平处事稳重,高瞻远瞩。朝廷大事,全由你决定好了!"赵匡胤高声喊道。一气之下,他独自出了御书房,将赵普撇在房中。

赵匡胤生气归生气,却也知道赵普的意见确有道理。几天之后,他亲自接见西州使者,托他们转告辽景宗,希望宋辽两国共守诺言,停战修好。

尽管议和仅是口头承诺,并未签订正式和约,但此后的十几年间,两国从未发生大规模的战争。这种局面,给宋朝专力南图提供了极大的便利。当然,反过来说,假如赵匡胤当时放弃南唐、南汉,集中军力对付辽人,也许就不至于留下祸患,使整个北宋处于辽人的威胁之下,最终中土沦丧,被迫南渡。不过,历史又岂能假设呢?

第三十章

偏安南汉一朝丧　飘摇南唐求苟全

唐主李煜见大臣到齐了,咳嗽一声,环视一下殿中群臣,说:"诸位爱卿,朕召你们来,乃有一件要事相商。宋主灭掉南汉之后,进逼南唐之心更甚,日前令吴越王钱弘俶转致其意,欲使朕去国号,改'唐国主'为'江南主'。不知诸位对此事有何高见?"

南汉是唐末大动乱中形成的一个割据政权,于后梁末帝三年(917)正式立国,以广州为都城,拥有潮、容、邕、韶等数十个州。因为地处蛮荒,交通阻隔,历代王朝不便征伐,使南汉不但得以延续,而且有所扩张。南汉刘氏的历朝国主,大多残暴荒淫,政刑苛酷,及至刘𬬮,更是暴虐无道,无以复加。

南汉赋税极重,所得来的钱财,全部用来修筑离宫别院。刘𬬮所居住的宫殿,全部用珍珠玳瑁装饰。刘𬬮还有一个癖好,就是喜用毒酒鸩杀大臣。大臣中稍有不合其意者,就被赐以毒酒,须臾毙命。

史载刘𬬮为人昏庸,朝政全部委托给亲信李托、宦官龚澄枢和才人卢琼仙,自己则日夜在后宫放纵行乐。当时有海外商客献给他一名波斯美女,巨乳肥臀,艳丽无比,又善房中之术,深得刘𬬮宠幸,还赐其号曰"媚猪"。

刘𬬮还有一个观人交媾的癖好,常在宫中挑选齿白唇红的美貌少年,配以宫女,裸体交合,自己则和媚猪往来巡察。见男胜女则喜,若男子不敌宫女,则将男子大加鞭挞,甚至将阳具割下。他又令人制作烧煮、剥剔、刀山、剑树等酷刑,或者使犯人与饿虎、大象相搏,其状惨不忍睹。

开宝三年(970)五月,潭州防御使潘美擒获南汉官吏十余人,押送京城。其中有个叫余延业的,矮小而猥琐。赵匡胤问他在南汉任何职,他说是护驾弓箭手首领。赵匡胤一笑,令人给他一张弓箭,命他一试。结果那余延业用尽全身力气,脸涨成猪肝色,愣是拉不开那张普通的弓。

赵匡胤觉得十分可笑,顺口问起有关刘𬬮治国的情况。余延业把刘𬬮暴虐之迹一一说出,赵匡胤大为惊骇,不禁拍案而起道:"朕当救此一方子民!"

可是毕竟粮荒刚过,赵匡胤不愿用兵,于是遣使至南唐,令南唐主李煜转谕刘𬬮献地称臣。李煜接到宋主诏书,不敢有丝毫怠慢,即刻展开生花妙笔,写了一封情文并茂的劝降书,派人送往广州,转达宋主之意。

南唐使者抵达之时,正值刘铱在后宫与媚猪饮酒作乐。这刘铱年仅二十七岁,一双凸眼,肤色黑黄,长着一个葫芦似的三角脑袋。他左手接过内侍呈上来的信函,右手却仍然插在媚猪的怀里忙乎。

匆匆阅过来信,刘铱勃然大怒,将媚猪往旁边一推,喷着酒气吼道:"那赵官儿真是目中无人!李煜软弱可欺,难道我大汉便怕你不成!来人啊!速替寡人拟就一封复信,口气强硬一点儿,叫赵官儿断了那痴心妄想!"

刘铱一面喝酒,一面口授,令内侍记录下来,将充满不敬之辞的复信交南唐使者,带给宋主赵匡胤。

赵匡胤读了刘铱的复信,恼怒至极,决意南征。此时正值九月,各州郡上报粮食大丰收。赵匡胤见时机成熟,诏令潘美为帅、尹崇珂为副,统领十万禁军征讨南汉;同时命南唐、吴越各出兵两万,作为应援。

当时南汉国内已数十年不闻鼓角,朝廷旧将多因遭谗被诛,掌兵权者几乎全是宦官。此外,刘铱耽于游宴,不重装备,把许多城壁壕沟改成宫馆池沼,战船饰为游船,就连兵器,也因长期废置而生锈腐烂了。及闻宋师大举进攻,全国震恐,人心惶惶。

刘铱赶紧召集群臣商议,决定派大将军龚澄枢率兵五万,前往贺州迎敌。龚澄枢年幼入宫,侍奉先帝刘晟,凭着察言观色的本事,得到赏识重用,哪里有什么领军作战的才能?眼下形势所迫,无法推却,只好硬着头皮,率军出了广州城。还未到芳林,听说宋军已近,计无所出,不管三七二十一,丢下大军只身逃遁。因此潘美得以顺利攻下贺州,接着又乘胜连克昭、桂、连三州,进而直逼韶州。

刘铱手下另有一员大将,名叫李承渥。此人不但骁勇,而且擅长驯象,能驱象用于军阵,号称"象兵将军"。刘铱见宋军势盛,连下数城,唯恐危及广州,便搜罗国中十万精锐人马、驯象千余头,令李承渥率领,开赴韶州前线。

李承渥领兵来到韶州(今广东省韶关市)城北,在莲花峰下列成阵势,以千余头大象为先锋,每头象载十余人,皆头扎白巾,手执长兵器,大声呐喊,向宋军阵地冲去。宋军将士都是北方人,初次见到这样声势浩大的象兵进攻,未免心虚,脸上露出惊慌之色。

潘美急了,令亲兵数十人,分头传告将士们道:"象阵并不可怕。弟兄们赶快准备强弩,尽力攒射,并敲铜锣、放鞭炮,管教象群回窜,反伤南汉兵!"

宋军将士听了,才稍稍放下心来。待象兵冲到阵前,潘美一声令下,万箭齐发,射向象群。与此同时,宋兵纷纷敲起锣鼓、放起鞭炮,顿时响声震天,仿佛震雷骤起。大象受此惊吓,果然纷纷逃窜。骑在大象上的士兵控制不住,多半被甩了下来,经象脚践踏,转眼成了肉饼。溃散的象群撇开四条粗腿飞跑,把象阵后面的大队南汉兵冲得七零八落。

潘美乘机麾兵冲杀过去,犹如秋风扫落叶,杀得南汉兵哭爹喊娘,抱头鼠窜。李承渥还算跑得快,侥幸捡了一条性命。

这一仗,宋军大破敌军象阵,歼敌五万余人。潘美马上差人向皇上报捷,同时驱兵急进,于次年正月,攻下广州附近的英德和南雄,屯兵双汝山下,离广州城只有十里之遥了。

宋军十万大军兵临城下,广州城内一片混乱。一贯狂妄骄横的刘鋹急得顿足捶胸,李托、龚澄枢等一班大臣也束手无策。

宫中大殿内,刘鋹如同困兽一般,拔剑将一张精美的几案砍得稀烂,愤怒地说:"寡人平日待你们不薄,现在面临生死存亡,你们却一言不发,畏敌如虎。究竟是何道理?"

才人卢琼仙上前奏道:"陛下,城中兵员不足,难与宋军抗衡。臣妾以为,不如与宋军议和,多纳金银美女,以求渡此难关。其他事情,以后再议。"

刘鋹别无良策,只好姑且依从,遣使前往双汝山议和。

潘美在大帐中接见汉使,呵斥道:"刘鋹与我大宋分庭抗礼,出言不逊,又荒淫无道,荼毒百姓,罪不可赦,议和决不可行!你回去转告刘鋹,速速献城纳降,方可保全性命。否则我大军克城之日,定教他死无葬身之地!"

刘鋹闻报,下令宦官乐范,将仅有的十来艘大船泊在海边,装着媚猪等宠爱的妻妾和宫中的奇珍异宝,准备远逃海外。

那乐范本是个奸恶小人,心中早存异图。他趁着混乱,把宫中的黄金珠宝悉数搜刮上船,并指挥手下亲信死党,连夜起锚驶离广州,逃往南洋去了。等到次日早晨,刘铱来到海滨码头,唯有海水浩淼,汪洋一片。他不禁仰天长号,徒唤奈何!

刘铱此时已山穷水尽,走投无路,只好无条件向宋军投降。李托、龚澄枢心知即使投降,也难免一死,于是纠集心腹,在城内四处放火,焚毁府库宫殿。偌大的一座广州城,顿时黑烟四起,火光冲天。

潘美接到刘铱的降表,急率大军入城,分兵保护刘铱、扑灭大火、维护秩序。三天之后,城中已基本安定,李托、龚澄枢亦被擒获,当即斩首示众。于是潘美令尹崇珂领兵两万,押解刘铱等人先行返京,自己仍率军驻扎广州。

南汉自刘隐据广州,至刘铱亡国,凡五主,历六十五年。当时广州有一首民谣颇为流行:"羊头二四,白天雨至。"人莫能解。等到潘美入城,刘铱丧国,正好是二月初四,而这"天雨"二字,意谓宋师如及时雨,救民之困渴。

南征之役,宋朝得到六十个州、两百一十四个县,扩大了疆域,增加了人口,更为重要的是,宋朝的领土由北直贯南海,将东面的南唐、吴越牢牢地控制起来。事实上,这种局面一经形成,东边二国再也无法逃脱灭亡的命运了。

三月,赵匡胤亲御明德门,接受献俘。刘铱这时也不再顾及国主的面子,俯伏地上,连连叩首道:"罪臣年十六登基,李托、龚澄枢等皆先主旧人,把持朝政。在国时,罪臣是臣下,他们才是国王。此情还望陛下详察圣裁!"言罢竟至垂泪。

赵匡胤见他又可怜又可笑,留下来也造成不了什么威胁,而且他终能献城纳降,就赦免了他的罪,还赐以袭衣、冠带、器币、鞍马,授予检校太尉、右千牛卫大将军,封为恩赦侯,令他暂住玉津园。

刘铱大喜过望,千恩万谢。

过了十来天,刘铱刚在玉津园安顿下来,忽有内侍传下圣旨,召恩赦侯往讲武殿见驾。刘𨰿不明原因,唬得面无人色,含着泪跟众妻妾告别一番,忐忑不安地跟随内侍,来到讲武殿。到了以后才知道,不过是虚惊一场,原来是皇上犒劳南征有功人员,召他来作陪助兴,心里暗自松了口气。

赵匡胤兴致颇高,招手叫刘𨰿坐在身边,赐他美酒一杯。这刘𨰿在位时,常以毒酒赐臣下,如今见赵匡胤赐酒,吓得脸色发白,冷汗直冒,扑通跪在地上:"罪臣继承祖父基业,抗拒天朝,劳王师讨伐,罪固当诛。陛下既已饶臣不死,臣愿为开封布衣,观太平盛世。未敢饮此酒也!"

赵匡胤一愣,既而明白过来,哈哈大笑道:"朕推赤心于人腹中,岂会行此卑劣之举?"命内侍取过刘𨰿面前那杯酒,一饮而尽,又另斟卮酒以赐刘𨰿,刘𨰿惭愧得无地自容。

席间,诸大臣纷纷向皇上敬酒。赵匡胤心中高兴,来者不拒,喝得满脸通红。刘𨰿见状,也上前奉承道:"陛下,朝廷威力远播,将来南唐、吴越、北汉、辽国,四方僭越之主,尽入陛下囊中。臣等率先来朝,愿为诸国降王之首领也!"

赵匡胤听了极为受用,殿中诸臣也拍手称好。

从此,刘𨰿在开封过着一种衣食无虞的闲居生活,直到宋太宗太平兴国五年(980)因病去世,享年三十八岁。

江南八月,天高气爽,正是秋收的时节。农人在稻田里挥镰收割,纵横交错的河道上,运粮的小船往来不绝,空气弥漫着稻谷的醇香。

江都通往金陵的驿道上,一对身着戎装的骑兵正在策马飞奔,马蹄落处,腾起一阵阵尘土。为首那位身穿白袍的将军,三十四五岁模样,浓眉俊目,豹身猿臂,显得威武而精干,他便是天下闻名的江南第一骁将林仁肇。

林仁肇是名将皇甫晖的外甥,从小跟舅舅学习武艺兵法,朝野誉为青年俊彦,很快得到南唐主的器重,几经升迁,被任命为江都留守。江都隔淮水与宋对峙,堪称南唐第一重镇。

林仁肇与皇甫晖关系十分亲密。自从十五年前皇甫晖死于赵匡胤之手,他就决意报仇雪恨,发誓与宋朝誓不两立。他上任以后,整顿军队,加强防卫,修造战船,把江都治理得井井有条,令宋朝颇为忌惮。

昨日,林仁肇接到南唐主的诏令,令他回金陵,有重要国事商议。他立即动身,马不停蹄地赶往京城。

一到京城,林仁肇来不及回家中和妻儿团聚,就直奔皇宫。

宫中侍卫见到林仁肇,如获救星般飞快迎了上来:"将军,皇上正在议事厅等候!"

林仁肇跟着内侍走进议事厅,果然见枢密使陈乔、清辉殿大学士张洎、吏部尚书徐铉、内史舍人潘佑、都指挥使皇甫继勋等官员,均在厅里。厅正前方的御座上,端坐着南唐主李煜。

林仁肇整了整戎装,趋前行礼后,依班次站在皇甫继勋之侧。

唐主李煜见大臣到齐了,咳嗽一声,环视一下殿中群臣,说:"诸位爱卿,朕召你们来,乃有一件要事相商。宋主灭掉南汉之后,进逼南唐之心更甚,日前令吴越王钱弘俶转致其意,欲使朕去国号,改'唐国主'为'江南主'。不知诸位对此事有何高见?"

李煜说完,右手习惯性地抬起,修长白皙的手指,轻抚颔下的须髯。李煜五官匀称,相貌俊秀,儒雅犹如书生。其实,他本来就是个擅长填词作诗的文人。作为李璟的第六个儿子,他从未想过要继承皇位,谁料几位兄长或逝或病,南唐主的皇冠,戏剧性地落到了他的头上。

李煜于建隆二年(961)登基时,宋已代周,国家面临宋朝强大的军事压力。无奈之下,只好委曲求全,年年向宋朝纳贡,以换取南唐暂时的安宁。久而久之,也就成了一种习惯。

李煜在登位前,已是江南杰出的词人,并精通音律,即使当了国君,也依然热衷此道。在他看来,填词作曲、偎红倚翠,比治国为政有着更大的吸引力。因此,十余年来,他日日流连于词曲与声色之间,而将政事委托给陈乔、张洎等人。

然而,当南汉灭亡,赵匡胤令他取消国号时,他终于感到了危机的临近,于是,召集朝廷的主要大臣,希望他们想出良策来。

李煜捋着胡须,那双聪慧而颇带女性气的眼睛,焦灼地盯着沉默不语的大臣们。

"陛下,当前宋朝带甲百万,天下土地十得其九。宋朝强盛如此,势不可抗也。愚臣以为,不如顺宋主之意,去唐国号,以免兵灾!"陈乔首先表态。

林仁肇对陈乔求和苟安的主张一贯不满,听了他的话,不由得心头火起,出班奏道:"陛下,切不可轻去国号!十几年来,我大唐忍辱含垢,一让再让,以致国力日蹙,士气日颓。若这样任人宰割,臣恐亡国之祸不远矣!"

"林将军豪气干云,固然令人佩服,但也不能无视现实。小不可敌大,弱不可敌强,古人之训也。西蜀、南汉未量力而行,终丧其国,前车之鉴也。何苦定要逞一时意气,招致祸患呢?"说话者是老气横秋的皇甫继勋。

潘佑是个口无遮拦的人,素称狂士,闻听此话,直直地走到皇甫继勋面前,叹了一口气道:"想当年,令尊皇甫晖将军奋击疆场,宁死不屈,何其壮哉!何曾料到其子竟会如此胆怯。实在可悲可叹!"

皇甫继勋气得浑身颤抖,指着潘佑说:"你……你……"

张洎见此情景,连忙上前调解,拉开潘佑道:"潘兄,豪言易出,壮行难为啊!依潘兄所见,以吾积弱之国,欲对付强大的宋朝,应当采取什么措施?"

林仁肇抢先答道:"据臣观察,淮北宋军并不多;且宋疆土日广,兵力分散;又刚取南汉,师疲力竭。江都现有精兵八万,臣愿率军从寿春径渡,收复江北失地。纵使宋军来援,臣据淮御之,亦可保万无一失。兵起之日,陛下以臣叛告于宋朝。如此,则事成可享其利,不成亦不至累及陛下也!"

陈乔、张洎、皇甫继勋纷纷反对,认为此举无异于以卵击石,唯有潘佑表示支持。群臣形成了针锋相对的两派。

李煜觉得双方都有道理,一时无法决定,望了望一言未发的徐铉,问道:"徐爱卿,你以为如何?"

徐铉上前答道:"陛下,一味对宋妥协,绝非长久之策;以吾江南眼下的实力,贸然出击亦无胜算。臣以为,可先上表去国号、改国印,此仅损名而未坠实也。但与此同时,当招募兵丁,积蓄粮草,做好与宋决战之准备。两国交战迟早会发生,臣愿陛下今后以国事为重,则国家之幸、万民之幸也!"

李煜听了,不由得一阵脸红。他见殿中大臣无人提出异议,决定按照徐铉的意见,派皇弟李从善出使开封。

李从善接受敕令,携带李煜的亲笔奏章和大量的金银贡品,离京北上。抵达开封之后,他按徐铉的指点,先去宰相府拜见赵普,献上白银五万两。赵普热情接待李从善,但坚决推辞了他的赠银。

第二天,李从善入宫谒见赵匡胤,呈上李煜的书信及黄金十万两、贡绢二十万匹、香茗二十万斤。

赵匡胤仔细阅过书信,朗声道:"汝主自去国号、贬损制度,可谓英明之举也。"说完,令内侍赐白金五万两,道:"昨日汝主赠予我朝宰相白银,今日朕以白金答之。投桃报李,礼尚往来也。"

"启禀陛下,赵宰相并未接受!"李从善诚惶诚恐,慌忙跪下。

"他要推辞是他的事,朕之所赐却不可辞也!"赵匡胤倾身向前,接着说:"为答汝主善意,朕便授卿为泰宁军节度使,以后长居京师吧!"

李从善明知这是扣留自己为人质,但慑于赵匡胤的威势,只好叩头谢恩,悻悻离去。

第三十一章

卢多逊暗设圈套　宋太祖罢免赵普

赵普面对城门,颇为伤感地对赵光义说:"吾观圣上日夜操劳,精神远不如前。还望你勤于政事,多为圣上分忧。唉,只怕今生再也见不到圣上了!惜哉!惜哉!"不禁哽咽唏嘘,老泪纵横。

赵匡胤接见完毕,回到宫内,想起赵普之事,仍旧不乐。尽管赵普拒绝了南朝来使的金银,可江南使者未见国君,却先拜宰相,在外人眼中,孰轻孰重,这不是明摆着的事实吗?他再三斟酌,吩咐内侍,速宣赵光义来延福宫。

赵光义匆匆赶到延福宫,赵匡胤招呼他进内室,赵光义推辞道:"陛下,不可坏了朝廷礼仪,还是在外面谈!"

"同胞骨肉,何必拘于那些繁文缛节?昔日绮云、细君在时,你何曾有过避讳?"赵匡胤不由分说,将他一把拽进内室。

宋皇后迎了上来。赵光义忽觉眼前一亮,不敢正视,连忙跪下:"微臣见过皇后!"宋皇后慌不迭地欠腰,连声说:"皇弟快请起,请起!"惊鸿一瞥之间,不禁心中叹道:"好一个英俊儒雅的美男子,难怪皇上屡屡夸他!"

原来,皇宫规矩甚严,男性不得轻进后宫。宋皇后虽入宫多年,但从未见过这位皇弟,此番一见,方知皇上平时所言不虚。

两人在案边坐下,宋皇后端上香茗,眼波频频飞向赵光义。赵光义故作不知,正襟危坐,问道:"陛下召臣前来,所为何事?"

赵匡胤说:"朝廷只设一个宰相,容易形成权力过分集中、尾大不掉的弊病,此为政之大患也。朕反复思量,决定恢复从前的多相制度。除赵普外,另设两名副宰相,称为'参知政事'。想与你商量一下人选。"

"如此重大的决定,陛下向赵宰相咨询过吗?"

"若征询他的意见,肯定行不通!然大臣中多有不满其专权者,希望对宰相的权力有所钳制。此举势在必行。你认为由谁任参知政事较为合适?"

赵光义对此事颇为忧虑,本欲再劝解一番,但见赵匡胤态度坚决,不便再说。沉思了好一会儿,才缓缓说道:"如果陛下一定要设参知政事,吕余庆倒是最好的人选。"

"与朕不谋而合！吕余庆精通文史，为人谨慎，又在平蜀、购粮中立过大功，确为首选也。那另外一位呢？你以为卢多逊如何？"

赵光义抬起头来，眼睛直视赵匡胤："不知陛下要听真话，还是要听好话？"

"当然是真话！你我兄弟，何须顾忌？"

"陛下，臣以为卢多逊虽为皇亲，且博学多才，但心术不正，为人奸诈，切不可重用。更有甚者，他与宰相素来不和，若同朝为相，如何共事？"

赵匡胤微微笑道："卢多逊确实心眼太多，但只要朕加以提防，亦不足为患；至于他与赵普不和，却正可为朕所用。此古代圣君驭人之术也！"

赵光义欲言又止，他确实有一种难以启齿的尴尬。当年太后临终时，令赵匡胤将皇位传给他，但十几年来，赵匡胤一直没有什么明确的表示，而现在皇子德昭已长大成人，卢多逊又是德昭的岳父，假如自己坚持反对卢多逊出任参知政事，岂不是更让人误解自己有何图谋？想到此一端，只好保持缄默。

开宝五年（972）清明过后，赵匡胤颁旨任命吕余庆、卢多逊为参知政事，与宰相赵普同理朝政。圣旨一出，朝臣震动，议论纷纷。

过了几天，殿前都指挥使兼许州节度使王审琦入宫面圣，提出辞呈。赵匡胤大感意外，愣了半晌，才开口说："大哥已仙逝；二哥、石头深居简出，不问朝政；李良重归佛门，潜心三宝。当年与朕同甘共苦的兄弟，唯有爱卿尚在身边，难道你也要离朕而去？"

王审琦说："臣二十余年来，置身锋刃之间，落下不少伤病，最近尤感气力不济，常觉老之将至，自知无法再为陛下效犬马之劳。恳请陛下恩准，让臣回到洛阳，安享晚年，则臣不胜感激。"

"若爱卿身体欠佳，此后无须征战，只管在京为官便了！"赵匡胤尽力挽留，显得一片至诚。

"陛下关爱之心，微臣感铭于怀。然与其空居其位，还不如去职归家,了无牵挂的好。况且眼下朝廷文臣武将,人才济济,臣之离去,亦无伤大局。臣去意已定,还望陛下念在昔日的情分上,容臣告老!"王审琦突然离开座位,跪在赵匡胤面前。

"爱卿请起!"赵匡胤将他搀扶起来,"既然爱卿如此执著,朕也无话可说了。洛阳那边的住宅等事宜,是否安排妥当?"

"谢陛下关心!臣已委托石守信代为购买了一所宅子,随时可以搬去住,而且地点就在石府附近,与石头来往甚是方便。"

"自从二十几年前离开洛阳,朕仅回去过数次。唉!"说起洛阳,赵匡胤不由心驰神往。那里毕竟还有父母的陵墓。

赵匡胤若有所思地背着双手,在殿中慢慢走了几个来回,扭头对王审琦道:"王爱卿,朕之二女昭庆公主,年已十七,朕欲将她许配给你的公子承衍,你以为如何?"

"多谢陛下厚爱!"王审琦大喜,那张马脸显出少见的笑意。临别之前,王审琦踌躇再三,对赵匡胤说:"臣即将离京,对于朝廷之事,本不该饶舌,但为陛下计,若不说出,总觉于心不安……"

"爱卿有何话,不必顾虑,尽管说罢!"

"陛下,赵宰相乃开国勋臣,胸怀韬略,忠于陛下,实是国家栋梁,远非卢多逊之辈可比,望陛下亲之信之,万不可听信谗言才是。陛下虽正当盛年,可皇嗣还宜尽快确定,或皇弟、或皇子,望陛下早日定夺,以安人心,以绝后患。臣不计驽钝,昧死以闻!"

以王审琦的为人,平日里绝不会说这样的话,可自知以后再无相见之由,一番话说得诚恳异常。

后来王审琦定居洛阳,整日与石守信弈棋打猎,过着优哉游哉的日子,两年后得暴疾而亡。他的儿子因娶了昭庆公主,仕途通达,显赫无比,宋真宗时官至护国军节度使、检校太尉。在众多开国将领的后代中,算得上际遇最好的一个了。

赵匡胤送走王审琦,闷闷不乐,便出了讲武殿,来到延福宫。宋皇后听到内侍通报,连忙出来迎接。

自从花蕊夫人死后,宋皇后不再受那怪病的折磨,逐渐恢复了昔日的风韵。赵匡胤进了内室,轻轻掩上房门,望着风姿绰约的宋皇后,忍不住伸手将她揽了过来,在她脸上亲了一下道:"朕让德芳跟随师傅念书,令爱妃受此孤独,亦于心不忍。然为长久之计,不得不如此。望爱妃体谅。"

德芳已经五岁,年纪尚幼,但德昭资质平常,难当大任,赵匡胤便将所有的希望,都寄托在德芳身上。因此,他不顾皇后的反对,坚持为德芳配置了师傅,从半年前开始,每天教他习字念书,另居别宫。

"臣妾知道皇上的用心。"宋皇后依偎在赵匡胤怀中,轻声说道。赵匡胤嗅到一股熟悉的、淡淡的幽香,情不自禁地低下头去,吻着她的秀发,双手缓缓移向她的前胸。在赵匡胤的记忆中,已经很久没有这样的亲昵了。

"皇上,臣妾有一事相求,请皇上恩准。"

"爱卿的事,朕一定尽量照办。"赵匡胤的呼吸开始变得粗重,欲望如潮汐般涌来。

"皇上,妾父长年在沧州任职,地处僻远,而又身体欠佳,欲求皇上将他调回京城,不知可否?"

赵匡胤的手停止了动作,推开宋皇后,一言不发地走到桌前坐下,冷冷说道:"他一直任职沧州,何以突然要回京?"

"皇上,他是臣妾的生父,当今国丈,且年近六十,皇上就不能有所垂顾吗?"

宋皇后有些激动。她父亲宋延渥在沧州任节度使,年老体弱,难御北方严寒,故有返京之意。作为女儿,难道不应该关心他吗?

"你父亲是否返京,那是朝廷的事,你不得干预!你的责任,就是主持内宫,管好德芳。外戚干政,不知乱了多少朝纲,我大宋是绝不容许的!"赵匡胤非常坚定,显得冷酷无情。

宋皇后哀怨地望了赵匡胤一眼,默默地踱到床前坐下,嘤嘤低泣起来。赵匡胤本就心烦,见此情景,起身出了延福宫。

皇宫大内,清风朗朗,柳影低垂。赵匡胤默立于湖畔,在这一刻,他忽然觉得自己是这样的孤独虚弱。

秋天是开封一年中最好的季节,天气晴朗,很少下雨,也不像冬天那么干燥。这样的日子里闲来无事,倒也十分惬意舒适。

这天下午,京城巡检李万超在巡检府公堂上批阅些公文。由于昨晚与新纳的小妾过度缠绵,刚批了一会儿,他觉得有些困乏,双眼发涩,面前的公文似乎变得模糊不清了。

正在迷迷糊糊、似睡非睡之际,忽闻有人急急进了公堂。李万超睁眼一看,是负责汴河巡查的副将刘遇,便打起精神问道:"刘遇,你有何事禀报?"

刘遇行礼答道:"启禀大人,昨晚卑职在汴河查得以巨木扎成的大木筏五十余只,皆是采自秦陇的上等木料。"

"朝廷律条,严禁私人贩运秦陇木料。你将其没收充公即可。"

刘遇走近李万超,压低声音道:"大人,事主身份非同寻常,乃宰相府管家赵万全。据他说,这批木料是为宰相府扩建而特意采购的,希望我们能够放行。不知大人意下如何?"

李万超听说是赵普家的木料,不禁有点兴奋。他站起身来,在公堂上踱来踱去,脑子里格外活跃,刚才的倦意顿时一扫而光。

赵普为人素来严厉刻板,丝毫不讲情面,李万超曾因嫖妓受过他的训斥,并被他罚了两个月的俸银。李万超一直心怀不满,只不过地位相差悬殊,实在无法泄愤而已。

现在,赵普不再像以前那么受皇上器重,正好又出了这事,岂不是天赐良机吗?况且卢多逊与赵普势同水火,这已为朝野所共知。假如将此事报告卢宰相,他一定会禀奏皇上。这样一来,既出了胸中的闷气,又可让卢宰相满意,真可谓一举两得的良策。没准儿卢宰相将来一高兴,重用提拔自己亦未可知呢!

主意一定,李万超停下脚步,对刘遇说:"王子犯法与庶民同罪。你速速回去,将木筏并赵万全扣押起来,等待处置!"

"李大人,赵宰相权倾天下,你可要三思而后行啊!"刘遇脸上露出疑惑的神色。

"你只管放心去办,出了事有我顶着呢!"李万超大义凛然道。

待刘遇一走,李万超立即坐着轿子,赶往卢多逊的府邸,将此事详细地告知他。卢多逊一听,火速前往皇宫,向赵匡胤禀报。

赵匡胤若有所思地听卢多逊说完,脸色平和地说:"赵普的住宅太狭小了,他向朕提出扩建的要求,朕也表示同意,便将皇宫的几亩菜圃赐给他作为宅基。他从秦陇购买木料,虽然违反禁令,亦属情有可原。卢爱卿,你就不要小题大做了!"

卢多逊见赵匡胤没有表现出他预期的恼怒,连忙说:"此事并非那么简单。此番所扣木料,数量巨大,足可建一座皇宫。区区赵府,哪用得了这么多木料?据微臣调查,多数木料,都被以高价售给城中那些富商大贾,以牟取暴利。可惜啊,赵宰相才智过人,德高望重,唯有将那钱财看得太重,确实令人叹惋!"

"爱卿所言可有凭据?"赵匡胤的脸色变得有些阴沉。

"皇上,微臣所言句句不虚。赵府管家赵万全在京城开了数间货店,将各类物品售给朝廷各部,日进斗金,财源滚滚。只不过瞒着皇上罢了!"卢多逊知赵匡胤气恼,不失时机地又补了两句。

卢多逊所说的话也并非空穴来风。赵府管家赵万全爱财如命,他背着赵普开店,利用宰相的招牌赚钱,早已弄得满城风雨。这次从秦陇购木料,他又借机多购数倍,想获取厚利,却没想到被巡河官兵查获,捅出一个天大的娄子。

第二天,赵匡胤派人核查,果然俱是实情,不由得大发雷霆,便要将赵普革职查办。幸好赵光义、吕余庆、张琼一听到这个消息,匆匆赶到皇宫,三个人轮番劝说,甚至不惜以辞官相要挟,赵匡胤才勉强作罢。最后,赵匡胤下令将所有木料充公,将赵万全逮捕下狱。

此后,赵普更加被疏远。朝政大权慢慢落到了卢多逊手中。

再过一个多月就是春节,接连刮了几天西北风后,天空中飘起了小雪。天气十分寒冷。

封丘门边,卢府的书房里,卢多逊正手执狼毫,在黄色的毛边纸上写下一行行漂亮工整的小楷,那是钦定编修《开宝通礼》的草稿。他时而奋笔疾书,时而握笔沉思,写了约一个时辰,这才感到寒意。他放下毛笔,搓了搓双手,走到炭火边坐下,一股暖意立即弥漫了全身。

自从担任参知政事以来,卢多逊如鱼得水,深得皇上宠信,身居翰林,掌管机务。上次抓住赵万全私运木料,大做文章,使赵普威信扫地,颜面丢尽,想来真是解恨。如今赵普徒有宰相虚名,基本上赋闲在家,不理朝政,而吕余庆奉旨编撰《五代史》,无暇他顾,自己成了实际上的宰相。一人之下,万人之上,何其风光!

可惜的是,女儿卢萍嫁给皇子德昭后,至今未有一男半女。哎,假如萍儿争点气,替皇室生下龙种,将来德昭继承皇位,那我卢家可立于不败之地了!转念又一想,如果这皇位,果真按老太后的意思传给赵光义,那自己可就不妙了。赵光义对自己显然很有戒心,甚至有点反感……卢多逊心里有点沉。

正当他在炭火边胡思乱想时,一个家人进来禀告:"大人,吴越王派人送来十坛海鲜,请大人过目。"

却说唐代末年,趁着黄巢之乱,杭州人钱镠占据两浙,立国号为吴越,以杭州为西府,越州(今浙江省绍兴市)为东府,传两代而至钱弘俶。

这钱弘俶倒也颇为精明,他审时度势,知宋朝强盛,吴越乃海隅之国,终难相抗,一登基便确立了亲宋的基本国策。

从赵匡胤登基为帝开始,他就年年向宋朝进贡金银、宝物,并接受宋朝封号,颇得赵匡胤的欢心。为了巩固两国之间这种亲密的关系,钱弘俶还每年给朝中重臣送上一份礼物,这已成为一种定例。因所送礼物大多是些吴越的特产,价值并不昂贵,所以朝廷从不过问,大臣们也往往不以为然。

然而最近几年,钱弘俶逐渐做了些手脚,在土特产中藏着金银珠宝。试想那为官者有几个不贪?何况是拿了白拿,谁也不知道。于是,所谓吴越特产,已有了特殊的含义。

卢多逊出了书房,在客厅中等候的吴越使者见到卢多逊急忙躬身施礼:"宰相大人,敝国僻远穷厄,无以为敬,区区数坛海鲜,还望大人笑纳。"说着,用手揭开其中一口坛子的木盖:"请卢大人过目!"卢多逊弯腰一看,坛中哪有什么海鲜,分明是一坛黄灿灿的瓜子金!那瓜子金成色足,质地佳,堪称金中极品。

卢多逊心中会意,微微一笑,直起身来问道:"此等海鲜,都送了朝中哪几位大臣?"

"回宰相的话,按敝国主的吩咐,暂时只送三位大人。吕余庆大人和卢大人的已送到,唯剩赵普大人的尚未送去。车子就停在门外,在下即刻前往宰相府。"

"送往赵府的亦是同样的海鲜吗?"卢多逊又问。他在"同样"二字上,故意顿了顿。

"非也。三年前因送此类年礼,遭宰相斥骂,尔后再也不敢造次,每年所送皆为鱼虾之类。"使者对卢多逊谄媚地笑了笑:"赵宰相为人过于苛刻,何曾有卢大人这般随和?难怪皇上不喜欢他了!"

卢多逊眉头一皱,沉思一会儿说:"天气这么冷,你们一路舟车劳顿,确是辛苦了,不如将门外的弟兄唤进来,去厨房喝几杯酒,暖暖身子再走,如何?外面的车物,我自会吩咐家人看管。"

使者自然十分欢喜,连忙说:"谢大人,谢大人!"

待他们进了厨房,卢多逊立刻吩咐几个家人,悄悄将厅中的十个坛子搬出去,换掉了车上那十个装着真正海鲜的坛子,照原样捆好。那几个使者还在喝酒烤火,丝毫没有发觉。

当吴越使者带着几分醉意,押着车子前往宰相府时,天色已近黄昏。卢多逊暗自得意:"赵普老匹夫,此番我看你怎么辩解?"估摸着使者一到赵府,他也立即坐着轿子,进宫去见皇上。

卢多逊的话令赵匡胤将信将疑。为了证实真假,他当即命侍卫备好车驾,直驱宰相府。

皇上御驾抵达赵府时,天色已黑,吴越使者刚刚走了不久。

赵普听说皇上驾临,心中忽然有一种不祥的预感。这一年多来,皇上的有意疏远,处处牵制,他当然心知肚明。这次皇上突然驾临自己的府邸,肯定有什么事情发生了……

赵普带领家人到大门口,迎接皇上。行过君臣之礼,便陪着赵匡胤向厅中走去。

赵匡胤乃是有备而来。一进客厅,看到走廊上摆着一溜的瓦坛,阴沉着脸问道:"赵爱卿,这些瓦坛倒是式样古朴,不知里面所装何物?"

"哦,那是吴越王派人送来的海鲜,刚送到,还未及贮藏。"

赵普近来身体不适,加上朝中卢多逊的步步紧逼,心情烦躁,吴越使者来时,他以为是照例文章,连看也没看。赵匡胤这么一问,他立刻意识到:莫非其中暗藏玄机?赵普突然感到后背涌上来一股凉意。

"是何海鲜?不妨尝尝!"赵匡胤拼命抑制心中的恼怒。

"无非是些鱼虾罢了!"

赵普命人抬过一坛摆在厅中,取掉木盖一看,不禁大吃一惊:那里面竟然全是上等的瓜子金!

赵普的心怦怦直跳,张口结舌站在那里,不知如何是好。

赵匡胤冷笑一声。下令将余下的瓦坛全部搬进来,一一检查,果然坛坛如此。他冷着脸说:"人言赵普嗜财如命,诚哉斯言!——赵爱卿,你还有何话可说?"

"陛下,此事臣确不知情!"赵普惶恐不安地回答,那张憔悴的脸变得更加苍白,没有半点血色。

赵匡胤横眉怒目,直视赵普:"不必解释!定是那吴越王知道,朝廷大事都由宰相一人决定,所以才赠此厚礼了!哼,你就守着这些黄金,当你的富翁吧!回宫!"一甩袖,转身就往门外走。

"陛下,请听臣解释!"赵普紧步赶上,欲拦住赵匡胤。但此时赵匡胤气愤已极,根本不愿意听,猛地推开赵普,径直回了皇宫。

赵普怔怔地看着赵匡胤的背影,半天一动不动。这次怕是在劫难逃了!

第二天一早,赵普忐忑不安地来到广政殿,手执笏板,依班次站在群臣首位。他的左侧是卢多逊,一见面,卢多逊朝他诡秘地笑了笑。赵普心中不禁一阵发毛,不知他又使了什么歪心眼。

赵匡胤登上御座之后,群臣叩首行礼,值班内侍拉长声调喊道:"有事上奏,无事退朝——!"

声音刚落,卢多逊一步上前,奏道:"启禀陛下,臣有事上奏。宰相赵普,私贩秦陇木料,违反禁令;放纵家奴开店,与民争利;又收受吴越重金,贬损国格。赵普身为宰相,屡违国法,臣以为不可姑息。望陛下圣裁!"

此言一出,殿中顿时鸦雀无声,群臣面面相觑。谁也不曾想到,卢多逊会公开弹劾赵普。沉默了一会儿,又有礼部侍郎王明、殿前侍卫御史李莹上奏,检举赵普贪赃枉法,要求皇上依法处置。

卢多逊与赵普的矛盾,文武大臣无不知晓;而且卢多逊现在乃是皇子岳丈,日益为皇上所倚重,人人心里都雪亮。大凡官场上的人,趋炎附势是其本性,保住头上的乌纱帽,比什么都重要,至于什么明镜高悬、正大光明,都是冠冕堂皇的漂亮话,纯粹是说给别人听的。

更何况那卢多逊、王明、李莹敢于这样做,必定有所恃,说不定还是皇上的授意呢。如此权衡利弊,大臣中尽管有人心里同情赵普,却不敢出来说话,唯恐惹祸上身。

众人的目光,自然而然地都投向端坐在御座上的赵匡胤。

赵匡胤的身躯略显得有些臃肿,他双手搭在御座两侧的扶手上,神情肃然道:"赵普身为宰相,贪赃枉法,目无君上,确系实情。本当从严处置,朕姑念他乃开国功臣,从轻发落,故仅革去其宰相之职,外调为郴州节度使,限半月之内离京,不得有误!"

话音刚落,赵光义上前道:"陛下,赵普之家奴犯法,他固然难辞其咎,但毕竟非本人所为。而且赵普年过半百,体力衰微,如何抗得住郴州那湿热瘴气?还请陛下以宽大为怀,让他留在京城,安享晚年吧!"

"朕未将他交付刑吏,已是网开一面。若再姑息,其如国法何?朕意已决,无须多言!"

接着吕余庆、王延嗣等大臣先后出班为赵普求情,皆遭拒绝。

卢多逊心中暗喜,却故意做出一副严肃凝重的样子。

赵普自始至终面无表情,似乎一切都与己无关。从刚才的架势,他就知道,皇上其实并不一定就真的相信卢多逊,但要除去他的宰相之职,却是一定的。事已至此,难有转圜余地,也就听之任之。

眼看此事已成定局,忽听到有人高喊:"卢多逊,你个卑鄙小人!你挟私报复,陷害忠良!赵宰相乃我朝开国勋臣,功昭日月!你这个小人却只知逞其口舌,搬弄是非。我大宋的朝政,总有一天会坏在你的手中!"

大家一看,原来是殿前都指挥使张琼。他怒目圆睁,指着卢多逊,咬牙切齿地斥道:"赵万全私运木料,擅自开店,关宰相什么事?你故意混淆事实,欺蒙圣上,居心何在?我……我要打死你这个奸贼!"他越说越激动,扬起拳头,向前猛扑过去,吓得卢多逊连退数步。

"张琼!堂堂广政殿,岂容你如此放肆!"赵匡胤生气地喝道。

张琼止住脚步,腾地转身,大步走到殿前,扑通跪倒在地,泪流满面道:"陛下,赵宰相二十年来,披肝沥胆,鞠躬尽瘁,朝野共知;卢多逊为人阴险,弄权耍奸,居心叵测,明眼人谁不知晓?为何陛下只信奸人的一面之词,却听不进忠臣的陈述呢?难道陛下真的得了新宠,就忘了旧知吗?臣委实感到寒心!"

"大胆!"赵匡胤何曾受过如此顶撞?不禁拍案而起,浑身发抖,指着张琼说,"赵普收受吴越重金,乃朕亲眼所见,哪里冤枉了他?莫非依仗旧臣的身份,便可以胡作非为不成?你再胡言,朕连你一同处罚。快下去!"

"不,臣绝非胡言!陛下,你自己看一看,这满殿的大臣当中,当年跟随你南征北伐、开创天下的尚有几人?如今连赵宰相也要被逐走了。陛下,你……你如何忍心哪!"张琼跪在殿前,泣不成声。

"张琼,你真是……真是目无君上,胆大包天!来人啊!把张琼拉下去,打入大牢!"

赵匡胤气急败坏地喊道。

张琼猛地站起身,昂起头说:"陛下!臣这条命本来就是你所赐,现在就还给你吧!"说完,奋力朝殿前廊柱上撞去。

站在前排的赵光义一看大事不好,慌忙过去阻拦,但终究还是慢了一步。只听"砰"的一声,张琼的头碰到了廊柱上,鲜红的血迸射而出,溅得殿前到处都是。张琼挣扎着,还想再次撞去,被赵普等人拼命抱住。

张琼倚在赵普怀中,脸色苍白,断断续续地说:"宰相,你……

你……要多保重,陛下终有一天会……会明白的!"头一歪拉,昏厥过去。

赵匡胤再也控制不住自己的感情,快步走下龙椅,上前低唤一声:"张琼,我的好兄弟!"泪水潸然而下。一切都发生得那么突然,赵匡胤没有一点儿思想准备。当他看到张琼浑身是血,昏倒在赵普怀中时,觉得心惊又心疼。

张琼是他最喜欢的爱将。且不说他立下的战功,便是数年前在延福宫拼死救驾,几乎丢了性命,就足以令他终生感铭了。

"来人哪!快将张琼抬至偏殿,叫太医全力医治!"赵匡胤喊道。

张琼被抬下去之后,赵匡胤重登御座,铁青着脸,对惊魂未定的文武大臣宣布:"张琼无礼之举可赦,赵普枉法之罪难饶,外调郴州,不可更改。退朝!"

半个月后,开封城南熏门外,赵光义、王延嗣等大臣冒着大雪,为南去的赵普送行。

大雪漫山遍野,天地间一片白色。赵光义手持酒杯,对赵普说:"宰相此去,路途遥远,风恶天寒,务必保养身体。异日风消雨歇,国家朝政还有赖于宰相主持指点。宰相千万不可消沉!"

赵普淡然道:"吾本一介草民,蒙圣上不弃,在朝为相十余年。今虽远赴岭南,乃一方长官,衣食无虞,何至消沉?"

"宰相有此豁达胸怀,在下就放心了。不知宰相对朝廷大事,还有何指点?"

赵普沉吟片刻,郑重地说:"吾有此劫难,固其命也,实不足虑。倒是当前内外政事,确有堪忧者,那吴越钱弘俶,一心内附,难以为患;但那江南唐主李煜,虽然表面顺从,暗中却在策划攻守之计,大将林仁肇通治兵之道,尤为心腹大患。又北汉凶顽,辽人强悍,宜先防御,待平江南后而图之。朝中卢多逊固然险诈,但吕余庆持重,圣上英明,亦不致造成大咎。另有一事,吾一直耿耿于怀,但未敢与圣上言……"

"何事令宰相如此顾虑?"赵光义见他欲言又止,追问道。

赵普将赵光义拉到一边,轻声说:"太后临终时,曾与圣上有金匮之盟,令传位于你。你还记得吗?"

赵光义点点头,面无表情。

"转眼已过了十多年,皇嗣至今仍未确定。眼下皇子德昭已然长大,朝野疑惑,更有卢多逊,怀有不测之心。吾担心此情稍有不慎,将导致大乱。你宜早做筹划也!"

赵光义若有所思,望了望赵普,却什么话也没说。

赵普面对城门,颇为伤感地说:"吾观圣上日夜操劳,精神远不如前。还望你勤于政事,多为圣上分忧。唉,只怕今生再也见不到圣上了!惜哉!惜哉!"不禁哽咽唏嘘,老泪纵横。

良久,赵普止住泪,撩开裘皮大氅,跪在雪地上,对着皇宫方向,恭恭敬敬地磕了三个头,道:"陛下多多保重,臣告辞了!"

起身后赵普与诸大臣、故友拱手作别,含泪登车而去。

雪下得更大了,纷纷扬扬,犹如玉龙漫天飞舞。

赵光义等人伫立在风雪中,望着车子渐行渐远,终于消失在铺天盖地的雪花之中。

卢多逊的父亲卢亿,当时已退职在老家,他得知赵普被贬外放之事,写信训斥卢多逊:"赵普乃开国元勋。小子无知,轻诋先辈,吾不忍见卢氏灭门之祸也!"只过了半年,竟郁悒而终。

卢亿的忧虑并非杞人忧天。四年之后,赵光义登上皇位,将赵普召回,不久又任他为相,重掌朝政大权。而卢多逊却日渐失势,最终被贬往海南,于贫病交加中,死于天涯海角。

而赵普此去郴州,果然再也没见过赵匡胤。待他重返中原,只能叩拜宋太祖的陵墓了。

第三十二章

千寻铁锁沉江底　一片降幡出石头

　　李煜与数名大臣及宫女嫔妃,闻知城破,既而听到宋军进城那震耳欲聋的呼喊声,明白大势已去,一个个面无人色,垂涕相向。不久又闻人喊马嘶,不由得战栗难禁,惊惧惶恐,那些嫔妃则花容失色,哭作一团。

开宝六年(973)春天,淮水两岸已是青翠一片。几阵桃花雨过后,水位迅速升高。浑浊的河水漫过堤岸,填平近岸的洼地。河面显得十分开阔。

烟雨迷茫之中,一艘宋朝的战船行驶在淮水中游,在执行每日例行的巡逻。船上的头领叫张平,沧州人士,满脸的络腮胡子,左眼在作战时被射瞎,将士们都称他为"独眼龙"。

张平披着蓑衣,站在甲板上眺望。忽然看到一艘大船迎面驶来,定睛一看,认出是江南的巡逻船,不禁心血来潮,想搞个恶作剧,一招手,命令舵工朝来船直驶过去。

江南巡逻船是逆流而行,船头的舵手见宋船直冲过来,脸都吓白了,连忙用尽全身的力气,将舵板打向一边。两船靠近,船头刚好错开,宋船擦着江南船的左舷飞快地掠过。由于舵打得太急,江南船上数十名军士来不及提防,一个个歪倒身形,狼狈不堪,有的甚至掉进了水里。与此同时,他们听到对方船上传来阵阵嘲笑声和辱骂声。

江南船上的头目叫朱三,他揉着额头上鼓起的一个大包,双眼冒火,几步窜上船头,对舵工吼道:"掉头,快掉头!日娘贼,老子宁愿跟他们拼个鱼死网破,再也不受这份窝囊气了!"士兵们也纷纷摩拳擦掌,要与宋兵决一死战。

原来,平日里双方在淮水巡逻,宋军就仗着强大的军事优势,经常对他们故意刁难,谩骂更是家常便饭。弱小就意味着忍让。为了息事宁人,他们忍辱含诟,压抑着心中的怨愤。可是,他们毕竟是血性汉子,忍耐总有个限度。长期的屈辱忍让,酝酿、转化为一股格外强烈的反抗意识,在此刻猛然迸发出来。

江南船迅速掉头,几十名军士拼命划桨,很快接近了宋船,不顾一切地向前撞去。

宋船上的士兵根本没有提防,船舷被对方装有铁板的船头撞开了一个大缺口,船身即刻倾覆。宋兵乱成一团,纷纷跳入河中,向北岸游去。红了眼的江南士兵操起弓箭,追射水中的宋兵。除了几个水性极好的得以侥幸逃生外,其他宋兵全部丧生淮水,连尸首也给激流冲走了。

消息传到开封,赵匡胤初闻大为震惊,既而却高兴地说:"好,好!天助我也!"

吕余庆在旁边大惑不解,问是何故。

赵匡胤笑道:"收复江南是早晚的事。朕所忌惮者,唯江都留守林仁肇也。江南的淮水防务,均由林仁肇负责。朕借此事件,逼江南主杀了林仁肇,除去这个心腹大患,则取江南不足忧矣!天助我也!"

"陛下怎知江南主定会接受呢?"吕余庆又问。

"那唐主李煜生性懦弱,耽于诗词歌赋,无心朝政,手下一帮大臣陈乔、张洎、皇甫继勋等胆小如鼠,而且皆忌恨林仁肇。只要朕软硬兼施,李煜必杀林仁肇!"赵匡胤胸有成竹地说。

次日,赵匡胤写了一封亲笔信,令人火速送往金陵。信中不外乎对淮水事件表示极大愤慨,措辞激烈地要求杀掉主将林仁肇,否则宋军将兴兵南下,直捣金陵!

正当赵匡胤处心积虑地要除去林仁肇,为夺取江南扫平障碍时,江南主李煜却是另一种心境,他正为新得的美人而心醉神迷。那美人不是别人,而是皇后周氏的亲妹妹。

周后的妹妹年方十八,不但容貌美丽,而且秀外慧中,精通音律,擅长歌舞。李煜借姻戚为名,召她入宫,密与交欢,又听她弹琴一曲,不禁击节叹赏,于是将她留在宫中,朝歌暮舞,爱之异常。皇后渐遭冷落,郁郁谢世,她的妹妹顺理成章地继立为皇后,世称"小周后"。

赵匡胤的亲笔信送来时,李煜正命小周后试奏他特意为她新填的《菩萨蛮》,其词曰:

花明月暗笼轻雾,今宵好向郎边去。刬袜步香阶,手提金缕鞋。画堂南畔见,一晌偎人颤。奴为出来难,教郎恣意怜。

李煜聚精会神地听着小周后弹唱,随手接过内侍呈上的信函,扔在几案上。直到一曲唱毕,才打开阅读。及至读罢,脸色陡变,挥手叫殿中众人离开,传令陈乔、张洎、皇甫继勋、潘佑等人火速进宫,商议对策。

陈乔、张洎、皇甫继勋、潘佑等重要大臣急忙赶到殿中,只有徐铉因母亲去世,奔丧未归。

李煜将赵匡胤的来函交众臣传阅,苦着脸说:"宋主以淮水事件为借口,逼朕处决林将军。林仁肇乃我朝骁将,朕的股肱之臣,朕焉能忍心杀之?然非如此,强宋一旦大举入侵,江南危矣。此事实在令朕左右为难!诸位爱卿以为朕该如何是好?"

几位大臣读完信函,互相看了看,谁也不吭声。

李煜见此情景,催促道:"诸位爱卿,你们看如何处理?"

众人都望着宰相陈乔。陈乔无奈,只好上前说:"陛下,臣以为处事当以国家为重。林仁肇平时不听劝告,不自量力,纵容部下与宋军相抗,终于酿成了今天的祸患,危及国家,着实令臣痛心!"

"那陈爱卿以为该怎么办呢?"李煜见他仍未明确表态,焦急地问。

皇甫继勋见陈乔吞吞吐吐,脱口说道:"林仁肇素以血性男儿自诩,如今惹出祸端,理应自己承担后果,以免危害国家!"

"狗屁!宋主逼杀林将军,分明是忌惮他的威名,欲借机除之,其用心昭然若揭。陛下,林将军决不可杀,否则正中了宋主的圈套!"潘佑态度鲜明,坚决反对。

"哎,徐爱卿不在,朕不知如何决断!"李煜神色黯然。

"陛下万勿犹豫!宋朝兵多将广,宋主雄才大略,与之相抗,必然师败国亡。若牺牲一个林仁肇,换取江南军民的安宁,又何足惜哉!"陈乔见李煜还不表态,接着说,"陛下如不忍为之,臣愿代陛下草诏书一封,令林仁肇以国家为重,自行了断。如何?"

正如赵匡胤所料,李煜畏宋如虎,读了来函,就存了舍林仁肇以求苟安的念头,只是于心不忍而已。现在听了陈乔的一番话,也就顺势答应:"好吧,爱卿看着办吧!"

潘佑急趋殿前,跪在地上哀求道:"陛下,林将军不可杀啊!你怎么可以如此呢!"

李煜脸一红,有些生气,头偏向一边,不再理他。

潘佑心知再说无益,站起来仰天叹道:"将军一去,大树飘零。国亡有日矣!"接着狂号三声,径直离去。

林仁肇接到诏书,悲愤欲绝,徘徊良久,挥毫在室中墙上写了十六个大字:"有心报国,无力回天。奸臣误我,夫复何言!"掷笔拔剑自刎。一代名将,就这样含恨去了黄泉。

不久,潘佑因诋毁君上,也被腰斩于市。

徐铉在家中守丧,得知林仁肇死讯,喟然叹道:"江南本弱小,现又自毁长城,焉得久安?"

李煜逼死林仁肇,心怀愧疚,于是诏令,厚葬林仁肇尸体,用檀木匣装其首级,遣专使火速送往开封。

赵匡胤见林仁肇已死,得意之余,更加瞧不起江南主李煜,在讲武殿接待唐使者,口气强硬地说:"汝主杀林仁肇,以明归附中原之心,朕深感欣慰!回去转告汝主,朕正在京城修建集贤宅,以赐诸位藩王。待落成之日,再邀汝主北上,届时望不要推诿!"来使唯唯应诺而去。

半个月来,赵匡胤日夜操劳,忙于政务,尤其是制订对江南用兵的前期规划。这一天,赵匡胤在御书房对着江南地形图出神,他在思考由谁担任出征江南的统帅。这是统一南方的关键一役,只要攻取江南,吴越即为囊中之物。如此重任,必须选择一位智勇双全、忠诚可靠的主帅。当年令王全斌率军入蜀的教训,实在太大了!他反复权衡,朝中将领,唯有曹彬可担此任。

唉,假若韩令坤不坚持赋闲该多好啊!正在惋惜,宫中总管张公公推门进来,赵匡胤眉头一皱,问道:"你有何事?"语气明显不悦,他不希望此时有人随意打扰他。

"启禀皇上,适才韩府来人报信,说韩令坤将军背部旧伤发作,于昨晚谢世。奴才不敢耽搁,故赶紧禀告皇上,请皇上明示赐予奠仪的具体数目。"

"你……你说什么?"赵匡胤下意识地问道,丝毫没有听到张公公接下来都说了些什么,只是双目定定地盯着那张白皙却皱缩犹如核桃的脸,嘴里喃喃说道:"大哥去了,如今连二哥也去了。果真是四大皆空,烟消云散……"

突然间,赵匡胤爆发出一阵剧烈的咳嗽。张公公慌不迭地走上前去,将他扶到椅子上坐下,握拳在他后背轻轻捶着。

赵匡胤的脑子里一片混沌,似乎坠入了黑暗的深渊,而胸口则隐隐作痛,好像堵着一块巨石。赵匡胤捂着胸口喘息几声,忽觉喉咙一痒,不由自主地张嘴吐出一口鲜血,将桌案上那张江南地图弄得狼藉不堪。紧接着两眼一黑,便失去了知觉。

林仁肇被逼自刎后,赵匡胤本来打算马上发动江南战事,谁料天有不测风云,闻知韩令坤的死讯,赵匡胤悲痛过度,以致呕血不止,身体时好时坏,前前后后病了半年之久,江南战事也就延搁下来。

一直到了开宝七年(974)五月,赵匡胤基本痊愈,才又开始筹划南征之役。正在此时,江南主李煜遣使前来开封,向朝廷进贡方物,同时请求放还其弟李从善,让他们兄弟团聚。

赵匡胤正愁出师无名,便对来使说:"汝主思念兄弟,何不来京城相见?况且朕已建成集贤宅,可供汝主居住。汝主宜速来京城!"于是派知制诰李穆为特使,与来使一道前往江南召李煜入朝。

半个月之后,李穆抵达金陵,宣谕宋主圣意。李煜思弟心切,未及细想,便欲动身北上。陈乔劝道:"臣受先帝顾命之恩,陛下若往,必致扣留。臣虽死无以见先帝于地下也。陛下绝不可行!"

张洎等人也纷纷劝李煜切勿轻往,李煜本是个没主见的人,便放弃了亲往开封的打算。

李穆得知后求见李煜,暗含机锋道:"入朝与否,国主自己决定。然宋廷甲兵精锐,物力雄富,恐不易抵挡也。国主宜思之。"

李煜答道:"江南偏居一隅,谨事大朝,唯望苟延残喘,如此而已。现寡人有疾在身,无法入朝觐见圣君,还望先生代为致歉。若先生苦苦相逼,寡人唯有以死报之!"

李穆软硬兼施无果，又在金陵滞留数日，见李煜留意颇坚，只好返京复命。赵匡胤又令梁迥出使江南，重述前言。李煜仍不为所动。

九月，赵匡胤向天下发布文告，称江南主李煜拒不接受天朝之命，内怀异心，故兴兵讨之。一时之间，四海震动。

深秋时节，天清高远，雁阵惊寒。开封城南的郊野，十五万禁军将士肃立于秋风中。旷野上，千百面旌旗猎猎翻飞，千万匹战马声声嘶鸣。阅兵台上，赵匡胤在众将的陪同下检阅军队。

望着台下十余万威风凛凛的虎贲之士，感受着大批人马混杂而成的那股独特的气息，赵匡胤热血沸腾，两眼炯炯发光，仿佛又回到了年轻时代，就连两颊下垂的赘肉也绷得紧紧的。他挺直身躯，目视前方，向台下挥手致意。将士们齐声高呼："万岁，万岁，万万岁！"那声音犹如骤起的惊雷，传向四面八方。

赵匡胤转过身来，对主帅曹彬说："曹爱卿，江南之事全部委托给你。切勿妄开杀戒，暴掠生民；务必先广威信，使自归顺，无须急击。金陵城破之日，尽量不要屠戮，勿陷朕于不仁也！李煜一门，尤其不可加害。若能平江南而少杀戮，凯旋之时，朕便封你为相。爱卿好自为之。"

曹彬一一承诺。赵匡胤从随身侍卫手中拿过一把精致的宝剑，赐给曹彬道："爱卿，朕赐汝此剑，副将以下，不听命者，斩之！"

曹彬慌忙跪下，双手郑重接过："多谢陛下信任。臣等一定同心协力，早日攻克江南，不负陛下厚望！"副将潘美、曹翰等人见此光景，不禁失色悚然，表情严肃起来。

赵匡胤扫视了一下数十员大将，挥手道："出发！"

曹彬手执令旗，在空中挥三下，大军出发了。人马和战车组成的洪流，挟着威严与力量，向南滚滚推进。它将摧毁一切敢于阻挡它的障碍，赵匡胤深信这一点！他的目光越过行进中的人流，投向南方那深邃渺远的天宇。

曹彬率宋军浩浩荡荡开往荆南，然后折而向东，接连攻下池州、铜陵、当涂，进展颇为顺利。然而再向前去，便是宽阔的长江天堑，它像一条强悍不羁的巨龙，横亘在宋军面前。江南主正是凭借这道天险，才敢于对抗宋朝。他的希望,全部寄托在这天然的屏障之上。

不过,曹彬并不以此为忧,因为赵匡胤早在数年之前,就罗致了一位能人,为大军过江做好了准备。这位能人就是池州人樊若水。

樊若水本江南子民,因为参加南唐的进士考试,屡试不第,不免心灰意懒,生出许多怨恨,反复思量,便投奔了宋朝。

樊若水隐居在当涂西北的采石矶,借钓鱼为名,测量江面的宽度。他曾从南岸系着长绳,用小船引至北岸,往返数十次,尽得江面尺寸,不失毫厘。他又精心绘制长江地形图,标明各处险要。当他得知宋朝准备对江南用兵时,立刻前往开封,上书言江南可取的情况,并献上长江地形图。

赵匡胤当时正在筹划江南战事,马上召见樊若水。樊若水将自己所知悉数说出,建议在采石矶江面,用小船搭建浮桥,以跨越长江天险。朝中大臣都认为长江江阔水深,自古以来无此先例,不可贸然为之。赵匡胤却认定此计可行,当即赐樊若水同进士出身,为右赞善大夫,令他速往荆南,造黑色、黄色小舟各两千艘,筹办浮桥事宜。

曹彬率大军来到采石矶,在长江北岸扎下大营,立即派人往荆南,通知樊若水,约定三天后搭建浮桥,以便大军过江。

长江水滔滔而来,在采石矶形成一个水湾。这里水位虽深,但水流相对缓慢,且南岸无敌军防守,实为渡江的最佳位置。

那一日,适逢天气晴朗,风烟俱静。四千艘小船编好号码,装着竹、索和木板,泊在北岸。每舟两名军士,手持轻桨,听候调遣。

当太阳升起一竿子高的时候,曹彬、潘美、樊若水等人来到江边。樊若水挥动手中令旗,军士熟练地划动双桨,依次把船身连接起来,然后再用竹、索固定。所有这些操作程序,他们已演练了千百遍,因而进行得有条不紊,灵活自如。

当天中午,船体连接即告完成,樊若水又令军士用碗口粗的长竹、索,顺着船头、船尾,由南岸到北岸,将四千艘小船系牢、加固,使之浑然一体,再铺上木板。一道贯通南北的浮桥便建成了。

曹彬登上浮桥,走了数十步,在木板上跳了跳,果然十分稳当,心中大喜。回到岸边,他高兴地拍了拍樊若水的肩膀说:"樊先生,此次克复江南,你可是立了头功!"

浮桥建成,曹彬传令部队渡江。潘美、曹翰率领先头部队跃上浮桥,如履平地,迅速渡过长江,占据了北岸的险要地段。

宋军造浮桥渡江的消息传到金陵,李煜大为惊恐,急忙召集群臣会议。陈乔笑道:"臣遍览古书,从未有过在长江造浮桥的记载。长江水急,宽数百丈,仓促之间,如何建得浮桥?此必为军中讹传也。陛下无须惊惧!"

张洎也说:"长江自古是难以逾越的天堑,况有数十万防守将士,宋军岂能轻易渡江?陛下不要听信那些谣言,以免自己乱了方寸。"

江南君臣还在这里引经据典,高谈阔论,那边宋军却已击溃南岸的江南守军,然后一路横扫过来,水陆并进,攻克新寨,直逼白鹭州。与此同时,吴越王钱弘俶也应赵匡胤之命,由东向西进攻,包围了常州。

李煜君臣怎么也不相信宋军能渡过长江天险,等军情终于得到证实,江南已丧失了布防的时机。李煜虽然心怨陈乔,但于事无补,面对两面夹攻的严峻形势,赶紧派大将于禁增援常州,令皇甫继勋率兵八万,火速迎拒宋军。

皇甫继勋一贯心惧北宋,无奈受此王命,领军出了金陵。刚行了一日,闻知白鹭洲已失,胆战心惊,驻营不进。

当时春节将至,军中将士几乎从未经历战阵,既恋家又胆怯,无不口出怨言,士气颓废。皇甫继勋见此光景,心想出击毫无胜算,不如撤回固守。与几位将佐商量后,便率兵南撤,在秦淮河南岸建立营寨,下令毁掉河上桥梁,准备据河固守。

皇甫继勋的退师,给宋军的进攻又一次提供了有利时机。曹彬抓住这一战机,麾师猛攻,一举夺取新林港,随后马不停蹄,杀至秦淮,兵临金陵城下。

春节期间,尽管局势紧张,江南的宫廷里,依然是张灯结彩,歌舞连台。陈乔、张洎等人明知宋军已至城外,忧心如焚,因为上次对长江浮桥判断的失误,招致李煜埋怨,现在更加不敢将实情告知,唯恐李煜发怒责骂。这样一来,深居大内的李煜,对眼前的危机毫不知情,糊糊涂涂地过了一个安乐年。

元宵过后,李煜从春节的喜庆中醒来,仔细询问战况。陈乔见无法隐瞒下去,只得硬着头皮禀告。李煜大惊失色,在群臣的陪同下登上城墙,只见隔着秦淮河,无数宋军列栅为营,旌旗遍野,号角声声,他不禁仰天长叹:"皇甫误我,皇甫误我!"令人速召皇甫继勋进宫。

皇甫继勋来到宫中,李煜那张白皙的脸涨成了紫色,怒不可遏地责问道:"朕将国中主力交付与你,望你奋击疆场,保家卫国,你竟敢擅自退兵,并隐情不报,你该当何罪?"

皇甫继勋辩解道:"陛下,宋军强劲,无人可敌;我方将士军心涣散,出击徒然丧师辱命,退守犹可保存实力,以卫金陵。至于未将实情报告陛下,臣以为若惊动陛下,徒令宫中惶惧而已。陛下难道还有什么退敌良策吗?"

"大胆!"李煜见他不仅不认错,反而口气张狂,语带讥诮,气得脸色铁青,拍案喝道:"你误国误君,还敢一派胡言!来人哪,给我拖出去,斩首示众!"

皇甫继勋并不慌张,他以为殿中大臣定会为自己开脱。谁料陈乔、张洎诸人从未见过李煜如此暴怒,再加上对目前局势心中有愧,都不敢上前陈述,眼见那皇甫继勋被侍卫拖了出去,手起刀落,刹时身首分离。

李煜杀了皇甫继勋,任命大将杜真主持城防,同时飞诏都虞候朱令赟,令他赶紧率领驻在上江的军队,入援金陵。那是李煜心中唯一的希望了。

曹彬为了让皇上及时了解前线战况,每天通过驿站给京城送去战报,因此赵匡胤对江南战局了如指掌。

这天傍晚,赵匡胤接到前方快信,知皇甫继勋被杀,李煜惶惶不可终日,金陵已处于宋军包围之中,于是提笔写了一纸诏令,嘱咐曹彬保护浮桥,加强对金陵的围困,暂停攻势,以逼李煜投降。写罢,他又仔细读了一遍,令侍卫用蜡丸装好,即刻送往江南。

战事进展得颇为顺利,似乎一切都按照他的计划,在有条不紊地进行着。这种运筹帷幄之中,决胜千里之外的喜悦与兴奋,让赵匡胤感觉到一种俯瞰全局、造就历史的成就感,伴随着这种感觉而来的,还有心情的舒畅和放松。

  时近中秋,天气清爽,江南的群山郁郁葱葱。在广陵城边,青山脚下,隐藏着一处气势不凡的庄园,那就是江南重臣徐铉的府邸。因母亲病故,他居家已经两年。此时,他身穿素服,在房中撰写《说文解字校注》。只是宋军南渡,局势动荡,徐铉虽处山野,却心境难宁,时时牵挂着战局动态,无法专心致力于著述。
  徐铉坐在那张特别宽大的黑漆梨木书案前,右手挥毫疾书。写完一段,自觉不满意,将纸撕去,停笔伏案沉吟。正在凝神之际,一名仆人匆匆进来报告,说朝廷派人前来送信,在客厅等候。
  徐铉二话未说,快步来到厅中。
  信使是集贤侍讲周惟简,与徐铉素多交往。他见了徐铉,也不客套,递过李煜的亲笔信道:"徐兄,金陵被围数月,形势危急,皇上忧虑万分。盼兄速返金陵,共商退敌良策!"
  "金陵被围,吾亦知情,常欲赴京为皇上分忧。然母丧在身,三年未满,轻率远游,孝心何在?"徐铉阅过书信,眉头紧锁道。徐氏是江南望族,书香门第,格外看重孝道。
  "徐兄,国家事大,个人事小,岂能因服丧而废了君臣大义?若国家破,徐兄的忠孝何在?"周惟简慷慨激昂地劝说道。
  周惟简的话无可辩驳。徐铉反背双手,在厅中来回踱步,考虑再三,终于答应返京。其实,他也知道自己一介书生,根本无力挽回大局,但义之所趋,也只有尽力而为了。
  李煜在议事厅召见徐铉,动情地说:"徐爱卿居丧两年,寡人如失臂膀。眼下宋军兵临城下,虎视眈眈;我方兵微将寡,城破便在旦夕之间。朕欲遣你为特使,前往开封面见宋主,请求罢兵;寡人愿去江南国号,年年进贡,岁岁上朝。不知爱卿能否一行?"
  徐铉见李煜衣冠不整,脸色憔悴,全没了往日那种风流倜傥的神采,不觉心中一酸:"臣受先帝与陛下的知遇之恩,常思报答。虽蒙斧钺汤镬,肝脑涂地,亦不敢辞也!"

李煜大喜说:"朱令赟正准备率兵来援,爱卿既往开封,朕便令他暂勿行动。"

"陛下,臣此去未必能说服宋主撤军,江南所恃者仍是援兵,为何要阻止?"

李煜说:"爱卿前往开封求和,而我方又在调集援兵,若宋主知情而恼怒,爱卿岂不危哉!"

徐铉肃然道:"陛下当以社稷为重,焉能因一介之使而止援军?况且臣已是花甲之年,若为国而死,流芳千古,又何足惜哉!"

李煜听了,不禁流下热泪,哽咽着说:"寡人何幸,得此忠臣!爱卿,你要珍重,万勿顶撞宋主。和约不成,再做计较吧。"

君臣执手,相泣而别。

徐铉于次日动身,马不停蹄赶到开封。

赵匡胤在讲武殿接见他。徐铉呈上江南主的亲笔信,请求罢兵。赵匡胤草草阅过书信,随手丢在案上,冷冷地逼问徐铉道:"早知今日,何必当初?彼时朕令尔主入朝,他为何抗命不从?"

徐铉答道:"陛下征召,吾主本当应命,但因有病在身,故未成行。他如地,陛下如天;他如子,陛下如父。天乃能覆地,父乃能庇子。陛下心地仁厚,皇恩浩荡,当哀矜江南,赐昭罢兵,方是圣明天子!"

赵匡胤笑道:"徐先生真是巧舌如簧。汝主既然事朕若父,父子本自一家,哪有南北对峙、分成两家的道理?"

"陛下即使不矜吾主一人,亦当念及江南百姓。若金陵城破,玉石俱焚,其如苍生何?"徐铉叩首固请。

"先生无须担忧。朕已谕令军中,不得妄杀一人。江南百姓,可保无虞!"

徐铉还想再谏,赵匡胤不耐烦地挥手说:"毋庸多言!卧榻之侧,岂容他人酣睡!回去转告李煜,能战则战,不能战则降。此外别无他途!"

徐铉猛地站起,勃然作色说:"陛下自称明主,然吾主诚心求和,却仍要讨伐,这不是寡恩薄义吗?臣窃为陛下所不取也!"

"徐铉,你好大的胆子!若非看在故交的分上,朕早就杀了你!"赵匡胤大声呵斥。

"要杀便杀!臣死不足惜,唯陛下无好生之德,为史家留下口实,良可叹惋!"徐铉两眼直视赵匡胤,针锋相对。

赵匡胤知他犯了横,说:"朕不想与你争辩。徐先生,你走吧!"

徐铉直趋殿前,一副不依不饶的样子。几名侍卫拦住他,将他拽出了讲武殿。赵匡胤望着他那佝偻的背影和雪白的须发,心中感慨不已,连忙吩咐内侍赶上去,叫侍卫千万不要为难这位耿直的老臣。

徐铉求和不成,只得返回金陵复命。李煜如坐针毡,惶惶不可终日。他每天在宫中求神拜佛,祈望朱令赟的上江兵早日到来,以解金陵之围。

然而,李煜最后的希望也很快破灭了。那朱令赟早就接到了李煜的诏令,但迟迟没有进军。常言道:树倒猢狲散。他明知江南势弱,朝不保夕,自己手握重兵,称得上是一枚举足轻重的筹码,岂肯轻易下注?他按兵不动,足足观望了十个月,见江南败局已定,才向宋军主帅曹彬投降,以十万之众换取了自己的荣华富贵,同时也将李煜推向了绝望的深渊。

朱令赟投降之后,曹彬知破城的时机已经成熟,遣使劝李煜说:"事已至此,城必破矣。君宜早定良策,以免生灵涂炭!"

李煜接到最后通牒,犹豫数日,未作应答。曹彬等了几天,决计攻城。他召集全军将校于辕门,手持皇上所赐御剑,厉声告诫道:"大军出师之日,皇上宣谕我等,不得妄杀一人。今李煜不降,破城在即,希望你们入城之后,对部下严加管束。若有滥杀,且视此剑!"遂令众将焚香为誓,这才麾兵攻城。

金陵被围日久,城中军民粮尽物绝,不堪其苦,早已人心涣散,甚至有许多将士在盼望李煜尽快投降,谁还会全力守城?因此不到三天,城门告陷,宋军如潮水般涌进金陵,江南兵纷纷弃械乞降。

曹彬命令部队守住城中各处要塞,封库安民,然后亲率精锐,包围江南主皇宫,叫皇宫卫士通告李煜,速速出来投降。

李煜与数名大臣及宫女嫔妃,闻知城破,既而听到宋军进城那震耳欲聋的呼喊声,明白大势已去,一个个面无人色,垂涕相向。不久又闻人喊马嘶,不由得战栗难禁,惊惧惶恐,那些嫔妃则花容失色,哭作一团。

陈乔平日执掌朝政,独揽大权,此时见城破国亡,君主临难,而自己计无所出,又愧又恨,扑通一声,跪在李煜面前,老泪横流道:"陛下,今日国亡,皆臣等之罪,愿加刑戮,以谢国人!"

"此乃天数使然,你死了于事何补?"李煜眼睛红肿,神色凄然道。

陈乔顿首说:"陛下不杀臣,而臣有何面目复见国人!"倏地起身,奋力向殿中廊柱撞去,顿时毙命。

众人正在悲伤慌乱,侍卫进来告知曹彬之意。李煜仰天叹道:"唉,悔不该杀了林仁肇与潘佑!"可后悔归后悔,还是立刻取笔写了降表,叫宫中总管拿出国玺与江南图籍,率群臣出宫去见曹彬。

曹彬下马接过降表、国玺、图籍,好言抚慰道:"既已纳降,你我便是同僚。圣上反复谕告,须保证你的安全,你自可放心。你回宫收拾行装,召集大臣,两日后在城外码头汇集,由水路赴京。如此可好?"

"将军能否宽限几日,让罪臣告别先人陵墓?"

"不行!大军南征旷日持久,圣上令我等克城即归,岂能一误再误?"曹彬一脸肃然,斩钉截铁地回答。

李煜君臣去后,潘美满脸疑惑地对曹彬说:"曹兄焉得放李煜回宫?若他自戕,如何向圣上交代?"

"李煜优柔寡断,贪生怕死,既已乞降,必不会自杀。潘兄无须多虑!"

果然,两天之后,李煜与江南旧臣及子弟共二百五十四人,按时来到江边码头。曹彬一一清点,突然问道:"徐铉何以未到?"

"徐铉现仍在广陵家中,为母守丧,故未能赶到。"李煜回答。

曹彬沉思一会儿,唤过一名将领,令他率两百禁兵,速往广陵礼请徐铉,另乘船赴京,并郑重交代:"尔等对徐先生一定要以礼相待。圣上曾说,江南诸臣,唯徐铉与林仁肇可称俊彦也。异日必得大用!"

张洎、汤悦等一班江南降臣听了,不禁垂首默然。

正是江南的雨季,淫雨霏霏,更显得一片愁云惨雾。李煜带着自己

的嫔妃和大臣,一路迢迢赶往开封。就在赶往开封的路上,漫天的烟雨弥漫中,他写下了那首著名的《浪淘沙》:

> 帘外雨潺潺,春意阑珊,罗衾不耐五更寒。梦里不知身是客,一晌贪欢。
>
> 独自莫凭栏,无限江山,别时容易见时难。流水落花春去也,天上人间。

而这些,不过是他生命中苦难的开始而已。

开宝九年(976)正月,春节过后不久,曹彬率大军凯旋。赵匡胤在明德楼接受献俘,宣诏赦免江南君臣之罪,接着册封李煜为右千牛卫上将军,封违命侯,册封李煜妻为郑国夫人,赐居集贤宅,其他官属一律量才授职。李煜君臣惶恐受诏,俯伏谢恩。

江南自李昪篡吴,至李煜灭亡,共历三世、四十八年而亡。

赵匡胤知李煜藏有大量书籍,特令曹彬将其妥善包裹,悉数运回开封。这些宝贵的文献,为后来宋太宗赵光义诏编《太平广记》《太平御览》等大型类书,提供了极大便利。

献俘次日,赵匡胤在讲武殿召见南征军主要将领。曹彬、潘美皆着戎装,同往见驾。潘美带着几分艳羡的口气说:"此番平江南,曹兄功昭日月,举世无双。圣上曾许以宰相之职,真是可喜可贺!"

曹彬答道:"潘兄所言差矣。江南之役,全凭皇上调度,诸将奋发,乃成其事。况且宰相品高权重,岂可轻易授之乎?"

潘美大惑不解,追问其故。曹彬微笑说:"太原未平耳!"

两人来到讲武殿,赵匡胤满面春风,褒奖诸将功劳,对曹彬说:"爱卿攻取金陵,秋毫无犯,功推第一。朕本拟授卿宰相之职,然太原刘继恩未下,故稍待之。"

潘美听了,忍不住望着曹彬扑哧一笑。赵匡胤觉得奇怪,问是何故,潘美道出实情,赵匡胤大笑不止,赐钱五十万给曹彬,作为补偿。

出殿后,曹彬欣然对潘美说:"人生何必为相?好官不如多得钱。"

过了不久,曹彬被拜为枢密使。

那违命侯李煜,名义上是赐府邸留居开封,实际上形同软禁。可怜一代君王,现在整日里孤零零一个人,被囚禁在一个荒凉凄清的院子里,门外一个老兵把守着。沦落到如此地步,李煜只能靠填写词曲,来抒发自己的亡国之痛。

亡国之君的日子艰难而漫长,可没想到的是,让他亡国的词曲,又给他带来了杀身之祸。

那是宋太宗赵光义即位之后,李煜将自己填的一首《虞美人》交给小周后,却阴错阳差地落到了赵光义手里。赵光义一看,竟然满纸的故国之思:

春花秋月何时了,往事知多少。小楼昨夜又东风,故国不堪回首月明中。

雕栏玉砌应犹在,只是朱颜改。问君能有几多愁,恰似一江春水向东流。

宋太宗对待亡国之君可没有赵匡胤仁慈,于是设法将其毒死。可怜李煜因为诗词美人亡国,又因为诗词而丧其身,实在令人叹息!

第三十三章

定皇储光义遂愿　游故地太祖伤心

　　赵匡胤站起身来,独自在殿中徘徊沉吟。大宋江山得之不易,无论如何也不能有半点闪失,如果我先传光义,令他再传德芳,不是两全其美吗?况且,我好生保养,多服补品,也未见得就不能长寿啊!他想来想去,终于作出了决定。

赵匡胤自江南战事一开，整日忙于战事，三个多月没见过德芳和皇后。现在江南战事已经结束，心头无比舒畅，吩咐内侍通知御膳房，将晚膳送往延福宫。

宋皇后、德芳没想到赵匡胤会突然幸临，不禁喜出望外。德芳已八岁，个子长高了不少，对赵匡胤跪下叩首道："儿臣拜见父皇。"那神态动作，颇有几分成人的味道。

宋皇后微笑着接过赵匡胤的大氅，挂在衣架上。

三人在桌边坐下。一会儿，御膳房送来精美丰盛的晚餐。赵匡胤夹一块鱼翅放在德芳碗中，问道："德芳，告诉父皇，最近读了什么书？"

"师傅教我读《诗经》和《论语》。"

"那你背诵《诗经》的第一篇，让父皇听听。"

德芳放下筷子，正襟危坐，抑扬顿挫地背诵道："关关雎鸠，在河之洲；窈窕淑女，君子好逑……"字正腔圆，一字不差。

赵匡胤满意地摸摸德芳的头："好孩子，有出息，比你哥强多了！"

吃过饭，赵匡胤又考了德芳一些书本上的问题，叮嘱他不要贪玩，好好念书，便叫内侍送德芳回他自己的房中休息。

德芳走后，赵匡胤取过大氅，准备回寝宫。宋皇后一步抢在他前面，关住房门，哀怨地说："皇上难得来一回，这么晚了，还要走吗？"

赵匡胤望着风韵犹存的皇后，觉得有些内疚，默默将大氅挂上衣架，回到桌旁坐下。皇后掩饰不住内心的喜悦，连忙唤进宫女："告诉外面的侍卫，皇上今晚宿在延福宫。你们快去准备兰汤，供皇上洗浴。"

待一切都弄完之后，宫女悄然退下，房中只剩下赵匡胤和宋皇后。

香炉里燃起的沉香，淡淡地飘过来，赵匡胤坐在床沿上，忽然感到一阵不安。这时，双颊泛起红润的宋皇后走过来，轻声说："皇上，安歇吧，时候很晚了。"说着，替他脱去鞋袜，宽衣解带，服侍他睡下。然后吹灭蜡烛,脱衣躺在他的身边。

黑暗中,赵匡胤感觉到宋皇后柔软的身体,慢慢贴了过来,纤细的手掌轻轻抚过他的胸肌,停留在他的腹部。赵匡胤的身体似乎有些感应,但那要害之处仍然无法昂奋。

事实上,自从去年病后,他就再也没有这方面的冲动,好像那雄性的生命已无可挽回地消失了。因此,这一年来,他几乎总是独宿寝宫,而让宫中所有的后妃寂守空房。

赵匡胤觉得宋皇后的身体越来越热,两只乳房紧紧抵着自己的右臂,嘴里发出轻微的喘息声。他侧过身子,吻住宋皇后那发烫的双唇,又将手在她光滑如玉的肌肤上抚摸,试图调动自己的情绪。遗憾的是,一切都无济于事,他那里还是绵软如初,倒是宋皇后的身体开始扭动,喘息声也变得粗重起来。

赵匡胤懊丧已极,抽出手来,仰头躺下道:"罢了,罢了!"然后长长地叹了一口气。宋皇后怕他难过,安静下来,静静地依偎在他的身边。

房内无比寂静,就连彼此的心跳也听得清清楚楚。

第二天早朝,赵匡胤眼睛睁都睁不开。张琼见他脸色不好,扶他至偏殿休息。赵匡胤斜靠座背,望着他头顶上那个铜钱大的伤疤,问道:"张琼,你头上的伤怎样了?阴雨天是否感到疼痛?"张琼在廷中以死相谏,虽然卢多逊认为他冒犯君上,不宜留在宫中,但赵匡胤不为所动,仍让他担任旧职,负责大内警卫。

"不碍事,臣全身是伤,多一处也无妨。只是宰相被贬往郴州,臣心里疼!"对于赵普被罢相一事,张琼依然耿耿于怀。

见张琼还是一副愤愤不平的样子,赵匡胤倒也不介怀。张琼对自己的一片赤诚,他深信不疑。

"皇上,宰相临行前,臣曾前去送行。他言及皇嗣之事,深以为忧。臣也觉得他的忧虑不无道理,皇上当早日确定皇嗣。"

赵匡胤闭着眼睛,半晌没说话,沉默良久,问道:"赵普在郴州过得怎样?"

"宰相走后,杳无音信。在那种荒蛮之地,能好到哪里去?"

"张琼,赵普长期患偏头痛。你叫太医配制几十服药,托人捎往郴州。"

"多谢陛下!"张琼心中大喜,立刻前去办理。

张琼一走,赵匡胤陷入了冥思苦想之中。最近一段时间,他的身体状况越来越糟,处理政事明显感到力不从心,尽管自己不愿承认,但衰老却已不可抗拒地到来了。为了国家社稷,确定皇嗣刻不容缓!

其实,关于此事,赵匡胤并非未曾考虑,只不过难以决定而已。确定皇嗣,他有三种选择:其一,按照母后的临终嘱咐,以光义为继承人;其二,依据旧例古法,立长子德昭为太子;其三,定次子德芳为嗣,令光义等人辅之。

从赵匡胤内心说,传弟毕竟不如传子,可问题在于:德昭资质平庸,缺乏帝王之才;而德芳年纪尚幼,孤儿寡母,极容易引起外戚专权,甚至是篡位夺权的大祸。宋皇后之所以三番五次,求他将自己的父亲宋延渥从边关调回,难保没有这个心思。如此一来,三个选择其实只有一个,那就是赵光义。他不仅年富力强,为人持重老练,而且在大臣中颇有人缘,实为最佳人选。可是,皇位不传给亲生儿子,总觉得心中隐隐作痛。

赵匡胤站起身来,独自在殿中徘徊沉吟。大宋江山得之不易,无论如何也不能有半点闪失,如果我先传光义,令他再传德芳,不是两全其美吗?况且,我好生保养,多服补品,也未见得就不能长寿啊!他想来想去,终于作出了决定。

几天之后,赵匡胤正式颁诏,封皇弟赵光义为晋王兼中书令,另赐门戟,位在宰相之上;封皇弟赵光美为魏王、皇子德昭为燕王、德芳为秦王。诏令一出,群臣欣然,只有德昭心存怨恨,而那卢多逊的如意算盘落空,却也无可奈何。

二月,吴越王钱弘俶带儿子钱惟浚入朝,觐见赵匡胤,庆贺大宋平定江南。赵匡胤遣长子德昭郊迎十里,赐居礼贤宅,并亲自在宫中设盛筵,款待钱弘俶一行,相见甚欢。席间又命钱弘俶与晋王光义叙兄弟礼。钱弘俶作为归降之臣,没想到会受如此礼遇,大为惶恐,满脸是汗,坚决推辞,赵匡胤方才作罢。

当时江南已平,南方诸国仅余吴越。卢多逊、吕余庆等大臣纷纷上表,劝赵匡胤扣留钱弘俶父子,以绝后患。

赵匡胤说:"朕观钱弘俶一贯温顺,江南一役中,倾其所有兵马,助我朝攻取江阴、宜兴、常州,其功甚伟。况且他又主动入朝,心怀坦荡。朕岂能不仁不义,留下千古骂名?"众人见赵匡胤心意已决,虽然心中惋惜,也只好作罢。

钱弘俶等人在开封住了一个月,因水土不服,常感不适。赵匡胤知道此事后,亲临探视,对他说:"南北风土不同,卿可早日还国,不必长居开封。"

钱弘俶感激涕零道:"多谢陛下垂顾。臣愿今后一年一贡,三年一朝,永守藩国之礼!"

赵匡胤道:"水陆迂远,无须定限期。只要爱卿心中有朕,亲睦中土,朕便颇感欣慰了。"

赵匡胤在讲武殿大摆筵席,为钱弘俶饯行。宴毕,赵匡胤令随身内侍将一个黄布包袱赐予钱弘俶:"爱卿路途寂寞。读后务请烧毁,勿泄与他人!"

出城之后,钱弘俶迫不及待地打开包袱,里面竟然是宋朝群臣要求扣留自己的奏疏,总共多达百余封。钱弘俶看过这些奏疏后,感怀泣涕,对着开封方向,恭恭敬敬地磕了三个头,才上车东归。

三年后,钱弘俶入朝,在宋太宗赵光义的威逼下,献出两浙国土军队,吴越亦归入宋朝版图。这钱氏父子的吴越国,自唐僖宗光启年间(885—888)入主杭州,此后经历了钱镠、钱元瓘、钱弘佐、钱弘倧、钱弘俶,共三世五主,历时百年,无论在五代还是十国,都是立国最久的地方割据政权。

赵匡胤因在宴席上多喝了几杯酒,头昏昏沉沉的,回到寝宫,躺在床上休息。这是一张新制的檀木大床,精美绝伦。赵匡胤闭着眼睛,嗅着那浓郁的、不绝如缕的檀香味,渐渐进入一种半睡半醒的恍惚状态。

突然,似乎是无意之间,那股熟悉的檀香,使他联想到一件久已忘怀的旧物。他翻身起床,在房中东找西寻,终于找到了那个他曾视如珍宝的檀香木锦盒。

赵匡胤暗自松了口气,脸上浮现出一丝笑容,双手捧着锦盒,小心翼翼地放在桌上,用一块丝绸,擦去表面久积的灰尘,慢慢地打开盒盖。一股檀木所特有的香气,迅即弥漫开来。

盒中是两册书,《舆地与兵法》和《浑天棍法六十四式》。赵匡胤取出书来,一页一页地翻阅。三十年前,龙兴寺广济大师赠书赠棍的情景历历在目。现在想来,广济大师当时的所言所为,无不含有深意,似乎他早已预知后来要发生的一切。莫非他真是下界的佛祖,有意点化自己吗?

当年,广济大师临别时曾以偈语相赠:"今当往北莫南行,他日黄袍自加身。削夺藩镇重文士,根除北患为子孙。"后来自己投奔郭威,掌握兵权,最终取得天下;现在藩镇彻底削弱,江南亦平定,大宋的江山稳如磐石。唯一遗憾的是,北汉仍在,燕云十六州未能收复。北患不去,于心不甘,实在有愧于广济大师的殷殷之情啊!

赵匡胤叹了口气,将手中的两册书放回锦盒,盖上盒盖,两眼盯着那个有些褪色的锦盒出神。时光确是无所不能的,它不仅能在不知不觉中带走人的青春和生命,而且能冲淡一切,包括情感和记忆。当年得到广济大师的帮助,满怀感激,真心承诺,将来若有出头之日,一定扩建龙兴寺,使其成为天下闻名的大刹。可这些年来,自己却忘得一干二净了。

这天晚上,赵匡胤在寝宫徘徊沉思,到深夜才上床睡去。

第二天,他把赵光义召进宫中,对他说:"光义,朕欲往襄阳龙兴寺一行,你以为如何?"

赵光义听了惊愕不已:"陛下万金之体,朝中政事纷繁,岂可随意离京?"

"光义,三十年前,朕受龙兴寺之恩,曾有过许诺,不去一趟于心不安。况且江南已平,朝中安稳。朕从襄阳返回,顺便去洛阳拜祭父母的陵墓。今后须全力对付北汉,只怕无暇顾及了。"

停了一会儿,赵匡胤又说:"光义,朕此番南行,往返大约三个月,其间就由你代朕主持朝政。为方便起见,你还是暂住宫中。延福宫旁边的广圣宫,长期闲置,你不妨就在那里处理政事。"

"陛下,我还是待在开封府衙吧,需要处理的公文,自可派人送往那里!皇宫大内,臣岂能轻易出入?这样的做法有违礼制,臣绝不敢为!"赵光义坚决推辞。

"光义,不必拘谨。你又不是外人。何况朕的身体大不如前,将来你继承大统,迟早要入宫主政。朕之所以让你住在宫中,就是要明示天下,你就是朕既定的皇嗣!"

"陛下洪福齐天,万民所仰望,必能安康永寿,切勿轻出此言!"赵光义见他语中颇带伤感,连忙宽慰道。

"生死寿夭,自有定数,朕亦知非人力所能及也。你正当盛年,精力充沛,望多以国事为念,勉力为之。朕外出的这段时间,尤须尽心尽力,以免疏漏!"

赵光义自然一一应承。

初夏的南方,风和日丽,景色宜人,满山遍野的杜鹃花竞相绽放,远远望去,连绵的群山,宛如一幅无穷无尽的彩锦;清澈的河水依着山脚,曲曲折折地延伸,仿佛是一条轻轻飘舞的白绢。

在通往襄阳宽阔的驿道上,两辆并不十分华丽的黄色马车,正在不急不慢地行驶,前后各有十六名身着劲装的剽悍骑士充当护卫。这样的仪仗规模,在当时还不及一个出巡的节度使,谁也不会想到,其中竟是当朝的天子!

赵匡胤这次南行,意在故地重游,了却心愿,不想过于张扬。一路上或坐在后面的马车上,透过车窗欣赏着沿途景色,或与同车的吕余庆、张琼讲述当年投奔襄阳的旧事,显得兴致勃勃。

数十年来,像这样了无牵挂的轻松出游,还是第一次,更何况是以帝王之尊重游旧地,心情自然格外好。本来漫长难挨的旅程,因心情愉快而变得饶有兴趣。不知不觉,襄阳城已遥遥在望。

马车驶近城门,襄阳节度使、知州李符等数十名地方官员接到皇上出巡岘山的消息,早早地肃立路旁,恭迎圣驾。

张琼跳下车去,令高防领路,一行人直趋节度使衙署。那里是赵匡胤在襄阳的下榻之处。

下午,高防在府中设宴,为皇上接风洗尘,还邀请了一些当地的重要官员和名流出席作陪。赵匡胤穿着便服,满脸笑容坐在席间。那些有幸参加宴会的人无不兴奋有加,虔诚叩拜。对他们来说,能亲近皇上,一睹圣容,实在是千载难逢的喜事,足可以光宗耀祖,令世人羡慕。

赵匡胤挂着一脸的笑容,跟作陪的宾客寒暄着。无意中瞥见一位老者坐在桌旁,落落寡合,与众人的热烈情绪形成极大的反差,心中感到奇怪,便低声问身旁的高防:"那位是何人?"

"启禀陛下,那位是退职的襄阳防御使王彦超,现定居此地。"

赵匡胤一愣,随即脸上浮现了一抹半是戏谑、半是哀悯的笑意,对高防道:"你速去替朕唤他前来。朕数十年前,和王将军颇有渊源呢!"

王彦超前来出席宴会,其实很想看看皇上与三十年前有何变化,但又怕皇上因旧事怪罪自己。正在犹豫,高防来唤他,只好硬着头皮走过去,双膝跪下道:"罪臣王彦超见过皇上。祝皇上万岁,万岁,万万岁!"

赵匡胤哈哈一笑:"王将军乃朕的故人,何罪之有?快起来,赐座!"

高防搬过一张凳子,扶他坐下。赵匡胤仔细端详,王彦超身子臃肿,须发皆白,老态毕现,感慨万分道:"朕记得王将军今年高寿六十六。没记错吧?"

"皇上真是好记性!臣六十有六,行将就木矣!"

"王将军老家在大名,为何退职后不返归故里?"

"臣在襄阳任职数十年,已习惯这里的一切。老家又无甚亲人,乃定居此地,聊度残生而已。"

赵匡胤望着敛首低眉的王彦超,突然问道:"三十年前,朕不远千里投奔于你,王将军何以不愿收留?"

王彦超心里"咯噔"一下,慌忙站起,拱手肃然作答:"皇上恕罪!蹄涔之水,安可容神龙?若当年皇上留在襄阳,岂有今日?"

"哈哈!王将军应对机敏,果然不同一般!"赵匡胤捋捋须髯,含笑道:"王将军,当年你虽未收留朕,却送了朕二百两银子。朕现赐你白银二万两,大氅一袭。望你无灾无病,安享晚年!"

王彦超磕头谢恩。君臣饮酒同乐,尽欢而散。

第二天清晨,赵匡胤一行,动身前往龙兴寺。张琼担心赵匡胤的身体,执意让他乘马车。于是,他乘着马车越过城南郊野,来到岘山脚下,随后改坐抬竿上山。

赵匡胤坐在四人抬着的抬竿上,一晃一悠地过了松林间的小径,望见龙兴寺那一片建筑,竟有一种近乡情怯的激动。他一挥手,示意跟在身边的张琼和高防停下。两人赶紧令轿夫放下抬竿。

"朕乃龙兴寺的俗家弟子,如今返寺参谒,当步行以示敬意。"赵匡胤走了两步,转过身来,双手叉腰,俯瞰那一片葱郁茂密的松林,凝视良久道:"'树犹如此,人何以堪'啊!"又指着双脚所履之处说,"高将军,此处可立一块石碑,上刻'文武百官至此下马下轿'字样,不得有违!"

"臣遵旨!"高防恭恭敬敬地应道。

众人簇拥着赵匡胤,缓缓走近寺门。觉慧大师身披袈裟,与弘忍一道迎了出来,竖掌敛首道:"贫僧觉慧、弘忍,恭迎皇上和各位施主。"

先行抵达的吕余庆,也忙向皇上请安。

话音刚落,张琼跨前一步,对着弘忍单腿跪下:"弟子见过大师!"慌得弘忍连忙上前扶起:"张将军万勿如此,别折煞贫僧了!"

觉慧神色清朗道:"张将军乃贫僧俗家兄弟,弘忍乃贫僧同门师兄,彼此皆是同辈,不可乱了礼数!"

赵匡胤走上前道:"说得好!此番朕重返龙兴寺,为的就是尽师徒之礼、兄弟之谊,准备在寺中小住几日,还望各位兄弟不要拘谨。——李良,你速领朕去拜谒广济大师的灵塔。当年他老人家授朕以棍法、兵书,对朕可谓恩重如山!"

"皇上,贫僧法号觉慧,乃先师所赐。望勿再称俗名。"觉慧抬脚向后山走去,赵匡胤等一大群人,跟在他的后面。

龙兴寺的塔林,建在后山的山坳里,四周是成片的古柏,显得幽邃而肃穆。塔林由数十座白色的灵塔组成,寺中历代住持的灵骨,火化后葬在这里,是历代高僧灵魂的安息之所,也是龙兴寺所有僧人心中的圣地。

来到塔林的边缘,觉慧停下脚步,脸色凝重地说:"各位请止步,以免打扰本寺历代祖师的清净。"

赵匡胤神色肃然,跟在觉慧身后默默走了进去,在一座看上去极为平常的灵塔前站住。那就是安放广济大师灵骨的舍利塔。

赵匡胤亲手点燃一炷香,双膝跪下,虔诚地叩了三个头,说:"广济大师,俗家弟子赵匡胤,昔日承蒙厚爱,赐以兵书、棍法,指点迷津,使弟子终成大业。现弟子专门从京城来此拜谒,并献白银十万两、香油一万斤,以襄功德,以扩寺庙,履行弟子三十年前的承诺。请大师明察,并保佑我大宋社稷、黎民百姓!"

赵匡胤将手中的香,插在塔前泥土中,半晌无语。直待一炷香烧完,方才与觉慧一同归去,当晚便宿在寺中。

由于旅途劳顿,再加上拜过广济大师灵塔,心境安详,赵匡胤晚上睡得特别香。一觉醒来,天已大亮。推开窗户,一股清新凉爽的空气迎面而来,令人心旷神怡。他在随从侍卫的服侍下穿好衣服,活动了一下手脚,觉得精神格外好。

这时,忽然听到寺内大院中传来一阵闹哄哄的声音,不知道发生了什么事,径直往院子里走去。

原来是弘忍在教僧众练习射箭,觉慧、张琼、高防都站在旁边观看。年过半百的弘忍,兀自身形矫捷,向僧众讲解过一遍要领后,弯弓搭箭,"飕"的一声,那箭矢快如闪电,直奔百步以外的箭靶,正中靶心。顿时,数十名少年僧人齐声喝彩,叫好声响成一片。

弘忍一眼看到人群中的赵匡胤,连忙过去道:"让陛下见笑了!"见赵匡胤一副跃跃欲试的神情,回头对众人道:"贫僧这点武艺算得了什么?皇上天生神力,十八般武艺无一不精,当年打遍天下无敌手,那才叫真功夫呢!"

"那就请皇上表演一下射技,让我等开开眼界吧!"院中的僧人,多是些十来岁的孩子,也没有任何顾忌,纷纷叫喊着,要皇上露一手。

赵匡胤自从登基以来,习武时断时续,可一来他此时心情特别好;二来孩子们的喊声激起了他的信心。他微微一笑,接过弘忍递过来的弓箭,走到场中,对众人道:"朕已久未习弓马,且年老体衰,不可再提当年之勇。若丢了丑,你们可不要笑话!"

觉慧见他持弓上场,身形已是大不如前,心中暗觉有些不妥,却又不好阻拦,只能暗暗担忧。

赵匡胤脱了外衣,舒展一下身子,随即将箭扣在弦上,左手持弓,右手拉弦,暗中用劲。那弓只是略微弯了一弯,却仍未张满。赵匡胤心中一急,脸憋得通红,用尽全身的力气,终于拉满了弦,瞄准靶心,右手一松,那支脱弦的箭呈抛物线向前飞行。可是由于力道不够,在木质的靶上碰了一下,慢慢坠落下来,掉在地上。

院子里一片死寂,谁也不敢发出半点响声。赵匡胤尴尬地站在那里,脸色极为难看。

觉慧见此情景,走过去大声说:"该吃斋饭了,快去斋堂!"僧众顿时散去。

闷闷不乐地吃过斋饭,赵匡胤对觉慧说:"朕心中烦闷,你陪朕出去走走吧。"随从的侍卫也想跟着去,赵匡胤挥手制止。

张琼见众侍卫脸露担忧之色,道:"有觉慧大师在皇上身边,你们尽管放心。他给皇上当侍卫的时候,你们还没出生呢!"

两人出了寺门,一前一后,谁也没有开口说话。走上松间小径,赵匡胤放慢脚步,等觉慧走近,摆弄着手中的折扇说:"觉慧,龙兴寺在你手中修缮一新,规模也扩大了不少,其功甚伟啊!"

"皇上这些年定荆湖、平蜀中、取南汉、克江南、统一海内,四方慑服。如此功业,谁可比肩?"

"北患未除,焉称统一海内?"

两人又陷入了沉默,但闻松涛阵阵,鸟鸣啾啾。走到小径尽头,折而向东,是去岘山山顶的道路,地势转陡,赵匡胤感到吃力,便驻足小憩。

觉慧缓缓道:"人生本如苦海,彼岸方是净土,脱离苦海,又何足悲哉?倒是道鉴师徒数人,至今依旧因于大牢。皇上曾许以宽赦,言出不行,恐有愧于贫僧吧。"

"他们行刺君上,罪不可赦!朕当时因你之请,已经饶其性命,又岂能放虎归山?"提起此事,赵匡胤仍旧气愤难平。

"其实爱恨本乃空无,全因心障而起。心障一消,爱恨何在?何况数年牢狱,也足以抵其罪孽了。皇上还是以慈悲为怀吧!"

赵匡胤心有所动,却并未接腔。

登上山顶,赵匡胤围着"羊祜碑"绕了一圈,手抚碑顶,感慨地说:"当年朕在此碑前怀忧嗟叹,担心空掷光阴,一事无成,何曾想到后来的一切呢?"

他只顾说话,一不小心,手中的折扇被风吹向山崖,在空中飘荡。觉慧纵身掠出,犹如展翅的大鹏,在半空中抓住悠悠下坠的折扇,然后顺势一个鹞子翻身,双脚在石崖上轻轻一点,就回到了原处。动作身形的轻灵舒展,令赵匡胤钦佩不已。

赵匡胤接过折扇,望着心定气闲的觉慧说:"你也是四十六七岁的人了,怎么颜面一如往昔,身手也依然那么矫健?难道真有佛祖保佑不成?"

"贫僧无贪无欲,除了念经习武,便了无牵挂,哪有皇上那么多的军政大事?若皇上三十年前留在岘山,今日的身手岂在贫僧之下?"

赵匡胤黯然,远眺汉水和雄踞一方的襄阳古城,喟然说道:"天下事难得两全。即使时光倒流,朕亦断不会改变选择,此乃命中注定也。千百年后,谁复知朕之心乎?"

转眼赵匡胤在寺中住了七日。尽管他心里不愿下山,但终究必须离去。

觉慧、弘忍送至寺外,依依惜别,张琼却迟迟没有出寺。正当众人纳闷的时候,却见张琼光着头,一身灰色僧袍,双掌合十,从寺门出来,惊得众人目瞪口呆。

张琼来到赵匡胤面前,扑通跪下道:"皇上,臣本一介莽夫,蒙皇上垂青,得以跟随圣驾。然臣心慕佛门,且无妻无子,孑然一身。愿从此与山林古寺为伴,度臣余生。望皇上玉成之!"

"张琼,朕确曾亏待于你,可朕心中始终把你当作兄弟。你怎能如此绝情,竟要离朕而去呢?"赵匡胤脸上的肌肉抽搐着,连说话的声音也颤抖起来。

"皇上的心,臣自然明白,可天下无不散的筵席啊!臣之所以出家,并不是因为负气,而是因为当年臣被复仇之心蒙蔽了心智,竟将孙道英一家老小尽数杀死,连吃奶的孩子都没有放过。这么多年来,那双无辜的眼睛,一直日日夜夜看着我。臣自知罪孽深重,唯有皈依佛门,方可洗去这满身的冤孽,万望陛下成全!皇上若不答应,臣便死在你的面前!"说着,将刚剃的光头朝地上狠狠地叩去,一下、两下、三下,砸得地面咚咚直响,殷红的血汨汨而下,染红了坚硬的地面。众人瞪大了眼,谁也不敢去劝阻。

赵匡胤脸色铁青,颔下的须髯簌簌抖动,看着张琼,半晌才猛地一甩手,大声吼道:"好吧,你们都留下,让朕一个人回京便是了!"转身登上抬竿,挥手说:"走,下山!"

张琼爬起来,也顾不上擦去满脸的鲜血,扑到轿前,哽咽着说:"陛下,臣有负于陛下。陛下……多保重!"

抬抬竿的依然是那几个轿夫,可赵匡胤觉得比上山时晃得更加厉害了。每一次晃动,就意味着离龙兴寺、觉慧、张琼远了一步,他心中的沉重,也随之增加了一分。他明知张琼他们一定还站在山上眺望,但始终没有回头再看一眼。

今生今世,只怕是再也见不到龙兴寺,见不到这些好兄弟了!赵匡胤闭上双眼,大手一把抹去眼角两行浑浊的泪水。

第三十四章

宋妃抱枕频传怨　烛光斧影叹萧墙

赵匡胤回头一看，只见周世宗郭荣怒目圆睁，手举宝剑杀将过来，不由得魂飞魄散，想要逃跑，却怎么也挪不动脚步，急得浑身冒汗，咬牙挥拳回击过去，道："你郭家天下亦是篡夺而来，朕取之有何不可？"这一拳用劲甚猛，却打在软绵绵的锦被上。他张眼一看，原来自己躺在御床上，浑身是汗。

赵匡胤一行,经唐州向北,一路上因天气转热,时行时驻,到达洛阳,已是六月中旬,盛夏已来临。

洛阳是大宋的西京,建有专门的行宫,赵匡胤前几次来此省墓,都住在这里。这座行宫建于乾德初年,坐落在洛阳城正北,风阁楼台,飞檐碧瓦,除了规模较小外,丝毫不亚于东京的皇宫,是洛阳最有气势的建筑。

赵匡胤在宫中休息了数日,召石守信来行宫见面。

石守信自从交出兵权,从不过问政事,一心敛财礼佛,保养得白白胖胖,活像一尊弥勒佛。他行过叩首礼,在赵匡胤左侧的椅子上坐下,说道:"臣闻皇上南巡襄阳,一路辛苦了。皇上,李良现在如何?臣已有十几年未见他,好生想念。"

"他还是老样子,依旧精力充沛,身手更胜往日。龙兴寺是块风水宝地,比朕的皇宫强多了,所以他当年断然归寺,如今连张琼也留下不回了。"一说起张琼,他就不免伤感。

"皇上不必难过,人各有志罢了。"

"你不要宽慰于朕。兄弟故旧死的死,走的走,朕现在真的成了孤家寡人!"

石守信眯着眼,微微一笑道:"其实只要皇上愿意,有一个人肯定会回到皇上身边。"

"谁?"

"赵普!赵宰相为大宋江山殚精竭虑,功勋卓著,却被贬往郴州,臣亦替他不平。皇上若深思故人,何不将他召回?"石守信抓住机会为赵普鸣怨。

赵匡胤陷入沉思之中,久久没有开口。

次日,石守信等人陪同赵匡胤往城东拜祭安陵。

赵匡胤的父亲赵弘殷,死后葬于洛阳东郊的巩县。赵匡胤登位,尊父亲为宣祖昭武皇帝,其陵墓称为安陵。后来皇太后杜氏逝世,亦合葬于此。

安陵乃皇家陵园,有一班人专门看护管理。园内松柏葱郁,陵墓巍峨。赵匡胤为人纯孝,对母亲更是感情极深。这几年来,家国多事,未能来此省墓,心中常感不安,觉得有愧于父母。

赵匡胤在父母灵前,亲手摆好祭品,点燃香烛,依礼叩拜之后,仍然跪在地上,迟迟不愿起来。他默默追忆父母生前的容貌,暗暗叹道:"人生易老,只恐此生难以再朝安陵也。奈何,奈何!"悲从中来,不禁潸然泪下。

石守信叩拜之后,站在旁边,见赵匡胤行动迟缓,目含忧戚,也不禁暗自感叹:"皇上老矣!"

过了很久,赵匡胤才控制住情绪,站直身子,一步步登上墓台,默默地看着远方,神色凝重。足足观望半个时辰后,方才走下墓台,朝着安陵的西北方向,走了两百步,对大感不解的石守信和随从人员说:"此处便是朕将来陵墓的所在。朕生时未能尽孝道,死后愿永伴父母身边,朝夕陪侍。朕之陵墓可号'永昌',与安陵合为'安昌'。愿我大宋江山永在,国民安昌!"

赵匡胤又令人去城东的夹马营,将自己年幼时经常骑着玩耍的一匹石马搬来,安放在选定的墓址上,并反复交代看守陵园的官吏万勿移动,这才怅怅归去。

自从赵匡胤离京,赵光义就遵旨入住广圣宫,替皇兄处理政事。赵光义精通史籍,遍览群书,城府极深。他深知自己作为晋王,若在皇上外出时摄政理事,必能巩固已经基本确定的皇嗣地位。因此,当赵匡胤提出让他暂时代理政务时,他表面上故作姿态,实际上心中窃喜。入宫之后,他兢兢业业地处理日常政务,晚上也大多宿在宫中,很少回晋王府。

广圣宫就在延福宫旁边。赵光义的到来,犹如一块石头投进水中,搅动了宋皇后本来十分平静的心。近年来,皇上老态日显,完全没有了房事,甚至很少在延福宫留宿。宋皇后三十余岁,正是如狼似虎的年纪,哪能耐得了如此寂寞？但身为皇后，幽居皇宫，身边除了宫女便是宦官，只好强捺春心。

赵光义年未四十，皮肤白净，威武而不失儒雅，魁梧而不失俊秀，确实是天下难觅的伟丈夫。宋皇后对他心仪已久，只可惜缺少接近的机缘。如今天假其便，近在咫尺，焉能不让她芳心暗动、意乱神迷？因此，她先是派宫女送这送那，然后亲自出马，不时往广圣宫送亲手做的燕窝、参汤之类的补品，嘘寒问暖，无微不至。

依宫中制度，这等来往是万万不允许的，但她是皇后，赵光义是摄政的皇弟，谁敢多嘴？何况宫中的侍卫、宫女，都知道赵光义是皇嗣、未来的皇上，无不存心巴结，曲意逢迎，自然不会去管这样的闲事。

赵光义起初对皇后的热情甚感惶恐。以他的地位，并不缺少美女，何必要冒此风险呢？而且宋皇后毕竟是自己的皇嫂，若有苟且之事，于情于理都说不过去，所以他总是敷衍应付，态度既不亲热，也不生硬，与她保持着适当的距离。

俗话说，日久生情。随着交往的增多，人的感情免不了发生变化，再加上宋皇后因保养得当，看上去依然年轻美貌，艳丽润泽，令人无不怦然心动，再者，宋皇后因其特殊的身份，将在赵光义继任国君的大事上起着举足轻重的作用，是绝对不能得罪的。这样一来，赵光义的防范之心渐消，两人的关系不知不觉有了微妙的发展。

赵匡胤离京两月之后的一天晚上，宋皇后送来夜宵，并携了一壶陈年佳酿。两人喝得性起，春情荡漾，欲望如潮。恍惚迷离之间，相拥走入殿后寝宫，颠鸾倒凤，成就了一段孽缘。尔后便常常偷赴巫山，恣意云雨，竟将那兄弟、夫妻之情和伦理纲常，抛到九霄云外。而宋皇后更是把一颗芳心，整个系在了赵光义身上。

又过了一个多月，赵匡胤从洛阳返京。赵光义前往郊外迎接，见赵匡胤神情萎靡，印堂发暗，较离京时更显衰老，心里一阵愧疚，表情颇不自然。赵匡胤哪会想到其中的奥秘？回到宫中，对他说："光义，朕此番外出，旅途劳累，甚觉精力不济，意欲让你继续留在宫中，总理朝政。你意下如何？"

赵光义内心很矛盾，想了想说："陛下，我白天进宫，帮助陛下处理一些日常事务，晚上还是回府歇息吧！"他实在没有勇气同时面对皇兄和宋皇后，尤其是在看到赵匡胤这般衰老的样子之后。

也许确实是因为外出时间太长，过于疲倦；也许是因为数十年持续高度紧张的生活，一旦松弛下来就再也难以恢复；也许是因为在襄阳、洛阳的所历所感，导致了他对人生的某种厌倦。总之，赵匡胤回京以后，一直打不起精神，整日里神思恍惚，目光呆滞。

就这样怏怏地过了一段时间，到九月底，终于卧床不起了。

据太医诊断，赵匡胤其实并未患什么明显的疾病，只是心情抑郁，不思茶饭，由于进食太少，引起身体的急剧衰弱。此外，因体内机能退化，肌肉松弛，牵动旧伤疼痛，常令他不堪忍受。

赵光义怀着怜悯加赎罪的复杂心情，日夜侍奉在他的床前。

这一天，天气转晴，赵匡胤感觉精神稍好，吩咐光义将自己扶起，倚在床头，缓缓说道："光义，朕观你龙行虎步，有太平天子之象。我赵氏天下来之不易，你要好自为之！"

赵光义坐在床沿安慰道："陛下并无大病，近日即可痊愈。你放心休养吧。"赵匡胤越是对自己信任亲密，他越是感到自责内疚。

"光义，朕的病情如何，朕心中自知。况且人难免一死，只不过迟早而已，何须顾忌？"赵匡胤缓得一缓，又说，"开封地处四塞，无险可守，朕本想迁都长安，倚山带河，裁减冗兵，以为长治久安之计；可惜身罹疴疾，难以付诸实现了。"

"治天下在德不在险，何必定要迁都？"

"唉，你熟读史籍，如何眼光这般短浅？若都开封，守此江山须大量禁兵，只恐不出百年，天下民力竭矣！你应选择适当时机迁都，慎勿犹豫。"

赵匡胤闭上双目，仰着头，继续说道："眼下朝中外无骁将，内无良相。朕反复思考，北汉杨业，熟谙军阵，武艺绝伦，可相机招降，授以攻城野战之任；故相赵普，虽颇爱财，但忠心耿耿，处事干练，可召回宫，恢复宰相之职。如此则才尽其用，国家可安之。"

赵光义见他说话吃力,起身想扶他躺下休息。赵匡胤挡住他的手道:"别急。朕尚有三事须告诫你,你仔细听着:其一,周室柴氏子孙,有罪不得加刑,即使是谋反,亦止于狱内赐尽,不可于市曹刑戮,更不可连坐亲属。其二,读书人乃国之根本,直谏者乃国之忠良,万不可杀士大夫及上书言事者。其三,南人性懦弱、多机巧,故不得拜宰相。吾赵氏子孙历代为君者,不遵此誓,天必殛之! 光义,你速跪下,对天盟誓!"

赵光义只好跪下发誓,谨遵此诫。

赵匡胤又郑重叮嘱道:"你可将此三诫,镌于石碑,立于密室,以传之子孙。切记,切记!"言罢已是气喘吁吁,便由赵光义服侍睡去。

又过了十余日,赵匡胤病情转重,咳嗽不止,连续几天粒米未沾,脸色蜡黄,皱巴巴的皮肤松弛下来,就像一个水分不足的柿子,极为难看。面对此情景,文武大臣、皇后、皇子无不惶恐失色。御医们数番会诊,亦无良策。

开宝九年(976)十月二十,赵匡胤昏迷不醒,躺在床上,呼吸急促粗重。赵光义和宋皇后面露愁容,守在床头。寝宫外的万岁殿中,宰相吕余庆、卢多逊、皇弟光美、皇子德昭、德芳等人,皆在惴惴不安地等待着。

室内室外一片沉寂,充满着哀伤和死亡临近的气息。

入夜,赵光义察觉赵匡胤的身体微微动了一下,连忙俯身轻唤道:"陛下,陛下!"赵匡胤听到喊声,费力地睁开双眼,嗫嚅着说:"光义,朕归天之后,你要善待皇后、皇子,将来把皇位传给德芳,勿违朕言!——皇后,你过来。朕之遗嘱,你可为证。"

赵光义双膝跪下,泪流满面道:"陛下放心,臣一定遵旨照办。若有违背,神灵不容!"

赵匡胤望了望光义,断断续续地说:"北患未除,朕……于心……于心不甘啊!"好容易才说完,疲惫地合上双眼,又进入了昏睡的状态。

迷迷糊糊之中,慕容延钊、韩令坤一身戎装走了进来,笑吟吟地说:"三弟,如今你不再是皇上,我们兄弟数人又可以把盏尽欢了!"说完二人扭身便走。

赵匡胤正想追过去,却被张琼一把拉住:"你这个忘恩负义的昏君,赵宰相为你卖命几十年,你为何这般绝情?"赵匡胤张口结舌不知如何回答,又看到李良在一旁冷笑道:"浮生若梦,便是皇上死了,也不过七尺之穴,何必要为那虚名空利所惑,自取其苦?"

赵匡胤满心羞愧,待要上前解释,猛听得一声暴喝:"赵匡胤,你这个无耻之徒!朕待你不薄,你为何要欺凌孤儿寡母,夺我大周江山?朕杀了你这狼子野心的狗贼!"

赵匡胤回头一看,只见周世宗郭荣怒目圆睁,手举宝剑杀将过来,不由得魂飞魄散,想要逃跑,却怎么也挪不动脚步,急得浑身冒汗,咬牙挥拳回击过去,道:"你郭家天下亦是篡夺而来,朕取之有何不可?"这一拳用劲甚猛,却打在软绵绵的锦被上。他张眼一看,原来自己躺在御床上,浑身是汗。

赵匡胤叹了一口气,想着刚才的一幕,仍心有余悸。他感到身子酸痛,换了一下睡姿,无意中侧身一望,顿时如遭雷击一般,周身的血液都似乎凝固了:赵光义和宋皇后正亲昵地抱在一起!

此时已是后半夜。赵光义和宋贵妃二人见赵匡胤气如游丝,昏迷在床上,以为他一时半刻不会醒来;况且赵匡胤已是要死的人了,二人不再有什么顾忌,于是旧情萌发,略示亲热。没想到赵匡胤突然睁眼坐起,两人顿时惊呆了!

赵匡胤不知哪里来那么大力气,顺手操起床边那把用来镇邪的斧头,怒呼一声:"你们……这两个畜生!"奋力掷了过去。那斧头带着响声,在空中划了一道优美的弧线,撞在墙上,震得室内烛光一阵猛烈地摇曳。随即,赵匡胤的身躯犹如山崩,轰然倒下。

惊魂未定的宋贵妃战战兢兢地走过去一看,赵匡胤目瞪口张,似仍在厉声斥骂,却又没有一点动静。她大着胆子,伸手探了探鼻息,才知道赵匡胤已经气绝,愤然归天了。

万岁殿内,顿时爆发出阵阵哭声。在这嘈杂的哭声中,纵横天下数十年的一代雄主赵匡胤,走完了他全部人生历程。他的灵魂,却超越了这尘世的喧嚣,飘向苍冥的天界,飘向神秘的彼岸。

开宝九年(976),宋太宗赵光义继位,是年十二月,改元太平兴国元年。太祖谥曰:启运立极英武睿文神德圣功至明大孝皇帝。

此后,每年清明,在洛阳巩县的永昌陵,当盛大的祭祀活动结束,夕阳西下的时候,总会有一位左脸带着刀伤痕迹的僧人、一位举止文静的尼姑,不约而同地来到这里,默默地上香、烧纸、叩拜,然后默默地离去。一年一度,从未间断。

时光荏苒,三十年过去了。又是清明,又是夕阳西下之时,那僧人、尼姑如期出现在永昌陵,只是无情的岁月,已蚀去他们脸上的红润,烙上了无数条深深的皱纹。像往年一样,默默地祭拜完,两人一同走出陵园。然而,在本当分手的岔道上,那位僧人却停了下来,缓缓施礼道:"师太,老衲年近八旬,体力不济。从襄阳来此,往返千里,甚觉艰难,往后便不再亲临拜祭赵大哥了。"

那老尼听了,雪白的眉毛不由自主地跳动了一下。只听那僧人又说:"师太,有一件事,老衲几十年来一直守口如瓶,今日也该告诉你了。当年老衲返回龙兴寺,顺便将宗让携回寺中为僧,取名法照,日前已接任老衲为龙兴寺住持。阿弥陀佛。"

"入得佛门,浴得佛恩,也算是他的造化了。贫尼谢过大师。"老尼双掌相合,微微颔首。在抬起头的一刹那,两人的目光终于碰在一起。这是几十年来两人之间的第一次对视,然而,彼此的目光里,已没有丝毫激情,有的只是平静与透悟。

几乎又是不约而同,两人缓缓转身,一个朝南,一个朝北,迈步离去。留在他们身后的,是一条崎岖山道和一片苍茫的暮色。

最后的一抹夕阳,掠过永昌陵圆形的墓顶,投射在洛河上,把河水染得辉煌灿烂,然后一点一点地黯淡,以至终于完全消失。所有的一切,都隐没在岑寂和夜色之中。